Als der Arzt Ricardo Reis 1935 erfährt, dass Fernando Pessoa gestorben ist, kehrt er aus Brasilien in seine Heimat Lissabon zurück. Ohne konkrete Pläne mietet er sich in ein Hotel ein, flaniert durch Lissabon, liest in Zeitungen über Hitlers Machtansprüche und den drohenden Spanischen Bürgerkrieg – und beginnt zwei Affären: eine erotische mit dem Zimmermädchen Lídia und eine platonische mit der am Arm gelähmten Marcenda. Dann sitzt eines Tages unvermittelt der vermeintlich tote Pessoa in seinem Hotelzimmer, dem das Schicksal offenbar noch ein paar Monate zugestanden hat. Sie diskutieren über Politik, Einsamkeit und Tod, bis Ricardo Reis allmählich immer mehr verblasst und zu verschwinden droht.

*José Saramago* (1922–2010) wurde im portugiesischen Azinhaga geboren. Nach dem Besuch des Gymnasiums arbeitete er als Maschinenschlosser, technischer Zeichner und Angestellter. Später war er Mitarbeiter eines Verlags und Journalist bei Lissabonner Tageszeitungen. Ab 1966 widmete er sich verstärkt der Schriftstellerei. Während der Salazar-Diktatur gehörte er zur Opposition. Der Romancier, Erzähler, Lyriker, Dramatiker und Essayist erhielt 1998 den Nobelpreis für Literatur.

# José Saramago

# Das Todesjahr des Ricardo Reis

## Roman

Aus dem Portugiesischen
von Rainer Bettermann

Atlantik

Die Originalausgabe erschien 1984 unter dem Titel
*O Ano da Morte de Ricardo Reis* bei Editorial Caminho S. A., Lissabon.
Der Roman wurde 1988 erstmals auf Deutsch
im Aufbau-Verlag, Berlin und Weimar veröffentlicht.

*Atlantik Bücher erscheinen im*
*Hoffmann und Campe Verlag, Hamburg*

1. Auflage 2014
Copyright © 1984 by the Estate of José Saramago
Für die deutschsprachige Ausgabe
Copyright © 2013 by Hoffmann und Campe Verlag, Hamburg
www.hoca.de  www.atlantik-verlag.de
Durch Vermittlung über Literarische Agentur Mertin,
Inh. Nicole Witt e. K., Frankfurt am Main
Satz: Pinkuin Satz und Datentechnik, Berlin
Druck und Bindung: C. H. Beck, Nördlingen
Printed in Germany
ISBN 978-3-455-65017-4

*Ein Unternehmen der*
GANSKE VERLAGSGRUPPE

Weise ist, wer sich mit dem Welttheater begnügt.
*Ricardo Reis*

Die Wahl der Art, nicht zu handeln, bestand während meines Lebens stets in der Obacht und im Bedenken.
*Bernardo Soares*

Sollte man mir sagen, es sei absurd, so von jemandem zu sprechen, den es nie gab, dann antworte ich: Ich habe auch keinen Beweis dafür, dass Lissabon jemals existierte, oder ich, der ich hier schreibe, oder irgendetwas, wo es auch sein mag.
*Fernando Pessoa*

Hier endet das Meer, und das Land beginnt. Es regnet auf die fahlbleiche Stadt, die Wasser des Flusses ziehen lehmig trüb dahin, überflutet sind die Niederungen. Ein dunkles Schiff bewegt sich den düster schweigenden Strom hinauf, es ist die Highland Brigade, die am Kai von Alcântara festmachen will. Ein englisches Dampfschiff der Royal Mail, das auf der Atlantikroute eingesetzt ist, zwischen London und Buenos Aires, ein Schiffchen auf den Mereswegen, hierhin, dorthin, immer dieselben Häfen anlaufend, La Plata, Montevideo, Santos, Rio de Janeiro, Pernambuco, Las Palmas, in dieser oder umgekehrter Reihenfolge, und wenn es auf der Reise nicht untergeht, dann berührt es auch Vigo und Boulogne-sur-Mer, um schließlich in die Themse einzufahren, so wie jetzt in den Tejo; sag mir, welcher Fluss der größte ist und welcher Ort. Das Schiff ist nicht groß, vierzehntausend Tonnen, doch es hält sich gut auf dem Meer, wie es einmal auf der Überfahrt beweisen konnte, als trotz des ständig schlechten Wetters nur den Schiffsjungen übel wurde und jenen Seebären, die einem hoffnungslos empfindlichen Magen gehorchen müssen, und weil das Innere des Schiffes so häuslich und so gemütlich ist, erhielt es liebevoll, ebenso wie seine Zwillingsschwester, die Highland Monarch, den Beinamen Familiendampfer. Beide verfügen über ein geräumiges Oberdeck für Sport und Sonnenbäder, es erlaubt zum Beispiel, Kricket zu spielen, das, eigentlich ein Feldspiel, auch über den Wellen des Meeres ausgeübt werden kann, auf diese Art beweisend, dass dem britischen Empire nichts unmöglich ist, falls dies der Wille dessen sei, der da herrscht. An heiteren Tagen ist die Highland Brigade ein Park für Kinder und ein Paradies der Alten, heute allerdings nicht, denn es regnet, und einen anderen Nachmittag werden wir an Bord nicht mehr erleben. Durch die von Salzwasser getrübten Fenster schauen die Kinder auf die graue Stadt, die sich flach auf den Hügeln ausbreitet, als wäre sie nur aus erdnahen Häusern erbaut, verloren erhebt sich eine Kuppel, ein höherer Giebel, eine Silhouette, wohl die einer Burgruine, falls nicht alles eine Illusion ist, eine Täuschung der Sinne, eine Luftspiegelung, hervorgerufen durch wallende Regenschleier, die vom bedeckten Himmel herabfallen. Die fremdländischen Kinder, von der Natur am verschwenderischsten mit der Tugend der Neugier ausgestattet, wollen wissen, wie diese Stadt heißt, und die Eltern sagen es ihnen, oder die Ammen, die nurses, bonnes, Fräuleins, oder ein Matrose, der kurz vor dem Anlegemanöver vorbeieilt, Lisboa, Lisbon, Lisbonne, Lissabon, vier verschiedene Arten der Benennung, von den indirekten und ungenauen abgesehen, so erfuhren die Kinder, was ihnen bisher unbekannt gewesen war, und doch wussten sie nun genauso viel wie zuvor, nichts, einen Namen, nur halbwegs richtig ausgesprochen, was die jungen Hirne noch mehr verwirrte, mit dem eigenen Akzent der Argentinier, wenn es sich um diese handelte, oder dem der Uruguayer, Brasilianer und Spanier, die zwar kastilisch oder portugiesisch richtig Lisboa schreiben, es aber auf ihre Art aussprechen, fremd dem gemeinen Ohr und der Schreibweise. Wenn morgen früh die Highland Brigade die Mole hinter sich lässt, das Land noch in Sichtweite, sollte es wenigstens etwas Sonne geben und weniger bedeckten Himmel, damit der graue Nebel das vergängliche Gedächtnis der Reisenden nicht völlig trüben möge, jener Kinder, die zum ersten Mal hierhergekommen sind, den Namen Lisboa wiederholen und ihn auf ihre Art in einen anderen umwandeln, jener Erwachsenen, die die Brauen runzeln und bei der allgegenwärtigen Feuchtigkeit frösteln, die Holz und Eisen überzieht, als wäre die Highland Brigade aus der Meerestiefe emporgetaucht, ein Schiff, zwiefach Phantasma. Weder auf Wunsch noch aus reinem Vergnügen würde jemand in diesem Hafen bleiben wollen.

Nur wenige werden an Land gehen. Der Dampfer hat angelegt, schon ist die Gangway heruntergelassen, ohne Eile zeigen sich unten die Gepäckträger und Schauerleute, die diensthabenden Hafenpolizisten verlassen Wetterdächer oder Wächterhäuschen, Zöllner tauchen auf. Der Regen hat nachgelassen, kaum dass es noch nieselt. Oben an der Gangway sammeln sich die Reisenden, sie zögern, als glaubten sie nicht der Erlaubnis, von Bord gehen zu dürfen, als fürchteten sie eine Quarantäne oder die schlüpfrigen Stufen, doch was sie verschüchtert, ist die Stille in der Stadt, vielleicht sind die Bewohner alle tot, und der Regen fällt nur, um in Schlamm aufzulösen, was noch stehen geblieben ist. Entlang dem Kai schimmert es matt durch die Bullaugen anderer Schiffe, die hier festgemacht haben, die Ladebäume gleichen nackten schwarzen Ästen, die Kräne stehen still. Es ist Sonntag. Jenseits der großen Speicher am Kai beginnt die düstere Stadt, zurückgezogen hinter Fassaden und Mauern, vorläufig noch vor dem Regen geschützt, gelegentlich einen traurigen Vorhang aus Spitzen bewegend, schaut sie mit vagem Blick nach draußen, hört das Wasser über die Dächer plätschern, die Traufen hinunter, bis zur Bodenrinne aus Basalt, über das ausgespülte Pflaster der Gehwege zu den vollen Gullys, von denen sich bald hier, bald dort der Deckel durch die Überschwemmung hebt.

Die ersten Passagiere steigen hinunter, die Rücken unter dem monotonen Regen gebeugt. Sie tragen Säcke und Handköfferchen, es umgibt sie ein Hauch von Verlassenheit, gleich jenen, die die Reise wie einen Traum voll flüchtiger Bilder erlebten, zwischen Meer und Himmel, der Bug im Auf und Ab, im Gleichtakt eines Metronoms, das Balancieren der Welle, der hypnotisierende Horizont. Jemand trägt ein Kind auf dem Arm, ein portugiesisches wohl, still, wie es ist, es kam ihm nicht in den Sinn zu fragen, wo es sei, vielleicht wurde es ihm angekündigt, als man ihm, damit es schneller in der stickigen Koje einschlafe, eine schöne Stadt versprochen hatte und ein glückliches Leben, ein weiteres Zaubermärchen, denn jenen hat die Arbeit kein Glück gebracht. Eine ältere Frau, die sich verbissen müht, ihren Regenschirm aufzuspannen, lässt eine grün eingeschlagene Schachtel fallen, die sie unter dem Arm getragen hatte, auf den steinernen Kai aufschlagend birst das Behältnis, der gebogene Deckel löst sich, der Boden springt heraus, nichts Wertvolles ist darin, nur Erinnerungsstücke, bunte Lappen, einige Briefe, Bilder liegen verstreut umher, einige Perlen aus Glas, zersplittert, weiße Knäuel, nunmehr befleckt, einer ist zwischen Kaimauer und Schiffswandung verschwunden, die Frau ist ein Passagier der dritten Klasse.

Einer nach dem anderen setzen sie ihren Fuß an Land, sie laufen, um sich unterzustellen, die Ausländer murren über das widrige Wetter, als wären wir schuld daran, scheinbar haben sie vergessen, dass es in ihren französischen und englischen Gefilden meist viel schlimmer ist, nun ja, denen ist alles recht, die armen Länder zu schmähen, selbst der natürliche Regen, wir hätten bessere Gründe, uns zu beschweren, und stehen hier doch schweigend, dieser verdammte Winter, was hier alles an Erde weggeht, entrissen den fruchtbaren Feldern, und wie sie uns fehlt, ist doch unser Land so klein. Man hat schon mit dem Ausladen des Gepäcks begonnen, unter den glänzenden Überwürfen sehen die Matrosen wie Götzen mit Kapuzen aus, behänd bewegen sich da unten die portugiesischen Gepäckträger, mit Strohhütchen und in ihren Schaffelljacken, doch so gleichgültig gegenüber der durchdringenden Nässe, dass sich das Universum verwundert, vielleicht bewirkt diese Dürftigkeit, die Börsen der Reisenden zu erweichen, Portemonnaies, wie man heutzutage sagt, und mit dem Mitleid erhöht sich das Trinkgeld, zurückgebliebenes Volk, mit ausgestreckter Hand, verkaufe jeder, wovon er im Überfluss hat, Resignation, Demut, Geduld, auf diese Weise sind wir ständig auf der Suche, jemanden zu finden, der in der Welt mit solcherlei Waren Geschäfte macht. Die Reisenden sind zum Zollgebäude hinübergegangen, wenige, wie sich zeigte, trotzdem wird es seine Zeit dauern, bis sie da wieder herauskommen, denn es sind viele Papiere auszufüllen, und die diensthabenden Zöllner pflegen eine ordentliche Handschrift, mag sein, dass die flinkeren sonntags dienstfrei haben. Der Nachmittag dunkelt, doch es ist erst vier Uhr, etwas mehr Schatten, und die Nacht wäre perfekt, hier drinnen allerdings ist es so, als herrschte sie ständig, die schwachen Lampen bleiben den ganzen Tag über eingeschaltet, einige sind durchgebrannt, jene schon seit einer Woche, man hat sie noch nicht ausgewechselt. Die schmutzigen Fenster lassen eine wässrige Helligkeit hereinschimmern. Die Luft ist von dem Geruch nach durchnässter Kleidung geschwängert, es riecht penetrant nach dem Gepäck und dem Sackleinen der Bündel, Melancholie breitet sich aus, sie macht die Reisenden schweigsam, nicht der Schatten eines Frohsinns liegt in dieser Rückkehr. Der Zoll ist ein Vorraum, ein Limbus, wie mag es da draußen sein?

Ein grau melierter hagerer Mann unterschreibt die letzten Papiere, empfängt die Kopien und kann gehen, hinaus, auf festem Boden das Leben fortsetzen. Es begleitet ihn ein Gepäckträger, dessen Aussehen nicht näher beschrieben werden soll, oder wir müssten endlos in der Betrachtung fortfahren, damit keine Verwirrung im Kopf dessen entstünde, dem es darauf ankäme, wie einer vom anderen zu unterscheiden sei; wenn das gefordert würde, dann müssten wir von diesem sagen, dass er hager ist, grau meliert und brünett, mit glattrasiertem Gesicht, wie von jenem schon gesagt, letztlich jedoch sehr verschieden, Passagier der eine, Gepäckträger der andere. Dieser lädt den großen Koffer auf ein Metallwägelchen, die beiden anderen, die kleineren, trägt er an einer Kette, wie ein Joch oder eine Ordenskette um den Nacken gelegt. Draußen, unter dem Schutz des breiten Regendaches, setzt er die Last ab und geht ein Taxi suchen, meist ist das nicht nötig, gewöhnlich sind sie zur Stelle und warten auf die Dampfer. Der Reisende schaut zu den niedrigen Wolken, dann auf die Pfützen des unebenen Terrains, auf die Wasser des Docks, ölverschmutzt, Schalen, allerlei Abfälle, und dabei gewahrt er einige Kriegsschiffe, unauffällig, hier hätte er sie nicht vermutet, denn der eigentliche Standort dieser Seereisenden ist das offene Meer oder aber, wenn keine Kriegszeit, so auch keine Manöver, die weite Flussmündung, breit genug, dass alle Geschwader der Welt dort ankern könnten, wie man früher sagte und vielleicht auch noch heute, ohne zu bedenken, um welche Geschwader es sich handelt. Da kommen die anderen Passagiere von der Zollabfertigung, Träger folgen ihnen, und dann taucht das Taxi auf, Wasser spritzt zur Seite. Aufgeregt fuchteln die Ankommenden mit den Armen, der Gepäckträger springt aufs Trittbrett und macht eine einladende Handbewegung, für diesen Herrn. So beweist er, wie selbst ein bescheidener Dienstmann vom Lissabonner Hafen, wenn der Regen und die Umstände helfen, mit seinen Händen Glück verteilen, es in einem Augenblick geben oder nehmen kann, wie man meint, dass es Gott mit dem Leben hält. Während der Fahrer den Gepäckträger hinten am Wagen herunterklappt, fragt der Reisende und lässt dabei zum ersten Mal einen leichten brasilianischen Akzent erkennen, was machen die Schiffe dort am Dock, und der Gepäckträger, der dem Fahrer hilft, den großen, schweren Koffer hochzuhieven, antwortet keuchend, ach, das ist das Dock der Marine, wegen des schlechten Wetters haben sie's gemacht, man hat sie gestern hierhergeschleppt, ansonsten hätten sie gut und gern in Algés festmachen können. Weitere Taxis sind eingetroffen, sie haben sich verspätet, oder der Dampfer hatte vor der erwarteten Zeit angelegt, jetzt herrscht freie Auswahl auf dem Vorplatz, die Befriedigung der Bedürfnisse ist nun ein Kinderspiel. Was schulde ich Ihnen, fragt der Reisende. Was über dem Tarif ist, liegt an Ihnen, antwortet der Gepäckträger, aber er sagt nicht, was das für ein Tarif oder was der reelle Preis für diese Dienstleistung sei, man überlässt es Fortuna, die die Kühnen beschützt, auch wenn es Kofferträger sind. Ich habe nur englisches Geld bei mir. Ah, das macht nichts, und in die ausgestreckte Rechte sieht er zehn Schilling fallen, eine Münze, die heller als die Sonne glänzt, zu guter Letzt ist es doch dem Sternenkönig gelungen, die auf Lissabon drückenden Wolken zu besiegen. Wegen der schweren Lasten und der tiefen Erregungen besteht die erste Bedingung für ein langes und erfolgreiches Gepäckträgerleben in einem robusten Herzen, von Bronze, sonst würde sein Besitzer glattweg zerschmettert niedersinken. Er möchte die übertriebene Freigebigkeit erwidern, wenigstens keine Worte schuldig bleiben, deshalb setzt er Erklärungen hinzu, um die ihn niemand gebeten hat, er fügt sie zu den ungehörten Dankesworten, es sind, Senhor, Torpedobootzerstörer, unsere, portugiesische, die Tejo, die Dão, die Lima, die Vouga, die Tâmega, das da, uns am nächsten, ist die Dão. Sie unterscheiden sich nicht voneinander, man könnte sogar ihre Namen austauschen, alle sind gleich, Fünflinge, todesgrau gestrichen, regenfeucht, ohne eine Spur von Leben auf den Decks, die Flaggen hängen wie Lappen, mit Verlaub und nicht ohne Respekt zu sagen, sei es, wie es sei, wir wissen nun, das ist die Dão, der Zufall will es, dass wir mehr über sie erfahren werden.

Der Gepäckträger lüftet die Mütze und bedankt sich, das

Taxi fährt an, der Chauffeur möchte wissen, wohin, und diese so einfache, natürliche und den Umständen sowie dem Ort entsprechende Frage trifft den Reisenden unvorbereitet, als ob die Buchung der Passage in Rio de Janeiro ein für alle Mal die Antwort auf alle Fragen gewesen wäre, selbst auf jene früheren, die zu seiner Zeit nicht mehr als Schweigen fanden, kaum dass er nun an Land gegangen war, verstand er, warum nicht, vielleicht weil man ihm eine der zwei fatalen Fragen gestellt hat, wohin, die andere, die schlimmere wäre, wozu. Der Chauffeur blickt in den Rückspiegel, nimmt an, dass der Fahrgast nicht verstanden hat, öffnet schon den Mund, um zu wiederholen, wohin, aber die Antwort war schneller, noch unbestimmt, schwebend, in ein Hotel. Was für eins? Ich weiß nicht, und nachdem er dies gesagt, ich weiß nicht, weiß der Reisende, was er will, mit so fester Überzeugung, als hätte er während der ganzen Reise darüber gegrübelt, eins, das nahe am Fluss liegt, nach unten zu. Nahe dem Fluss gibt es nur das Bragança, am Anfang der Rua do Alecrim, ich weiß nicht, ob Sie es kennen. An das Hotel kann ich mich nicht erinnern, aber wo die Straße ist, weiß ich, ich habe in Lissabon gewohnt, bin Portugiese. Ach, Sie sind Portugiese, nach Ihrer Aussprache dachte ich, Sie sind Brasilianer. Merkt man es so sehr? Na ja, ein bisschen schon. Ich bin sechzehn Jahre nicht in Portugal gewesen. Sechzehn Jahre sind viel. Sie werden hier große Veränderungen antreffen, und mit diesen Worten verstummt der Chauffeur abrupt.

Dem Reisenden erscheinen die Veränderungen nicht so zahlreich. Die Avenida, die sie entlangfahren, stimmt im Allgemeinen mit seiner Erinnerung an sie überein, nur die Bäume sind höher, kein Wunder, immerhin sind sie in den sechzehn Jahren gewachsen, und außerdem waren sie in seiner vagen Erinnerung grün, jetzt aber lässt die winterliche Nacktheit der Zweige ihre wahre Größe geringer erscheinen, so kommt eins zum anderen.

Der Regen hat nachgelassen, noch vereinzelte Tropfen fallen, nicht der winzigste blaue Spalt am Firmament, die Wolken lösen sich nicht voneinander, sie bilden eine breite, bleifarbene Decke. Hat es viel geregnet, fragt der Reisende. Eine Sintflut, seit zwei Monaten zerfließt der Himmel in Wasser, antwortet der Chauffeur und stellt die Scheibenwischer ab. Es fahren nur wenige Autos, vereinzelt Straßenbahnen, der eine oder andere Fußgänger, skeptisch den Regenschirm schließend, große Pfützen entlang den Gehwegen, von verstopften Gullys verursacht, dicht an dicht einige geöffnete Tavernen, düster, das diffuse Licht ist von Schatten eingekreist, das trübselige Bild eines schmutzigen Glases Wein auf einem zinkenen Tresen. Diese Fassaden sind die Mauern, die die Stadt verbergen, und das Taxi fährt ohne Eile an ihnen entlang, als suchte es eine Bresche, eine kleine Pforte, eine verräterische Tür, den Eingang zum Labyrinth. Langsam fährt der Zug aus Cascais vorbei, er bremst müde, er war noch schnell genug, das Taxi zu überholen, doch er bleibt zurück, er rollt in die Station, als das Taxi schon um den Platz fährt, der Chauffeur kündigt an, dort ist das Hotel, am Anfang der Straße. Er hält gegenüber einem Café und fügt hinzu, es wäre besser, erst zu fragen, ob Zimmer frei sind, ich kann nicht direkt vor dem Eingang halten, wegen der Elektrischen. Der Fahrgast steigt aus, schaut flüchtig auf das Café, Royal heißt es, kommerzielles Beispiel monarchistischer Sehnsüchte zu republikanischer Zeit oder ein Überbleibsel der letzten Regentschaft, hier auf Englisch oder Französisch getarnt, ein kurioser Fall, man schaut drauf und weiß nicht, wie man das Wort aussprechen soll, ob roial oder ruaiale, er hat Zeit, die Frage zu durchdenken, denn es regnet nicht mehr, und die Straße steigt an, dann stellt er sich vor, wie er vom Hotel zurückkommen würde, ein Zimmer oder keins, und vom Taxi keine Spur, verschwunden mit Gepäck und Kleidern, den ganz persönlichen Gegenständen, seinen Papieren, er fragt sich, wie er leben würde, wenn man ihn dieser und anderer Dinge beraubte. Er steigt schon die Stufen zum Hotel hinauf, als er begreift, dass ihm diese Gedanken kommen, weil er abgespannt ist, was er spürt, ist eine sehr große Müdigkeit, eine Mattheit der Seele, Hoffnungslosigkeit, wenn wir zur Genüge wissen, was das ist, um das Wort auszudrücken und verstehen zu können.

Beim Öffnen der Hoteltür ertönt eine elektrische Klingel, vor Zeiten wird es ein Glöckchen gewesen sein, klingling, doch man muss stets mit dem Fortschritt und seinen Verbesserungen rechnen. Eine steile Treppe, unten, am Anfang des Geländers eine gusseiserne Figur, im rechten Arm einen Globus aus Glas, die Figur stellt einen Höfling in Hoftracht vor, falls der Ausdruck durch die Wiederholung etwas gewinnen sollte, falls es nicht glatter Pleonasmus ist, denn niemand dürfte sich daran erinnern, einen Höfling gesehen zu haben, wenn nicht in Hoftracht, deshalb sind es eben Höflinge, deutlicher gesagt, ein Höfling als Höfling gekleidet, sichtbar durch den Schnitt der Kleidung, italienisches Modell, Renaissance. Der Reisende erklimmt die nicht enden wollenden Stufen, es scheint unglaublich, so hoch steigen zu müssen, um ein erstes Stockwerk zu erreichen, es ist der Aufstieg zum Everest, eine Heldentat, noch Traum und Utopie der Bergsteiger, zu seinem Glück erscheint oben ein schnurrbärtiger Mann mit einem aufmunternden Wort, hopp, er spricht es nicht aus, aber so kann man seine Art, zu schauen und sich vom hohen Treppenabsatz herabzubeugen, deuten, als wollte er erforschen, welche guten Winde und schlechten Wetter diesen Gast hergetrieben hatten. Guten Tag, Senhor. Guten Tag. Der Atem reicht nicht für mehr, der Schnurrbärtige lächelt verständnisvoll. Ein Zimmer, das Lächeln wird jetzt entschuldigend, in diesem Stockwerk gibt es keine Zimmer, hier sind Rezeption, Speisesaal, Aufenthaltsraum, dort drinnen Küche und Büfett, die Zimmer liegen oben, deshalb werden wir zum zweiten Stock hinaufmüssen, dieses hier taugt nicht, weil es zu klein und zu schattig ist, das da auch nicht, weil das Fenster zum Hinterhof geht, diese sind belegt. Mir würde ein Zimmer gefallen, von dem aus man den Fluss sehen kann. Ah, sehr wohl, dann wird Ihnen Zweihunderteins gefallen, es ist heute Morgen frei geworden, ich zeige es Ihnen gleich. Die Tür befindet sich am Ende des Flures, an ihr ist ein emailliertes Schildchen, schwarze Ziffern auf weißem Grund, wäre das kein bescheidenes Hotelzimmer ohne Luxus und lautete die Zimmernummer zweihundertzwei, da könnte der Gast Jacinto heißen und Besitzer eines Gutes in Tormes sein, doch diese Episoden spielten sich dann nicht in der Rua do Alecrim ab, sondern auf den Champs-Élysées, rechter Hand für den, der sie hinaufgeht, wie beim Hotel Bragança, doch nur darin ähneln sie sich. Dem Reisenden gefällt das Zimmer, oder besser, ihm gefallen die Zimmer, um ganz genau zu sein, denn es sind zwei, verbunden durch einen breiten Zwischenraum mit bogenförmiger Decke, dort ist der Schlafraum, Alkoven hätte man ihn früher genannt, hier das Zimmer, in dem man sich tagsüber aufhält, alles in allem eine Unterkunft ähnlich einer Wohnung, mit dunklem Mobiliar aus poliertem Mahagoni, Vorhängen an den Fenstern, gedämpftem Licht. Der Reisende hört das harte Rattern der Elektrischen, die die Straße hinauffährt, der Chauffeur hat recht gehabt. Jetzt kommt es ihm vor, als sei viel Zeit verflossen, seitdem er das Taxi verlassen hat, ob es noch da ist, innerlich muss er über seine Angst, bestohlen zu werden, lächeln, gefällt Ihnen das Zimmer, fragt der Hotelchef mit der Stimme und Autorität eines Menschen, der diese Funktion auch wirklich ausübt, aber freundlich, wie es dem Geschäft des Vermieters zukommt. Es gefällt mir, ich nehme es. Und für wie viel Tage? Das weiß ich noch nicht, das hängt von einigen Angelegenheiten ab, die ich erledigen muss, je nachdem, wie lange das dauert. Es ist der übliche Dialog, das in solchen Fällen übliche Gespräch, aber in diesem hier klingt ein falscher Ton mit, da der Reisende gar nichts in Lissabon zu erledigen hat, keinerlei Angelegenheiten, die eine derartige Bezeichnung verdienten, er hat gelogen, er, der einmal behauptete, jegliche Ungenauigkeit zu verabscheuen.

Sie gehen zum ersten Stock hinunter, der Hotelchef ruft einen Angestellten, Burschen für Botendienste und Mann für Lasten, damit er das Gepäck dieses Herrn holen möge, das Taxi wartet gegenüber dem Café, der Reisende geht mit hinunter, um die Corrida zu bezahlen, noch heute benutzt man dieses Vokabular der Kutscher und Postillione, auch will er nachsehen, ob nichts fehle, ein unbegründetes Misstrauen, ein ungerechtfertigtes Urteil, denn der Chauffeur ist eine ehrliche Person, er will nur, dass man ihm zahlt, was das Taxameter anzeigt, dazu das übliche Trinkgeld. Er wird nicht das Glück des Gepäckträgers teilen, es gibt keinen Goldregen mehr, weil der Reisende inzwischen an der Rezeption etwas von seinem englischen Geld umgetauscht hat, nicht dass wir der Freigebigkeit müde wären, aber einmal ist nicht alle Mal, und Prahlerei ist eine Beleidigung gegenüber den Armen. Der Koffer ist viel schwerer als mein Geld, und während er den Treppenabsatz erreicht, macht der Hotelchef, der ihn hier erwartet und seine Arbeit beobachtet hatte, eine helfende Bewegung, die Hand nach unten, symbolische Geste wie das Werfen eines Steines, denn die Last befand sich auf dem Rücken des Burschen, Bursche nur von Beruf, nicht vom Alter her, das dieser mit sich schleppt, so schleppt er den Koffer und denkt dabei an jene eingangs erwähnten Worte, von jeder Seite unterstützt durch zwecklose Hilfe, die zweite kommt vom Gast, den die Anstrengung dauert. Schon ist er unterwegs zum zweiten Stock, es ist die Zweihunderteins, Pimenta, diesmal hat er Glück, muss nicht in die oberen Stockwerke, während er hinaufsteigt, begibt sich der Gast zur Rezeption zurück, ein wenig atemlos von der Anstrengung greift er zum Federhalter und trägt sich in das Gästebuch ein, Angaben über seine Person macht er nur so weit wie notwendig, damit man über den Bescheid weiß, der erklärt, wer er sei, in das Karree der waagerecht und senkrecht linierten Seite hinein, Name Ricardo Reis, Alter achtundvierzig Jahre, gebürtig in Porto, Familienstand ledig, Beruf Arzt, letzte Anschrift Rio de Janeiro, Brasilien, von wo er herkommt, mit der Highland Brigade ist er gereist, es sieht wie der Beginn einer Beichte aus, einer intimen Autobiographie, alles Verborgene enthält diese beschriftete Linie, jetzt heißt es den Rest herausfinden. Mit langem Hals hatte der Hotelchef das Aneinanderreihen der Buchstaben verfolgt, um sie entziffern und daraufhin den Inhalt erschließen zu können, er vermeint nun, dass er dieses und jenes erfahren habe, und sagt, Senhor Doktor, das ist kein Anbiedern, ein Siegel ist es, Anerkennung eines Rechts, eines Verdienstes, einer Qualität, das erfordert, sofort Gleiches mit Gleichem zu vergelten, auch wenn es nicht geschrieben steht, mein Name ist Salvador, ich bin der Verantwortliche des Hotels, der Leiter, wenn der Senhor Doktor etwas benötigt, so muss er es mir sagen. Wann wird das Abendessen serviert? Das Abendessen ist um acht, Senhor Doktor, ich hoffe, dass Sie mit unserer Küche zufrieden sein werden, wir haben auch französische Gerichte. Doktor Ricardo Reis drückt mit einem Kopfnicken seine eigene Erwartung aus, greift nach Mantel und Hut, die er auf einem Stuhl abgelegt hatte, und zieht sich zurück.

Der Hoteldiener wartet in der offenen Zimmertür. Ricardo Reis sieht ihn vom Ende des Flures aus, dort angekommen, würde der Mann, wie er wusste, auf ihn zukommen, mit bittender, aber auch fordernder Hand, angemessen dem Gewicht des Gepäcks, während er den Gang entlanggeht, bemerkt er, was er vorher nicht wahrgenommen hatte, nämlich dass es nur auf einer Seite Türen gibt, die andere ist Wand, die das Treppenhaus bildet, er denkt darüber nach, als sei es eine wichtige Frage, die er nicht vergessen dürfe, er ist wirklich sehr müde. Der Mann erhält sein Trinkgeld, er fühlt es mehr, als dass er es sieht, das macht die Gewohnheit, er ist zufrieden, so sehr, dass er sagt, Senhor Doktor, vielen Dank, wir können nicht erklären, woher er es weiß, wenn er doch das Gästebuch nicht gesehen hat, es liegt daran, dass die niederen Schichten den studierten und kultivierten Leuten in nichts an Scharfblick und Scharfsinn nachstehen. Was Pimenta schmerzt, ist lediglich das eine Schulterblatt, da er beim Zurechtrücken des Koffers einmal nicht aufgepasst hatte, obwohl er eigentlich ein Mann mit Erfahrung in solchen Dingen ist.

Ricardo Reis setzt sich auf einen Stuhl, lässt den Blick umherschweifen, hier wird er für wer weiß wie viele Tage leben, vielleicht wird er eine Wohnung mieten und eine Praxis einrichten, vielleicht wird er nach Brasilien zurückfahren, vorläufig wird das Hotel genügen, ein neutraler Ort, ohne Verpflichtung, Ort des Übergangs und der Ungewissheit. Hinter den einfarbigen Gardinen sind die Fenster plötzlich hell geworden, es sind die Straßenlaternen. So spät ist es schon. Dieser Tag ist zu Ende, was von ihm übrig ist, schwebt draußen über dem Meer und entflieht, vor wenigen Stunden noch reiste Ricardo Reis über diese Wasser, jetzt ist der Horizont in Reichweite seiner Arme: Wände, Möbel, die das Licht wie ein dunkler Spiegel reflektieren, und anstatt des schweren Stampfens der Dampfmaschinen hört er das Summen, das Raunen der Stadt, sechshunderttausend seufzende Menschen, von weitem schreit es, jetzt einige vorsichtige Schritte auf dem Gang, eine Frauenstimme, die sagt, ich komme schon, es muss das Zimmermädchen sein, diese Worte, diese Stimme. Er öffnet eines der Fenster, schaut hinaus. Der Regen hat aufgehört. Feucht ist die vom Fluss herüberwehende frische Luft, die ins Zimmer dringt, sie mildert den dumpfen Geruch, der dem nach ungewaschener Wäsche gleicht, die in einer Schublade vergessen liegt, ein Hotel ist keine Wohnung, einige dieser oder jener Gerüche bleiben ihm haften, eine verschwitzte Schlaflosigkeit, eine Liebesnacht, ein durchnässter Mantel, der Staub abgebürsteter Schuhe zur Stunde des Aufbruchs, danach kommen die Zimmermädchen, um das Bett frisch zu beziehen, zu fegen, auch der ihnen eigene Geruch bleibt, nichts davon ist vermeidbar, es sind die Zeichen unseres Menschseins.

Er lässt das Fenster geöffnet und geht in Hemdsärmeln das andere öffnen, von einer plötzlichen Kraft belebt, beginnt er die Koffer auszupacken, in weniger als einer halben Stunde hat er sie entleert, er verteilt ihren Inhalt in die Möbel, in die Schubladen der Kommode, die Schuhe in die Schuhlade, die Anzüge auf die Bügel des Kleiderschranks, den schwarzen Arztkoffer in die dunkle Tiefe des Schranks und die Bücher in ein Regal, die wenigen, die er mitgebracht hat, einiges in klassischem Latein, was er längst nicht mehr regelmäßig las, einige abgegriffene Bücher englischer Dichter, drei oder vier brasilianische Autoren, keine zehn portugiesischen, und zwischen diesen findet er jetzt eins, das zur Bibliothek der Highland Brigade gehörte, er hatte vergessen, es vor dem Verlassen des Schiffes abzugeben. Wenn der irische Bibliothekar das Fehlen bemerkt hat, dann werden zu dieser Stunde grobe, schwerwiegende Vorwürfe gegen das lusitanische Vaterland erhoben, Land der Sklaven und Diebe, wie Byron gesagt hat und O'Brien sagen wird, aus solchen geringfügigen, lokalen Ursachen entstehen gewöhnlich große und globale Folgen, aber ich bin unschuldig, ich schwöre es, es war nur Vergesslichkeit und weiter nichts. Er legt das Buch auf den Nachttisch, um es an einem der folgenden Tage mit Genuss zu Ende zu lesen, The God of the Labyrinth lautet der Titel, sein Autor ist Herbert Quain, ebenfalls ein Ire, eine nicht seltene Übereinstimmung, aber der Name, ja, der ist besonders einmalig, denn ohne großen Aussprachefehler könnte man lesen quem, wer, man beachte Quain, quem, ein Schriftsteller, der nur deshalb nicht unbekannt ist, weil ihn jemand auf der Highland Brigade gefunden hat, nun ist selbst das nicht mehr möglich, falls es dort nur dieses einzige Exemplar gegeben hat, noch ein Grund mehr, uns zu fragen, quem? Die Langeweile während der Reise und die Suggestion des Titels hatten ihn neugierig gemacht, ein Labyrinth mit einem Gott, was für ein Gott wäre das, was für ein Labyrinth war das, was für ein labyrinthischer Gott, und zu guter Letzt war es ein simpler Kriminalroman, eine gewöhnliche Geschichte von Mord und Aufklärung, ein Verbrecher, ein Opfer, falls nicht im Gegenteil das Opfer vor dem Verbrecher da ist, und schließlich der Detektiv, alle drei Komplizen des Todes, ich sage euch, in Wirklichkeit ist der Leser von Kriminalromanen der einzige und reale Überlebende der Geschichte, die er gelesen hat, falls nicht überhaupt jeder Leser als einziger und realer Überlebender die ganze Geschichte liest.

Und es müssen Papiere verwahrt werden, diese mit Versen beschriebenen Blätter, das älteste ist vom zwölften Juni neunzehnhundertvierzehn datiert, Krieg kam, der Große, wie sie ihn später nannten, solange sie keinen größeren geführt hatten, Meister, ruhig sind alle Stunden, die wir verlieren, wenn in das Verlieren wir wie in eine Vase Blumen stecken, und dann schlussfolgert er, beruhigt verlassen wir das Leben, nicht einmal Reue kennen wir, gelebt zu haben. So aneinandergereiht steht es nicht da, jede Zeile hat ihren gehorsamen Vers, aber auf diese Weise lesen wir, fortlaufend, ohne eine andere Pause als die des Atemholens und des Rhythmus, das jüngste Blatt trägt das Datum vom dreizehnten November neunzehnhundertfünfunddreißig, anderthalb Monate sind seitdem vergangen, ein frisches Blatt noch, und es heißt dort, in uns leben Unzählige, wenn ich denke oder fühle, weiß ich nicht, wer denkt oder fühlt, ich bin nur der Ort, an dem man denkt und fühlt, und ohne hier zu enden, ist's doch wie ein Ende, denn nichts gibt's außer Denken und Fühlen.

Wenn ich nur das bin, denkt Ricardo Reis nach dem Lesen, wer wird jetzt wohl denken, was ich denke, oder denke ich, dass ich an dem Ort denke, den ich denke, wer wird fühlen, was ich fühle, oder fühle ich, dass ich an dem Ort fühle, den ich erfühle, wer bedient sich meiner, um zu fühlen und zu denken, und wer von den Unzähligen bin ich, die in mir leben, welcher bin ich, wer, quem, Quain, welche Gedanken und Gefühle teile ich nicht, weil sie nur mir gehören, wer bin ich, ohne ein anderer zu sein, gewesen zu sein oder zu werden. Er ordnet die Blätter, zwanzig Jahre Tag auf Tag, Blatt auf Blatt, legt sie in eine Schublade des kleinen Schreibtisches, schließt die Fenster und dreht den Warmwasserhahn auf, um sich zu waschen. Es ist kurz nach sieben.

Pünktlich mit dem Nachhall des letzten Achtuhrschlages der Standuhr, einer Zierde der Etage, in der sich die Rezeption befindet, begibt sich Ricardo Reis zum Restaurant hinunter. Salvador lächelt, und unter dem Schnurrbart wird eine Reihe wenig gepflegter Zähne sichtbar, er beeilt sich, dem Gast die zweiflügelige Glastür zu öffnen, die mit dem Monogramm HB versehen ist. In verschlungenen Bögen und Gegenbögen, mit Anhängseln und Beifügungen in vegetabilen Formen, Reminiszenzen an Akanthus, Palmetten, verschnörkeltes Blattwerk, auf diese Art verleihen die angewandten Künste dem trivialen Hotelgewerbe etwas Würdevolles. Der Maître kommt ihm entgegen, es sind keine weiteren Gäste im Saal, nur zwei Kellner, die soeben die Tische gedeckt hatten, hinter einer anderen Tür, ebenfalls mit Monogramm, hört man Geschirrklappern, von dorther würden in Bälde die Terrinen, die zugedeckten Teller und Bratenplatten erscheinen. Das Mobiliar ist das übliche, wer einen dieser Speisesäle gesehen hat, hat alle gesehen, es sei denn, es handelt sich um ein Luxushotel, aber das ist hier nicht der Fall, einige schwache Lichter an der Decke und an den Wänden, einige Kleiderhaken, weiße Decken auf den Tischen, blütenweiß, rigorose Forderung der Direktion, von allem Schmutz in der Wäscherei befreit, falls nicht am Waschplatz von Caneças, wo man nur Seife und Sonne kennt, bei dem vielen Regen in den letzten Tagen muss mit Verzögerung gerechnet werden. Ricardo Reis setzt sich, der Maître erklärt, was es zu essen gibt. Suppe, Fisch, Fleisch, falls nicht der Senhor Doktor Diät bevorzugt, das heißt anderes Fleisch, anderen Fisch, andere Suppe, ich würde raten, sich langsam an diese neue Ernährung zu gewöhnen, wenn man gerade erst nach sechzehn Jahren Abwesenheit aus den Tropen zurück ist, das weiß man also sogar schon im Restaurant und in der Küche. Die Tür zur Rezeption wird aufgestoßen, ein Ehepaar mit zwei Kindern, Junge und Mädchen, wachsbleich, tritt ein, die Eltern mit leicht gerötetem Gesicht, aber alle durch die Ähnlichkeit als verwandt ausgewiesen, das Familienoberhaupt vorweg, Führer des Stammes, die Mutter den Nachwuchs, in der Mitte zwischen beiden, tätschelnd. Danach taucht ein dicker Mann auf, schwerfällig, mit einer goldenen Kette, die den Bauch überspannt, von Westentasche zu Westentasche, und gleich darauf ein anderer Mann, spindeldürr, mit schwarzer Krawatte und Trauerflor am Arm, in der nächsten Viertelstunde kommt niemand mehr, man hört, wenn die Bestecke die Teller berühren, der Vater der Kinder, herrschsüchtig, schlägt mit dem Messer an das Glas, um so den Kellner auf sich aufmerksam zu machen, der Hagere, verletzt in seiner Trauer und verärgert über solch ein Benehmen, blickt ihn ernst an, der Dicke kaut gleichmütig. Ricardo Reis betrachtet die Fettaugen auf der Hühnerbrühe, er hatte schließlich eine Diät gewählt, aus Gleichgültigkeit war er diesem Rat gefolgt, nicht weil er in ihm einen besonderen Vorteil erblickt hätte. Ein Trommeln gegen die Fensterscheiben macht ihn darauf aufmerksam, dass es wieder zu regnen begonnen hat. Diese Fenster gehen nicht zur Rua do Alecrim, was kann es für eine Straße sein, er erinnert sich nicht, falls er es überhaupt schon einmal gewusst hatte, doch der Kellner, der kommt, um den Teller zu wechseln, erklärt es ihm, das hier ist die Rua Nova do Carvalho, Senhor Doktor, und er fragt, nun, hat Ihnen die Brühe geschmeckt, an der Aussprache merkt man, dass der Kellner Galicier ist, sie hat geschmeckt, an der Aussprache hat man schon gemerkt, dass der Gast in Brasilien gelebt hat, ein gutes Trinkgeld hatte Pimenta bekommen.

Die Tür öffnet sich wieder, dieses Mal kommt ein Mann in mittleren Jahren herein, hochgewachsen, förmlich, mit langem, kantigem Gesicht, daneben eine junge Dame von etwa zwanzig Jahren, höchstens, dürr, wenn es auch genauer wäre, schlank zu sagen, sie wenden sich dem Tisch zu, der Ricardo Reis gegenübersteht, auf einmal wird klar, dass der Tisch sie erwartet hatte, wie ein Gegenstand die Hand erwartet, die ihn ständig sucht und benutzt, es sind Stammgäste, vielleicht die Besitzer des Hotels, es ist interessant, wie wir vergessen, dass die Hotels Besitzer haben, diese hier, Besitzer oder nicht, durchqueren gemessenen Schrittes den Saal, als befänden sie sich im eigenen Hause, solche Dinge fallen einem auf, wenn man aufmerksam hinschaut. Das Mädchen sitzt mit dem Profil zu Ricardo Reis, der Mann kehrt ihm den Rücken zu, sie unterhalten sich mit leiser Stimme, doch sie wird lauter, als sie sagt, nein, Vater, ich fühle mich gut, es sind also Vater und Tochter, eine in Hotels selten anzutreffende Konstellation, in diesem Alter. Der Kellner kommt herbei, um sie zu bedienen, zurückhaltend, aber doch irgendwie vertraulich, dann zieht er sich zurück, jetzt herrscht Stille im Raum, nicht einmal die Kinder heben die Stimmen, seltsam, Ricardo Reis kann sich nicht erinnern, dass sie gesprochen hätten, entweder sind sie stumm, oder ihre Lippen sind zusammengeklebt, zusammengehalten durch unsichtbare Klammern, absurder Gedanke, wo sie doch essen. Das hagere Mädchen ist mit der Suppe fertig, sie legt den Löffel fort, die rechte Hand streichelt die im Schoß ruhende linke, als wäre sie ein Haustierchen. Ricardo Reis bemerkt jetzt, überrascht von seiner eigenen Entdeckung, dass diese Hand von Anfang an unbeweglich geblieben war, er erinnert sich, dass nur die rechte Hand die Serviette aufgeschlagen hatte, jetzt fasst sie die linke, um sie auf den Tisch zu legen, sehr behutsam, zerbrechliches Kristall, und dort lässt sie sie ruhen, neben dem Teller wohnt sie dem Essen bei, die langen Finger ausgestreckt, bleich und abwesend. Ricardo Reis fühlt ein Schaudern, er selbst fühlt es, niemand, der es für ihn fühlte, auf und unter der Haut fröstelt es, er schaut fasziniert auf die gelähmte, blinde Hand, die nicht weiß, wohin, wenn man sie nicht führt, hierhin zum Sonnen, dorthin, um einem Gespräch zu lauschen, hierhin, damit dich jener Senhor Doktor sehe, der aus Brasilien gekommen ist, kleine Hand, zwiefach links, weil sie auf dieser Seite und weil sie linkisch ist, unbeweglich, schlaff, tote Hand, tote Hand, wirst nie klopfen an der Türe Rand. Ricardo Reis beobachtet, dass die Gerichte für das Mädchen bereits vorbereitet vom Büfett kommen, der Fisch ist entgrätet, das Fleisch geschnitten, das Obst geschält und zerteilt; es ist offenkundig, dass Tochter und Vater bekannte Gäste sind, das Haus ist an sie gewöhnt, vielleicht leben sie sogar im Hotel. Die Mahlzeit ist beendet, man zögert noch etwas, um Zeit zu geben, was für Zeit und wozu, schließlich erhebt er sich, er schiebt den Stuhl zurück, das ungewollt laute Schurren bringt das Mädchen dazu, ihm das Gesicht zuzuwenden, so von vorn wirkt sie älter als zwanzig Jahre, wie es anfangs schien, doch das Profil stellt ihre Halbwüchsigkeit sofort wieder her, der zerbrechliche Hals, die zarte Kinnpartie, die ganze schneeweiße, labile Linie des Körpers, unsicher, unvollendet. Ricardo Reis verlässt das Restaurant, er nähert sich der Tür mit dem Monogramm, hier muss er mit dem Dicken, der ebenfalls dem Ausgang zustrebt, Höflichkeiten austauschen, bitte schön, nach Ihnen, Exzellenz. Aber nicht doch, für wen diese Ehre, der Dicke eilt hinaus, vielen Dank, bemerkenswert, diese Art zu sprechen, für wen denn, wollten wir alles wortwörtlich nehmen, dann hätte Ricardo Reis der Vortritt gebührt, weil er Unzählige ist, so wie er sich selbst versteht.

Der Hotelchef, Salvador, streckt ihm bereits den Schlüssel zur Zweihunderteins entgegen, er hat die Absicht, ihn vorsorglich auszuhändigen, doch er unterbricht behutsam die Geste, vielleicht möchte der Gast ausgehen, um das nächtliche Lissabon und seine Geheimnisse zu entdecken, nach so vielen Jahren in Brasilien und so vielen Tagen der Überfahrt auf dem Ozean, obwohl die winterliche Nacht eher Gelüste auf die Geborgenheit des Gesellschaftsraums wecken dürfte, hier nebenan liegt er, mit seinen tiefen, hochlehnigen Ledersesseln, seinem Lüster mit dem kostbaren Tropfgehänge, dem großen Spiegel, der den gesamten Raum wiedergibt, der sich hier verdoppelt, in einer anderen Dimension, nicht die einfache Reflexion der gewöhnlichen, bekannten Dimensionen, die sich ihm gegenüberstellen, Breite, Länge, Höhe, denn sie gibt es dort nicht so jede für sich, bestimmbar, sondern verschmolzen in einer einzigen Dimension, wie ein unfassbares Phantasma einer entfernten und zugleich nahen Perspektive, falls in dieser Erklärung nicht ein Widerspruch liegt, hier steht Ricardo Reis in seine Betrachtung vertieft, in der Tiefe des Spiegels, einer der Unzähligen, der er ist, aber alle ermüdet, ich gehe nach oben, ich bin müde von der Reise, es waren zwei Wochen schlechten Wetters, wenn es ein paar Zeitungen von heute gäbe, könnte ich mich bis zum Einschlafen mit dem Vaterland vertraut machen. Hier sind sie, Senhor Doktor, und in diesem Augenblick erscheinen das Mädchen mit der gelähmten Hand und der Vater, sie steuern auf den Gesellschaftsraum zu, er voran, sie hinterher, einen Schritt voneinander entfernt, den Schlüssel hat Ricardo Reis bereits in der Hand, ebenso die graufarbenen, bräunlichen Zeitungen, ein Windstoß rüttelt an der Tür, die nach draußen führt, dort hinten an der Treppe, die Klingel ertönt, niemand, nur das sich verschlimmernde Unwetter, von dieser Nacht ist nicht mehr zu erwarten, als sie bereits bietet, Regen, Sturmwind an Land und auf dem Meer, Einsamkeit.

Das Zimmersofa ist bequem, die Federn haben sich durch das Gewicht so vieler Körper angepasst, sie bilden eine leichte Vertiefung, das Licht der Lampe über dem Schreibtisch beleuchtet die Zeitung aus günstigem Winkel, all dies ähnelt keinem Hotel, es gleicht mehr einem Zuhause, einem Schoß der Familie, einem Heim, das ich nicht habe, wenn ich es haben werde, sind das die Nachrichten meines Heimatlandes, und die lauten: Das Staatsoberhaupt eröffnete zu Ehren Mousinhos und Albuquerques im Hauptbüro für die Kolonien eine Ausstellung, man darf weder auf die imperialen Ehrungen verzichten noch die imperialen Persönlichkeiten vergessen. Große Befürchtungen in Golegã, ich kann mich nicht daran erinnern, wo das liegt, ach ja, im Ribatejo, wenn der Deich der Zwanzig bricht, seltsamer Name, wo er wohl herrührt, wird sich die Katastrophe von achtzehnhundertfünfundneunzig wiederholen, fünfundneunzig, da war ich acht Jahre alt, da kann ich mich natürlich nicht erinnern. Die größte Frau der Welt ist Elsa Droyon, sie ist zwei Meter fünfzig groß, die würde nicht vom Hochwasser überflutet werden, und das Mädchen, wie mag sie heißen, diese gelähmte Hand, so willenlos, rührt das von einer Krankheit her, von einem Unfall. Fünfter Schönheitswettbewerb der Kinder, eine halbe Seite mit Bildern von kleinen Kindern, alles Nackedeis, sichtbar die Fältchen, mit bulgarischem Milchpulver ernährt, einige dieser Babys werden Verbrecher werden, Strolche und Prostituierte, gerade weil sie so zur Schau gestellt wurden, in zartem Alter, den anzüglichen Blicken des Gewöhnlichen preisgegeben, der keine Unschuld respektiert, Operationen in Äthiopien fortgesetzt, und was haben wir aus Brasilien für Nachrichten, keine Neuigkeit, alles schon vorbei, Großoffensive der italienischen Truppen, keine menschliche Kraft vermag es, den italienischen Soldaten in seinem heldenhaften Vormarsch aufzuhalten, was könnte, was kann der abessinische Lazarus gegen ihn ausrichten, die armselige Lanze, der miserable Stutzsäbel. Der Advokat der berühmten Athletin gab bekannt, dass sich seine Mandantin einer wichtigen Operation unterzogen habe, um das Geschlecht zu ändern, in wenigen Tagen werde sie ein echter Mann sein, als wäre sie so geboren, wennschon, dennschon, sie sollte nicht vergessen, auch ihren Namen zu ändern. Bocage vor dem Tribunal des Heiligen Officium, ein Gemälde des Malers Fernando Santos, gute Kunst macht man hierzulande. Im Coliseu geben sie die Letzte Herrlichkeit mit der quecksilbrigen und bildschönen Vanise Meireles, brasilianischer Star, seltsam, in Brasilien ist sie mir gar nicht aufgefallen, meine Schuld, hier für drei Escudos normal und ab fünf gepolstert, zwei Vorstellungen, sonntags Matinee. Im Politeama zeigt man Die Kreuzzüge, ein düsterer historischer Streifen. In Port Said wurden zahlreiche englische Kontingente ausgeschifft, jede Zeit hat ihre Kreuzzüge, diese sind von heute, wenn man weiß, dass sie in Richtung Grenze nach dem italienischen Libyen führen, eine Aufstellung der in der ersten Dezemberhälfte in Brasilien gestorbenen Portugiesen, dem Namen nach kenne ich keinen, ich muss nicht bewegt sein, keine Trauer anlegen, aber es sterben dort wirklich viele Portugiesen, hier finden überall im Land Armenspeisungen statt, das Abendessen in den Asylen, wie gut in Portugal die Alten behandelt werden, gut behandelt die unglückliche Kindheit, Straßenblümchen, und diese Nachricht hier. Der Bürgermeister von Porto telegrafierte dem Innenminister, in Würdigung des Erlasses über die Unterstützung der Armen im Winter beglückwünscht die heute stattgefundene Sitzung des Stadtrates unter meiner Präsidentschaft

Eure Exzellenz zu dieser so einmalig herrlichen Unternehmung, und weiter, Verschlammte Brunnen, Anhäufungen von Viehmist, in Lebução und Fatela gehen die Pocken um, in Portalegre herrscht die Grippe und Typhusfieber in Valbom, ein Mädchen von sechzehn Jahren, zartes ländliches Blümlein, ist an den Pocken gestorben, Lilie, so früh und so grausam gebrochen. Ich besitze eine Foxhündin, nicht reinrassig, die schon zweimal geworfen hat, und immer wurde sie dabei ertappt, dass sie die Jungen fraß, nicht eines ist davongekommen, sagen Sie mir, Senhor Redakteur, was ich tun soll, Der Kannibalismus bei Hündinnen, verehrter Leser und Ratsuchender, entsteht im Allgemeinen durch schlechte Ernährung während der Tragezeit, zu wenig Fleisch, man muss der Hündin reichlich Fressen zukommen lassen, wobei Fleisch die Grundlage sein soll, doch darf es auch nicht an Milch, Brot und Gemüse fehlen, also eine umfassende Ernährung, wenn sie weiterhin von diesem Trieb beherrscht wird, ist nichts zu machen, töten Sie sie, oder lassen Sie sie nicht decken, sie muss mit der Laufzeit zurechtkommen, oder lassen Sie sie sterilisieren. Stellen wir uns einmal die während der Schwangerschaft schlecht ernährten Frauen vor, und das ist mehr als alltäglich der Fall, ohne Fleisch, ohne Milch, etwas Brot und Kohl, wenn sie ebenfalls ihre Kinder aufessen würden, und wenn wir uns das vor Augen führen und feststellen, dass dies nicht geschieht, dann ist es schließlich leicht, die Menschen von den Tieren zu unterscheiden, diesen Kommentar hat nicht der Redakteur hinzugefügt, auch Ricardo Reis nicht, der an etwas anderes denkt, welchen passenden Namen man dieser Hündin geben müsste, Diana oder Lembrada, die Unvergessliche, wird er sie nicht nennen, und was würde ein Name am Verbrechen oder seinen Motiven ändern, wird das abscheuliche Tier durch einen vergifteten Kuchen oder durch die Jagdflinte seines Herrn sterben, beharrt Ricardo Reis, und schließlich findet er den richtigen

Namen, einer, der von Ugolino della Gherardesca kommt, überkannibalischer männlicher Graf, der Kinder und Enkel aß, was attestiert und verbürgt ist, im entsprechenden Kapitel über die Geschichte der Guelfen und Ghibellinen sowie auch in der Göttlichen Komödie, dreiunddreißigster Gesang der Hölle, so soll sie denn Ugolina heißen, diese Mutter, die ihre eigenen Kinder frisst, so widernatürlich, dass sich ihr nicht einmal vor Mitleid die Eingeweide im Leib umdrehen, wenn sie mit ihren Zähnen die warme und weiche Haut der Hilflosen reißt, sie zerstückelt, ihre zarten Knochen bricht, und die armen stöhnenden Hündchen sterben, ohne zu sehen, wer sie verschlingt, die Mutter, die sie geboren hat, Ugolina, töte mich nicht, denn ich bin dein Kind.

Das Blatt, das derartige Gräuelnachrichten bringt, sinkt ruhig auf die Knie des eingeschlafenen Ricardo Reis. Ein plötzlicher Schauer bringt die Scheiben zum Klirren, der Regen stürzt wie eine Sintflut herab. Durch die einsamen Straßen von Lissabon läuft die Hündin Ugolina, Blut geifernd, an den Türen knurrend, heulend auf Plätzen und in Parks, wild den eigenen Bauch beißend, in dem schon der nächste Wurf heranwächst.

Nach einer Nacht ungestümen Winterwetters, wütenden Sturmes, diese Worte sind schon zusammen geboren, die ersteren weniger, und die einen so treffend wie die anderen die Umstände bezeichnend, dass sie die Mühe erübrigen, an neue Schöpfungen zu denken, da könnte doch der Morgen schön, sonnenglänzend sein, mit einem blaustrahlenden Himmel und heiteren Taubenschwärmen. Doch die Sterne standen nicht so, die Möwen überfliegen weiterhin die Stadt, dem Fluss ist nicht zu trauen, die Tauben zeigen sich kaum. Es regnet, erträglich für den, der mit Mantel und Regenschirm auf die Straße gegangen ist, der Wind ist im Vergleich zu dem morgendlichen Wüten eine Liebkosung im Gesicht. Ricardo Reis hat das Hotel früh verlassen, er ist zur Handelsbank gegangen, um einiges von seinem englischen Geld in Escudos des Vaterlandes umzutauschen, für jedes Pfund wurden ihm einhundertundzehntausend Réis ausgezahlt, schade, dass jene nicht aus Gold waren, man hätte sie fast für das Doppelte tauschen können, trotzdem hat er keinen besonderen Grund zur Klage, dieser Heimkehrer, der mit fünf Contos in der Tasche die Bank verlässt, das ist ein Reichtum für portugiesische Verhältnisse. Von der Rua do Comércio, wo er sich befindet, bis zum Terreiro do Paço sind es nur wenige Meter, man ist versucht zu schreiben, es ist ein Schritt, doch Ricardo Reis wird nicht die Überquerung des Platzes auf sich nehmen, er schaut von weitem, unter dem Schutz der Arkaden, grau und aufgewühlt der Fluss, es ist Flut, wenn sich die Wellen zum Platz hin aufrichten, scheint es, als wollten sie das Gelände überfluten, ja untertauchen, aber es ist eine optische Täuschung, sie fallen an der Mauer in sich zusammen, ihre Kraft wird durch die Schräge des Kais gebrochen. Er erinnert sich daran, hier früher gesessen zu haben, so fern ist die Zeit, dass man in Zweifel gerät, sie selbst erlebt zu haben, oder ein anderer für mich, gleichen Gesichts vielleicht und Namens, ein anderer doch. Er spürt seine kalten, feuchten Füße und auch, wie ein Hauch von Unglücklichsein seinen Körper durchzieht, nicht seine Seele; ich wiederhole, nicht seine Seele, dieser Eindruck ist äußerlich, er könnte ihn mit den Händen fassen, hielten nicht beide den Griff des Regenschirms umklammert, der unsinnigerweise aufgespannt ist. So weltvergessen ist ein Mensch, so setzt er sich der Neckerei dessen aus, der vorbeigehend sagt, oh, Senhor, passen Sie auf, dass Sie da drunter nicht einregnen, aber der Spott ist freimütig und nicht boshaft. Ricardo Reis lächelt über seine Zerstreutheit, ohne zu wissen, weshalb, murmelt er die zwei Verse von João de Deus, vielgerühmt während seiner Schulzeit, unter jener Arkade verbrächte man gut die Nacht.

Er ist so nahe gekommen, um im Vorübergehen festzustellen, ob die alte Erinnerung an den Platz, scharf wie ein Stahlstich oder so in der Phantasie erstanden, dass es heute so scheint, annähernd mit der Realität eines auf drei Seiten von Gebäuden umgebenen Karrees übereinstimmt, mit einer königlichen Reiterstatue in der Mitte, mit dem Triumphbogen, den er von seinem Standort aus nicht sieht, letztlich ist alles diffus, nebulös die Architektur, die Linien verschwommen, vielleicht durch die vergangene Zeit, vielleicht durch seine schon müden Augen, nur die Augen der Erinnerung können so scharf sein wie ein Sperberauge. Es geht auf elf Uhr zu, unter den Arkaden ist viel Bewegung, Bewegung heißt nicht Schnelligkeit, diese Würde hat wenig Eile, die Männer alle mit weichem Hut, tropfenden Regenschirmen, kaum eine Frau, und so betreten sie die Dienststellen, um diese Zeit beginnen die Beamten zu arbeiten. Ricardo Reis entfernt sich in Richtung der Rua do Crucifixo, er erträgt die Hartnäckigkeit eines Losverkäufers, der ihm ein Zehntellos für die nächste Ziehung verkaufen will, es ist die Tausenddreihundertneunundvierzig, morgen dreht sich das Glücksrad, es war weder diese Nummer, noch dreht sich das Rad morgen, aber so klang die Stimme des Sehers, des mit einem Blechstreifen an der Mütze ausgewiesenen Propheten, kaufen Sie, Senhor, schauen Sie, wenn Sie nicht kaufen, könnten Sie's bereuen, ich hab's im Gefühl, und eine verhängnisvolle Drohung liegt in der Nötigung. Er biegt in die Rua Garrett ein, geht den Chiado hinauf, vier Lastträger stehen an den Sockel der Statue gelehnt, es ist die Insel der Galicier, inzwischen hat es aufgehört zu regnen, geregnet hat es, nun nicht mehr, hinter Luís de Camões ist eine strahlende Helligkeit, ein Heiligenschein, da sieht man wieder, was Wörter sind, dieses hier kann ebenso Regen wie Wolke bedeuten sowie leuchtender Kreis, und da der Seher kein Gott oder Heiliger ist und es auch nicht mehr regnet, so waren es nur die Wolken, die sich im Vorbeiziehen auflösten, wollen wir doch keine Wunder von Ourique oder Fátima beschwören, erst recht nicht solche simplen wie das Aufklaren des Himmels.

Ricardo Reis geht zu den Zeitungen, gestern hatte er sich die Adressen notiert, es wurde noch nicht gesagt, dass er schlecht geschlafen hatte, das Bett befremdete ihn, oder das Land, wenn man in der Stille eines noch fremden Zimmers auf den Schlaf wartet, den Regen auf der Straße hört, dann nehmen die Dinge ihre wahre Gestalt an, sind sie alle groß, ernst, schwer, wie lügnerisch ist doch das Licht des Tages, es macht aus dem Leben nunmehr einen verkürzten Schatten, nur die Nacht ist klar, doch sie wird vom Schlaf besiegt, vielleicht für unsere Ruhe und Erholung, Friede den Seelen der Lebenden. Ricardo Reis geht zu den

Zeitungen, geht dorthin, wohin immer jedermann gehen wird, der von den Dingen der vergangenen Welt wissen will, hier im Bairro Alto, wo die Welt vorbeikam, hier, wo sie die Spur ihres Fußes hinterlassen hat, Fußabdrücke, zerbrochene Zweige, zertretene Blätter, Buchstaben, Nachrichten, das, was von der Welt geblieben ist, der Rest ist ein Stück nötiger Einbildung, damit diese Welt auch ein Gesicht erhalte, einen Blick, ein Lächeln, eine Agonie. Der unerwartete Tod von Fernando Pessoa verursachte tiefen Schmerz in den intellektuellen Kreisen, Poet des Orfeu, bewundernswerter Geist, der nicht nur die Poesie auf originelle Weise kultivierte, sondern auch die kluge Kritik, er starb gestern in aller Stille, so wie er immer gelebt hatte, doch da das Schreiben in Portugal niemanden ernährt, hatte sich Fernando Pessoa in einem Handelsbüro verdingt, und, einige Zeilen weiter, an der Grabstätte legten seine Freunde Blumen der Sehnsucht nieder. Mehr sagt die Zeitung nicht, eine andere sagt dasselbe auf andere Weise, Fernando Pessoa, der außerordentliche Poet der Mensagem, eines Poems voller nationalistischer Begeisterung, eines der schönsten, die je geschrieben, wurde gestern beigesetzt, der Tod hatte ihn auf einem christlichen Lager des São-Luís-Hospitals überrascht, am Samstag zur Nacht, in der Poesie war er nicht nur er, Fernando Pessoa, er war auch Álvaro de Campos, und Alberto Caeiro, und Ricardo Reis, da ist es geschehen, auf den Fehler war zu warten, die Unaufmerksamkeit, schreiben, was man vom Hörensagen kennt, wir aber wissen genau, dass Ricardo Reis dieser Mann hier ist, der mit seinen eigenen offenen und lebendigen Augen die Zeitung liest, Arzt ist er, achtundvierzig Jahre alt, ein Jahr älter als Fernando Pessoa, als man ihm die Augen schloss, diese wirklich toten, es bedurfte nicht weiterer Beweise oder Zeugnisse, dass es nicht um dieselbe Person geht, und sollte noch irgendjemand daran zweifeln, dann gehe er zum Hotel Bragança und spreche mit Senhor Salvador, dem Hotelchef, frage, ob dort nicht ein Senhor abgestiegen sei, der Ricardo Reis heiße, Arzt, aus Brasilien gekommen, und der wird es bestätigen, oder, Senhor Doktor kommt nicht zum Mittagessen, aber er hat gesagt, er würde zu Abend essen, wenn Sie eine Nachricht hinterlassen wollen, werde ich mich persönlich um die Übermittlung kümmern, wer würde es wohl wagen, am Wort eines Hotelchefs zu zweifeln, eines exzellenten Menschenkenners und Bestimmers von Identitäten. Aber damit wir uns nicht mit jemandes Wort begnügen, den wir so wenig kennen, ist hier jenes andere Journal, das die Nachricht auf die richtige Seite gesetzt hat, die der Todesanzeigen, und ausführlich den Verstorbenen identifiziert. Gestern fand das Begräbnis des Senhor Doktor Fernando António Nogueira Pessoa statt, ledig, siebenundvierzig Jahre alt, siebenundvierzig, merken Sie auf, gebürtig in Lissabon, in Geisteswissenschaften von der englischen Universität ausgebildet, ein in der literarischen Welt sehr bekannter Schriftsteller und Poet, auf seinem Sarg wurden Sträuße frischer Blumen niedergelegt, das Schlimmste an ihnen, den Ärmsten, sie welken so schnell. Während Ricardo Reis auf die Elektrische wartet, die ihn zum Prazeres-Friedhof bringen wird, liest er die am Grab gehaltene Trauerrede, er liest sie in der Nähe des Ortes, wo, wie wir wissen, vor zweihundertdreiundzwanzig Jahren, damals herrschte Don João V., der nicht in der Mensagem erwähnt wurde, wo also ein Genueser Hausierer gehängt wurde, der wegen eines Stücks halbwollenen Zeugs einen von den unseren, einen Portugiesen, tötete, indem er ihm ein Messer in den Hals stieß, dasselbe tat er dann mit der Haushälterin, die durch den Stoß tot am Platze blieb, einem Diener versetzte er zwei Stiche, die nicht tödlich waren, einem anderen stach er wie einem Kaninchen das Auge aus, und wenn er nicht noch mehr anrichtete, dann nur, weil sie ihn festnahmen, er wurde hierher zur Verurteilung geführt, weil es in der Nähe des Mordhauses war, viel Volk lief herbei, kein Vergleich mit diesem Morgen des Jahres neunzehnhundertfünfunddreißig im Monat Dezember, der dreißigste, der Himmel ist stark bewölkt, nur wer nicht anders kann, begibt sich auf die Straße, obwohl es genau in dem Moment nicht regnet, in dem Ricardo Reis, gelehnt an eine Laterne oben an der Calçada do Combro, die Trauerrede liest, nicht auf den Genueser, für den es keine gab, ausgenommen vielleicht Beschimpfungen seitens der Menge, doch auf Fernando Pessoa ja, den Poeten, frei von tödlichen Verbrechen, zwei Worte zu seinem Ableben, zwei Worte genügen für ihn, oder keines, besser wäre das Schweigen, das Schweigen, das bereits ihn und uns umgibt, das entspricht seinem Geist, für ihn ist gut, was in Gottes Nähe ist, doch jene, die in dem Zusammensein mit seiner Beleza bei ihm weilten, sollen und können ihn nicht sehen, wie er zur Erde herabsteigt oder, besser, die vorgegebenen Linien der Ewigkeit hinaufsteigt, ohne den stillen, aber menschlichen Zorn zu äußern, den seine Abreise in uns zurücklässt, seine Gefährten des Orfeu könnten es nicht, eher seine Brüder, vom gleichen idealen Blut seiner Schönheit, sie könnten ihn nicht, wiederhole ich, hierlassen, auf dieser letzten Erde, ohne nicht wenigstens über seinen gentilen Tod die weiße Lilie des Schweigens und des Schmerzes entblättert zu haben, wir beklagen den Menschen, den der Tod uns raubte, und mit ihm den Verlust des Wunderbaren seiner Gesellschaft und der Gnade seiner menschlichen Anwesenheit, nur der Mensch, hart, dies zu sagen, denn seinem Geist und seiner schöpferischen Kraft hat das Schicksal eine fremdartige Schönheit verliehen, die nicht stirbt, das Übrige ist der Genius Fernando Pessoas. Na, immerhin finden sich noch Ausnahmen in den Regeln des Lebens, seit Hamlet sagen wir immer wieder, der Rest ist Schweigen, letztlich ist der Genius derjenige, der sich des Restes annimmt, und wenn es dieser ist, dann jeder andere auch.

Die Elektrische war schon angekommen und fuhr los. Ricardo Reis sitzt darin, allein auf der Bank, er hat seinen Fahrschein bezahlt, fünfundsiebzig Centavos, mit der Zeit wird er sagen lernen, einen zu siebeneinhalb, und er liest weiter, über den letzten Abschied, er kann sich nicht davon überzeugen, dass es um Fernando Pessoa geht, der wirklich tot ist, wenn wir die Einmütigkeit der Nachrichten betrachten, doch die grammatische und lexikalische Hölzernheit, die er so hasste, wie schlecht kannten sie ihn, so zu ihm oder von ihm zu sprechen, sie haben den Tod ausgenutzt, Füße und Hände waren ihm gebunden, man stellte ihn sich als weiße, entblätterte Lilie vor, wie ein vom Fleckfieber dahingerafftes Mädchen, und dann das Beiwort gentil, mein Gott, welch ein blöder Gedanke, Verzeihung für das vulgäre Wort, wo doch der Redner dort den wirklichen Tod vor sich hatte, hätte er so was vermeiden müssen, und besonders das von dem Rest, alles zu gering, und da gentil edel bedeutet, herrschaftlich, stattlich, elegant, angenehm oder höflich, welches davon hätte er gewählt, wenn es ihm auf der Lagerstatt des São-Luís-Hospitals erlaubt gewesen wäre auszuwählen, Lob den Göttern, wenn es angenehm gewesen wäre, mit einem solchen Tod würde man nur das Leben verlieren.

Als Ricardo Reis den Friedhof erreicht, läutet die kleine Glocke des Portals, sie schickt einen bronzenen Ton in die Lüfte, wie auf einem Landgut, in der Schläfrigkeit der Siesta. In der Ferne zeigt sich ein handgezogener Karren, der müde die Trauerflore schüttelt, eine Gruppe dunkel gekleideter Leute folgt dem Leichenwagen, Gestalten in schwarzen Tüchern und Hochzeitsanzügen, einige fahle Chrysanthemen im Arm, die anderen schmücken die obersten Holme der Bahre, nicht einmal die Blumen erfahren ein gemeinsames Schicksal. Der Karren entschwindet dort hinten, Ricardo Reis sucht die Verwaltung auf, die Registratur der Verstorbenen, um zu erfragen, wo Fernando

António Nogueira Pessoa beigesetzt wurde, gestorben am Dreißigsten des vergangenen Monats, beerdigt am zweiten Tag dieses Monats, beherbergt auf diesem Friedhof bis zum Ende der Zeiten, wenn Gott die Dichter von ihrem vorübergehenden Schlaf erwachen lässt. Der Beamte begreift, dass er eine besondere, eine vornehme Person vor sich hat, diensteifrig erklärt er, teilt die Straße mit, die Nummer, denn dies hier ist wie eine Stadt, verehrter Senhor, und weil er sich bei den Erklärungen verhaspelt, geht er auf dieser Seite der Barriere hinaus, kommt hervor und zeigt, und nun mit Bestimmtheit, gehen Sie diese Allee entlang, an der Biegung nach rechts und dann immer geradeaus, aber aufpassen, es ist zu Ihrer Rechten, so etwa nach zwei Drittel der Straßenlänge, die Grabstätte ist klein, leicht zu verfehlen. Ricardo Reis bedankt sich für die Erklärungen, er nimmt die Winde wahr, die über Meer und Fluss kommen, kein Seufzen des Windes, wie es einem Friedhof geziemt hätte, die Lüfte sind grau, Marmor und Sandstein sind vom letzten Regen feucht, und die Zypressen sind von noch dunklerem Grün, er geht die Allee hinunter, wie ihm gesagt wurde, auf der Suche nach viertausenddreihunderteinundsiebzig, morgen dreht sich das Glücksrad nicht, hat sich schon gedreht, wird sich nicht wieder drehen, das Schicksal kam heraus und nicht das Glück. Die Straße fällt leicht ab, es ist wie ein Spaziergang, wenigstens sind die letzten Schritte nicht erschwert worden, der letzte Gang, die letzte Begleitung, denn niemand will mehr Fernando Pessoa begleiten, falls es zu Lebzeiten wirklich jene getan haben sollten, die ihm bei seinem Tode folgten. Hier ist die Abzweigung, an der wir abbiegen müssen. Wir fragen uns, was wir hier zu suchen haben, welche Träne haben wir aufbewahrt, um sie hier zu vergießen, und warum, wenn wir sie nicht zur rechten Zeit geweint haben, vielleicht weil der Schmerz kleiner war als die Verwunderung, erst danach kam er, stumm, als wäre der ganze Körper ein einziger, von innen getretener Muskel, ohne einen schwarzen Fleck, der auf den Ort unserer Trauer hinweisen würde. Auf jeder Seite die verschlossenen Türen der Grüfte, die Scheiben sind mit Spitzengardinen verhängt, weiß wie Bretagne-Leinen, feinste gestickte Blumen zwischen zwei Borten, oder grobes Strickwerk, gestrickt mit Nadeln wie gezückte Schwerter, Richelieustickerei, oder Ajour-Stickerei, Arten zu französeln, Dinge weiß Gott wie auszusprechen, genauso wie die Kinder auf der Highland Brigade, die zu dieser Stunde bereits weit fort ist, nach Norden schiffend, auf Meeren, wo das Salz lusitanischer Tränen nur von Fischern stammt, zwischen den Wellen, die sie töten, oder den Ihrigen, die am Ufer schreien, das Garn ist von der Coats and Clark Company, Marke Anker, um bei der tragischen Seegeschichte zu bleiben. Ricardo Reis hat bereits die Hälfte des Weges zurückgelegt, schaut nach rechts, ewige Sehnsucht, fromme Erinnerung, hier ruht, in Gedenken an, auf der linken Seite ebenso, wenn wir dorthin schauen würden, Engel mit hängenden Flügeln, trauernde Figuren, verschlungen die Finger, mit Falten bedeckt, gerafft sind die Gewänder, zerbrochen die Säulen, sollten es die Steinmetzen schon so gemacht haben, oder wurden sie von ihnen unversehrt übergeben, damit sie dann von den Verwandten des Entschlafenen als Zeichen der Trauer zerbrochen werden, als wenn man feierlich beim Tod des Anführers die Schilde zerbricht, Totenschädel zu Füßen der Kreuze, die Unbestreitbarkeit des Todes ist der Schleier, mit dem der Tod sich maskiert. Ricardo Reis ist am gesuchten Grab vorbeigegangen, keine Stimme hat ihn gerufen, pst, hier ist es, und da gibt es noch welche, die darauf bestehen, dass Tote reden, wehe denen, die keine Kennzeichnung besitzen, einen Namen auf dem Stein, eine Nummer wie die Türen der Lebenden, allein dass wir es verstehen, sie zu finden, ist schon Lohn für die Mühe, uns das Lesen beizubringen, man stelle sich einen unserer vielen Analphabeten vor, man müsste ihn führen, mit unserer Stimme sagen, hier ist es, sicherlich würde er uns misstrauisch ansehen, ob wir ihn nicht vielleicht täuschen, sei es durch einen Irrtum von uns oder durch Böswilligkeit, ist's Capuletto, betet er zu Montecchio, zu Mendes, ist's Gonçalves.

Urkunden über Eigentum und Nutzung sind es, Ruhestätte der Dona Dionísia de Seal Pessoa, die Inschrift auf der Vorderseite, unter den vorstehenden Rändern dieser Zuflucht, wo der Wächter, romantische Eingebung, schläft, unterhalb, in der Höhe des inneren Scharniers der Tür, ein Name, nichts weiter, Fernando Pessoa, mit den Daten der Geburt und des Todes, und die goldene Urne sagt, hier bin ich, und mit lauter Stimme wiederholt Ricardo Reis, wiederholt, ohne sich des Gehörten bewusst zu sein, hier ist er, und in diesem Augenblick fängt es wieder zu regnen an. Von weit her ist er gekommen, von Rio de Janeiro, Nächte und Tage ist er über die Wellen des Meeres gereist, so nah und so fern scheint ihm heute die Reise, was soll er jetzt tun, allein in dieser Straße, zwischen Wohnungsgräbern, mit offenem Regenschirm, Zeit zum Mittagessen, von weitem hört man den bimmelnden Ton der Glocke, er hatte gehofft, wenn er hierherkäme und das Eisengitter berührte, eine tiefe Regung der Seele zu verspüren, ein Herzzerreißen, ein inneres Erdbeben, wie große Städte still zusammenfallen, weil wir nicht dort sind, einstürzende Tore und weiße Türme, nun aber lediglich ein leichtes Brennen in den Augen, kaum gekommen, schon vergangen, es war nicht einmal Zeit, daran zu denken und sich am Gedachten zu erregen. Er hat nichts mehr an diesem Ort zu tun, und nichts hat er getan, in der Gruft ist eine verrückte Alte, die man nicht allein lassen darf, dort ist auch, von ihr bewacht, der verweste Körper eines Versemachers, der seinen verrückten Teil der Welt hinterlassen hat, darin besteht der große Unterschied zwischen Dichtern und Irren, die schicksalhafte Richtung ihrer

Verrücktheit. Er verspürte Angst, als er an die Großmutter Dionísia dachte, an den eingeschüchterten bedrängten Enkel Fernando, sie mit drohend wachsamen Augen, er die seinen abwendend, auf der Suche nach einem Spalt, einem Windhauch, einem kleinen Licht, und das Unwohlsein verwandelte sich in Übelkeit, als würde ihn eine große Meereswelle erfassen und ersticken, ihn, dem auf der vierzehntägigen Reise nicht übel geworden war. Das muss vom leeren Magen kommen, denkt er, genau so war es wohl, denn er hatte den ganzen Vormittag nichts gegessen. Ein starker Regenguss geht nieder, er kommt zur rechten Zeit, jetzt hätte Ricardo Reis einen Grund zu antworten, falls er gefragt werden sollte, nein, nein, ich habe mich dort nicht lange aufgehalten, es regnete so sehr. Während er die Straße hinaufgeht, bleibt nur ein vager Kopfschmerz zurück, vielleicht eine Leere im Kopf, wie ein fehlendes Etwas, ein Stück Hirn weniger, mir überkommener Teil. An der Tür zur Friedhofsverwaltung steht sein Informant, am Glanz seiner Lippen ist deutlich abzulesen, dass er gerade zu Mittag gegessen hat, wo, genau hier, eine Serviette über den Schreibtisch gebreitet, das von zu Haus mitgebrachte Essen, warm noch, da es in Zeitungen eingeschlagen gewesen war, dann noch auf dem Gaskocher erhitzt, hinten bei den Archiven, dreimal war das Kauen unterbrochen worden, um Eingänge zu registrieren, da muss ich wohl doch längere Zeit verbracht haben, als ich meinte, na, haben Sie die gesuchte Grabstätte gefunden? Ich habe sie gefunden, antwortet Ricardo Reis, und als er durch das Tor hinausgeht, wiederholt er, ich habe sie gefunden, sie war dort.

Er winkt zum Taxistand hinüber, er hat Hunger und Eile, wer weiß, ob er zu dieser Zeit noch ein Restaurant oder ein Speisehaus finden würde, wo er Mittag bekäme. Der Chauffeur kaut unablässig auf einem Zahnstocher herum, schiebt ihn von einem Mundwinkel in den anderen, mit der Zunge muss es geschehen, denn die Hände braucht er zum Fahren, und von Zeit zu Zeit zieht er geräuschvoll den Speichel durch die Zähne, wobei er einen Ton erzeugt, der einem Vogelgesang ähnelt, das ist das Zwitschern der Verdauung, denkt Ricardo Reis und lächelt. Im selben Moment füllen sich seine Augen mit Tränen, seltsamer Erfolg, den diese Ursache hervorbrachte, oder kam es von der Beerdigung des Engelchens, das in seinem weißen Karren vorbeigekommen war, ein Fernando, der für einen Dichter nicht lange genug gelebt hatte, ein Ricardo, der kein Arzt sein wird noch Dichter, doch vielleicht ist die Ursache für die Tränen eine andere, einfach weil ihre Zeit gekommen war. Die Dinge mit der Physiologie sind kompliziert, überlassen wir sie denen, die etwas davon verstehen, erst recht wenn es notwendig sein sollte, die Gefühlsstränge zu verfolgen, die innerhalb der Tränensäcke existieren, zum Beispiel die chemischen Unterschiede zu untersuchen, die es zwischen einer Traurigkeitsträne und einer Freudenträne gibt, sicherlich ist jene salziger, deshalb brennen die Augen so sehr. Der Fahrer klemmt den Zahnstocher zwischen die rechten Eckzähne, spielt mit ihm, stillschweigend, auf diese Weise den Schmerz des Fahrgastes respektierend, das geschieht oft, wenn sie vom Friedhof zurückkehren. Das Taxi fährt die Calçada da Estrela hinunter, biegt an den Cortes in Richtung des Flusses ab und schlägt dann den bereits bekannten Weg ein, erreicht die Baixa, fährt die Rua Augusta hinauf, und während sie auf den Rossio fahren, sagt Ricardo Reis, plötzlich einer Eingebung folgend, halten Sie bei den Irmãos Unidos, so heißt das Restaurant, es ist gleich dort, Sie brauchen nur rechts heranzufahren, es hat diesen Eingang und noch einen anderen, hinten, zur Rua dos Correeiros, hier werden die Mägen wiederbelebt, es ist ein guter Ort mit Traditionen, denn wir befinden uns genau dort, wo das Hospital de Todos os Santos stand, längst vergangene Zeiten, fast scheint es, wir erzählten die Geschichte eines anderen Landes, ein Erdbeben dazwischen reichte aus, und hier haben wir das Ergebnis, wer uns sah, und wer uns sieht, ob besser oder schlechter, das hängt davon ab, zu leben und lebendiger Hoffnung zu sein.

Ricardo Reis isst zu Mittag, ohne auf die Diät zu achten, gestern war es eine Schwäche von ihm, wenn ein Mann über das Weltmeer gefahren ist und endlich Land betritt, ist er wie ein Kind, manchmal sucht er die Schulter einer Frau, um den Kopf daran auszuruhen, dann wieder bestellt er in der Taverne Wein, bis er die Glückseligkeit findet, wenn sie zuvor dort abgestellt wurde, dann wieder ist es, als ob er keinen eigenen Willen besäße, irgendein galicischer Kellner erklärt ihm, was er essen muss, ein Hühnersüppchen würde dem durchgeschüttelten Magen des gnädigen Herrn wohltun. Hier wollte niemand wissen, ob er gestern von Bord gegangen ist, ob die tropischen Speisen bei ihm Verdauungsstörungen hervorgerufen haben, welches Spezialgericht in der Lage wäre, die Sehnsucht nach dem Vaterland zu stillen, falls er darunter leiden sollte, und wenn nicht, weshalb sei er dann zurückgekehrt. Von seinem Tisch aus sieht er durch die Lücken zwischen den Gardinen draußen die Elektrischen vorbeifahren, er hört sie in den Kurven kreischen, das Bimmeln der Klingeln schwingt sich auflösend in die regenschwangere Atmosphäre, wie die Glocken einer untergetauchten Kathedrale oder die Saiten eines unaufhörlich zwischen den Brunnenwänden tönenden Cembalos. Die Kellner warten mit Geduld darauf, dass dieser letzte Gast sein Mittagsmahl beendet, spät war er gekommen und hatte darum gebeten, bedient zu werden, und dank dieses Achtungsbeweises gegenüber dem, der arbeitet, zeigte man sich ihm erkenntlich, obwohl in der Küche die Töpfe bereits weggeräumt wurden. Jetzt geht er wieder, wünscht auf Städterart einen guten Tag, und sich bedankend tritt er durch die Tür auf die Rua dos Correeiros hinaus, die zum großen Babylon aus Eisen und Glas führt, in Gestalt der Praça da Figueira, immer noch belebt, doch kein Vergleich mit den Morgenstunden, lautes Schreien und Ausrufen, bis zum Paroxismus. Man atmet eine Atmosphäre, die aus tausenderlei intensiven Gerüchen zusammengesetzt ist, von zerdrücktem und welkem Kohl, Kaninchenkötteln, abgesengten Hühnerfedern, von Blut, von abgezogenem Fell. Sie sind beim Säubern der Bänke der inneren Gassen, mit Eimern und Spritzen und kräftigen Wassergüssen, von Zeit zu Zeit hört man ein metallisches Schurren und dann ein Dröhnen, es war eine Wellblechtür, die zuschlug. Ricardo Reis umkreist den Platz nach Süden hin, erreicht die Rua dos Douradores, es regnet kaum noch, so kann er den Regenschirm schließen, ein Blick nach oben, hohe dunkelgraue Fassaden, die Fenster auf gleicher Höhe, ebenso die Fensterbänke, die Balkone, einförmiges Mauerwerk, das sich an der Straßenseite entlangzieht, bis alles nur noch wie dünne vertikale Streifen erscheint, immer enger zusammenrückend, aber sich nicht in einem Fluchtpunkt verlierend, denn dort hinten, scheinbar den Weg schneidend, erhebt sich ein Gebäude der Rua da Conceição, von gleicher Farbe, mit Fenstern und Gittern gleicher Art, oder mit nur geringem Unterschied, Schatten und Feuchtigkeit verbreitend, aus den Luftschächten den Geruch defekter Kanalisation ausstoßend, mit vereinzelten stinkenden Gaswolken, wen wundert da die Blassgesichtigkeit der Ladenhilfen, die bis an die Türen der Geschäfte kommen, in ihren Kitteln oder grauen Staubschützern, den Tintenstift hinters Ohr gesteckt, mit dem unglückseligen Montagsausdruck dessen, der keinen besonderen Sonntag hinter sich hat. Die Straße hat ein unregelmäßiges Kopfsteinpflaster, ein fast schwarzer Basalt, auf dem die metallbeschlagenen Räder der Karren hüpfen und auf dem bei trockenem Wetter, nicht bei diesem, die Hufeisen der Maultiere Funken schlagen, wenn die Last zu schwer ist und die Kräfte übersteigt. Heute gibt es diese dickbäuchigen Behältnisse nicht mehr, nur noch weniger voluminöse, zwei Männer braucht es, die Bohnensäcke abzuladen, die dem Umfang nach nicht weniger als sechzig Kilo wiegen dürften, oder Liter, wie man sagen muss, wenn es sich um solche und andere Samen handelt, dann allerdings wären es weniger Kilo als angesagt, denn da die Bohne ihrer Natur nach leichter ist, wird jeder Liter mit siebenhundertfünfzig Gramm veranschlagt, ein Mittelwert, hoffentlich haben die Einwäger diese Betrachtungen über Gewicht und Masse beachtet, als sie die Säcke füllten.

In Richtung Hotel hat Ricardo Reis seine Schritte gelenkt. In diesem Moment erinnert er sich an das Zimmer, in dem er als verlorener Sohn seine erste Nacht verbrachte, unter einem väterlichen Dach, er erinnert sich daran, als wäre es seine eigene Wohnung, aber nicht die in Rio de Janeiro noch irgendeine der anderen, die er bewohnt hatte, in Porto, wo er, wie wir wissen, geboren wurde, hier in der Stadt Lissabon, wo er wohnte, bevor er sich ins brasilianische Exil einschiffte, keine von diesen, obwohl es wirkliche Wohnungen waren, ein befremdendes Zeichen, und wovon, dass sich ein Mann an sein Hotelzimmer erinnert, als wäre es seine Wohnung, und diese Erregung zu verspüren, diese Unruhe, so lange war ich weg, seit dem frühen Morgen, ich komme gleich, ich komme gleich. Er widersteht der Versuchung, ein Taxi zu rufen, lässt eine Elektrische vorbeifahren, die ihn fast bis vor die Tür gebracht hätte, es gelingt ihm schließlich, die absurde Spannung niederzukämpfen, sich lediglich als irgendeine Person einzuordnen, die nach Hause zurückkehrt, selbst wenn es ein Hotel ist, ohne Eile, aber auch ohne sinnlose Verzögerungen, obwohl ihn niemand erwartet. Möglicherweise wird er das Mädchen mit der gelähmten Hand sehen, am späten Abend, im Speisesaal, es ist eine Wahrscheinlichkeit, wie auch die des dicken Mannes, des Mageren in Trauer, der blassen Kinder und ihrer rotgesichtigen Eltern, wer weiß, ob nicht weitere Gäste, geheimnisvolle Leute aus dem Unbekannten, Nebulösen aufgetaucht sind, und während er an sie denkt, verspürt er eine wohlige Wärme im Herzen, ein inneres Wohlsein, liebet einander, so war es einstmals gesagt worden, und es ist Zeit, damit zu beginnen. Der Wind weht heftig, fegt durch die Rua do Arsenal, aber es regnet nicht, nur von den Dachtraufen fallen einige große Tropfen auf die Gehwege. Vielleicht bessert sich heute das Wetter, dieses strenge Winterwetter kann doch nicht ewig dauern, seit zwei Monaten löst sich der Himmel in Wasser auf, das hatte der Chauffeur gestern gesagt, wie jemand, der nicht an bessere Tage glaubt.

Die Türklingel summt kurz, und es scheint, als würden sie ihn begrüßen, der italienische Page, der steile Treppenaufgang, der oben spähende Pimenta, heute freundlich und beflissen wartend, ein wenig vornübergebeugt, oder kommt es von den fortwährenden Lasten, guten Tag, Senhor Doktor, auch der Hotelchef, Salvador, erscheint und wiederholt den Gruß, aber sehr gewählt, Ricardo Reis' Erwiderung gilt beiden, hier gibt es weder Hotelchef noch Diener noch Doktor, lediglich drei Personen, die einander zulächeln, froh über das erneute Zusammentreffen nach langer Zeit, seit dem Morgen, man stelle sich das vor, und welche Sehnsucht, mein Gott. Als Ricardo Reis ins Zimmer tritt und sieht, wie alles sorgfältig aufgeräumt ist, die Bettdecke geglättet, das Bad strahlend, kein Schatten auf dem Spiegel außer den Altersflecken, seufzt er vor Genugtuung. Er zieht die Schuhe aus, wechselt die Wäsche, schlüpft in leichte Hausschuhe, öffnet halb eines der Fenster, Handgriffe dessen, der in die Wohnung zurückkehrt und sich gern in ihr aufhält, dann setzt er sich in den Sessel, um auszuruhen. Es war, als wäre er in sich selbst gefallen, das heißt in sich selbst fallend, ein schwerer, schneller Sturz, und nun, fragt er, und nun, Ricardo, oder wer du da bist, würden andere sagen. Blitzschnell hat er begriffen, dass das wirkliche Ende seiner Reise genau dieser Augenblick ist, den er erlebt, dass die verflossene Zeit, seitdem er den Fuß auf den Kai von Alcântara gesetzt hatte, verbraucht ist, um es so auszudrücken, durch das Anlegemanöver und das Ankern, das Prüfen der Gezeiten, das Werfen der Taue, die Suche nach einem Hotel, die Lektüre der ersten Zeitungen und der folgenden, den Gang zum Friedhof, das Mittagessen in der Baixa, den Gang durch die Rua dos Douradores und diese plötzliche Sehnsucht nach dem Zimmer, der Impuls unterschiedsloser Zuneigung, allgemein und universell, die Begrüßung durch Salvador und Pimenta, die tadellose Bettdecke, und schließlich die beiden geöffneten Fenster, der Wind hat sie aufgestoßen, die leichten Vorhänge flattern wie Flügel, und nun? Es hat wieder angefangen zu regnen. Es lärmt auf den Dächern, als siebte man Sand, einschläfernd, hypnotisierend, vielleicht hat der barmherzige Gott bei seiner großen Sintflut die Menschen auf diese Weise eingeschläfert, damit ihnen ein sanfter Tod beschieden sei, indem das Wasser sanft durch die Nasenlöcher und den Mund eindringe, die Lungen sich mit Wasser füllen, ohne sie zu ersticken, Bächlein, die die Zellen füllen, eine nach der anderen, den ganzen Hohlraum des Körpers, vierzig Tage und vierzig Nächte Schlaf und Regen, die Körper sinken auf den Grund, langsam, von Wasser übervoll, zum Schluss schwerer als dieses, so ist es gewesen, auch Ophelia lässt sich in der Flut treiben, singend, aber diese muss sterben, noch ehe der vierte Akt der Tragödie beendet ist, jeder hat seine persönliche Art, zu schlafen und zu sterben, meinen wir, doch es ist die Sintflut, die fortdauert, die Zeit regnet auf uns herab, die Zeit ertränkt uns. Auf dem gewachsten Fußboden haben sich die Tropfen vereint und ausgebreitet, sie sind durch das offene Fenster hereingekommen, nachdem sie aufs Fensterbrett gespritzt waren, es gibt achtlose Gäste, denen die niedere Arbeit nichts wert ist, vielleicht nehmen sie an, dass die Bienen, außer dass sie Wachs herstellen, es auch noch auf den Dielen verteilen und zum Glänzen bringen, hören Sie, das ist keine Insektenarbeit, wenn es die Zimmermädchen nicht gäbe, ebenfalls arbeitsam, dann wäre dieser Fußboden stumpf und klebrig, der Hotelchef würde nicht säumen, Verweise und Strafen zu erteilen, denn als Hotelchef besteht darin seine Aufgabe, und wir sind in dieses Hotel gesetzt worden, um dessen Besitzer zu ehren und zu würdigen, oder seinen Vertreter, Salvador, wie wir wissen, und Beispiele lieferte er schon. Ricardo Reis läuft zum Fenster, um es zu schließen, mit Zeitungspapier saugt er das Wasser auf und wischt es auf dem Fußboden weg, das meiste, und da ihm die Mittel fehlen, das kleine Malheur völlig erfolgreich zu bekämpfen, läutet er die Glocke. Es ist das erste Mal, denkt er, wie um sich selbst zu entschuldigen.

Er hört Schritte auf dem Gang, diskret pochen Fingerknöchel an die Tür, herein, eher eine Bitte als ein Befehl, und als das Zimmermädchen öffnet, sagt er, kaum dass er sie ansieht, das Fenster stand offen, ich achtete nicht auf den Regen, nun ist der Boden voller Wasser, und verstummt plötzlich, da er bemerkt, dass er nacheinander drei Verse mit sieben Silben gebildet hat, ein großer Rundgesang, er, Ricardo Reis, Verfasser sogenannter sapphischer oder alkäischer Oden, da ist uns zu guter Letzt ein Volksdichter entstanden, fast hätte er den Vierzeiler beendet, wegen der Metrik und der Grammatik den Versfuß brechend, etwa so, dankbar wär ich der Hilfe wegen, aber er übermittelt es dem Zimmermädchen ohne weitere Poesie, dieses geht hinaus und kehrt mit Scheuerlappen und Eimer zurück, und auf den Knien, den Körper nach den Bewegungen der Arme schwingend, stellt sie so gut wie möglich die Trockenheit wieder her, die dem gewachsten Holz gebührt, morgen wird sie etwas Wachs auftragen, haben Sie noch einen Wunsch, Senhor Doktor? Nein, vielen Dank, und beide sehen sich an, der Regen schlägt hart gegen die

Scheiben, der Rhythmus beschleunigt sich, jetzt tönt es wie eine Trommel, die Eingeschlafenen fahren auf, wie heißen Sie, und sie antwortet, Lídia, Senhor Doktor, und fügt hinzu, zu Ihren Diensten, Senhor Doktor, sie hätte es auf andere Weise sagen können, zum Beispiel, und viel lauter, hier bin ich, vom Hotelchef zu diesem Äußersten angeraten, hör mal, Lídia, kümmere dich um den Gast von Zweihunderteins, den Doktor Reis, und so tat sie es, aber er antwortet nicht, es scheint nur, als wiederhole er den Namen. Lídia, ein Murmeln nur, vielleicht um ihn nicht zu vergessen, wenn er sie wieder rufen müsste, es gibt solche Leute, sie wiederholen die Worte, die sie hören, die Leute sind einander Papageien, eine andere Art des Lernens gibt es nicht, zufälligerweise hat diese Überlegung nichts mit der Sache zu tun, denn sie kam nicht von Lídia, die der andere Sprecher ist, lassen wir sie also gehen, da sie schon einen Namen hat, mit sich Eimer und Lappen nehmend, schauen wir, wie Ricardo Reis ironisch lächelnd zurückbleibt, eine Lippenhaltung, die keinen Zweifel zulässt, als jemand die Ironie erfand, musste er auch das Lächeln erfinden, das die Absicht kundtut, eine viel schwierigere Angelegenheit, Lídia, sagt er und lächelt. Lächelnd geht er zur Schublade, um seine Gedichte hervorzuholen, seine sapphischen Oden, liest einige beim Blättern der Seiten, entdeckt Verse, und so, Lídia, am Kamin, wie erstarrt, so sei, Lídia, das Bild, nicht wünschen wir, Lídia, zu dieser Stunde, Lídia, unser Herbst beginnt, komm, setz dich zu mir, Lídia, an des Flusses Ufer, Lídia, das Leben eher voller Tücke als der Tod, keine Spur von Ironie mehr im Lächeln, wenn man zwei über den Zähnen geöffnete Lippen noch Lächeln nennen kann, während sich innerhalb der Haut das Muskelspiel verändert hat, starr jetzt oder eine schmerzhafte Grimasse, würde man in schwerfälligem Stil sagen. Auch das wird nicht anhalten. Wie die Widerspiegelung des eigenen Gesichts in einem zitternden Wasserspiegel nimmt das über der Seite ruhende Gesicht Ricardo Reis' die vertrauten Züge an, binnen kurzem wird er sich wiedererkennen, ich bin's, ohne irgendwelche Ironie, ohne irgendwelchen Unmut, zufrieden darüber, nicht einmal Genugtuung zu empfinden, abgesehen von der Freude darüber, zu sein, wo er ist, so geht es jemandem, der nichts weiter wünscht oder weiß, dass er nicht mehr erlangen kann, deshalb will er nur, was er schon besaß, alles schließlich. Das Dämmerlicht des Zimmers war völliger Dunkelheit gewichen, irgendeine schwarze Wolke wird am Himmel vorüberziehen, eine finstere Regenwolke, wie sie für die Sintflut herbeigerufen worden war, die Möbel fallen in einen plötzlichen Schlaf. Ricardo Reis tastet in der grauen Luft, dann, kaum die Worte unterscheidend, die er aufs Papier setzt, schreibt er, die Götter bitt ich um die Gunst nur, von ihnen nichts erflehn zu müssen, nachdem er das niedergeschrieben hat, weiß er nicht weiter, es gibt solche Momente, bis zu einem bestimmten Punkt glauben wir an das, was wir sagen oder schreiben, lediglich weil es nicht möglich war, die Töne zum Schweigen zu bringen oder die Linien auszulöschen, aber in unseren Körper tritt die Versuchung der Stummheit ein, die Faszination der Unbeweglichkeit, so sein wie die Götter, schweigsam und still, nur assistierend. Er geht zum Sofa, setzt sich, lehnt sich zurück, schließt die Augen, spürt, dass er schlafen könnte, nichts anderes wünscht er, und er ist schon schläfrig, als er sich erhebt, den Kleiderschrank öffnet, ihm eine Decke entnimmt, mit der er sich zudeckt, jetzt endlich, er schläft, träumt von einem sonnigen Morgen und dass er die Rua do Ouvidor in Rio de Janeiro entlangspaziert, leicht gekleidet, denn es ist sehr heiß, von weitem hört er Schüsse, Bomben platzen. Explosionen, aber er wacht nicht auf, er träumt diesen Traum nicht zum ersten Mal, er hört nicht einmal, dass jemand an seine Tür klopft und eine suggestive Frauenstimme fragt, haben Sie gerufen, Senhor Doktor?

Sagen wir, dass Ricardo Reis so tief schlief, weil er in der Nacht so wenig geschlafen hatte, sagen wir, es ist Geschwätz lügnerischer geistiger Tiefenschürfung, dies von austauschbarer Faszination und Versuchung, Unbeweglichkeit und gereimter Stummheit, sagen wir, dass dies keine Geschichte von Göttern ist und dass wir zu Ricardo Reis vertraulich hätten sagen können, bevor er als gewöhnlicher Sterblicher einschläft, dein Leiden heißt Müdigkeit. Jedoch, auf dem Tisch liegt ein Blatt Papier, und darauf wurde geschrieben, die Götter bitt ich um die Gunst nur, von ihnen nichts erflehn zu müssen, ja, dies Papier existiert, die Worte gibt es zwiefach, jedes für sich allein und alle zusammen in dieser Reihe, man kann sie lesen, und sie ergeben einen Sinn, gleichgültig für die Sache, ob es Götter gibt oder nicht, ob derjenige, der sie geschrieben hat, eingeschlafen ist, zufällig sind die Dinge nicht so einfach, wie wir sie gerade im Begriff waren zu zeigen. Als Ricardo Reis erwacht, ist es Nacht im Zimmer. Der letzte noch von draußen hereindringende Lichtschein ermattet in den trüben Scheiben, im Netz der Vorhänge, einer der Fenstervorhänge ist verschlissen, dort verfängt sich die Dunkelheit. Eine tiefe Stille herrscht im Hotel, es ist das Schloss von Dornröschen, das sich schon zurückgezogen hat oder niemals zugegen war, alle schlafen. Salvador, Pimenta, die galicischen Kellner, der Maître, die Gäste, der Renaissancepage, die Uhr im Vorraum steht, plötzlich ertönt von weitem die Klingel an der Eingangstür, es wird der Prinz sein, der Dornröschen küssen will, spät kommt er, der Ärmste, wie froh ich kam, wie traurig ich geh, Sie brachen Ihr Wort, Frau Vizegräfin, und das tut weh. Ein Kinderliedchen, das aus dem Unterbewusstsein kam, im Hintergrund bewegen sich einige Kinder nebelgleich in einem winterlichen Garten und singen mit ihren hohen, aber dennoch traurigen Stimmen, sie schreiten gemessen vor und zurück, so üben sie die Pavane für die verstorbenen Prinzen, die sie bald sein werden, wenn sie größer geworden sind. Ricardo Reis schiebt die Decke zurück, er tadelt sich, weil er angekleidet geschlafen hat, es ist nicht seine Art, solchen Nachlässigkeiten nachzugeben, stets folgte er seinen Verhaltensregeln, seiner Disziplin, nicht einmal die so verweichlichenden Tropen konnten in sechzehn Jahren seinen Umgangsformen und seinen Oden die rigorose Strenge nehmen, sodass wir behaupten könnten, er gebe sich immer so, als beobachteten ihn ständig die Götter. Er erhebt sich und schaltet das Licht ein, als wäre es Morgen und als wäre er aus dem Nachtschlaf erwacht, er betrachtet sich im Spiegel, betastet das Gesicht; vielleicht sollte er sich vor dem Abendessen rasieren, wenigstens will er die Wäsche wechseln, so kann er sich doch nicht im Speisesaal zeigen, zerzaust, wie er ist. Unnötiger Skrupel, es scheint, als habe er noch nicht bemerkt, wie sich das einfache Volk kleidet, Paletots wie Säcke, Hosen, deren Knie sich beulen wie Kröpfe, gebundene Krawatten, die man nur über den Kopf zu streifen braucht, schlechtgeschnittene Hemden, faltig, zerknittert, es sind die Zeichen des Alters. Die Schuhe sind wie Flusskähne, damit die Zehen freies Spiel haben, obwohl das Endergebnis dieser Vorsorge letztlich den beabsichtigten Zweck zunichtemacht, denn dies hier muss die Stadt in der Welt sein, in der überreichlich Schwielen und Hornhaut gedeihen, Überbeine und Hühneraugen, ganz zu schweigen von den eingewachsenen Fußnägeln, ein komplexes Fußrätsel, das einer besonderen Untersuchung bedürfte, was hiermit der Neugier anheimgestellt wird. Er beschließt, sich nicht zu rasieren, aber er zieht ein frisches Hemd an, sucht eine Krawatte aus, die zur Farbe des Anzugs passt, bringt die Haare vor dem Spiegel in Ordnung, indem er den Scheitel nachzieht. Obwohl bis zum Abendessen noch Zeit ist, geht er hinunter. Doch bevor er das Zimmer verlässt, liest er noch einmal, was er geschrieben hat, ohne das Blatt zu berühren, nervös, würden wir sagen, als ob er Kenntnis von der Nachricht nehmen würde, die jemand hinterlassen hat, der ihn mehr verärgert, als es normal und entschuldbar wäre. Dieser Ricardo Reis ist kein Dichter, er ist nur ein Hotelgast, der beim Verlassen des Zimmers ein Blatt Papier vorfindet, mit anderthalb Versen darauf, wer mag mir das hingelegt haben, das Zimmermädchen bestimmt nicht, Lídia war es nicht, diese oder die andere, wie lästig, jetzt, wo es angefangen ist, wird man es vollenden müssen, es ist wie ein Verhängnis, und die Menschen lassen es sich nicht einmal träumen, dass jemand, der eine Sache beendet, niemals das beendet, was er begann, selbst wenn beide den gleichen Namen tragen, denn nur dieser bleibt unverändert, nichts weiter.

Der Hotelchef, Salvador, ist auf seinem Posten, fest, aufrecht, beständig, lächelnd. Ricardo Reis grüßt, geht geradezu. Salvador folgt ihm, er will wissen, ob der Senhor Doktor noch irgendetwas vor dem Abendessen trinken wolle, einen Aperitif, nein danke, auch das hat Ricardo Reis sich nicht angewöhnt, vielleicht kommt es mit der Zeit, erst der Geschmack, dann die Notwendigkeit, jetzt nicht. Salvador verharrt eine Minute zwischen den Türen, um zu sehen, ob der Gast seine Meinung ändere oder einen anderen Wunsch äußere, aber Ricardo Reis hat schon eine der Zeitungen aufgeschlagen, den ganzen Tag hatte er in Unwissenheit darüber verbracht, was in der Welt vor sich ging, nicht aus Neigung war er ein eifriger Leser, im Gegenteil, die großen Seiten und die breiige Prosa ermüdeten ihn, aber hier, wo es nichts weiter zu tun gab und um dem Diensteifer Salvadors zu entgehen, diente die Zeitung, da sie von der allgemeinen Welt sprach, als Barriere gegen diese andere, nahe, belagernde Welt, die Nachrichten von dieser außerhalb liegenden konnten als ferne und vage Botschaften gelesen werden, an deren Wirksamkeit nicht sonderlich geglaubt werden kann, denn wir sind nicht einmal sicher, ob sie ihr Ziel erreichen, Demission der spanischen

Regierung, Auflösung der Cortes beschlossen, lautet eine, Negus erklärt in einem Telegramm an den Völkerbund, dass die Italiener Giftgas anwenden, ja, so sind die Zeitungen, sie können nur davon sprechen, was passiert ist, fast immer wenn es zu spät ist, Irrtümer, Gefahren und Fehler zu korrigieren, das wäre eine gute Zeitung gewesen, die am ersten Januar neunzehnhundertvierzehn für den vierundzwanzigsten Juli den Ausbruch des Krieges angekündigt hätte, uns wären dann fast sieben Monate geblieben, um die Gefahr abzuwenden, wer weiß, ob wir es rechtzeitig geschafft hätten, noch besser, wenn die Namen derjenigen veröffentlicht worden wären, die sterben sollten, Millionen von Männern und Frauen hätten die Zeitung am Morgen gelesen, beim Milchkaffee, die Nachricht vom eigenen Tod, festgelegtes und einzuhaltendes Schicksal, Tag, Stunde und Ort, der vollständige Name, was hätten sie getan, wissend, dass man sie töten würde, was hätte Fernando Pessoa getan, wenn er zwei Monate vorher hätte lesen können, der Autor der Mensagem wird am kommenden dreißigsten November an einer Leberkolik sterben, vielleicht wäre er zum Arzt gegangen und hätte aufgehört zu trinken, hätte er den Arztbesuch abgesagt und das Doppelte getrunken, um früher sterben zu können. Ricardo Reis lässt die Zeitung sinken, er schaut in den Spiegel, zwiefach täuschende Oberfläche, weil sie eine tiefe Räumlichkeit reproduziert und sie zugleich negiert, indem sie diese als pure Projektion projiziert, wo in Wirklichkeit nichts geschieht, nur das stumme äußerliche Phantasma von Personen und Sachen, ein Baum, der sich zum See beugt, ein Gesicht, das man darin sucht, ohne dass das Abbild des Baumes und des Gesichts ihn beunruhigt, ihn verändert, ja nicht einmal berührt. Der Spiegel, dieser wie alle, gibt eine Erscheinung wieder, er ist gegen den Menschen geschützt, vor ihm sind wir nichts weiter, als was wir gerade sind oder gewesen sind wie jemand, der sich, bevor er neunzehnhundertvierzehn in den

Krieg zog, über die Uniform verwunderte, die er trug, mehr als auf sich selbst schaute er so, nicht wissend, dass er sich in diesem Spiegel nicht mehr beschauen würde, auch das ist Eitelkeit, was keine Dauer hat. So ist der Spiegel, er erträgt, aber es ist auch möglich, dass er ablehnt. Ricardo Reis wendet die Augen ab, er wechselt den Platz, Ablehnender oder Abgelehnter, dreht er ihm den Rücken zu. Zufällig Ablehnender, da auch er ein Spiegel ist.

Die Uhr im Vorraum schlägt acht, und kaum ist das letzte Echo verklungen, als schwach ein unsichtbarer Gong ertönt, nur hier aus der Nähe kann man ihn hören, die Gäste der oberen Stockwerke vernehmen ihn mit Sicherheit nicht, doch man muss mit dem Gewicht der Tradition rechnen, es wird nicht so sein, dass man Weidengeflecht an Weinkrügen vortäuscht, obwohl Weide nicht mehr verwendet wird. Ricardo Reis faltet die Zeitung zusammen und geht auf sein Zimmer, um sich die Hände zu waschen und sein Aussehen zu überprüfen, er kommt bald zurück, setzt sich an den Tisch, an dem er das erste Mal gegessen hatte, und wartet. Wer ihn sähe, wer seinen Schritten gefolgt wäre, so flink, der würde annehmen, dass hier großer Appetit vorliege oder große Eile, dass das Mittagessen zeitig und schlecht gewesen sei oder dass er eine Theaterkarte gekauft habe. Wir allerdings wissen, dass er spät Mittag gegessen hat, nichts haben wir davon gehört, dass er sich über die Menge beklagt hätte oder über die Güte und dass er ins Theater oder ins Kino wollte; bei solchem Wetter, das sich noch verschlechtert, würde nur ein Trottel oder ein Exzentriker daran denken, durch die Straßen der Stadt zu spazieren. Ricardo Reis ist nur ein Odenkomponist, kein Exzentriker, noch weniger ein Trottel, noch weniger aus diesem Ort, was also hat mich zur Eile getrieben, jetzt erst kommen die Gäste zum Abendessen, der hagere Mann in Trauer, der friedfertige und gut verdauende Dicke, diese anderen, die ich gestern Abend nicht gesehen habe, die stummen Kinder und ihre Eltern, vielleicht waren sie auf der Durchreise, ab morgen werde ich nicht vor halb neun Platz nehmen, pünktlich werde ich sein, hier bin ich, lächerlich, wie ein Provinzler, der in die Stadt gekommen ist und zum ersten Mal in einem Hotel absteigt. Langsam isst er die Suppe, wobei er häufig mit dem Löffel rührt, dann zerteilt er den Fisch auf dem Teller und stochert darin herum, er hat wirklich keinen Hunger, und als ihm der Kellner den zweiten Gang bringt, sieht er drei Männer hereinkommen, die der Maître zum selben Tisch geleitet, an dem am Vorabend das Mädchen mit der gelähmten Hand und der Vater gesessen hatten, also ist sie nicht hier, sie sind abgereist, überlegt er, oder sie essen außerhalb zu Abend, hält er dagegen, erst dann gibt er zu, was er längst weiß, aber er tat, als wüsste er es nicht, doch sosehr er damit befasst gewesen war, das Eintreten aller Gäste zu registrieren, halb zerstreut, sich selbst täuschend, war er doch letztlich so früh gekommen, um das Mädchen zu sehen, warum, selbst diese Frage ist geheuchelt, erstens, weil bestimmte Fragen nur gestellt werden, um das Fehlen der Antwort deutlicher zu machen, zweitens, weil diese andere Antwort gleichzeitig wahr und falsch ist und davon ablenkt, dass es ein sehr starkes Motiv, Interesse, gibt, ohne weitere Haupt- und Nebengründe, ein Mädchen, das eine gelähmte Hand hat und diese wie ein wundersames Tierchen streichelt, obwohl sie ihr nichts nützt, oder gerade deshalb. Er schiebt das Essen von sich und bittet darum, dass man ihm Kaffee serviert, und einen Cognac, im Gesellschaftsraum, eine Art des Zeitgewinnens, solange er sich nicht bei dem Hotelchef erkundigen kann, jetzt ist er wirklich entschlossen, wer sind diese Leute, der Vater und die Tochter, wissen Sie, ich glaube, sie schon irgendwo gesehen zu haben, vielleicht in Rio de Janeiro, in Portugal nicht, das versteht sich, dann wäre sie noch ein ganz kleines Kind gewesen, so webt und flicht Ricardo Reis das Gewebe der Annäherung, so viele Nachforschungen für so wenige Feststellungen. Vorläufig widmet Salvador anderen Gästen seine Aufmerksamkeit, einem, der morgen früh abreist und die Rechnung will, einem anderen, der sich beschwert, dass er nicht schlafen könne, weil durch den Wind das Rollo so klappere, jeden bedient Salvador zuvorkommend, ungepflegt sind seine Zähne, buschig der Bart. Der hagere Mann in Trauer betritt den Gesellschaftsraum, um eine Zeitung durchzublättern, er geht bald wieder, der Dicke, an einem Zahnstocher kauend, taucht an der Tür auf, er zögert, als er dem kühlen Blick Ricardo Reis' begegnet, und zieht sich zurück, mit hängenden Schultern, weil er nicht den Mut zum Eintreten hatte, es gibt solche Rückzüge, Momente größter innerer Schwäche, die ein Mann nicht erklären könnte, am wenigsten sich selbst gegenüber.

Eine halbe Stunde später kann der freundliche Salvador bereits mitteilen, nein, Sie müssen sie mit anderen Leuten verwechselt haben, soviel ich weiß, waren sie nie in Brasilien, seit drei Jahren kommen sie hierher, wir haben uns selbstverständlich unterhalten, es wäre nur natürlich gewesen, wenn sie mir von so einer Reise erzählt hätten. Dann habe ich sie verwechselt, doch was sagen Sie, seit drei Jahren kommen sie hierher? So ist es, sie sind aus Coimbra, dort wohnen sie, der Vater ist Doktor Sampaio, Notar. Und sie? Sie hat einen seltsamen Namen, sie heißt Marcenda, stellen Sie sich vor, aber sie sind aus guter Familie, die Mutter lebt nicht mehr. Was ist mit ihrer Hand? Ich glaube, der ganze Arm ist gelähmt, deshalb kommen sie jeden Monat für drei Tage hier ins Hotel, damit sie von einem Arzt beobachtet werden kann. Ah, jeden Monat für drei Tage. Ja, jeden Monat für drei Tage, Doktor Sampaio gibt immer vorher Bescheid, damit ich zwei Zimmer frei halte, immer dieselben. Und ist es in diesem Jahr besser geworden? Wenn ich offen zu Ihnen reden darf, Senhor Doktor, ich glaube nicht. Wie schade, ein so junges Mädchen. Das ist wahr, der Senhor Doktor könnte ihnen beim nächsten Mal einen Rat geben, falls Sie noch hier sein sollten. Ja, möglicherweise bin ich noch hier, aber solche Fälle gehören nicht in mein Fachgebiet, ich bin praktischer Arzt, später habe ich mich für tropische Krankheiten interessiert, nichts, was in solcher Situation helfen könnte. Nichts zu machen, es ist schon wahr, dass Geld nicht glücklich macht, der Vater mit so viel Besitz und die Tochter so, nie sieht man sie lachen. Marcenda ist ihr Name. Ja, Senhor Doktor. Seltsames Wort, ich habe es noch nie gehört. Ich auch nicht. Bis morgen, Senhor Salvador. Bis morgen, Senhor Doktor.

Als Ricardo Reis ins Zimmer tritt, sieht er das Bett aufgedeckt, Überdecke und Betttuch sind zu einem exakten Dreieck gefaltet, und dennoch diskret, nicht diese liederliche Schamlosigkeit, mit der das Deckbett wie üblich einfach zurückgeschlagen ist, hierin ersieht man nur die stille Aufforderung, wenn man sich hinlegen will, so ist hier der Platz. So früh wird es nicht sein. Zuerst wird er die anderthalb Verse lesen, die er zu Papier gebracht hatte, ernsthaft wird er daraufschauen, das Tor suchend, das dieser Schlüssel, falls er es ist, öffnen kann, er wird sich einbilden, dass er es gefunden hat, und andere Tore dahinter, verschlossen und ohne Schlüssel, schließlich führte seine Beharrlichkeit dazu, dass er etwas fand, oder vor Ermattung, seiner eigenen oder jemandes, wessen, brach es plötzlich aus ihm heraus, auf diese Weise das Gedicht beendend, unruhig nicht, nicht ruhig mein stilles Sein, aufrecht will ich es nach oben lenken, von wo den Menschen Freude kommt und Schmerz, wenigstens zur Hälfte ist es gelungen, derselbe Gleichklang, fast wäre dies nicht nötig, das Glück ist ein Joch, und das glückliche Sein bedrückt, weil es ein bestimmter Zustand ist. Dann ging er zu Bett und schlief bald ein.

R icardo Reis hatte zum Hotelchef gesagt, schicken Sie mir das Frühstück aufs Zimmer, um halb zehn, nicht dass er daran gedacht hatte, so lange zu schlafen, er wollte nur nicht schlaftrunken aus dem Bett springen müssen, um mühsam zu versuchen, mit den Händen die Ärmellöcher des Morgenrocks zu finden, und um nach den Hauspantoffeln zu tasten, in der Angst, nicht schnell genug zu sein, um nicht die Geduld dessen zu strapazieren, der dort mit angewinkelten Armen das große Tablett mit dem Kaffee, der Milch, den Toastscheiben und der Zuckerdose trägt, vielleicht ist auch Kirsch- oder Orangenmarmelade dabei, oder ein Stück dunkles, körniges Quittenbrot, oder Biskuitkuchen, oder feines Gebäck mit zarter Kruste, oder Kuchenbrot, oder Arme Ritter, dieser verschwenderische Überfluss des Hotels, falls es das im Bragança gibt, wir werden sehen, denn dies ist Ricardo Reis' erstes Frühstück, seit er angekommen ist. Auf die Sekunde, garantiert Salvador, und er hält sein Versprechen, denn pünktlich klopft Lídia an die Tür, ein guter Beobachter wird sagen, dass dies nicht gut möglich ist für jemanden, der keine Hand frei hat, es würde schlecht um die Bediensteten stehen, wenn wir sie nicht unter denen suchten, die drei oder mehr Hände haben, das ist bei diesem Zimmermädchen der Fall, das, ohne einen Milchtropfen zu vergießen, leicht mit den Fingerknöcheln an die Tür klopft und dabei gleichzeitig mit den Händen das Tablett hält, man muss es sehen, um es zu glauben, oder sie hören, das Frühstück, Senhor Doktor, so hat man es sie gelehrt, und obwohl sie aus dem Volk stammt, ist sie doch so klug, dass sie es bis heute nicht vergessen hat. Wenn Lídia kein Zimmermädchen wäre, und zwar ein fähiges, würde sie, wie man sieht, eine nicht weniger exzellente Seiltänzerin sein, eine Jongleurin oder Trickkünstlerin, Talent hat sie für den Beruf, es passt gar nicht zu ihr, dass sie Zimmermädchen ist und Lídia heißt anstatt Maria. Ricardo Reis ist schon fertig, frisch rasiert, im von einem Gürtel zusammengehaltenen Morgenrock, er hat sogar einen Fensterflügel geöffnet, um das Zimmer zu lüften, die nächtlichen Gerüche kann er nicht ausstehen, diese Ausdünstungen des Körpers, denen auch Dichter nicht entgehen. Schließlich tritt das Zimmermädchen ein, guten Morgen, Senhor Doktor, und sie setzt das Tablett ab, das Angebotene weniger verschwenderisch, als man es sich vorgestellt hatte, aber selbst so verdient das Bragança Bewunderung, kein Wunder, dass es seinen festen Gästestamm hat, manche wollen kein anderes Hotel, wenn sie nach Lissabon kommen. Ricardo Reis erwidert den Gruß und sagt dann, nein, vielen Dank, ich brauche nichts weiter, das ist die Antwort auf die Frage eines jeden guten Zimmermädchens, brauchen Sie noch etwas, und wenn sie als Antwort ein Nein erhält, dann muss sie sich diskret zurückziehen, wenn möglich rückwärts, denn dem Gast den Rücken zukehren bedeutet fehlenden Respekt gegenüber demjenigen, der uns bezahlt und am Leben erhält, aber Lídia, die angehalten wurde, die Aufmerksamkeit zu verdoppeln, sagt, ich weiß nicht, ob der Senhor Doktor schon die Überschwemmung am Cais do Sodré bemerkt hat, so sind die Menschen, haben eine Sintflut vor der Tür und achten nicht darauf, sie schlafen die ganze Nacht tief und fest, und wenn sie aufwachen und es regnen hören, dann ist ihnen nur, als träumten sie, dass es regnet, und im selben Traum zweifeln sie daran, dass sie träumen, während es wirklich und wahrhaftig so stark geregnet hatte, dass der ganze Cais do Sodré überflutet ist, das Wasser geht dem, der von einer Seite auf die andere muss, bis ans Knie, barfuß und die Hosenbeine hochgekrempelt, watet er durch das Nass mit einer älteren Dame auf dem Rücken, viel leichter, als ein Sack Bohnen vom Karren zum Lagerhaus zu transportieren ist. Hier am Ende der Rua do Alecrim öffnet die Alte die Börse und holt eine Münze hervor, mit der sie den heiligen Christophorus bezahlt, welcher, damit wir nicht immer jener schreiben, wieder ins Wasser zurückkehrt, da auf der anderen Seite schon jemand eilig winkt. Dieser ist kein Greis, er hätte das Alter und die gesunden Beine, sich aus eigener Kraft auf die andere Seite hinüberzubegeben, da er aber so fein gekleidet ist, fürchtet er, sich deshalb einen Zacken aus der Krone zu brechen, denn es ist eher Schlamm als Wasser, dabei merkt er nicht, wie lächerlich er sich auf dem Rücken so eines Packeselchens ausnimmt, die Kleidung zerknittert, die Waden aus den Hosenbeinen ragend, die grünen Strumpfbänder auf den weißen Unterhosen, es fehlt nicht an Lachern, sogar im Hotel Bragança, in jenem zweiten Stock, ein Gast mittleren Alters lächelt gut gelaunt, und hinter ihm, wenn uns die Augen nicht täuschen, steht eine Frau, die ebenfalls lacht, ohne Zweifel ist es eine Frau, aber nicht immer sehen die Augen, was sie sehen müssten, denn das scheint eine Bedienstete zu sein, und es fällt uns schwer, daran zu glauben, dass sie es ist und auch von dem Stand, oder aber die sozialen Verhältnisse und Standpunkte laufen Gefahr, ins Gegenteil verkehrt zu werden, ein sehr beängstigender Fall, wiederholen wir, doch es gibt so Gelegenheiten, und wenn es stimmt, dass Gelegenheit Diebe macht, dann kann auch eine Revolution gemacht werden wie diese, dass Lídia es gewagt hat, hinter Ricardo Reis ans Fenster zu treten und mit ihm zusammen über das Schauspiel zu lachen, das beide amüsierte. Es sind flüchtige Momente des Goldenen Zeitalters, urplötzlich werden sie geboren, um bald zu sterben, deshalb dauert es nur kurze Zeit, bis das Glück ermüdet. Dieses ist schon verschwunden, Ricardo Reis schließt das Fenster, Lídia, nur noch Zimmermädchen, zieht sich zur Tür zurück, alles geschieht jetzt mit einer gewissen Eile, weil die Toaste sich abkühlen und so nicht mehr verlockend sind, ich rufe Sie dann, wenn Sie das Tablett holen können, sagt Ricardo Reis, und das wird in einer halben Stunde geschehen, Lídia tritt diskret ein und zieht sich geräuschlos zurück, mit leichterer Last, während Ricardo Reis so tut, als wäre er zerstreut, er blättert, ohne zu lesen, in The God of the Labyrinth, das Werk wurde schon zitiert.

Heute ist der letzte Tag des Jahres. Überall in der Welt, wo dieser Kalender regiert, vergnügen sich die Leute damit, gute Taten zu erwägen, die sie im neuen Jahr vollbringen wollen, sie schwören, aufrecht, gerecht und besonnen zu sein, dass aus ihrem geläuterten Mund kein böses Wort kommen wird, keine Lüge, keine Heuchelei, selbst wenn der Feind das verdiene, natürlich sprechen wir von den gewöhnlichen Leuten, die anderen, die großen Ausnahmen, die Ungewöhnlichen, richten sich nach ihren eigenen Gründen, damit sie das Gegenteil seien und das Gegenteil machen mögen, immer wenn es ihnen beliebt oder nützt, diese lassen sich nicht täuschen, sie lachen über uns und die von uns gezeigten guten Vorsätze, aber zu guter Letzt lernen wir mit der Erfahrung, bald, in den ersten Tagen des Januar, werden wir die Hälfte unserer Versprechen vergessen haben, und wenn man so viel vergessen hat, hat es keinen Sinn, den Rest einzuhalten, es ist wie ein Kartenhaus, wenn die oberen Teile fehlen, dann ist es gleich besser, dass alles zusammenfällt und die Karten gemischt werden. Deshalb ist es sehr zweifelhaft, dass Christus mit den Worten aus dem Leben gegangen ist, wie sie in der Heiligen Schrift festgehalten sind, bei Matthäus und Markus, mein Gott, mein Gott, warum hast du mich verlassen, oder bei Lukas, Vater, ich befehle meinen Geist in deine Hände, oder bei Johannes, es ist vollbracht, was Christus gesagt hat, Ehrenwort, jeder einfache Mensch weiß, dass es die Wahrheit ist, adieu, du immer schlechtere Welt. Aber die Götter von Ricardo Reis sind andere, stille Wesen, die uns gleichgültig anschauen, für die das Schlechte und das Gute weniger als Wörter sind, weil sie sie niemals aussprechen, und wenn sie sie sagten, dann nur, weil sie wirklich nicht zwischen gut und schlecht zu unterscheiden wissen und sich wie wir im Fluss der Dinge fortbewegen, nur von jenen unterschieden, weil wir sie Götter nennen und manchmal daran glauben. Diese Lektion haben wir erhalten, damit wir uns nicht damit abquälen, neue und bessere Vorsätze für das neue Jahr zu beschwören, dafür werden uns die Götter nicht anklagen, für die Taten auch nicht, nur menschliche Richter wagen es, anzuklagen, die Götter niemals, nimmt man doch an, sie wüssten alles, außer wenn alles falsch ist, wenn nämlich die letzte Wahrheit der Götter ist, dass sie nichts wissen, wenn es nämlich nicht ihre einzige Beschäftigung ist, jeden Augenblick zu vergessen, was die Taten der Menschen sie in jedem Augenblick lehren, die guten wie die schlechten, letztlich gleichgültig für die Götter, weil sie ihnen nichts nützen. Sagen wir nicht, morgen will ich es tun, denn es ist mehr als sicher, dass wir morgen müde sind, sagen wir lieber, übermorgen, da haben wir doch immer noch einen Tag Pause, um unsere Meinung und unser Vorhaben zu ändern, jedoch am klügsten wäre es, zu sagen, eines Tages werde ich entscheiden, wann dieser Tag ist, übermorgen zu sagen, und vielleicht ist es dann nicht mehr nötig, wenn der alles beschließende Tod zuvorkommt und mich von der Verpflichtung entbindet, denn das ist die schlechteste Sache der Welt, die Verpflichtung, eine Freiheit, die wir uns selbst absprechen.

Es hat aufgehört zu regnen, der Himmel hat aufgeklart, Ricardo Reis kann ohne die Gefahr, ungemütlich nass zu werden, einen Spaziergang vor dem Mittagessen unternehmen.

Ganz nach unten geht er nicht, der Cais do Sodré ist zum Teil noch überschwemmt, das Pflaster bedeckt stinkender Schlamm, den die Strömung des Flusses aus tiefem, zähem Grund heraufgespült hat, wenn das Wetter so anhält, werden die Männer von der Straßenreinigung mit den Schläuchen kommen, das Wasser brachte Schmutz, das Wasser wird ihn wegspülen, gesegnet sei das Wasser. Ricardo Reis geht die Rua do Alecrim hinauf, kaum hatte er das Hotel verlassen, so ließen ihn bereits Spuren anderer Zeiten stocken, ein korinthisches Kapitell, ein Votiv-Altar, eine Grabstele, was für ein Gedanke, diese Dinge, wenn es sie in Lissabon noch gibt, sind von der bebenbewegten Erde oder durch andere natürliche Ursachen überdeckt, das hier ist doch nur ein rechteckiger Stein, in eine Mauer eingelassen und fest gefügt, die zur Rua Nova do Carvalho führt, und in verzierter Schrift heißt es, Clínica de Enfermedades do los Ojos y Quirúrgicas, und, etwas nüchterner, gegründet von A. Mascaró im Jahre 1870, die Steine haben ein langes Leben, wir werden bei ihrem Tod nicht anwesend sein, so viele Jahre sind über sie hinweggegangen, so viele werden es noch sein, Mascaró ist gestorben, und die Klinik existiert nicht mehr, vielleicht leben in der Nähe noch Nachkommen des Begründers, mit anderen Beschäftigungen befasst, wer weiß, ob sie es vergessen haben oder nicht wissen, dass sich an dieser Stelle der Stein ihrer Zugehörigkeit befindet, die Familien wären nicht, was sie sind, belanglos, unstet, würde diese hierherkommen und des Vorfahren erinnernd gedenken, der Augen heilte und andere operative Heilbehandlungen durchführte, es ist wohl wahr, dass es nicht genügt, den Namen in einen Stein zu gravieren, der Stein bleibt, jawohl, meine Herrschaften, ihn gibt es noch, aber der Name, wenn er nicht Tag für Tag gelesen wird, erlischt, wird vergessen, ist einfach nicht mehr da. An diese Gegensätze denkend, geht er die Rua do Alecrim hinauf, in den Schienen der Elektrischen fließen noch Rinnsale, der Welt gelingt es nicht, stillzustehen, der Wind weht, die Wolken ziehen, vom Regen ganz zu schweigen, so reichlich war er. Ricardo Reis hält vor dem Denkmal des Eça de Queirós, oder Queiroz, wegen des tiefen Respekts vor der Orthographie, die der Besitzer des Namens anwandte, wie verschieden können doch die Schreibweisen sein, und der Name ist noch das wenigste, verblüffend, dass sie dieselbe Sprache sprechen und einer Reis ist und der andere Eça, möglicherweise sucht sich die Sprache die Schriftsteller aus, derer sie bedarf, sie bedient sich ihrer, damit diese einen kleinen Teil dessen ausdrücken, was sie ist, wenn die Sprache alles gesagt hat und schweigt, dann möchte ich doch mal wissen, wie wir leben würden. Schon beginnen die ersten Schwierigkeiten, oder es sind noch keine Schwierigkeiten, sondern eher unterschiedliche und einander befehdende Bedeutungsfelder, aufgerührter Bodensatz, neue Kristallisierungen zum Beispiel, über der vollen Nacktheit der Wahrheit der durchsichtige Schleier der Phantasie, die Sentenz scheint klar zu sein, klar, abgeschlossen und schlüssig, ein Kind würde es verstehen und zur Prüfung fehlerfrei hersagen, aber dasselbe Kind würde mit der gleichen Überzeugung einen neuen Spruch verstehen und wiederholen, über der vollen Nacktheit der Phantasie der durchsichtige Schleier der Wahrheit, und dieser Spruch, ja, der veranlasst, stärker nachzudenken, sich ersprießliche Gedanken zu machen, stark und nackt die Phantasie, durchsichtig lediglich die Wahrheit, wenn die so umgewandelten Sentenzen zu Gesetzen würden, welche Welt würden wir mit ihnen errichten, ein Wunder ist es, dass die Menschen nicht jedes Mal irrewerden, wenn sie den Mund zum Sprechen öffnen. Der Spaziergang ist lehrreich, gerade erst haben wir Eça betrachtet, schon können wir auf Camões schauen, bei diesem haben sie nicht daran gedacht, Verse in den Sockel zu meißeln, und wenn sie es täten, welcher wäre es, hier, in tiefem Schmerz, mit traurigem Klang, es ist besser, wir verlassen den armen Verbitterten, den Rest der Straße hinauf, die Misericórdia heißt, Barmherzigkeit, die ehemalige Rua do Mundo, die Straße der Welt, leider kann man nicht alles haben und nicht zur gleichen Zeit, entweder die Welt oder die Barmherzigkeit. Hier haben wir den ehemaligen Largo de São Roque, den Platz des heiligen Rochus, und die Kirche desselben Heiligen, jenes Heiligen, dem ein Hund die von der Pest hervorgerufenen Wunden geleckt hatte, die Beulenpest wird es gewesen sein, das Tier schien nicht der Hündin Ugolina zu gleichen, die nur zu zerreißen und zu verschlingen weiß, im Innern dieser berühmten Kirche befindet sich die Kapelle Johannes' des Täufers, jene, die in Italien von Dom João V. in Auftrag gegeben worden war, dem ruhmvollen Monarchen, unübertroffenen Maurer- und Architektenkönig, man denke nur an das Kloster zu Mafra oder auch an den Aquädukt Águas Livras, dessen wahre Geschichte noch zu erzählen sein wird. Hier haben wir auch in der Diagonalen der beiden Kioske, an denen man Tabakwaren, Lotterielose und Schnaps verkauft, die marmorne Erinnerung, im Auftrag der italienischen Kolonie errichtet, anlässlich der Hochzeit des Königs Dom Luís, des Shakespeare-Übersetzers, und der Dona Maria Pia de Sabóia, der Tochter des Verdi, das heißt des Vittorio Emanuele re d'Italia, ein einzigartiges Denkmal in der Stadt Lissabon, es ähnelt eher einem drohenden Handschlegel oder Fünfaugenmädchen, mindestens erinnert es an die Mädchen des Asyls, mit zwei erschrockenen Augen, aber ohne deren Licht, doch von den sehenden Gefährtinnen unterrichtet, die mitunter hier vorbeikommen, mit Schürzen, in strenger Reihe, den üblen Schlafsaalgeruch vertreibend, mit noch von der letzten Züchtigung geröteten Händen. Diese Gegend ist unverfälscht, hoch die Bezeichnung und die Lage, niedrig die Gewohnheiten, Lorbeerzweige an den Türen der Tavernen wechseln mit Frauen an halbgeöffneten Türen, und da es noch früh am Morgen ist und die Straßen von dem großen Regen dieser Tage gewaschen sind, spürt man in der Luft eine Art reiner, unschuldiger Frische, einen jungfräulichen Hauch, wer würde so etwas am Ort so vieler Verdammnis sagen, die Kanarienvögel sagen es, mit ihrem arteigenen Gesang, von den Veranden aus oder den Eingängen zu den Tavernen, sie trillern wie toll, man muss das gute Wetter nutzen, besonders wenn man damit rechnet, dass es nur kurz anhält, wenn es wieder zu regnen anfängt, verstummt das Lied, sträuben sich die Federn, und ein besonders sensibles Vögelchen steckt den Kopf unter den Flügel und gibt vor zu schlafen, die Besitzerin holte es herein, jetzt hört man nur den Regen, irgendwo ertönt eine Gitarre, Ricardo Reis weiß nicht, wo, er hat sich unter diesen Torbogen gestellt, am Beginn der Travessa da Água da Flor. Man sagt vom Sonnenschein, dass er von kurzer Dauer ist, wenn er von den Wolken durchgelassen, doch sogleich wieder verdeckt wird, man sagt auch, dass dieser Schauer von kurzer Dauer war, er war heftig, aber er ging vorüber, von den Traufen und Veranden tropft es, die aufgehängte Wäsche trieft, der Regenguss kam so plötzlich, dass den Frauen keine Zeit blieb, einander zu warnen, mit dem üblichen Geschrei, es reeeegnet, so wie sich einander des Nachts die Wachsoldaten zurufen, Posten auf Waaaacht, auf Wacht, weitergehen, es war nur Zeit, den Kanarienvogel hereinzuholen, ein Glück, dass das zarte Körperchen gut aufgehoben ist, so warm ist es, schau nur, wie sein Herz klopft. Jesus, welche Kraft, welche Schnelligkeit, das kommt vom Schreck, nein, so ist es immer, ein Herz, das lebt, klopft schnell, irgendwie müssen sich die Dinge ausgleichen. Ricardo Reis durchquert den Garten, er schaut auf die Stadt, die Burg mit ihren zerfallenen Mauern, der große Gebäudekomplex stürzt fast den Abhang hinunter. Die gleißende Sonne schlägt auf die feuchten Dächer, über die Stadt senkt sich Stille, alle Laute sind erstickt, gedämpft, es scheint, als ob Lissabon aus Baumwolle wäre, die jetzt tropft. Die Plattform unten zieren einige Büsten vaterländischer Helden, Buchsbäume, etliche Römerköpfe, nichtssagende, so weit von den Himmeln Latiums entfernt, es ist, als würde man den Zé-Povinho von Bordalo eine trutzig-vulgäre Gebärde gegenüber dem Apollo vom Belvedere machen lassen. Der ganze Ausblick ist Belvedere, während wir Apollo betrachten, nun ertönt die Stimme zur Gitarre, ein Fado erklingt. Es scheint, dass der Regen endgültig vorbei ist.

Wenn eine Idee die andere nach sich zieht, dann sagen wir, es gab eine Verbindung zwischen beiden, es gibt tatsächlich Leute, die meinen, der ganze menschliche Denkprozess laufe nach dieser Stimulusfolge ab, oftmals unbewusst, dann wieder nicht, manchmal zwingend, dann wieder vortäuschend, als wäre es zum Zweck einer anderen Verknüpfung, gegenteilig eventuell, nun ja, es gibt zahlreiche Beziehungen, die, untereinander verbunden durch die Art, die sie zusammen bilden, ein Teil dessen sind, was man worttönend Handel und Industrie der Gedanken nennen könnte, deshalb ist oder wird der Mensch, neben dem, was er noch ist, ein Ort der Industrie und des Handels, erst Produzent, Einzelhändler danach, schließlich Konsument, die Reihenfolge kann sich auch ändern und neu ordnen, von den Ideen spreche ich, von nichts anderem, also würden wir es Vereinte Ideen nennen, als Eigentum, mit oder ohne Gesellschaft, oder als Kommanditgesellschaft, vielleicht eine Kooperativgesellschaft, niemals mit beschränkter Haftung, nimmermehr anonym, ein Name, alle besitzen wir ihn. Dass es eine einsichtige Verbindung zwischen dieser Wirtschaftstheorie und dem Spaziergang von Ricardo Reis gibt, der, wie wir wissen, belehrend ist, das werden wir bald sehen, wenn er zu dem Portal gelangt, das zum Kloster von São Pedro de Alcântara gehörte und heute die pädagogisch gezüchtigten Mädchen beherbergt, und wenn die Augen auf das

Wandbild aus blauen Fliesen fallen, das den heiligen Franziskus von Assisi darstellt, il poverello, armer Teufel, in freier Übersetzung, kniend empfängt er voller Verzückung die Wundmale, die ihm durch die symbolische Gestaltung des Malers durch fünf Blutfäden beigebracht werden, welche von oben herabsinken, vom gekreuzigten Christus, der in der Luft schwebt wie ein Stern, oder wie ein Papierdrachen, von den Jungen des Gutes hochgelassen, dort, wo der Raum frei ist und die Erinnerung an die Zeit, in der die Menschen flogen, noch nicht vergessen ist. Füße und Hände blutend, seine eine Seite geöffnet, hält der heilige Franziskus von Assisi das Kreuz Jesu, damit es nicht in bedenkliche Höhen entschwindet, dorthin, wo der Vater den Sohn ruft, komm, komm, vorbei ist deine Zeit als Mensch, deshalb sehen wir den Heiligen fromm gebeugt, vor Anstrengung, während er murmelt, einige meinen, es sei ein Gebet, ich lass dich nicht fort, ich lass dich nicht fort, wegen dieser Geschehnisse, erst jetzt enthüllt, wird man erkennen, wie dringend es ist, die alte Theologie zu zerbrechen oder verschwinden zu lassen und eine neue Theologie ins Leben zu rufen, völlig im Gegensatz zu der anderen, da haben wir das Resultat der Vereinigungen von Ideen, weil sich Römerköpfe am Ausblick von Belvedere befanden, hat sich Ricardo Reis an die Geste des Zé-Povinho erinnert, und jetzt, an der Pforte eines alten Klosters, in Lissabon, nicht in Wittenberg, findet er die Begründung, wie und weshalb das Volk die Geste eine Waffe des heiligen Franziskus nennt, das ist die Geste, die der verzweifelte Heilige Gott gegenüber macht, weil er ihm den Stern nehmen will. Es wird an skeptischen Konservativen nicht fehlen, die dem Vorschlag mit Argwohn begegnen, das soll uns nicht verwundern, das ist stets so bei neuen Ideen, die in Gesellschaft geboren werden.

Ricardo Reis kramt im Gedächtnis nach Fragmenten von Versen, die bereits vor zwanzig Jahren gedichtet wurden, wie die Zeit vergeht, trauriger Gott, brauch dich vielleicht, denn keinen gab es wie dich, nicht mehr bist du, nicht weniger, doch ein anderer Gott, nicht dich, Christus, hasse oder verachte ich, doch suche nicht zu nehmen, was andern geschuldet ist, wir Menschen einen uns über die Götter, das sind die Worte, die er murmelt, während er die Rua de Dom Pedro V entlanggeht, so als würde man Fossilien identifizieren oder Reste alter Zivilisationen, und einen Moment zweifelt er daran, ob die vollständigen Oden, woher er sie hat, mehr Sinn ergeben als dieses lockere Zusammenfügen noch zusammenhängender Teile, die allerdings durch Fehlendes davor oder danach schon zerrissen sind und in ihrer eigenartigen Verstümmelung widersprüchlicherweise einen anderen, verborgenen, bestimmten Sinn ausdrücken, so wie es für die Motti zutrifft, die mitunter den Büchern vorangestellt sind. Er fragt sich selbst, ob es möglich wäre, eine Einheit zu definieren, die wie eine Klammer oder wie ein Splint das festhält, was gegensätzlich und verschieden ist, vor allem diesen Heiligen, der auf den Berg gestiegen ist und aus fünf Wunden blutend von dort zurückkehrte, hoffentlich hat er es bis zur Tagesneige geschafft, die Schnur einzurollen und nach Hause zurückzukehren, müde wie einer, der hart gearbeitet hat, unter seinem Arm den Drachen, der beinahe verlorengegangen wäre, er wird, mit ihm am Kopfende, schlafen, heute hat er gewonnen, wer weiß, ob er morgen nicht verliert. Mit einer Einheit diese Verschiedenheiten bedecken zu wollen ist vielleicht ebenso absurd, als wollte man versuchen, das Meer mit einem Eimer auszuschöpfen, nicht weil es ein vergebliches Unterfangen wäre, wenn nur genug Zeit und Kraft vorhanden, nein, aber es wäre zuerst nötig, auf der Erde eine andere große Senke für das Meer zu finden, wir wissen aber, dass es nicht genügen wird, so viel Meer gibt es und so wenig Land.

Ricardo Reis war tief in diese selbstauferlegte Frage versunken, als er die Praça do Rio de Janeiro erreichte, die einst Príncipe Real hieß und vielleicht in Zukunft wieder einmal so heißen wird, wer dann lebt, wird's erleben. Da es heiß ist, bekommt man Gelüste nach dem Schatten dieser Bäume, dem Ahorn, den Ulmen, der immergrünen Zeder, wie ein erfrischender Laubengang, nicht etwa dass dieser Dichter und Arzt besonders versiert in der Botanik wäre, irgendjemand muss die Unwissenheit ausgleichen und die Erinnerungslücken eines Mannes, der sechzehn Jahre eine andere, barockere Flora, eine tropische, gewohnt war. Doch es ist nicht die Zeit für sommerliche Vergnügungen, nicht die Zeit, warme Bäder und Strand zu genießen, die Temperatur wird so um zehn Grad liegen, und die Bänke des Parks sind feucht. Ricardo Reis zieht fröstelnd den Trenchcoat enger an den Körper, er geht hier entlang und dort entlang, zurück wird er andere Wege nehmen, jetzt geht er die Rua do Século hinunter, er weiß nicht einmal, was ihn hergeführt hat, so einsam der Ort ist und so melancholisch sein Anblick, einige alte Paläste, niedrige, schmale Häuser einfacher Leute, wenigstens waren die feinen Leute früher nicht zimperlich, sie akzeptierten es, Wand an Wand mit dem gemeinen Mann zu leben, wehe uns, wie jetzt die Dinge laufen, wir werden noch exklusive Viertel sehen, nur Residenzen, für die Finanz- und Industriebourgeoisie, die dann die Reste der Aristokratie geschluckt haben wird, mit eigener Garage, wohlgestalteten Gärten, Hunden, die den Spaziergänger böse ankläffen, selbst bei den Hunden wird man die Veränderungen bemerken, in vergangenen Zeiten bissen sie die einen wie die anderen.

Ricardo Reis geht ohne Eile die Straße hinab, den Regenschirm benutzt er dabei als Spazierstock, die Spitze schlägt auf das Pflaster des Gehweges, im Gleichklang mit dem Fuß derselben Seite, es ist ein präziser Klang, hell und klar, ohne Echo, aber irgendwie flüssig, wenn das Wort nicht einfach absurd ist, sagen wir, dass der Zusammenstoß von Eisen und Pflaster flüssig ist oder den Anschein erweckt, mit solchen kindischen Gedanken beschäftigt er sich, als er ihrer plötzlich gewahr wird, seiner eigenen Schritte, als hätte er seit dem Verlassen des Hotels keine Menschenseele getroffen, und das würde er beschwören, mit voller Überzeugung, wenn man ihm den Schwur abverlangte, dass er bisher niemanden gesehen hat, wie ist das möglich, bester Herr, eine Stadt, die nicht einmal zu den kleinsten gehört, wo stecken die Leute nur. Er weiß, dass es nicht stimmt, weil das allgemeine Gefühl es ihm sagt, einziges Depot des Wissens, das laut desselben allgemeinen Gefühls untrüglich ist, es hat nicht an Leuten auf dem Weg gefehlt, und auch jetzt gibt es sie in dieser Straße, trotz der Stille, so ohne Geschäfte, nur wenige Werkstätten, Gruppen gehen vorbei, alles strömt hinunter, arme Leute, einige scheinen Bettler zu sein, ganze Familien, mit den Alten hinterdrein, schleppenden Schrittes, müden Herzens, Kinder, von den Müttern gezerrt, diese schreien, schneller, sonst ist es vorbei. Womit es vorbei war, das war die Ruhe, die Straße ist nicht mehr, was sie war, die Männer dagegen verstellen sich, sie täuschen Wichtigkeit vor, die jedem Familienoberhaupt gebührt, sie gehen, als hätten sie ein anderes Ziel oder wollten dieses nicht wahrhaben, und zusammen verschwinden sie einer nach dem anderen um die nächste Straßenbiegung, an der sich ein Palast mit Palmen im Hof befindet, ähnlich dem Arabia Felix, diese mittelalterlichen Ecken haben ihren Reiz nicht verloren, sie halten Überraschungen bereit, sie sind nicht wie die modernen städtischen Hauptverkehrsadern, schnurgerade verlaufend, alles im Blickfeld, wenn es leicht ist, den Blick zu befriedigen. Vor Ricardo Reis taucht eine schwarze Menge auf, die die ganze Breite der Straße einnimmt, sie wogt hin und her, still und zugleich erregt, ein Gekräusel auf den Köpfen, es gleicht dem Spiel der Wellen am Strand oder des Windes in den Wüsten. Ricardo Reis nähert sich, bittet um Erlaubnis, vorbeigehen zu dürfen, der ihm Gegenüberstehende macht eine abwehrende Geste, er wird sich umdrehen und zum Beispiel sagen, hast du es eilig, wärst du doch eher gekommen, aber er bemerkt einen gutgekleideten Herrn, weder Basken- noch Schiebermütze, heller Trenchcoat, weißes Hemd und Binder, genug, um ihn augenblicklich vorbeizulassen, und damit begnügt er sich nicht, er klopft dem vor ihm Stehenden auf die Schulter, lass diesen Herrn vorbei, und der andere macht dasselbe, daher sehen wir Ricardo Reis' grauen Hut so leicht durch das Menschenmeer gleiten wie Lohengrins Schwan durch die plötzlich beruhigten Wasser des Schwarzen Meeres, aber diese Durchquerung dauert ihre Zeit, denn es sind viele Menschen, und je mehr er sich der Mitte der Menge nähert, desto schwerer fällt es ihr, den Weg freizugeben, nicht wegen plötzlichen schlechten Willens, es ist nur, weil sie sich vor Enge kaum rühren kann, was mag da los sein, fragt sich Ricardo Reis, aber er wagt nicht, mit lauter Stimme zu fragen, er meint, dass es nicht angeht, wenn sich so viele Leute aus einem allen bekannten Grund versammelt haben, vielleicht ist es unpassend oder taktlos, Unwissenheit zu zeigen, die Leute könnten sich verletzt fühlen, niemals weiß man genau, wie die Empfindsamkeit andere reagieren lässt, und wie könnten wir diese Sicherheit haben, wo doch unsere eigene Empfindsamkeit sich so oft auf unvorhergesehene Weise zeigt, obwohl wir sie zu kennen meinen. Ricardo Reis hat die Straßenmitte erreicht, er steht gegenüber dem großen Gebäude der Zeitung O Século, die die höchste Auflage hat und die größte Verbreitung findet, die Menge weitet sich, wird lichter, in dem vor ihm gebildeten Halbkreis atmet es sich leichter, erst jetzt fällt es Ricardo Reis auf, dass er den Atem angehalten hat, um den schlechten Geruch nicht zu spüren, da sage noch einer, die Schwarzen stinken, der Geruch des Schwarzen ist der Geruch eines wilden Tieres, aber nicht dieser Gestank nach Zwiebel, Knoblauch und dampfendem Schweiß, nach selten gewechselter Wäsche, nach nicht oder nur an Tagen des Arztbesuches gebadeten Körpern, jedweder durchschnittlich empfindende Geruchsnerv hätte sich dagegen aufgelehnt. Am Eingang stehen zwei Polizisten, hier in der Nähe zwei weitere, die den Zulauf ordnen, einen von diesen fragt Ricardo Reis, was ist das für ein Auflauf, Senhor Guarda, und die Autorität antwortet mit Ehrerbietung, man sieht doch sofort, dass es den Fragenden nur zufällig hierher verschlagen, es ist die Armenspeisung durch den Século. Aber das ist eine Riesenmenge. Wissen Sie, sehr verehrter Senhor, dass man mehr als tausend Bittsteller schätzt. Alles arme Leute? Ja, Senhor, alles arme Leute, von den Höfen und aus den Elendshütten. So viele. Und es sind nicht einmal alle hier. Sicher, aber alle hier zur Armenspeisung versammelt, das macht Eindruck. Auf mich nicht, ich bin daran gewöhnt. Und was bekommen die? Auf jeden Armen entfallen zehn Escudos. Zehn Escudos? Richtig, zehn Escudos, und für die Kleinen gibt es warme Kleidung, Spielzeug, Lesebücher. Wegen der Bildung. Ja, Senhor, wegen der Bildung. Mit zehn Escudos kommt man nicht weit. Es ist besser als nichts. Das ist allerdings wahr. Manche warten das ganze Jahr auf die Armenspeisung, auf diese und auf andere, sehen Sie, manche verbringen die Zeit damit, von Armenspeisung zu Armenspeisung zu rennen, um abzuernten, am schlimmsten ist es, wenn sie dort auftauchen, wo man sie nicht kennt, in anderen Vierteln, anderen Gemeinden, anderen Wohltätigkeitsanstalten, die Armen dort lassen sie nicht herankommen, jeder Arme ist der Kontrolleur des anderen Armen. Traurige Sache. Traurig wohl, aber recht so, damit sie lernen, Dinge nicht auszunutzen. Vielen Dank für Ihre Informationen, Senhor Guarda. Zu Ihren Diensten, gehen Sie hier entlang, und mit diesen Worten geht der Polizist mit ausgebreiteten Armen drei Schritte vorwärts, wie jemand, der Hühner in den Stall scheuchen will, was soll denn das, ruhig, ihr wollt doch wohl nicht, dass der Säbel erst sprechen muss, diese überzeugenden Worte beruhigen die Menge, die Frauen brummeln etwas vor sich hin, wie es ihre Art ist, und die Männer tun so, als hätten sie nichts gehört, die Kinder denken nur ans Spielzeug, wird's ein Wägelchen sein oder ein Fahrrad, eine Zelluloidpuppe vielleicht, dafür würden sie Pullover und Lesebuch hingeben. Ricardo Reis geht die Calçada dos Caetanos hinauf, von dort aus würde er die Menschenansammlung abschätzen können, fast wie aus der Vogelperspektive, wenn der Vogel tief fliegt, mehr als tausend, der Polizist hatte gut geschätzt, ein an Armen reiches Land, gebe Gott, dass die Almosen nicht aufhören, diese Leute mit Schultertuch und Kopftuch, in geflickten Lumpen, in Zwillich, geflickt mit anderen Stoffresten, mit Bastschuhen bekleidet oder barfuß, und da es lauter verschiedene Farben sind, ergeben sie einen dunkelgrauen Fleck schwärzlichen, schlecht riechenden Moders, wie der Schlamm auf dem Cais do Sodré. Dort sind sie, und dort werden sie bleiben, wartend, bis die Reihe an sie kommt, Stunden um Stunden auf den Beinen, einige seit dem Morgengrauen, die Mütter mit den Kleinsten auf den Armen, zu den Zeiten die Brust gebend, die Väter ergehen sich in Männergesprächen, die Alten sind schweigsam und blicken finster, kaum halten sie sich auf den Beinen, sie besabbern sich, nur am Almosentag wünscht man ihnen den Tod nicht, weil er Nachteile bringen würde. Fieber geht um, hier und dort Husten, einige Fläschchen Branntwein, die helfen, die Zeit zu vertreiben und von der Kälte abzulenken. Falls es wieder regnen sollte, bekommen ihn alle ab, von hier weicht keiner.

Ricardo Reis hat den Bairro Alto hinter sich gelassen, nachdem er die Rua do Norte hinuntergegangen war, gelangte er zum Camões, es war wie in einem Labyrinth, das immer zum selben Ort führt, zu diesem bronzenen Adligen und Haudegen, eine Art d'Artagnan, mit einem Lorbeerkranz gekrönt, weil er im letzten

Moment die Diamanten der Königin vor den Machenschaften des Kardinals gerettet hatte, dem er übrigens, da Zeiten und Politik wechseln, zu guter Letzt noch dienen wird, aber für diesen hier, der, weil er tot ist, sich nicht wieder eingliedern lassen kann, wäre es gut zu wissen, dass man sich seiner bedient, der Reihe nach oder durcheinander, seitens der Oberen, einschließlich der Kardinäle, wie es ihnen so passt. Es ist Mittag, Zeit ist bei diesen Wanderungen und Entdeckungen vergangen, es scheint, als ob dieser Mensch nichts weiter zu tun hat, er schläft, isst, geht spazieren, dichtet einen Vers nach dem anderen, mit großer Anstrengung, über Versfuß und Maß leidend, nichts, was sich mit der ständigen Dueliererei des Musketiers d'Artagnan vergleichen ließe, allein die Lusiaden enthalten mehr als achttausend Verse, nun, dieser hier ist auch ein Dichter, nicht dass er sich des Titels brüsten würde, wie man bei der Eintragung ins Gästebuch des Hotels bemerken konnte, aber eines Tages werden sie nicht an den Arzt in ihm denken, auch nicht an Álvaro als Schiffsbauingenieur noch an Fernando als Fremdsprachenkorrespondent, der Beruf bringt uns das Brot, das ist wahr, doch von ihm geht nicht der treffliche Ruf aus, sondern davon, irgendwann geschrieben zu haben, nel mezzo del cammin di nostra vita, oder, Mädchen, mein Mädchen, das Elternhaus musst' ich verlassen, oder, en un lugar de La Mancha, de cuyo nombre no quiero acordarme, um nicht noch einmal der Versuchung zu erliegen, etwas zu wiederholen, auch wenn es gut passt, as armas e os barões assinalados, die Wiederholungen seien uns vergeben, arma virumque cano. Ein Mensch muss sich stets bemühen, damit er diesen seinen Namen verdient, aber er ist weniger Herr seiner Person und seines Schicksals, als er meint; die Zeit, nicht seine, macht ihn groß oder löscht ihn aus, oftmals wegen anderer Verdienste, oder anderer Anklagen, was wirst du sein des Nachts und am Ende der Straße?

Es war fast Abend, als die Rua do Século von Armen gereinigt war. Inzwischen hatte Ricardo Reis zu Mittag gegessen, er hatte zwei Buchhandlungen aufgesucht und dann am Eingang zum Tivoli gezögert, ob er sich den Film, Ich liebe alle Frauen, mit Jan Kiepura ansehen sollte, er ging nicht hinein, es bleibt für eine andere Gelegenheit, daraufhin kehrte er zum Hotel zurück, mit dem Taxi, weil ihm schon die Füße vom vielen Laufen wehtaten. Als es regnete, zog er sich in ein Café zurück, las die Nachmittagszeitungen, erlaubte, dass man ihm die Schuhe putzte, scheinbare Verschwendung von Creme angesichts dieser Straßen, die so unverhofft von Regengüssen überschwemmt werden, aber der Schuhputzer erklärte, dass es immer besser sei vorzubeugen, als zu heilen, ein eingefetteter Schuh hält dem Regen viel besser stand, Senhor Doktor, und der Fachmann sollte recht behalten, als sich Ricardo Reis in seinem Zimmer die Schuhe auszog, waren seine Füße trocken und warm, genau das ist zur Erhaltung der Gesundheit erforderlich, warme Füße, kühler Kopf, obwohl die Fakultät dieses empirische Wissen nicht anerkennt, verliert man nichts, wenn man die Regel beachtet. Im Hotel herrscht völlige Stille, keine Tür schlägt, man hört keine Stimme, die Klingel ist verstummt, der Hotelchef, Salvador, bedient nicht an der Rezeption, ein ungewöhnlicher Fall, und Pimenta, der den Schlüssel holt, bewegt sich mit einer Leichtigkeit, der Körperlosigkeit eines Elfen, ganz sicher musste er seit dem Morgen noch keine Koffer schleppen, die Umstände waren über alle Maßen günstig. Als Ricardo Reis zum Abendessen hinuntergeht, es ist schon fast neun, so wie er es sich selbst versprochen hatte, liegt der Speisesaal verlassen da, die Kellner unterhalten sich in einer Ecke, schließlich taucht Salvador auf, die Bediensteten bewegen sich ein wenig, was man stets tun sollte, wenn man eines Höhergestellten ansichtig wird, es genügt zum Beispiel, das Körpergewicht auf das rechte Bein zu verlagern, wenn es vorher auf dem linken geruht hatte, oft ist nicht mehr nötig, oder nicht einmal das. Kann man denn zu Abend essen, fragt zögernd der Gast, aber natürlich, dafür sind sie da, und auch Salvador meint, dass der Doktor sich nicht wundern möge, zum Jahreswechsel hätten sie immer wenig Gäste, und die wenigen, die es gab, würden außerhalb essen, es ist die Réveillon, oder Révelion, was ist das rechte Wort, früher wurde hier im Hotel gefeiert, aber die Besitzer meinten, die Kosten wären zu hoch gewesen, der Hoteldienst kam durcheinander, eine Heidenarbeit, ganz zu schweigen von den Schäden, die durch die Fröhlichkeit der Gäste angerichtet wurden, man weiß ja, wie die Dinge laufen, ein Glas folgt dem anderen, irgendwann gibt es Missverständnisse, dann folgt der Krach, die Erregung, die Beschwerden derjenigen, die keine Freude an Festen haben, solche gibt es immer. Nun denn, wir haben mit der Réveillon Schluss gemacht, aber ich finde es schade, das gebe ich zu, es war eine schöne Nacht, sie verlieh dem Hotel einen Geruch von Vornehmheit und Modernität, was sieht man jetzt, Öde. Lassen Sie nur, so kommen Sie früher ins Bett, tröstet Ricardo Reis, aber Salvador verneint, er würde sich sowieso zu Hause das Mitternachtsgeläut anhören, das sei eine Familientradition, sie würden zwölf Rosinen essen, eine zu jedem Glockenschlag, er hatte gehört, dass es für das neue Jahr Glück bringen sollte, im Ausland macht man dies oft. Das sind reiche Länder, und Sie, glauben Sie wirklich, dass es Ihnen Glück bringt? Ich weiß nicht, ich habe keinen Vergleich, vielleicht würde es ein schlechtes Jahr für mich werden, äße ich sie nicht, so wird es sein, für dieses und jenes sucht der sich Götter, der keinen Gott hat, wer Götter verließ, erfindet Gott, eines Tages werden wir uns von diesen und jenem befreien. Ich habe meine Zweifel, eine Zwischenbemerkung, die jemand einwarf, vorher oder nachher, aber nicht hier, denn solche Freiheiten nimmt man sich ehrwürdigen Gästen gegenüber nicht heraus.

Ricardo Reis wird von einem einzigen Kellner bedient, der Maître befindet sich, dekorativ postiert, im Hintergrund, Salvador begibt sich an die Rezeption, um die Stunden bis zu seiner privaten Réveillon zu verbringen, von Pimenta wissen wir nicht, wohin er gegangen ist, was die Zimmermädchen betrifft, so zogen sie sich entweder in ihre Mansarden zurück, wenn sie eine haben, oder in die Verschläge auf dem Boden, was wahrscheinlicher ist, dort gibt es, wenn die Zeit herangekommen ist, hausgemachte berauschende Liköre und Gebäck, oder sie eilten nach Hause, und nur ein Notdienst blieb, so wie in den Krankenhäusern, die Küche gleicht bereits einer geräumten Festung, all dies sind nur Vermutungen, natürlich interessiert sich ein Gast im Allgemeinen nicht dafür, wie das Innere eines Hotels funktioniert, was er verlangt, ist ein aufgeräumtes Zimmer und pünktliches Essen, er zahlt und will gut bedient werden. Ricardo Reis erwartet nicht, zum Nachtisch ein großes Stück Bolo-Rei, Königskuchen, vorgesetzt zu bekommen, derartige Aufmerksamkeiten machen aus jedem Gast einen Freund, selbst wenn einem dabei die Bohne zufällt, aber es war nicht absichtlich, der Kellner lächelt gutmütig, wie gewohnt, und sagt, am Dia de Reis, dem Dreikönigsfest, zahlt der Senhor Doktor. Einverstanden, Ramón, so ist der Name, sei es der Tag des Reis, aber Ramón versteht den Witz nicht. Es ist noch nicht zehn, die Zeit schleicht dahin, das alte Jahr wehrt sich. Ricardo Reis schaut zu dem Tisch hinüber, an dem er vor zwei Tagen Doktor Sampaio und dessen Tochter Marcenda gesehen hatte, er spürt, wie ihn eine graue Wolke einhüllt, wenn sie heute hier wären, könnten sie sich unterhalten, als einzige Gäste dieser Nacht des Endes und des Wiederbeginns, die günstigste Gelegenheit. Die schmerzliche Geste des Mädchens ersteht wieder vor seinen Augen, wie sie die schlaffe Hand ergriff und auf den Tisch legte, es war ihre liebste Hand, die andere, die bewegliche, gesunde, half der Schwester, aber besaß ihr eigenes Leben, unabhängig, nicht immer vermochte sie zu helfen, um ein Beispiel zu geben, diese berührte bei formellen Begrüßungen die Hände der Leute, Marcenda Sampaio, Ricardo Reis, die Hand des Arztes würde die Hand des Mädchens aus Coimbra drücken, die Rechte in die Rechte, seine Linke könnte sich, wenn er wollte, nähern, am Treffen teilhaben, ihre würde am Körper herabhängen, es wäre, als gäbe es sie nicht. Ricardo Reis spürt seine Augen feucht werden, da spreche noch einer schlecht von den Ärzten, die, gewöhnt an den ständigen Anblick von Krankheiten und Unglück, versteinerte Herzen hätten, man kann sehen, wie dieser hier die Behauptung widerlegt, vielleicht weil er Dichter ist, obwohl einer von den skeptischen, wie man feststellen konnte. In derartige Sinnereien ist Ricardo Reis versunken, einige davon sind, nebenbei gesagt, schlecht für den zu entwirren, der außerhalb steht wie wir, und Ramón, der genauso viel von den einen wie von den anderen weiß, fragt, wünscht der Senhor Doktor noch irgendetwas, eine höfliche Art zu reden, die aber genau das Gegenteil von dem beabsichtigt, was man hört, die Einflüsterung des Gegenteils, wir aber sind verständig genug, dass ein halbes Wort uns allen im Leben genügt, der Beweis besteht darin, dass sich Ricardo Reis erhebt, Ramón eine gute Nacht wünscht und ein glückliches neues Jahr, und als er an der Rezeption vorbeikommt, entbietet er auch, etwas zögernd, Salvador seine besten Wünsche, das Gefühl ist das gleiche, aber dessen Ausdruck deutlicher, denn schließlich und endlich ist dieser doch der Hotelchef. Ricardo Reis steigt langsam die Treppe hinauf, müde, er gleicht einer Figur aus jenen geschwätzigen Zeitschriften oder auf den Zeichnungen, die das Gegenwärtige auf ihre Weise widerspiegeln, das alte Jahr mit weißem Haar und Runzeln und bereits mit leerer Sanduhr vergeht in der tiefen Finsternis der vergangenen Zeit, während sich das neue Jahr in einem Lichtstrahl nähert, rundlich wie die Buben auf dem bulgarischen Milchpulver, und zu uns im kindlichen Tonfall spricht, als würde es uns zum Tanz der Stunden einladen, ich bin das Jahr neunzehnhundertsechsunddreißig, werdet glücklich mit mir. Er tritt ins Zimmer und setzt sich, das Bett ist aufgeschlagen, das Wasser in der Karaffe für den nächtlichen Durst erneuert, die Hausschuhe auf dem Teppich, jemand wacht über mich, ein guter Engel, danke. Auf der Straße zieht blecherner Lärm vorüber, es hat bereits elf geschlagen, und da erhebt sich Ricardo Reis brüsk, fast heftig, was habe ich hier zu suchen, jedermann feiert und vergnügt sich in seiner Wohnung, auf den Straßen, den Bällen, in den Theatern und Kinos, in den Kasinos und Kabaretts, wenigstens sollte ich zum Rossio gehen, um die Uhr auf dem Hauptbahnhof zu sehen, das Auge der Zeit, der Zyklop wirft nicht mit Felsen, sondern mit Minuten und Sekunden, ebenso scharf und kraftvoll, und ich muss es ertragen, wie wir alle es ertragen müssen, bis zum Letzten, bis mir alles Angesammelte mit den Planken des Bootes birst, aber nicht so, hier auf die Uhr schauend, hier sitzend, über mich selbst gebeugt, hier sitzend, er bricht das Selbstgespräch ab; zieht den Mantel über, setzt den Hut auf, greift nach dem Regenschirm, energisch, man ist gleich ein anderer Mensch, wenn man eine Entscheidung getroffen hat. Salvador ist schon nicht mehr da, er hat sich in seine vier Wände zurückgezogen, es ist Pimenta, der fragt, der Senhor Doktor will ausgehen? Ja, ich werde eine Runde drehen, und er steigt die Treppe hinunter, Pimenta folgt ihm bis zum Treppenabsatz, wenn Sie zurückkommen, klingeln Sie zwei Mal, einmal kurz, einmal lang, dann weiß ich, wer es ist. Sie bleiben wach? Nach Mitternacht lege ich mich hin, aber richten Sie sich nicht nach mir, kommen Sie, wann Sie wollen. Ein glückliches neues Jahr, Pimenta. Ein sehr erfolgreiches neues Jahr, Senhor Doktor. Sätze von Glückwunschkarten, mehr sagen sie nicht aus, aber als Ricardo Reis am Ende der Treppe angelangt ist, erinnert er sich daran, dass man sich bei solchen Gelegenheiten dem einfachen Personal gegenüber gefällig zu erweisen hat, man rechnet damit, jedenfalls bin ich erst drei Tage hier, die Lampe des italienischen Pagen ist erloschen, er schläft.

Das Pflaster ist feucht und glitschig, die Schienen in der Rua do Alecrim blinken, schnurgerade Schienen, wer weiß, welcher Stern oder Papierdrachen sie an dem Punkt bannt, an dem sich laut Schulweisheit die Parallelen treffen, im Unendlichen, das Unendliche muss sehr groß sein, um so viele Dinge aufzunehmen, alles und von jeder Größe, die geraden, parallelen Linien und die einfachen, und auch die Kurven und die Kreuzungen, die Elektrischen, die auf diesen Schienen hinauffahren, und die Fahrgäste in ihnen, das Leuchten in den Augen eines jeden Einzelnen, das Echo der Worte, das unhörbare Kreisen der Gedanken, das Pfeifsignal zu einem Fenster hinauf, was ist, kommst du runter oder nicht. Es ist noch Zeit, lässt sich eine Stimme von oben vernehmen, egal ob die eines Mannes oder einer Frau, wir werden sie dort im Unendlichen wiedersehen. Ricardo Reis geht den Chiado und die Rua do Carmo hinunter, mit ihm viele Leute, Gruppen, Familien, wenn auch mehr alleinstehende Männer, auf die niemand zu Hause wartet, oder welche, die die frische Luft vorziehen, wenn sie das neue Jahr erwarten, falls es wirklich vorbeikommt, über ihren und unseren Köpfen wird ein Lichtstreif huschen, eine Grenze, und dann werden wir sagen, dass Zeit und Raum eins seien, es gibt auch Frauen, die für eine Stunde ihre elende Jagerei unterbrechen, sie machen eine Pause im Leben, sie möchten dabei sein, wenn ein neues Leben verkündet wird, wissen, welcher Teil ihnen zufällt, ob er wirklich neu ist oder nur wie gehabt. Auf der Seite des Teatro Nacional ist der Rossio bevölkert. Ein plötzlicher Regenguss, die Schirme öffnen sich, schimmernde Insektenpanzer oder ein unter dem Schutz der Schilde vorrückendes Heer, bereit, eine passive Festung zu stürmen. Ricardo Reis mischt sich unter die Menge, die doch nicht so dicht ist, wie es von weitem ausgesehen hat, er bahnt sich einen Weg, der Schauer ist inzwischen vorüber, die Regenschirme schließen sich, als schüttle eine Vogelschar vor dem Schlafen die Flügel. Alle recken die Nase in die Höhe, die Augen hängen wie gebannt an dem gelben Zifferblatt der Uhr. Von der Rua do Primeiro de Dezembro her nähert sich eine Gruppe von Burschen mit Topfdeckeln, tsching, tsching, andere pfeifen grell. Sie umrunden den Platz vor dem Bahnhof und machen unter der Theaterarkade halt, unaufhörlich die Trillerpfeifen blasend und die Bleche schlagend, diesem Lärm gesellt sich das Rasseln der Knarren hinzu, das über den ganzen Platz schallt, ra-ra-ra-ra, es fehlen vier Minuten bis Mitternacht, ach, diese Unruhe der Menschen, so süchtig nach der Zeit, die sie zum Leben haben, sich ständig über die Kürze des Lebens beschwerend, das nur der Erinnerung einen weißen Klang von Schaum hinterlässt, und hier so ungeduldig, damit diese Minuten vergehen, so groß ist die Macht der Hoffnung. Schon schreit einer aus reiner Nervosität, und die Erregung schwillt an, als von der Flussseite her die tiefen Stimmen der ankommenden Schiffe zu tönen beginnen, das Brüllen der Dinosaurier, jenes prähistorische Grunzen, das den Magen zittern lässt, Sirenen schleudern ihre Schreie heraus wie Tiere, denen die Kehle durchgeschnitten wird, die Hupen der Autos in der Nähe toben wie verrückt, die Klingeln der Elektrischen bimmeln, so viel sie können, nur ein kurzer Augenblick, dann bedeckt der Minutenzeiger den Stundenzeiger, es ist Mitternacht, eine befreiende Fröhlichkeit, für einen kurzen Moment verließ die Zeit die Menschen, hat sie allein leben lassen, sie beobachtet nur ironisch, gütig, da sind sie, sie umarmen einander, Bekannte und Unbekannte, es küssen sich Männer und Frauen, wie es kommt, das sind die besten Küsse, diese, die keine Zukunft haben. Der Lärm der Sirenen erfüllt jetzt den ganzen

Raum, die Tauben an der Fassade des Theaters sind aufgeregt, einige flattern verwirrt umher, aber noch ist keine Minute vergangen, und schon verebbt der Ton, ein letztes Aufbegehren, es ist, als ob sich die Schiffe auf dem Fluss in den Nebel zurückgezogen hätten, aufs Meer hinaus, und daher werden wir sagen, dort ist Dom Sebastião in seiner Giebelnische, ein für den kommenden Karneval verkleideter Bursche, falls sie ihn nicht irgendwo anders hingesteckt haben, aber hier haben wir die Bedeutung und die Wege des Sebastianismus erneut zu überprüfen, mit Nebel oder ohne ihn, es ist völlig klar, dass der Erwünschte mit dem Zug kommen wird, den Verspätungen unterworfen. Noch immer sind Gruppen auf dem Rossio, aber die Stimmung ist endgültig hinüber. Die Leute haben die Gehwege verlassen, sie wissen, was passieren wird, aus den Fenstern beginnt man Müll auf die Straße zu werfen, das ist so Brauch, hier allerdings ist es nicht viel, denn in diesen Gebäuden wohnen nicht mehr viele Leute, die meisten Häuser beherbergen Büros und Praxisräume. Die ganze Rua do Ouro ist mit Abfällen bedeckt, noch immer werden aus den Fenstern Lumpen, leere Schachteln, Schrott, in Zeitungen eingewickelte Essensreste und Gräten geworfen, sie zerstreuen sich auf dem Pflaster, ein Kasten mit glühender Asche birst, Funken stieben umher, die Vorübergehenden, die jetzt, dicht an die Häuserwände gepresst, unter den Balkons Schutz suchen, schreien nach oben, aber das kann man nicht Proteste nennen, es ist allgemein so üblich, schütze sich jeder, wie er kann, es ist eine Nacht des Festes, und es herrscht so viel Fröhlichkeit, wie man nur entfalten kann. Man wirft fort, was untauglich ist, Dinge, die ihren Zweck nicht mehr erfüllen und die sich nicht mehr verkaufen lassen, für diese Gelegenheit wurden sie aufbewahrt, Beschwörungen, damit das neue Jahr Überfluss bringe, auf jeden Fall wird Platz für das Gute geschaffen, das kommen kann, so werden wir daran denken. Von einem Gebäude schreit es herunter, da kommt was, er war vorsichtig und aufmerksam, durch die Lüfte fliegt in hohem Bogen ein großes Etwas, prallt fast gegen die Oberleitung der Elektrischen, welche Unvorsichtigkeit, ein Unglück hätte es geben können, schwer schlägt es auf den Steinen auf, es ist eine Schneiderpuppe, eine von denen mit drei Beinen, die zur Anprobe einer Herrenjacke dient oder eines Damenkleids, so die zukünftigen Träger über eine gewisse Korpulenz verfügen, das schwarze Futter ist gerissen, im hölzernen Teil hatte sich der Holzwurm eingenistet, so zerborsten erinnert sie kaum noch an die Form eines Körpers, der Kopf fehlt, sie hat keine Beine mehr, ein vorbeikommender Junge stößt sie mit dem Fuß in den Rinnstein, morgen kommt der Karren und schafft alles fort, Blätter und Schalen, schmutzige Lappen, Töpfe, die weder der Klempner noch der Böttcher retten kann, eine Bratpfanne ohne Boden, ein zerbrochener Rahmen, verblasste Stoffblumen, bald werden die Bettler in diesem Unrat herumstochern, irgendetwas werden sie schon brauchen, was für die einen keinen Nutzen mehr hat, ist Leben für andere.

Ricardo Reis kehrt zum Hotel zurück. Es fehlt nicht an Orten, wo weitergefeiert wird mit Lichtern, Schaumwein oder echtem Champagner, überschäumende Laune, wie die Zeitungen mit Sicherheit schreiben werden, leichte Mädchen, oder weniger leichte, einige geradezu und herausfordernd, andere, die nicht auf gewisse Regeln der Annäherung verzichten, dieser Mann hier ist jedoch kein kühner Versucher in Sachen Abenteuer, er kennt so etwas vom Hörensagen, wenn er es einmal versuchte, war es nur eine schüchterne Annäherung. Eine Gruppe, die falsch singend vorüberkommt, ruft ihm zu, frohes Fest, Alterchen, und er antwortet mit einer Geste, mit der Hand in der Luft, wozu sprechen, sie sind schon weitergegangen, so viel jünger als ich. Er tritt auf den Müll in den Straßen, umgeht die umgestülpten Abfallkübel, unter den Füßen knirscht zersprungenes Glas, es fehlte nur, sie hätten auch die Alten aus den Fenstern geworfen wie die Schneiderpuppe, so groß ist der Unterschied nicht, von einem bestimmten Alter an gehorcht uns weder der Kopf, noch wissen die Beine, wohin sie uns zu bringen haben, am Ende sind wir wie kleine Kinder, wehrlos, aber die Mutter ist tot, wir können nicht zu ihr zurück, zum Anfang, zu jenem Nichts, das vor dem Anfang war, das Nichts existiert wirklich, es ist das Vorher, nicht nach dem Tod treten wir ins Nichts ein, vom Nichts, ja, sind wir gekommen, mit dem Nichtsein haben wir begonnen, und wenn wir tot sind, werden wir zerstreut, ohne Bewusstsein, aber bestehend. Alle hatten wir Vater und Mutter, doch sind wir Kinder von Zufall und Notwendigkeit, was auch immer dieser Satz bedeuten möge, Ricardo Reis hat ihn gedacht, soll er ihn doch erklären.

Pimenta ist noch auf, es ist erst kurz nach halb eins, er kommt herunter, um die Tür zu öffnen, er zeigt sich verwundert, Sie sind ja doch früh zurück, haben sich nicht groß amüsiert. Ich bin erschöpft, müde. Wissen Sie, der Jahreswechsel ist auch nicht mehr das, was er mal war. So ist es, in Brasilien ist es schön. Unter dem Austausch dieser Höflichkeitsfloskeln steigen sie die Treppe hinauf, auf dem Absatz verabschiedet sich Ricardo Reis, bis morgen, und geht gleich zur zweiten Treppe weiter, Pimenta hat erwidert, eine angenehme Nacht, und beginnt, das Licht auf der Etage zu löschen, nur das Nachtlicht lässt er brennen, auf den anderen Etagen wird er für weniger Licht sorgen, bevor er zu Bett geht, mit der Sicherheit, die ganze Nacht ungestört schlafen zu können, um diese Zeit sind keine neuen Gäste zu erwarten. Er hört Ricardo Reis' Schritte im Gang, in einer so vollkommenen Stille hört man das leiseste Geräusch, in keinem Zimmer brennt mehr Licht, entweder schläft man dort schon, oder sie sind unbewohnt, hinten schimmert schwach das Schild von Nummer zweihunderteins, und da bemerkt Ricardo Reis unter seiner Tür einen schwachen Schein, sollte er vergessen haben, na ja, das kann jedem passieren, er steckt den Schlüssel ins Loch, öffnet, auf dem Sofa sitzt ein Mann, er erkennt ihn sofort wieder, obwohl er ihn so viele Jahre nicht gesehen hat, er hält es gar nicht für so unnormal, dass Fernando Pessoa hier auf ihn wartet, sagt hallo, obwohl er bezweifelt, eine Antwort zu erhalten, das Absurde respektiert nicht immer die Logik, aber er antwortet wahrhaftig, sagt, sei gegrüßt, und streckt ihm die Hand entgegen, dann umarmen sie sich, wie geht es, einer von ihnen fragt es, oder beide, es ist nicht wichtig, das herauszufinden, wenn man bedenkt, wie bedeutungslos dieser Satz ist. Ricardo Reis zieht den Mantel aus, legt den Hut ab, stellt den Regenschirm vorsichtig ins Waschbecken, sollte er noch tropfen, gäbe es ja den gebohnerten Fußboden, aber trotzdem überzeugt er sich erst einmal davon, er betastet die feuchte Seide, da tropft nichts mehr, auf dem Rückweg hatte es nicht mehr geregnet. Er zieht einen Stuhl heran und setzt sich dem Gast gegenüber, er bemerkt, dass Fernando Pessoas Körper gut hergerichtet ist, das ist die portugiesische Art zu sagen, dass Besagter weder einen Wintermantel trägt noch einen Regenmantel, noch irgendeinen anderen Schutz gegen das schlechte Wetter, nicht einmal einen Hut auf dem Kopf, er trägt nur einen schwarzen Anzug, Jackett, Weste, Hose, ein weißes Hemd, eine Krawatte, ebenfalls schwarz, ebenso die Schuhe und die Strümpfe, wie jemand, der sich in Trauer zeigt oder dessen Beruf es ist, die anderen zu begraben. Beide schauen sich mit Sympathie an, man sieht, dass sie froh sind, sich nach so langer Zeit der Abwesenheit wiederzutreffen, und es ist Fernando Pessoa, der zuerst spricht, ich weiß, dass Sie mich besucht haben, ich war nicht da, aber man sagte es mir, als ich zurückkam, und Ricardo Reis antwortet, ich glaubte, Sie wären dort, ich glaubte, Sie würden den Ort nie verlassen. Vorläufig gehe ich noch aus, ich habe noch so an die acht Monate, um nach Belieben umherzulaufen, erklärt Fernando Pessoa. Warum acht Monate, fragt Ricardo Reis, und Fernando Pessoa erläutert, genau berechnet sind es im Allgemeinen und im Durchschnitt neun Monate, so lange, wie wir in den Bäuchen unserer Mütter bleiben, ich glaube, es ist eine Frage des Gleichgewichtes, solange wir noch nicht geboren sind, können sie uns auch noch nicht sehen, aber täglich denken sie an uns, nachdem wir gestorben sind, können sie uns nicht mehr sehen, und täglich vergessen sie uns ein wenig mehr, abgesehen von einigen Ausnahmen, genügen neun Monate zum völligen Vergessen, und jetzt sagen Sie mir, was Sie nach Portugal geführt hat. Ricardo Reis zieht seine Brieftasche aus dem Jackett und entnimmt ihr ein gefaltetes Papier, er will es Fernando Pessoa reichen, doch dieser lehnt mit einer Geste ab und erklärt, ich kann nicht mehr lesen, lesen Sie, und Ricardo Reis liest, Fernando Pessoa verstorben stop fahre nach Glasgow stop Álvaro de Campos, als ich dieses Telegramm erhielt, beschloss ich zurückzukehren, ich fühlte so etwas wie Pflicht. Der Tenor dieser Mitteilung ist sehr interessant, das ist unverkennbar Álvaro Campos, selbst aus so wenigen Worten spricht so etwas wie Schadenfreude, ich würde fast sagen, ein verschmitztes Lächeln, tief in seinem Herzen ist Álvaro so. Es gab noch einen Grund für meine Rückkehr, einen mehr selbstsüchtigen, im November brach nämlich in Brasilien eine Revolution aus, es gab viele Tote, viele Verhaftete, ich befürchtete, dass sich die Lage verschlechtern würde, ich war unentschlossen, fahre ich, fahre ich nicht, dann aber kam das Telegramm, da habe ich mich entschlossen, ich habe Stellung bezogen, wie der andere sagte, Reis, Ihr Schicksal ist, vor Revolutionen zu fliehen, neunzehnhundertneunzehn gingen Sie nach Brasilien wegen einer gescheiterten Revolution, jetzt fliehen Sie aus Brasilien wegen einer anderen, die wahrscheinlich auch scheiterte. Im Grunde bin ich nicht aus Brasilien geflohen, und vielleicht wäre ich noch dort, wenn Sie nicht gestorben wären. Ich erinnere mich, in meinen letzten Tagen einige Nachrichten über diese Revolution gelesen zu haben, es war eine Sache der Bolschewiken, glaube ich. Ja, es war eine Sache der Bolschewiken, einige Sergeanten, einige Soldaten, wer nicht umkam, wurde festgenommen, in zwei, drei Tagen war alles vorbei. Der Schreck war groß? Und ob. Hier in Portugal gab es auch einige Revolutionen. Ich habe davon erfahren. Sie sind noch immer Monarchist? Noch immer. Ohne König? Man kann Monarchist sein und keinen König wollen. Das ist bei Ihnen der Fall? Ja. Ein schöner Widerspruch. Nicht schlimmer als andere, auf die ich gestoßen bin. Zu wünschen als Ausdruck des Wollens, wo der Wille dem Wollen nicht nutzt. Richtig. Noch habe ich nicht vergessen, wem Sie entstammen. Das ist nur natürlich.

Fernando Pessoa erhebt sich vom Sofa und macht einige Schritte durchs Zimmer, vor dem Spiegel bleibt er stehen, dann kommt er zurück, es ist ein seltsames Gefühl, mich im Spiegel zu betrachten und mich nicht darin zu sehen. Sie sehen sich nicht? Nein, ich sehe mich nicht, ich weiß zwar, dass ich mich anblicke, doch sehe ich mich nicht. Einen Schatten haben Sie aber. Das ist auch alles, was ich habe. Er setzt sich wieder und schlägt die Beine übereinander, und nun, bleiben Sie für immer in Portugal, oder fahren Sie nach Hause zurück? Ich weiß es noch nicht, ich habe nur das Notwendigste mitgenommen, vielleicht entschließe ich mich, hierzubleiben, eine Praxis zu eröffnen, Patienten zu gewinnen, vielleicht kehre ich auch nach Rio zurück, ich weiß es nicht, vorläufig bleibe ich hier, und letztlich glaube ich, dass ich gekommen bin, weil Sie gestorben sind, es ist, als ob, da Sie tot sind, nur ich Ihren Platz einnehmen könnte. Kein Lebender kann einen Toten ersetzen. Keiner von uns ist wirklich lebendig oder wirklich tot. Gut gesagt, damit könnten Sie eine dieser Oden dichten. Beide lächeln. Ricardo Reis fragt, sagen Sie mir, wie haben Sie erfahren, dass ich in diesem Hotel wohne. Wenn man tot ist, weiß man alles, das ist einer der Vorteile, erwidert Fernando Pessoa. Und wie sind Sie hereingekommen, wie sind Sie in mein Zimmer gekommen? Wie jeder andere auch. Sie sind nicht durch die Lüfte gekommen, nicht durch die Wände gegangen? Welch absurde Idee, mein Teurer, das passiert nur in den Gespensterbüchern, die Toten bedienen sich der Wege der Lebenden, das heißt, es gibt keine anderen, ich bin vom Prazeres-Friedhof hergekommen, wie jeder Sterbliche, bin die Treppe hinaufgegangen, habe die Tür geöffnet und mich auf das Sofa gesetzt, um Sie zu erwarten. Und keiner hat das Eintreten eines Unbekannten bemerkt, denn Sie sind doch hier ein Unbekannter. Das ist ein anderer Vorteil, wenn man tot ist, niemand sieht uns, wenn wir es nicht wollen. Aber ich sehe Sie. Weil ich will, dass Sie mich sehen, und außerdem, wenn wir es richtig bedenken, wer sind Sie, die Frage ist natürlich rhetorisch, er erwartet keine Antwort, und Ricardo Reis, der nichts entgegnet, hat sie auch nicht gehört. Es folgt eine schleppende, zähe Stille, man hört die Uhr auf dem Treppenabsatz wie aus einer anderen Welt schlagen, zwei Uhr. Fernando Pessoa erhebt sich, ich werde mich auf den Weg machen. Schon? Denken Sie nicht, dass ich an bestimmte Zeiten gebunden bin, ich bin frei, es ist wahr, dass meine Großmutter dort ist, sie hat nicht aufgehört, mich zu peinigen. Bleiben Sie noch etwas. Es ist schon spät, Sie müssen ausruhen. Wann kommen Sie wieder? Wollen Sie, dass ich wiederkomme? Ich würde mich sehr freuen, wir könnten uns unterhalten, unsere Freundschaft auffrischen, vergessen Sie nicht, dass ich nach sechzehn Jahren neu hier bin. Aber denken Sie daran, wir werden nur acht Monate zusammen sein, dann ist es vorbei, mehr Zeit werde ich nicht haben. Vom ersten Tag aus gesehen, sind acht Monate ein Leben. Wenn ich kann, werde ich wieder erscheinen. Wollen Sie nicht einen Tag festlegen, Tag,

Uhrzeit, Ort? Alles, nur das nicht. Dann also bis bald, Fernando, es war schön, Sie zu sehen. Gleichfalls, Ricardo. Ich weiß nicht, ob ich Ihnen ein glückliches neues Jahr wünschen kann. Wünschen Sie, wünschen Sie, es wird mir nichts Schlechtes bringen, es sind alles Worte, wie Sie wissen. Glückliches neues Jahr, Fernando. Glückliches neues Jahr, Ricardo.

Fernando Pessoa öffnet die Tür des Zimmers und tritt auf den Flur hinaus. Seine Schritte vernimmt man nicht. Zwei Minuten später, die Zeit, die man zum Hinabsteigen der hohen Treppen braucht, klappt unten die Tür, ein kurzes Summen ertönt, Ricardo Reis geht zum Fenster. Fernando Pessoa entfernt sich in der Rua do Alecrim. Die Schienen, unverändert parallel verlaufend, blinken.

Man sagt, die Zeitungen sagen es, sei es nach ihrer eigenen Überzeugung, ohne zugesandte Nachricht, sei es, weil ihnen jemand die Hand geführt hat, falls Einflüsterungen und Andeutungen nicht genügt hatten, es schreiben die Zeitungen im dramatischen Stil einer Tetralogie, dass angesichts des Zusammenbruchs der großen Staaten der portugiesische Staat, der unsrige, seine ungewöhnliche Kraft und die sichtliche Klugheit der Männer bestätigen wird, die ihn regieren. Sie werden also fallen, und das Wort Zusammenbruch soll zeigen, wie und mit welchem apokalyptischen Knall, diese heute ob ihrer Macht prahlenden, überheblichen Nationen, groß ist der Irrtum, in dem sie leben, denn der Tag ist nicht mehr fern, voller Stolz in den Annalen dieses Vaterlandes verewigt, an dem die Staatsmänner jenseits der Grenzen herbeieilen werden, um die Meinung der lusitanischen Welt zu erbitten, um Hilfe zu erflehen, Erleuchtung, eine mitleidige Hand, Öl für die Lampe, hier von diesen überstarken portugiesischen Männern, die Portugiesen regieren, wer sind diese, vom nächsten Ministerium an, das schon in den Kabinetten vorbereitet wird, weit vorn an der Spitze Oliveira Salazar, Präsident des Rates und Finanzminister, danach, in respektvollem Abstand und nach der Rangordnung der Porträts, die die gleichen Zeitungen veröffentlichen werden, Monteiro als Außenminister, Pereira für den Handel, Machado für die Kolonien, Abranches für die Öffentlichen Arbeiten, Bettencourt für die Marine, Pacheco für die Bildung, Rodrigues für die Justiz, Sousa als Kriegsminister, aber Sousa Passos, Sousa für Inneres, nämlich Sousa Paes, alles ganz ausführlich aufgeführt, damit die Bittsteller die richtige Richtung finden, zu erwähnen seien noch Duque für die Landwirtschaft, ohne dessen Meinung in Europa und in der Welt kein Weizenkorn reift, und, was den Rest betrifft, den Entre Parêntesis Lumbrales »In Klammern« – Lumbrales für die Finanzen, abgesehen von Andrade für die Korporationen, denn dieser unser neuer Staat ist korporativ, wenn auch noch ein Wiegenkind, deshalb reicht ein stellvertretender Sekretär. Auch die hiesigen Zeitungen sprechen davon, dass ein großer Teil des Landes die besten und üppigsten Früchte einer beispielhaften Verwaltung und öffentlichen Ordnung geerntet hat, und wenn eine solche Erklärung anrüchig erscheint, da es sich ja um Lob aus eigenem Munde handelt, so lese man jene Zeitung aus Genf, Schweiz, die sich, und zwar in Französisch, was ihr größere Autorität verleiht, lang und breit über den Diktator von Portugal, den schon erwähnten, auslässt, indem sie uns glücklich preist, weil wir einen Weisen an der Macht haben. Der Autor des Artikels hat völlig recht, aus vollem Herzen wollen wir ihm danken, aber beachten Sie bitte, dass Pacheco nicht weniger weise ist, wenn er morgen sagte, wie er sagen wird, dass man der Elementarschulbildung geben müsse, was ihr zukomme, und weiter nichts, ohne Gelüste nach übertriebener Weisheit, die, wenn sie vor der Zeit vorhanden, zu gar nichts nütze ist, und viel schlimmer als die Finsternis des Analphabetismus in einem reinen Herzen ist die materialistische und heidnische Bildung, die auch die besten Absichten erstickt, weshalb Pacheco unterstreicht und schlussfolgert, dass Salazar der größte Erzieher unseres Jahrhunderts sei, falls es nicht gewagt und verwegen ist, das schon jetzt festzustellen, wo das Jahrhundert erst ein Drittel hinter sich hat.

Man glaube nicht etwa, dass diese Nachrichten auf einer einzigen Zeitungsseite auftauchten, ein Fall, in dem der Blick, indem er sie verbindet, ihnen einen Sinn gäbe, der gleichzeitig ergänzend und fortlaufend ist, wie es erscheint. Es sind Geschehnisse und Informationen von zwei oder drei Wochen, hier aneinandergefügt wie Dominosteine, gleich zu gleich, zur Hälfte, außer wenn sie doppelt sind, dann werden sie quer gelegt, das sind die wichtigsten Fälle, man erkennt sie schon von weitem. Ricardo Reis widmet sich seiner morgendlichen Zeitungslektüre, während er dabei genussvoll den Milchkaffee schlürft und die Toastscheiben des Bragança knabbert, mit Fett bestrichen und knusprig, der Widerspruch ist offensichtlich, es waren die Freuden anderer, heute vergessener Zeiten, deshalb erschien uns die Verbindung der Begriffe ungeeignet. Wir kennen bereits das Zimmermädchen, das das Frühstück bringt, es ist Lídia, es ist ebenfalls sie, die das Bett macht, das Zimmer reinigt und aufräumt, sie wendet sich stets mit Senhor Doktor an ihn, er sagt Lídia, ohne die Anrede Senhora, aber da er ein wohlerzogener Mann ist, duzt er sie nicht, sondern bittet, tun Sie dies, bringen Sie mir das, und ihr gefällt es, das ist sie nicht gewohnt, normalerweise duzt man sie vom ersten Tag und von der ersten Stunde an, wer zahlt, der meint, dass das Geld ihm alle Rechte verleihe und bestätige, obwohl es, um gerecht zu sein, einen weiteren Gast gibt, der sich auf die gleiche Weise an sie wendet, es ist Fräulein Marcenda, die Tochter Doktor Sampaios. Lídia dürfte so um die dreißig sein, eine reife Frau, gut gewachsen, mit der portugiesischen Bräune, eher klein als groß, falls es von Bedeutung ist, die besonderen Eigenschaften oder körperlichen Merkmale eines einfachen Dienstmädchens zu erwähnen, das bis jetzt nichts weiter getan hat, als den Fußboden zu reinigen, das Frühstück zu servieren und einmal über einen Mann zu lachen, der einen anderen auf dem Rücken trug, während dieser Gast lächelte, so sympathisch, doch dabei Traurigkeit ausstrahlend, er wird wohl kein glücklicher Mensch sein, obwohl sich sein Gesicht manchmal aufhellt, es ist wie mit diesem schattigen Zimmer, wenn die Wolken draußen die Sonne durchlassen, dringt so etwas wie ein Tagesmondlicht herein, und da sich Lídias Kopf in günstiger Position befindet, bemerkt Ricardo Reis das Mal, das sie dicht am Nasenflügel trägt, es steht ihr gut, denkt er, aber danach weiß er schon nicht mehr, ob er das Mal meint oder die weiße Schürze, oder den gestärkten Kopfschmuck, oder den gestickten Saum, der ihren Hals umschließt, ja, Sie können das Tablett mitnehmen.

Es vergingen drei Tage, Fernando Pessoa war nicht wieder erschienen. Ricardo Reis dachte nicht weiter darüber nach, es wird ein Traum gewesen sein, dabei wusste er genau, dass er nicht geträumt hatte, dass Fernando Pessoa leibhaftig in der Neujahrsnacht in genau diesem Zimmer gewesen war, dass sie sich umarmt hatten und dass er versprochen hatte wiederzukommen. Er zweifelte nicht daran, doch die Verzögerung beunruhigte ihn. Sein Leben schien ihm jetzt schwebend, spekulativ, problematisch. Ausführlich las er die Zeitungen, um Hinweise, Andeutungen, Spuren einer Zeichnung zu finden, portugiesische Gesichtszüge, nicht um ein Porträt des Landes zu entwerfen, sondern um sein eigenes Gesicht, sein eigenes Bildnis mit neuem Inhalt zu versehen, die Hände zum Gesicht führen zu können, eine Hand in die andere zu legen und sie zu drücken, ich bin es, ich bin hier. Auf der letzten Seite stieß er auf eine große Annonce, zwei Handbreit, rechts oben den Freire Gravador, den Bruder Stecher, darstellend, mit Monokel und Krawatte, klassisches Profil, und darunter, bis zum unteren Rand der Seite, eine Kaskade anderer Zeichnungen, somit Artikel vorstellend, die aus seinen Werkstätten stammen, einzigartige, die die Bezeichnung »komplett« verdienen, mit erklärenden, weitschweifigen Untertiteln, falls es wahr ist, dass Zeigen so viel wie Reden bedeutet, oder mehr, ungeachtet des Haupttitels, der lediglich in begrenztem Maße eine Garantie gibt, indem er aussagt, was nicht gezeigt werden kann, dass die Qualität der Waren gut ist in dem vor zweiundfünfzig Jahren durch seinen heutigen Besitzer gegründeten Haus, ein Meister der Graveure, dessen ehrliches Leben ohne Fehl und Tadel war, der, wie auch seine Söhne, in den ersten Städten Europas studiert hatte, Künste und Handel seines Hauses, einzigartig in Portugal, mit drei Goldmedaillen ausgezeichnet, mit sechzehn elektrisch betriebenen Maschinen, von denen eine sechzig Contos wert ist, was diese Maschinen alles können, nur sprechen können sie wohl nicht, großer Gott, ist das eine Welt, die sich da vor unseren Augen auftut, wenn wir schon nicht zu Zeiten geboren sind, auf den Schlachtfeldern von Troja Achilles' Schutzschild zu sehen, der die ganze Erde und den Himmel darstellte, so wollen wir in Lissabon diesen portugiesischen Schild bewundern, die neuen Wunder dieser Stätte, Nummern für Gebäude, Hotels, Zimmer, Schränke und Kleiderständer, Schärfer für Rasierklingen, Abstreichleder, Scheren, Füllhalter mit Goldfedern, Pressen und Prägestöcke, Glasscheiben mit vernickelter Messingkette, Maschinen zum Lochen von Schecks, Metall- und Gummistempel, emaillierte Buchstaben, Petschafte für Wäsche, Siegellack, Zahlmarken für Banken, Gesellschaften und Cafés, Eisen zum Zeichnen von Vieh und Holzschachteln, Taschenmesser, städtische Nummernschilder für Automobile und Fahrräder, Ringe, Medaillen für alle Sportarten, Mützenschilder für den Milchausschank, für Cafés und Kasinos, man beachte das Modell für den Milchausschank Nivea, nicht für den Milchausschank Alentejana, der hatte kein Personal mit Mützen, die eine Blechmarke trugen, Tresore, Emaillefahnen, solche, die über den Türen von Geschäftshäusern angebracht werden, Zangen für Blei- und Blechplomben, elektrische Laternen, Klappmesser mit vier Klingen und andere, Embleme, Stichel, Kopierpressen, Formen für Kekse, Seifen und Gummisohlen, Monogramme und Wappen in Gold, Silber und Metall für alle Zwecke, Feuerzeuge,

Walzen, Stein und Tinte für Fingerabdrücke, Wappen für portugiesische und ausländische Konsulate, und sonstige Schilder, für den Arzt, den Rechtsanwalt, das Standesamt, geboren, gelebt, gestorben, für den Gemeinderat, die Hebamme, den Notar, für Eintritt verboten, auch Ringe für Tauben, Vorhängeschlösser und so weiter, und so weiter, und so weiter, dreimal und so weiter, womit man abkürzt und den Rest als gesagt betrachtet, vergessen wir nicht, dass es sich um die einzigen kompletten Werkstätten handelt, derart, dass hier sogar kunstvoll gestaltete Metalltüren für Grüfte entstehen, Ende und Schlusspunkt. Was ist im Vergleich dazu die Arbeit des göttlichen Schmiedes Hephaistos wert, der nicht einmal daran dachte, nachdem er in den Schild des Achilles das ganze Universum eingemeißelt und gestichelt hatte, der nicht einmal daran dachte, eine winzige Stelle frei zu lassen, um die Ferse des berühmten Kriegers zu zeichnen, mit dem zitternden Speer des Paris darin, selbst die Götter haben den Tod vergessen, wen wundert's, da sie unsterblich sind, oder war es sein Mitleid, eine Wolke, die er über die vergänglichen Augen der Menschen legte, denen es genügt, nicht zu wissen, wo noch wie noch wann sie glücklich sind, aber Freire ist ein genauerer Gott und Graveur, der das Ende und seinen Ort zeigt. Diese Annonce ist ein Labyrinth, ein Knäuel, ein Spinnennetz. Darauf schauend, ließ Ricardo Reis den Milchkaffee kalt und die Butter auf den Toastscheiben wieder fest werden, Achtung, geschätzte Kunden, dieses Haus hat nirgendwo Agenturen, Vorsicht vor denen, die sich Agenten oder Vertreter nennen, denn sie sind tätig, um das Publikum zu verhöhnen, durchbohrte Schilder zur Bezeichnung von Fässern, Stempel für die Schlachthäuser, als Lídia kam, um das Tablett zu holen, fragte sie bekümmert, war es Ihnen nicht recht, Senhor Doktor, doch er erwiderte, dass es ihm recht gewesen sei, er habe Zeitung gelesen und dabei alles um sich herum vergessen. Wollen Sie, dass ich neuen Toast machen lasse und den Kaffee wieder aufwärme? Das ist nicht nötig, es ist gut so, wie es ist, mein Appetit war auch nicht sehr groß, damit stand er auf, und um sie zu beruhigen, legte er seine Hand auf ihren Arm, er fühlte den Ärmel aus Baumwollsatin, die Wärme der Haut, Lídia senkte die Augen, dann trat sie einen Schritt zur Seite, aber die Hand begleitete sie und verharrte so einige Sekunden, schließlich zog Ricardo Reis seine Hand zurück, sie griff nach dem Tablett und hob es hoch, das Porzellan zitterte, es war, als löste es ein Erdbeben aus, mit dem Epizentrum in diesem Zimmer zweihunderteins, genauer gesagt, im Herzen dieses Dienstmädchens, und jetzt entfernt sie sich, so bald wird sie sich nicht beruhigen, sie wird auf dem Serviertisch das Geschirr abstellen, die Hand wird verharren, wo die andere weilte, eine zarte Geste, die man von einer Person mit so niederer Tätigkeit nicht erwartet, so wird jemand denken, der sich von starren Ansichten und einseitigen Gefühlen leiten lässt, wie es vielleicht bei Ricardo Reis der Fall ist, der sich in diesem Moment hart anklagt, einer dummen Schwäche nachgegeben zu haben, unmöglich, was ich getan habe, ein Zimmermädchen, aber zu seinem Glück hat er kein Tablett mit Geschirr zu transportieren, sonst würde er erfahren, wie auch die Hände eines Gastes zittern können. So sind die Labyrinthe, sie haben Straßen, Gassen und Sackgassen, einige meinen, die sicherste Art, sie zu verlassen, bestehe darin, voranzugehen und sich immer derselben Seite zuzuwenden, aber das ist, wie wir wissen müssen, gegen die menschliche Natur.

Ricardo Reis geht die Straße entlang, die Alecrim, immer dieselbe, dann andere Straßen, aufwärts, abwärts, seitlich, Ferragial, Remolares, Arsenal, Vierundzwanzigster Juli, die ersten Offenbarungen des Knäuels, des Netzes, Boavista, Crucifixo, nach einer Weile ermüden die Beine, ein Mensch kann nicht einfach so drauflosen laufen, nicht nur die Blinden brauchen einen Stock, der schützt, vortastet, oder einen Hund, der die Gefahren aufspürt, ein Mensch braucht, auch wenn er zwei gesunde Augen hat, ein Licht, das ihm voranleuchtet, etwas, woran er glaubt oder was er sich wünscht, die eigenen Zweifel genügen, wenn es nichts Besseres gibt. Sieh an, Ricardo Reis ist ein Zuschauer des Welttheaters, weise, wenn das Weisheit ist, distanziert und gleichgültig durch Erziehung und Temperament, aber aufgeregt, weil eine einfache Wolke vorbeizog, letztlich ist es ganz einfach, die alten Griechen und Römer zu verstehen, wenn sie daran glaubten, sich zwischen Göttern zu bewegen, dass diese ihnen in allen Momenten und allerorts beiwohnten, im Schatten eines Baumes, am Rande eines Brunnens, im dichten und geräuschvollen Waldesinnern, am Meeresstrand oder auf den Wogen, im Bett, mit wem man wollte, menschliches Weib oder Göttin, wenn sie es wollte. Es mangelt Ricardo Reis an einem Blindenhund, einem Stöckchen, einem Lichtwegweiser, denn diese Welt und dieses Lissabon sind ein dunkler Nebel, in dem sich Nord und Süd verlieren, Ost und West, wo der einzige offene Weg nach unten führt, wenn ein Mensch sich aufgibt, fällt er in die Tiefe, eine Schneiderpuppe ohne Beine und Kopf. Es ist nicht wahr, dass er aus Feigheit Rio de Janeiro den Rücken gekehrt hat, oder aus Angst, was eine deutlichere Art ist, es zu sagen und zu erklären. Es ist nicht wahr, dass er zurückgekehrt ist, weil Fernando Pessoa gestorben ist, wenn man bedenkt, dass nichts an die Stelle des Raumes und der Zeit gesetzt werden kann, woraus etwas oder jemand entnommen wurde, sei es Fernando oder Alberto, jeder von uns ist einzig und unersetzbar, ein besonders allgemeiner Allgemeinplatz sozusagen, aber wenn wir es sagen, dann wissen wir nicht, bis zu welchem Punkt, selbst wenn er mir genau hier erscheinen würde, hier, während ich die Avenida da Liberdade hinuntergehe, Fernando Pessoa ist schon nicht mehr Fernando Pessoa, nicht weil er tot ist, die schwerwiegende und entscheidende Frage ist, dass er dem, was er war oder was er tat, was er lebte und schrieb, nichts mehr hinzufügen kann, wenn er an jenem Tag die Wahrheit gesagt hat, kann er nicht einmal mehr lesen, der Ärmste. Ricardo Reis wird ihm jene andere Notiz vorlesen müssen, die in einer Illustrierten, zusammen mit dem ovalen Bildnis, veröffentlicht wurde, der Tod nahm uns vor Tagen Fernando Pessoa, den hervorragenden Dichter, der sein kurzes Leben fast unbeachtet von den Menschen lebte, wenn man an den Reichtum seines Werkes denkt, könnte man glauben, er habe es voller Geiz versteckt, aus Angst, man würde es ihm rauben, eines Tages wird seinem leuchtenden Talent volle Gerechtigkeit widerfahren, gleich anderen großen Genies, die schon dahin sind, Halbwahrheiten, Hurensöhne, das schlimmste an den Zeitungen ist, sie meinen, man hätte ihnen das Recht verliehen, über alles zu schreiben, sich zu erdreisten, den Köpfen der anderen Gedanken einzuflößen, die in den Köpfen aller dienen können, wie dieser, dass Fernando Pessoa sein Werk versteckte, aus Angst, man könnte es ihm rauben, wie kann man nur wagen, solche Albernheiten von sich zu geben, Ricardo Reis schlägt ungestüm mit der Spitze des Regenschirmes auf das Pflaster des Gehweges, er könnte ihm als Stock dienen; aber nur solange es nicht regnet, ein Mensch geht nicht weniger ziellos umher, nur weil er geradeaus läuft. Er gelangt zum Rossio, und es ist, als wäre er an einem Kreuzweg, ein Kreuz von vier oder acht Wegen, die, wie man schon weiß, wenn man geht und geht, zum selben Punkt oder Ort führen, an das Unbestimmte, deshalb ist es für uns nicht lohnend, einen von ihnen auszuwählen, wenn die Zeit gekommen ist, überlassen wir dies dem Zufall, der nicht auswählt, auch das wissen wir, er begnügt sich damit, anzustoßen, seinerseits wird er von Kräften gestoßen, von denen wir nichts wissen, und wenn wir es wüssten, was wüssten wir dann. Besser ist es, an diese Schilder zu glauben, die vielleicht in den kompletten Werkstätten von Freire Gravador hergestellt werden, sie widerspiegeln

Namen von Ärzten, Rechtsanwälten, Notaren, nützlichen Leuten, die es gelernt und die lehren, wie man Windrosen entwirft, die vielleicht nicht in Sinn und Richtung übereinstimmen, aber das ist noch am wenigsten von Bedeutung, dieser Stadt genügt es zu wissen, dass die Windrose existiert, niemand ist verpflichtet wegzugehen, dies ist nicht der Ort, an dem die Richtungen sich öffnen, es ist auch nicht der wunderbare Punkt, an dem die Richtungen einander zustreben, genau hier ändern sie Richtung und Sinn, der Norden heißt Süden, der Süden ist Norden, die Sonne stand still zwischen Ost und West, eine Stadt gleich einer brennenden Narbe, von einem Erdbeben umkreist, eine Träne, die nicht trocknet, und keine Hand, sie fortzuwischen. Ricardo Reis denkt, ich muss eine Praxis eröffnen, den Kittel überziehen, Kranke anhören, und sei es nur, um sie sterben zu lassen, sie werden mir wenigstens Gesellschaft leisten, solange sie leben, es wird die letzte gute Tat eines jeden von ihnen sein, der ärztliche Kranke eines kranken Arztes zu sein, wir wollen nicht behaupten, dass dies Gedanken eines jeden Arztes wären, dieses aber ja, wegen seiner persönlichen Gründe, die vorläufig schlecht zu erkennen sind, und auch, was für eine Praxis eröffne ich, wo und für wen, man könnte meinen, solche Fragen verlangten nichts weiter als Antworten, glatter Irrtum, wir antworten stets mit Taten, und mit Taten fragen wir auch.

Ricardo Reis geht die Rua dos Sapateiros hinunter, als er Fernando Pessoa sieht. Er steht an der Ecke der Rua de Santa Justa und blickt ihn an, als würde er ihn erwarten, doch nicht ungeduldig. Er trägt denselben schwarzen Anzug, sein Kopf ist nicht bedeckt, und, eine Einzelheit, die Ricardo Reis beim ersten Mal nicht bemerkt hatte, er trägt keine Brille, er glaubt zu wissen, weshalb, es wäre absurd und geschmacklos, jemanden mit der im Leben benutzten Brille zu begraben, aber der Grund ist ein anderer, sie kamen nicht dazu, sie ihm zu geben, als er sie im Moment des Sterbens erbat, gib mir die Brille, sagte er, und sein Blick erlosch, nicht immer kommen wir zur rechten Zeit, die letzten Wünsche zu erfüllen. Fernando Pessoa lächelt und wünscht einen guten Tag, Ricardo Reis erwidert den Gruß, beide gehen in Richtung Terreiro do Paço, nach einigen Schritten beginnt es zu regnen, der Regenschirm überdeckt beide, obwohl Fernando Pessoa von diesem Wasser nicht nass wird, es war die Bewegung dessen, der noch nicht völlig das Leben vergessen hat, oder es war lediglich der tröstliche Ruf nach einem gleichen und nahen Schutz gewesen, kommen Sie näher, wir haben beide Platz, auf so etwas wird man nicht antworten, das ist nicht nötig, ich kann gut so auskommen. Ricardo Reis muss eine Neugierde befriedigen, wenn uns jemand anschaut, wen sieht er dann, Sie oder mich? Er sieht Sie, oder besser, er sieht eine Gestalt, die weder Sie sind noch ich. Eine Summe von uns beiden, geteilt durch zwei. Nein, ich würde eher sagen, das Produkt der Multiplikation des einen mit dem anderen. Gibt es diese Arithmetik? Zwei, wer sie auch sein mögen, summieren sich nicht, sondern multiplizieren, mehren sich. Wachset und mehret euch, sagt das Gebot. Das ist nicht der Sinn, mein Teuerster, das ist der naheliegende, biographische Sinn, allerdings mit vielen Ausnahmen, von mir wird es zum Beispiel keine Kinder geben. Von mir auch nicht, wie ich glaube. Und dennoch sind wir das Vielfache. Ich habe eine Ode, in der ich davon spreche, dass in uns Unzählige leben. Soweit ich mich erinnere, ist sie nicht aus unserer Zeit. Ich habe sie vor etwa zwei Monaten geschrieben. Wie Sie sehen, jeder von uns sagt auf seiner Seite dasselbe. Dann hat unsere Multiplikation keinen Nutzen gehabt. Auf eine andere Art wären wir nicht in der Lage gewesen, es auszudrücken. Was für eine geschraubte paulistische, intersektionelle Unterhaltung, die Rua dos Sapateiros hinunter bis zur Conceição, dort nach links abbiegend zur Augusta, dann wieder geradeaus. Ricardo Reis bleibt stehen und schlägt vor, gehen wir ins Martinho, und Fernando Pessoa mit einer abwehrenden Geste, das wäre unklug, die Wände haben Augen und eine gute Erinnerung, an einem anderen Tag können wir ohne Gefahr, dass man mich wiedererkennt, dorthin gehen, es ist eine Frage der Zeit. Sie verharren dort, unter der Arkade, Ricardo Reis schließt den Regenschirm und sagt, obwohl es gar nicht hierherpasst, ich denke daran, mich einzurichten, eine Praxis zu eröffnen. Also kehren Sie nicht mehr nach Brasilien zurück, warum? Es ist schwierig, darauf zu antworten, ich weiß wirklich nicht, ob ich eine Antwort finden würde, sagen wir, ich bin wie der Schlaflose, der den richtigen Platz fürs Kissen gefunden hat und endlich schlafen kann. Falls Sie zum Schlafen kommen, diese Gegend ist gut dafür. Nehmen Sie den Vergleich umgekehrt, das heißt, wenn ich mich mit dem Schlaf abfinde, so, um träumen zu können. Träumen ist Abwesenheit, heißt auf der anderen Seite sein. Aber das Leben hat zwei Seiten, Pessoa, wenigstens zwei, zur anderen können wir nur durch den Traum gelangen. Dies einem Toten zu sagen, der Ihnen mit dem aus der Erfahrung gewonnenen Wissen antworten kann, dass die andere Seite des Lebens nur der Tod ist. Ich weiß nicht, was der Tod ist, aber ich glaube nicht, dass er die andere Seite des Lebens ist, von der man spricht, der Tod, denke ich, beschränkt sich darauf, zu sein, der Tod ist, er existiert nicht, er ist. Sein und Existieren sind also nicht identisch. Nein, mein teurer Reis, Sein und Existieren sind nicht nur nicht identisch, weil wir zwei Worte zur Verfügung haben. Im Gegenteil, weil sie nicht identisch sind, haben wir zwei Worte und benutzen sie. Dort unter jener Arkade disputieren sie, während der Regen kleine Seen auf dem Boden bildet, sie zu größeren Seen vereinigt, Pfützen, Moraste sind das, diesmal wird Ricardo Reis noch nicht zum Kai gehen, um die peitschenden Wellen zu betrachten, er wiederholt sich, wobei er sich erinnert, dass er schon einmal hier gewesen war, und als er zur Seite blickt, sieht er, dass sich Fernando Pessoa entfernt, erst jetzt bemerkt er, dass seine Hosen zu kurz sind, es scheint, als bewege er sich auf Stelzen fort, doch er hört seine Stimme von nahem, obwohl er dort vorn läuft, wir setzen das Gespräch ein andermal fort, jetzt muss ich gehen, von weitem, schon mitten im Regen, winkt er mit der Hand, aber verabschiedet sich nicht, ich komme wieder.

Das Jahr geht dahin wie der Verstorbenen Lauf, klar, einer mehr, einer weniger, alle Zeiten raffen zusammen, was so anfällt, manchmal mit größter Leichtigkeit, wenn Kriege und Epidemien herrschen, und dann wieder wie gewohnt, hier einer und da einer, aber nicht alltäglich ist, dass eine solche Anzahl von angesehenen Toten, sowohl im Inland als auch im Ausland, zu verzeichnen ist, sprechen wir nicht von Fernando Pessoa, denn dieser geht schon dort, und niemand weiter weiß, dass er zuweilen von dort kommt, dafür sprechen wir von Leonardo Coimbra, dem Urheber des Criacionismo, von Valle-Inclán, dem Autor der Wolfsromanze, von John Gilbert, der in dem Streifen Die große Parade mitwirkte, von Rudyard Kipling, dem Dichter des If und, last but not least, vom König von England, George V., dem einzigen mit garantierter Nachfolge. Mit Sicherheit gab es noch mehr Unglücksfälle, wenn auch nicht so bedeutende wie der Fall eines armen Alten, der infolge eines Unwetters verschüttet wurde, oder jener dreiundzwanzig Leute, die, von einer tollwütigen Katze gebissen, aus dem Alentejo kamen, sie gingen an Land, schwarz wie eine Schar Raben mit zerrupften Federn, Alte, Frauen, Kinder, die erste Fotografie ihres Lebens, sie wissen nicht einmal, wohin sie schauen müssen, ihre Augen halten sich an irgendeinem Punkt im Raum fest, Hoffnungslose, armes Volk, und das ist nicht einmal alles, was der Senhor Doktor nicht weiß, dass im November letzten Jahres in den Distriktshauptstädten zweitausendvierhundertzweiundneunzig Personen verstarben, einer von ihnen war der Senhor Fernando Pessoa, das ist weder viel noch wenig, ist so viel, wie es sein muss, schlimmer ist, dass siebenhundertvierunddreißig Kinder unter fünf Jahren darunter waren, wenn das so in den Hauptstädten ist, dreißig Prozent, dann kann man sich vorstellen, wie es in jenen Dörfern sein wird, wo selbst die Katzen tollwütig herumlaufen, wenigstens bleibt uns der Trost, dass die meisten Engelchen im Himmel Portugiesen sind. Überdies sind das sehr harte Worte. Nachdem die Regierung die Geschäfte übernommen hat, eilen die Leute zuhauf herbei, einer Herde gleich, um die Herren Minister zu beglückwünschen, alle Welt kommt, Lehrer, Beamte, Dienstgrade aller drei Waffengattungen, Führer und Mitglieder der Nationalen Union, Syndikate, Gremien, Landwirte, Richter, Polizisten, Guardas Republicanos, Zollbeamte, allgemeines Publikum, und ein jedes Mal dankt der Minister und antwortet mit einer Rede, nach dem Maß des Patriotismus einer Fibel und auf die Ohren der gerade Anwesenden zugeschnitten, die Gratulanten rücken zurecht, damit alle aufs Bild kommen, die der hinteren Reihe recken die Hälse, stellen sich auf die Zehenspitzen, sie lugen über die Schulter des größeren Vordermannes, dieser bin ich, werden sie dann zu Hause der teuren Gattin sagen, die vorderen blasen sich auf, es hat sie zwar keine tollwütige Katze gebissen, aber sie haben den gleichen verdutzten Ausdruck, sind vom Magnesiumschein erschreckt, in der Erregung verlieren sich einige der Worte, doch eins zieht das andere nach sich, alles regelt sich über die Stimmgewalt, mit der der Innenminister in Montemor-o-Velho das elektrische Licht einweihte, welche Verbesserung, ich habe in Lissabon erklärt, dass die guten Leute von Montemor Treue gegenüber Salazar zu üben wissen, wir können uns die Szene leicht vorstellen, wie Paes de Sousa dem weisen Diktator, so von der Tribune des Nations bezeichnet, erklärt, dass die rechtschaffenen Leute aus dem Lande eines Fernão Mendes

Pinto Ihrer Exzellenz treu seien, und weil dieses Regime so mittelalterlich ist, weiß man, dass die Bauern und die Handwerker von dieser Güte ausgenommen sind, Menschen, die keine im Mondschein liegenden Güter erben, also keine guten Menschen, im Übrigen weder gut noch Menschen, Tiere wie die Tiere, die sie beißen, benagen oder anderswie plagen, der Senhor Doktor konnte ja bereits feststellen, was für Menschen das hier in diesem Lande sind, und außerdem befinden wir uns in der Hauptstadt des Imperiums, ich erinnere nur daran, als Sie neulich am Século vorbeikamen, diese auf Almosen wartende Menschenmenge, wenn Sie mehr und es besser sehen wollen, dann durchstreifen Sie diese Viertel, Kirchensprengel und Gemeinden, sehen Sie mit eigenen Augen, wie Suppe verteilt wird, verfolgen Sie die Kampagne zur Unterstützung der Armen im Winter, eine so einzigartig herrliche Initiative, wie es der Bürgermeister von Porto in dankbarer Erinnerung ins Telegramm geschrieben hat, sagen Sie mir, ist es nicht besser, sie sterben zu lassen, das ersparte uns das beschämende Schauspiel über unsere Welt, sie setzen sich an den Straßenrand, um die Brotrinde zu essen und den Topf auszukratzen, nicht einmal das elektrische Licht verdienen sie, für die genügt es, den Weg vom Teller zum Mund zu kennen, und den finden sie auch im Dunkeln.

Auch im Innern des Körpers herrscht tiefe Finsternis, und dennoch gelangt das Blut zum Herzen, das Gehirn ist blind und kann sehen, ist taub und kann hören, es hat keine Hände und kann greifen, der Mensch, das ist sonnenklar, ist das Labyrinth seiner selbst. An den folgenden zwei Tagen ging Ricardo Reis zum Speisesaal hinunter, um zu frühstücken, überängstlich letzten Endes, in Angst vor den Folgen einer so einfachen Geste wie der, die Hand auf den Arm Lídias gelegt zu haben, er fürchtete nicht, dass sie sich über den unverschämten Gast beschwert haben könnte, was war es denn schon gewesen, eine Geste und weiter nichts, doch trotz allem war er auf gewisse Weise gespannt, als er danach zum ersten Mal mit Salvador sprach, unnötige Befürchtungen, niemals sah man einen respektvolleren und liebenswürdigeren Menschen. Am dritten Tag kam er sich lächerlich vor und ging nicht hinunter, er zog sich zurück und hoffte, vergessen zu werden. Er kannte Salvador nicht, in letzter Minute klopfte es an die Tür, Lídia kam mit dem Tablett herein, stellte es auf den Tisch und sagte, guten Morgen, Senhor Doktor, mit Unbefangenheit, so ist es fast immer, ein Mensch grämt sich und sorgt sich, befürchtet das Schlimmste, meint, dass die Welt ihn zur Rechenschaft ziehen und um wirkliche Beweise bitten werde, und die Welt geht weiter, an andere Episoden denkend. Jedoch, es ist nicht sicher, ob Lídia, als sie ins Zimmer zurückkehrt, um das Geschirr zu holen, noch zu dieser Welt gehört, sicherer ist, dass sie im Hintergrund verharrt, wartend, ohne zu wissen, worauf, sie wiederholt die gewohnten Bewegungen, hebt das Tablett an, sorgt für das Gleichgewicht, jetzt richtet sie sich auf, sie macht eine kreisförmige Bewegung und begibt sich zur Tür, oh mein Gott, wird sie ausrufen, oder auch nicht, vielleicht sagt er nichts, vielleicht berührt er nur meinen Arm wie an jenem Tag, und wenn es geschieht, was soll ich dann tun, zweimal haben mich Gäste versucht, zweimal habe ich nachgegeben, warum, weil dieses Leben so traurig ist, Lídia, sagt Ricardo Reis, sie setzt das Tablett ab, hebt den angstvollen Blick, will sagen, Senhor Doktor, aber die Stimme bleibt ihr im Hals stecken, er hat keinen Mut, er wiederholt, Lídia, dann fast murmelnd, fürchterlich banal, ein lächerlicher Verführer, ich finde Sie sehr schön, und lässt seinen Blick für eine einzige Sekunde auf ihr verweilen, länger hält er es nicht aus, er dreht sich um, es gibt Augenblicke, in denen es besser wäre zu sterben, ich, der ich mich komisch gegenüber Hoteldienstmädchen benommen habe, auch du, Álvaro de Campos, wir alle. Die Tür schloss sich langsam, es entstand eine Pause, und erst dann hörte man, wie sich Lídias Schritte entfernten.

Ricardo Reis verbrachte den ganzen Tag außer Haus, vor Scham vergehend, vor allem Schmach empfindend, weil ihn kein anderer Gegner denn seine eigene Angst bezwungen hatte. Er beschloss, am nächsten Tag das Hotel zu wechseln oder ein paar Zimmer zu mieten, oder mit dem erstbesten Schiff nach Brasilien zurückzukehren, das sind dramatische Effekte, die aus einer so winzigen Ursache entstanden, doch jedermann weiß, wie sehr es ihn schmerzt und wo, die Lächerlichkeit ist wie ein inneres Feuer, wie eine Säure, die alle Augenblicke durch die Erinnerung daran ihr Werk fortsetzt wie eine schwärende Wunde. Er kehrte zum Hotel zurück, aß zu Abend und ging wieder aus, im Politeama sah er sich Die Kreuzzüge an, welch Glaube, welch heiße Schlachten, was für Heilige und Helden, was für weiße Pferde, der Film ist zu Ende, und durch die Rua de Eugénio dos Santos zieht ein Hauch epischer Religiosität, es scheint, als trüge jeder Zuschauer einen Heiligenschein, da soll es noch welche geben, die nicht an die Wirkung der Kunst glauben. Der morgendliche Zwischenfall nahm seine wahre Dimension an, wohin soll das führen, lächerlich, dass ich mich so beunruhigt habe. Er erreichte das Hotel, Pimenta öffnete ihm die Tür, nie hat man ein ruhigeres Gebäude als dieses gesehen, natürlich schläft das Hotelpersonal hier nicht. Er trat ins Zimmer, und ohne es zu wollen, fiel sein erster Blick aufs Bett. Es war nicht wie üblich aufgedeckt, über Eck, sondern Tuch und Decke waren gleichmäßig zurückgeschlagen, zu beiden Seiten. Es lag nicht wie sonst ein Kissen da, sondern zwei. Die Botschaft konnte nicht deutlicher sein, es fehlte nur das Wissen darüber, bis zu welchem Punkt sie erklärbar war. Oder es war gar nicht Lídia gewesen, die das Bett aufgeschlagen hatte, sondern ein anderes Zimmermädchen, er dachte daran, dass das Zimmer vorher von einem Ehepaar belegt gewesen war, nehmen wir mal an, dass die Zimmermädchen nach soundso vielen Tagen die Etagen wechseln, vielleicht um gleiche Trinkgeldchancen zu haben, oder um keine Gewohnheiten aufkommen zu lassen, oder, und hier lächelte Ricard Reis, um Intimitäten mit den Gästen zu vermeiden, nun gut, morgen sehen wir weiter, wenn Lídia mit dem Frühstück kommt, dann hat sie das Bett so gemacht, und dann? Er legte sich hin, löschte das Licht, ließ das zweite Kissen, wo es war, schloss fest die Augen, komm, Schlaf, komm, aber der Schlaf kam nicht, auf der Straße fuhr eine Elektrische vorbei, vielleicht die letzte, nur in mir will etwas nicht schlafen, der unruhige Körper, wessen, oder das, was nicht Körper ist und ihn beunruhigt, ganz und gar ich, oder dieser Teil von mir, der wächst, mein Gott, Dinge, die halt einem Mann passieren können. Er erhob sich jäh, und im Dunkeln, geleitet von dem diffusen Licht, das gefiltert durch die Fenster einströmte, ging er zur Tür und klinkte sie auf, dann lehnte er sie leicht an, sie scheint geschlossen und ist es doch nicht, es genügt, wenn wir leicht mit der Hand dagegendrücken. Er legte sich wieder hin, welche Kinderei, wenn ein Mann etwas will, überlässt er es nicht dem Zufall, er tut etwas dafür, du hast doch gesehen, wie sich die Kreuzritter zu ihrer Zeit geschlagen haben, Schwerter gegen Krummsäbel, sterben, wenn es nötig war, hast doch die Burgen gesehen und die Rüstungen, dann, ohne sich im Klaren zu sein, ob er noch wach war oder schon schlief, dachte er an die Keuschheitsgürtel, deren Schlüssel die Ritter mitnahmen, arme Narren, die Tür des Zimmers öffnete sich leise und schloss sich wieder, eine Gestalt tastete sich zum Bettrand, die Hand Ricardo Reis' streckte sich aus und traf auf eine eiskalte Hand, ergriff sie, Lídia zitterte, sie vermochte nur zu sagen, mir ist kalt, er blieb stumm, er überlegte, ob er sie auf den Mund küssen sollte oder nicht, welch trauriger Gedanke.

Doktor Sampaio und seine Tochter kommen heute, verkündete Salvador fröhlich, als hätte man ihm eine Belohnung versprochen und sie ihm auch verdientermaßen übergeben, Marswächter auf dem Balkon der Rezeption, der von weitem im Nachmittagsnebel den Zug aus Coimbra herannahen sieht, Land ist wenig, Land ist wenig, ein sehr widersprüchlicher Fall, denn das Schiff hat im Hafen geankert und setzt Tang an, ganz dicht am Kai, es ist das Hotel Bragança, und das Land kommt hierher, Rauch durch den Schornstein blasend, wenn es in Campolide ankommt, begibt es sich unter die Erde, dann wird es aus dem schwarzen Tunnel dampfschnaubend auftauchen, es ist noch Zeit genug, um Lídia zu rufen und ihr zu sagen, geh zu den Zimmern von Doktor Sampaio und Fräulein Marcenda und schau nach, ob alles in Ordnung ist, sie weiß schon, zweihundertvier und zweihundertfünf, es schien so, als bemerkte Lídia nicht einmal die Anwesenheit von Ricardo Reis, sie stieg eiligst zum zweiten Stock hinauf, wie lange bleiben sie, fragte der Arzt. Normalerweise drei Tage, morgen gehen sie sogar ins Theater, ich habe schon Karten für sie bestellt. Ins Theater, in welches? Ins Dona Maria. Aha, es ist kein Ausruf der Überraschung, wir tun so etwas, wenn wir einen Dialog nicht mehr fortsetzen können oder wollen, und in der Tat, wenn Provinzler nach Lissabon kommen, mit Verlaub, falls Coimbra nicht Provinz ist, dann gehen sie in der Regel auch ins Theater, ins Parque Mayer, ins Apolo oder Avenida, und sind es Leute erlesenen Geschmacks, dann gehen sie stets ins Dona Maria, auch Nacional genannt. Ricardo Reis begab sich zum Aufenthaltsraum und blätterte in einer Zeitung, er suchte die Veranstaltungspläne, den Anzeigenteil, da fiel sein Blick auf Tá Mar, von Alfredo Cortez, und er beschloss, auch hinzugehen; um ein guter Portugiese zu sein, müsste er sich auch um die portugiesischen Künste kümmern, beinah hätte er Salvador gebeten, ihm telefonisch eine Karte zu bestellen, aber Skrupel hielten ihn davor zurück, am nächsten Tag würde er sich selbst darum kümmern.

Es fehlen noch zwei Stunden bis zum Abendessen, in dieser Zeit werden die Gäste aus Coimbra eintreffen, wenn der Zug nicht Verspätung hat, aber was geht das mich an, fragt sich Ricardo Reis, während er die Treppe zu seinem Zimmer hinaufgeht, doch lenkt er sogleich ein, es ist immer angenehm, Leute aus anderen Gegenden kennenzulernen, gebildete Menschen, außerdem ist Marcenda ein interessanter klinischer Fall, ein seltsamer, nie gehörter Name, er gleicht einem Murmeln, einem Echo, einem Bogenstrich auf dem Violoncello, les sanglots longs de l'automne, Alabaster, Baluster, diese krankhafte Sonnenuntergangspoesie verärgert ihn, was ein Name anrichten kann, Marcenda, er geht an Zweihundertvier vorbei, die Tür ist offen, drinnen fährt Lídia mit dem Staubwedel über die Möbel, sie werfen sich einen Blick zu, sie lächelt, er nicht, er wird wenig später in seinem Zimmer sein und es leicht an die Tür klopfen hören, Lídia tritt verstohlen ein und fragt ihn, sind Sie böse auf mich, und er antwortet kaum, trocken, so bei Tageslicht weiß er nicht, wie er sie behandeln soll, da sie ein Zimmermädchen ist, könnte er ihr freimütig das Hinterteil tätscheln, aber er spürt, dass er dies nie fertigbringen würde, vorher vielleicht, aber nicht jetzt, wo sie schon zusammen waren, sich in dasselbe Bett gelegt hatten, in dieses, es war eine Art Würdigung von mir, von beiden. Wenn ich kann, komme ich diese Nacht, sagt Lídia, er antwortet nicht, die Vorankündigung erscheint ihm unschicklich, und dann noch so nahe bei dem Mädchen mit der gelähmten Hand, unschuldig schlafend, unberührt von den nächtlichen Geheimnissen dieses Flures und des hinteren Zimmers, aber er schweigt, er ist nicht fähig zu sagen, komm nicht, er duzt sie bereits, natürlich. Lídia geht, und er streckt sich zum Ausruhen auf dem Sofa aus, drei aktive Nächte nach langer Abstinenz, umso mehr in den Wechseljahren, kein Wunder, dass ihm die Augen halb zufallen, er zieht leicht die Augenbrauen hoch, er stellt sich selbst eine Frage und findet die Antwort nicht, ob es seine Pflicht ist oder nicht, Lídia zu bezahlen, ihr Geschenke zu geben, Strümpfe, einen kleinen Ring, Dinge für jemanden, dessen Leben dienen bedeutet, diese Unentschlossenheit wird er überwinden müssen, indem er Motive und Gründe dafür und dagegen abwägt, nicht so wie die Frage, ob er sie auf den Mund küssen soll oder nicht, die Umstände haben es entschieden, das Feuer der Gefühle, wie man es nennt, irgendwann wusste er selbst nicht mehr, wie es geschah, er küsste sie, als wäre sie die schönste Frau der Welt, übrigens wird das auch ganz einfach sein, während sie ruhen, wird er sagen, ich würde dir gern etwas zur Erinnerung schenken, und sie wird es natürlich finden, vielleicht hat sie das Zögern schon verwundert.

Stimmen im Flur, Schritte, es ist Pimenta, der sagt, vielen Dank, Senhor Doktor, dann schließen sich zwei Türen, die Reisenden sind angekommen, er blieb liegen, er war schon fast am Einschlafen, jetzt richtet er die Augen zur Decke, folgt den Linien des Stucks, so pedantisch, als würde er ihnen mit einer Fingerspitze folgen, dann stellt er sich vor, über seinem Kopf die Hand Gottes zu haben und in ihren Linien zu lesen, denen des Lebens, denen des Herzens, ein Leben, das schwindet, das stockt und wieder pulst, jedes Mal schwächer, blockiertes Herz, allein hinter den Mauern, die rechte Hand Ricardo Reis', die auf dem Sofa ruht, öffnet sich nach oben und zeigt ihre eigenen Linien, die zwei Flecke an der Decke sind wie zwei andere Augen, wer weiß, wer uns liest, wenn wir selbstvergessen selber lesen. Der Tag ist schon lange zur Nacht übergegangen, vielleicht ist die Stunde des Abendessens bereits herangerückt, aber Ricardo Reis will nicht als Erster hinuntergehen, und wenn ich es nicht bemerkt habe, als sie die Zimmer verlassen haben?, fragt er sich, ich kann eingeschlafen sein, ohne es zu merken, aufgewacht, ohne zu wissen, dass ich geschlafen habe, ich vermeinte, nur dahingedämmert zu haben, und schlief ein Jahrhundert. Unruhig setzt er sich auf, blickt auf die Uhr, es ist schon nach halb neun, und in diesem Augenblick sagt eine Männerstimme im Flur, Marcenda, ich warte auf dich, eine Tür öffnet sich, danach einige verwirrende Geräusche, Schritte entfernen sich, Stille. Ricardo Reis steht auf, geht zum Waschbecken, um sich das Gesicht zu erfrischen, sich zu kämmen, die Schläfenhaare erscheinen ihm heute weißer als sonst, er sollte eine Lotion oder irgendein Färbemittel benutzen, das zunehmend die natürliche Haarfarbe wiederherstellt, zum Beispiel Nhympha do Mondego, geschätzte und weise Alchemie, die, wenn sie den ursprünglichen Farbton erreicht hat, nicht weiterwirkt oder aber hartnäckig weiterfärbt, bis eine Tintenschwärze erreicht ist, Rabenflügel, wenn es so wäre, jedoch der einfache Gedanke, die Haare täglich beobachten zu müssen, um zu sehen, wie viel noch fehlt, ob er wieder die Lotion nehmen, die Farbe in der Schüssel zubereiten muss, stößt ihn ab, ich werde mich mit Rosen bekränzen, wenn es möglich ist, und nun Schluss. Er wechselt Hose und Jacke, er darf nicht vergessen, Lídia zu sagen, dass sie sie aufbügeln soll, und mit einem zwiespältigen Gefühl verlässt er das Zimmer, unentschlossen, ob er diesen Befehl in einem ganz neutralen Ton geben sollte, den ein Befehl haben muss, wenn ihn jemand, der naturgemäß befiehlt, an jemanden richtet, der naturgemäß gehorchen muss, wenn gehorchen und befehlen, wie man sagt, natürlich ist, oder um noch deutlicher zu sein, wenn es Lídia ist, die jetzt das Eisen einschaltet, die Hosen auf das Bügelbrett legt, um die Falten aufzufrischen, wenn sie es ist, die die linke Hand in den Jackenärmel steckt, nahe der Schulter, damit das heiße Eisen die Rundung nachbügeln kann, wenn sie das macht, wird sie sich bestimmt an den Körper erinnern, der sich mit diesen Kleidungsstücken bedeckt, wenn ich kann, komme ich diese Nacht, sie setzt nervös das Eisen hart auf, sie ist allein in der Wäschekammer, das hier ist der Anzug, mit dem der Senhor Doktor Ricardo Reis ins Theater geht, was gäbe ich, wenn ich mit ihm gehen könnte, dumme Gans, was denkst du da, sie wird zwei Tränen abwischen, die plötzlich da sind, es sind die Tränen von morgen, jetzt geht Ricardo Reis noch die Treppen zum Abendessen hinunter, er hat noch nicht verlauten lassen, dass der Anzug gebügelt werden muss, und Lídia weiß noch nicht, dass sie weinen wird.

Fast alle Tische sind besetzt. Ricardo Reis war am Eingang stehen geblieben, der Maître kam und geleitete ihn zu seinem Platz, Ihr Tisch, Senhor Doktor, er wusste es schon, es war immer derselbe, aber was wäre das Leben ohne diese und andere Rituale, man knie nieder und spreche das Gebet, man entblöße das Haupt vor der vorüberziehenden Fahne, man setze sich, entfalte die Serviette über den Knien, diskret schaue man in die Runde, ist es jemand Bekanntes, so begrüße man ihn, so verfährt Ricardo Reis, so jenes Ehepaar, dieser einzelne Gast, er kennt sie von hier, er kennt auch Doktor Sampaio und seine Tochter Marcenda, aber diese erkennen ihn nicht wieder, der Rechtsanwalt schaut ihn mit einem abwesenden Ausdruck an, vielleicht wie jemand, der in der Erinnerung kramt, aber er beugt sich nicht zur Tochter hin, sagt nicht, begrüße Doktor Ricardo Reis, er ist eben gekommen, sie war es, die kurz darauf herüberschaute, über den Ärmel des Kellners hinweg, der sie bediente, über das blasse Gesicht zog ein Schimmer, eine leichte Röte, lediglich ein Zeichen des Wiedererkennens, sie hat sich doch erinnert, dachte Ricardo Reis, und mit einer lauteren Stimme, als es notwendig gewesen wäre, wollte er von Ramón wissen, was es zum Abendessen gäbe. Vielleicht sah Doktor Sampaio deshalb zu ihm hin, aber nein, zwei Sekunden zuvor hatte Marcenda zum Vater gesagt, dieser Senhor dort war im Hotel, als wir das letzte Mal hier waren, jetzt verstehen wir, weshalb Doktor Sampaio, als er sich mit seiner Tochter vom Tisch erhob, fast unmerklich den Kopf neigte, ebenso Marcenda, noch unauffälliger, zurückhaltend, diskret, wie jemand, der an zweiter Stelle steht, die Regeln guter Erziehung sind in dieser Hinsicht streng, Ricardo Reis erhob sich als Antwort leicht vom Stuhl, man muss einen sechsten Sinn haben, um diese gestischen Feinheiten bemessen zu können, Begrüßung und Erwiderung müssen ausgewogen sein, alles war so gelungen, dass wir Gutes für diesen Anfang der Beziehungen voraussagen können, die zwei haben sich schon zurückgezogen, bestimmt gehen sie zum Aufenthaltsraum, das nahm er an, aber es war nicht so, sie gehen auf ihre Zimmer, später wird Doktor Sampaio ausgehen, sicher um einen Spaziergang zu machen, trotz des regnerischen Wetters, Marcenda legt sich früh hin, diese Zugreisen ermüden sie sehr. Wenn sich Ricardo Reis in den Aufenthaltsraum begibt, wird er nur einige gelangweilte Gäste sehen, einige lesen Zeitung, andere gähnen, während das Radio leise einige portugiesische Revueliedchen leiert, schrill, kreischend, nicht einmal der gedämpfte Ton kann es verbergen. Bei diesem Licht, vielleicht liegt es auch an den todbleichen Gesichtern, ähnelt der Spiegel einem Aquarium, und als Ricardo Reis den Raum durchquert und denselben Weg zurückgeht, da er nicht sofort kehrtmachen und zur Tür flüchten wollte, erblickt er sich in dieser grünlichen Tiefe, als bewegte er sich auf dem Grund des Meeres, zwischen Wracks und Ertrunkenen, er muss augenblicklich hinaus, nach oben, atmen. Melancholisch geht er zu seinem kalten Zimmer hinauf, weshalb nur deprimieren solche kleinen Widersprüche so sehr, wenn dieser hier überhaupt einer ist, und warum, schließlich sind es nur zwei Menschen, die in Coimbra leben und einmal im Monat nach Lissabon kommen, dieser Arzt ist nicht auf der Suche nach Kranken, dieser Dichter hat genug inspirierende Musen, dieser Mann sucht keine Braut, das war es nicht, weshalb er nach Portugal gekommen war, ganz zu schweigen vom Altersunterschied, der in diesem Fall groß ist. Es ist nicht Ricardo Reis, der diesen Gedanken nachhängt, auch nicht einer von den Unzähligen, die in ihm wohnen, vielleicht ist es der Gedanke selbst, der denkt, einfach denkt, während er nur dabeisteht, überrascht vom Abrollen eines Fadens, der ihn über unbekannte Wege und Flure führt, an deren Ende ein weißgekleidetes Mädchen steht, das nicht einmal den Blumenstrauß halten kann, denn ihr rechter Arm wird auf seinem Arm liegen, wenn sie vom Altar zurückkommen, beim Klang des Hochzeitsmarsches über den Ehrenteppich schreitend. Ricardo Reis hat, wie man sieht, bereits die Zügel des Denkens ergriffen, er dirigiert und lenkt es schon, bedient sich seiner zur Verspottung seiner selbst, Orchester und Ehrenteppich sind Vergnügungen der Vorstellungskraft, und jetzt, damit die so lyrische Geschichte ein glückliches Ende habe, vollbringt er eine ärztliche Heldentat, indem er in den linken Arm Marcendas einen Blumenstrauß legt, den sie ohne Hilfe zu halten vermag, Altar und Priester werden nicht mehr gebraucht, die Musik kann verstummen, die Gäste mögen sich in Rauch und Staub auflösen, der Bräutigam hat seine Schuldigkeit getan und kann sich zurückziehen, der Arzt hat die Kranke kuriert, der Rest muss ein Werk des Dichters gewesen sein. In einer alkäischen Ode haben solche romantischen Episoden keinen Platz, was beweist, wenn es noch der Beweise bedarf, dass nicht selten das Geschriebene von dem abweicht, was seine Ursache war, weil es gelebt wurde. Man frage also den Dichter nicht, was er dachte oder fühlte, gerade um das nicht sagen zu müssen, dichtet er Verse. Alle gegenteiligen Absichten sind nichtig.

Die Nacht verging, Lídia kam nicht aus ihrer Dachkammer herunter, Doktor Sampaio kehrte spät zurück, wo Fernando Pessoa ist, weiß man nicht. Der Tag brach an, Lídia holte den Anzug zum Bügeln, Marcenda verließ mit dem Vater das Hotel, sie gingen zum Arzt, zur Physiotherapie, erklärt Salvador, der wie üblich das Wort falsch ausspricht, und Ricardo Reis fällt erstmals auf, wie unlogisch es ist, dass nach Lissabon eine Kranke aus Coimbra kommt, einer Stadt mit so vielen und verschiedenen Ärzten, die Behandlungen könnten genauso dort wie hier durchgeführt werden, einige Höhensonnenbestrahlungen zum Beispiel, die in so großen Abständen vorgenommen werden, sind wenig nützlich, diese Zweifel diskutiert Ricardo Reis mit sich selbst, während er den Chiado hinuntergeht, um sich eine Karte fürs Teatro Nacional zu kaufen, doch dabei ist er so zerstreut, dass er nicht die vielen Personen bemerkt, die Zeichen der Trauer tragen, einige Damen in Schleier, aber bei den Männern merkt man es eher, die schwarze Krawatte, der ernste Blick, einige gehen so weit, als Ausdruck ihres Schmerzes Trauerflore an den Hüten zu tragen, es ist, weil George V. von England zu Grabe getragen wurde, unser ältester Verbündeter. Trotz der offiziellen Trauer findet die Veranstaltung statt, man kann es niemandem verübeln, das Leben muss weitergehen. Der Kassierer verkaufte ihm einen Parkettplatz und erklärte, heute Abend werden die Fischer da sein. Was für Fischer, fragte Ricardo Reis, und sofort wurde ihm bewusst, dass er einen unentschuldbaren Fehler begangen hatte, der Kassierer zog die Augenbrauen zusammen und hob die Stimme, die aus Nazaré natürlich, ja, selbstredend, da es in dem Stück um sie geht, wie könnten da andere kommen, welchen Sinn hätte es, wären es welche aus Caparica oder aus Póvoa, und welchen Sinn hat es, dass jene kommen, man zahlt Reise und Unterkunft, damit das Volk an der künstlerischen Schöpfung teilnehmen kann, besonders weil es den Anlass dazu geboten hatte, man sucht als einige Vertreter aus, Männer und Frauen, wir fahren nach Lissabon, wir fahren nach Lissabon, wir werden das Meer von da sehen, wie werden sie es anstellen, sich die Wellen an den Bühnenbrettern brechen zu lassen, und wie wird es sein, wenn Dona Palmira Bastos die Ti Gertrudes spielt, Dona Amélia die Maria Bem, Dona Lalande die Rosa und der Amarante den Lavagante, wie werden sie unser Leben darstellen, und wo wir nun schon mal hinfahren, können wir gleich bei der Regierung vorsprechen und, bei den armen Seelen im Fegefeuer, darum bitten, dass man uns einen Schutzhafen baut, den wir so sehr brauchen, seit das erste Boot von diesem Ufer aus aufs Meer hinausfuhr, lange ist es her. Ricardo Reis verbrachte den Nachmittag in den Cafés, er bewunderte die Arbeiten am Eden Teatro, bald werden dort die Gerüste fallen, Der goldene Schlüssel steht kurz vor der Premiere, für die Einheimischen und Ausländer ist es offenkundig, dass Lissabon gegenwärtig ein Ankerplatz des Fortschritts ist, der es in kurzer Zeit an die Seite der großen europäischen Hauptstädte bringen wird, das ist nicht zu viel verlangt, wo es doch Haupt eines Imperiums ist. Er aß nicht im Hotel zu Abend, er war nur zurückgekehrt, um den Anzug zu wechseln, Jacke, Hose und auch die Weste hingen sorgfältig auf dem Kleiderständer, ohne eine einzige Falte, so etwas vollbringen liebevolle Hände, man verzeihe die Übertreibung, denn in diesen nächtlichen Umarmungen zwischen Gast und Zimmermädchen kann doch keine Liebe sein, er ein Dichter und sie zufällig Lídia, aber eine andere, doch immerhin begünstigt, denn die Lídia in den Versen erfuhr nie, was Stöhnen und Seufzer sind, sie tat nichts weiter, als an Bachufern zu sitzen und zu vernehmen,

Angst vor dem Schicksal lässt mich leiden, Lídia. Er aß ein Beefsteak im Martinho, jenem am Rossio, er sah einer erbitterten Billardpartie zu, auf grünem Tuch ein sich drehender Ball, gestoßen aus indischem Elfenbein, wie reich und glücklich ist doch unsere Sprache, die desto mehr aussagt, je mehr man sie verdreht und stößt, und da es kurz vor Beginn der Vorstellung war, machte er sich auf den Weg, er näherte sich unauffällig und gelangte so inmitten zweier vielköpfiger Familien hinein, er wollte erst gesehen werden, wenn er es selbst bestimmte, weiß Gott wegen welcher Gefühlsstrategien. Er durchquerte, ohne innezuhalten, das Foyer, eines Tages wird man es Vorhalle oder Wandelhalle nennen, wenn uns nicht inzwischen aus einer anderen Sprache ein Wort überkommt, das so viel aussagt, oder mehr, oder gar nichts, wie dieses zum Beispiel, oi, der Platzanweiser empfing ihn am Eingang zum Zuschauerraum und geleitete ihn den linken Gang entlang bis zur siebenten Reihe, es ist der Platz dort neben der Dame, Einbildung, beruhige dich, er hat von einer Dame gesprochen, nicht von einem Fräulein, ein Platzanweiser vom Teatro Nacional spricht immer mit Besonnenheit und Klarheit, seine Meister sind die Klassiker und die Modernen, es ist wahr, dass Marcenda in diesem Saal ist, aber drei Reihen weiter vorn, nach rechts zu, zu weit, um nah zu sein, kein bisschen nah, wenn sie mich nicht bemerkt. Sie sitzt zur Rechten des Vaters, ein Glück, wenn sie mit ihm spricht, wendet sie ein wenig den Kopf, dann sieht man sie im Profil, das Gesicht länglich, oder ist es das offene Haar, das das Gesicht länger erscheinen lässt; die rechte Hand hob sich bis zur Höhe des Kinns, um das gesprochene oder erst auszusprechende Wort besser hervorzuheben, vielleicht spricht sie vom Arzt, der sie behandelt, vielleicht vom Stück, das sie sehen werden, Alfredo Cortez, wer ist das?, der Vater kann ihr nicht viel sagen, er hat nur vor zwei Jahren Die Gladiatoren gesehen, und es hat ihm nicht gefallen, dieses hier weckte sein Interesse, weil es mit volkstümlichen Bräuchen zu tun hat, gleich werden wir wissen, was hierbei herauskommt. Dieses Gespräch, angenommen, es verlief so, wurde durch ein Stühlerücken in den Rängen unterbrochen, durch ein sonderbares Geraune, weswegen sich alle Köpfe im Parkett drehten und reckten, es waren die Fischer von Nazaré, die eintraten und ihre Plätze in den Logen des zweiten Ranges einnahmen, sie bevorzugten den Rang, um gut zu sehen und gesehen zu werden, nach ihrer Art gekleidet, Männer und Frauen, vielleicht sogar barfuß, man konnte es von unten nicht sehen. Einer applaudierte, andere folgten willig, Ricardo Reis ballte erregt die Fäuste, ein zimperlicher Aristokrat ohne blaues Blut, würden wir sagen, aber das war es nicht, es war nur eine Frage des Feingefühls und der Scham, für Ricardo Reis waren solche Beifallskundgebungen zumindest unpassend.

Die Lichter werden schwächer, verlöschen im Saal, man hört die von Molière erwähnten Schläge, welch Erstaunen werden sie in den Köpfen der Fischer und ihrer Frauen hervorrufen, vielleicht denken sie, dass es sich um die letzten Zimmermannsarbeiten handelt, die letzten Hammerschläge in der Werft, der Vorhang öffnet sich, eine Frau zündet das Licht an, noch herrscht Nacht, im Bühnenhintergrund hört man eine Männerstimme, die des Ausrufers, Mané Zé, ah, Mané Zé, das Schauspiel beginnt. Der Saal seufzt, Bewegung, hin und wieder Lachen, Erregung am Schluss des ersten Aktes, bei der großen Streiterei der Frauen, und als die Lichter angehen, sieht man erregte Gesichter, ein gutes Zeichen, oben ertönen Zurufe, von Loge zu Loge, es scheint, als seien die Schauspieler dorthin gewechselt, fast dieselbe Art zu reden, fast, ob besser oder schlechter, das hinge vom Maßstab des Vergleichs ab. Ricardo Reis denkt über das Gesehene und Gehörte nach und ist der Meinung, dass nicht die Nachahmung das Ziel der Kunst ist, es war eine kritikwürdige Schwäche des

Autors, das Stück im Dialekt von Nazaré geschrieben zu haben, beziehungsweise was er sich unter diesem Dialekt vorstellte, dabei vergessend, dass die Wirklichkeit ihre Widerspiegelung nicht verträgt, sie lehnt sie ab, nur eine andere Wirklichkeit, welche es auch sei, kann man an die Stelle derjenigen setzen, die man ausdrücken wollte, und da sie untereinander verschieden sind, zeigen, erklären und beziffern sie sich gegenseitig, die Wirklichkeit, wie sie als Erfindung war, die Erfindung, wie sie als Wirklichkeit sein wird. Es ist noch konfuser, wie Ricardo Reis über diese Dinge denkt, schließlich ist es schwierig, gleichzeitig zu denken und zu applaudieren, der Saal spendet Beifall, auch er, aus Freundlichkeit, weil er trotz allem Gefallen am Stück hat, abgesehen von der Sprechweise, die in solchen Mündern grotesk wirkt, er blickt zu Marcenda hinüber, sie applaudiert nicht, sie kann nicht, aber sie lächelt. Die Zuschauer erheben sich, die Männer, denn die Frauen bleiben fast alle auf ihren Plätzen, die Männer müssen sich die Beine vertreten, ihr Bedürfnis verrichten, eine Zigarette oder eine Zigarre rauchen, mit den Freunden Eindrücke austauschen, die Bekannten begrüßen, im Foyer sehen und gesehen werden, und wer auf dem Platz bleibt, tut es meist aus Gründen der Verliebtheit und des Hofierens, sie erheben sich und schauen in die Runde, wie Falken, sie selbst sind Akteure ihrer dramatischen Handlung, Schauspieler, die in den Pausen auftreten, während die wirklichen Schauspieler in den Garderoben von den Akteuren ausruhen, die sie darstellen und in Kürze wieder sein werden, einstweilig allesamt. Beim Erheben lässt Ricardo Reis seinen Blick über die Köpfe streifen, er bemerkt, dass auch Doktor Sampaio aufsteht, Marcenda schüttelt verneinend den Kopf, sie bleibt, der Vater legt ihr zärtlich die Hand auf die Schulter und geht durch den Mittelgang hinaus. Ricardo Reis beeilt sich und erreicht vor ihm das Foyer. Sie werden sich gleich gegenüberstehen, inmitten all der Leute, die vorbeiflanieren und sich unterhalten, in dieser Atmosphäre, die bald vom Tabakrauch geschwängert ist, schweben Stimmen und Kommentare, wie gut die Palmira ist, meiner Meinung nach haben sie zu viele Netze auf der Bühne, Teufelsweiber, das Handgemenge schien fast ernst, weil sie so etwas noch nie gesehen haben, mein Bester, wie ich es sah, in Nazaré, wie Furien sind sie, manchmal fällt es schwer, sie zu verstehen, ja, dort sprechen sie eben so. Ricardo Reis ging zwischen den Gruppen einher und hörte zu, so aufmerksam, als wäre er der Autor, aber von weitem beobachtete er die Bewegungen Doktor Sampaios, er wollte unbedingt mit ihm zusammentreffen. Nach einiger Zeit merkte er, dass dieser ihn gesehen haben musste, er steuerte auf ihn zu, natürlich, und er sprach zuerst, guten Abend, gefällt Ihnen das Stück? Ricardo Reis fand, dass er sich nicht überrascht zeigen musste, welch ein sonderbarer Zufall, grüßte er zurück, betonte, dass ihm das Stück gefalle, und fügte hinzu, wir sind Gäste desselben Hotels, dennoch musste er sich vorstellen, mein Name ist Ricardo Reis, er zögerte, ob er sagen sollte, ich bin Arzt, habe in Rio de Janeiro gelebt und bin kaum einen Monat in Lissabon. Doktor Sampaio lächelte, als wollte er sagen, wenn Sie Salvador so lange kennen würden wie ich, wüssten Sie, dass er mir von Ihnen erzählt hat, und da ich ihn so gut kenne, schätze ich, dass er Ihnen von mir erzählt hat und von meiner Tochter, ohne Zweifel besitzt Doktor Sampaio Scharfsinn, ein langes Leben als Notar bringt diesen Vorzug mit sich. Es ist wohl kaum nötig, dass wir uns vorstellen, bemerkte Ricardo Reis. So ist es, und so setzten sie sogleich das Gespräch fort, über das Stück und die Schauspieler, sie behandelten sich mit Ehrerbietung, Doktor Reis, Doktor Sampaio, es gibt diese glückliche Gleichheit des Titels, und so blieben sie bis zum Ende der Pause, die Glocke ertönte, gemeinsam kehrten sie in den Saal zurück und verabschiedeten sich, bis nachher, jeder begab sich auf seinen Platz, Ricardo Reis, der sich zuerst setzte, sah hinüber, er sah ihn mit der Tochter sprechen, sie drehte sich um und lächelte ihm zu, er lächelte ebenfalls, der zweite Akt begann.

Alle drei trafen sich in der nächsten Pause. Obwohl jeder vom anderen wusste, woher er kam, wo er lebte, kam es doch zu einem gegenseitigen Vorstellen, Ricardo Reis, Marcenda Sampaio, es musste sein, es war der Augenblick, den beide erwartet hatten, die Hände drückten sich, rechts mit rechts, seine linke Hand hielt er nach unten, er suchte sie zu verbergen, so als ob sie überhaupt nicht existierte. Marcendas Augen glänzten, die Kümmernisse der Maria Bem hatten sie zweifellos bewegt, falls es nicht in ihrem Leben ganz persönliche geheime Gründe gab, um Wort für Wort jenen letzten Ausspruch der Frau des Lavagante folgen zu lassen, wenn es die Hölle gibt, wenn es nach meinem Weinen noch immer die Hölle gibt, dann kann sie nicht schlimmer sein als diese, Heilige Jungfrau von den Sieben Schwertern, hätte sie in ihrem Dialekt von Coimbra gesagt, um nicht die Sprechweise zu ändern, was das Gefühl verändern würde, jenes, das man nicht durch Worte erklären kann, ich verstehe sehr gut, warum du diesen Arm nicht bewegst, mein lieber Hotelnachbar, Mann meiner Neugier, ich bin jene, die dich mit einer bewegungslosen Hand rief, frag mich nicht, warum, denn diese Frage habe ich mir sogar selbst noch nicht gestellt, ich habe dich einfach gerufen, eines Tages werde ich wissen, welcher Wunsch mich zu der Geste verleitet hat, vielleicht auch nicht, du wirst dich jetzt zurückziehen, um in meinen Augen nicht indiskret zu erscheinen, aufdringlich, lästig, wie man gemeinhin sagt, geh, ich weiß, wo ich dich finden werde, oder du mich, denn du bist nicht zufällig hier. Ricardo Reis blieb nicht im Foyer, er schlenderte durch die Gänge, besah sich die Logen der ersten Klasse, dann der zweiten, um die Fischer von nahem zu sehen, aber die Glocke begann zu läuten, diese Pause war kürzer, und als er in den Saal trat, begannen die Lichter bereits zu verlöschen. Während des ganzen dritten Aktes teilte er die Aufmerksamkeit zwischen der Bühne und Marcenda. Sie schaute nie nach hinten, aber sie veränderte leicht die Körperhaltung und bot so ein wenig mehr vom Gesicht dar, fast nichts, zuweilen schob sie mit der Rechten die Haare der linken Seite zurück, ganz sacht, als geschähe es mit Absicht, was will dieses Mädchen, wer ist sie, denn nicht einmal das, was gleich zu sein scheint, ist immer dasselbe. Er sah, wie sie die Wangen trocknete, als Lianor gestand, den Schlüssel des Rettungsbootes nur gestohlen zu haben, damit Lavagante sterben sollte, und als Maria Bem und Rosa, die eine beginnend und die andere abschließend, erklärten, dass diese Tat aus Liebe geschehen sei und dass Liebe, da ein edles Gefühl, sich selbst zerstöre, wenn ihre Zwecke schlecht geraten, jedenfalls gingen mitten in der schnellen Lösung die Lichter an, als Lavagante und Maria Bem zusammenfanden, bereit, sich körperlich zu vereinen, der Beifall brach los, Marcenda trocknete noch immer die Tränen, jetzt mit dem Tuch, sie war nicht allein, im Saal fehlte es nicht an weinenden und lächelnden Frauen, empfindsame Herzen, die Schauspieler dankten für den Beifall, sie machten Gesten, als wollten sie ihn zu den Logen zweiter Klasse hinaufschicken, wo die wahren Helden dieser Abenteuer der Leidenschaften und der Meere saßen, das Publikum wandte sich ihnen zu, jetzt ohne Reserviertheit, das ist die Läuterung der Kunst, es applaudierte den braven Fischern und ihren mutigen Frauen, sogar Ricardo Reis klatschte, so kann man in diesem Theater beobachten, wie leicht sich Klassen und Berufe verstehen, der Arme, der Reiche und weniger Reiche, genießen wir das seltene Privileg dieser großen Lektion über Brüderlichkeit, und jetzt bitten sie die Männer des Meeres auf die Bühne, das Scharren der Stühle wiederholt sich, die Vorstellung ist noch nicht zu Ende, wir fühlen es alle, es ist der höchste Augenblick. Oh, diese Freude, oh, dieses Belebende, oh, dieser Jubel, die Gruppe der Fischer von Nazaré zu sehen, wie sie den Mittelgang herunterkommt und dann auf die Bühne steigt, dort nach der traditionellen Weise ihrer Heimat tanzt und singt, inmitten der Künstler, diese Nacht wird in die Annalen des Hauses Garrett eingehen, der Bootsführer umarmt den Schauspieler Robles Monteiro, die älteste der Frauen bekommt einen Kuss von der Schauspielerin Palmira Bastos, alle sprechen auf einmal ein völliges Durcheinander, jeder in seiner Sprache, und verstehen sich deshalb doch nicht schlechter, die Tänze und Gesänge beginnen von neuem, die jüngsten Schauspielerinnen üben ihre Füße im Vira-Tanz, die Zuschauer lachen und applaudieren, doch die Platzanweiser drängen uns sacht zum Ausgang, denn auf der Bühne wird es ein Nachtbankett geben, ein allgemeines Festmahl für Darsteller und Dargestellte, einige Korken werden knallen, Sekt ist es, der in der Nase kribbelt, die Frauen von Nazaré werden viel lachen, wenn es sich ihnen im Kopf zu drehen beginnt, sie sind es nicht gewohnt. Morgen, bei der Abfahrt des Busses, im Beisein von Journalisten, Fotografen und Korporativführern, werden die Fischer Hochrufe auf den Estado Novo, den Neuen Staat, und das Vaterland ausbringen, man weiß nicht genau, ob das zu ihrem Vertrag gehört, nehmen wir an, dass es ein Ausdruck dankbarer Herzen ist, weil man ihnen den gewünschten Schutzhafen versprochen hat, wenn Paris eine Messe wert war, dann bezahlen zwei Vivats vielleicht eine Rettung.

Ricardo Reis entzog sich nicht einem erneuten Zusammentreffen am Ausgang. Er unterhielt sich auf dem Gehweg, fragte Marcenda, ob ihr das Stück gefallen habe, und sie antwortete, dass sie der dritte Akt bewegt und zum Weinen gebracht habe. Zufällig habe ich es bemerkt, erklärte er, und dabei verblieben sie, Doktor Sampaio hatte ein Taxi gerufen, er wollte wissen, ob Ricardo Reis sie begleiten würde, falls er gleich zum Hotel zurückwolle, es würde sie freuen, doch er verneinte und bedankte sich, bis morgen, gute Nacht, es war mir ein Vergnügen, Sie kennenzulernen, das Auto fuhr an. Wäre es nach seinem Willen gegangen, hätte er sie begleitet, aber er begriff, dass es ein Fehler gewesen wäre, alle hätten sich bedrückt gefühlt, gezwungen, ohne jede Unterhaltung, es wäre nicht einfach gewesen, ein anderes Thema zu finden, und außerdem wäre noch die heikle Frage der Sitzverteilung im Taxi gewesen, hinten hätten nicht alle Platz gehabt, Doktor Sampaio hätte nicht gern vorn Platz genommen, so die Tochter bei einem Unbekannten lassend, ja, einem Unbekannten, im günstigen Halbdunkel, jawohl, selbst ohne jeglichen körperlichen Kontakt zwischen den beiden, wenn sie im Halbdunkel sind, bringt es sie näher, mit Samthandschuhen näher, und noch mehr werden sie durch die Gedanken angenähert, sich allmählich insgeheim, aber nicht versteckt wandelnd, und es wäre auch nicht schicklich, wenn Ricardo Reis sich an die Seite des Fahrers setzte, man lädt nicht jemanden ein, um ihn vorn sitzen zu lassen, dort, wo das Taxameter läuft, am Ende der Fahrt weiß man, dass der Gast, weil er so nahe sitzt, sich zum Bezahlen verpflichtet fühlen wird, umso mehr, wenn aus Berechnung oder Verwirrung das Geld auf sich warten lässt und der hinten Sitzende, der ihn ja eingeladen hat und wirklich bezahlen will, sagt, nein, Senhor, und den Fahrer bedrängt, nichts von dem Herrn anzunehmen, wer hier bezahlt, bin ich, der Mann wartet geduldig, dass die Herrschaften sich irgendwann einig werden, eine tausendmal gehörte Diskussion, an grotesken Episoden fehlt es nicht im Leben eines Taxifahrers. Ricardo Reis schlägt den Weg zum Hotel ein, keine anderen Freuden oder Pflichten erwarten ihn, die Nacht ist kalt und feucht, aber es regnet nicht, es lädt zum Gehen ein, ja, er geht die ganze Rua Augusta hinunter, jetzt muss er den Terreiro do Paço überqueren, jene Stufen am Kai betreten, wo das nächtliche schmutzige Wasser in

Schaum aufgeht, sich danach zum Fluss zurückzieht, um hierauf wiederzukehren, das Wasser, ein anderes, gleich und doch verschieden, keiner weiter am Kai, und doch schauen andere Menschen in die Dunkelheit, die zitternden Laternen auf der anderen Seite, die Positionslichter der vor Anker liegenden Schiffe, dieser Mann, der körperlich derjenige ist, der heute schaut, aber auch, außer den vielen, die er nach seinem Reden darstellt, andere, die er stets darstellte, wenn er hierherkam, und die sich erinnern, hierhergekommen zu sein, bar dieser Erinnerung. Die an die Nacht gewöhnten Augen sehen schon weiter, dort ragen einige graue Schatten auf, es sind die Schiffe des Geschwaders, die die schützenden Docks verlassen haben, das Wetter ist nach wie vor stürmisch, aber nicht derart, dass die Schiffe nicht widerstehen könnten, das Seemannsleben ist eben so, opferbereit. Einige, die von weitem gleich groß scheinen, werden wohl Torpedobootzerstörer sein, jene, die Namen von Flüssen tragen, Ricardo Reis erinnert sich nicht an alle, er hatte sie vom Gepäckträger wie eine Litanei vernommen, es waren die Tejo, die auf dem Tejo liegt, die Vouga und die Dão, die uns am nächsten ist, hatte der Mann erklärt, ja, hier ist der Tejo, hier sind die Flüsse, die durch mein Dorf fließen, sie alle tragen dieses Wasser, das hier zum Meer fließt, von allen Flüssen Wasser empfangend und an alle austeilend, eine Wiederkehr, die wir ewig wünschten, doch nein, sie währt nur so lange, wie die Sonne währt, sterblich wie wir alle, glorreicher Tod jener Menschen, die beim Tod der Sonne sterben werden, sie sahen nicht den ersten Tag, sie werden den letzten sehen.

Das Wetter war nicht günstig zum Philosophieren, die Füße wurden kalt, ein Polizist blieb beobachtend stehen, der da aufmerksam das Wasser betrachtete, schien ihm kein Taugenichts oder Vagabund zu sein, aber vielleicht hegte er die Absicht, sich in den Fluss zu stürzen, sich zu ertränken, und er dachte an die

Ungelegenheiten, die es ihm verursachen würde, Alarm geben, den Leichnam bergen, den Bericht über das Vorkommnis abfassen, die Obrigkeit näherte sich, noch nicht wissend, was sie sagen sollte, in der Hoffnung, dass die Annäherung genügte, den Selbstmörder aufzuhalten, ihn dazu zu bringen, das verrückte Vorhaben aufzugeben. Ricardo Reis hörte die Schritte, er spürte an den Füßen die Kälte der Steine, er muss Schuhe mit doppelter Sohle kaufen, es wurde Zeit, zum Hotel zurückzukehren, ehe er sich hier eine Erkältung zuzöge, er sagte, guten Abend, Senhor Guarda, der Polizist fragte erleichtert, gibt es irgendeine Neuigkeit, nein, es gab keine Neuigkeit, es ist die normalste Sache von der Welt, dass ein Mann bis zum Rand des Kais geht, selbst wenn es Nacht ist, um den Fluss und die Schiffe zu sehen, diesen Tejo, der nicht durch mein Dorf fließt, der Tejo, der durch mein Dorf fließt, heißt Douro, deshalb, weil er nicht denselben Namen trägt, der Tejo ist nicht schöner als der Fluss, der durch mein Dorf fließt. Beruhigt entfernte sich der Polizist in Richtung der Rua da Alfândega, über die Reife gewisser Personen nachdenkend, die mitternachts auftauchen, was mag in den gefahren sein, bei solchem Wetter den Anblick des Flusses zu genießen, wenn die wie ich im Dienst hier herumlaufen müssten, wüssten sie, wie beschwerlich so was ist. Ricardo Reis ging die Rua do Arsenal entlang, in weniger als zehn Minuten hatte er das Hotel erreicht. Die Tür war noch nicht verschlossen, Pimenta tauchte mit einem Schlüsselbund auf, er spähte und zog sich zurück, entgegen der Gewohnheit wartete er nicht darauf, dass der Gast hinaufging, weshalb nur, diese natürliche Frage beunruhigte Ricardo Reis, vielleicht weiß er das mit Lídia schon, unmöglich, dass man es eines Tages nicht doch erfährt, ein Hotel ist wie ein Glashaus, und Pimenta, der niemals hier herausgekommen war, der alle Winkel kennt, ich bin sicher, dass er Verdacht schöpft, guten Abend, Pimenta, er betonte es besonders, übertrieb die Herzlichkeit, der andere antwortete ohne sichtbare Reserviertheit, ohne die geringste Feindseligkeit, vielleicht doch nicht, dachte Ricardo Reis, aus Pimentas Händen empfing er den Zimmerschlüssel, er wollte sich schon zurückziehen, wandte sich aber noch einmal um und öffnete die Brieftasche, nehmen Sie, Pimenta, es ist für Sie, und er reichte ihm einen Zwanzig-Escudo-Schein, er sagte nicht, warum, und Pimenta fragte nicht.

In den Zimmern brannte kein Licht. Er bewegte sich vorsichtig durch den Gang, um keinen Schlafenden aufzuwecken, drei Sekunden lang verharrte er vor Marcendas Tür, dann schritt er weiter. Die Luft im Zimmer war kalt, feucht, fast wie am Flussufer. Ihn fröstelte, als würde er noch immer auf die fahlen Schiffe schauen, dabei die Schritte des Polizisten vernehmend, und er fragte sich, was passiert wäre, wenn er geantwortet hätte, ja, es gibt eine Neuigkeit, aber nicht, welche es wäre und was sie bedeutete. Als er sich dem Bett näherte, bemerkte er, dass etwas unter der Bettdecke steckte, irgendetwas lag dort, zwischen den Betttüchern, eine Wärmflasche, man sah es sofort, aber um sich zu vergewissern, legte er die Hand darauf, sie war warm, ein gutes Mädchen, diese Lídia, dass sie daran gedacht hatte, sein Bett anzuwärmen, klar, dass man dies nicht bei allen Gästen macht, wahrscheinlich wird sie diese Nacht nicht kommen. Er legte sich hin, schlug das Buch auf, das er am Kopfende liegen hatte, von Herbert Quain, er ließ die Augen über zwei Seiten schweifen, ohne viel auf den Sinn dessen zu achten, was er las, es schien so, als hätte man drei Gründe für das Verbrechen gefunden, jeder einzelne ausreichend, den Verdächtigen, auf den alles zu deuten schien, anzuklagen, aber der genannte Verdächtige, das Recht anrufend und der Pflicht nachkommend, mit der Justiz zusammenzuarbeiten, gab zu verstehen, dass es, wäre er wirklich der Verbrecher, ebenso einen vierten, fünften oder gar sechsten triftigen Grund geben könnte, alle gleichermaßen ausreichend, und dass die Erklärung des Verbrechens, seine Motive vielleicht, nur vielleicht in der Entäußerung all dieser Gründe zu finden wäre, in ihrer Wechselwirkung, in der Wirkung eines jeden Komplexes auf die übrigen Komplexe und somit auf das Ganze, in der eventuellen, aber doch mehr als wahrscheinlichen Aufhebung oder Veränderung der Wirkungen durch andere Wirkungen, und, gelangte man nun zum Endergebnis, dem Tod, es doch notwendig wäre festzustellen, dass ein Teil der Verantwortung dem Opfer zukäme, das heißt, ob das wegen der moralischen und gesetzlichen Auswirkungen nicht als siebenter und vielleicht, nur vielleicht, definitiver Grund betrachtet werden müsste. Er fühlte sich wohl, die Wärmflasche wärmte ihm die Füße, das Gehirn funktionierte ohne bewusste Verbindung mit dem Außenleben, die trockene Lektüre ließ seine Augenlider schwer werden. Er schloss für einige Sekunden die Augen, und als er sie öffnete, saß Fernando Pessoa am Fußende, als besuchte er einen Kranken, mit genau demselben Ausdruck, den er auf einigen Bildern hinterließ, die Hände über der rechten Hüfte gekreuzt, den Kopf leicht nach vorn geneigt, blass. Er legte das Buch beiseite, zwischen die beiden Kopfkissen, um diese Zeit habe ich Sie nicht erwartet, sprach er ihn an und lächelte freundlich, damit jener nicht die Ungeduld im Ton bemerkte, die Zweideutigkeit der Worte, was alles zusammen bedeutete, Sie hätten heute nicht kommen sollen. Er hatte gute Gründe, wenn auch nur zwei, der erste, weil es ihm nur danach war, vom Theaterabend zu reden und davon, was geschehen war, aber nicht mit Fernando Pessoa, der zweite, weil nichts natürlicher wäre, als dass Lídia ins Zimmer treten könnte, nicht etwa weil die Gefahr bestand, dass sie in Schreie ausbrechen würde, zu Hilfe, ein Gespenst, sondern weil Fernando Pessoa, obwohl dies nicht seine Art sein mochte, vielleicht bleiben wollte, geschützt durch seine Unsichtbarkeit, wenn auch zeitweilig je nach Laune der Gelegenheit, um so den fleischlichen und gefühlvollen Intimitäten beizuwohnen, das wäre gar nicht so unmöglich, Gott, der ein Gott ist, pflegt es zu tun, er kann es nicht einmal vermeiden, wenn er überall ist, aber an ihn haben wir uns schon gewöhnt. Er appellierte an die männliche Komplizenschaft, wir werden uns nicht lange unterhalten können, vielleicht bekomme ich noch Besuch, Sie werden zugeben, das wäre peinlich. Sie verlieren keine Zeit, noch sind keine drei Wochen seit Ihrer Ankunft vergangen, und schon empfangen Sie galante Besuche, ich nehme an, dass Sie galant sein werden. Das kommt darauf an, was Sie unter galant verstehen, es ist ein Zimmermädchen des Hotels. Mein teurer Reis, Sie, ein Ästhet, vertraut mit allen Göttinnen des Olymps, öffnen einem Hotelmädchen ihr Bett, einer Bediensteten, ich habe mich daran gewöhnt, Sie Stunde um Stunde mit einer bewundernswürdigen Ausdauer von Ihren Lídias, Neeras und Chloes sprechen zu hören, und nun der Sklave eines Zimmermädchens, was für eine große Enttäuschung. Dieses Zimmermädchen heißt Lídia, und ich bin weder Sklave noch Gefangener. Aha, aha, also gibt es doch die so oft beschworene poetische Gerechtigkeit, die Situation hat ihren Witz, Sie haben so sehr nach Lídia gerufen, dass Lídia kam, hatten mehr Glück als Camões, dieser, um eine Natércia zu besitzen, musste den Namen erfinden, und weiter kam er nicht. Der Name Lídia kam, nicht die Frau. Seien Sie nicht undankbar, was wissen Sie denn, wie eine Lídia Ihrer Oden wäre, angenommen, es gäbe ein solches Phänomen, diese unmögliche Summe von Passivität, weiser Stille und reinem Geist. Das ist tatsächlich zweifelhaft. So zweifelhaft wie die wirkliche Existenz des Dichters, der Ihre Oden schrieb. Dieser bin ich. Erlauben Sie mir, dass ich meine Zweifel ausdrücke, teuerster Reis, ich sehe Sie hier einen Kriminalroman lesen, mit einer Wärmflasche an den Füßen, auf ein Zimmermädchen wartend, das Ihnen den Rest wärmen soll, ich bitte Sie, sich nicht an der groben Sprache zu stören, und Sie wollen, dass ich glaube, Sie seien derselbe, der Sereno geschrieben hat, das Leben aus der Entfernung sehend, ich frage Sie, wo waren Sie, als Sie das Leben aus dieser Entfernung sahen. Sie haben gesagt, dass der Dichter ein Täuscher ist. Ich gebe zu, dass dies Vermutungen sind, die uns aus dem Munde strömen, ohne dass wir wissen, welchen Weg wir gehen mussten, um dorthin zu gelangen, das Schlimmste ist, dass ich gestorben bin, bevor ich verstanden habe, ob der Dichter vorgibt, ein Mensch zu sein, oder ob der Mensch vorgibt, ein Dichter zu sein. Täuschung und Selbsttäuschung ist nicht ein und dasselbe. Ist das eine Feststellung oder eine Frage? Es ist eine Frage. Natürlich ist es nicht dasselbe, ich habe nur vorgetäuscht. Sie täuschen sich, wenn Sie sehen wollen, wo die Unterschiede liegen, lesen Sie mich, und lesen Sie mich nochmals. Mit dieser Unterhaltung bereiten Sie mir eine schöne schlaflose Nacht. Vielleicht kommt Ihre Lídia noch, um Sie einzuwiegen, wie ich gehört habe, sind die Angestellten, die sich um ihre Herrschaften kümmern, sehr zärtlich. Das scheint mir der Kommentar eines Verärgerten zu sein. Wahrscheinlich. Sagen Sie mir nur eines, täusche ich als Dichter vor oder als Mensch. Ihr Fall, Freund Reis, ist hoffnungslos, Sie täuschen sich einfach selbst, Sie sind eine Täuschung Ihrer selbst, das hat schon nichts mehr mit Mensch oder Dichter zu tun. Ich sehe keinen Ausweg. Das ist eine andere Frage. Ja. Es gibt kein Warum, vor allem wissen Sie nicht einmal, wer Sie sind. Und Sie, haben Sie es einmal gewusst? Ich zähle nicht mehr, ich bin gestorben, aber beruhigen Sie sich, es wird nicht an meinen Erklärern fehlen. Vielleicht bin ich nach Portugal zurückgekehrt, um zu erfahren, wer ich bin. Unsinn, mein Teurer, Kinderei, solche Erleuchtungen gibt es nur in mystischen Romanen und auf Wegen, die nach Damaskus führen, vergessen Sie nie, dass wir in Lissabon sind, von hier gehen keine solchen Wege aus. Ich bin müde. Ich werde Sie schlafen lassen, das ist wirklich das Einzige, worum ich Sie beneide, schlafen, nur Dummköpfe behaupten, der Schlaf sei der Vetter des Todes, Vetter oder Bruder, ich weiß nicht mehr genau. Vetter, glaube ich. Nach den vielen unangenehmen Dingen, die ich Ihnen sagte, wollen Sie noch, dass ich wiederkomme? Ja, ich habe nicht viele, mit denen ich reden kann. Das ist zweifellos ein guter Grund. Hören Sie, erfüllen Sie mir eine Bitte, lassen Sie die Tür angelehnt, ich will nicht aufstehen, kalt, wie es ist. Warten Sie noch immer auf Gesellschaft? Man weiß nie, Fernando, man weiß nie.

Eine halbe Stunde später öffnete sich die Tür, Lídia, zitternd von dem langen Weg über Treppen und Flure, schlüpfte ins Bett, rollte sich ein und fragte, war es schön im Theater, und er sagte die Wahrheit, ja, es war schön.

Marcenda und ihr Vater waren nicht zur Mittagszeit erschienen. Ricardo Reis benötigte keine ausgesuchten taktischen Kniffe, keine Forscherdialektik, um den Grund zu erfahren, er begnügte sich damit, Salvador und sich selbst Zeit zu lassen, er frönte einer belanglosen Unterhaltung, redete leicht dahin, die Ellenbogen auf den Rezeptionstisch gestützt, eine Vertraulichkeit des familiären Gastes, und so ganz nebenbei, in Klammern oder wie eine kurze Gesprächsabweichung, oder als einfache Andeutung eines musikalischen Themas, das unerwartet bei der Entfaltung eines anderen auftaucht, teilte er mit, dass er am letzten Abend im Dona Maria gewesen sei und dort Doktor Sampaio und seine Tochter getroffen und kennengelernt habe, sehr nette und vornehme Leute. Salvador war wohl der Meinung, die Nachricht ziemlich spät zu erhalten, daher verzog sich sein Lächeln etwas, schließlich hatte er die beiden anderen Gäste gehen sehen, mit ihnen gesprochen, ohne dass sie ihn hatten wissen lassen, dass sie am letzten Abend Doktor Reis im Dona Maria getroffen hatten, jetzt wusste er es, das ist richtig, aber fast um zwei Uhr nachmittags, wie konnte so etwas passieren, natürlich erwartete er nicht, dass man ihm bei der Ankunft im Hotel eine schriftliche Nachricht hinterließe, damit er sogleich von dem Geschehen erfahre, wenn er den Dienst antrat, wir haben Doktor Reis kennengelernt, ich habe Doktor Sampaio mit Tochter kennengelernt, dennoch hielt er es für eine große Ungerechtigkeit, so viele Stunden in Unwissenheit gelassen, auf solche Art als Hotelchef behandelt zu werden, der mit seinen Gästen gut Freund ist, undankbare Welt. Ein verzerrtes Lächeln, um davon zu sprechen, kann die Sache eines Augenblicks sein und nicht länger dauern als das Lächeln selbst, aber die Erklärung, weshalb sich das Lächeln verzerrte, dauert länger, damit wenigstens nicht viele Zweifel über die Gründe des unerwarteten und scheinbar unverständlichen Ausdrucks bestehen bleiben, denn die Empfindsamkeit der Leute hat Abgründe, die so tief sind, dass, wenn wir uns in sie wagen, um alles zu erforschen, die große Gefahr besteht, nicht so bald wieder hinauszufinden. Eine solch minuziöse Untersuchung durch Ricardo Reis erfolgte nicht, er vermeinte nur, dass ein plötzlicher Gedanke Salvador beunruhigt hätte, und so war es ja auch, wie wir wissen, und doch, hätte er versucht zu erraten, was für ein Gedanke es gewesen sein könnte, so wäre er nicht dahintergekommen, was beweist, wie wenig wir voneinander wissen und wie schnell wir die Geduld verlieren, wenn wir uns alle Jubeljahre mal daranmachen, Gründe herauszufinden, Anregungen zu verdeutlichen, außer wenn es sich um eine rein kriminalistische Nachforschung handelt, wie sie uns nebenbei The God of the Labyrinth lehrt. Salvador besiegte den Ärger schneller, als es dauerte, ihn zu erzählen, wie wir zu sagen pflegen, und da er sich nur durch seinen guten Charakter leiten ließ, zeigte er, wie er sich freute, indem er Doktor Sampaio und seine Tochter lobte, er ein Kavalier, sie ein wunderbares Fräulein, von sorgfältiger Erziehung, schade, dass sie so ein trauriges Leben hat, mit diesem Makel, oder diesem Gebrechen, denn, Doktor Reis, hier unter uns gesagt, ich glaube nicht, dass ihr Leiden kuriert werden kann. Ricardo Reis hatte das Gespräch nicht angefangen, um in eine medizinische Diskussion einzutreten, deshalb fiel er ihm ins Wort und kam zu dem, was ihn am meisten interessierte, beziehungsweise ihn interessierte, ohne dass er sich bewusst war, wie sehr und bis zu welchem

Punkt, sie sind nicht zum Mittagessen gekommen, und plötzlich erinnerte er sich einer Möglichkeit, sie sind wohl schon nach Coimbra zurückgekehrt, aber Salvador, der wenigstens hierin alles wusste, antwortete, nein, sie reisen erst morgen ab, heute haben sie in der Baixa gegessen, weil Marcenda einen Arzttermin hatte, danach wollten sie ein wenig herumschlendern, um einige benötigte Dinge zu kaufen. Aber sie essen zu Abend? Ja, das bestimmt. Ricardo richtete sich vom Rezeptionstisch auf, ging zwei Schritte, wandte sich um und sagte dann, ich glaube, ich werde ein bisschen spazieren gehen, das Wetter scheint so zu bleiben, darauf erklärte Salvador mit dem geringschätzigen Ton dessen, der sich darauf beschränkt, eine nicht so wichtige Information zu erteilen, Fräulein Marcenda sagte, dass sie nach dem Mittagessen ins Hotel zurückkehren würde, sie würde den Vater nicht bei seinen Geschäften begleiten, die er am Nachmittag zu besorgen hätte, jetzt wird Ricardo Reis das Gesagte zurücknehmen müssen, er ging zum Aufenthaltsraum, er blickte aus dem Fenster wie jemand, der die Arbeit der Meteorologen begutachtet, und kam zurück, ich habe es mir überlegt, es ist wohl besser, hierzubleiben und die Zeitungen zu lesen, es regnet zwar nicht, aber es wird kalt sein, Salvador unterstützte eilfertig den neuen Entschluss, ich werde gleich einen Heizofen im Saal aufstellen lassen, er klingelte zweimal, eine Angestellte erschien, Lídia war es nicht, wie man auf den ersten Blick bemerkte und was sich sogleich bestätigte, Carlota, zünde den Heizofen an und schaffe ihn in den Saal. Ob solche Kleinigkeiten für den Bericht unentbehrlich sind oder nicht, möge jeder für sich entscheiden, es wird verschieden ausfallen, abhängig von der jeweiligen Aufmerksamkeit, vom Humor, von der persönlichen Eigenart, mancher bevorzugt die allgemeinen Ideen, die Pläne des Ganzen, das Panorama, die historischen Fresken, einige schätzen eher die Beziehungen und Gegensätze der Nebentöne, wir wissen sehr gut, dass man es nicht allen recht machen kann, aber in diesem Fall geht es einfach darum, dass den Gefühlen, wessen Gefühle es auch sein mögen, Zeit gegeben wird, sich zu öffnen und den Weg zwischen den Menschen und in ihnen selbst zu bahnen, während Carlotta geht und kommt, während Salvador eine widerspenstige Rechnung überprüft, während Ricardo Reis sich selbst fragt, ob die so plötzliche Wendung seines Interesses nicht verdächtig gewesen war, erst hatte er gesagt, ich werde ausgehen, und dann blieb er doch.

Es schlug zwei, halb drei, diese blutarmen Zeitungen Lissabons wurden gelesen und wieder gelesen, von den Nachrichten der ersten Seite an – Edward VIII. wird der neue König von England, der Minister des Innern ist vom Historiker Costa Brochado beglückwünscht worden, die Wölfe kommen bis zu den Ansiedlungen herunter, der Gedanke des Anschlusses, das ist, für den, der es nicht weiß, die Verbindung von Deutschland mit Österreich, ist von der Vaterländischen Front Österreichs zurückgewiesen worden, die französische Regierung hat den Rücktritt eingereicht, die Meinungsverschiedenheiten zwischen Gil Robles und Calvo Sotelo können den Wahlblock der spanischen Rechten gefährden – bis hin zu den Annoncen, Pargil ist das beste Mundwasser, morgen tritt erstmals in Arcádia die bekannte Hellseherin Marujita Fontan auf, beachten Sie die neuen Modelle von Studebaker, Präsident, Diktator, wenn die Annonce von Freire Gravador das Universum war, dann ist diese hier das vollkommene Resümee unserer Tage, ein Automobil, das Diktator heißt, ein deutliches Signal der Zeit und des Geschmacks. Einige Male ertönte die Klingel, Leute gingen, Leute kamen, ein neuer Gast, das frostige Läuten Salvadors, Pimenta holt die Koffer, danach gedehnte Stille, bedrückend, der Nachmittag wird schattig, es ist schon nach halb vier. Ricardo Reis erhebt sich vom Sofa und schlurft zur Rezeption, Salvador schaut ihn freundlich, wenn nicht gar mitleidig an, was man seinem Gesicht entnehmen kann, nun, haben Sie schon alle Zeitungen durch, Ricardo Reis blieb keine Zeit zum Antworten, jetzt läuft alles ganz schnell ab, das Klingeln, eine Stimme unten an der Treppe, Senhor Pimenta, bitte, helfen Sie mir, diese Pakete nach oben zu bringen, Pimenta geht hinunter, kommt wieder nach oben, es ist Marcenda, die ihm folgt, Ricardo Reis weiß nicht, wie er sich zu verhalten hat, soll er bleiben, wo er ist, soll er sich wieder setzen, so tun, als lese er oder schlummere er in der sanften Wärme, aber wenn er es täte, was würde dann Salvador denken, er zögert schlau, das heißt, er befindet sich auf halbem Wege, als Marcenda an der Rezeption anlangt, guten Tag sagt und sich überrascht zeigt, Sie hier, Senhor Doktor? Ich lese die Zeitungen, antwortet er, fügt aber sogleich hinzu, ich bin gerade fertig, schreckliches Geschwätz, zu ausschließlich, wenn ich Zeitungen lese, will ich mich nicht unterhalten, wenn ich fertig bin, gehe ich, fügt er dann hinzu, wobei er sich wieder so unendlich lächerlich vorkommt, es ist gemütlich hier, so im Warmen, die Gewöhnlichkeit des Ausdrucks regt ihn auf, aber trotzdem entscheidet er sich nicht, er setzt sich nicht wieder hin, vorläufig wird er nicht zurückgehen, wenn er sich sofort hinsetzte, würden sie denken, dass er allein sein wolle, wenn er wartet, dass sie zum Zimmer hinaufgeht, fürchtet er, dass sie glauben könnte, er wäre daraufhin ausgegangen, die Bewegung muss im richtigen Augenblick erfolgen, damit Marcenda denkt, er habe sich hingesetzt, um auf sie zu warten, es war unnötig, Marcenda sagte einfach, ich bringe die Sachen aufs Zimmer und komme gleich wieder, um mich ein wenig mit Ihnen zu unterhalten, wenn Sie genug Geduld aufbringen, mich zu ertragen, und nichts Wichtigeres zu tun haben. Wundern wir uns nicht über Salvadors Lächeln, er mag es, wenn seine Gäste Freundschaft schließen, alles nutzt letztlich dem Hotel, es schafft ein gutes Klima, und wenn es uns auch wunderte, es würde den Bericht nicht aufhalten, wenn man ausgiebig über etwas spräche, was, kaum erschienen, schon wieder verschwand, weil es nicht mehr vonnöten war. Ricardo Reis lächelte ebenfalls, und zwar länger, und erwiderte, mit großem Vergnügen, oder so ähnlich, eine Redensart, die banal und alltäglich zugleich ist, obwohl es sehr bedauerlich ist, dass wir uns keine Zeit nehmen, sie zu analysieren, leer und abgedroschen heutzutage, ohne Glanz und Farbe, denken wir nur daran, wie derartige Redensarten in den ersten Tagen geklungen haben mochten und vernommen wurden, mit großem Vergnügen, ganz zu Ihren Diensten, kleine Erklärungen, die den zögern ließen, der sie von sich gab, wegen ihrer Gewagtheit, die denjenigen vor Angst und Erwartung zittern ließen, der sie hörte, man befand sich halt noch in einer Zeit, in der die Worte neu waren und die Empfindungen einsetzten.

Marcenda kam bald wieder herunter, sie hatte die Frisur geordnet, die Lippen nachgezogen, bereits automatische Bewegungen, Tropismen im Spiegel, wie einige glauben, während andere behaupten und gegen alle Einwände die Meinung vertreten, die Frau lege bei allen Gelegenheiten ein bewusstes Verhalten an den Tag, lediglich verborgen unter dem leichten Mantel des Esprits und der flüchtigen Geste, von großer Wirkung, nach dem Erfolg zu urteilen. Aber das sind Gesichtspunkte, die keine größere Aufmerksamkeit verdienen. Ricardo Reis erhob sich, um sie zu empfangen, er führte sie zu einem Sessel, der im rechten Winkel zu seinem stand, er wollte nicht den Wunsch äußern, sich zu einem Sofa zu begeben, auf dem beide, Seite an Seite, Platz hätten. Marcenda setzte sich, legte die linke Hand in den Schoß, sie lächelte und schien dabei abwesend, weit entfernt, als wollte sie damit sagen, es ist so, wie Sie es sehen, sie macht nichts ohne mich, Ricardo Reis wollte fragen, sind Sie müde, doch da trat Salvador heran und erkundigte sich, ob sie einen Wunsch hätten, einen Kaffee, einen Tee, sie bejahten, ein

Kaffee, das wäre eine gute Idee, kalt, wie es ist. Bevor Salvador die Bestellung weiterleitete, prüfte er den Heizofen, der einen leicht benommen machenden Ölgeruch ausströmte, während die Flamme, geteilt in tausend kleine blaue Zungen, unaufhörlich murmelte. Marcenda fragte, ob Ricardo Reis das Theaterstück gefallen habe, und er bejahte, obwohl ihm schien, dass viel Gekünsteltes in der Natürlichkeit der Darstellung gewesen sei, er versuchte, es genauer zu erklären, meiner Meinung nach darf eine Darstellung niemals natürlich sein, was auf der Bühne passiert, ist Theater und nicht das Leben, ist nicht das Leben, das Leben ist nicht darstellbar, selbst das, was für eine getreue Widerspiegelung sorgt, der Spiegel, macht rechts zu links und links zu rechts. Hat es Ihnen denn nun gefallen oder nicht, beharrte Marcenda. Ja, resümierte er, letztlich war also nur ein Wort nötig gewesen. In diesem Moment erschien Lídia mit dem Kaffeetablett, setzte es auf dem niedrigen Tisch ab und fragte, ob sie noch etwas wünschten, Marcenda sagte, nein, vielen Dank, aber sie blickte zu Ricardo Reis, der den Kopf nicht gehoben hatte und vorsichtig seine Tasse heranzog, wobei er sich Marcenda zuwandte, wie viel Löffel?, und sie erwiderte, zwei, da war es eindeutig, dass Lídia überflüssig war, deshalb zog sie sich nach Meinung Salvadors mit zu großer Hast zurück, er ermahnte sie hinter seinem Thron, Vorsicht mit der Tür.

Marcenda stellte die Tasse auf das Tablett, legte die rechte Hand auf die linke, beide kalt, aber zwischen beiden gab es den Unterschied, der bestimmte, was sich bewegt und was nicht, was noch gerettet werden kann und was verloren ist, meinem Vater würde es nicht recht sein, dass ich Ihre Bekanntschaft, die ich gestern machen durfte, ausnutze, um von Ihnen Ihre Meinung als Arzt zu erbitten. Sie möchten meine Meinung über Ihren Fall wissen. Ja, dieser Arm, der sich nicht aus eigener Kraft bewegen kann, diese arme Hand. Ich hoffe, Sie verstehen, dass es für mich nicht ganz leicht ist, darüber zu sprechen, einmal, weil ich kein Spezialist auf diesem Gebiet bin, zum anderen, weil ich Ihre Krankengeschichte nicht kenne, zum dritten, weil mir das Berufsethos verbietet, mich in die Behandlung eines Kollegen einzumischen. Das weiß ich alles, aber einem Kranken kann man nicht verbieten, einen Arzt zum Freund zu haben und ihm von den Beschwerden zu berichten, die ihn plagen. Natürlich nicht. Also tun Sie so, als seien Sie mein Freund, und antworten Sie mir. Es fällt mir überhaupt nicht schwer, so zu tun, als sei ich Ihr Freund, um Ihre Worte zu benutzen, ich kenne Sie schon seit einem Monat. Also werden Sie mir antworten. Ich will es wenigstens versuchen, ich werde Ihnen einige Fragen stellen. So viele Sie wollen, und dieser Satz ist einer von denen, die wir jenen hinzufügen können, die bereits früher oft in den Mund genommen wurden, in der Kindheit der Wörter, zu Ihren Diensten, sehr gern, mit großem Vergnügen, alles, was Sie wollen. Lídia trat wieder herein, bemerkte, dass Marcendas Gesicht gerötet und ihre Augen feucht waren, sah, wie Ricardo Reis seine linke Wange auf die Faust stützte, beide schwiegen, als hätten sie eine wichtige Unterhaltung beendet oder bereiteten sich gerade darauf vor, was war gewesen, was wird sein. Sie nahm das Tablett, wir wissen ja, wie Tassen klappern, wenn sie nicht richtig auf die Untertassen gestellt sind, darauf müssen wir immer achten, wenn wir uns der Ruhe unserer Hände nicht sicher sind, damit wir Salvadors mahnende Stimme nicht vernehmen müssen, Vorsicht mit dem Geschirr.

Ricardo Reis machte eine Pause, es schien, als würde er nachdenken, dann beugte er sich vor, streckte die Hände nach Marcenda aus, fragte, darf ich, sie beugte sich ebenfalls etwas vor, und die linke Hand ständig mit der rechten haltend, legte sie sie zwischen seine Hände, wie einen verletzten Vogel, mit gebrochenem Flügel, einem Bleigeschoss in der Brust. Bedächtig tasteten seine Finger mit einem leichten, aber sicheren Druck ihre ganze Hand ab, bis hin zum Puls, wobei er zum ersten Mal im Leben spürte, was totale Verlassenheit bedeutet, das Fehlen einer willkürlichen oder instinktiven Reaktion, eine Hingabe ohne Verteidigung, schlimmer noch, ein fremder Körper, der nicht von dieser Welt ist. Marcenda starrte auf ihre Hand, verschiedene Male hatten Ärzte diese stillgelegte Maschine untersucht, die kraftlosen Muskeln, die unbrauchbaren Nerven, die Knochen, die lediglich die armselige Struktur zusammenhielten, jetzt werden sie von dem bewegt, dem sie sie aus eigenem Willen anvertraut hat, käme jetzt Doktor Sampaio herein, würde er seinen Augen nicht trauen, Doktor Reis die Hand seiner Tochter haltend, ohne Widerstand der einen noch der anderen, aber es kam niemand herein, und das mag befremden, da es doch ein Hotelraum war, an manchen Tagen herrscht ein ständiges Kommen und Gehen, und heute diese Stille. Ricardo Reis ließ langsam die Hand los und betrachtete unbewusst seine Finger, dann erkundigte er sich, wie lange ist das schon so? Im Dezember waren es vier Jahre. Begann es nach und nach, oder geschah es auf einmal? Während eines Monats nach und nach, und dann plötzlich. Sie wollen sagen, dass der Arm, den Sie normal bewegen konnten, innerhalb eines Monats völlig bewegungslos wurde. Ja. Gab es vorher Anzeichen einer Krankheit, eines Unwohlseins? Nein. Kein Unfall, kein heftiger Sturz oder Schlag? Nein. Was haben Ihnen die Ärzte gesagt? Dass es sich um die Folge einer Herzkrankheit handelt. Sie haben mir aber nichts von einem Herzleiden gesagt, ich hatte Sie gefragt, ob es Anzeichen einer Krankheit, eines Unwohlseins gegeben hat. Ich dachte, Sie meinten meinen Arm. Was hat man Ihnen noch gesagt? In Coimbra, dass es keine Heilung gibt, hier dasselbe, aber der, bei dem ich seit fast zwei Jahren in Behandlung bin, sagt, es kann eine Besserung eintreten. Welche Behandlung führt er durch? Massagen, Lichtbäder, galvanische Ströme. Und der Erfolg? Keiner. Reagiert der Arm nicht auf die galvanischen Ströme? Doch, er reagiert, er zuckt, zittert, und dann ist es wieder wie vorher. Ricardo Reis schwieg, er hatte in Marcendas Stimme plötzlich etwas Feindseliges, eine Verärgerung gespürt, als ob sie ihm bedeuten wollte, dass er das viele Fragen unterlassen oder ihr eben andere Fragen stellen sollte, eine andere, eine von zweien oder dreien, zum Beispiel diese, erinnern Sie sich an irgendetwas Wichtiges, was damals passierte?, oder diese, kennen Sie den Grund Ihres Zustandes?, oder einfacher, hatten Sie irgendwelchen Kummer? Die Spannung in Marcendas Gesicht deutete darauf hin, dass sie sich nur mühsam beherrschen konnte, sie vermochte noch die Tränen zurückzuhalten, da fragte Ricardo Reis, haben Sie irgendwelchen Kummer, abgesehen vom Zustand Ihres Armes, sie nickte, wollte eine Bewegung machen, doch ein tiefes Schluchzen schüttelte sie, es war wie ein Ausbruch, wie ein Auflösen, die Tränen flossen ungehindert. Salvador erschien alarmiert an der Tür, aber Ricardo Reis machte ihm ein Zeichen, schroff, befehlend, und er entfernte sich wieder, zog sich dorthin zurück, wo er den Blicken verborgen blieb, neben die Tür. Marcenda hatte sich schon wieder in der Gewalt, nur die Tränen liefen unentwegt, sie war gefasst, und als sie sprach, lag nichts von Feindseligkeit in ihrem Ton, falls es überhaupt an dem gewesen war, meine Mutter starb, und mein Arm bewegte sich nicht mehr. Vorhin sagten Sie, dass die Ärzte die Lähmung Ihres Armes auf eine Herzerkrankung zurückführten. Das sagen die Ärzte. Trauen Sie ihnen nicht, glauben Sie, dass Sie kein Herzleiden haben? Doch, ich habe eins. Wie sind Sie dann aber so sicher, dass es eine Verbindung zwischen den beiden Fakten gibt, dem Tod Ihrer Mutter und der Unbeweglichkeit Ihres Armes? Ich bin mir einfach sicher, nur erklären kann ich es nicht, sie hielt inne, leichte Verärgerung schien sich ihrer wieder zu bemächtigen, als sie hervorstieß, ich bin keine Seelenärztin. Ich bin auch kein Seelenarzt, nur ein praktischer Arzt, jetzt klang Ricardo Reis' Stimme gereizt. Marcenda hob die Hand zu den Augen und sagte, entschuldigen Sie, ich gehe Ihnen auf die Nerven. Sie gehen mir nicht auf die Nerven, ich würde Ihnen gern helfen. Wahrscheinlich kann es niemand, ich musste das nur loswerden, weiter nichts. Sagen Sie, sind Sie fest davon überzeugt, dass da ein Zusammenhang besteht? Ganz fest, so sicher, wie wir zwei hier sind. Und um den Arm bewegen zu können, genügt es Ihnen nicht, entgegen der Meinung der Ärzte zu wissen, dass er sich nur deshalb nicht mehr bewegte, weil Ihre Mutter gestorben war. Nur deshalb. Ja, nur deshalb, und damit will ich nicht wenig sagen, ich will lediglich sagen, Ihre feste Überzeugung beim Wort nehmend, dass für Sie kein anderer Grund existierte, nun, dann ist jetzt der Zeitpunkt gekommen, Ihnen eine direkte Frage zu stellen. Welche? Bewegen Sie den Arm nicht, weil Sie nicht können oder weil Sie nicht wollen, die Worte waren leise gesprochen, sie waren mehr zu erraten als zu hören, Marcenda hätte sie nicht verstanden, wenn sie ihrer nicht geharrt hätte, was Salvador betrifft, so spitzte er die Ohren, doch da erklangen Schritte im Vestibül, es war Pimenta, der wissen wollte, ob Formulare zur Polizei zu bringen wären, auch diese Frage wurde sehr leise vorgebracht, beides auf gleiche Weise und aus gleichem Grund, jedes Mal, damit man nicht die Antwort höre. Diese wird manchmal nicht einmal ausgesprochen, sie verharrt zwischen den Zähnen und auf den Lippen, wird sie ausgesprochen, geschieht es unhörbar, und ob ein zarter Ton vernehmbar wird oder nicht, er löst sich im Dämmerlicht eines Hotelsalons auf wie ein Tropfen Blut in der Klarheit des Meeres, wir wissen, er ist da, aber wir sehen ihn nicht. Marcenda sagte nicht, weil ich nicht kann, sie sagte nicht, weil ich nicht will, sie blickte nur Ricardo Reis an und sagte, können Sie mir einen Rat geben, haben Sie eine Idee, wie ich geheilt werden kann, gibt es eine Arznei, eine Behandlung. Ich habe schon gesagt, dass ich kein Spezialist bin, doch, Marcenda, ich vermute, wenn Sie am Herzen krank sind, sind Sie auch an sich selber krank. So etwas höre ich zum ersten Mal. Wir leiden alle an einer Krankheit, einer Grundkrankheit, sagen wir einmal, die untrennbar zu uns gehört und auf eine gewisse Weise das ausmacht, was wir sind, falls es nicht richtiger wäre zu sagen, dass jeder von uns seine Krankheit ist, ihretwegen sind wir so gering, ihretwegen gelingt uns so viel, soll doch der Teufel zwischen der einen und der anderen Sache unterscheiden, wie man auch zu sagen pflegt. Aber mein Arm bewegt sich nicht, es ist, als gäbe es meine Hand gar nicht. Vielleicht können Sie es nicht, vielleicht wollen Sie es nicht, wie Sie sehen, sind wir durch das Gespräch nicht weitergekommen. Ich bitte um Entschuldigung. Sie sagten, dass Sie keinerlei Besserung verspüren. So ist es. Warum dann diese beharrlichen Fahrten nach Lissabon? Das geht nicht von mir aus, mein Vater nimmt mich mit, er muss triftige Gründe haben, die ihn hierherführen. Was für Gründe? Ich bin dreiundzwanzig, ledig, ich bin dazu erzogen worden, über bestimmte Dinge zu schweigen, selbst wenn ich an sie denken sollte, denn so völlig kann man es nicht vermeiden. Erklären Sie sich genauer. Finden Sie, dass es notwendig ist? Nun ja, Lissabon, Lisboa, dein Wesen, kein Meer ohne Schiff. Was ist das? Zwei Verse, ich weiß nicht, von wem. Jetzt verstehe ich nicht. Obwohl Lissabon viel hat, so doch nicht alles, aber mancher glaubt, in Lissabon das zu finden, was er braucht oder wünscht. Wenn Sie damit andeuten wollen, dass mein Vater eine Geliebte in Lissabon hat, so kann ich das bejahen, er hat eine. Ich glaube nicht, dass sich Ihr Vater mit der Krankheit der Tochter rechtfertigen muss, und vor wem auch, um nach Lissabon zu kommen, schließlich ist er noch kein alter Mann, ein Witwer, also frei. Wie ich Ihnen schon sagte, bin ich dazu erzogen worden, über bestimmte Dinge nicht zu sprechen, doch ich werde darüber sprechen, ein wenig verschlüsselt, ich bin wie mein Vater, bei seiner Stellung und Bildung ist es angeraten, möglichst zurückhaltend zu sein. Ein Glück, dass ich keine Kinder habe. Warum? Vor den Augen eines Kindes kann man nichts verbergen. Ich liebe meinen Vater. Das glaube ich, aber Liebe allein genügt nicht. Salvador, der an den Rezeptionstisch gefesselt ist, kann sich überhaupt nicht vorstellen, was er verpasst, die Enthüllungen, die Vertraulichkeiten, die so natürlich zwischen zwei Menschen, die sich kaum kennengelernt haben, ausgetauscht werden, aber um etwas zu erhaschen, würde es nicht ausreichen, sich lauschend hinter die Tür zu stellen, dazu müsste er hier sitzen, in dem dritten Sessel, nach vorn geneigt, um die kaum artikulierten Worte von den Lippen ablesen zu können, man hört ja fast eher das leise Rauschen des Heizofens als die gedämpften Stimmen, bei der Beichte ist es ebenso, vergeben seien uns alle Sünden.

Marcenda legte die linke Hand in die rechte Handfläche, falsch, das hat sie nicht getan, wenn man es so schreibt, scheint es, als wäre die linke Hand in der Lage, dem Befehl des Gehirns zu folgen und sich auf die andere zu legen, man muss dabei gewesen sein, um zu wissen, wie sie es machte, zuerst drehte die rechte Hand die linke, dann schob sie sich unter sie, mit dem kleinen Finger und dem Ringfinger wurde das Handgelenk gestützt, und jetzt näherten sich beide Ricardo Reis, jede die andere anbietend oder Hilfe erbittend, oder einfach resignierend gegenüber dem, was unvermeidbar ist, sagen Sie mir, ob ich geheilt werden kann. Ich weiß es nicht, seit vier Jahren ist Ihr Zustand so, ohne Besserung, Ihr Arzt verfügt über alle diagnostischen Mittel, die ich nicht habe, außerdem, ich wiederhole es noch mal, bin ich auf diesem Gebiet nicht kompetent. Sollte ich es aufgeben, weiterhin hierher nach Lissabon zu kommen, sollte ich meinem Vater sagen, dass ich mich damit abgefunden habe, dass er an mich kein Geld mehr verschwenden möge? Vorläufig hat Ihr Vater zwei Gründe, nach Lissabon zu kommen, wenn man ihm den einen nimmt, bringt er vielleicht den Mut auf, allein herzukommen. Er wird dann kein Alibi mehr haben, nämlich Ihre Krankheit, im Moment sieht er sich selbst nur als Vater, der seine Tochter geheilt sehen möchte, alles andere ist so, als wäre es nicht wahr. Was soll ich also tun? Wir kennen uns kaum, ich habe kein Recht, Ihnen Ratschläge zu geben. Aber ich bitte Sie darum. Geben Sie nicht auf, kommen Sie weiter nach Lissabon, tun Sie es für Ihren Vater, selbst wenn Sie nicht mehr an Heilung glauben. Ich glaube auch schon fast nicht mehr daran. Verteidigen Sie, was noch vorhanden ist, daran zu glauben, das wird Ihr Alibi sein. Wofür? Um die Hoffnung zu erhalten. Welche? Die Hoffnung, nur die Hoffnung und weiter nichts, man gelangt an einen Punkt, an dem außer ihr nichts bleibt, und dann finden wir heraus, dass wir noch alles besitzen. Marcenda setzte sich im Sessel auf, strich über den linken Handrücken, hinter ihr das Fenster, ihr Gesicht war kaum zu erkennen, in einer anderen Situation wäre Salvador längst herbeigeeilt und hätte den großen Lüster eingeschaltet, den Stolz des Hotels Bragança, aber jetzt schien es so, als wollte er seinen Trotz zur Schau stellen, weil er so offenkundig an den Rand eines Gesprächs gedrängt worden war, das er schließlich gefördert hatte, indem er den Sampaios von Ricardo Reis und Ricardo Reis von den Sampaios erzählt hatte, so dankten es ihm jene beiden, die sich dort flüsternd im Dämmerschein unterhielten, kaum hatte er es zu Ende gedacht, erstrahlte der Lüster, ein Entschluss Ricardo Reis', wenn jemand eingetreten wäre, hätte er die Anwesenheit eines Mannes und einer Frau im Dunkeln verdächtig finden können, auch wenn er der Arzt war und sie die Leidende, es ist schlimmer als der hintere Sitz im Taxi. Es musste sein, Salvador erschien und erklärte, ich wollte ihn gerade einschalten, Senhor Doktor, er lächelte dabei, sie lächelten ebenfalls, Gesten und Haltungen, die zum Kodex der Zivilisation gehören, mit einem Teil Heuchelei, einem Teil Bedürfnis und einem Teil, die Ängste zu verbergen. Salvador zog sich zurück, eine lange Stille trat ein, bei diesem Licht schien das Sprechen schwererzufallen, dann ließ sich Marcenda wieder vernehmen, wenn es nicht zu indiskret ist, wüsste ich gern, weshalb Sie seit einem Monat im Hotel wohnen. Ich habe mich noch nicht entschließen können, eine Wohnung zu suchen, besser gesagt, ich weiß noch nicht, ob ich in Portugal bleibe, vielleicht fahre ich nach Rio de Janeiro zurück. Sie haben dort sechzehn Jahre gelebt, sagte uns Salvador, weshalb sind Sie zurückgekommen? Sehnsucht nach der Heimat. Die haben Sie aber schnell gestillt, wenn Sie bereits von Rückkehr sprechen. Ganz so ist es nicht, als ich mich entschloss, nach Lissabon zu reisen, vermeinte ich, triftige Gründe zu haben, die ich nicht beiseiteschieben könnte, höchst wichtige Angelegenheiten, die hier zu regeln wären. Und jetzt? Jetzt, er ließ den Satz in der Schwebe, schaute in den Spiegel gegenüber, jetzt fühle ich mich wie ein Elefant, der die Stunde des Sterbens nahen fühlt und zu dem Ort aufbricht, wo der Tod ihn erwartet. Falls Sie erneut nach Brasilien fahren und von dort nie mehr zurückkehren, wird das dann auch der Ort sein, den der Elefant zum Sterben aufsuchte? Wenn jemand auswandert, denkt er an das Land, wo er vielleicht stirbt, wie an das Land, wo er leben wird, das ist der Unterschied. Wenn ich wieder nach Lissabon komme, so in einem Monat, treffe ich Sie vielleicht nicht mehr an. Möglich, dass ich dann schon eine Wohnung habe, eine Praxis, mich eingelebt habe. Oder nach Rio de Janeiro zurückgekehrt sind. Sie werden es bald erfahren, unser Salvador wird Ihnen Nachricht geben. Ich werde kommen, um die Hoffnung nicht zu verlieren. Ich werde noch hier sein, wenn Sie sie nicht verloren haben.

Marcenda ist dreiundzwanzig Jahre alt, wir wissen nichts Genaues über ihre Ausbildung, aber als Tochter eines Notars, und noch dazu aus Coimbra, wird sie bestimmt das Lyzeum besucht haben, und nur wegen der dramatischen Erkrankung wird sie irgendeine Fakultät verlassen haben, vielleicht die juristische oder die philosophische, wohl eher die philosophische Fakultät, denn Jura ist nichts für Frauen, das peinlich genaue Studium der Gesetzbücher, außerdem haben wir schon einen Advokaten in der Familie, ja, wenn es ein Junge wäre, der die Familientradition fortsetzen und das Anwaltsbüro weiterbetreiben würde, aber Überraschung, in diesem Land und zu dieser Zeit ein Mädchen zu sehen, das in der Lage war, eine so flüssige und anspruchsvolle Konversation zu führen, wir sagen anspruchsvoll im Vergleich zum sonstigen Niveau derartiger Gespräche, nicht ein einziges Mal kam Triviales auf, sie zeigte sich weder eingebildet, noch wollte sie Weisheit demonstrieren oder sich mit einem Macho vergleichen, man verzeihe das grobe Wort, sie sprach mit Natürlichkeit, und klug ist sie, vielleicht ein Ausgleich für ihr Gebrechen, was einer Frau wie einem Mann widerfahren kann. Jetzt ist sie aufgestanden, sie hält ihre Linke in Brusthöhe und lächelt, vielen Dank für die Geduld, die Sie für mich aufbrachten. Keine Ursache, die Unterhaltung war mir ein großes Vergnügen. Essen Sie im Hotel zu Abend? Ja. Dann sehen wir uns ja noch. Bis bald, Ricardo Reis sah ihr nach, weniger groß, als er sie im Gedächtnis hatte, aber sehr schlank, deshalb hatte ihn die Erinnerung getäuscht, dann hörte er sie zu Salvador sagen, Lídia soll, sobald sie kann, auf mein Zimmer kommen, der Befehl schien nur für Ricardo Reis ungewöhnlich, und zwar weil ihm jeglicher kritikwürdige Akt von Klassenvermischung auf der Seele liegt, denn was ist natürlicher, als ein Zimmermädchen ins Zimmer eines Gastes zu rufen, besonders wenn dieser der Hilfe bedarf, um das Kleid zu wechseln, weil er einen gelähmten Arm hat zum Beispiel. Ricardo Reis bleibt noch einen Augenblick, er schaltet das Radio in dem Moment ein, als man A Lagoa Adormecida, Die schlummernde Lagune, spielt, das sind Zufälle, nur im Roman würde man diese zufällige Übereinstimmung nutzen, um gewaltsam Parallelen zwischen einer stillen Lagune und einem jungfräulichen Mädchen herzustellen, wenn sie es ist, gesagt wurde es noch nicht, und wenn sie es ist, so würde sie es nicht ausposaunen, es sind sehr intime Fragen, selbst ein Bräutigam, wenn er es wird, würde nicht zu fragen wagen, bist du Jungfrau, in diesen gesellschaftlichen Kreisen geht man vorerst davon aus, dass es sich um eine Jungfrau handelt, später wird man sehen, bei entsprechender Gelegenheit, skandalös, wenn sie es doch nicht wäre. Das Musikstück war zu Ende, es folgte ein neapolitanisches Lied, eine Serenade oder so etwas Ähnliches, amore mio, cuore ingrato, con te, la vita insieme, per sempre, beschwor der Tenor und zog dabei mit wohltönender Stimme alle Gefühlsregister, als zwei Gäste in den Saal traten, mit einer Brillantnadel an der Krawatte und Doppelkinn, das den Knoten verdeckte, sie setzten sich und zündeten sich eine Zigarre an, sie werden über ein Geschäft mit Korn oder Fischkonserven sprechen, wir wüssten es genau, wenn nicht Ricardo Reis hinausgegangen wäre, er ist so zerstreut, dass er kein Wort für Salvador übrig hat, seltsame Dinge gehen in diesem Hotel vor.

Etwas später trifft Doktor Sampaio ein, Ricardo Reis und Marcenda hatten die Zimmer nicht verlassen, Lídia konnte man einige Male auf den Treppen und Fluren sehen, sie begibt sich nur dorthin, wohin man sie ruft, wegen irgendeiner Kleinigkeit schimpfte sie mit Pimenta, und der zahlte ihr mit gleicher Münze zurück, es geschah fernab von fremden Ohren, ein Glück, nicht einmal Salvador hörte es, der sicher gern gewusst hätte, was Pimenta von Leuten hielt, die an Nachtwandelei leiden und zu später Stunde durch die Flure streifen. Es war acht Uhr, als Doktor Sampaio an Ricardo Reis' Tür klopfte, es lohne nicht, erst einzutreten, vielen Dank, er komme nur, ihn zum gemeinsamen Abendessen einzuladen, wir drei, denn Marcenda habe ihm von dem Gespräch erzählt, wie sehr ich Ihnen danke, Senhor Doktor, und Ricardo Reis bestand darauf, dass er sich für einen Augenblick setze, ich habe nichts getan, habe ihr nur zugehört und ihr den einzigen Rat gegeben, den ihr jemand ohne besondere Kenntnis des Falles geben kann, die Behandlungen weiterzuführen, nicht aufzugeben. Das ist genau das, was ich ihr immer sage, aber auf mich hört sie ja kaum noch, Sie wissen ja, wie Kinder sind, ja, Vater, nein, Vater, nach Lissabon kommt sie ohne die geringste Lust mit, aber mitkommen muss sie, damit der Arzt den Verlauf der Krankheit beobachten kann, die Behandlung erfolgt natürlich in Coimbra. Aber gibt es denn in Coimbra Spezialisten? Wenige, und die, die es gibt, ohne Ihnen zu nahe treten zu wollen, flößen mir kein großes Vertrauen ein, deshalb sind wir nach Lissabon gekommen, der Arzt, der sie behandelt, hat ein sehr umfangreiches Wissen und verfügt über viel Erfahrung. Ihre Abwesenheit an diesen Tagen ist Ihrer Arbeit sicher nicht gerade dienlich. Mitunter trifft das schon zu, aber ein Vater, der nicht bereit wäre, ein bisschen Zeit zu opfern, wäre nicht viel wert. Damit war das Gespräch noch nicht beendet, derart wechselten sie noch einige Sätze, die gleiche Meinung ausdrückend, halb versteckt, halb offen, wie es bei den meisten Gesprächen üblich ist, und bei diesen auch uns bekannten Gründen erst recht, bis schließlich Doktor Sampaio den Zeitpunkt für gekommen hielt, sich zu erheben, also um neun klopfen wir an Ihre Tür. Nein, nein, Senhor, ich werde kommen, ich möchte Ihnen keine Ungelegenheiten bereiten, und so geschah es, als es so weit war, klopfte Ricardo Reis an die Tür des Zimmers zweihundertfünf, es hätte von sehr wenig Taktgefühl gezeugt, zuerst an Marcendas Tür zu klopfen, eine weitere Feinheit der Verhaltensregeln.

Der Eintritt in den Speisesaal wurde einheitlich mit Lächeln und kleinen Verbeugungen aufgenommen. Salvador, der entweder die Kränkungen vergessen hatte oder sich verstellte, öffnete die beiden Glastüren, zuerst traten Ricardo Reis und Marcenda ein, wie es sich gehörte, war er doch der Eingeladene, von hier aus war nicht auszumachen, was das Radio spielte, es hätte sehr zu denken gegeben, wenn es der Hochzeitsmarsch aus Lohengrin gewesen wäre, oder der von Mendelssohn, oder, weniger berühmt, vielleicht weil er vor dem Hereinbrechen eines Unglücks erklingt, aus Lucia di Lammermoor von Donizetti. Natürlich werden sie sich an den Tisch Doktor Sampaios setzen, wo Felipe wie gewöhnlich bedient, aber Ramón wird nicht auf seinen Rechten bestehen, er wird seinem Kollegen und Landsmann helfen, beide sind aus Villagarcía de Arosa, es ist das Schicksal der Menschen, unfehlbare Wege einzuschlagen, einige kamen von Galicien nach Lissabon, dieser hier wurde in Porto geboren, lebte einige Zeit in Lissabon, wanderte nach Brasilien aus, woher er jetzt zurückgekehrt war, jene jagen seit drei Jahren zwischen Coimbra und Lissabon hin und her, alle auf der Suche nach einem Heilmittel, Ruhe, Geld, Frieden und Gesundheit, oder Vergnügen, jeder nach dem Seinigen strebend, deshalb ist es so schwierig, alle, die dessen bedürfen, zufriedenzustellen. Das Abendessen verläuft ruhig, Marcenda sitzt rechts vom Vater, Ricardo Reis rechts von Marcenda, ihre linke Hand ruht wie gewöhnlich neben dem Teller, aber gegen alle Gewohnheit scheint sie sich nicht zu verstecken, ganz im Gegenteil, wir würden sagen, dass sie sich glorreich zeigt, und behaupten Sie nicht, das Wort sei unangebracht, bestimmt haben Sie nie das Volk sprechen hören, wir wollen wenigstens daran erinnern, dass diese Hand in den Händen von Ricardo Reis lag, wie könnte sie sich da anders als glorreich fühlen, sensiblere Augen als unsere würden sie strahlen sehen, gegen solche Blindheit gibt es keine

Medizin. Man spricht nicht von Marcendas Leiden, zu viel hat man im Haus des Henkers vom Strick gesprochen, Doktor Sampaio lässt sich über die Schönheiten von Lusa Atenas aus, dort bin ich zur Welt gekommen, dort bin ich aufgewachsen, habe ich mich gebildet, dort habe ich meine Praxis, keine andere Stadt ist für mich so wie diese. Der Stil ist gewaltig, es besteht jedoch keine Gefahr, dass eine Tischdiskussion über die Bedeutung von Coimbra oder anderen Gegenden, von Porto oder Villagarcía de Arosa anhebt, Ricardo Reis ist es gleichgültig, ob er hier oder dort geboren ist, Felipe und Ramón würden es niemals wagen, sich in das Gespräch der Herren Doktoren einzumischen, jeder von uns hat zwei Orte, den, an dem er geboren wurde, und den, in dem er lebt, deshalb hören wir oftmals, begeben Sie sich an Ihren Ort, und zwar nicht dorthin, wo man geboren wurde, falls dieser Zusatz erforderlich ist. Es war jedoch unvermeidlich, da Doktor Sampaio wusste, dass Ricardo Reis aus politischen Gründen nach Brasilien gegangen war, obwohl es sehr schwierig wäre herauszufinden, woher er das erfahren hatte, Salvador hat es ihm nicht gesagt, denn er weiß es auch nicht, und Ricardo Reis hat es nicht ausdrücklich zugegeben, aber bestimmte Dinge vermutet man, durch Andeutungen, Schweigen, einen Blick, es hätte genügt zu sagen, ich bin neunzehnhundertneunzehn nach Brasilien gegangen, in dem Jahr, als im Norden die Restauration der Monarchie erfolgte, es hätte genügt, das mit einem gewissen Unterton in der Stimme zu sagen, das feine, an Lügen, Willenserklärungen und Bekenntnisse gewöhnte Ohr des Notars würde sich nicht täuschen, unvermeidlich, sagten wir, dass man auf Politik zu sprechen käme. Auf Umwegen, das Terrain sondierend, nach versteckten Minen und Fallen suchend, ließ sich Ricardo Reis von der Strömung treiben, weil er sich nicht in der Lage fühlte, dem Gespräch eine andere Wendung zu geben, und noch vor dem Nachtisch hatte er erklärt, nicht an Demokratien zu glauben und den Sozialismus auf den Tod abzulehnen. Sie sind unter Ihresgleichen, erklärte Doktor Sampaio mit einem Lächeln, Marcenda schien sich nicht sonderlich für das Gespräch zu interessieren, aus irgendeinem Grund legte sie die linke Hand in den Schoß, wenn es einen Glorienschein gegeben haben sollte, so war er jetzt verloschen. Unser Glück ist, mein lieber Doktor Reis, in diesem Eckchen Europas einen Mann von hoher Denkungsart und unerschütterlicher Autorität an der Spitze der Regierung und des Landes zu wissen, das waren Worte Doktor Sampaios, und er fuhr sogleich fort, es ist kein Vergleich möglich zwischen dem Portugal, das Sie auf dem Weg nach Rio de Janeiro hinter sich gelassen hatten, und dem Portugal, das Sie jetzt antreffen, ich weiß sehr wohl, dass Sie erst vor kurzer Zeit angekommen sind, aber wenn Sie mit offenen Augen umhergegangen sind, dann ist es unmöglich, dass Sie nicht die großen Veränderungen bemerkt haben, das Anwachsen des Nationalreichtums, die Disziplin, eine logische und patriotische Doktrin, die Achtung der anderen Nationen vor dem lusitanischen Vaterland, seinen Heldentaten, seiner jahrhundertealten Geschichte und seines Imperiums. Ich habe nicht viel gesehen, erwiderte Ricardo Reis, aber ich verfolge die Zeitungen. Ja, natürlich, die Zeitungen, man muss sie lesen, aber das reicht nicht, man muss es mit eigenen Augen sehen, die Straßen, die Häfen, die Schulen, die öffentlichen Bauten im Allgemeinen, und die Disziplin, mein lieber Doktor, die Ruhe auf den Straßen und in den Köpfen, eine ganze Nation bei der Arbeit unter der Leitung eines großen Staatsmannes, eine wahre Eisenhand in einem Samthandschuh, das war es, was wir gebraucht haben. Eine wunderbare Metapher. Schade, dass mir das nicht selber eingefallen ist, ich habe es noch gut in Erinnerung, denken Sie nur, es ist wirklich wahr, dass ein Bild hundert Reden wert sein kann, es war vor zwei oder drei Jahren, auf der ersten Seite des Sempre Fixe, oder waren es die Ridículos, da war eine Eisenhand, die in einem Samthandschuh steckte, abgebildet, die Zeichnung war so hervorragend, dass man bei näherer Betrachtung vermeinte, Samt und Eisen wären echt. Eine humoristische Zeitung. Die Wahrheit, lieber Doktor, sucht sich den Platz nicht aus. Da gilt es nur zu wissen, ob der Platz immer die Wahrheit sucht. Doktor Sampaio runzelte leicht die Stirn, der Widerspruch beunruhigte ihn etwas, aber er erklärte ihn mit einem zu gründlichen Denken, außerdem war er viel zu versöhnlich gestimmt, um es hier auszudebattieren, zwischen Colares-Wein und Käse. Marcenda kaute zerstreut an einem Stück Käserinde, sie hob die Stimme, um zu erklären, dass sie weder Süßes noch Kaffee wolle, dann begann sie einen Satz, der, wäre er beendet worden, das Gespräch vielleicht auf Tá Mar gelenkt hätte, aber der Vater fuhr fort, gab einen Rat, nicht dass es sich um ein gutes Buch handelt, eins von denen, die einen Platz in der Literatur einnehmen, doch mit Sicherheit ist es ein nützliches Buch, der Titel lautet Die Verschwörung, ein patriotischer Journalist hat es geschrieben, ein Nationalist, ein Tomé Vieira, ich weiß nicht, ob Sie schon von ihm gehört haben. Nein, ich habe nie von ihm gehört, so weit weg, wie ich war. Das Buch ist erst kürzlich herausgekommen, lesen Sie es, lesen Sie es, und dann sagen Sie mir Ihre Meinung dazu. Ich werde es bestimmt lesen, da Sie es mir empfehlen, Ricardo Reis hatte es schon bereut, sich als Antisozialist bezeichnet zu haben, als Antidemokrat, Antibolschewist dazu, nicht weil er das alles nicht gewesen wäre, Punkt für Punkt, sondern weil er des maßlos übertriebenen Nationalismus müde war, vielleicht noch umso mehr, da er nicht mit Marcenda sprechen konnte, so geht es oft, was man nicht macht, strengt mehr an, sich erholen heißt, es getan zu haben.

Das Abendessen war beendet, Ricardo Reis zog Marcendas Stuhl zurück, als sie sich erhob, er ließ sie mit ihrem Vater vorangehen, draußen zögerten alle drei, ob sie sich zum Aufenthaltsraum begeben sollten oder nicht, Gesten und Bewegungen wurden unschlüssig, doch Marcenda erklärte, sie werde sich aufs Zimmer zurückziehen, der Kopf tue ihr weh, morgen sehen wir uns wahrscheinlich nicht, wir reisen früh ab, bemerkte sie, und ihr Vater bekräftigte es, Ricardo Reis wünschte ihnen eine gute Reise, vielleicht bin ich noch hier, wenn Sie nächsten Monat wiederkehren. Wenn nicht, hinterlassen Sie Ihre neue Adresse, eine Bitte, die Doktor Sampaio äußerte. Nun gibt es nichts mehr zu sagen, Marcenda wird auf ihr Zimmer gehen, der Kopf schmerzt, oder sie täuscht es vor, Ricardo Reis weiß nicht, was er tun soll, Doktor Sampaio wird noch ausgehen.

Ricardo Reis ging ebenfalls aus. Er schlenderte umher, betrat Kinos, um sich die Plakate anzusehen, wohnte einem Schachspiel bei, Weiß gewann, es regnete, als er das Café verließ. Er fuhr mit dem Taxi ins Hotel. Als er ins Zimmer trat, bemerkte er, dass das Bett nicht aufgeschlagen war, das zweite Kopfkissen lag im Schrank verwahrt, ein flüchtiges Gefühl von Traurigkeit nur verweilt kurze Zeit vor meiner Seelentür, starrt mich ein wenig an und geht, lächelnd über nichts, murmelt er.

Ein Mensch muss vor allem lesen, etwas oder so viel er kann, mehr soll man nicht von ihm verlangen angesichts der Kürze des Lebens und der Vielfalt der Welt. Er wird mit den Titeln beginnen, die niemandem entgehen sollten, den Lehrbüchern, wie man sie gewöhnlich nennt, als wenn sie das nicht alle wären, und dieser Katalog wird variabel sein, je nach der Quelle der Kenntnis, von der man trinkt, und der Autorität, die über den Strom wacht; im Falle von Ricardo Reis, der ein Jesuitenschüler war, können wir uns eine ungefähre Vorstellung machen, auch wenn unsere Meister sehr verschieden sind, die von gestern und die von heute. Dann kommen die Neigungen der Jugend, die Nachttischautoren, die zeitweiligen Leidenschaften, die Werther für den Selbstmord oder um diesem zu entfliehen, die schweren Lektüren der Erwachsenen, wenn wir an einem bestimmten Punkt des Lebens angekommen sind, lesen wir mehr oder weniger dieselben Sachen, obwohl der erste Ausgangspunkt niemals seinen Einfluss verlieren wird, mit diesem hochwichtigen und allgemeinen Vorteil, den die Lebenden haben, die vorläufig Lebenden, das lesen zu können, was andere nicht lesen konnten, weil sie vorher starben. Um nur ein Beispiel zu geben, hier haben wir Alberto Caeiro, den Ärmsten, der, weil er neunzehnhundertfünfzehn gestorben ist, Nome de Guerra nicht gelesen hat, Gott allein weiß, was ihm entgangen ist, oder Fernando Pessoa, und auch Ricardo Reis, der schon nicht mehr von dieser Welt sein wird, wenn Almada Negreiros seine Geschichte publiziert. Wir sehen hier ein wenig das galante Abenteuer des Seigneur de La Palice wiederholt, desjenigen, der eine Viertelstunde vor seinem Tod noch gelebt hat, würden die voreiligen Humoristen sagen, die niemals auch nur eine Minute daran gedacht haben, wie traurig es ist, eine Viertelstunde danach schon nicht mehr zu leben. Voran. Der Mensch probiert alles, und sei es Die Verschwörung, es wird ihm nicht schaden, einmal von den lichten Höhen herabzusteigen, in denen er sich meistens aufhält, um zu sehen, wie das gewöhnliche Denken fabriziert wird, wie er die Gewohnheit zu denken nährt, denn davon leben die Leute in ihrem Alltag, nicht von Cicero oder Spinoza. Umso mehr, ja umso mehr, da eine Empfehlung aus Coimbra vorliegt, ein nachdrücklicher Rat, lesen Sie Die Verschwörung, mein Freund, eine gute Lehre enthält sie, die Schwächen der Form und der Handlung werden durch die Güte der Botschaft wettgemacht, und Coimbra weiß, was es sagt, eine Gelehrtenstadt par excellence, voll von Akademikern. Ricardo Reis kaufte gleich am nächsten Tag das Büchlein, nahm es mit aufs Zimmer, dort wickelte er es aus, mit einer gewissen Verstohlenheit, nicht alles, was so scheint, ist Unerlaubtes, manchmal schämt sich jemand einfach nur seiner Handlung, geheime Freuden, der Finger in der Nase, das Abkratzen von Schuppen, nicht weniger kritikwürdig ist dieser Schutzumschlag, er zeigt uns eine Frau im Trenchcoat und mit Baskenmütze, eine Frau, die die Straße hinabgeht, auf der Seite eines Gefängnisses, wie man sofort am vergitterten Fenster und am Wachhäuschen erkennt, so dargestellt, damit kein Zweifel darüber bleibt, was Verschwörer erwartet. Ricardo Reis sitzt also in seinem Zimmer gemütlich auf dem Sofa, es regnet auf der Straße und in der Welt, als wäre der Himmel ein hängendes Meer, das sich durch unzählige Tropfen bis ins Unendliche entleert, überall gibt es Überschwemmungen, Zerstörungen, Hungersnöte, aber dieses Büchlein wird erzählen, wie sich eine Frauenseele in den ruhmreichen Kreuzzug stürzte, um die Vernunft und den nationalistischen Geist gegenüber jemandem anzurufen, den gefährliche Ideen beunruhigten, sic. Frauen sind dafür sehr gut geschaffen, wahrscheinlich um die Widersprüche auszugleichen, und auch mehr aus Gewohnheit, wenn ihnen die Seele der seit Adam arglosen Männer Anlass zur Beunruhigung gibt oder gar zu möglichem Verlust. Schon sind sieben Kapitel gelesen, sie lauten Am Vorabend der Wahlen, Eine Revolution ohne Schüsse, Die Legende von der Liebe, Das Fest der heiligen Königin, Ein akademischer Streik, Verschwörung, Die Tochter des Senators. Kurz und gut, kommen wir zum Kern der Sache, ein Student, Sohn eines Bauern, verstrickt sich in einen Dummejungenstreich, wird verhaftet, in Aljube eingekerkert, und es ist die obenerwähnte Tochter des Senators, die aus rein patriotischen Gründen, alles aufopfernde Mission, Himmel und Hölle in Bewegung setzen wird, um ihn dort herauszuholen, was ihr letztlich nicht schwerfallen wird, denn sie ist in den höchsten Regierungskreisen sehr angesehen, zur Überraschung ihres Erzeugers, einst Senator der demokratischen Partei und jetzt ein verspotteter Verschwörer, ein Vater weiß nie, wie er seine Tochter erzieht. Ähnlich Jeanne d'Arc, sagt sie, Papa sollte vor zwei Tagen verhaftet werden, ich gab mein Wort, dass Papa sich der Verantwortung nicht entziehen wird, doch ich habe auch versichert, Papa werde sich nicht mehr in konspirative Unternehmungen hineinziehen lassen, ach, welch töchterliche Liebe, wie rührend, dreimal Papa in so einem kurzen Satz, zu welchen Extremen gelangen im Leben die gefühlsmäßigen Bande, und die hingebungsvolle Tochter fährt fort, du kannst morgen zu der Versammlung gehen, es wird dir nichts geschehen, ich verspreche es, weil ich es weiß, und die Polizei weiß auch, dass die Verschwörer wieder zusammenkommen werden, es stört sie nicht. Edelmütige, gütige Polizei von Portugal, die sich nicht daran stört, nicht dass sie nicht könnte, sie weiß alles, besitzt eine Informantin im feindlichen Lager, nämlich, wer hätte das gedacht, die Tochter des ehemaligen Senators, eines Regimegegners, so werden die Familientraditionen verraten, jedoch wird für alle Beteiligten alles glücklich ausgehen, wenn wir den Autor des Werkes ernst nehmen, hören wir ihn einmal selbst, die Situation im Lande erfährt in der ausländischen Presse begeisterte Kommentare, unsere Finanzpolitik wird als beispielhaft angeführt, es gibt Anspielungen auf unsere finanziellen Verhältnisse, die uns eine privilegierte Stellung zuweisen, im ganzen Land werden die gedeihlichen Bauprojekte fortgeführt, die Tausenden von Arbeitern Beschäftigung geben, tagtäglich veröffentlichen die Zeitungen staatliche Erlasse, die nur dem einzigen Zweck dienen, die Krise zu dämpfen, die als weltweites Phänomen auch uns betroffen hat, unsere wirtschaftliche Lage ist, verglichen mit der anderer Länder, optimistischer, der Name Portugal sowie die Namen der Staatsmänner, die es regieren, werden in aller Welt zitiert, die bei uns herrschende politische Überzeugung ist Studiengegenstand in anderen Ländern, man kann feststellen, dass die Welt mit Sympathie und Bewunderung auf uns schaut, die großen internationalen Periodika von Ruf entsenden sogar ihre namhaften Redakteure, damit diese das Geheimnis unseres Sieges ergründen, der Regierungschef wird endlich doch aus seiner beharrlichen Bescheidenheit gerissen, aus seiner Zurückgezogenheit, die einer Abneigung gegen Reklame entspringt, und gerät in die Zeitungskolumnen, seine Figur ragt in die höchsten Höhen, seine Meinungen werden zu einer Verkündung. Angesichts dieser Tatsache, die ja nur ein Schatten dessen ist, was man sagen könnte, Carlos, müssen Sie zugeben, dass es eine verantwortungslose Verrücktheit war, sich an akademischen Streiks zu beteiligen, die niemals etwas Gutes brachten, haben Sie schon daran gedacht, wie viel Arbeit es mich kosten wird, Sie hier herauszuholen. Sie haben recht, Marília, und wie recht, doch schauen Sie, die Polizei hat nichts Nachteiliges über mich herausfinden können, lediglich die Gewissheit, dass ich die rote Fahne entrollt habe, die gar keine Fahne war, nicht mal etwas Ähnliches, nur ein Tuch zu fünfundzwanzig Tostões. Ein Jungenstreich, sagten beide im Chor. Dieses Gespräch fand im Gefängnis statt, in der Besucherzelle, die Gefängniswelt ist halt so. Dort im Dorf, zufällig auch im Distrikt Coimbra, erklärt ein Bauer, Vater der anmutigen Tochter, die Carlos mehr gegen Ende der Geschichte heiraten wird, im Kreise von Untergebenen, dass ein Kommunist zu sein das Schlimmste von allem ist, die wollen, dass es weder Herren noch Knechte gibt, weder Gesetze noch Religion, niemand wird getauft, niemand heiratet, Liebe gibt es nicht, die Frau ist überhaupt nichts wert, alle haben ein Recht auf sie, die Kinder müssen nicht auf die Eltern hören, jeder macht, was er will. Vier weitere Kapitel hindurch bis zu einem Epilog rettet die milde, aber walkürische Marília den Studenten vor Gefängnis und politischer Lepra, beeinflusst den Vater so weit, dass dieser endgültig von seinen konspirativen Aktivitäten ablässt und verkündet, auf korporativem Wege löse sich gegenwärtig das Problem ohne Lügen, ohne Hass und Revolten, vorbei ist es mit dem Klassenkampf, ersetzt wird er durch das Zusammenwirken gleichwertiger Kräfte, Kapital und Arbeit, kurz und gut, die Nation muss so etwas sein wie ein Haus mit vielen Kindern, und der Vater muss Lebensregeln aufstellen, nach denen alle zu erziehen sind, denn wenn die Kinder nicht entsprechend erzogen werden, wenn sie den Vater nicht respektieren, dann geht es mit allem bergab, und das Haus hält nicht stand, aus diesen unwiderlegbaren Gründen tragen die beiden Eigentümer, die Eltern der Brautleute, abgesehen von einigen geringen Meinungsverschiedenheiten, sogar dazu bei, dass die kleinen Konflikte zwischen den Arbeitern beigelegt werden, die ihren Unterhalt verdienen, indem sie dem einen oder dem anderen dienen, letztlich war es unnötig von Gott, uns aus dem Paradies zu vertreiben, wenn wir es in so kurzer Zeit zurückeroberten. Ricardo Reis schloss das Buch, er hatte es schnell gelesen, die besten Lektionen sind so, kurz, knapp, bündig. Was für ein Unsinn, mit so einem Ausruf wird Doktor Sampaio gedankt, der abwesend ist, für einen Moment ärgert einen die ganze Welt, der nicht enden wollende Regen, das Hotel, das auf den Boden geworfene Buch, der Notar, Marcenda, dann jedoch schloss er Marcenda aus der allgemeinen Verdammung aus, er weiß nicht einmal genau, warum, vielleicht nur aus Freude, etwas zu retten, so erleben wir auf einem Ruinenfeld ein Fragment aus Holz oder Stein, seine Form hat uns nicht angezogen, wir haben nicht den Mut, es fortzuwerfen, und schließlich stecken wir es in die Tasche, einfach so oder wegen eines vagen Gefühls von Verantwortung, ohne Grund, ohne Absicht.

Uns hier geht es so gut, wie die zuvor erklärten Herrlichkeiten wert sind. In Spanien, der Heimat de nuestros hermanos, ist das Leben grau, die Familie getrennt, ob Gil Robles die Wahlen gewinnt, ob Largo Caballero, die Falange hat bereits wissen lassen, dass sie dagegen angehen wird, auf den Straßen, gegen die rote Diktatur. Von dieser unserer Friedensoase aus verfolgen wir mit tiefer Traurigkeit das Schauspiel eines chaotischen und cholerischen Europa, das im ständigen Streit liegt, in politischen Kämpfen, die laut der Lektion Marílias niemals zu etwas Gutem führen, gerade hat Sarraut in Frankreich eine Regierung republikanischer Prägung gebildet, und sofort haben sich die Rechten mit den ihnen eigenen Gründen auf ihn gestürzt, Salven von Kritiken schleudernd, Anklagen und Beleidigungen, ein rüder Ton, der eher Pferdeknechten zukäme als einem so zivilisierten Land, einem Vorbild an Manieren, einem Leuchtturm der westlichen Kultur. Ein Glück, dass es noch Stimmen auf diesem Kontinent gibt, und zwar mächtige, die sich erheben, um Worte der Aussöhnung und Eintracht zu finden, von Hitler sprechen wir, von seiner feierlichen Verkündigung vor den Braunhemden, Deutschland sorge sich nur darum, in Frieden zu arbeiten, und um ein für alle Mal Misstrauen und Skepsis zum Schweigen zu bringen, wagte er es, noch weiterzugehen, er stellte nachdrücklich klar, die Welt solle erfahren, dass Deutschland so friedsam sei und den Frieden liebe wie noch nie ein Volk zuvor. Gewiss ist, dass zweihundertfünfzigtausend deutsche Soldaten bereitstehen, das Rheinland zu besetzen, gewiss kann sein, dass eine bewaffnete deutsche Einheit vor wenigen Tagen in tschechisches Gebiet eingedrungen ist, jedoch, wenn es wahr ist, dass Juno zuweilen als Wolke erscheint, dann ist es nicht weniger wahr, dass nicht alle Wolken Juno sind, das Leben der Nationen besteht letztlich darin, viel zu bellen und wenig zu beißen. Sie werden es sehen, so Gott will, wird alles in schönster Harmonie enden. Womit wir nicht einverstanden sein können, ist, dass Lloyd George einfach erklärt, Portugal sei im Vergleich zu Deutschland und Italien mit Kolonien begünstigt. Noch vor kurzem legten wir schmerzliche Trauer wegen ihres Königs George V. an, so liefen wir umher, so ließen wir uns sehen, die Männer mit schwarzer Krawatte und Trauerflor am Arm, die Damen mit Trauerschleier, und nun kommt der daher, um zu protestieren, dass wir zu viele Kolonien hätten, wo wir doch in Wirklichkeit zu wenig haben, wäre nur die rosarote Karte in Sicht, dann wäre ihm Rache geschehen, was auch gerecht wäre, und heute würde uns niemand auf die Füße treten, von Angola bis zur anderen Küste, alles wäre ein ebener Weg unter portugiesischer Flagge. Es waren die Engländer, die uns verdrängten, treuloses Albion, wie typisch für sie, man muss wirklich daran zweifeln, ob sie überhaupt anders können, das ist ihre Untugend, es gibt kein Volk auf der Welt, das keinen Grund zur Klage hätte. Falls Fernando Pessoa hierherkommt, wird ihm Ricardo Reis bestimmt das interessante Problem von der Notwendigkeit und Nicht-Notwendigkeit von Kolonien unterbreiten, nicht vom Standpunkt Lloyd Georges aus, der so beschäftigt ist, Deutschland zum Schweigen zu bringen, indem er ihm gibt, was andere so mühselig erworben haben, sondern von seinem eigenen aus, dem Pessoas, des Propheten des Fünften Imperiums, das unser Schicksal ist, und wie wird er einerseits seinen Widerspruch lösen, dass Portugal für diese imperiale Richtung nicht der Kolonien bedarf, dass es sich aber ohne diese vor sich selbst und vor der Welt kleiner macht, in materieller wie moralischer Hinsicht, und andererseits die Hypothese, dass Deutschland von uns Kolonien erhält, und auch Italien, wie es Lloyd George vorschlägt, was soll das dann für ein Fünftes Imperium sein, beraubt und getäuscht, wer wird uns dann als Herrscher anerkennen, wenn wir als Habenichtse dastehen, leidendes Volk, das die Hände hinstreckt, nur lose brauchen sie gebunden zu werden, das wahrhafte Gefängnis ist, wenn man zustimmt, gefangen zu bleiben, die unterwürfigen Hände zur Armenspeisung des Jahrhunderts hingehalten, das uns vorläufig noch nicht sterben ließ. Vielleicht wird ihm Fernando Pessoa wie bei anderen Gelegenheiten antworten, Sie wissen sehr genau, dass ich keine Prinzipien habe, heute vertrete ich diese Sache, morgen eine andere, ich glaube weder an das, was ich heute verteidige, noch werde ich von dem überrascht sein, was ich morgen verteidigen werde, vielleicht wird er hinzufügen, womöglich um sich zu rechtfertigen, für mich gibt es kein Heute mehr und kein Morgen, wie sollte ich da glauben, oder meinen Sie, dass die anderen daran glauben können, und wenn sie es tun, so frage ich, werden sie wirklich wissen, woran sie glauben, werden sie es, wenn das Fünfte Imperium eine vage Vorstellung von mir war, wie kann es sich da bei Euch in eine Gewissheit verwandeln, Ihr habt letztlich so leichthin an das geglaubt, was ich sagte, und doch stehe ich zu jenem Zweifel, den ich nie verborgen habe, es wäre besser gewesen, hätte ich geschwiegen und nur zugesehen. Wie ich es immer getan habe, wird Ricardo Reis antworten, und Fernando Pessoa wird sagen, erst wenn wir tot sind, sehen wir nur zu, und selbst da können wir nicht sicher sein, tot bin ich, und doch gehe ich hier umher, halte an den Ecken inne, wenn Ihr mich sehen könntet, nur wenige können es, würdet Ihr auch denken, dass ich nichts weiter tue, als Euch vorbeigehen zu sehen, sie bemerken mich nicht, wenn ich sie berühre, wenn jemand fällt, kann ich ihm nicht aufhelfen, und doch fühle ich mich nicht nur als Zuschauer, sollte ich wirklich einer sein, dann weiß ich nicht, was in mir zuschaut, alle meine Handlungen, alle meine Worte leben weiter, verlassen die Ecke, an die ich mich lehne, ich sehe diejenigen, die sich fortbewegen, weg von diesem Ort, den ich nicht verlassen kann, ich sehe sie, Handlungen und Worte, und kann sie nicht korrigieren, nicht erklären, falls sie Ausdruck eines Irrtums waren, nicht in einer Handlung und in einem einzigen Wort zusammenfassen, die alles von mir ausdrückten, selbst wenn es dafür wäre, an die Stelle eines Zweifels eine Verneinung zu setzen, eine Dunkelheit an die Stelle des Dämmerns, ein Nein an die Stelle eines Ja, beide mit der gleichen Bedeutung, und das Schlimmste von allem sind vielleicht nicht einmal die gesagten Worte und die vollzogenen Handlungen, das Schlimmste, weil nicht wiedergutzumachen, ist die nicht getane Geste, das nicht gesprochene Wort, jenes, was dem Getanen und Gesagten Sinn gegeben hätte. Wenn sich ein Toter so beunruhigt, dann ist der Tod nicht ruhig. Es gibt keine Ruhe in der Welt, weder für die Toten noch für die Lebenden. Und wo ist dann der Unterschied zwischen den einen und den anderen. Es gibt nur einen Unterschied, die Lebenden haben noch Zeit, doch dieselbe Zeit läuft ihnen davon, um das Wort zu sagen, die Geste zu tun. Was für eine Geste, was für ein

Wort? Ich weiß es nicht, man stirbt, ohne es gesagt zu haben, stirbt, ohne sie getan zu haben, daran stirbt man, nicht an der Krankheit, und deshalb fällt es einem Toten so schwer, den Tod zu akzeptieren. Mein teurer Fernando Pessoa, Sie lesen krauses Zeug. Mein teurer Ricardo Reis, ich lese überhaupt nicht mehr. Zwiefach unbeweisbar ist dieses Gespräch, es wird registriert, als wäre es geschehen, es gibt keine andere Möglichkeit, es plausibel zu machen.

Die eifersüchtige Anwandlung Lídias konnte nicht lange dauern, wenn ihr Ricardo Reis keine anderen Anlässe gegeben hatte, als bei offenen Türen mit Marcenda zu sprechen, obwohl im Flüsterton, oder nicht einmal das, erst hatten sie ihr deutlich gesagt, dass sie nichts weiter brauchten, dann hatten sie geschwiegen, damit sie sich mit den Kaffeetassen zurückzöge, dieser kleine Moment hatte ausgereicht, dass ihr die Hände zitterten. Vier Nächte lang weinte sie in ihr Kopfkissen, bevor sie einschlief, nicht so sehr wegen der vergangenen Leiden, was hatte sie denn für Rechte, eine Hotelangestellte, die sich das dritte Mal mit einem Gast eingelassen hatte, welche Rechte hatte sie, sich eifersüchtig zu zeigen, so etwas passiert eben und muss gleich vergessen werden, aber was sie bedrückte, war, dass der Senhor Doktor das Frühstück nicht mehr im Zimmer einnahm, es war ja fast wie eine Strafe, und warum, heilige Muttergottes, wo ich doch nichts getan habe. Aber am fünften Tag kam Ricardo Reis morgens nicht herunter, Salvador sagte, Lídia, bring den Kaffee mit Milch auf die Zweihunderteins, und als sie eintrat, etwas zitternd, die Ärmste, sie konnte es nicht unterdrücken, sah er sie ernst an, legte ihr die Hand auf den Arm und fragte, bist du böse mit mir, sie antwortete, nein, Senhor Doktor. Aber du bist nicht gekommen. Darauf wusste Lídia keine Antwort, sie zuckte traurig mit den Schultern, da zog er sie an sich, in dieser Nacht kam sie wieder herunter, aber weder sie noch er sprachen über die Gründe für die Distanz der letzten Tage, das fehlte noch, dass sie es gewagt und er beschwichtigt hätte, ich war eifersüchtig, aber Kind, was für ein Gedanke, es wäre nie ein Gespräch von Gleich zu Gleich gewesen, man sagt ja auch, dass es nichts Schwierigeres gibt als die Welt, so wie sie eingerichtet ist.

Die Nationen kämpfen miteinander, für Interessen, die weder Jack betreffen noch Pierre oder Hans, noch Manolo oder Giuseppe, alles Namen von Männern, um es zu vereinfachen, aber die diese selbst und die anderen Menschen arglos für die ihren nehmen, die Interessen, oder die zu den ihren werden auf Kosten der großen Abrechnung, wenn die Zeit kommt, die Zeche zu begleichen. Regel ist es, dass einige die Feigen essen und andere leer ausgehen, die Leute kämpfen für das, was sie für ihre Gefühle halten oder für den einfachen Ausdruck zeitweise erwachter Sinne, wie es bei Lídia ist, unserem Zimmermädchen, und Ricardo Reis, der für jedermann Arzt ist, wenn er sich entschließen wird, eine Klinik aufzumachen, Dichter für einige, wenn er zu lesen gibt, was er fleißig verfasst, sie kämpfen auch aus anderen Gründen, eigentlich den gleichen, Macht, Prestige, Hass, Liebe, Neid, Eifersucht, einfacher Abscheu, Verletzung festgelegter Jagdreviere, Wettstreit und Konkurrenz, sei es auch Betrügerei, wie jetzt in der Mouraria geschehen, Ricardo Reis hat nicht auf die Nachricht geachtet, sie ist ihm entgangen, aber Salvador las sie genüsslich erregt, die Ellbogen auf den Rezeptionstisch gestützt, unter sich die sorgfältig ausgebreitete Zeitung. Ein blutiges Schauspiel, Senhor Doktor, diese Leute sind wie tausend Teufel, sie achten das Leben nicht, wegen irgendeines Strohhalms stechen sie sich ohne Mitleid und Gnade nieder, selbst die Polizei hat Angst vor ihnen, sie taucht erst am Schluss auf, um die Überbleibsel einzusammeln, wollen Sie hören, es heißt hier, dass ein gewisser José Reis mit dem Spitznamen José Rola fünf Kugeln in den Kopf eines gewissen António Mosquita, als Mouraria bekannt, geschossen hat, er hat ihn getötet, natürlich, nein, nein, keine Frauengeschichten, die Zeitung meint, es sei um eine Betrügerei gegangen, einen schlechten Handel, einer täuschte den anderen, wie es so ist. Fünf Kugeln, wiederholt Ricardo Reis, um nicht Interesselosigkeit zu zeigen, und nachdem er das gesagt hatte, wurde er nachdenklich, seine Phantasie erwachte, fünfmal die Waffe auf dasselbe Opfer abgedrückt, ein Kopf, der nur die erste Kugel empfing, dann fiel der Körper zu Boden, schon vergehend, schon verlöschend, weitere vier Kugeln, überflüssig und doch notwendig, die zweite, dritte, vierte, fünfte, fast ein ganzes Magazin entleert, der Hass mit jedem Schuss wachsend, der Kopf dabei jedes Mal auf das Straßenpflaster aufschlagend, und ringsum bleiches Entsetzen, dann Geschrei, die Frauen kreischen an den Fenstern, ungewiss, ob jemand José Rola in den Arm gefallen wäre, wer hätte so viel Mut aufgebracht, wahrscheinlich war das Magazin leer, oder der Finger hatte sich am Abzug verkrampft, oder der Hass konnte sich nicht mehr steigern, jetzt wird der Mörder flüchten, aber weit wird er nicht kommen, wo soll sich jemand verstecken, der in der Mouraria lebt, dort tut man alles, und dort bezahlt man für alles. Salvador fügt hinzu, die Beerdigung ist morgen, wenn ich nichts zu tun hätte, würde ich hingehen. Mögen Sie Beerdigungen, fragte Ricardo Reis. Es ist nicht deshalb, weil ich sie mag, aber eine Beerdigung mit solchen Leuten ist es wert, ihr beizuwohnen, und erst recht, da es ein Verbrechen war. Ramón wohnt in der Rua dos Cavaleiros und hat Dinge erfahren. Was Ramón für Dinge erfahren hatte, erfuhr Ricardo Reis beim Abendessen, man sagt, das ganze Stadtviertel geht hin. Senhor Doktor, man sagt sogar, dass die Freunde von José Rola den Sarg umstürzen wollen, wenn das passiert, gibt es eine regelrechte Schlacht, bei Jesus. Aber wenn Mouraria schon tot ist, und wie tot, was wollen sie ihm denn noch antun, so einer gehört nicht zu denen, die aus einer anderen Welt kommen, um zu beenden, was sie in dieser begonnen hatten. Bei Leuten dieses Schlages weiß man nie, Seelenhass endet nicht mit dem Tod. Es reizt mich, diesem Begräbnis beizuwohnen. Gehen Sie nur, aber bleiben Sie abseits, gehen Sie nicht zu dicht heran, und wenn es ein Handgemenge gibt, dann ziehen Sie sich in einen Hauseingang zurück und schließen die Tür, sollen die sich raufen.

Es kam nicht zum Äußersten, vielleicht weil die Drohung nur eine Kaschemmenprahlerei war, vielleicht auch, weil zwei bewaffnete Polizisten dabei waren, symbolische Bewachung, die nutzlos gewesen wäre, hätten die Starrköpfe auf der geplanten Leichenschändung bestanden, trotzdem war für alle Fälle die Autorität vertreten. Ricardo Reis erschien lange vor dem Zeitpunkt, an dem sich der Leichenzug in Bewegung setzen sollte, diskret hielt er sich zurück, wie es ihm geraten worden war, er hatte nicht die Absicht, in ein wildes Handgemenge zu geraten, er war verblüfft, als er die Menge sah. Hunderte füllten die Straße vor dem Tor der Leichenhalle, es hätte der Armenspeisung des Século gleichen können, wären nicht so viele Frauen darunter gewesen, in schreiendes Rot gekleidet, mit Rock, Bluse und Schal, und Burschen, deren Anzüge dieselbe Farbe aufwiesen, eine seltsame Trauerkleidung, falls es die Freunde des Toten waren, oder eine dreiste Provokation, sollten es seine Feinde gewesen sein, die Szene ähnelte eher einem Fastnachtsumzug, so wie jetzt der Karren losfuhr, in Richtung Friedhof holperte, gezogen von zwei Mauleseln mit Federbüschen und Schabracken, an jeder Seite des Sarges marschierte ein Polizist, als Ehrengarde für Mouraria, Ironie des Schicksals, wer hätte so etwas gedacht, da gingen die Stadtpolizisten dahin, die Säbel gegen die Beine schlagend, die Pistolenhalfter aufgeknöpft, und das Geleit in Tränen und Seufzer aufgelöst, die Rotgekleideten jammerten ebenso wie die in Schwarz, die einen, weil er tot, die andern, weil er bewacht war, viele barfuß und zerlumpt, einige Frauen reich gekleidet, mit goldenen Armreifen, sie gingen am Arm ihrer männlichen Begleitung, diese in schwarzem Nadelstreifen, die Gesichter glatt rasiert, blauschimmernd, misstrauisch äugten sie nach allen Seiten, einige stießen Verwünschungen aus und wiegten dabei den Körper in der Hüfte, aber in allen und über allen falschen oder wahren Gefühlen lag auch eine Art wilder Freude, die Freunde und Feinde vereinte, die Sippe der Vorbestraften, Prostituierten, Zuhälter, Kupplerinnen, Betrüger, Schläger, Gauner, Hehler, ein verwünschtes Bataillon, das die Stadt durchquerte, Fenster öffneten sich, man wollte den Umzug sehen, der Hof der Wunder leerte sich, den Bewohnern lief es kalt über den Rücken, wer weiß, ob nicht jemand von diesen morgen unser Haus überfällt, sieh nur, Mama, sagen die Kinder, für sie ist alles nur ein Fest. Ricardo Reis begleitete den Trauerzug bis zum Paço da Rainha, dort blieb er stehen, einige Frauen warfen bereits verstohlene Blicke auf den gutgekleideten Herrn, wer wird das sein, weibliche Neugier, natürlich für den, dessen Leben im Abschätzen der Männer besteht. Der Leichenzug entschwand an der Straßenecke, ganz sicher in Richtung Alto de São João, falls er nicht weiter vorn abbiegt, nach links, nach Benfica zu, eine Plackerei, ganz bestimmt geht es nicht zum Prazeres-Friedhof, das ist schade, man verpasst ein erbauliches Beispiel für die Gleichheit im Tode, wenn sich Mouraria dem Dichter Fernando Pessoa zugesellen würde, worüber würden sich die beiden im Schatten der Zypressen wohl unterhalten, während sie in der Stille des Nachmittags die Schiffe einfahren sehen, einer erklärte vielleicht dem anderen, wie die Worte gesetzt werden müssten, um eine Betrügerei oder ein Gedicht in Angriff zu nehmen. Am Abend, beim Servieren der Suppe, erklärte Ramón Doktor Ricardo Reis, dass jene rote Kleidung weder Trauer bedeute noch fehlende Achtung für den Verflossenen, sondern ein Brauch des Viertels sei, an besonderen Tagen würde man diese Tracht anziehen, zur Geburt, zur Hochzeit oder zum Leichenbegängnis, oder zu Prozessionen, als es noch welche gab, aber daran kann er sich nicht erinnern, zu der Zeit war er noch in Galicien, er kenne es nur vom Hörensagen, ich weiß nicht, ob der Senhor Doktor dort im Trauerzug eine stattliche Frau gesehen hat, ziemlich groß, mit schwarzen Augen, gut gekleidet, sie trug sicher eine Stola aus Merinowolle. Es waren dort so viele, Mann, ein Riesenschwarm, wer ist sie denn? Es war die Geliebte des Mouraria, eine Sängerin. Nein, wenn sie dort war, habe ich sie nicht bemerkt. Was für eine Frau, Zucker, und eine Stimme hat sie, gern würde ich wissen, wer sie sich jetzt unter den Nagel reißt. Ich nicht, Ramón, und ich denke, Sie auch nicht. Wie gern würde ich es sein, Doktor, wie gern, aber ein Weib von der Sorte bringt viel Besitzstreit, natürlich rede ich nur so dahin, die Sprechmuskeln reizen einen, unsereins muss immer irgendwas sagen, nicht wahr. Es scheint so, aber diese rote Kleidung. Ich denke, dass sie auf die Zeit der Mauren zurückgeht, das sind Teufelskleider, das kann keine christliche Mode sein. Ramón wandte sich den anderen Gästen zu, dann, als er den Teller wechselte, bat er Ricardo Reis, ihm jetzt oder später, wenn er Zeit habe, etwas zu erklären, zu den Nachrichten über die kommenden Wahlen in Spanien und wer sie seiner Meinung nach gewinnen werde. Es ist nicht meinetwegen, mir geht es gut, es ist wegen meiner Verwandten in Galicien, die ich dort noch habe, obwohl schon viele ausgewandert sind. Nach Portugal. In die ganze Welt, man sagt es nur so, natürlich, meine Familie ist überall verstreut, auf Kuba, in Brasilien und Argentinien, selbst in Chile habe ich einen Verwandten, Ricardo Reis erzählte ihm, was er durch die Zeitungen wusste, dass man allgemein einen Sieg der Rechten erwarte und dass Gil Robles gesagt habe, Sie wissen, wer Gil Robles ist? Ich habe von ihm gehört. Also, dieser hat gesagt, wenn er an die Macht kommt, dann wird er mit dem Marxismus und dem Klassenkampf aufräumen und soziale Gerechtigkeit einführen. Wissen Sie, was Marxismus ist, Ramón? Ich nicht, Senhor Doktor. Und Klassenkampf? Auch nicht. Und soziale Gerechtigkeit? Mit der Justiz habe ich, Gott sei Dank, noch nichts zu tun gehabt. Gut, in wenigen Tagen werden wir wissen, wer die Wahlen gewonnen hat, wahrscheinlich bleibt alles beim Alten. Was schlecht ist, kann nicht schlechter werden, sagte mein Großvater immer. Ihr Großvater hatte recht, Ramón, Ihr Großvater war ein Weiser.

Ob er es war oder nicht, es gewann die Linke. Noch am nächsten Tag gaben die Zeitungen bekannt, dass nach der ersten Einschätzung die Rechte in siebzehn Provinzen gewonnen habe, doch nach dem Auszählen aller Stimmen stellte man fest, dass die Linke mehr Abgeordnetensitze erhalten hatte als das Zentrum und die Rechte zusammen. Die ersten Gerüchte über die Vorbereitungen eines Militärputsches kamen auf, in den die Generale Goded und Franco verwickelt sein sollten, aber die Gerüchte wurden dementiert, Präsident Alcalá Zamora beauftragte Azaña mit der Regierungsbildung. Wir werden sehen, was daraus wird, Ramón, ob es gut oder schlecht für Galicien ist. Wenn man hier durch die Straßen geht, sieht man besorgte Gesichter, einige wenige verstellen sich, wenn dieses Funkeln in den Augen keine Zufriedenheit ist, müsste es mit dem Teufel zugehen, aber als man das Wort »hier« schrieb, war nicht einmal ganz Lissabon gemeint, viel weniger das Land, was wissen wir schon, was im Land geschieht, hier, das sind nur die dreißig Straßen zwischen Cais do Sodré und São Pedro de Alcântara, zwischen Rossio und Calhariz, wie ein Stadtkern, von unsichtbaren Mauern umgeben, die ihn gegen eine heimliche Belagerung schützen, wobei Belagerte und Belagerer zusammen wohnen, diese auf der einen und jene der anderen Seite gleichermaßen so bezeichnet, diese, die anderen, die Fremden, die Unbekannten, sie alle begegnen sich mit Misstrauen, die einen ihre Macht wägend und mehr wollend, die anderen ihre eigenen Kräfte messend und gering findend, dieses spanische Klima, welchen Wind wird es bringen, welches Bündnis. Fernando Pessoa erklärte, es ist der Kommunismus, lange wird es nicht dauern, danach gab er folgende ironische Einschätzung, wenig Glück, mein teurer Reis, Sie sind aus Brasilien geflohen, um für den Rest des Lebens Ruhe zu haben, und eines Tages erhebt sich der Nachbar nebenan, eines Tages wird man zu Ihrer Tür hereinkommen. Wie oft soll ich Ihnen noch sagen, dass ich Ihretwegen zurückgekommen bin. Davon haben Sie mich noch nicht überzeugt. Ich will Sie gar nicht überzeugen, ich bitte Sie nur darum, dass Sie sich nicht mehr darüber äußern. Seien Sie nicht böse. Ich habe in Brasilien gelebt, heute bin ich in Portugal, irgendwo muss ich leben, als Sie noch lebten, waren Sie so klug, dies und viel mehr zu verstehen. Das ist ja das Drama, mein teurer Reis, dass man irgendwo leben muss, um zu verstehen, dass es keinen Ort gibt, der nicht Ort ist, dass das Leben kein Nichtleben sein kann. Endlich erkenne ich Sie wieder. Und was nützt es mir, nicht vergessen zu haben. Das Schlimmste von allem ist, dass der Mensch nicht am Horizont sein kann, den er sieht, obwohl er, wenn er dort wäre, wünschte, am Horizont zu sein, an dem er ist. Das Schiff, auf dem wir nicht sind, wäre das Schiff unserer Reise. Ach, dieser ganze Kai ist steingewordene Sehnsucht, und da wir jetzt der sentimentalen Schwäche, zu zitieren, nachgegeben haben, durch zwei geteilt, ein Vers von Álvaro de Campos, der so berühmt werden wird, wie er es verdient, trösten Sie sich in den Armen Ihrer Lídia, falls diese Liebe noch dauert, mir war nicht einmal dies vergönnt. Gute Nacht, Fernando. Gute Nacht, Ricardo, der Karneval kommt, vergnügen Sie sich, rechnen Sie in den nächsten Tagen nicht mit mir. Sie hatten sich in einem Café des Stadtviertels getroffen, eines für einfache Leute, ein halbes Dutzend Tische, niemand kannte sie. Fernando

Pessoa kam zurück und setzte sich wieder, mir ist da eine Idee gekommen, wenn Sie sich als Dompteur verkleiden würden, mit hohen Stiefeln und Reithosen, dazu rote Jacke mit Litzen. Rot. Ja, rot muss es sein, ich würde als Tod gehen, in schwarzem Stoff mit daraufgemalten Knochen, Sie würden mit der Peitsche knallen, und ich würde die Alten erschrecken, ich hole dich, ich hole dich, die Mädchen betätscheln, auf einem Maskenball würden wir den Sieg davontragen. Ich war nie ein Tänzer. Ist auch nicht nötig, die Leute hätten nur Ohren für die Peitsche und Augen für die Knochen. Wir sind nicht mehr in dem Alter, um solchen Vergnügungen nachzugehen. Sprechen Sie von sich, von mir nicht, ich habe kein Alter mehr, mit dieser Erklärung erhob sich Fernando Pessoa und ging hinaus, auf der Straße regnete es, und der Angestellte am Tresen sagte zu dem Zurückgebliebenen, Ihr Freund, so ohne Regenmantel und ohne Schirm wird er ganz nass werden. Er mag es sogar, er hat sich daran gewöhnt.

Als Ricardo Reis zum Hotel zurückkehrte, fühlte er etwas Fieberndes in der Luft, eine Aufregung, als wären alle Bienen eines Bienenstocks toll geworden, und da ihm die bekannte Last immer noch auf der Seele lag, dachte er sofort, es ist alles herausgekommen. Im Grunde ist er ein Romantiker, er nimmt an, dass an dem Tag, an dem man von seinem Abenteuer mit Lídia erfährt, das Hotel Bragança über diesem Skandal einstürzen wird, in dieser Angst lebt er, falls es nicht eher der morbide Wunsch ist, dass so etwas geschehen möge, ein unerwarteter Widerspruch eines Mannes, der sich als so von der Welt abgeschieden betrachtet, letztlich gespannt darauf, womit die Welt ihn überfährt, er schöpft kaum Verdacht, dass die Geschichte längst bekannt ist, unter Grinsen geflüstert, es war das Werk Pimentas, dessen Sache es nicht war, sich mit Halbheiten zufriedenzugeben. Die Schuldigen sind ahnungslos, und Salvador weiß auch noch nicht Bescheid, welche Gerechtigkeit wird er walten lassen, wenn eines Tages ein neidischer Denunziant, Mann oder Frau, ihm sagen würde, Senhor Salvador, es ist eine Schande, die Lídia und der Doktor Reis, es wäre gut, würde er nach altem Vorbild antworten, wer von euch sich ohne Schuld fühlet, der werfe den ersten Stein, es gibt Leute, die, um den ihnen gegebenen Namen zu ehren, zu den edelsten Gesten fähig sind. Ricardo Reis begab sich angstvoll zur Rezeption, Salvador schrie ins Telefon, aber man merkte sofort, dass es wegen der schlechten Verbindung war. Es scheint, als hörte ich Sie vom Ende der Welt, hören Sie, hören Sie, ja, Senhor Doktor Sampaio, ich möchte gern wissen, wann Sie kommen, sind Sie noch da, sind Sie noch da, jetzt höre ich besser, das Hotel ist nämlich plötzlich fast voll geworden, warum, wegen der Spanier, ja, aus Spanien, es kommen viele von da, heute sind sie angekommen, also am Sechsundzwanzigsten, nach dem Karneval, sehr gut, die beiden Zimmer werden reserviert, nein, Senhor Doktor, aber nein doch, erst kommen die Stammgäste, drei Jahre sind nicht gleich drei Tage, grüßen Sie Fräulein Marcenda, hören Sie, Senhor Doktor, hier steht Senhor Doktor Reis, der auch Grüße schickt, und so war es auch, durch Zeichen und Worte, die man von den Lippen ablesen, aber nicht hören konnte, schickte Ricardo Reis Grüße, und er tat es aus zwei Gründen, bei anderer Gelegenheit wäre der Hauptgrund gewesen, sich bei Marcenda bemerkbar zu machen, wenn auch über die Vermittlung einer dritten Person, jetzt aber war der wichtigste Grund, sich mit Salvador zu verbünden, sich als seinesgleichen zu zeigen, um ihm so Autorität zu nehmen, das scheint ein unlösbarer Widerspruch zu sein, ist es aber nicht, die Beziehungen zwischen den Menschen lösen sich nicht durch die reine Operation des Addierens und Subtrahierens, im arithmetischen Sinn, wie oft glauben wir zu vermehren und stehen dann nur noch mit wenigem in den Händen da, wie oft meinten wir zu verringern, und das Gegenteil kommt heraus, nicht einmal eine einfache Addition, sondern Multiplikation. Salvador legte den Hörer auf, triumphierend, es war ihm gelungen, mit der Stadt Coimbra ein zusammenhängendes, ergebnisvolles Gespräch zu führen, und jetzt antwortete er Ricardo Reis, der ihn gefragt hatte, gibt es Neuigkeiten. Auf einmal habe ich drei spanische Familien hier, zwei aus Madrid und eine aus Cáceres, sie sind auf der Flucht. Auf der Flucht? Ja, weil die Kommunisten die Wahl gewonnen haben. Das waren nicht die Kommunisten, es waren die Linken. Das ist dasselbe. Und sie sind wirklich auf der Flucht? Selbst die Zeitungen sprechen davon. Das ist mir nicht aufgefallen. Von nun ab wird er das nicht mehr sagen können. Hinter der Tür hörte er spanisch sprechen, nicht dass er gelauscht hätte, aber die klangvolle Sprache Cervantes' gelangt überallhin, es gab Zeiten, da war sie fast überall in der Welt zugegen, wir haben das nie erreicht. Beim Abendessen sah man, dass es reiche Leute waren, an der Art, wie sie sich kleideten, am Schmuck, den sie zur Schau stellten, Frauen und Männer, ein Überfluss an Ringen, Manschettenknöpfen, Krawattennadeln, Broschen, Armreifen, Armbändern, Ringen, Ohrgehängen, Ketten, Kettchen, Kordeln, Halsbändern, in denen sich Gold und Brillanten mit Tupfern aus Rubinen, Smaragden, Saphiren und Türkisen mischten, sie sprachen laut, von Tisch zu Tisch, eine Prahlerei von triumphalem Unglück, falls es sinnvoll ist, so gegensätzliche Worte in einen Zusammenhang zu bringen. Ricardo Reis findet keine anderen, um den herrschenden Ton und das rachsüchtige Lamentieren in Einklang zu bringen, sie sagten, los rojos, die Roten, und die Lippen kräuselten sich verächtlich, der Speisesaal des Bragança ähnelt mehr einer Theaterbühne, es wird nicht lange dauern, und Caldérons Gracioso, Clarín, wird auftreten, um zu sagen, hier verborgen, ganz im Stillen, will ich mir das Fest beschaun, man begreift, dass es das spanische Fest ist, gesehen von Portugal aus, hier holt mich der Tod nicht fort, pah, ich kann ihm ein Schnippchen schlagen. Die Kellner, Felipe, Ramón, es gibt noch einen dritten, aber der ist Portugiese aus Cuarda, sie sind aufgeregt und nervös, sie, die schon so viel im Leben gesehen haben, nicht zum ersten Mal bedienen sie Landsleute, aber so, in so großer Zahl und bei solchem Anlass, noch nie zuvor, und sie bemerken nicht, noch nicht, dass die Familien aus Cacéres und Madrid nicht zu ihnen als geliebte Landsleute sprechen, die das Unglück zusammenführte, wer außerhalb steht, sieht mehr und beobachtet besser, im selben Ton, in dem sie sagen los rojos, würden sie sagen los gallegos, die Galicier, ohne Hass, aber dafür mit Verachtung. Ramón spürte schon etwas, irgendein boshafter Blick, irgendein böses Wort hatte ihn getroffen, sodass er sich nicht enthalten konnte, beim Servieren zu Ricardo Reis zu sagen, sie hätten nicht so viel Schmuck zum Abendessen anlegen müssen, niemand stiehlt ihn aus ihren Zimmern, dieses Hotel ist ein seriöses Haus, ein Glück, dass Ramón es verkündet, das Wissen darum, dass Lídia das Zimmer des Gastes aufsucht, genügte nicht, ihn vom Gegenteil zu überzeugen, der moralische Standpunkt variiert sehr, die anderen auch, manchmal wegen geringer Fakten, viel öfter durch Erschütterungen des eigenen Gefühls, jetzt war das von Ramón getroffen, sodass er sich Ricardo Reis näherte. Seien wir jedoch gerecht, wenigstens soweit es in unserer Macht steht, die Leute, die hierhergekommen sind, hat die Angst hergetrieben, sie haben den Schmuck mitgenommen, die Gelder von der Bank, alles, was bei einer so schnellen Flucht möglich war, wovon sollten sie leben, wenn sie mit leeren Händen ankämen, fraglich, ob Ramón ihnen aus Mitleid einen Duro schenken oder borgen würde, und weshalb sollte er es auch tun, es steht nicht in den Geboten Christi, und falls in Fällen von Geben und Borgen das zweite Gültigkeit hätte, liebe deinen Nächsten wie dich selbst, dann würden keine zweitausend Jahre ausreichen, damit Ramón von diesen seinen

Nächsten aus Madrid und Cacéres geliebt würde, aber der Verfasser der Verschwörung sagt, dass wir auf gutem Wege sind, Gott sei gedankt, Kapital und Arbeit, wahrscheinlich um zu entscheiden, wer die Straßen pflastert, versammeln sich unsere Sachwalter und Abgeordneten zu brüderlichen Abendessen in den Thermen von Estoril.

Das schlechte Wetter will kein Ende nehmen, Tag und Nacht, die Landarbeiter und die übrigen Ackerbautreibenden kommen nicht zur Ruhe, wegen der Überschwemmungen, die die schlimmsten seit vierzig Jahren sind, so sagen die Register und die Gedächtnisse der Alten, der Karneval in diesem Jahr würde ein überschäumendes Fest werden, zum einen weil es seinem Wesen entspricht, zum anderen weil die Zeit, deren Produkt er nicht ist, von der künftigen Bewertung abgehoben sein soll. Es wurde schon berichtet, dass die spanischen Flüchtlinge hereinströmen, es soll ihnen der Lebensmut nicht brechen, mögen sie bei uns im Überfluss Vergnügungen finden, die bei ihnen nur tote Buchstaben sind, jetzt umso mehr. Doch an Anlässen zu unserer Zufriedenheit wird es nicht fehlen, sei es der Regierungserlass, die Möglichkeit des Baus einer Brücke über den Tejo zu studieren, oder das Dekret, das die Nutzung der Staatsautomobile zur Repräsentation und durch den öffentlichen Dienst reguliert, oder die Armenspeisung der Arbeiter vom Douro, fünf Kilo Reis, fünf Kilo Stockfisch und zehn Escudos pro Kopf, die große Verschwendung muss nicht verwundern, der Stockfisch ist das Billigste, was wir haben, und dieser Tage wird ein Minister eine Rede halten, in der er die Einrichtung einer Armensuppe in jeder Gemeinde preisen wird, und derselbe Minister wird, aus der Gegend von Beja kommend, den Zeitungen verkünden, ich habe im Alentejo die Bedeutung der persönlichen Wohltätigkeit zur Überwindung der Arbeitskrise hervorgehoben, was in alltägliche Sprache übersetzt heißt, eine kleine Spende, Senhor

Patrão, für die Seele dessen, der besitzt. Jedoch das Beste von allein, weil es von weiter oben kam, gleich nach Gott, das war die Erklärung des Kardinals Pacelli, dass Mussolini der größte kulturelle Erneuerer des römischen Imperiums sei, man höre diesen Purpurnen, für das große Wissen, das er schon hat, und für das, was er noch zu erfahren verspricht, verdiente er, Papst zu werden, hoffentlich wird er nicht vom Heiligen Geist und der Konklave vergessen, wenn der glückliche Tag kommt, zur Zeit sind die italienischen Truppen noch dabei, Äthiopien zu füsilieren, und schon prophezeit der Diener Gottes Imperium und Imperator, ave, Cäsar, ave, Maria.

Ach, wie anders ist der Karneval in Portugal. Dort drüben in Brasilien, im Lande Cabrals, wo der Sabiá singt und das Kreuz des Südens leuchtet, unter jenem herrlichen Himmel und der Hitze, und wenn der Himmel trübe ist, so fehlt es doch nicht an Hitze, wenn die Gruppen tanzend die Avenida hinunterdefilieren, mit gläsernen Scherben, die Diamanten ähneln, mit Flitter, der wie Edelstein blinkt, Tüchern, die vielleicht nicht aus Seide und Satin sind, aber die Körper verhüllen oder enthüllen, auf den Köpfen wiegen sich Bäusche und Federn, Araras, Paradiesvögel, Birkhähne, und die Samba, die seelenerschütternde Samba, selbst der nüchterne Ricardo Reis fühlte oftmals, wie sich in ihm das unterdrückte dionysische Aufbegehren regte, nur aus Angst um seinen Körper stürzte er sich nicht in den Wirbel, wie die Dinge beginnen, können wir noch wissen, aber nicht, wie sie enden werden. In Lissabon besteht diese Gefahr nicht. Der Himmel ist so, wie er war, regnerisch, aber immerhin nicht so sehr, dass der Korso nicht defilieren könnte, er bewegt sich die Avenida da Liberdade hinunter, zwischen dem wohlbekannten Spalier der armen Leute aus den niederen Stadtvierteln, es ist wahr, dass es auch Stühle zu mieten gibt, aber sie werden kaum genutzt, sie stehen in Pfützen, als wäre es ein karnevalistischer

Gag, setz dich hier neben mich, herrje, ich bin völlig durchnässt. Die geschmückten Karren, mit Figuren bunt bemalt, quietschen und schaukeln, auf ihnen lachendes und Grimassen schneidendes Volk, hässliche und hübsche Masken werfen hin und wieder Schlangen ins Publikum, Säckchen mit Mais und Bohnen, die wehtun, wenn sie treffen, das Publikum antwortet mit kümmerlicher Begeisterung. Einige offene Wagen rollen vorbei, voller Regenschirme, Mädchen und Kavaliere winken von ihnen herunter, bewerfen sich gegenseitig mit Konfetti. Freudenbekundungen dieser Art gibt es auch unter dem Publikum, da schaut ein Mädchen dem Umzug zu, und hinter ihr nähert sich ein Bursche mit einer Handvoll Papierschnipsel, drückt sie gegen ihren Mund, reibt wie rasend und nutzt die Überraschung, um sie zu betätscheln, wo er nur kann, sie muss spucken und spucken, während er sich lachend entfernt, das sind Galanterien auf Portugiesisch, es gibt Hochzeiten, die so begonnen hatten und glücklich endeten. Es werden Spritzen benutzt, deren Wasserstrahl auf Hals oder Gesicht gerichtet ist, noch heute heißen sie Parfumspritzen, das ist es, was bleibt, der Name, aus einer Zeit, in der sie die sanfte Gewalt der Salons waren, dann eroberten sie sich die Straße, ein großes Glück, wenn es sauberes Wasser ist und nicht aus der Gosse, was auch schon vorkam. Ricardo Reis ärgert sich allmählich über den armseligen Umzug, aber er bleibt, er hat nichts Wichtigeres zu tun, zweimal ging Nieselregen nieder, dann ein Platzregen, und da singen einige noch Loblieder auf das portugiesische Klima, ich sage nichts dagegen, aber für den Karneval taugt es nicht. Gegen Ende des Tages, der Umzug war schon vorbei, es hatte aufgeklart, spät genug, da fuhren Karren und Wagen zu ihren Plätzen, dort werden sie bis zum Dienstag trocknen, die verwaschenen Malereien werden erneuert, die Girlanden zum Trocknen aufgehängt, doch die Maskierten, obwohl von Kopf bis Fuß triefend, setzen das Fest auf Straßen und

Plätzen, in Gässchen und Gassen fort, unter Treppen geschieht, was man nicht berichten oder gar vor aller Öffentlichkeit tun kann, geschwind und wohlfeil, das Fleisch ist schwach, der Wein hilft, erst am Mittwoch ist der Tag der Asche und des Vergessens. Ricardo Reis fühlt sich etwas fiebrig, vielleicht hat er sich beim Ansehen des Umzugs erkältet, vielleicht verursacht die Traurigkeit das Fieber, Delirium des Abscheus, so weit ist es noch nicht gekommen. Ein Xexé, eine Fastnachtsmaske, legt sich mit ihm an, mit einem riesigen Holzmesser und einem Stock bewaffnet, beides mit großem Getöse gegeneinanderschlagend, betrunken ist er, sucht Händel, komm, gib mir einen Puff, und er dringt auf den Dichter ein, den Bauch vorstreckend, der künstlich aufgeplustert ist, mit einem Kissen oder einer Lumpenrolle, eine Lachsalve, wie diese Schmalbrust mit Hut und Regenmantel dem Fastnachtsgreis ausweicht, der als Zwiegehörnter kostümiert ist, mit seidenem Rock, Kniehose und Strümpfen, komm, gib mir einen Puff, was er will, ist Geld für Wein. Ricardo Reis gibt ihm einige Münzen, der andere macht einige groteske Tanzschritte, wobei er Messer und Stock zusammenschlägt, dann zieht er weiter, hinter ihm ein Schwarm von Jungen, dazu die Gehilfen dieses Aufzugs.

In einer Art Kinderwagen ziehen sie ihn, die Beine baumeln draußen, ein Riesenbaby mit bemaltem Gesicht, ein Häubchen auf dem Kopf, ein Lätzchen um den Hals, tut er so, als würde er weinen, falls er nicht wirklich weint, bis eine hünenhafte Gestalt, als Amme verkleidet, ihm eine Nuckelflasche mit Rotwein an den Mund hält, an der er gierig zu saugen beginnt, zum großen Gaudium des versammelten Publikums, aus dem plötzlich ein Jüngelchen herbeispringt, das wie der Blitz die gewaltige falsche Brust der Amme betatscht und sofort wieder verschwindet, während der andere mit unverwechselbarer, heiserer Männerstimme bellt, komm her, du Hurensohn, hau ab, komm, streichle mich hier, und er fügt dem Wort eine so deutliche Geste hinzu, dass die vornehmen Damen und das übrige Frauenvölkchen nicht umhinkönnen, ihre Augen abzuwenden, wie bitte, na also, nichts von Bedeutung, die Amme trägt ein Kleid, das ihr weit über die Knie reicht, es war nur der gewaltige Leibesumfang, den beide Hände betonten, eine Harmlosigkeit. Das ist der portugiesische Karneval. Ein Mann im Mantel geht vorüber, auf seinem Rücken trägt er, ohne es zu bemerken, ein Plakat, Klebeschwanz genannt, mit einer krummen Nadel befestigt, dieses Tier ist zu verkaufen, bisher wollte noch niemand den Preis wissen, obwohl schon jemand ihm gegenüber bemerkt hatte, was für ein Tier, das seine Last nicht spürt, der Mann lacht über die Späße, die anderen lachen über ihn, schließlich wird er misstrauisch, fasst nach hinten, greift das Papier und zerreißt es wütend, jedes Jahr ist es so, sie machen solche Späße mit uns, und jedes Mal benehmen wir uns, als wäre es das erste Mal. Ricardo Reis gibt sich ruhig, er weiß, dass es schwierig ist, eine Sicherheitsnadel an einem Regenmantel zu befestigen, aber die Gefahren lauern überall, jetzt fliegt aus einem ersten Stock ein Besen, an einer Schnur befestigt, und fegt ihm den Hut vom Kopf, da oben lachen kreischend zwei Hausmädchen, zum Karnevalsfest ist gar nichts schlecht, rufen sie im Chor, und der Sinn dieses Axioms ist so erdrückend und überzeugend, dass sich Ricardo Reis damit begnügt, den beschmutzten Hut aufzuheben, er geht schweigend weiter, er hat den Karneval von Lissabon wiedergesehen und wiedererkannt, es ist Zeit, zum Hotel zurückzugehen. Zum Glück gibt es die Kinder. Sie spazieren an den Händen der Mütter, Tanten und Großmütter umher, sie zeigen die Masken und zeigen sich, es gibt kein größeres Glück für sie, als das zu scheinen, was sie nicht sind, sie besuchen die Matineen, füllen die Parkette und Ränge einer bizarren Welt, ein Tollhaus, sie haben Säckchen aus Gaze mit Papierschlangen, die Wangen sind grellrot oder mit

Bleiweiß bemalt, mit künstlichen Sprenkeln, sie stolpern über die langen Kleider oder über die Reifröcke, die Füße tun ihnen weh, sie pressen Mund und Zähne zusammen, um eine Tabakspfeife festzuhalten, der Schnurrbart oder Backenbart wird zerdrückt, das Beste auf der Welt sind ohne Zweifel die Kinder, besonders wenn sie einen Reim zum Tanz brauchen. Hier sind sie, die unschuldigen Kleinen, weiß der Himmel, ob sie so kostümiert sind, wie sie es am liebsten mögen, oder ob sie lediglich eitlen Traum der Erwachsenen vorstellen, die das geborgte Kostüm ausgesucht und bezahlt haben, sie gehen als Holländer, Landvolk, Wäscherinnen, Marineoffiziere, Fadosänger, historische Damen, Serviermädchen, Landsknechte, Feen, Armeeoffiziere, Spanierinnen, Hühnerhändlerinnen, Pierrots, Straßenbahnfahrer, Eierverkäuferinnen, Pagen, Studenten, in Umhängen und Soutanen, als Bauernmädchen, Polizisten, liebenswerte Hanswurste, Tausendsassas, Piraten, Cowboys, Dompteure, Kosaken, Blumenmädchen, Bären, Zigeunerinnen, Matrosen, Hirten, Schäfer, Krankenschwestern, Harlekins, und später werden sie sich zu den Zeitungsredaktionen begeben, um fotografiert zu werden und morgen in den Ausgaben zu erscheinen, einige der kostümierten Kinder, die unsere Redaktion aufsuchten, nahmen für den Fotografen die Masken ab, eine zusätzliche Verkleidung, sogar die geheimnisvolle Maske der Kolombine, es ist gut, dass das Gesicht zum Vorschein kommt, damit die Großmutter sich ganz der Freude hingeben kann, das ist mein Enkeltöchterchen, dann wird sie liebevoll das Bild ausschneiden, es kommt in die Schachtel der Erinnerungen, jene grün eingeschlagene, die am Kai herunterfallen wird, jetzt lachen wir, doch es wird der Tag kommen, an dem wir weinen möchten. Es war fast Abend, Ricardo Reis schleppte sich dahin, war es vor Müdigkeit, war es vor Traurigkeit, war es vom Fieber, das er zu haben glaubte, ein Kälteschauer jagte über seinen Rücken, er würde ein Taxi rufen, wenn das Hotel nicht schon so nahe wäre, in zehn Minuten werde ich im Bett liegen, kein Abendessen, murmelte er, im selben Augenblick tauchte von der Seite des Carmo her ein Zug von Klageweibern auf, alles als Frauen verkleidete Männer, mit Ausnahme der vier Leichenträger, die auf ihren Schultern eine Bahre trugen, auf der ein Mann lag, einen Toten verkörpernd, mit hochgebundenem Kinn und gefalteten Händen, sie nutzten den regenfreien Moment, um mit der Maskerade auf die Straße zu gehen, ach, mein lieber Mann, den ich nie mehr sehen werde, schrie mit Fistelstimme eine mit Trauerfloren überladene Gestalt, andere spielten die Waisen, ach, mein liebes Väterchen, das uns so fehlen wird, andere liefen umher und baten um Unterstützung für das Begräbnis, denn der Ärmste wäre schon vor drei Tagen gestorben und begänne schlecht zu riechen, und das stimmte, irgendjemand hatte Fläschchen mit Schwefelwasserstoff zerschlagen, gewöhnlich riechen die Toten nicht nach faulen Eiern, doch das war das Einzige, was man besorgen konnte und dem am nächsten kam. Ricardo Reis verteilte einige Münzen, ein Glück, dass er Kleingeld mitgenommen hatte, und er setzte seinen Weg fort, den Chiado hinauf, als er plötzlich mitten in dem Trauerzug eine seltsame Gestalt zu sehen glaubte, oder war es im Gegenteil, weil es sich um ein Begräbnis handelte, wenn auch ein gespieltes, die nahezu verständliche Anwesenheit des Todes. Es war jemand in Schwarz, mit einem Stoff bekleidet, der sich dem Körper anschmiegte, vielleicht etwas Gestricktes, und auf dem Schwarz des Kostüms das vollständige Skelett abgebildet, von Kopf bis Fuß, so weit kann der Geschmack an der Maskerade gehen. Ricardo Reis spürte erneut das Frösteln, und dieses Mal wusste er, warum, er erinnerte sich daran, was Fernando Pessoa gesagt hatte, sollte er es sein, das ist absurd, murmelte er, so etwas würde er nie tun, und wenn er es täte, dann würde er sich nicht diesem Pöbel zugesellen, vielleicht würde er sich vor einen Spiegel stellen, das ja, möglicherweise würde er sich bei solcher Bekleidung sehen. Während er dies zu sich sprach oder nur dachte, ging er näher heran, um besser sehen zu können, der Mann hatte die Größe, die körperliche Beschaffenheit Fernando Pessoas, er schien lediglich schlanker zu sein, doch das könnte die Kleidung bewirken, das ruft immer solchen Eindruck hervor. Dieser Jemand warf ihm einen raschen Blick zu und entfernte sich zum Ende des Zuges, Ricardo Reis folgte ihm, er sah ihn die Calçada do Sacramento hinaufgehen, eine erstaunliche Gestalt, jetzt nur Knochen in der Schwärze der Luft, es schien, als hätte er sich mit Leuchtfarbe bemalt, und indem er sich schneller entfernte, mutete es an, als hinterließe er leuchtende Spuren. Er überquerte rasch den Largo do Carmo und eilte, fast rennend, in die Rua da Oliveira, die dunkel und verlassen dalag, doch Ricardo Reis sah ihn deutlich, nicht nah, aber auch nicht fern, ein laufendes Gerippe, völlig dem gleichend, an dem er an der medizinischen Fakultät gelernt hatte, Fersenbein, Schien- und Wadenbein, Oberschenkelknochen, Hüftknochen, Wirbelsäule, Brustkorb, die Schulterblätter wie Flügel, die nicht wachsen konnten, die Halswirbel, die den mondfahlen Schädel tragen. Die Leute, die ihm begegneten, riefen, he, Tod, he, Gevatter, aber der Kostümierte antwortete nicht, er drehte nicht einmal den Kopf, immer geradezu, schnellen Schrittes, so stieg er, immer zwei Stufen auf einmal nehmend, die Escadinhas do Duque hinauf, eine behände Kreatur, das konnte nicht Fernando Pessoa sein, der trotz seiner englischen Erziehung nie ein Mann muskelprotzender Heldentaten gewesen war. Auch Ricardo Reis ist es nicht, mit der Entschuldigung, Frucht jesuitischer Erziehung zu sein, er ist schon zurückgefallen, aber das Skelett war am Ende der Stufen stehen geblieben und schaute nach unten, als ob es ihm Zeit geben wollte, dann überquerte es den kleinen Platz und bog in die Travessa da Queimada ein, wohin führt mich dieser vermaledeite Tod, und ich, weshalb gehe ich ihm nach, zum ersten Mal zweifelte er daran, dass es sich bei dem Kostümierten um einen Mann handelte, sollte es eine Frau sein, oder weder Frau noch Mann, einfach der Tod. Es ist ein Mann, dachte er, als er die Gestalt in eine Taverne treten sah, wo sie mit Rufen und Klatschen empfangen wurde, seht mal, das Kostüm da, seht mal, der Tod, und er sah, wie er am Tresen ein Glas Wein trank, den Körper ganz nach hinten gebogen, die Brust war völlig flach, es konnte keine Frau sein. Der Kostümierte hielt sich nicht lange auf und ging bald, Ricardo Reis hatte keine Zeit, sich zurückzuziehen, ein Versteck zu suchen, er lief zwar noch ein Stück, doch der andere holte ihn an der Ecke ein, man sah seine echten Zähne, am Zahnfleisch glänzte wirklicher Speichel, und die Stimme war nicht die eines Mannes, sondern die einer Frau, oder besser, sie bewegte sich zwischen beiden, hör mal, du Spießer, weshalb läufst du mir nach, bist du ein Warmer, oder hast du es eilig, zu sterben. Nein, Senhor, von weitem hielt ich Sie für einen Freund von mir, aber an der Stimme habe ich schon gemerkt, dass Sie es nicht sind. Und wer sagt dir, dass ich mich nicht verstelle, tatsächlich klang die Stimme jetzt anders, ebenfalls unbestimmbar, aber doch anders. Da sagte Ricardo Reis, entschuldigen Sie, und der Kostümierte erwiderte mit einer Stimme, die der Fernando Pessoas ähnelte, hau ab, du Mistkerl, wandte sich ab und verschwand in der sich herabsenkenden Nacht. Wie hatten doch die Mädchen mit dem Reisigbesen heruntergerufen, zum Karnevalsfest ist gar nichts schlecht. Es hatte wieder zu regnen begonnen.

Es war eine fiebrige, schlaflose Nacht. Bevor er sich wie zerschlagen ins Bett legte, nahm Ricardo Reis zwei Tabletten Cafiaspirina, steckte das Thermometer unter die Achsel, über achtunddreißig, das war zu erwarten gewesen, die Grippe auf dem Höhepunkt, dachte er. Er schlief ein und erwachte wieder, er träumte von sonnenüberfluteten Ebenen, von Flüssen, die sich zwischen Bäumen hindurchschlängelten, von Schiffen, die feierlich oder gar unkundig den Strom hinabfuhren, und er fuhr auf allen gleichermaßen mit, vervielfältigt, geteilt, sich selbst zuwinkend, wie jemand, der sich verabschiedet, oder als wollte man mit der Geste ein Treffen vorwegnehmen, dann befuhren die Schiffe einen See oder ein Delta, ruhige, stehende Wasser, sie blieben unbeweglich, zehn mochten es sein oder zwanzig, irgendeine Zahl, ohne Segel und Ruder, in Rufnähe, doch die Seeleute konnten einander nicht verstehen, sie sprachen gleichzeitig, und da die Worte, die sie sagten, gleich waren und in gleicher Folge, hörten die einen die anderen nicht, zu guter Letzt begannen die Schiffe zu sinken, der Chor der Stimmen erstarb, träumend versuchte Ricardo Reis die Worte festzuhalten, noch glaubte er, dass es ihm gelänge, aber dieses letzte Schiff sank, die Silben, abgetrennt, lose, bildeten Blasen im Wasser, Atem erstickter Worte, sie stiegen an die Wasseroberfläche, es gab schon niemanden mehr, der sie hörte. Er diskutierte auch mit sich, träumend oder wachend, ob der Kostümierte Fernando Pessoa gewesen war, zuerst kam er zu dem Ergebnis, er sei es gewesen, aber dann sprach eine ihm klar erscheinende Logik dagegen, im Namen dessen, was er für tiefe Logik hielt, wenn er ihn wiedersehen sollte, würde er ihn fragen, würde er die Wahrheit sagen, dann sagte er nicht, oh, Reis, haben Sie denn nicht gemerkt, dass es Spaß gewesen war, würde ich mich etwa als Tod ausgeben, wie mittelalterlich, ein Toter ist eine ernsthafte Person, abwägend, er ist sich seines erreichten Zustands bewusst, und er ist diskret, die absolute Nacktheit wie die des Skeletts lehnt er ab, und wenn er erscheint, dann verhält er sich wie ich, er trägt den Anzug, mit dem man ihn bekleidet hatte, oder er hüllt sich in ein Leichentuch, falls er jemanden erschrecken will, was ich übrigens als Mann von gutem Geschmack und Achtung, für den ich mich noch immer halte, niemals tun würde, seien Sie gerecht mir gegenüber. Es war sinnlos, Sie zu fragen, murmelte er. Er schaltete das Licht ein, öffnete The God of the Labyrinth, las eineinhalb Seiten, verstand, dass es um zwei Schachspieler ging, aber er fand nicht heraus, ob sie spielten oder sich unterhielten, die Buchstaben verschwammen vor seinen Augen, er ließ das Buch sinken, jetzt stand er am Fenster seiner Wohnung in Rio de Janeiro, von weitem sah er Flugzeuge, die Bomben auf Urca und Praia Vermelha abwarfen, Rauch stieg in schwarzen Ballen empor, aber man vernahm keinen Laut, wahrscheinlich war er taub geworden, oder er hatte niemals über einen Gehörsinn verfügt, und allein vom Sehen her konnte er sich keine Vorstellung davon machen, wie die Granaten platzten, das Gewehrfeuer wahllos knatterte und die Verletzten schrien, falls das aus so großer Entfernung überhaupt zu hören war. Schweißgebadet erwachte er, das Hotel lag in tiefer nächtlicher Stille, die Gäste schliefen, selbst die spanischen Flüchtlinge, wenn sie plötzlich erwachten und wir sie fragten, wo sind Sie, würden antworten, ich bin in Madrid, ich bin in Cáceres, die Bequemlichkeit des Bettes täuscht sie, ganz oben schläft wahrscheinlich Lídia, in manchen Nächten kommt sie herunter, in manchen nicht, jetzt verabreden sie bereits die Treffen, ganz heimlich geht sie auf sein Zimmer, mitten in der Nacht, die Erregung der ersten Wochen hat nachgelassen, das ist nur natürlich, von allen Zeiten ist die der Leidenschaft am vergänglichsten, denn auch bei diesen ungleichen Beziehungen hat dieses flammende Wort seinen Platz, außerdem ist es gut, das Misstrauen zu entschärfen, die Nachrede, man raunt allerlei, wenigstens kommt es nicht ans Tageslicht, vielleicht ist Pimenta nicht weiter gegangen als bis zu jener maliziösen Andeutung, natürlich kann es auch andere, gewichtige Gründe geben, biologische, um es so zu sagen, zum Beispiel kann Lídia ihre Regel haben, die Periode, die Engländer, wie ein Sprichwort sagt, die Rotröcke sind eingefahren, Entwässerung des weiblichen Körpers, rubinrotes Zerfließen. Er wachte auf, wieder auf, gräuliches, kaltes, blasses Licht, mehr Nacht als Tag, durch die heruntergelassenen Rollos, durch die Scheiben und Gardinen gedämpft, die Konturen des schlecht geschlossenen Vorhangs zeichneten sich ab, auf die Politur der Möbel legte sich ein feuchter Schimmer, das kalte Zimmer erwachte wie eine graue Landschaft, glücklich die winterschläfrigen Tiere, weise Genießer, in gewissem Grade unbewusst Herr über ihr eigenes Leben, denn es gibt keine Nachricht darüber, dass eines von ihnen während des Schlafes gestorben wäre. Ricardo Reis maß wieder die Temperatur, er hatte noch immer Fieber, er hustete, mich hat es ganz schön erwischt, ohne Zweifel. Der Tag, der so zu zögern schien, öffnete sich plötzlich wie eine Tür, die aufgestoßen wird, die Geräusche des Hotels vereinten sich mit denen der Stadt, Rosenmontag, der nächste Tag, in welchem Zimmer, in welcher Grotte wird das Skelett vom Bairro Alto aufwachen oder noch schlafen, vielleicht hat es sich nicht einmal ausgezogen, hat sich so ins Bett gelegt, wie es durch die Straßen gewandert war, es schläft auch allein, der Ärmste, jede Frau würde mit einem Aufschrei zurückweichen, wenn sie inmitten der Tücher ein Knochenarm umfinge, selbst wenn es der des Geliebten wäre, nichts sind wir, was bliebe, mehr als vergebens sind wir, mit lauter Stimme sprach Ricardo Reis diese Verse, an die er sich erinnerte, er wiederholte sie murmelnd, dann überlegte er, ich muss aufstehen, ich darf nicht den ganzen Tag liegen bleiben, Erkältung oder Grippe verlangen Vorsicht, wenig Arznei. Er dämmerte noch dahin, öffnete und schloss die Augen, ich muss aufstehen, er wollte sich waschen, rasieren, er hasste die weiße Gesichtshaut, es war später, als er dachte, er hatte nicht auf die Uhr geschaut, jetzt klopfte es an die Tür, Lídia, das Frühstück. Er stand auf, legte den Morgenmantel über die Schultern, halb im Schlaf, die Hausschuhe wollten nicht an die Füße, er öffnete, Lídia dachte erst, dass er spät zurückgekommen wäre, dass er Bälle besucht und auf Abenteuer aus gewesen wäre, wollen Sie, dass ich später komme, fragte sie, und er antwortete, indem er zurück zum Bett stolperte, mit dem plötzlichen Wunsch, wie ein Kind behandelt zu werden, ich bin krank. Das war es nicht, was sie gefragt hatte, sie stellte das Tablett auf dem Tisch ab, näherte sich dem Bett, er hatte sich schon hingelegt, sie legte ihre Hand auf seine Stirn, Sie haben Fieber, das wusste Ricardo Reis bereits, einen Nutzen musste es ja wenigstens haben, Arzt zu sein, aber wie er es von jemand anderem hörte, fühlte er Mitleid mit sich selbst, seine Hand legte sich auf Lídias Hand, er schloss die Augen, wenn es nicht mehr als zwei Tränen sind, kann ich sie so zurückhalten, wie er diese abgearbeitete Hand zurückhielt, rau, fast grob, so anders als die Hände Chloes, Neeras oder der anderen Lídia, mit den schlanken Fingern, den gepflegten Nägeln, den samtweichen Handflächen Marcendas, ihrer einzigen lebendigen Hand, will sagen, die Linke ist vorweggenommener Tod. Es wird Grippe sein, trotzdem werde ich aufstehen. Das werden Sie nicht, Sie könnten Zug kriegen, und schon haben Sie eine Lungenentzündung. Ich bin Arzt, Lídia, ich weiß Bescheid, dies ist kein Fall fürs Bett, so gebrechlich bin ich nicht, ich brauche nur jemanden, der mir zwei, drei Medikamente aus der Apotheke holt. Ja, Senhor, jemand muss gehen, ich werde es sein oder Pimenta, aber Sie bleiben im Bett, frühstücken Sie, bevor alles kalt wird, dann räume ich auf und lüfte das Zimmer, und indem sie das sagte, half sie sanft Ricardo Reis beim Aufsetzen, schob das Kopfkissen zurecht, holte das Tablett, goss Milch in den Kaffee, tat Zucker hinein, zerkleinerte die Toasts, strich Marmelade darauf, sie errötete vor Freude, falls es einer Frau Freude bereiten kann, den geliebten Mann entkräftet im Bett leiden zu sehen, sie schaute ihn mit jenem Glänzen in den Augen an, oder war es Beunruhigung und Besorgnis, als spürte sie das Fieber, über das er klagte, und wieder das bekannte Phänomen, dass dieselbe Wirkung verschiedene Ursachen hat. Ricardo Reis ließ sich verwöhnen, von Aufmerksamkeit umgeben, schnelle Fingerberührungen, als würde er mit Öl gesalbt, schwer zu sagen, ob es die erste oder Letzte Ölung ist, er trank den Milchkaffee aus und spürte eine wohlige Schläfrigkeit, öffne bitte den Kleiderschrank, hinten steht ein schwarzer Koffer, rechts, bring ihn mir her, danke, aus dem Koffer holte er einen Rezeptblock, oben stand gedruckt, Ricardo Reis, Praktischer Arzt, Rua do Ouvidor, Rio de Janeiro, als er dort angefangen hatte diesen Block zu benutzen, konnte er nicht ahnen, dass er ihn so weit weg einmal aufbrauchen oder einfach weiterbenutzen würde, so ist das Leben, ohne Sicherheit, oder wenn es sie gibt, dann derart, dass wir immer überrascht werden. Er schrieb ein paar Zeilen und sagte, du wirst nicht zur Apotheke gehen, es sei denn, sie schicken dich, gib das Rezept Senhor Salvador, er muss die Anordnungen treffen, sie ging hinaus, nahm Rezept und Tablett mit, doch zuvor hatte sie ihm einen Kuss auf die Stirn gedrückt, sie besaß diese Kühnheit, eine Bedienstete, ein Zimmermädchen, man stelle sich das vor, vielleicht besaß sie das Recht, das sogenannte Naturrecht, ein anderes nicht, so kann er es ihr nicht nehmen, denn das ist der absolute Zustand. Ricardo Reis lächelte, er machte eine vage Bewegung mit den Fingern der Hand, die er gerade unter die Decke stecken wollte, auf der Flucht vor der Kälte, und er drehte sich wieder zur Wand. Er schlief sofort ein, gleichgültig gegenüber seinem Aussehen, das ihm bewusst war, die grauen Haare ungekämmt, mit Bartstoppeln, blass die Haut und feucht vom nächtlichen Fieber. Ein Mensch kann noch kränker sein als dieser und seinen Moment des Glücks erleben, welches es auch sei, so einzig dieses Gefühl, wie eine verlassene Insel, die ein Vogel überflog, nur im Vorüberflug, hergeführt und fortgetragen vom unsteten Wind.

An diesem Tag und am folgenden verließ Ricardo Reis das Zimmer nicht. Salvador besuchte ihn, und Pimenta sah nach ihm, alle Hotelangestellten wünschten dem Senhor Doktor gute Besserung. Mehr aus stillschweigender Übereinkunft als aus Einhaltung einer formellen Anordnung übernahm Lídia vollständig die Aufgaben einer Krankenschwester, ohne Kenntnis des Berufs, außer dem, was das historische Erbe der Frauen ausmacht, die Bettwäsche wechseln, die Überdecke richten, den Tee mit Zitrone bringen, die Tablette zur vorgesehenen Stunde, den Löffel Hustensaft, und die nur den beiden vertraute erregende Intimität, die Waden energisch mit einer Senftinktur einreiben, zu dem Zweck, den unteren Extremitäten die bösen Säfte zu entziehen, die in Brust und Kopf drückten, oder wenn das nicht der Zweck der Behandlung war, dann war es ein anderer, von nicht geringerer Wirkung. Mit so vielen Aufgaben auf dem Buckel würde sich niemand wundern, wenn sie die ganze Zeit im Zimmer zweihunderteins verbracht hätte, und wenn jemand nach ihr gefragt hätte, dann wäre die Antwort gewesen, sie ist beim Senhor Doktor, die Boshaftigkeit wagte es nur, sich mit eingezogenen Krallen zu zeigen, um später die unvermeidliche Attacke zu führen, den Kratzer, den scharfen Riss. Und doch kann es nichts Unschuldigeres geben als diese Geste und dieses Wort. Ricardo Reis durch das Kissen gestützt und Lídia beharrend, nur noch einen Löffel, es ist Hühnerbrühe, die er nicht aufessen will, aus Appetitlosigkeit, auch deshalb, um sich bitten zu lassen, ein Spiel, das dem lächerlich erscheinen mag, der sich guter Gesundheit erfreut, und vielleicht ist es auch so, denn in Wirklichkeit ist Ricardo Reis nicht so krank, dass er sich nicht mit eigenen Mitteln und aus eigenen Kräften ernähren könnte, doch die beiden müssen es ja wissen. Und falls zufällig eine besonders erregende Berührung sie näher bringen sollte, wenn er zum Beispiel ihre Brust mit der Hand berührt, weiter gehen sie nicht, vielleicht wegen einer gewissen Würde, die in der Krankheit begründet liegt, ihr engelhafter Charakter ist unerschütterlich, obwohl der Abweichungen von dieser Religion nicht wenige sind, der Angriffe gegen das Dogma, Verletzungen engster Intimität, wagte er es, so wurde er von ihr zurückgewiesen, es kann Ihnen schaden, loben wir den Skrupel der Krankenschwester, die Scham der Geliebten, wie man weiß, klug wird man erst durch eigene Erfahrung. Das sind Einzelheiten, auf die man verzichten könnte, aber andere, bedeutendere fehlen, vom Regen und den Stürmen zu sprechen, die in diesen beiden Tagen zunahmen, zum großen Schaden für den ärmlichen Umzug am Faschingsdienstag, ist schon genauso lästig für den, der spricht, wie für den, der hört, und die auswärtigen Ereignisse, an denen fehlt es nicht, zweifelhaft nur, ob es zur Sache gehört, wie zum Beispiel der Fall, dass in Sintra die Leiche eines Mannes gefunden wurde, der im Dezember verschwunden war, Luís Uceda Ureña sein Name, ein Geheimnis, das in den Annalen der Verbrechen bis heute als unaufgeklärt gilt, vielleicht bis zum Jüngsten Tag, falls nicht die Zeugen sprechen, wenn es so ist, dann bleiben nicht mehr als diese beiden übrig, Gast und Angestellte, solange Grippe oder Erkältung nicht von ihm weicht, dann wird Ricardo Reis in die Welt zurückkehren, Lídia zu den Besen, beide zu den nächtlichen Umarmungen, flüchtig oder ausgiebig, je nach Bedürfnis und Wachsamkeit. Morgen ist Mittwoch, Marcenda wird kommen, Ricardo Reis hat es nicht vergessen, aber er entdeckt, und wenn die Entdeckung ihn überrascht, dann auch auf befremdliche Weise, dass die Krankheit die Zügel der Phantasie beschnitt, letztlich ist das Leben nicht mehr, als zu liegen, sich von einem alten Gebrechen erholend, unheilbar und rückfällig, mit Pausen, die wir Gesundheit nennen, irgendeinen Namen müssen wir ihnen zugestehen, wenn man den Unterschied zwischen den beiden Zuständen bedenkt. Marcenda wird kommen, mit ihrer herabhängenden Hand, auf der Suche nach Heilung, die nicht möglich, in ihrer Begleitung der Vater, der Notar Sampaio, mehr einem Rockzipfel hinterher als der Hoffnung, seine Tochter geheilt zu sehen, vielleicht ist es auch, weil er diese Hoffnung verloren hat, dass er sich an einen Busen hält, der sicher kaum anders ist als derjenige, den Ricardo Reis gerade erhascht hat, da sich Lídia ihm nicht mehr so sehr verweigert, selbst sie, die nichts von der Medizin versteht, erkennt, dass es dem Senhor Doktor viel besser geht.

Der Mittwochmorgen bringt Ricardo Reis eine Vorladung. Salvador brachte sie persönlich, in seiner Eigenschaft als Hotelchef angesichts der Wichtigkeit des Dokuments und seines Absenders, der Überwachungs- und Staatsschutzpolizei, einer Einrichtung, auf die bis jetzt noch nicht ausführlich eingegangen wurde, es bot sich keine Gelegenheit, heute dagegen ja, es ist nicht so, dass Dinge nicht existieren, weil man nicht über sie spricht, hier haben wir ein gutes Beispiel, es schien so, als gäbe es nichts Wichtigeres auf der Welt, als dass Ricardo Reis krank ist und Lídia ihn pflegt, am Tage bevor Marcenda eintrifft, und in dieser kurzen Zeit war ein Schreiber dabei, den Vordruck auszufüllen, der hier überbracht wurde, ohne dass es einer von uns ahnte. So ist das Leben, Senhor, niemand weiß, was der morgige Tag für uns reserviert. Salvador ist auf andere Weise reserviert, das Gesicht, wir können es nicht verschlossen nennen, wie eine Winterwolke, aber bestürzt, ein Ausdruck dessen, der die Bilanz des Monats zieht und einen kleineren Saldo feststellt, als eine flüchtige Überschlagsrechnung ergeben hatte, hier ist eine Vorladung für Sie, sagt er, und seine Augen starren auf das Objekt, als würden sie misstrauisch die Zahlenkolonnen prüfen, wo ist der Fehler, siebenundzwanzig und fünf, dreiunddreißig, wo wir wissen müssten, dass es nicht mehr als zweiunddreißig sind. Eine Vorladung für mich? Ricardo Reis ist mit Recht erstaunt, denn sein einziges Vergehen, das gewöhnlich nicht von der Polizei bestraft wird, besteht darin, zu später Stunde eine Frau in seinem Bett zu empfangen, wenn das ein Verbrechen ist. Mehr als das Papier, das er noch nicht angefasst hat, beunruhigt ihn der Ausdruck Salvadors, dessen Hand, die etwas zu zittern scheint, woher kommt das, aber er erhält keine Antwort, gewisse Worte dürfen nicht laut ausgesprochen werden, nur ganz leise, oder durch Zeichen übermittelt, oder sie müssen still gelesen werden, wie es jetzt Ricardo Reis macht, die Großbuchstaben verdeckend, weil sie so bedrohlich sind, Überwachungs- und Staatsschutzpolizei, was habe ich damit zu tun, fragt er mit betontem Missfallen und fügt beruhigt hinzu, das muss ein Irrtum sein, er erklärte es zur Beruhigung des misstrauischen Salvador, hier also unterschreibe ich, ich habe es zur Kenntnis genommen, am zweiten März werde ich dort erscheinen, um zehn Uhr vormittags, Rua António Maria Cardoso, es ist ganz in der Nähe, zuerst die Rua do Alecrim hinauf bis zur Kirche an der Ecke, dann nach rechts und noch einmal nach rechts, dann kommt ein Kino, die Chiado-Terrasse, auf der anderen Straßenseite ist das Teatro

São Luís, König von Frankreich, gute Plätze, sich zu amüsieren, Licht- und Bühnenkünste, gleich dahinter die Polizei, nicht zu verfehlen, oder sollte es ein Irrtum sein, dass man ihn hinbestellte. Salvador zog sich mit ernstem Gesicht zurück, um dem Boten zu versichern, dass die Nachricht übergeben wurde, und Ricardo Reis, der sich schon vom Bett erhoben und in den Sessel gesetzt hatte, liest wieder und wieder die Vorladung, Sie haben zwecks einer Aussage zu erscheinen, aber warum, mein Gott, wo ich nichts getan habe, was man mir vorwerfen könnte, ich schulde nichts und verleihe nichts, ich zettele keine Verschwörung an, nach der Lektüre der Verschwörung, diesem aus Coimbra empfohlenen Buch, bin ich noch mehr davon überzeugt, dass es keinen Zweck hat, sich in Verschwörungen einzulassen, die Stimme Marílias klingt noch in meinen Ohren, Papa sollte vor zwei Tagen verhaftet werden, na, wenn so etwas schon den Papas geschieht, was erst denen, die es nicht sind. Schon weiß das gesamte Personal des Hotels, dass der Gast von Zweihunderteins, Doktor Reis, jener, der vor zwei Monaten aus Brasilien kam, zur Polizei bestellt wurde, er muss dort irgendetwas getan haben, oder auch hier, wer möchte wohl in seiner Haut stecken, zur PVDE gehen, wir werden sehen, ob sie ihn wieder gehen lassen, allerdings wenn es um Gefängnis ginge, hätten sie ihm keine Vorladung geschickt, sie wären aufgetaucht und hätten ihn mitgenommen. Wenn Ricardo Reis gegen Abend zum Essen hinuntergehen wird, da er sich schon sicher genug auf den Beinen fühlt, das Zimmer verlassen zu können, wird er bemerken, wie ihn die Angestellten anschauen, wie sie sich vorsichtig von ihm fernhalten, Lídia verhält sich nicht so ängstlich, sie trat ins Zimmer, kaum dass Salvador zum ersten Stock hinuntergestiegen war, man sagt, Sie sind zur Ausländerpolizei bestellt, das arme Mädchen ist beunruhigt. Ja, ich habe hier eine Vorladung, aber es gibt keinen Grund zur Beunruhigung, es muss irgendwelcher Papierkram sein. Gott möge Sie erhören, denn nach dem, was ich gehört habe, ist von diesen Leuten nichts Gutes zu erwarten, was mir mein Bruder so erzählt hat. Ich wusste nicht, dass du einen Bruder hast. Es ergab sich nicht, davon zu sprechen, nicht immer kann man aus seinem Leben sprechen. Von den Deinen hast du mir nie erzählt. Nur wenn Sie mich gefragt hätten, aber Sie haben es nicht. Du hast recht, ich weiß nichts von dir, nur dass du hier im Hotel lebst und an deinen freien Tagen ausgehst, dass du ledig und frei bist, wie man sieht. Für den Fall genug, antwortete Lídia mit diesen vier Worten, nur vier Worte, diskret, die das Herz Ricardo Reis' zusammenschnürten, banal, dies zu sagen, aber er fühlte es genau so, das Herz zusammengeschnürt, wahrscheinlich war sich die Frau nicht einmal dessen bewusst, was sie gesagt hatte, sie wollte sich nur beklagen, aber worüber, oder nicht einmal das, lediglich einen unleugbaren Fakt feststellen, als hätte sie gesagt, sehen Sie, es regnet, letztlich ist die bittere Ironie spontan aus ihrem Mund gekommen, wie wenn man in Romanen schreibt, Ich, Senhor Doktor, bin eine einfache Angestellte, ich kann kaum lesen und schreiben, folglich brauche ich kein Leben zu haben, und wenn ich es hätte, was könnte Sie an meinem Leben interessieren, auf diese Weise könnten wir fortfahren, Worte mit Worten zu multiplizieren, und noch viel mehr, die vier gesagten, für den Fall genug, wäre dies ein Duell auf Degen, so würde Ricardo Reis bluten. Lídia wandte sich zum Gehen, ein Zeichen dafür, dass sie nicht von ungefähr gesprochen hatte, es gibt Sätze, die spontan scheinen, Produkte der Gelegenheit, und Gott allein weiß, welche Mühlsteine sie mahlten, welche Filter sie filterten, unsichtbar, deshalb scheinen sie salomonischen Sprüchen zu gleichen, wenn sie ausgesprochen werden, am besten, nach ihnen herrschte nur Stille, am besten, einer der beiden Gesprächspartner zöge sich zurück, der, der sie von sich gegeben hat, oder der, der sie hörte, aber normalerweise verhalten sich die Leute nicht so, sie reden und reden, bis sie völlig das Gespür dafür verlieren, was für einen Moment endgültig und unwiderlegbar ist, was für Sachen hat dir dein Bruder erzählt, und wo ist er, fragte Ricardo Reis. Lídia blieb stehen, folgsam kam sie zurück und erklärte, es war nur ein kurzes Wetterleuchten gewesen, mein Bruder ist bei der Marine. Was für eine Marine? Der Kriegsmarine, er ist Seemann auf der Alfonso de Albuquerque. Ist er älter oder jünger als du? Er ist dreiundzwanzig geworden, er heißt Daniel. Deinen Familiennamen kenne ich auch nicht. Mein Familienname ist Martins. Väterlicherseits oder mütterlicherseits? Mütterlicherseits, ich bin die Tochter eines unbekannten Vaters, ich habe meinen Vater nie kennengelernt. Aber dein Bruder. Er ist mein Halbbruder, sein Vater ist gestorben. Aha. Daniel ist gegen die Zustände hier und hat es mir erzählt. Pass auf, du setzt sehr großes Vertrauen in mich. Oh, Senhor Doktor, wenn ich zu Ihnen kein Vertrauen hätte. Wieder eins drauf, entweder ist Ricardo Reis ein völlig untauglicher Degenfechter, offen in der Verteidigung, oder diese Lídia Martins ist eine Amazone mit Bogen, Pfeil und Säbel, falls wir nicht noch eine dritte Möglichkeit in Betracht ziehen müssen, dass nämlich beide unvorbereitet miteinander sprechen, ohne auf die gegenseitigen Schwächen und Stärken zu achten, noch viel weniger auf die Feinheiten des Analysierens, nur dem reinen Gespräch hingegeben, er sitzend, nach seinem Recht und Stadium als Genesender, sie stehend, gemäß ihrer Pflicht als Untergebene, vielleicht sind sie davon überrascht, dass sie einander so viel zu sagen haben, diese Dialoge sind breit, wenn wir sie mit den kurzen nächtlichen vergleichen, wenig mehr als das elementare und schlichte Raunen der Körper. Ricardo Reis bekam zu erfahren, dass die Polizei, bei der er sich am Montag einzufinden hatte, einen üblen Ruf besaß und Taten beging, die noch übler waren, weh dem, der in ihre Hände fällt, da sind die Foltern, die Verhöre zu jeder Uhrzeit, nicht dass es Daniel aus eigener Erfahrung wusste, er gab nur wieder, was man ihm erzählt hatte, vorläufig, wie viele von uns, wenn die Sprichwörter wahr sind, kommt Zeit, kommt Rat, es gibt mehr Gezeiten als Seeleute, denn niemand weiß, wozu er bestimmt ist, Gott ist der Verwalter der Zukunft, und er gibt keines seiner Vorhaben preis, damit wir sie womöglich vereiteln könnten, oder er ist ein schlechter Verwalter dieses Kapitals, wie man meinen könnte, denn er vermochte nicht einmal sein eigenes Schicksal vorauszusehen, also in der Marine mögen sie die Regierung nicht, fasste Ricardo Reis zusammen, und Lídia begnügte sich damit, mit den Schultern zu zucken, es waren nicht ihre umstürzlerischen Ideen, sondern die Daniels, Seemann, jüngerer Bruder, aber ein Mann, denn es sind meist Männer, die so etwas wagen, nicht die Frauen, wenn sie etwas erfuhren, dann nur, weil man es ihnen erzählt hatte, jetzt pass auf, dass dir die Worte nicht rausrutschen, dieser ist es schon passiert, aber es geschah in guter Absicht.

Ricardo Reis ging hinunter, bevor die Uhr schlug, nicht weil er so großen Appetit verspürte, sondern aus plötzlicher Neugier, zu erfahren, ob wieder Spanier angekommen, ob Marcenda und ihr Vater eingetroffen waren, er dachte an Marcenda, er flüsterte sogar ihren Namen und beobachtete sich aufmerksam, wie ein angehender Chemiker, der eine Säure mit einer Base gemischt hat und das Reagenzglas schüttelt, viel sah er nicht, das ist immer so, wenn die Einbildung nicht hilft, das Salz, das dabei entstand, bestätigte nur die Erwartung, jahrtausendelang mischen wir Gefühle, Säuren und Basen, Männer und Frauen. Er erinnerte sich an die jungenhafte Erregung, mit der er sie beim ersten Mal angeschaut hatte, dann hatte er sich selber vorgeworfen, dass ihn Sympathie und Mitleid wegen dieses schmerzlichen Leidens bewegt hatten, die herabhängende Hand, das blasse, traurige Gesicht, danach dieser lange Dialog vor dem Spiegel, Baum der

Erkenntnis des Guten und des Schlechten, er muss nichts lernen, es genügt zu sehen, ausgefallene Worte würden ihre Reflexe zurückwerfen, das Ohr kann sie nicht auffangen, nur das Bild wird wiederholt, das Bewegen der Lippen, jedoch, vielleicht würde man im Spiegel eine andere Sprache sprechen, vielleicht würde man an diesem kristallenen Ort andere Worte dahersagen, dann waren die gezeigten Gefühle andere, Gesten schienen sich wie Schatten zu wiederholen, die Rede änderte sich, verloren in der unerreichbaren Dimension, schließlich auch das verloren, was auf dieser Seite gesagt worden war, in der Erinnerung bleiben nur einige Fragmente, nicht gleich, nicht ergänzend, nicht in der Lage, die ganze Rede zu rekonstruieren, die auf dieser Seite, wohlgemerkt, deshalb wiederholen sich die Gefühle von gestern nicht in den Gefühlen von heute, sie bleiben auf der Strecke, unwiederbringlich, Stücke eines zersplitterten Spiegels, das Gedächtnis. Während Ricardo Reis die Treppe zum ersten Stock hinuntergeht, zittern ihm etwas die Beine, kein Wunder, die Grippe hinterlässt so etwas, wir wären Ignoranten dieser Materie, meinten wir, dieses Zittern rührte von den Gedanken her, viel weniger von denen, die hier mühsam zusammengefügt wurden, es ist nicht leicht zu denken, wenn man eine Treppe hinuntergeht, jeder von uns kann die Probe machen, Vorsicht vor der vierten Stufe.

Salvador stand an der Rezeption und telefonierte, er machte sich Notizen mit einem Bleistift und sagte, sehr wohl, ja, Senhor, zu Ihren Diensten, und er setzte ein mechanisches, kaltes Lächeln auf, das lediglich Zerstreutheit andeuten sollte, oder lag die Kälte im starren Blick, wie bei Pimenta, der schon das üppige, einige Male unangebrachte Trinkgeld vergessen hatte, nun, geht es dem Senhor Doktor besser, aber der Blick sagte etwas anderes, er drückte aus, ich habe mir gleich gedacht, dass etwas Geheimnisvolles in deinem Leben ist, diese Augen vermögen nichts anderes zu sagen, solange Ricardo Reis nicht bei der Polizei gewesen und zurückgekehrt ist, wenn er zurückkehrt. Jetzt trat der Verdächtige in den Speisesaal, nach den tönenden spanisch klingenden Lauten zu urteilen, scheint es ein Hotel auf der Gran Vía zu sein, das Gemurmel, das in den Pausen an die Ohren dringt, entstammt den bescheidenen Unterhaltungen der Lusitanier, die Stimme des kleinen Landes, das wir sind, schüchtern selbst im eigenen Haus, oder, was auch den Schüchternen eigen ist, bis zur Fistelstimme aufsteigend, um wirkliche oder vermeintliche Genüsse jener Sprache festzustellen, usted, entonces, muchas gracias, pero, vaya, desta suerte, keiner ist perfekter Portugiese, wenn er nicht eine andere Sprache besser spricht als die seine. Marcenda war nicht da, aber Doktor Sampaio, im Gespräch mit zwei Spaniern, die ihm die politische Situation des Nachbarlandes auseinandersetzten und ihre Flucht aus der Heimat schilderten, eine wahre Odyssee, gracias a Dios que vivo a tus pies llego, wie der andere bemerkte. Ricardo Reis bat, sich setzen zu dürfen, und nahm am Ende des breiten Sofas Platz, er saß entfernt von Doktor Sampaio, besser so, denn eigentlich hatte er keine Lust, am spanisch-portugiesischen Dialog teilzuhaben, im Moment interessierte ihn nur, ob Marcenda mitgekommen oder in Coimbra geblieben war. Doktor Sampaio gab nicht zu erkennen, ob er sein Kommen bemerkt hatte, er schüttelte ernst den Kopf, während er Don Alonso zuhörte, er verdoppelte seine Aufmerksamkeit, als Don Lorenzo eine vergessene Einzelheit hinzufügte, und wandte nicht einmal den Blick, als Ricardo Reis, noch als Folge der Grippe, einen heftigen Hustenanfall bekam, der ihn keuchen und die Augen reiben ließ. Schließlich schlug Ricardo Reis eine Zeitung auf, er erfuhr, dass sich in Japan Offiziere des Heeres erhoben hatten, die eine Kriegserklärung an Russland forderten, die Nachricht war ihm seit diesem Morgen bekannt, aber jetzt widmete er ihr besondere Aufmerksamkeit, er sann und wägte ab, fasste sich in Geduld, wird Marcenda herunterkommen, falls sie da ist, du wirst mit mir reden, Doktor Sampaio, wenn du auch tust, als wolltest du es nicht, ich muss sehen, ob dein Blick so starr ist wie Pimentas, denn dass Salvador dir erzählt hat, dass ich zur Polizei muss, daran zweifle ich nicht.

Es schlug acht Uhr, der unnütze Gong ertönte, einige Gäste erhoben sich und gingen hinaus, das Gespräch dort verstummte, die Spanier setzten ungeduldig die Füße auf den Boden, aber Doktor Sampaio hielt sie zurück, er versicherte ihnen, dass sie in Portugal so lange in Frieden leben könnten, wie sie wollten, Portugal ist eine Oase, hier ist die Politik keine Sache des Pöbels, deshalb herrscht so viel Eintracht unter uns, die Ruhe, die Ihnen auf den Straßen auffällt, wohnt auch in unseren Seelen. Doch die Spanier hatten schon des Öfteren und aus anderen Mündern diese Art von Willkommensgrüßen vernommen, der Magen ist kein Organ, das sich damit zufriedengibt, deshalb verabschiedeten sie sich mit zwei Worten, ihre Familien würden darauf warten, dass sie sie aus den Zimmern abholten, hasta pronto. Nun schaute Doktor Sampaio auf Ricardo Reis und rief aus, Sie hier, ich habe Sie nicht gesehen, wie geht es Ihnen? Doch Ricardo Reis sah sehr wohl, dass es Pimenta war, der ihn ansah, oder Salvador, es war kein Unterschied zwischen Hotelchef, Doktor und Hotelbursche, alle gleichermaßen misstrauisch. Ich habe Sie gesehen, doch ich wollte Sie nicht unterbrechen, wie war die Reise, wie geht es Ihrer Tochter? Unverändert, nicht besser und nicht schlechter, das ist unser Kreuz, ihres und meines. Eines Tages werden Sie beide für Ihre Beharrlichkeit belohnt werden, es sind sehr langwierige Behandlungen. Und nachdem sie dies wenige gesagt hatten, schwiegen sie, zwiespältig Doktor Sampaio, ironisch Ricardo Reis, der wohlwollend ein Scheit in den verlöschenden Kamin warf. Ich habe das Buch gelesen, das Sie mir empfohlen haben. Was für ein Buch? Das von der Verschwörung, erinnern Sie sich nicht. Ach ja, wahrscheinlich hat es Ihnen nicht gefallen, war es nichts für Sie. Na hören Sie, ich habe diese vortreffliche nationalistische Denkweise sehr bewundert, die Reinheit der Sprache, die Fülle der Konflikte, die Schärfe des psychologischen Skalpells, vor allem jene generöse Frauenseele, man fühlt sich nach der Lektüre wie nach einem reinigenden Bad, ich glaube wirklich, dass für viele Portugiesen dieses Buch wie eine zweite Taufe ist, ein neuer Jordan, Ricardo Reis krönte seine Lobeshymne, indem er seinem Gesicht so etwas wie einen diskret verklärten Ausdruck verlieh, wodurch Doktor Sampaio aus der Fassung geriet, hin und her gerissen vom Widerspruch, den es zwischen diesen Lobeshymnen und der Vorladung gab, von der ihm Salvador im Vertrauen Mitteilung gemacht hatte, aha, sagte er, indem er fast dem ersten Impuls der Sympathie nachgab, aber der Verdacht war stärker, er beschloss, sich reserviert zu zeigen, die Brücken abzubrechen, wenigstens bis zur Klärung des Falles, ich werde nachschauen, ob meine Tochter schon zum Abendessen fertig ist, und damit eilte er hinaus. Ricardo Reis lächelte, griff wieder zur Zeitung, entschlossen, als Letzter in den Speisesaal zu gehen. Wenig später hörte er die Stimme Marcendas, dann ihren Vater, essen wir mit Doktor Reis, hatte sie gefragt, und er, es ist nichts abgemacht, der Rest des Gespräches, falls es eine Fortsetzung fand, wurde hinter den verglasten Türen geführt, es könnte so gewesen sein, wie du siehst, ist er nicht einmal da, außerdem habe ich da einige Dinge gehört, es ist besser, wir zeigen uns nicht zusammen in der Öffentlichkeit. Was für Dinge, Vater. Sie haben ihn zur Staatsschutzpolizei bestellt, stell dir das vor, offen gesagt, das überrascht mich nicht, ich habe immer gewusst, dass da irgendein Geheimnis ist. Zur Polizei? Ja, zur Polizei, und gleich zu dieser. Aber er ist Arzt, er ist aus Brasilien gekommen. Was wissen wir denn schon, er sagt, dass er Arzt ist, er kann doch von dort geflohen sein. Aber Vater. Du bist ein Kind, kennst das Leben nicht, sieh, wir werden uns an diesen Tisch dort setzen, das Ehepaar ist aus Spanien, es scheinen vornehme Leute zu sein. Ich würde lieber mit dir allein sitzen, Vater. Die Tische sind alle besetzt, entweder wir setzen uns dazu, oder wir warten, aber ich würde mich lieber gleich hinsetzen, ich möchte Neuigkeiten aus Spanien hören. Gut, Vater. Ricardo Reis war auf sein Zimmer zurückgekehrt, er hatte es sich anders überlegt, er bat, ihm das Abendessen zu bringen, ich fühle mich noch etwas schwach, sagte er, und Salvador nickte nur, ohne weitere Vertraulichkeit zu zeigen. An diesem Abend, zu später Stunde, schrieb Ricardo Reis einige Verse, wie die Steine, die am Rande felsiger Schluchten das Schicksal für uns vorsieht, und hier bleiben wir stehen, nur dies, später würde man sehen, ob aus so wenigem eine Ode zu machen ist, um weiterhin diesen Namen poetischen Kompositionen zu geben, die niemand zu singen weiß, falls sie singbar sein sollten, und mit welcher Musik, wie es bei den Griechen war, zu ihrer Zeit. Eine halbe Stunde später fügte er hinzu, fügen wir uns in das, was wir sind, nichts weiter ist uns gegeben, dann legte er das Blatt beiseite und murmelte, wie oft werde ich das schon auf verschiedene Weise geschrieben haben. Er saß auf dem Sofa, zur Tür gewandt, die Stille hockte auf seinen Schultern wie ein verwunschener Kobold. Da hörte er ein weiches Gleiten von Füßen auf dem Korridor, es ist Lídia, die dort kommt, so früh, doch sie war es nicht, unter der Tür erschien ein gefaltetes Papier, weiß, sehr langsam schob es sich vor, dann wurde es mit einer heftigen Bewegung nach vorn gestoßen. Ricardo Reis öffnete die Tür nicht, er begriff, dass er es nicht tun durfte. Er wusste, wer gekommen war, wer das Blatt beschrieben hatte, er war dessen so sicher, dass er sich nicht einmal mit dem Aufstehen beeilte, er schaute auf das Papier, das jetzt halb geöffnet dalag, schlecht gefaltet, stellte er fest, eilig geknifft, hastig beschrieben, mit unruhigen, spitzen Buchstaben, zum ersten Mal sah er diese Handschrift, wie mag das geschrieben worden sein, vielleicht mit einem Gewicht auf dem oberen Teil des Blattes, um es festzuhalten, vielleicht auch mit der linken Hand, um das Papier zu beschweren, beide leblos, oder mit einer jener Stahlklammern, die man in den Notariaten benutzt, um Dokumente zusammenzuhalten, es tut mir leid, Sie nicht gesehen zu haben, steht dort, aber es war besser so, mein Vater will nur mit den Spaniern zusammen sein, und außerdem hat man ihm sofort nach unserer Ankunft von Ihrer polizeilichen Vorladung erzählt, er möchte nicht mit Ihnen gesehen werden. Aber ich würde Sie gern sprechen, niemals werde ich Ihre Hilfe vergessen. Morgen zwischen drei und halb vier werde ich am Alto de Santa Catarina vorbeikommen, wenn Sie wollen, können wir uns dort ein bisschen unterhalten. Ein Fräulein aus Coimbra verabredet in einem heimlichen Billett ein Treffen mit einem Arzt mittleren Alters, der aus Brasilien gekommen ist, vielleicht auf der Flucht, was für ein Tränenmeer bereitet sich hier vor.

Am nächsten Tag aß Ricardo Reis in der Baixa zu Mittag, er suchte wieder die Irmãos Unidos auf, die Vereinten Brüder, einen besonderen Grund gab es nicht, vielleicht zog einfach der Name des Restaurants denjenigen an, der keine Brüder hatte und bar aller Freunde war, er leidet unter solchen Nostalgien, schlimmer noch, wenn der Körper schwach ist, nicht nur die Beine zittern als Folge der Grippe, sondern auch die Seele, wie bei anderer Gelegenheit zu beobachten war. Der Himmel war bedeckt, es war etwas kühl. Ricardo Reis schlenderte langsam die Rua do Carmo hinauf, er blickte in die Schaufenster, es ist noch zu früh für sein Treffen, er versucht sich zu erinnern, ob er schon einmal so eine Situation erlebt hat, dass eine Frau die Initiative ergriff und zu ihm sagte, seien Sie dort und dort, um soundsoviel Uhr, er kann sich jedenfalls nicht daran erinnern, das Leben ist voller Überraschungen. Jedoch mehr als die Überraschungen des Lebens erstaunt es ihn, dass er keine Nervosität verspürt, es wäre nur natürlich, die Nachricht, das Geheimnis, die Verschwiegenheit; es ist, als umhüllte ihn ein Nebel, als fiele es ihm schwer, die Aufmerksamkeit zu schärfen, tief im Innern glaubt er vielleicht selbst nicht daran, dass Marcenda erscheinen wird. Er kehrte ins Brasileira ein, um ein wenig die Beine auszuruhen, trank einen Kaffee, hörte Stimmengewirr, wohl Literaten, man zog über jemanden her, war dieser Jemand eine Person oder ein Tier, ein Hornochse ist der, und da sich das Gespräch mit einem anderen überschnitt, mischte sich ständig eine autoritäre Stimme ein, die erklärte, ich habe es direkt aus Paris, irgendjemand kommentierte, es gibt einen, der das Gegenteil behauptet, er erfuhr weder, an wen dieser Satz gerichtet war, noch, was dieser zu bedeuten hatte, war es ein Hornochse, oder war es keiner, kam es oder kam es nicht aus Paris. Ricardo Reis erhob sich, es war Viertel vor drei, Zeit zu gehen, er überquerte den Platz, auf dem sie den Dichter aufgestellt hatten, alle portugiesischen Wege führten zu Camões, der jedes Mal verändert scheint, je nach den Augen, die ihn betrachten, zu seinen Lebzeiten die Hand an den Waffen und die Gedanken den Musen zugeeignet, jetzt das Schwert in der Scheide, das Buch geschlossen, die Augen blind, beide, die Taubenschnäbel treffen sie ebenso wie die gleichgültigen Blicke der Passanten. Es ist noch nicht drei, als er am Alto de Santa Catarina ankommt. Die Palmen scheinen vor der leichten Brise, die vom Meer herüberweht, zu erschauern, doch die steifen Palmwedel bewegen sich kaum. Ricardo Reis vermag sich nicht zu erinnern, ob die Bäume schon hier standen, als er vor sechzehn Jahren nach Brasilien abreiste. Was ganz bestimmt noch nicht da war, ist dieser große, grob behauene Steinblock, von hier aus scheint es nur ein Felsbrocken zu sein, aber letztlich ist es ein Denkmal, der wütende Adamastor, wenn sie ihn hierhergestellt haben, dann dürfte das Kap der Guten Hoffnung nicht weit sein.

Dort unten auf dem Fluss schaukeln Fregatten, ein Schlepper zieht zwei Kähne hinter sich her, die Kriegsschiffe sind an den Bojen verankert, mit dem Bug zur Hafeneinfahrt, ein Zeichen, dass die Flut kommt. Ricardo Reis läuft die schmalen, feuchten Lehmwege entlang, es befinden sich keine weiteren Schaulustigen auf dieser Tejo-Aussicht, wenn wir die beiden Alten auf der Bank nicht mitrechnen, schweigsam, wahrscheinlich kennen sie sich schon so lange, dass sie nichts mehr zu bereden haben, vielleicht wollen sie nur erfahren, wer zuerst stirbt. Fröstelnd, den Kragen des Wettermantels hochgeschlagen, so näherte sich Ricardo Reis dem Gitter, das den ersten Absatz des Hügels abgrenzte, daran denken, dass auf diesem Fluss die Reise begann, welches Handelsschiff, welche Flottille, welche Flotte kann den Weg finden, und wohin, frage ich mich, und welchen. Sie hier, warten Sie auf jemanden, das war die Stimme Fernando Pessoas, scharf und ironisch, Ricardo Reis drehte sich zu dem in Schwarz gekleideten Mann um, der neben ihm stand, mit den weißen Händen die Stäbe umfassend, das war es nicht, was ich erwartete, als ich auf den Meereswellen hierherkam, ich warte auf jemanden, ja. Sie sehen aber gar nicht gut aus. Ich hatte Grippe, eine ziemlich schwere, aber es ging schnell vorüber. Dieser Ort hier ist nicht der beste für Ihre Genesung, so den Meereswinden ausgesetzt. Es ist nur eine Brise, die vom Fluss herüberweht, das stört mich nicht. Es ist eine Frau, auf die Sie warten? Es ist eine Frau. Bravo, ich sehe, dass Sie des Ideals des körperlosen Weiblichen müde geworden sind, Sie haben die ätherische Lídia gegen eine handfeste Lídia eingetauscht, ich habe sie sehr wohl im Hotel gesehen, und jetzt warten Sie hier auf eine andere Dame, zum Don Juan geworden in Ihrem Alter, zwei in so kurzer Zeit, Glückwunsch, bis tausendunddrei fehlten nicht mehr viele. Danke, wie ich sehe, sind die Toten noch schlimmer als die Alten, wenn ihnen nach Reden ist, verlieren sie das Taktgefühl. Sie haben recht, vielleicht ist es die Verzweiflung, weil sie nicht gesagt haben, was sie wollten, als es noch erreichbar war. Ich bin gewarnt. Es nützt nichts, gewarnt zu sein, soviel Sie auch reden, soviel wir auch reden mögen, es bleibt immer ein Wörtchen ungesagt. Ich frage nicht, was für ein Wörtchen das ist. Daran tun Sie sehr gut, solange wir die Fragen unterdrücken, leben wir in der Illusion, noch die Antworten erhalten zu können. Hören Sie, Fernando, ich möchte nicht, dass die Person, auf die ich warte, Sie sieht. Seien Sie unbesorgt, das Schlimmste, was passieren kann, ist, dass sie von weitem bemerkt, wie Sie Selbstgespräche führen, aber das ist auch nichts Besonderes, alle Verliebten sind so. Ich bin nicht verliebt. Da bedauere ich Sie aber, lassen Sie mich Ihnen das sagen, Don Juan war wenigstens ehrlich, wollüstig, aber ehrlich, Sie sind wie die Wüste, nicht einmal einen Schatten werfen Sie. Wer keinen Schatten hat, sind Sie. Verzeihung, einen Schatten habe ich, wenn ich will, was ich nicht vermag, ist, mich im Spiegel zu sehen. Jetzt haben Sie mich an etwas erinnert, sagen Sie, haben Sie sich zum Fasching als Tod verkleidet. Oh, Reis, haben Sie denn nicht gemerkt, dass es Spaß gewesen ist, ein Toter ist eine ernsthafte Person, abwägend, er ist sich seines erreichten Zustands bewusst, und er ist diskret, die absolute Nacktheit wie die des Skeletts lehnt er ab, und wenn er erscheint, dann verhält er sich wie ich, er trägt den Anzug, mit dem man ihn bekleidet hatte, oder er hüllt sich in ein Leichentuch, falls er jemanden erschrecken will, was ich übrigens als Mann von gutem Geschmack und Achtung, für den ich mich noch immer halte, niemals tun würde, seien Sie gerecht mir gegenüber. Diese Antwort habe ich erwartet, oder eine ähnliche, und jetzt bitte ich Sie zu gehen, dort kommt die Person, auf die ich wartete. Dieses Mädchen. Ja. Nicht hässlich, ein bisschen mager für meinen Geschmack. Dass ich nicht lache, es ist das erste Mal im Leben, dass ich aus Ihrem Munde Äußerungen über

Frauen vernehme, o heimlicher Satyr, o falscher Hengst. Adeus, mein lieber Reis, bis zum nächsten Mal, ich lass Sie mit der Kleinen flirten, eigentlich enttäuschen Sie mich, Liebhaber von Zimmermädchen, Verehrer der jungen Damen, ich achtete Sie mehr, als Sie das Leben aus der Distanz sahen, die ihm nun mal eigen ist. Das Leben, Fernando, ist immer nahe. Nun, dann überlasse ich es Ihnen, wenn das Leben so ist. Marcenda kam den Weg zwischen den blumenlosen Rabatten herunter, Ricardo Reis ging ihr entgegen. Sie haben mit sich selbst gesprochen, fragte sie. In gewisser Weise ja, ich sagte ein paar Verse vor mich hin, von meinem Freund geschrieben, der vor einigen Monaten gestorben ist, vielleicht kennen Sie ihn. Wie hieß er denn? Fernando Pessoa. Ich erinnere mich schwach an diesen Namen, aber nicht daran, irgendetwas von ihm gelesen zu haben. Zwischen dem, was ich lebe, und dem Leben, dem, der ich bin, und meinem Sein schlaf ich auf abwärtsgeneigten Wegen, ein Abstieg ist es, der nicht mein. Waren das die Verse, die Sie soeben gesprochen hatten? Ja. Sie hätten von mir sein können, wenn ich es richtig verstanden habe, sie sind so einfach. Sie haben recht, jedermann hätte sie schreiben können. Aber es musste diese Person kommen, um sie zu schreiben. Es ist wie mit allen Dingen, den guten und den schlechten, immer braucht es Menschen, sie zu tun, denken Sie nur an die Lusiaden, haben Sie schon einmal bedacht, dass wir ohne Camões nicht die Lusiaden hätten, können Sie sich unser Portugal ohne Camões und die Lusiaden vorstellen. Es scheint ein Spiel, ein Rätselraten. Nichts ernster als das, wenn wir ernsthaft darüber nachdächten, aber sprechen wir lieber von Ihnen, sagen Sie mir, wie es Ihnen ergangen ist, wie geht es Ihrer Hand? Unverändert, hier ist sie, in der Tasche, wie ein toter Vogel. Sie dürfen die Hoffnung nicht aufgeben. Ich vermute, ich habe sie schon aufgegeben, eines Tages werde ich noch nach Fátima fahren, um zu sehen, ob der Glaube mich noch retten kann. Haben Sie einen Glauben? Ich bin Katholikin. Praktizierende? Ja, ich besuche die Messe, beichte, empfange die Kommunion, ich tue alles, was die Katholiken tun. Sie machen keinen überzeugenden Eindruck. Es ist nicht meine Art, dem, was ich sage, besonderen Ausdruck zu verleihen. Darauf antwortete Ricardo Reis nicht, die Sätze, wenn sie ausgesprochen sind, gleichen Türen, sie bleiben offen, fast immer treten wir ein, doch zuweilen bleiben wir draußen, darauf wartend, dass eine andere Tür sich öffnet, dass ein anderer Satz gesagt wird, zum Beispiel dieser, der sich vielleicht eignet, ich bitte Sie, meinem Vater zu verzeihen, das Ergebnis der Wahlen in Spanien hat ihn nervös gemacht, gestern hat er nur mit Leuten gesprochen, die von dort geflohen sind, und überdies hat Salvador ihn sogleich wissen lassen, dass Sie zur Polizei vorgeladen sind. Wir kennen uns schlecht, Ihr Vater hat mir nichts getan, was ich entschuldigen müsste, und außerdem, die Sache wird nicht weiter wichtig sein, am Montag werde ich wissen, was sie von mir wollen, ich werde auf das antworten, wonach sie mich fragen, und auf nichts weiter. Ein Glück, dass Sie nicht beunruhigt sind. Dafür gibt es keinen Grund, ich habe nichts mit der Polizei zu tun, ich habe all die Jahre in Brasilien gelebt, niemals war ich dort beunruhigt, viel weniger Grund, mich nun hier zu beunruhigen, um offen mit Ihnen zu sprechen, ich fühle mich noch nicht einmal so richtig als Portugiese. So Gott will, wird alles gutgehen. Es wird Gott nicht gefallen zu hören, dass wir glauben, die Dinge laufen schlecht, weil er nicht wollte, dass sie gut laufen. Man sagt das so daher, wir hören es und wiederholen es, ohne nachzudenken, wir sagen, so Gott will, nur die Worte, wahrscheinlich ist niemand in der Lage, sich Gott in Gedanken vorzustellen, und den Willen Gottes, Sie werden meine Anmaßung entschuldigen müssen, wer bin ich denn, um so zu sprechen. Es ist wie leben, wir werden geboren, sehen, wie die anderen leben, machen uns auch ans Leben, indem wir sie nachahmen, ohne zu wissen, warum und wozu. Es ist sehr traurig, was Sie sagen. Ich bitte Sie um Entschuldigung, heute bin ich keine Hilfe für Sie, ich habe meine Pflichten als Arzt vergessen, ich müsste Ihnen dafür danken, dass Sie hierhergekommen sind, um das Verhalten Ihres Vaters zu entschuldigen. Hauptsächlich bin ich gekommen, um Sie zu sehen und mit Ihnen zu reden, morgen fahren wir nach Coimbra zurück, ich hatte Angst, dass es keine andere Gelegenheit geben würde. Der Wind ist stärker geworden, sehen Sie sich gut vor. Sorgen Sie sich nicht um mich, ich habe den Ort für unsere Begegnung schlecht gewählt, ich hätte daran denken müssen, dass Sie krank und bettlägerig waren. Eine Grippe ohne Komplikationen, oder nicht einmal das, eine Erkältung. Ich komme erst in einem Monat wieder nach Lissabon, wie üblich, ich werde nicht erfahren, wie es Montag ausgegangen sein wird. Ich habe Ihnen schon gesagt, dass es nicht so wichtig ist. Trotzdem, ich würde es gern wissen. Nur wie? Schreiben Sie mir, ich gebe Ihnen meine Adresse, nein, schreiben Sie besser postlagernd, mein Vater könnte zu Hause sein, wenn die Post gerade kommt. Meinen Sie, dass es Sinn hat, der mysteriöse Brief aus Lissabon mit dem großen Geheimnis. Scherzen Sie nicht, es würde mir sehr schwerfallen, einen Monat zu warten, um zu erfahren, was geschehen ist, ein Wort genügt. Abgemacht, doch wenn Sie keine Nachricht von mir erhalten, dann bedeutet es, dass ich in ein finsteres Loch geworfen oder in den höchsten Turm dieses Reiches gesperrt wurde, aus dem Sie mich dann bitte erretten möchten. Ihre Prophezeiungen reichen weit, aber jetzt muss ich gehen, ich habe mich mit meinem Vater verabredet, wir wollen zum Arzt. Marcenda half mit der rechten Hand der linken aus der Tasche und streckte sie dann beide aus, weshalb tat sie das, für die Verabschiedung hätte die Rechte ausgereicht, in diesem Moment lagen sie zusammen im Konkav der

Hände von Ricardo Reis, die Alten schauten und verstanden nicht, später werde ich zum Abendessen hinunterkommen, aber ich werde mich damit begnügen, Ihren Vater von weitem zu begrüßen, ich werde mich nicht nähern, so kann er sich unbefangen seinen neuen spanischen Freunden widmen. Ich wollte Sie um dasselbe bitten. Dass ich nicht in Ihre Nähe komme. Dass Sie im Speisesaal essen, so werde ich Sie sehen können. Marcenda, weshalb wollen Sie mich sehen, weshalb? Ich weiß es nicht, sie entfernte sich, ging die Steigung hinauf, oben blieb sie stehen, um die linke Hand bequemer in der Tasche zurechtzulegen, dann setzte sie ihren Weg fort, ohne sich umzusehen. Ricardo Reis schaute auf den Fluss, ein großes Dampfschiff lief ein, es war nicht die Highland Brigade, diese kennenzulernen, hatte er genügend Zeit gehabt. Die beiden Alten unterhielten sich, er könnte ihr Vater sein, sagte der eine, es ist bestimmt eine Liebschaft, meinte der andere, ich verstehe nur nicht, was dieser Kerl in Schwarz hier die ganze Zeit zu suchen hatte. Was für ein Kerl? Der da, der am Gitter lehnt. Ich sehe niemanden. Du brauchst eine Brille. Und du bist betrunken. Es war immer so zwischen diesen beiden Alten, fingen sie mit der Unterhaltung an, kamen sie bald ins Streiten, jeder saß schließlich auf seiner eigenen Bank, dann setzten sie sich wieder zusammen. Ricardo Reis entfernte sich vom Gitter, ging an den Rabatten vorbei und nahm die Straße, die er gekommen war. Als er nach links schaute, zufällig, sah er ein Haus mit einer Inschrift in Höhe des zweiten Stockwerks. Ein Windstoß schüttelte die Palmen. Die Alten erhoben sich. Es schien, als wäre niemand auf dem Alto de Santa Catarina zurückgeblieben.

Wer sagt, dass die Natur gleichgültig gegenüber den Schmerzen und Sorgen der Menschen sei, der versteht weder etwas von den Menschen noch von der Natur. Ein Ärgernis, sei es noch so flüchtig, eine Migräne, selbst wenn sie von den erträglichen ist, verändern unweigerlich den Lauf der Gestirne, verwirren die Regelmäßigkeit der Gezeiten, verspäten den Mondaufgang, vor allem aber stören sie die Ordnung der Lüfte, das Auf und Ab der Wolken, es genügt, dass ein Tostão an den gesparten Escudos fehlt, um die Schuld am letzten Tag zu begleichen, und sofort erheben sich die Winde, der Himmel öffnet seine Schleusen, es ist die Natur, die mit dem bedrängten Schuldner fühlt. Die Skeptiker, jene, deren Beruf es ist, an allem zu zweifeln, selbst ohne Beweise dafür oder dagegen, werden sagen, dass die Behauptung, eine verirrte Schwalbe habe noch keinen Frühling gemacht, unbeweisbar sei. Sie irrte sich in der Jahreszeit, und sie beachten nicht, dass man sonst nicht das anhaltend schlechte Wetter von Monaten erklären könnte, oder von Jahren, denn vorher weilten wir nicht hier, die Windsbräute, die Sintfluten, die Überschwemmungen, man hat schon so viel von dieser Nation gesprochen, dass man aus ihrem Leid die Unregelmäßigkeit der Meteoriten ableiten kann, wir erinnern die Vergesslichen nur an die Tollwut jener Alentejaner, an die Pocken in Lebução und Fatela, den Typhus in Valbom und, damit nicht nur von Krankheiten die Rede ist, an die zweihundert Menschen, die in drei Stockwerken eines Hauses in Miragaia wohnen, das ist in Porto, ohne

Licht, irgendwo schlafend, um schreiend zu erwachen, die Frauen in wartender Reihe, um die Töpfe auszugießen, den Rest mag die Phantasie besorgen, für irgendetwas muss sie uns ja nützen. Sehen Sie, da es so zugeht, wie unwiderleglich gezeigt wurde, versteht man, warum das Wetter Bäume entwurzelt, Dächer abdeckt und Telegrafenmasten knickt, es ist Ricardo Reis, der sich mit unruhiger Seele zur Polizei begibt, den Hut festhaltend, damit ihn die Böen nicht wegwehen, wenn es so regnet, wie es bläst, dann steh uns Gott bei. Von Süden braust der Wind heran, die Rua do Alecrim hinauf, immerhin eine Wohltätigkeit, besser als die der Heiligen, die nur nach unten helfen können. Den Weg kennen wir schon, hier an der Kirche der Encarnação biegt man ab, sechzig Schritte bis zur nächsten Ecke, man kann sich nicht verlaufen, wieder der Wind, jetzt bläst er von vorn, ist er es, der das Laufen erschwert, oder verweigern die Füße den Weg, doch Uhrzeit ist Uhrzeit, dieser Mann ist die Pünktlichkeit in Person, es ist noch nicht zehn, und schon tritt er durch jene Tür, er zeigt das Papier vor, das man ihm von dort geschickt hat, wollen Sie erscheinen, und er ist erschienen, er hat den Hut in der Hand, für einen Moment groteskerweise erleichtert, dass ihn der Wind nicht mehr belästigt, man hat ihn in den ersten Stock geschickt, und er ist hinaufgegangen, er hält die Vorladung wie eine Lampe vor sich, die nicht brennt, ohne sie würde er nicht wissen, wohin er geht, wohin er die Füße setzt, dieses Papier ist ein Schicksal, das man nicht lesen kann, so wie bei dem Analphabeten, den man mit einem Befehl zum Henker schickte, dem Überbringer ist der Kopf abzuschlagen, er geht, vielleicht singend, weil der Tag ihm gut begann, auch die Natur kann nicht lesen, wenn das Henkersbeil den Kopf vom Rumpf trennt, werden die Sterne revoltieren, zu spät. Ricardo Reis hat auf einer durchgesessenen Bank Platz genommen, man hatte ihm bedeutet zu warten, jetzt verstört, weshalb sie ihm die Vorladung geschickt hatten, es gibt noch mehr Leute hier, wäre dies ein Wartezimmer beim Arzt, dann würden die Leute miteinander reden, bei mir sind es die Lungen, bei mir die Leber oder die Nieren, was es hier ist, weiß man nicht, sie schweigen, würden sie sprechen, dann erklärten sie, plötzlich geht es mir wieder gut, kann ich wieder gehen? Es wäre eine Frage, wie man sieht, das beste Mittel gegen Zahnschmerzen ist die Türschwelle beim Zahnarzt. Eine halbe Stunde verging, und niemand kam, Ricardo Reis aufzurufen, die Türen öffneten und schlossen sich, man hörte Telefone klingeln, zwei Männer blieben in der Nähe stehen, einer von ihnen lachte laut, der weiß nicht einmal, was ihn erwartet, dann verschwanden sie hinter einer Windfangtür, haben die von mir gesprochen, überlegte Ricardo Reis und fühlte einen Druck im Magen, wenigstens haben wir erfahren, was ihn bedrückt, er führte die Hand zur Westentasche, um die Uhr herauszuziehen und die Zeit festzustellen, die er schon wartete, doch mitten in der Bewegung hielt er inne, er wollte ihnen nicht seine Unruhe zeigen. Schließlich rief man ihn, nicht mit lauter Stimme, ein Mann öffnete halb den Windfang und machte eine Kopfbewegung, und Ricardo Reis beeilte sich, dann aber, aus instinktiver Würde, falls Würde ein Instinkt ist, verlangsamte er den Schritt, das war die Verweigerung, die in seiner Macht stand. Er folgte dem Mann, der penetrant nach Zwiebel roch, durch einen langen Gang mit Türen zu beiden Seiten, alle geschlossen, am Ende des Ganges klopfte der Mann leise an eine Tür, öffnete sie und befahl, treten Sie ein, er betrat ebenfalls den Raum, ein Mann, der am Schreibtisch saß, sagte zu ihm, bleib hier, vielleicht wirst du gebraucht, und zu Ricardo Reis, indem er auf einen Stuhl zeigte, setzen Sie sich, und Ricardo Reis setzte sich, jetzt mit einer nervösen Gereiztheit, einem leichten Unmut, das machen sie, um mich einzuschüchtern, dachte er. Der am Schreibtisch nahm die Vorladung, las sie bedächtig, als hätte er nie zuvor in seinem Leben ein ähnliches Papier gesehen, dann legte er es vorsichtig auf die grüne Löschunterlage, warf noch einen letzten Blick darauf, wie einer, der sich noch einmal vergewissern will, um keinen Fehler zu machen, so, nun ist alles klar, alles bereit, Ihren Ausweis, wenn ich bitten darf, sagte er. Wenn ich bitten darf, diese Worte verringerten Ricardo Reis' Nervosität, es ist wohl wahr, dass man mit einer guten Erziehung alles erreicht. Er zog den Ausweis aus der Brieftasche, und um ihn zu überreichen, erhob er sich ein wenig vom Stuhl, diese Bewegung genügte, dass sein Hut auf den Fußboden fiel, er kam sich lächerlich vor, wieder überkam ihn Nervosität. Der Mann las Zeile für Zeile im Ausweis, verglich das Lichtbild mit dem Gesicht seines Gegenübers, machte ein paar Notizen, dann legte er das Büchlein zugeklappt neben die Vorladung, mit der gleichen Sorgfalt, eine Manie, dachte Ricardo Reis, aber mit lauter Stimme antwortete er auf eine Frage hin, ja, Senhor, ich bin Arzt und vor zwei Monaten aus Rio de Janeiro gekommen. Waren Sie seit Ihrer Ankunft ständiger Gast im Hotel Bragança? Ja. Auf welchem Schiff sind Sie gereist? Auf der Highland Brigade, von der Royal Mail, am neunundzwanzigsten Dezember bin ich in Lissabon an Land gegangen. Sind Sie allein gereist oder in Begleitung? Allein. Sind Sie verheiratet? Nein, ich bin nicht verheiratet, aber ich hätte gern gewusst, weshalb ich hierherbestellt wurde, was für Gründe liegen vor, mich zur Polizei zu bestellen, an so etwas habe ich nie gedacht. Wie viel Jahre haben Sie in Brasilien gelebt? Ich bin neunzehnhundertneunzehn dorthin gegangen, aber die Gründe, die hätte ich gern gewusst. Antworten Sie nur auf meine Fragen, überlassen Sie die Gründe mir, so läuft es besser mit uns beiden. Ja, Senhor. Da wir nun einmal über Gründe sprechen, sind Sie aus irgendeinem besonderen Grund nach Brasilien gegangen? Ich bin ausgewandert, weiter nichts. Im Allgemeinen wandern Ärzte nicht aus. Ich bin ausgewandert. Warum, hatten Sie hier keine Patienten? Doch, aber ich wollte Brasilien kennenlernen, dort arbeiten, nur deshalb. Und jetzt sind Sie zurückgekehrt. Ja, ich bin zurückgekehrt. Warum? Die portugiesischen Auswanderer kehren hin und wieder zurück. Aus Brasilien fast nie. Ich bin zurückgekehrt. Ist es Ihnen schlecht ergangen? Im Gegenteil, ich hatte sogar eine gutgehende Praxis. Und sind zurückgekommen. Ja, ich bin zurückgekommen. Um was zu tun, wenn nicht zu praktizieren? Wie kommen Sie darauf, dass ich nicht praktiziere? Ich weiß es. Vorerst praktiziere ich nicht, aber ich denke daran, eine Praxis zu eröffnen, wieder Wurzeln zu schlagen, das hier ist meine Heimat. Das soll heißen, dass Sie plötzlich von Heimweh übermannt wurden, nach sechzehnjähriger Abwesenheit? So ist es, aber ich kann nur wiederholen, dass ich den Sinn dieses Verhörs nicht verstehe. Es handelt sich nicht um ein Verhör, wie Sie bemerken können, werden Ihre Erklärungen nicht einmal festgehalten. Umso weniger verstehe ich das alles. Ich war neugierig, Sie kennenzulernen, einen portugiesischen Arzt, der in Brasilien gut gelebt hat und der sechzehn Jahre später zurückkehrt, seit zwei Monaten in einem Hotel lebt, der nicht arbeitet. Ich habe Ihnen schon erklärt, dass ich wieder eine Praxis eröffnen will. Wo? Ich habe mich noch nicht umgesehen, die Gegend will gut gewählt sein, so etwas kann man nicht leichthin entscheiden. Sagen Sie mir etwas anderes, haben Sie viele Leute in Rio de Janeiro, in anderen brasilianischen Städten kennengelernt? Ich bin nicht viel gereist, meine Freunde waren alle aus Rio. Was für Freunde? Ihre Fragen berühren mein Privatleben, ich bin nicht verpflichtet, Ihnen darauf zu antworten, oder aber ich verlange die Anwesenheit meines Rechtsanwalts. Haben Sie einen Rechtsanwalt? Nein, aber ich kann einen damit beauftragen. Dieses Haus betreten Rechtsanwälte nicht, außerdem sind Sie keines Verbrechens angeklagt, es handelt sich nur um eine Unterhaltung. Es mag eine Unterhaltung sein, aber ich habe nicht darum ersucht, und nach der Art der Fragen, die mir gestellt wurden, haben sie mehr den Charakter einer Untersuchung als einer Unterhaltung. Kommen wir wieder zur Sache, was waren das für Freunde? Ich antworte darauf nicht. Senhor Doktor Reis, wenn ich an Ihrer Stelle wäre, dann würde ich antworten, das ist viel besser für Sie, wir wollen doch den Fall nicht unnötig komplizieren. Es waren Portugiesen, Brasilianer, alles Leute, die mich erst als Patienten in meiner Praxis aufsuchten, daraus entstanden dann Beziehungen, wie sie sich im gesellschaftlichen Leben entwickeln, es führt hier zu nichts, Namen zu nennen, die Sie nicht kennen. Darin irren Sie sich, ich kenne viele Namen. Ich werde keinen nennen. Sehr gut, ich habe andere Möglichkeiten, es zu erfahren, wenn es nötig ist. Wie Sie meinen. Gab es Militärs unter Ihren Freunden, oder Politiker? Mit solchen Leuten hatte ich nie was zu tun. Kein Militär, kein Politiker? Ich kann nicht garantieren, dass mich vielleicht einer in meiner Praxis aufgesucht hat. Aber von diesen ist keiner Ihr Freund geworden? Zufällig nicht. Keiner? Nein, keiner. Ein sonderbarer Zufall. Das Leben steckt voller Zufälle. Waren Sie in Rio de Janeiro, als die letzte Revolte ausbrach? Ja. Meinen Sie nicht, dass es auch ein sonderbarer Zufall ist, dass Sie nach dem revolutionären Putschversuch umgehend nach Portugal zurückgekehrt sind? Das ist ebenso sonderbar wie der Umstand, dass das Hotel, in dem ich wohne, nach den Wahlen in Spanien voller Spanier ist. Aha, Sie wollen damit sagen, dass Sie aus Brasilien geflohen sind. Das habe ich nicht gesagt. Sie haben Ihren Fall mit dem der Spanier verglichen, die nach Portugal gekommen sind. Das war nur, um zu zeigen, dass es immer eine Ursache für die Wirkung gibt. Und Ihre Wirkung, was hatte sie für Ursachen? Ich habe es Ihnen doch erzählt, ich fühlte Heimweh und beschloss zurückzukehren. Sie wollen sagen, Sie kamen nicht aus Angst zurück? Angst wovor? Vor Belästigungen seitens der dortigen Behörden zum Beispiel. Niemand hat mich belästigt, weder vor noch nach der Revolte. Die Dinge brauchen mitunter ihre Zeit, auch wir haben Sie erst nach zwei Monaten vorgeladen. Ich möchte noch immer wissen, warum. Etwas anderes, wenn die Aufständischen gewonnen hätten, wären Sie dageblieben oder dann auch zurückgekehrt? Ich habe Ihnen schon gesagt, der Grund meiner Rückkehr hat nichts mit Politik oder Revolution zu tun, und außerdem war es nicht die einzige Revolution, die es während der Zeit, in der ich dort lebte, gegeben hat. Das ist eine gute Antwort, doch die Revolutionen sind nicht alle gleich und wollen auch nicht alle dasselbe. Ich bin Arzt, weder weiß ich etwas über Revolutionen, noch will ich etwas darüber wissen, mich interessieren nur die Kranken. Im Moment wohl nicht so sehr. Es wird mich wieder mehr interessieren. Hatten Sie in der Zeit, die Sie in Brasilien verbrachten, irgendwelche Probleme mit den Behörden? Ich bin ein friedfertiger Mensch. Und hier, haben Sie seit Ihrer Ankunft Freundschaften aufgefrischt? Sechzehn Jahre genügen, um zu vergessen und vergessen zu werden. Das ist keine Antwort auf die Frage. Ich sagte ja, ich habe vergessen und wurde vergessen, ich habe hier keine Freunde. Haben Sie nie daran gedacht, sich in Brasilien einbürgern zu lassen? Nein. Finden Sie Portugal verändert gegenüber der Zeit, als Sie nach Brasilien gingen? Darauf kann ich nicht antworten, bis jetzt habe ich Lissabon noch nicht verlassen. Und Lissabon, finden Sie es anders? Sechzehn Jahre bringen Veränderungen mit sich. Die Straßen sind ruhig. Ja, das habe ich bemerkt. Die Regierung der Nationalen Diktatur hat das Volk zum Arbeiten gebracht. Daran zweifle ich nicht. Patriotismus herrscht im Land, Aufopferung für das Gemeinwohl, alles geschieht für die Nation. Zum Glück für die Portugiesen. Zum Glück für Sie, Sie gehören auch dazu. Ich werde nicht den Teil der Wohltaten zurückweisen, der mir bei der Verteilung zukommt, ich sehe, dass man für Armenspeisungen sorgt. Sie sind nicht arm, Senhor Doktor. Ich kann es eines Tages sein. Weise Voraussicht. Danke, aber wenn so etwas eintritt, gehe ich nach Brasilien zurück. In Portugal wird es so bald keine Revolutionen mehr geben, die letzte war vor zwei Jahren und nahm für die Beteiligten ein schlimmes Ende. Ich weiß nicht, wovon Sie reden, von jetzt ab habe ich auch keine Antworten mehr für Sie. Das macht nichts, meine Fragen sind alle gestellt. Darf ich mich zurückziehen? Sie dürfen, hier ist Ihr Ausweis, Victor, bring den Herrn Doktor zur Tür. Victor trat näher, kommen Sie, seinem Mund entströmte Zwiebelgeruch, wie ist das möglich, dachte Ricardo Reis, so früh und mit diesem Geruch, vielleicht isst er sie zum Frühstück. Auf dem Flur sagte Victor, ich habe es kommen sehen, dass Sie unseren Doktor verärgern werden, Sie sind ins Fettnäpfchen getreten. Ich ihn verärgert, wie denn? Sie haben sich geweigert zu antworten, haben sich gegen die Unterhaltung gesträubt, das ist nicht gut, ein Glück, dass unser Doktor die Herren Doktoren sehr schätzt. Ich weiß noch immer nicht, weshalb man mich eigentlich vorgeladen hat. Das brauchen Sie auch nicht zu wissen, danken Sie dem Himmel, dass alles gut ausgegangen ist. Ich hoffe, es ist vorbei, und zwar für immer. Oh, das kann man nie garantieren, so, da sind wir, du, Antunes, der Senhor Doktor hier darf gehen, guten Tag, Senhor Doktor, wenn Sie etwas brauchen, Sie wissen schon, dann wenden Sie sich an mich, ich bin Victor, er streckte die Hand aus, Ricardo Reis berührte sie mit den Fingerspitzen, er hatte das Gefühl, der Zwiebelgeruch würde auch an ihm haften bleiben, ihm drehte sich der Magen um, wollen die, dass ich mich noch hier übergebe, das nicht, der Wind schlug ihm ins Gesicht, schüttelte ihn, unterdrückte die aufkommende Übelkeit, er stand auf der Straße und wusste kaum, wie ihm geschah, die Tür schloss sich. Bevor Ricardo Reis die Ecke der Encarnação erreicht, wird ein heftiger Schauer niederprasseln, morgen werden die Zeitungen melden, dass es starke Regengüsse gegeben hat, ein notierenswerter Pleonasmus, denn ein Guss ist schon stark und heftig, es ging, sagen wir, ein Platzregen nieder, und die Passanten zogen sich in die Toreingänge zurück, wo sie sich wie nasse Hündchen schüttelten, selbst von den teufelswilden Katzen keine Spur, denn sie haben schneller als sonst vor dem Wasser Reißaus genommen, nur ein einzelner Mann geht unverdrossen den Gehweg hinab, auf der Seite des Teatro São Luís, sicherlich hat er eine feste Verabredung und hat sich nun verspätet, Ricardo Reis ist innerlich erregt, so wie er losgegangen war, deshalb regnet es so sehr auf ihn herab, die Natur könnte sehr wohl auf andere Art solidarisch sein, zum Beispiel indem sie ein Erdbeben schickt, das Victor und diesen Doktor unter Trümmern begräbt und vermodern lässt, bis sich der Zwiebelgeruch verflüchtigt hat, bis nur die blanken Knochen übrig bleiben, wenn es mit solchen Körpern überhaupt so weit kommt.

 Als Ricardo Reis das Hotel betrat, floss es von seinem Hut wie aus einer Regenrinne, der Trenchcoat tropfte wie eine Traufe, eine Karikatur, ohne jedwede Würde eines Arztes, denn von der eines Dichters konnten Salvador und Pimenta nichts ahnen, abgesehen davon, dass der Regen, himmlische Gerechtigkeit, wenn er fällt, für alle ist. Er ging zur Rezeption, um den Schlüssel zu holen. Oje, wie sehen Sie denn aus, rief der Hotelchef, aber der Ton war doppeldeutig, hinter dem, was er sagte, deutete er auf das, was er dachte, in welchem Zustand kommst du tatsächlich an, wie haben sie dich dort behandelt, oder vielleicht dramatischer, ich habe nicht geglaubt, dass du so früh zurückkommst, wenn wir Gott duzen, mit oder ohne Großbuchstaben, so setzen wir doch in Gedanken kein Vertrauen in einen Gast, der vergangener oder zukünftiger Subversion verdächtig ist. Ricardo Reis antwortete nur auf das, was er gehört hatte, er begnügte sich damit, zu murmeln, was für ein Regen, und beeilte sich, die

Treppen hinaufzukommen, wobei er den Läufer volltropfte, wenig später braucht Lídia nur den Spuren zu folgen, Fußtapfen für Fußtapfen, gebrochene Zweige, zertretenes Gras, wohin führt uns die Phantasie, das gehört doch zu den Geschichten von Wildnis und Dschungel, hier haben wir doch nur einen Gang, der zum Zimmer zweihunderteins führt, nun, wie war es, hat man Ihnen etwas angetan, und Ricardo Reis wird antworten, nein, was du auch denkst, es lief alles gut, diese Leute sind wohlerzogen, sehr korrekt, man ließ mich sogar Platz nehmen. Aber warum hat man Sie dorthin bestellt? Es scheint so üblich zu sein, wenn Leute nach so langer Zeit von außerhalb kommen, sie wollen wissen, ob es uns gutgeht, ob uns nichts fehlt. Sie scherzen mit mir, davon hat mein Bruder nichts erzählt. Ich scherze wirklich mit dir, aber beruhige dich, es ging alles gut, sie wollten nur wissen, weshalb ich aus Brasilien zurückgekommen bin, was ich dort gemacht habe, welches hier meine Pläne sind. Dann können die also sogar so etwas fragen? Ich hatte den Eindruck, dass sie alles fragen können, und nun geh, ich muss mich fürs Mittagessen umziehen. Im Speisesaal begleitete ihn der Maître, Alfonso sein Name, bis zum Tisch, indem er einen Schritt mehr Distanz wahrte, als es üblich war und die Etikette verlangte, doch Ramón, der ihn in den letzten Tagen so bedient hatte, als wäre auch er auf Abstand bedacht, und sich schnell entfernte, um andere, weniger aussätzige Gäste zu bedienen, hielt sich beim Umschütten der Hühnerbrühe auf, ein Geruch, der einen Toten aufwecken kann, Senhor Doktor, und so sollte es wahrhaftig sein, nach diesem Zwiebelgestank ist jeder Geruch wie Parfumduft, eine Theorie der Gerüche müsste aufgestellt werden, dachte Ricardo Reis, was für einen Geruch haben wir in jedem Augenblick und für wen, für Salvador habe ich noch immer einen schlechten Geruch, Ramón erträgt mich schon, für Lídia, oh, welch Irrtum seinerseits und welch schlechter Geruchssinn, bin ich mit Rosen gesalbt? Beim Eintreten begrüßten sie sich, er, Don Lorenzo und Don Alonso, und auch Don Camilo, der vor drei Tagen angekommen war, trotz einiger Annäherungsversuche hat er sich in eine vorsichtige Zurückhaltung geflüchtet, was er von der Situation in Spanien erfährt, ist, was er dort hört, von Tisch zu Tisch, oder was die Zeitungen schreiben, fruchtbarste Felder für Unkraut, mit deutlichen Anspielungen auf die Welle kommunistischer, anarchistischer und syndikalistischer Propaganda, die sich überall unter den arbeitenden Schichten, den Soldaten und Seeleuten häuft, jetzt verstehen wir besser, weshalb Ricardo Reis zu dieser besagten Überwachungs- und Staatsschutzpolizei bestellt wurde, er versuchte sich an das Gesicht des Doktors zu erinnern, der ihn verhört hatte, es gelang ihm nicht, er sah lediglich noch diesen Ring mit dem schwarzen Stein am kleinen Finger der linken Hand, und mit Mühe erkannte er verschwommen ein rundes, bleiches Gesicht, einem Keks ähnelnd, der nicht lange genug im Ofen war, er vermochte nicht, die Augen wahrzunehmen, vielleicht hatte der keine, möglicherweise hatte er mit einem Blinden gesprochen. Salvador tauchte an der Tür auf, diskret, um zu sehen, ob alles gut lief, nicht etwa weil das Hotel jetzt einen internationalen Anstrich hatte, und während der schnellen Prüfung trafen sich seine Blicke mit denen Ricardo Reis', er lächelte dem Gast von weitem zu, ein diplomatisches Lächeln, er möchte wissen, was sich bei der Polizei abgespielt hat. Don Lorenzo las Don Alonso eine Meldung aus der Zeitung Le Jour vor, einem französischen Blatt aus Paris, in der der Chef der portugiesischen Regierung, Oliveira Salazar, als energischer und einfacher Mann bezeichnet wurde, dessen Weitsichtigkeit und Fingerspitzengefühl seinem Land Wohlstand und das Gefühl nationaler Größe gebracht hätten, así lo necesitamos nosotros, kommentierte Don Camilo und hob das Glas mit Rotwein, er neigte den Kopf in die Richtung von Ricardo Reis, der mit ähnlicher Kopfbewegung dankte, wenn auch von oben herab, damit die Überzeugung nicht verleugnet würde, und wegen Aljubarrota, was Gott nicht vergisst. Salvador zog sich zurück, beruhigt, mit großer seelischer Ruhe, gleich oder morgen wird ihm Doktor Reis erzählen, was sich in der Rua António Maria Cardoso ereignet hat, und wenn er es nicht erzählt, oder wenn ihm scheint, dass er nicht alles sagt, wird es nicht an anderen Wegen mangeln, zur guten Quelle zu gelangen, ein Bekannter von ihm arbeitet dort, Victor. Und wenn die Auskünfte beruhigend sein werden, falls Ricardo Reis frei von aller Schuld und sauber von Verdächtigungen ist, werden die glücklichen Tage zurückkehren, ich werde ihm lediglich anraten, mit Feingefühl und Takt, in dieser Sache Lídia gegenüber größte Diskretion zu wahren, wegen des guten Rufs, Senhor Doktor, nur wegen des guten Rufs, das wird er ihm sagen. Wir lassen der Großmütigkeit Salvadors noch mehr Gerechtigkeit widerfahren, wenn wir an die Bereitstellung des Zimmers zweihunderteins denken, in dem eine ganze Familie aus Sevilla Platz hätte, ein spanischer Grande zum Beispiel, der Herzog von Alba, es läuft einem den Rücken herunter, wenn man nur daran denkt. Ricardo Reis beendete die Mahlzeit, einmal grüßte er, zweimal antwortete er mit einem Kopfnicken, die Emigranten genossen noch den Gebirgskäse, Ricardo Reis ging, er winkte Salvador zu, ließ ihn voller Erwartung zurück, mit den feuchten Augen eines flehenden Hundes, er ging auf sein Zimmer, er hatte es eilig, Marcenda zu schreiben, postlagernd, Coimbra.

Draußen regnet es, in der weiten Welt, bei einem so gewaltigen Rauschen ist es undenkbar, dass es zur selben Stunde nicht auf der ganzen Erde regnet, der Erdball schickt murmelnd Wasser in den Raum wie ein summender Kreisel. Und unaufhörlich ist der dunkle Lärm des Regens in meinem Denken, mein Sein ist eine unsichtbare Kurve, vom Klang des Windes gezogen, der ungestüm tobt, zaumloses Pferd und wild, mit unsichtbaren Hufen, an diese Türen und Fenster schlagend, während in diesem Zimmer, wo es nur schwach durch die Rollos schimmert, ein von dunklen, hohen Möbeln umgebener Mann einen Brief schreibt, indem er seinen Bericht zurechtrückt und anpasst, damit das Absurde logisch sei, das Zusammenhanglose perfekte Geradlinigkeit, die Schwäche Kraft, die Unterwerfung Würde, die Furcht Unerschrockenheit, denn was wir waren, ist ebenso viel wert wie das, was wir sein wollten, so hätten wir es gewagt, als wir zur Rechenschaft gezogen wurden; es zu wissen ist schon die Hälfte des Weges, es genügt, wenn wir uns daran erinnern, und schon werden uns die Kräfte nicht fehlen, wenn es erforderlich wird, die andere Hälfte zu geben. Ricardo Reis grübelte lange über die Anrede, die er verwenden sollte, ein Brief ist letztlich eine überaus heikle Sache, die geschriebene Form erlaubt keine halben Begriffe, Distanz oder liebevolle Nähe, sie verlangt einen endgültigen Entschluss, der in diesem oder jenem Fall den Charakter hervorhebt, förmlich oder vertraulich, bezüglich der Beziehung, die der besagte Brief aufbaut und die immer auf eine gewisse entscheidende Weise zu einer Art Beziehung wird, die mit der realen Beziehung parallel läuft, doch keine Übereinstimmung erlangt. Es gibt gefühlsmäßige Missverständnisse, die genau deshalb auftreten. Selbstverständlich erwog Ricardo Reis nicht einmal die Möglichkeit, Marcenda mit hochverehrte Senhora Dona anzureden, oder geschätzte Senhora, so weit gingen seine Bedenken hinsichtlich der Etikette nicht, aber nachdem dieses leicht Unpersönliche eliminiert worden war, fand er ohne Lexik, die dem gewagt Vertraulichen entgegengestanden hätte, zum Intimen zurück, zum Beispiel, meine geliebte Marcenda, warum seine, weshalb geliebte, natürlich könnte er auch schreiben Fräulein Marcenda oder teure Marcenda, und er versuchte es, aber Fräulein erschien ihm lächerlich, teure noch mehr, nach einigen zerrissenen Blättern begnügte er sich mit dem einfachen Namen, so müssten wir uns alle ansprechen, nennet einander beim Namen, genau dazu wurde uns der Name gegeben, und deshalb bewahren wir ihn. Also schrieb er, Marcenda, wie Sie mich gebeten haben und wie ich es versprochen habe, sende ich Ihnen Nachricht; nachdem er die wenigen Worte geschrieben hatte, hielt er inne und dachte nach, dann fuhr er fort, berichtete, es wurde schon gesagt, wie, zurechtrückend und anpassend, die Teile aneinanderfügend, die Leerräume ausfüllend, wenn er nicht die Wahrheit sagte, viel weniger die ganze, sagte er doch eine Wahrheit, nämlich über all das, was wichtig ist, was sie glücklich macht, den, der schreibt, und den, der es lesen wird, auf dass beide sich im gegebenen und empfangenen Bild wiedererkennen und bestätigen, sei es auch ideal, das Bild, das letztlich einzig sein wird, denn bei der Polizei gab es kein Protokoll über die Erklärungen, das an einen Prozess denken ließ, es war nur eine Unterhaltung, wie der Doktor die Ehre hatte, deutlich zu erklären. Es ist wahr, dass Victor dabei war, er war Zeuge, aber der erinnert sich schon nicht mehr an alles, morgen wird er sich noch viel weniger daran erinnern, die haben andere Dinge zu erledigen. Wenn die Geschichte dieses Falles eines Tages erzählt werden sollte, wird man keinen anderen Zeugen finden, nur den Brief von Ricardo Reis, wenn er nicht inzwischen verlorengeht, was am wahrscheinlichsten ist, denn bei bestimmten Papieren ist es besser, wenn sie nicht aufgehoben werden. Andere Quellen, die man entdecken wird, werden zweifelhaft sein, weil unecht, wenn auch ähnlich, auf jeden Fall untereinander nicht übereinstimmend, und alle mit der Wahrheit der Fakten, die wir nicht kennen, wer weiß, ob wir nicht, da uns alles fehlt, eine Wahrheit erfinden müssen, einen Dialog mit einiger Folgerichtigkeit, einen Victor, einen Doktor, einen Morgen mit Regen und Wind, eine mitleidige Natur, falsch alles und wahr. Ricardo Reis schloss seinen Brief mit Worten hoher Wertschätzung und ehrlichen Wünschen für gute Gesundheit, eine Stilschwäche, die ihm vergeben sei, nach kurzem Zögern wies er im Postskriptum darauf hin, dass sie ihn bei ihrem nächsten Besuch in Lissabon wahrscheinlich nicht mehr hier antreffen würde, weil er sich im Hotel nicht mehr so recht wohl fühle, diese Routine, er brauche eine eigene Wohnung, müsse eine Praxis eröffnen, es ist Zeit zu prüfen, wie tief meine neuen Wurzeln reichen, alle Wurzeln, er hätte beinahe die letzten beiden Worte unterstrichen, aber er zog es vor, es zu unterlassen, in der Transparenz ihrer Zweideutigkeit, wenn ich wirklich das Hotel verlassen sollte, werde ich Ihnen an dieselbe Adresse schreiben, postlagernd, Coimbra. Er las alles noch einmal durch, faltete und schloss den Brief, dann versteckte er ihn zwischen den Büchern, morgen wird er ihn zur Post bringen, heute ist der glücklich, der bei diesem Unwetter ein Dach über dem Kopf hat, wenn es auch nur das Hotel Bragança ist. Ricardo Reis ging zum Fenster, schlug die Gardinen zurück, doch man konnte draußen fast nichts erkennen, der Regen fiel heftig, die Scheiben beschlugen durch den Atem, dann öffnete er, von den Rollos geschützt, das Fenster, der Cais do Sodré war überschwemmt, der Tabak- und Schnapskiosk glich einer Insel, die Welt hatte sich vom Kai gelöst und trieb ab. In der Tür einer Taverne auf der anderen Seite der Straße rauchten zwei Männer. Sie werden schon ihr Teil getrunken haben, sie hatten sich ihre Zigaretten gedreht, gemächlich, mit Pausen, während sie über Gott weiß was für übernatürliche Dinge sprachen, vielleicht über den Regen, der sie von ihrer Arbeit abhielt, gleich werden sie im Dunkel der Taverne verschwinden, wenn sie schon warten mussten, dann nutzten sie wenigstens die Zeit für ein weiteres Gläschen. Ein anderer Mann, schwarz gekleidet und barhäuptig, erschien in der Tür, um einen prüfenden Blick auf die Gestirne zu richten, dann verschwand auch er wieder, er wird an die Theke gegangen sein, voll, sagte er, gemeint ist ein Glas, nicht ein Gestirn, für den Wirt gab es keinen Zweifel. Ricardo Reis schloss das Fenster, löschte das Licht und ließ sich auf das Sofa nieder, erschöpft lehnte er sich zurück, eine Decke über die Knie gebreitet, so hörte er dem düsteren, monotonen Rauschen des Regens zu, dieses Rauschen ist wahrhaftig düster, recht hatte, wer das sagte. Er konnte nicht einschlafen, die Augen noch halb geöffnet, war er in das Halbdunkel gehüllt wie eine Seidenraupe in ihren Kokon, du bist einsam, niemand weiß es, schweig und heuchle, murmelte er, Worte, die er einst niedergeschrieben hatte und nun geringschätzte, weil sie die Einsamkeit nicht zum Ausdruck brachten, es nur einfach sagten, ebenso das Schweigen und die Heuchelei, da die Worte zu nichts weiter imstande sind, als es nur zu sagen, weil sie, die Worte, nicht das sind, was sie aussagen, einsam sein, mein lieber Senhor, ist weit mehr, als man es zu sagen vermag und zu sagen vermochte.

Am späten Nachmittag ging er zum ersten Stock hinunter, er wollte bewusst Salvador eine Gelegenheit geben, die dieser heiß herbeisehnte, früher oder später musste darüber gesprochen werden, da ist es schon besser, wenn ich bestimme, wann und wie, nein Senhor Salvador, es lief alles sehr gut, sie waren sehr liebenswürdig, die Fragen wurden sehr taktvoll gestellt. Nun, Senhor Doktor, dann erzählen Sie mir, wie es heute Vormittag war, hat man Ihnen sehr zugesetzt? Nein, Senhor Salvador, es lief alles sehr gut, sie waren sehr liebenswürdig, sie wollten nur einige Informationen über unser Konsulat in Rio de Janeiro, das mir ein unterzeichnetes Papier hätte ausstellen müssen, die Bürokratie eben. Es schien, als würde Salvador die Erklärung befriedigt aufnehmen, nach außen hin, aber im Innern zweifelte er, skeptisch wie einer, der das Hotel und das Leben kennt, morgen wird er sich von seinen Sorgen befreien und seinen Freund oder Bekannten, Victor, fragen, verstehen

Sie, Victor, ich muss wissen, wen ich im Hotel habe, und Victor wird vorsichtig sagen, Freund Salvador, haben Sie ein Auge auf den Mann, mein Doktor hat mir gleich nach dem Verhör gesagt, dieser Doktor Reis ist nicht das, was er vorgibt, da gibt es ein Geheimnis, man sollte auf ihn achten, nein, einen bestimmten Verdacht haben wir nicht, vorläufig ist es nur ein Eindruck, beobachten Sie, ob er Post empfängt. Bis heute nicht einen einzigen Brief. Selbst das ist seltsam, wir müssen uns um die postlagernden Sendungen kümmern, und Treffen, gibt es die? Höchstens außerhalb des Hotels. Na gut, wenn Ihnen irgendetwas in die Nase steigt, dann melden Sie es mir. Wegen dieses heimlichen Gesprächs wird sich übermorgen die Atmosphäre wieder aufladen, alle Hotelangestellten richten sich auf Salvadors Schussrichtung aus, mit einer so konstanten Aufmerksamkeit, dass wir es eher Überwachung nennen sollten, selbst Ramóns Unbefangenheit weicht, Felipe murrt, natürlich gibt es eine Ausnahme, das wissen wir schon, aber das hier beunruhigt doch sehr, Pimenta hatte heute erklärt und dabei gelacht, dieser verwünschte Bursche, diese Geschichte werde noch Kreise ziehen, man werde ja sehen, sagen Sie mir, was los ist, ich behalte es für mich. Nichts ist los, alles nur Unsinn, von denen ausgeheckt, die nichts weiter zu tun haben, als sich ins Leben anderer einzumischen. Es mag Unsinn sein, das ja, aber damit wird einem das Leben versauert, ich spreche von Ihrem, nicht von unserem. Lass nur, wenn ich das Hotel verlasse, dann ist es mit dem Klatsch vorbei. Sie wollen weg, Sie haben mir nichts gesagt. Früher oder später muss es ja sein, ich kann nicht den Rest meines Lebens hier verbringen. Dann sehe ich Sie nie wieder, und Lídia, deren Kopf an Ricardo Reis' Schulter ruhte, vergoss eine Träne, er spürte sie, na, na, nicht weinen, das Leben ist nun mal so, man trifft sich, man trennt sich, wer weiß, ob du nicht morgen heiraten wirst. Was Sie da sagen, ich bin fast über dieses Alter hinaus, und wohin gehen Sie? Ich muss eine Wohnung auftreiben, irgendeine werde ich schon finden, die mir zusagt. Wenn Sie wollen. Wenn Sie wollen was. Ich kann an meinen freien Tagen zu Ihnen kommen, für mich existiert nichts weiter im Leben. Lídia, warum magst du mich? Ich weiß es nicht, vielleicht wegen dem, was ich sagte, weil für mich nichts weiter im Leben existiert. Du hast deine Mutter, deinen Bruder, bestimmt hattest du auch Verehrer, du wirst wieder welche haben, mehr als einen, du bist schön, eines Tages wirst du heiraten, dann kommen Kinder. Das kann schon sein, aber alles, was ich heute habe, ist das. Du bist ein gutes Mädchen. Sie haben nicht auf meine Frage geantwortet. Was war es noch mal? Ob Sie wollen, dass ich zu Ihnen komme, wenn Sie eine Wohnung haben, an meinen freien Tagen? Willst du das? Ja. Dann komm, bis. Bis Sie jemanden von gleichem Stand gefunden haben. Das wollte ich damit nicht sagen. Wenn es so weit ist, dann sagen Sie zu mir, Lídia, komm nicht mehr in meine Wohnung, und ich komme nicht mehr. Manchmal weiß ich nicht recht, wer du bist. Ich bin ein Zimmermädchen. Aber du heißt Lídia und sagst die Dinge auf eine gewisse Art. Wenn man anfängt zu reden, so wie ich jetzt, mit dem Kopf an Ihrer Schulter, dann kommen die Wörter anders heraus, ich fühle es auch. Ich wünschte, du würdest eines Tages einen guten Ehemann finden. Ich wünschte es auch, aber dann habe ich die anderen Frauen, jene, die sagen, dass sie einen guten Ehemann haben, und da werde ich nachdenklich. Glaubst du, dass es keine guten Ehemänner sind? Für mich nein. Was ist für dich ein guter Ehemann? Ich weiß nicht. Du bist schwer zufriedenzustellen. Überhaupt nicht, es genügt mir, was ich jetzt habe, hier zu liegen, ohne irgendeine Zukunft. Ich werde immer dein Freund sein. Wir wissen nie, was morgen ist. Also zweifelst du daran, dass du immer meine Freundin sein wirst. Oh, das ist etwas anderes. Was meinst du damit? Ich kann es nicht erklären. Du erklärst mehr, als du denkst. Hören Sie, ich bin Analphabetin. Du kannst lesen und schreiben. Schlecht, Lesen geht noch, aber beim Schreiben mache ich viele Fehler. Ricardo Reis drückte sie an sich, sie umarmte ihn, das Gespräch hatte sie allmählich einer unerklärbaren Gefühlsregung entgegengetrieben, ähnlich einem Schmerz, deshalb herrschte auch so viel Zartgefühl bei dem, was sie dann taten, wir alle wissen, was.

An den folgenden Tagen widmete sich Ricardo Reis der Suche nach einer Wohnung. Er ging morgens los und kehrte nachts zurück, mittags und abends aß er außerhalb des Hotels, als Anhaltspunkt dienten ihm die Anzeigenseiten des Diário de Notícias, aber das führte nicht sehr weit, die an der Peripherie gelegenen Stadtviertel entsprachen nicht seinem Geschmack und seinen Vorstellungen, er würde es zum Beispiel ablehnen, in der Gegend der Rua dos Reróis de Quiunga zu wohnen, in Moraes Soares, wo man einige preiswerte Wohnungen mit fünf, sechs Räumen gebaut hatte, eine wirklich niedrige Miete, zwischen hundertfünfundsechzig und zweihundertvierzig Escudos im Monat, man würde weder an ihn vermieten, noch würde er es wollen, so weit weg von der Baixa und ohne Blick auf den Fluss. Er suchte mit Vorliebe möblierte Wohnungen, und das versteht man, ein alleinstehender Mann, wie würde der beim Kauf einer Wohnungseinrichtung zurechtkommen, die Möbel, die Wäsche, das Geschirr, ohne den Rat einer Frau bei der Hand zu haben, ganz bestimmt kann sich keiner von uns Lídia vorstellen, wie sie gemeinsam mit Ricardo Reis solche Geschäfte betritt und verlässt und ihre Meinung äußert, die Ärmste, und Marcenda, selbst wenn sie hier wäre und ihres Vaters Zustimmung hätte, was wüsste sie vom praktischen Leben, sie versteht etwas von ihrer Wohnung, die ja in Wirklichkeit nicht ihre ist, im genauen Sinn des Wortes mein, als von mir seiend und durch mich gemacht. Das sind die beiden Frauen, die Ricardo Reis kennt, weiter keine, es war eine Übertreibung Fernando Pessoas, ihn Don Juan zu nennen. Letztlich scheint es gar nicht so einfach zu sein, das Hotel zu verlassen. Das Leben, jedes Leben, entwickelt seine eigenen Bindungen, untereinander verschieden, es festigt eine ihm innewohnende Trägheit, unverständlich für den, der es von außen kritisch nach seinen eigenen Gesetzen beobachtet, die ihrerseits dem Verständnis des Beobachteten nicht eingehen, nun ja, begnügen wir uns mit dem wenigen, was wir vom Leben anderer begreifen, sie werden es uns danken und vielleicht vergelten. Salvador gehört weder zu den einen noch zu den anderen, die wiederholt lange Abwesenheit des Gastes macht ihn unruhig, so weit entfernt von den anfänglichen Gewohnheiten, er dachte schon daran, mit seinem Freund Victor zu reden, aber im letzten Moment hielt ihn die leise Befürchtung zurück, sich in Geschichten verwickelt zu sehen, die, gingen sie schlecht aus, auf ihn einen Schatten werfen konnten, oder Schlimmeres. Er verdoppelte seine Aufmerksamkeit gegenüber Ricardo Reis, wodurch er die Angestellten verwirrte, die schon nicht mehr wussten, wie sie sich verhalten sollten, man entschuldige die banalen Einzelheiten, weder Fisch noch Fleisch.

So sind die Widersprüche des Lebens. In diesen Tagen wurde bekannt, dass Luís Carlos Prestes verhaftet worden sei, hoffentlich wird die Polizei nicht Ricardo Reis vorladen, um ihn zu fragen, ob er ihn in Brasilien kennengelernt hatte oder ob er einer seiner Patienten gewesen war, in diesen Tagen kündigte Deutschland den Locarno-Pakt und besetzte die Rheinlandzone, es hatte lange damit gedroht, in diesen Tagen wurde in Santa Clara ein öffentlicher Brunnen eingeweiht, unter stürmischer Begeisterung der Einwohner, die bisher keine andere Wahl hatten, als sich der Hydranten zu bedienen, es war wirklich ein schönes Fest, zwei unschuldige Kinder, Junge und Mädchen, füllten zwei Wasserkrüge, man hörte viel Beifall, viele Hochrufe, ein edles Volk, unsterblich, in diesen Tagen kam in Lissabon ein berühmter Rumäne an, Manoilescu, der bei der Ankunft erklärte, die neue Idee, die sich gegenwärtig in Portugal ausbreitet, ließ mich mit dem Respekt eines Schülers und der tiefen Freude eines Gläubigen Ihre Grenze überqueren, in diesen Tagen hielt Churchill eine Rede, in der er verkündete, Deutschland sei heute die einzige europäische Nation, die den Krieg nicht fürchte, in diesen Tagen wurde die faschistische Partei Falange Española verboten und ihr Führer José Antonio Primo de Rivera verhaftet, in diesen Tagen wurde Kierkegaards Menschliche Verzweiflung publiziert, in diesen Tagen schließlich wurde im Tivoli der Streifen Bozambo uraufgeführt, der die hochlöblichen Anstrengungen der Weißen zeigt, den schrecklichen kriegerischen Geist der primitiven Völker zu ersticken, und in diesen Tagen tat Ricardo Reis nichts weiter, als eine Wohnung zu suchen, Tag für Tag. Er verzweifelt schon, blättert mutlos in den Zeitungen, die ihm alles Mögliche sagen, nur nicht das, wonach er verlangt, sie sagen, dass Venizelos gestorben ist, sie sagen ihm, dass Ortins de Bettencourt erklärt hat, ein Internationalist könne nicht Soldat sein, nicht einmal Portugiese könne er sein, sie sagen ihm, dass es gestern regnete, sie sagen ihm, dass die rote Flut in Spanien anschwillt, sie sagen ihm, dass er für sieben Escudos und fünfzig Centavos die Portugiesischen Briefe kaufen kann, sie sagen ihm nicht, wo die Wohnung ist, die er braucht. Trotz der höflichen Behandlung durch Salvador ist ihm die Atmosphäre im Hotel Bragança unerträglich geworden, umso mehr, da er, so er auszöge, Lídia nicht verlieren würde, sie hatte es ihm versprochen, so die Befriedigung der bekannten Bedürfnisse garantierend. An Fernando Pessoa dachte er kaum, als wenn sich dessen Bild mit der Erinnerung, die er an ihn hat, verflüchtigte, oder besser, es ist wie mit einem Bildnis, dessen Gesichtszüge sich verwischen, sobald es dem Licht zugekehrt wird, oder wie bei einem Totenkranz mit Stoffblumen, die immer mehr verblassen, neun Monate, hatte er gesagt, bleibt zu erfahren, ob es so viele werden. Fernando Pessoa ist nicht erschienen, wird es eine seiner Grillen sein, eine schlechte Laune, eine sentimentale Schwäche, oder kann er, da er tot ist, den Verpflichtungen seines Zustands nicht entgehen, das ist eine Hypothese, letztlich wissen wir nichts vom Leben im Jenseits, und Ricardo Reis, der ihn sehr wohl hätte fragen können, dachte nicht daran, wir, die Lebenden, sind Egoisten und hartherzig. Die Tage vergehen, gleichförmig, grau, jetzt werden neue Unwetter im Ribatejo gemeldet, tödliche Überschwemmungen, Vieh, das vom Strom mitgerissen wird, Häuser, die einstürzen und wieder zu Schlamm werden, aus dem sie errichtet wurden, keine Spur mehr von den Saaten, aus dem riesigen See, der die Niederungen bedeckt, ragen nur einige runde Kronen der Trauerweiden, die zerzausten Äste der Eschen und Pappeln, an den oberen Zweigen hängen losgerissene Heureste, Rohrgeflecht, wenn das Wasser sinkt, kann jeder sagen, bis hier reichte das Hochwasser, und es wird unglaublich scheinen. Ricardo Reis ist weder Opfer noch Zeuge dieser Katastrophen, er liest die Nachrichten, betrachtet die Fotografien, Bilder einer Tragödie, das ist die Überschrift, und es fällt ihm schwer, an die geduldige Grausamkeit des Himmels zu glauben, der, obwohl er so viele Möglichkeiten hat, uns von dieser Welt zu nehmen, so genüsslich Feuer und Eisen aussucht, und dieses ungezügelte Wasser. Wir sehen ihn hier im Aufenthaltsraum, an einen Sessel gelehnt, der Heizofen ist in Betrieb, dieser Komfort des Hotels, und wenn wir nicht die Gabe hätten, in den Herzen zu lesen, dann wüssten wir nicht, welche schmerzlichen Gedanken ihn beschäftigen, die Not des Nächsten, des sehr Nächsten, in fünfzig, achtzig Kilometer Entfernung, und ich hier, über den schrecklichen Himmel nachsinnend und über die Gleichgültigkeit der Götter, denn alles ist ein und dasselbe, während ich höre, wie Salvador Pimenta beauftragt, zum Tabakladen zu gehen, um die spanischen Zeitungen zu holen, während ich bereits die unverwechselbaren Schritte Lídias höre, die die Treppe zum zweiten Stock hinaufgeht, und dann entspanne ich mich, ich gehe die Anzeigenseiten durch, ständig von der Idee besessen, nach zu vermietenden Wohnungen zu suchen, ich folge sacht mit dem Zeigefinder der Spalte, Salvador wird doch nicht spähen und mich überraschen, plötzlich halte ich inne, möblierte Wohnung, Rua de Santa Catarina, Abstandszahlung, und vor meinen Augen ersteht, so scharf wie die Fotografien von der Überschwemmung, das Bild jenes Gebäudes, der zweite Stock mit der Inschrift, an jenem Nachmittag, als ich mich mit Marcenda traf, wieso habe ich das vergessen, ich werde sofort hingehen, doch ruhig, still, es ist völlig normal, ich habe den Diário de Notícias zu Ende gelesen, falte ihn sorgfältig zusammen, so fand ich die Zeitung vor, so hinterlasse ich sie, ich gehöre nicht zu denen, die die Blätter unordentlich liegen lassen, ich stehe auf, sage zu Salvador, ich gehe ein bisschen spazieren, es regnet ja nicht, welche weniger allgemeine Beschreibung gäbe ich, würde man es von mir fordern, und während er dies denkt, entdeckt er, dass sein Verhältnis zum Hotel oder zu Salvador ein Verhältnis der Abhängigkeit ist, er schaut auf sich selbst und sieht sich wieder als Jesuitenschüler, die Disziplin und Regel verletzend, ohne einen anderen Grund als den, dass Regel und Disziplin existieren, jetzt ist es schlimmer, weil er einfach nicht den Mut aufbringt zu sagen, he, Salvador, ich sehe mir eine Wohnung an, wenn sie mir gefällt, ziehe ich aus dem Hotel aus, ich habe Sie und Pimenta satt und alle anderen, außer Lídia natürlich, die ein anderes Leben verdient hätte. So viel sagt er nicht, er sagt nur, bis gleich, und es ist, als bäte er um Entschuldigung, die Feigheit zeigt sich nicht nur auf dem Schlachtfeld oder beim Anblick eines offenen Messers, das auf die zitternden Eingeweide zielt, es gibt Leute, die einen gallertartigen Mut haben, sie können nichts dafür, sie sind so geboren.

In wenigen Minuten gelangte Ricardo Reis zum Alto de Santa Catarina. Auf einer Bank saßen zwei Alte und blickten auf den Fluss, sie drehten sich um, als sie Schritte hörten, einer sagte zum anderen, das ist der Kerl, der vor drei Wochen hier war, er brauchte keine Einzelheiten hinzuzufügen, der andere bestätigte es, der mit dem Mädchen, selbstredend, sie sahen schon viele andere Männer und Frauen hierherkommen, vorübergehend oder verweilend, doch die Alten wissen sehr wohl, wovon sie reden, es ist ein Fehler zu glauben, dass man mit dem Alter das Gedächtnis verliert, denn das alte Gedächtnis hat sich nur konserviert, nach und nach taucht es auf wie verborgenes Blattwerk, wenn die hohen Wasser sinken, es gibt ein schreckliches Erinnern im Alter, das der letzten Tage, das Schlussbild der Welt, der letzte Moment des Lebens, es war so, als ich es verließ, ich weiß nicht, ob es so weitergeht, sagen die Alten, wenn sie im Jenseits eintreffen, diese hier werden es sagen, aber das heutige Bild ist nicht das letzte. An der Tür der zu vermietenden Wohnung hing ein Zettel, der besagte, bei Besichtigung an den Verwalter wenden, dessen Wohnung lag in der Baixa, Zeit genug war, Ricardo Reis eilte zum Calhariz und nahm ein Taxi, mit einem rundlichen Mann, der den Schlüssel besaß, kehrte er zurück, ja, Senhor, ich bin der Verwalter, sie gingen hinauf, das ist die Wohnung, weit, geräumig, für eine große Familie, die Möbel aus dunklem Mahagoni, ein tiefes Bett, ein hoher Kleiderschrank, ein komplettes Esszimmer, die Anrichte, die Vitrine für Silber- oder Steingutgeschirr, je nach Vermögen, der Ausziehtisch, und dann das Arbeitszimmer, gedrechseltes, gewundenes Teakholz, der Schreibtisch mit grünem Tuch bespannt, wie ein Billardtisch, an einer der Ecken abgewetzt, die Küche, das unmoderne, aber annehmbare Badezimmer, alle Möbel jedoch nackt und leer, kein einziges Porzellan, kein Deckchen oder Tischtuch, die Mieterin, die hier gewohnt hatte, war eine alte Dame, eine Witwe, sie ist zu den Kindern gezogen, ihre Sachen hat sie mitgenommen, die Wohnung wird nur mit den Möbeln vermietet. Ricardo Reis trat an eines der Fenster, durch die gardinenlosen Scheiben sah er die Palmen auf dem kleinen Platz, den Adamastor, die auf der Bank sitzenden Alten, den lehmschmutzigen Fluss dort vorn, die Kriegsschiffe, mit dem Bug zum Land gewandt, an ihnen kann man nicht erkennen, ob sich Flut oder Ebbe ankündigt, blieben wir hier, würden wir es bald wissen, wie hoch ist die Miete, wie hoch die Abstandssumme für die Möbel?, innerhalb einer halben Stunde, wenn überhaupt so lange, nach diskretem Handel, wurden sie sich einig, der Verwalter hatte gleich gesehen, dass er es mit jemandem von Würde und Stand zu tun hatte, morgen können Exzellenz in mein Büro kommen, damit wir den Mietvertrag abschließen, hier, Senhor Doktor, ich überlasse Ihnen den Schlüssel, die Wohnung gehört Ihnen. Ricardo Reis dankte, bestand auf einer Anzahlung, die höher war, als bei solchen Geschäften üblich, der Verwalter schrieb noch an Ort und Stelle eine provisorische Quittung aus, er setzte sich an den Schreibtisch, zog vom Füllfederhalter die Kappe mit Goldverzierung, stilisierte Blätter und Zweige, in der Stille der Wohnung hörte man nur das Kratzen auf dem Papier, das etwas pfeifende, asthmatische Atmen des Mannes, fertig, hier, nehmen Sie, Exzellenz müssen sich nicht bemühen, ich nehme ein Taxi, Sie wollen sicher noch etwas bleiben und Ihre neue Wohnung genießen, das verstehe ich, die Leute hängen sehr an ihren Wohnungen, die Dame, die hier wohnte, die Ärmste, wie hat sie an dem Tag geweint, als sie die Wohnung verließ, niemand vermochte sie zu trösten, aber das Leben zwingt einen manchmal dazu, Krankheit, Witwenschaft, was sein muss, muss sein, ich erwarte Sie also morgen. Nun allein, den Schlüssel in der Hand, lief Ricardo Reis durch die Wohnung, er dachte nicht nach, er schaute nur, dann ging er zum Fenster, der Bug der Schiffe war nach oben geneigt, wie zum Streit, ein Zeichen, dass die Ebbe einsetzte. Die Alten saßen noch immer auf der Bank.

In dieser Nacht teilte Ricardo Reis Lídia mit, dass er eine Wohnung gemietet habe. Sie vergoss einige Tränen, traurig darüber, weil sie ihn nun nicht mehr zu jeder Stunde sehen konnte, eine Übertreibung ihrerseits, ihrer Verliebtheit, denn zu allen Stunden konnte sie ihn ja nicht sehen, zu den nächtlichen stets bei ausgeschaltetem Licht, wegen der Aufpasser, zu den anderen, den morgendlichen und nachmittäglichen, nur flüchtig, sonst aber in Anwesenheit von Zeugen übertriebenen Respekt erweisend, so den Übelwollenden ein Schauspiel darbietend, die auf eine Gelegenheit warten, einem so richtig eins auswischen zu können. Er beruhigte sie, lass nur, wir sehen uns an deinen freien Tagen, mit mehr Ruhe, wenn du willst, Worte, die schon von vornherein die Antwort kannten. Wie sollte ich nicht wollen, ich habe es Ihnen schon gesagt, wann ziehen Sie in Ihre Wohnung? Wenn alles in Ordnung ist, Möbel habe ich, aber sonst fehlt es an allem, Wäsche, Geschirr, viel brauche ich nicht, das Nötigste zum Anfang, einige Handtücher, Laken, Bettdecken, nach und nach werde ich den Rest besorgen. Wenn die Wohnung unbewohnt war, muss sie doch sauber gemacht werden, ich werde hinkommen. Was für ein Gedanke, ich hole mir jemanden dort aus dem Viertel. Das lasse ich nicht zu, Sie haben mich, Sie brauchen doch niemanden weiter. Du bist ein liebes Mädchen. Nun, ich bin, wie ich bin, und das ist so ein Satz, der keinen Widerspruch duldet, jeder von uns müsste sehr gut wissen, wer er ist, jedenfalls fehlt es uns seit den Griechen und Lateinern nicht an

Ratschlägen, lerne dich selbst kennen, bewundern wir diese Lídia, die scheinbar keine Zweifel kennt.

Am folgenden Tag suchte Ricardo Reis Geschäfte auf, er kaufte zwei komplette Bettgarnituren, Gesichts- und Fußhandtücher, Badetücher, zum Glück brauchte er sich nicht um Wasser, Gas und Licht zu kümmern, sie waren von den jeweiligen Gesellschaften nicht gesperrt worden, wenn Sie keine neuen Verträge abschließen wollen, dann läuft alles auf den Namen des vorigen Mieters weiter, hatte ihm der Verwalter erklärt, und er war einverstanden. Er kaufte auch einiges an Emaille- und Aluminiumgeschirr, einen Topf zum Milchkochen, eine Kaffeekanne, Tassen und Untertassen, einige Servietten, Kaffee, Tee und Zucker, was so zum Frühstück notwendig war, denn Mittag- und Abendessen würde er außer Haus einnehmen. Diese Beschäftigung amüsierte ihn, erinnerte an seine erste Zeit in Rio de Janeiro, als er ohne jedwede Hilfe die gleichen Arbeiten verrichtete, um seinen Haushalt einzurichten. Zwischendurch schrieb er einen kurzen Brief an Marcenda, teilte ihr die neue Adresse mit, durch außerordentlichen Zufall sehr nah, genau dort, an der Stelle, wo sie sich getroffen hatten, so ist die weite Welt, die Menschen wie die Tiere haben ihr Jagdrevier, ihren Garten oder Hühnerstall, ihr Spinnennetz, dieser Vergleich gehört zu den besten, die Spinne zog auch einen Faden bis nach Porto, einen anderen bis Rio, aber das waren nur Stützpunkte, Bezugspunkte, Pfeiler, Verankerungen, in der Mitte des Netzes spielen sich Leben und Schicksal ab, das der Spinne und das der Fliegen. Am späten Nachmittag nahm Ricardo Reis ein Taxi, fuhr von Geschäft zu Geschäft, um die erworbenen Dinge abzuholen, in letzter Minute fügte er noch einiges Gebäck hinzu, kandierte Früchte, auch Kekse, Marienkekse, Toastbrot und Gebäck aus Pfeilwurzmehl. Er schaffte alles in die Rua de Santa Catarina, es war zur Zeit, in der die beiden Alten nach Hause zu gehen pflegten, irgendwo in den Tiefen ihres Viertels verschwanden, während Ricardo Reis die Pakete nahm und hinauftrug, dreimal den Weg zurücklegend, rührten sie sich nicht von der Stelle, sahen, wie die Lichter im zweiten Stock angingen, sieh nur, er wohnt in der ehemaligen Wohnung von Dona Luísa, sie zogen sich erst zurück, als der neue Mieter am Fenster erschien, unruhig, erregt machten sie sich auf den Weg, es geschieht mitunter, und das ist gut so, dass die Einförmigkeit des Daseins unterbrochen wird, es schien, als wären sie am Ende der Straße angelangt, und letztlich war es nur eine Kurve gewesen, die Ausblicke auf neue Landschaften und Sehenswürdigkeiten bot. Von seinem gardinenlosen Fenster aus schaute Ricardo Reis auf den breiten Fluss, um besser sehen zu können, löschte er das Licht im Zimmer, in dem er sich befand, vom Himmel fiel eine grauschimmernde Lichtwolke, die im Schweben dunkler wurde, auf den bleigrauen Wassern zogen die Fährschiffe dahin, schon mit eingeschalteten Positionslichtern, zu ihren Seiten die Kriegsschiffe, die vor Anker liegenden Frachter und, fast hinter den Umrissen der Dächer versteckt, eine letzte Fregatte, die sich zum Dock begab, wie eine Kinderzeichnung, ein so trauriger Abend, dass aus der Tiefe der Seele der Wunsch zu weinen hochstieg, eben hier, die Stirn gegen die Scheibe gepresst, von der Welt getrennt durch den Nebel des kondensierten Atems auf der glatten, kalten Oberfläche, sah er, wie sich die gewundene Gestalt Adamastors auflöste und sein Zorn sich gegen das herausfordernde grüne Gebilde verlor, das von hier aus nicht zu sehen war und nicht mehr Gefühl besaß als er selbst. Die Nacht war hereingebrochen, als Ricardo Reis das Haus verließ. Er aß in der Rua dos Correeiros zu Abend, in einem im Hochparterre gelegenen Restaurant mit niedriger Decke, einsam inmitten einsamer Männer, wer mochten sie sein, was für ein Leben mochten sie führen, weshalb hatte sie dieser Ort angezogen, den

Stockfisch kauend, oder den gekochten Schellfisch, das Steak mit Kartoffeln, fast alle Rotwein trinkend, die meisten im Anzug und nicht leger gekleidet, an die Gläser klopfend, um den Kellner herbeizurufen, mit Nachdruck und Wollust Zahn für Zahn mit dem Stocher bearbeitend oder mit der aus Daumen und Zeigefinger gebildeten Pinzette eine Faser, eine hartnäckige Sehne herauspolkend, der eine oder andere rülpsend, den Gürtel lockernd, die Weste aufknöpfend, die Hosenträger entspannend. Ricardo Reis überlegte, werden jetzt alle meine Mahlzeiten so verlaufen, dieser Lärm der Bestecke, dieses Stimmengewirr der Kellner, die nach drinnen riefen, eine Suppe, eine halbe Tintenfisch, die abgekürzte Form für eine halbe Portion, die Stimmen klangen matt, die Atmosphäre war dumpf, auf dem kalten Gericht fest gewordenes Fett, der Nebentisch war nicht abgeräumt worden, Weinflecken auf dem Tischtuch, Brotreste und schlecht ausgedrückte Zigaretten, ach, wie anders ist es im Hotel Bragança, wenn es auch kein erstklassiges ist, Ricardo Reis fühlt eine heftige Sehnsucht nach Ramón, den er am nächsten Tag wiedersehen wird, heute ist Donnerstag, er wird erst am Sonnabend ausziehen. Ricardo Reis weiß allerdings, was solche Sehnsüchte in der Regel gelten, alles ist eine Frage der Gewohnheit, die Gewohnheit, die man aufgibt, die Gewohnheit, die man annimmt, er ist erst seit so kurzer Zeit in Lissabon, weniger als drei Monate, und schon erscheint ihm Rio de Janeiro wie eine Erinnerung aus vergangener Zeit, vielleicht aus einem anderen Leben, nicht aus seinem, einem anderen der unzähligen, und indem er so denkt, setzt er den Fall, dass zur selben Zeit Ricardo Reis auch in Porto zu Abend isst oder in Rio de Janeiro das Mittagessen einnimmt, wenn nicht gar an irgendeinem anderen Ort der Erde, falls die Streuung so weit ging. Den ganzen Tag lang hatte es nicht geregnet, er konnte in aller Ruhe seine Einkäufe machen, ruhig geht er jetzt zum Hotel zurück, wenn er dort ankommt, wird er Salvador sagen, dass er am Sonnabend auszieht, nichts einfacher als das, ich ziehe am Sonnabend aus, aber er fühlt sich wie der Halbwüchsige, der, weil ihm der Vater den Wohnungsschlüssel verweigert, es wagt, ihn an sich zu nehmen, vertrauend auf die Kraft, die vollendeten Tatsachen meist innewohnt.

Salvador war noch an der Rezeption, doch er hatte Pimenta bereits wissen lassen, dass er nach Hause gehen würde, sobald der letzte Gast den Speisesaal verlassen hätte, etwas früher als sonst, seine Frau habe die Grippe. Das liegt an der Jahreszeit, bemerkte Pimenta vertraulich, sie kennen sich schon so lange, und Salvador murrte, ich kann nicht krank werden, sibyllinische Erklärung mit verschiedenem Sinn, denn es kann ebenso gut das Lamentieren dessen sein, der eine eiserne Gesundheit hat, wie auch ein Hinweis auf die bösen Mächte, was das Fehlen des Chefs für das Hotel bedeuten würde. Ricardo Reis trat ein und wünschte einen guten Abend, er zögerte eine Sekunde, ob er Salvador beiseitenehmen sollte, dann dachte er, wie lächerlich diese Geheimnistuerei wäre, wenn er zum Beispiel murmelte, hören Sie, Senhor Salvador, ich wollte es eigentlich nicht, entschuldigen Sie, aber Sie wissen, wie die Dinge laufen, das Leben ist voller Überraschungen, dem Tag folgt die Nacht, die Sache ist die, ich werde Ihr geschätztes Hotel verlassen, ich habe eine Wohnung ausfindig gemacht, ich hoffe nur, dass Sie es mir nicht übelnehmen, wir bleiben Freunde wie vordem, und plötzlich spürte er, wie ihm Angstschweiß ausbrach, als wäre er zu seiner Jugendzeit, geprägt von jesuitischer Erziehung, zurückgekehrt, kniend vor dem Beichtstuhl, ich habe gelogen, ich war voller Begehr, ich hatte unreine Gedanken, ich habe mich befleckt, jetzt näherte er sich der Rezeption, Salvador erwiderte den Gruß, wandte sich nach hinten, um den Schlüssel vom Brett zu nehmen, da wagte es Ricardo Reis, er musste die erlösenden Worte von sich geben, bevor er ihn anblickte, musste ihn unvorbereitet treffen, nun verwirrt, schleppend, Senhor Salvador, machen Sie bitte meine Rechnung fertig, ich bleibe nur noch bis zum Sonnabend im Hotel, und als er es so trocken herausgebracht hatte, bereute er es sogleich, denn Salvador bot ein Bild schmerzvoller Überraschung, Opfer einer Treulosigkeit, hier, mit dem Schlüssel in der Hand, so behandelt man keinen Hotelchef, der sich so sehr als Freund gezeigt hat, er hätte ihn zur Seite nehmen sollen, hören Sie, Senhor Salvador, ich wollte es wirklich nicht, entschuldigen Sie, aber nein, die Gäste sind alle undankbar, und dieser ist der schlimmste von allen, der hier angelandet ist, immer wurde er gut behandelt, obwohl er sich mit einer Angestellten eingelassen hat, wäre ich ein anderer, hätte ich sie hinausgeworfen, ihn und sie, oder ich hätte mich bei der Polizei beschwert, Victor hatte mich ja gewarnt, aber mein gutes Herz, alle Welt nutzt mich aus, ha, aber ich schwöre, dass es das letzte Mal war. Wenn die Sekunden und Minuten alle gleich wären, wie wir sie auf den Uhren eingeteilt sehen, dann hätten wir nicht immer Zeit zu beschreiben, was in ihnen geschieht, wovon sie künden, ein Glück ist es, dass sich die bedeutendsten Episoden in anhaltenden Sekunden und langen Minuten abspielen, daher ist es möglich, gewisse Fälle mit Ausdauer und in allen Einzelheiten zu debattieren, ohne skandalöse Verletzung der subtilsten der drei Einheiten des Dramas, eben der Zeit. Mit einer langsamen Bewegung übergab Salvador den Schlüssel, er gab seinem Gesicht einen würdigen Ausdruck und sprach gemessenen und väterlichen Tones, ich hoffe, es geschieht nicht, weil dem Senhor Doktor an unseren Diensten irgendetwas missfallen hat, diese bescheidenen und professionellen Worte enthalten die Gefahr, dass eine Verwechslung entsteht, wegen der bitteren Ironie, die wir leicht darin entdecken könnten, wenn wir uns an Lídia erinnern, aber nein, in diesem Moment will Salvador lediglich seine Enttäuschung und Betroffenheit ausdrücken. Auf keinen Fall, Senhor Salvador, protestierte Ricardo Reis mit Nachdruck, ganz im Gegenteil, es geht darum, dass ich eine Wohnung gefunden habe, ich habe beschlossen, mich in Lissabon niederzulassen, jedermann braucht ein eigenes Eckchen zum Leben. Ah, Sie haben eine Wohnung gefunden, wenn das so ist, schicke ich Ihnen Pimenta, damit er Ihnen helfen kann, Ihre Koffer zu transportieren, falls es in Lissabon ist, natürlich. Ja, es ist in Lissabon, aber das erledige ich selbst, vielen Dank, irgendein Gepäckträger kann es tun. Pimenta, solcherart von oben ermächtigt, seine Dienste frei anzubieten, und aus eigener Neugier sowie die Neugierde Salvadors erratend, wo wird er wohl wohnen, erlaubte sich die Vertrauensseligkeit zu fragen, weshalb will der Senhor Doktor einen Burschen bezahlen, ich bringe die Koffer. Nein, Pimenta, vielen Dank, und um weiterem Drängen vorzubeugen, hielt Ricardo Reis vorfristig seine kleine Abschiedsrede, ich möchte Ihnen sagen, Senhor Salvador, dass ich die besten Erinnerungen an Ihr Hotel mitnehme, immer bin ich hier gut behandelt worden, immer habe ich mich wie zu Hause gefühlt, von Fürsorge und beispielloser Aufmerksamkeit umgeben, und ich bedanke mich beim ganzen Personal, ohne Ausnahme, für die herzliche Atmosphäre, die mich nach meiner Rückkehr ins Vaterland umfing, das ich nun nicht mehr zu verlassen gedenke, allen vielen Dank, es waren nicht alle da, aber für den Zweck war es unwichtig, so eine Rede wie diese würde Ricardo Reis nicht noch einmal halten, wie lächerlich fühlte er sich, während er sprach, und noch schlimmer als lächerlich war, dass er unfreiwillig Worte benutzte, die sehr wohl sarkastische Gedanken bei seinen Zuhörern wecken konnten, unmöglich, dass sie nicht an Lídia dachten, als er selbst von der Fürsorge sprach, von Freundlichkeiten und Aufmerksamkeiten, weshalb nur bedienen sich die Wörter so oft unsereins, wir sehen, wie sie sich nähern, uns bedrohen, und sind nicht in der Lage, sie abzuwehren, zum Schweigen zu bringen, und so sagen wir schließlich, was wir gar nicht wollten, es ist wie ein unwiderstehlicher Abgrund, wir fallen und fallen. Salvador antwortete mit wenigen Worten, nicht einmal das wäre nötig gewesen, es genügte ihm seinerseits, für die Ehre zu danken, dass Doktor Reis ihr Gast gewesen war, wir haben nicht mehr als unsere Pflicht getan, ich und das gesamte Personal werden den Senhor Doktor vermissen, nicht wahr, Pimenta, mit dieser plötzlichen Frage war die Förmlichkeit des Augenblicks dahin, es schien so, als würde er an den Ausdruck eines gemeinsamen Gefühls appellieren, doch es war genau das Gegenteil, ein letztlich maliziöses Augenzwinkern, ich weiß nicht, ob du mich verstehst, Ricardo Reis verstand, er sagte gute Nacht und ging auf sein Zimmer, vermutend, dass sie hinter seinem Rücken schlecht von ihm reden würden und bereits Lídia erwähnten, was wohl noch, was er nicht annahm, war dieses, pass übermorgen auf, wer der Gepäckbursche ist, ich will wissen, wo er hinzieht.

Die Uhr hat so leere Stunden, wenn sie auch alle, wie man zu sagen pflegt, schnell vergehen, außer jenen, die für ausschweifende, bedeutende Episoden vorgesehen sind, wie oben demonstriert, diese aber hier sind so leer, dass es scheint, als ob die Zeiger endlos schleichen, der Morgen geht nicht vorbei, der Nachmittag will nicht vergehen, die Nacht findet kein Ende. So erlebte Ricardo Reis seine Stunden im Hotel, unbewusst wünschte er, dass man ihn die ganze Zeit dort sähe, vielleicht um nicht undankbar und gleichgültig zu erscheinen. Auf eine gewisse Art gaben sie sich zu erkennen, als Ramón sagte, während er die Suppe auf den Teller füllte, so gehen Sie also fort, Worte von großer Traurigkeit, so wie sie nur von untertänigen Dienern stammen können. Salvador führte ständig Lídias Namen im Munde, er rief sie für alles und nichts, gab ihr Befehle und gleich darauf Gegenbefehle, und jedes Mal erforschte er aufmerksam ihre Reaktionen, das Gesicht, die Augen, auf der Lauer, um Zeichen der Niedergeschlagenheit zu entdecken, Spuren von Tränen, das Natürliche bei einer Frau, die verlassen wird und die es bereits weiß. Jedoch nie zuvor sah man einen solchen Frieden und solche Gelassenheit, es scheint, als ob dieser Kreatur kein Vergehen die Seele belastete, Schwachheit des Fleisches oder kalkulierter Verkauf, Salvador ärgert sich, dass er die Unmoral nicht gleich zu Beginn des Verdachts bestraft hatte, spätestens als es öffentlich bekannt wurde, angefangen vom Gezischel in der Küche und in den Diensträumen, jetzt ist es zu spät, der Gast geht, es ist besser, nicht im Schmutz zu wühlen, umso mehr, als er, wenn er sich selbst prüft, nicht frei von Schuld ist, er wusste es und hatte geschwiegen, er war Komplize, was er hatte, war Mitleid mit ihm, er war aus Brasilien gekommen, aus dem Urwald, ohne eine Familie, die auf ihn wartete, er hatte ihn behandelt wie einen Verwandten, und zu guter Letzt, drei- oder viermal war ihm der Absolutionsgedanke durch den Kopf gefahren, jetzt sprach er es laut aus, wenn die Zweihunderteins frei wird, will ich eine völlige Reinigung, von oben bis unten, eine vornehme Familie aus Granada wird dort einziehen, und während sich Lídia entfernte, nachdem sie den Befehl empfangen hatte, schaute er auf die Rundungen ihres Gesäßes, bis heute war er ein ehrenhafter Hotelchef, unfähig, den Dienst mit Freiheiten zu vermischen, jetzt aber heißt es Vergeltung üben, entweder sie ist willig, oder sie fliegt auf die Straße, hoffen wir, dass es nur ein Sichluftmachen ist, zahlreich sind die Männer, die schüchtern werden, wenn der Zeitpunkt gekommen ist.

Am Sonnabend begab sich Ricardo Reis nach dem Mittag zum Chiado, dort heuerte er zwei Gepäckträger an, und um nicht als eine Art Ehrenwache mit ihnen die Rua do Alecrim hinunterzugehen, verabredete er einen Zeitpunkt mit ihnen, zu dem sie im Hotel sein sollten. Er erwartete sie im Zimmer, mit dem gleichen Gefühl des Abschieds, das er verspürte, als die Taue fielen, die die Highland Brigade mit dem Kai von Rio de Janeiro verbanden, er ist allein, im Sessel sitzend, Lídia wird nicht erscheinen, so hatten sie es vereinbart. Ein schweres Trapsen im Flur kündete die Gepäckträger an, Pimenta kam mit ihnen, dieses Mal musste er sich nicht anstrengen, wenn es hochkam, würde er mit derselben Bewegung helfen, die Ricardo Reis und Salvador ausgeführt hatten, als er diesen schweren Koffer transportieren musste, den großen hier, eine leichte Handbewegung nach unten, ein Hinweis auf der Treppe, ein Ratschlag, überflüssig für den, der die Wissenschaft von den Lasten studiert hatte. Ricardo Reis verabschiedete sich von Salvador, er hinterließ ein großzügiges Trinkgeld für das Personal, verteilen Sie es nach Ihrem Belieben, der Hotelchef dankt, einige zufällig anwesende Gäste lächeln, als sie sehen, welch gute Freundschaften hier im Hotel geschlossen werden, ein Händedruck, fast eine Umarmung, die Spanier sind von der Eintracht gerührt, kein Wunder, sie denken an ihr zerstrittenes Land, das sind die Widersprüche der Halbinsel. Unten auf der Straße hatte Pimenta die Gepäckträger schon nach dem Ziel des Transportes befragt, aber sie wussten es nicht, der Senhor hatte es nicht gesagt, einer der beiden meinte, es müsse nahe sein, der andere zweifelte daran, Pimenta kennt die beiden Männer, einer hat sogar schon für das Hotel getragen, ihr Anlaufpunkt ist der Chiado, wenn er die Sache klären will, dann muss er nicht weit gehen. Ricardo Reis sagt, ich habe dort etwas für Sie hinterlassen, Pimenta antwortet, vielen Dank, Senhor Doktor, wenn Sie irgendetwas benötigen, dann brauchen Sie es nur zu sagen, alle diese Worte sind unnütz, und das ist noch das Beste, was wir von ihnen sagen können, fast alle sind sie in Wahrheit heuchlerisch, wie recht hatte jener Franzose, der gesagt hat, das Wort ist dem Menschen gegeben worden, um seine Gedanken zu verbergen, nun ja, wenn er auch recht hätte, das sind Fragen, über die man kein rechthaberisches Urteil abgeben darf, mehr als sicher ist, dass das Wort das Beste ist, was man auftreiben konnte, der immer wieder frustrierte Versuch, das auszudrücken, was wir mit dem Wort Denken benennen. Die zwei Gepäckträger wissen bereits, wohin sie die Koffer zu bringen haben, Ricardo Reis ließ es sie wissen, nachdem sich Pimenta zurückgezogen hatte, und nun gehen sie die Straße hinauf, sie laufen mitten auf der Fahrbahn, weil es leichter fürs Tragen ist, es ist keine schwere Last für den, der schon Klaviere und andere Ungetüme mit Hölzern und Stricken befördert hat, Ricardo Reis geht vornweg, in ausreichendem Abstand, um nicht als Führer dieser Expedition zu erscheinen, nah genug, damit sich die Träger begleitet fühlen können, es gibt nichts Heikleres als die Klassenbeziehungen, der Sozialfrieden ist eine Frage des Taktes, des Feingefühls, der Psychologie, um alles mit einem Wort auszudrücken anstatt mit dreien, wenn es oder sie genau mit dem Denken übereinstimmen, so ist es ein Problem, auf dessen Klarstellung wir bereits verzichtet hatten. Auf halber Höhe der Straße müssen die beiden Gepäckträger beiseitetreten, und sie nutzen es, um die Last abzusetzen, ein wenig zu verschnaufen, weil nämlich eine Reihe von Elektrischen herunterkommt, dicht besetzt mit Leuten, blonde Haare, rosige Gesichter, es sind deutsche Touristen, Arbeiter der Deutschen Arbeitsfront, fast alle auf bayrische Art gekleidet, mit Krachledernen, Hemd und Hosenträgern, die Hütchen mit schmaler Krempe, man kann es gut erkennen, weil einige Elektrische offen sind, ambulante Vogelkäfige, in die der Regen eindringen kann, wann er will, wenig nützen die gestreiften Vorhänge aus Zeltplane, was werden diese arischen Werktätigen über unsere portugiesische Zivilisation sagen, diese Söhne einer auserwählten Rasse, was werden sie jetzt von diesen Provinzlern denken, die stehenbleiben, um sie anzustarren, von diesem braunhäutigen Mann im hellen Trenchcoat, diesen beiden Bärtigen, schlecht gekleidet und schmutzig, die das Gepäck auf die Schulter hieven und weiter die Straße hinaufgehen, während die letzten Elektrischen vorbeifahren, dreiundzwanzig waren es, falls jemand die Geduld aufbrachte, sie zu zählen, auf dem Weg nach dem Turm von Belém, dem Hieronymus-Kloster und anderen Herrlichkeiten von Lissabon, wie Algés, Dafundo und Cruz Quebrada.

Mit gesenktem Kopf überqueren die Gepäckburschen den Platz, auf dem die Statue des Epikers steht, bei ihnen rührt es von der Last her, gesenkten Kopfes auch folgt Ricardo Reis, vor Scham, weil er so unbeschwert geht, die Hände in den Taschen, nicht einmal einen Papagei hat er aus Brasilien mitgebracht, ein Glück vielleicht, denn er hätte nicht den Mut, die Straßen mit dem dummen Tier auf der Stange entlangzulaufen, da wäre er zum Gespött der Leute geworden, zeig her das Füßchen, he, Blondschopf, mit lusitanischem Witz, vielleicht die in den Elektrischen vorbeifahrenden Deutschen meinend. Wir sind fast da. Am Ende dieser Straße sieht man schon die Palmen des Alto de Santa Catarina, von den Hügeln der anderen Seite steigen schwere Wolken auf, die wie dicke Frauen am Fenster aussehen, eine Metapher, die ein verächtliches Achselzucken Ricardo Reis' verursacht hätte, für den, poetisch gesehen, die Wolken kaum existieren, einmal sehr spärlich, dann wieder fliehend, weiß und so unnütz, wenn es regnet, so kommt es von einem Himmel, der sich verdunkelte, weil Apollo sein Gesicht verhüllte. Hier ist der Eingang zu meiner Wohnung, hier der Schlüssel und die Treppe, der erste Absatz, der zweite, hier werde ich wohnen, kein Fenster hat sich geöffnet, als wir ankamen, keine Türen öffnen sich, es scheint, als ob dieses Haus die am wenigsten neugierigen Leute Lissabons beherbergt, oder sie spähen durch die Gucklöcher, mit funkelnden Pupillen, jetzt treten wir alle ein, die beiden kleinen Koffer, der große, der die Anstrengung verteilt, der gerechte

Preis wird bezahlt, das erwartete Trinkgeld, es riecht stark nach Schweiß, wenn Sie uns wieder brauchen, Patrão, wir sind immer da, Ricardo Reis zweifelte nicht daran, da sie es so nachdrücklich sagten, aber er antwortete nicht, und ich werde immer hier sein, ein Mensch, wenn er studiert hat, lernt zu zweifeln, umso mehr, da die Götter so launisch sind, sicher nur in der Erkenntnis, sie aus Wissen und wir aus Erfahrung, dass alles ein Ende hat, das Stete zuerst. Die Gepäckträger gingen hinunter. Ricardo Reis schloss die Wohnungstür. Dann lief er, ohne Licht einzuschalten, durch die ganze Wohnung, laut hallten seine Schritte auf dem nackten Boden wider, zwischen den hier und da stehenden leeren Möbeln, die nach muffigem Naphthalin rochen, nach altem Seidenpapier, mit dem noch einige Fässer ausgelegt waren, nach Staubflocken, die sich in den Ecken kringelten und, zur Küche und zum Bad hin zunehmend, nach den Ausdünstungen der Abflussrohre, niedrig der Wasserstand in den Trapsen, Ricardo Reis öffnete Wasserhähne, zog mehrmals die Spülung, die Wohnung füllte sich mit Geräuschen, dem Rauschen des Wassers, dem Vibrieren der Rohre, dem Ticken des Zählers, dann kehrte langsam wieder Stille ein.

Auf der Rückseite des Gebäudes befanden sich Gärten, etwas Wäsche hing dort, kleine graufarbene Gemüsebeete, Holzkübel, Zementtanks, eine Hundehütte, Kaninchen- und Hühnerställe, während Ricardo Reis sie betrachtete, dachte er über das semantische Rätsel nach, das darin bestand, aus Kaninchen Kaninchenstall und aus Huhn Hühnerstall werden zu lassen, jedes Geschlecht so in ein männliches wandelnd, ein Gegensatz oder eine Ergänzung, je nach dem Gesichtspunkt, dem Gelegenheitshumor. Er kehrte in den nach vorn gelegenen Teil der Wohnung zurück, zum Schlafzimmer, und blickte durch die schmutzige Scheibe auf die verlassene Straße, den nun bedeckten Himmel, dort hob sich fahl gegen das Bleigrau der Wolken der in der Stille tobende Adamastor ab, einige Leute sahen zu den Schiffen hinüber, hin und wieder hoben sie die Köpfe, um nach dem Regen Ausschau zu halten, die beiden Alten saßen, sich unterhaltend, auf derselben Bank, und nun lächelte Ricardo Reis, recht geschehen, sie waren so vertieft, dass sie nicht einmal das Eintreffen der Koffer bemerkt hatten, er war vergnügt, als hätte er ihnen eben einen harmlosen Streich, einen freundschaftlichen, gespielt, er, der nie zu solchen Späßen aufgelegt war. Er trug noch immer den Trenchcoat, als wäre er nur hereingekommen, um gleich wieder zu gehen, eine Arztvisite, wie der skeptische Volksmund sagt, oder die schnelle Besichtigung eines Ortes, an dem er vielleicht eines Tages leben wird, und schließlich sagte er laut, wie eine Botschaft, die er nicht vergessen dürfe, ich wohne hier, genau hier wohne ich, das hier ist meine Wohnung, diese, eine andere habe ich nicht, und da umfing ihn plötzlich Angst, die Angst dessen, der im tiefen Keller eine Tür aufstößt, die in die Dunkelheit eines anderen, noch tieferen Kellers führt, oder in die Abwesenheit, in die Leere, ins Nichts, der Übergang zu einem Nichtsein. Er zog Trenchcoat und Jackett aus und spürte Kälte. Als wenn er Bewegungen wiederholen würde, die er in einem anderen Leben schon getan hatte, öffnete er die Koffer, sorgfältig verteilte er den Inhalt, Wäsche, Schuhe, Papiere, Bücher und auch all die anderen kleinen Dinge, notwendige oder unnütze, die wir von Wohnung zu Wohnung mit uns schleppen, Kreuzfäden eines Kokons, er fand den Morgenmantel und zog ihn an, jetzt ist er schon ein Mensch in seinem Heim. Er schaltete die an der Decke hängende Glühlampe ein, er wird eine Tulpe kaufen müssen, einen Lampenschirm, eine Lampenglocke, einen Lichtbrecher, jedes der Worte ist recht, wenn es nur nicht die Augen blendet, wie es jetzt der Fall ist. In die Aufräumungsarbeiten vertieft, bemerkte er nicht gleich, dass es zu regnen begonnen hatte, aber ein heftiger Windstoß schlug einen Wasserschwall gegen die Scheiben, was für ein Wetter, er näherte sich dem Fenster, um auf die Straße zu schauen, da standen die beiden Alten auf dem vorderen Weg, wie vom Licht angezogene Insekten, und beide gaben sich schweigsam wie Insekten, einer groß, der andere klein, jeder mit seinem Regenschirm, die Köpfe wie zum Gelobt sei Gott erhoben, dieses Mal erschraken sie nicht vor der Gestalt, die aufgetaucht war und sie beobachtete, der Regen müsste erst stärker werden, ehe sie sich entschließen würden, die Straße hinunterzugehen und vor dem Wasser zu fliehen, das die Traufen hinunterfloss, zu Hause angekommen, werden ihre Frauen sie empfangen, falls sie welche haben, völlig durchnässt, Mann, du wirst mir eine Lungenentzündung bekommen, und dann muss ich die Dienerin spielen, um den Herrn zu pflegen, und sie werden antworten, die Wohnung von Dona Luísa ist wieder bewohnt, es ist ein einzelner Herr, man sieht keinen weiter, stellt euch vor, eine so große Wohnung für einen Einzigen, schlecht eingerichtet, man fragt sich, woher sie wissen, dass die Wohnung groß ist, eine genaue Antwort gibt es nicht, vielleicht haben sie zur Zeit der Dona Luísa dort ausgeholfen, Frauen aus diesen Schichten machen alles, was anfällt, wenn der Mann wenig verdient oder es heimlich für Wein und Geliebte ausgibt, und so gehen halt die Unglücklichen, um Treppen zu scheuern und Wäsche zu waschen, manche spezialisieren sich, waschen nur Wäsche oder scheuern nur Treppen, und so werden sie zu Meisterinnen ihres Fachs, haben ihre Maßstäbe, ihren Stolz auf das Weiß der Betttücher und das saubere Gelb der Treppen, von jenen wird man sagen, dass sie als Altartücher dienen könnten, von diesen, dass man ohne Ekel auf sie gekleckerte Marmelade essen könnte, wohin führt uns dieser wortreiche Abstecher? Bei diesem bedeckten Himmel lässt die Nacht nicht mehr auf sich warten. Als die Alten so auf dem Bürgersteig standen und nach oben sahen, schien es, als hätten sie das Gesicht ins klare Tageslicht getaucht, doch war es nur die Wirkung eines acht Tage alten weißen Bartes, nicht einmal heute, weil Sonnabend, setzten sie sich in den Sessel des Barbiers, falls sie ihn überhaupt aufsuchen, wahrscheinlich nehmen sie selbst das Rasiermesser in die Hand, und morgen, wenn das unfreundliche Wetter vorbei ist, tauchen sie mit glattrasiertem Gesicht auf, voller Falten und Alaunstellen, weiß nur das Haar, wir sprechen vom Kleineren, denn der Größere hat nicht einmal ein paar hoffnungslose Strähnen über den Ohren, jedenfalls, um zum Ausgangspunkt zurückzukehren, als sie noch auf dem Gehweg standen, war es noch Tag, wenn er auch Abschied nahm, und als sie mit einiger Beruhigung den Mieter des zweiten Stocks gemustert hatten und der Regen zunahm, gingen sie die Straße hinunter, sie gingen, und der Tag verstrich, und als sie jene Ecke dort erreichten, war die Dunkelheit schon hereingebrochen. Ein Glück, dass man die Laternen angezündet hatte, ihre Scheiben waren von Tropfen übersät, aber über diese Laternen ist zu sagen, dass es nicht wie zu späteren Zeiten ohne die sichtbare Hand eines Menschen war, in denen die Fee Elektrizität mit ihrem Zauberstab auf dem Alto de Santa Catarina und seiner Umgegend Einzug halten wird und alle gleicherweise zur gleichen Zeit angezündet werden, heute müssen wir warten, bis sie nacheinander angezündet werden, mit der Spitze der Lichtstange öffnet der Mann die Haube der Laterne, mit dem Haken dreht er den Gashahn, nun ja, dieses Elmsfeuer hinterlässt in den Straßen der Stadt seine Zeichen, ein Mensch nimmt das Licht mit sich, es ist der Halleysche Komet mit seiner Sternenspur, so werden die Götter von oben auf Prometheus geblickt haben, doch unser Feuerspeier nennt sich António. Ricardo Reis' Stirn ist eiskalt, er hatte sie an die Scheibe gedrückt und schaute selbstvergessen auf den fallenden Regen, lauschte nur seinem Geräusch, bis der Laternenanzünder kam, nun hatte jede Lampe ihr Flämmchen und ihren Schein, auf die Schultern Adamastors fällt ein bereits abgeschwächtes Licht, der herkulische Rücken schimmert, wird es vom Wasser sein, das vom Himmel stürzt, oder vom Schweiß der Agonie, weil die anmutige Thetis voller Spott und Boshaftigkeit sagt, welche Liebe einer Nymphe wird genügen, die eines Giganten zu befriedigen, jetzt weiß er, was die versprochenen Seligkeiten wert sind. Lissabon ist eine große, rumorende Stille, weiter nichts.

Ricardo Reis kehrte zu seinen häuslichen Verrichtungen zurück, er räumte die Anzüge und Hemden weg, die Taschentücher, die Strümpfe, Stück für Stück, als würde er eine sapphische Ode verfassen, mühsam mit der widerspenstigen Metrik kämpfend, die Farbe dieser Krawatte, die da hängt, verlangt nach dem Kauf eines Anzugs. Über die Matratze, die Dona Luísa gehörte und die sie zurückgelassen hatte, sicher war es nicht jene, auf der sie in zurückliegenden Jahren die Jungfräulichkeit verloren, oder jene, auf der sie für das letzte Kind geblutet hatte, wo der teure Gatte, Richter am Landgericht, im Todeskampf gelegen hatte und verschieden war, über diese Matratze breitete Ricardo Reis seine neuen Laken aus, denen noch der typische Tuchgeruch anhaftete, die zwei Wolldecken, die helle Überdecke, bezog die Kopfrolle und das Kissen aus Schafswolle, er tut, was er kann, mit seinem männlichen Mangel an Geschick, dieser Tage wird Lídia kommen, vielleicht morgen, und mit ihren Zauberhänden, weil es Frauenhände sind, Ordnung in diesen Wirrwarr bringen, diese ohnmächtige Pein über die schlecht aufgeräumten Sachen. Ricardo Reis trägt die Koffer in die Küche, hängt die Handtücher in das eiskalte Badezimmer, in einem muffig riechenden weißen Schränkchen bewahrt er die Toilettenartikel auf, wir konnten ja schon feststellen, dass er Wert auf sein Äußeres legt, nur aus einem Gefühl der Würde heraus, zu guter Letzt bleibt nichts weiter, als im Arbeitszimmer die Bücher und Papiere im schiefen schwarzen Regal und in dem wackligen schwarzen Schreibtisch unterzubringen, nun ist er zu Hause, er weiß, wo sich seine Stützpunkte befinden, die Windrose, Norden, Süden, Osten, Westen, vielleicht wird hier ein magnetischer Sturm wüten, der diesen Kompass durcheinanderbringt.

Es ist halb acht, der Regen hat nicht aufgehört. Ricardo setzte sich auf den Rand des hohen Bettes und betrachtete das traurig anmutende Schlafzimmer, das Fenster ohne Stores und Gardinen, er dachte daran, dass die Nachbarn gegenüber ihn vielleicht neugierig bespäht hatten, einander zuflüsternd, man kann alles drinnen sehen, und sie schärften ihre Sinne für künftige Genüsse, anregender als dieser eines auf dem Rand eines alten Betts sitzenden Mannes, allein, das Gesicht von einer Wolke verhüllt, doch Ricardo Reis erhob sich und schloss die Fensterläden, nun ist das Schlafzimmer eine Zelle, vier blinde Wände, die Tür, wenn sie sich öffnete, führte zu einer anderen Tür oder zu einem dunklen, tiefen Keller, wir haben es schon gesagt und könnten es bleiben lassen. In Kürze wird der Maître Alfonso im Hotel Bragança mit drei Vatelschlägen den lächerlichen Gong ertönen lassen, die portugiesischen und die spanischen Gäste werden hinuntergehen, nuestros hermanos, los hermanos suyos, Salvador wird allen zulächeln, Senhor Fonseca, Senhor Doktor Pascoal, Senhora Don Camilo y Don Lorenzo, und der neue Gast aus Zweihunderteins, sicherlich der Herzog von Alba oder von Medinaceli, das Prachtschwert hinter sich herschleppend, einen Dukaten in die ausgestreckte Hand Lídias legend, die, als Untergebene, einen Kniefall macht und lächelnd den Kniff in den Oberarm hinnimmt. Ramón wird die Hühnersuppe mit Reis bringen, heute ist es eine Spezialität, und er lügt nicht, denn aus den Tiefen der Terrine steigt der starke Duft von Hühnchen empor, von den tiefen Tellern verflüchtigt sich der berauschende Dampf, es darf uns nicht überraschen, dass sich Ricardo Reis'

Magen meldet, in der Tat, es ist bereits Abendbrotzeit. Jedoch es regnet. Selbst durch die geschlossenen Fensterläden hört man das Trommeln des auf die Gehwege, die Regenrinnen und altersschwachen Traufen trommelnden Regens, wer würde sich bei so einem Wetter auf die Straße wagen, wenn nicht durch höchste Pflicht gezwungen, den Vater vor dem Galgen zu retten beispielsweise, ein Rat nur für den, der ihn noch lebend hat. Der Speisesaal des Hotels Bragança ist das verlorene Paradies, und da es ein verlorenes Paradies ist, möchte Ricardo Reis gern dorthin zurückkehren, doch bleiben, nein. Er macht sich auf die Suche nach den Kekspackungen und den kandierten Früchten, damit betäubt er den Hunger, zu trinken hat er nur das Leitungswasser, das nach Phenol schmeckt, so aller Mittel entblößt, müssen sich Adam und Eva in der ersten Nacht nach ihrer Vertreibung aus dem Garten Eden gefühlt haben, übrigens machte sich auch damals Gott durch Regen bemerkbar, sodass die beiden unterm Türbogen blieben. Eva fragte Adam, möchtest du einen Keks, da sie gerade nur einen hatte, teilte sie ihn in zwei Teile, gab ihm das größere Stück, seither herrscht bei uns dieser Brauch. Adam kaut bedächtig und schaut auf Eva, die an ihrem Stückchen knabbert, wobei sie den Kopf wie ein neugieriger Vogel gesenkt hält. Hinter dieser Tür, für immer verschlossen, hatte sie ihm den Apfel gegeben, weder mit böser Absicht noch auf den Rat einer Schlange, weil sie nackt war, deshalb sagt man, dass Adam erst merkte, dass sie nackt war, als er in den Apfel biss, da Eva noch keine Zeit gefunden hatte, sich anzukleiden, vorerst wie die Feldlilien, die weder spinnen noch weben. Auf der Türschwelle verbrachten die beiden gut die Nacht, mit einem Keks als Nachtmahl, Gott auf der anderen Seite hörte ihnen traurig zu, ausgeschlossen von einem Fest, das er weder befördert noch vorausgesehen hatte, später wird ein anderer Sinnspruch entstehen, wo Mann und Frau sich vereinen, ist Gott bei ihnen, mit diesen neuen Worten werden wir lernen, dass das Paradies letztlich nicht dort war, wo man es uns glauben machte, es ist hier, wohin Gott jedes Mal gehen wird, wenn es ihm Spaß macht. Doch in dieser Wohnung nicht. Ricardo Reis ist allein, die intensive Süße der kandierten Birne, es war kein Apfel, hat ihm Übelkeit bereitet, es ist wirklich wahr, dass auch die Versuchungen nicht mehr das sind, was sie einmal waren. Er ist ins Badezimmer gegangen, um sich die klebrigen Hände zu waschen, sich den Mund auszuspülen, sich die Zähne zu putzen, dieses Dolceza regt ihn auf, es ist weder ein portugiesisches noch ein spanisches Wort, es äfft das Italienische nach, aber es ist das einzige sprechbare Wort, das auszusprechen ihm in diesem Moment wohltut. Die Einsamkeit lastet auf ihm wie die Nacht, die Nacht hält ihn wie Vogelleim fest in dem schmalen und langen Korridor, unter dem grünlichen Licht, das von der Decke herabfällt, ist er ein Tiefseetier mit schwerfälligen Bewegungen, eine wehrlose Schildkröte ohne Schild. Er setzt sich an den Schreibtisch, blättert in seinen mit Versen beschriebenen Papieren, Oden nannte er sie, und so blieb es, denn alles braucht seinen Namen, er liest hier und dort, er fragt sich selbst, ob er es ist, der das geschrieben hat, denn wie er so liest, erkennt er sich nicht im Geschriebenen wieder, dieser gleichgültige, gelassene, geduldige Mann, gerade deshalb fast Gott, denn genauso sind die Götter, geduldig, gelassen, gleichgültig, den Toten beistehend. Auf eine recht verwirrende Art überlegt er, dass er sein Leben einrichten, die Zeit einteilen, entscheiden muss, was morgens, nachmittags und abends zu machen sei, früh schlafen gehen, früh aufstehen, ein oder zwei Restaurants suchen, die ein gesundes und einfaches Essen bieten, die Gedichte für eine zukünftige Buchausgabe durchsehen und korrigieren, sich nach einem Haus für die Praxis umsehen, Leute kennenlernen, durchs Land reisen, nach Porto fahren, nach Coimbra, Doktor Sampaio besuchen, zufällig Marcenda im Choupal treffen, in diesem Augenblick hörte er auf, an Projekte und Vorhaben zu denken, ihn überkam Mitleid mit der Behinderten, dann übertrug sich das Mitleid auf ihn selbst, es war Selbstmitleid, hier sitzend, diese zwei Worte schrieb er wie den Anfang eines Gedichts, aber bald darauf erinnerte er sich, was er eines Tages geschrieben hatte, auf meiner Verse sicherer Säule ruhend, auf der ich überdaure, wer einmal ein solches Testament niederschrieb, kann nicht ein anderes, gegensätzliches abfassen.

Es war noch nicht zehn, als Ricardo Reis schlafen ging. Der Regen fiel immer noch. Er nahm ein Buch mit ins Bett, er hatte zu zweien gegriffen, ließ aber den Gott des Labyrinths beiseite, nach zehn Seiten Lektüre der Predigt am ersten Fastensonntag fühlte er, wie seine Hände erstarrten, sie zu erwärmen, reichten diese feurigen Worte nicht aus, durchwühlet euer Haus, suchet das Ding, das niederträchtigste von allen, und finden werdet ihr nur eure eigne Seele, er legte das Buch auf den Nachttisch und kuschelte sich, plötzlich fröstelnd, ein, er zog den Deckensaum bis übers Kinn und schloss die Augen. Er wusste, dass er das Licht löschen musste, doch wenn er es täte, würde er sich verpflichtet fühlen einzuschlafen, und das wollte er noch nicht. In solchen kalten Nächten pflegte Lídia ihm eine Wärmflasche zwischen die Betttücher zu legen, für wen wird sie es jetzt tun, für den Herzog von Medinaceli, sei still, eifersüchtig Herz, der Herzog hat die Herzogin mitgebracht, der im Vorübergehen in Lídias Arm gekniffen hatte, war ein anderer Herzog, der von Alba, aber der ist alt, krank und impotent, er trägt ein Blechschwert, er schwört, dass es Colada ist, das Prachtschwert des Cid Campeador, von den Eltern an die Kinder in der Familie der Albas weitergegeben, selbst ein spanischer Grande kann lügen. Ohne es zu merken, war Ricardo Reis eingeschlafen, er wurde sich dessen bewusst, als er plötzlich erwachte, es hatte jemand an seine Tür geklopft, es wird Lídia sein, ihr ist es gelungen, das

Hotel zu verlassen und zu kommen, bei diesem Regen, um mit mir die Nacht zu verbringen, unvorsichtiges Frauenzimmer, dann dachte er, ich habe geträumt, und so schien es auch, denn eine Minute lang war nichts weiter zu hören, vielleicht spukte es in der Wohnung, deshalb war es nicht gelungen, sie zu vermieten, so zentral gelegen, so groß, es klopfte wieder, poch, poch, poch, vorsichtig, um niemanden zu erschrecken. Ricardo Reis stand auf, schlüpfte in die Pantoffeln, hüllte sich in den Morgenmantel, durchquerte mit langsamen Schritten das Schlafzimmer, betrat vor Kälte zitternd den Korridor und schaute fragend zur Tür, als ob diese ihn bedrohe, wer ist da, seine Stimme klang heiser und zitterte, er räusperte sich und fragte nochmals, die Antwort kam murmelnd, ich bin es, es war kein Geist, es war Fernando Pessoa, gerade heute musste dieser sich erinnern. Er öffnete, und er war es wirklich, mit seinem schwarzen Anzug, barhäuptig, ohne Überzieher und Hut, unwirklich von Kopf bis Fuß, umso mehr, weil er, von der Straße kommend, nicht einen Regentropfen an sich hatte, kann ich reinkommen, fragt er. Bis jetzt haben Sie mich noch nie gefragt, ich weiß nicht, was Sie auf einmal für Skrupel haben. Die Situation ist neu. Sie sind schon in Ihrer Wohnung, und wie die Engländer sagen, von denen ich erzogen bin, das Haus eines Menschen ist seine Burg. Kommen Sie herein, aber wie Sie sehen, hatte ich mich schon hingelegt. Haben Sie bereits geschlafen? Ich glaube, ich war eingeschlafen. Meinetwegen brauchen Sie keine Umstände zu machen, im Bett waren Sie, ins Bett gehen Sie wieder, ich bleibe nur ein paar Minuten. Ricardo Reis schlüpfte schnell ins Bett, er klapperte mit den Zähnen vor Kälte, aber auch vor dem nachwirkenden Schreck, er zog nicht einmal den Morgenmantel aus. Fernando Pessoa setzte sich auf einen Stuhl, schlug die Beine übereinander, kreuzte die Hände über den Knien, dann schaute er kritisch umher, also hierher sind Sie gezogen. Es scheint so. Ich finde es ein wenig trist. Alle Wohnungen, die lange Zeit unbewohnt waren, haben das an sich. Und Sie werden hier allein wohnen, eine einzelne Person? Wie es scheint, nicht, erst heute bin ich umgezogen, und schon habe ich Sie zu Besuch. Ich zähle nicht, ich bin keine Gesellschaft. Zumindest hat es ausgereicht, mich aus dem Bett zu holen, bei dieser Kälte, nur um Ihnen die Tür zu öffnen, ich werde Ihnen noch zu guter Letzt einen Schlüssel geben. Ich könnte mich seiner nicht bedienen, wenn ich durch die Wände ginge, könnten wir diese Unannehmlichkeiten vermeiden. Lassen Sie nur, fassen Sie meine Worte nicht als Kritik auf, es hat mir sogar Freude gemacht, dass Sie gekommen sind, die erste Nacht wäre wahrscheinlich gar nicht einfach. Ängstlich? Ich war etwas erschrocken, als ich es klopfen hörte, ich hatte nicht daran gedacht, dass Sie es sein könnten, aber Angst hatte ich nicht, es war nur die Einsamkeit. Na, hören Sie mal, die Einsamkeit, Sie müssen noch viel lernen, um zu erfahren, was das ist. Ich habe immer allein gelebt. Ich auch, aber Einsamkeit heißt nicht einsam leben, Einsamkeit ist, wenn wir nicht fähig sind, uns jemandem oder irgendeiner Sache, die in uns ist, zugesellen zu können, die Einsamkeit ist kein Baum inmitten einer Ebene, wo nur er allein ist, sie ist die Distanz zwischen dem innersten Mark und der Rinde, zwischen Blatt und Wurzel. Sie übertreiben, alles, was Sie meinen, ist untereinander verbunden, da ist keine Einsamkeit. Lassen wir den Baum, betrachten Sie Ihr Innerstes, und Sie sehen die Einsamkeit. Wie sagte der andere, einsam zwischen den Menschen wandeln. Schlimmer als das, einsam sein, wo wir nicht selbst sind, Sie sind heute übel gelaunt. Ich habe so meine Tage. Ich sprach nicht von dieser Einsamkeit, sondern von einer anderen, von jener, die mit uns geht, die zu ertragen ist, die uns begleitet. Selbst diese, lassen Sie es sich gesagt sein, halten wir manchmal nicht aus, wir erflehen jemandes Anwesenheit, eine Stimme, und ein anderes Mal führen dieselbe Stimme und dieselbe Anwesenheit nur dazu, dass wir sie nicht tolerieren. Das ist möglich. Ja, an jenem Tag, als wir uns dort am Aussichtspunkt trafen, erinnern Sie sich, Sie warteten auf Ihre Braut. Ich habe Ihnen schon gesagt, dass es nicht meine Braut ist. Na gut, wollen wir uns nicht streiten, aber sie könnte es werden, wissen Sie denn, was der morgige Tag für Sie bereithält? Ich könnte ja ihr Vater sein. Und wenn schon. Wechseln Sie das Thema, erzählen Sie den Rest Ihrer Geschichte. Es war wegen Ihrer Grippe, es erinnerte mich an eine kleine Episode während meiner Krankheit, der letzten, endgültigen und entscheidenden. Was für ein Pleonasmus, Ihr Stil hat sehr gelitten. Der Tod ist auch pleonastisch, er ist wirklich das pleonastischste aller Dinge. Den Rest. Ein Arzt kam ins Haus, ich lag im Schlafzimmer, meine Schwester öffnete die Tür. Ihre Halbschwester, überhaupt ist das Leben voller Halbgeschwister. Was wollen Sie damit sagen? Nichts weiter, fahren Sie fort. Sie öffnete die Tür und sagte zum Arzt, er solle eintreten, der Unnütze liege hier, der Unnütze war natürlich ich, wie Sie sehen, hat die Einsamkeit keine Grenzen, sie ist überall. Haben Sie sich wirklich irgendwann einmal unnütz gefühlt? Es ist schwer, darauf zu antworten, wenigstens erinnere ich mich nicht daran, mich wahrhaftig nützlich gefühlt zu haben, ich glaube wirklich, dass das die erste Einsamkeit ist, wenn wir uns unnütz fühlen. Selbst wenn die anderen das Gegenteil denken oder uns dazu bringen, das Gegenteil zu denken. Die anderen irren sich sehr oft. Wir auch. Fernando Pessoa erhob sich, öffnete die Fensterläden einen Spalt und schaute nach draußen, ein unentschuldbares Versäumnis, sagte er, dass Adamastor nicht in der Mensagem erwähnt wird, ein so gefügiger Gigant, von einer so klaren symbolischen Lektion. Sehen Sie ihn von dort? Ja, armselige Kreatur, Camões hat sich seiner bedient, um Liebesklagen auszudrücken, die wohl in seiner Seele wohnten, und um mehr als selbstverständliche Prophezeiungen zu geben, um

Schiffsunglücke vorherzusagen für den, der auf den Meeren kreuzt, dafür sind keine außergewöhnlichen göttlichen Gaben erforderlich. Die Prophezeiung von Unglücken war schon immer ein Zeichen von Einsamkeit, wenn Thetis die Liebe des Giganten erwidert hätte, wäre seine Rede anders gewesen. Fernando Pessoa hatte sich wieder hingesetzt und die gleiche Haltung eingenommen. Werden Sie noch lange bleiben, fragte Ricardo Reis. Warum? Ich bin müde. Kümmern Sie sich nicht um mich, schlafen Sie, wenn Sie wollen, falls meine Anwesenheit Sie nicht stört. Was mich stört, ist, Sie so in der Kälte sitzen zu sehen. Ich benötige keine Wärme, ich könnte sogar in Hemdsärmeln sein, aber Sie sollten nicht im Morgenmantel schlafen, das ist nicht gut. Ich werde ihn gleich ausziehen. Fernando Pessoa legte ihm den Morgenmantel übers Bett, zog die Decken zurecht, richtete mütterlich das Betttuch, schlafen Sie jetzt. Hören Sie, Fernando, erfüllen Sie mir eine Bitte, löschen Sie das Licht, Ihnen dürfte es nichts ausmachen, im Dunkeln zu bleiben. Fernando Pessoa ging zum Schalter, das Zimmer fiel in eine plötzliche Dunkelheit, der Schein der Straßenlaternen drang durch die Fensterlücken, ein schmaler Lichtstreif, ein vager Lichtnebel fiel auf die Wand. Ricardo Reis schloss die Augen und murmelte, gute Nacht, Fernando, es schien ihm, als würde lange Zeit bis zur Antwort vergehen, gute Nacht, Ricardo, er zählte noch bis hundert, oder meinte zu zählen, öffnete dann die schweren Augenlider, Fernando Pessoa saß noch immer auf demselben Stuhl, mit über den Knien gekreuzten Händen, ein Bild der Verlassenheit, der letzten Einsamkeit, warum, vielleicht weil er ohne Brille ist, dachte Ricardo Reis, und das erschien ihm im wirren Traum als das schlimmste aller Unglücke. So gegen Mitternacht erwachte er, es hatte aufgehört zu regnen, die Welt bewegte sich durch einen stillen Raum. Fernando Pessoa hatte seine Haltung nicht verändert, er schaute zum Bett hin ohne jedweden Ausdruck, wie eine Statue mit blinden Augen. Viel später wachte Ricardo Reis noch einmal auf, eine Tür war zugeschlagen. Fernando Pessoa war nicht mehr im Zimmer, er war mit dem ersten Morgenlicht gegangen.

Der Widersprüche des Lebens sind viele, wie man es von anderen Zeiten und Orten kennt. Als Ricardo Reis am späten Morgen erwachte, spürte er, dass etwas in der Wohnung anwesend war, vielleicht war es noch nicht die Einsamkeit, es war die Stille, ihre Halbschwester. Für einige Minuten fühlte er den Mut sinken, als beobachtete er das Rinnen des Sandes in einem Stundenglas, ein abgegriffener Vergleich, der dennoch immer wiederkehrt, eines Tages werden wir ihn nicht mehr benötigen, wenn wir, weil wir ein langes Leben von zweihundert Jahren haben, selbst das Stundenglas sind, aufmerksam gegenüber dem Sand, der in uns rinnt, heute nicht, da das Leben, weil es kurz ist, nicht zu Betrachtungen Zeit lässt. Aber wir hatten von Widersprüchen gesprochen. Als Ricardo Reis sich erhob und zur Küche ging, um den Warmwasserspeicher und den Gasherd anzuzünden, stellte er fest, dass er ohne Streichhölzer war, er hatte vergessen, welche zu kaufen. Und da ein Vergessen niemals allein kommt, bemerkte er, dass auch der Kaffeefilter fehlte, es ist wohl wahr, dass ein Mann allein nichts wert ist. Die leichteste, weil naheliegende Lösung wäre gewesen, an die Tür der Nachbarn zu klopfen, in der unteren oder oberen Etage, entschuldigen Sie bitte, Senhora, ich bin der neue Mieter aus dem zweiten Stock, ich bin gestern eingezogen, jetzt wollte ich mir einen Kaffee machen, ein Bad nehmen, mich rasieren, und habe keine Streichhölzer, vielen Dank, entschuldigen Sie die Störung. Da wir Menschen Geschwister sind, wenn auch nur halb, so wäre nichts natürlicher als das, und er müsste nicht einmal auf die kalte Treppe, sie würden kommen und ihn fragen, brauchen Sie irgendetwas, ich habe Ihren Einzug bemerkt, man weiß ja, wie es bei Umzügen ist, wenn keine Streichhölzer fehlen, dann wurde das Salz vergessen, wenn Seife da ist, fehlt der Waschlappen, die Nachbarn sind ja dafür da. Ricardo ging nicht um Seife bitten, niemand kam herauf oder herunter, um seine Hilfe anzubieten, so blieb ihm nichts weiter übrig, als sich anzukleiden, die Schuhe anzuziehen, er legte einen Schal um, so die Bartstoppeln verbergend, drückte den Hut ins Gesicht, verärgert über seine Vergesslichkeit, umso mehr, weil er in diesem Aufzug auf die Straße gehen musste, auf der Suche nach Streichhölzern. Er trat zuerst ans Fenster, um zu prüfen, wie das Wetter war, bedeckter Himmel, kein Regen. Adamastor war allein, es ist noch zu früh für die Alten, nach den Schiffen zu sehen, zu dieser Stunde werden sie sich zu Hause rasieren, mit kaltem Wasser, vielleicht nicht ganz, vielleicht werden ihnen die müden Frauen ein Töpfchen Wasser erwärmen, nur lauwarm, denn die größte Männlichkeit der portugiesischen Männer besteht im Allgemeinen darin, dass sie keine Verweichlichungen tolerieren, es genügt, daran zu erinnern, dass sie in direkter Linie von jenen Lusitaniern abstammen, die in den eiskalten Wassern der Montes Hermínios badeten, um gleich danach der Lusitanierin ein Kind zu machen. In einer Kohlenhandlung und Taverne des unteren Stadtteils kaufte Ricardo Reis die Streichhölzer, ein halbes Dutzend Schachteln, damit der Kohlenhändler das morgendliche Geschäft nicht als zu mager betrachten möge, doch er irrte sich sehr, denn der Kohlenhändler konnte sich nicht daran erinnern, je ein so großes Geschäft gemacht zu haben, seit die Welt besteht, wie sie ist, hier ist es noch üblich, das Feuer bei der Nachbarin zu erbitten. Erfrischt von der kalten Luft, angenehm berührt vom Schal und der Menschenleere auf der Straße, ging Ricardo Reis die Straße hinauf, um den Fluss zu sehen und die Berge auf der anderen Seite, die von hier so niedrig erscheinen, den Glanz der Sonne auf dem Wasser, der auftaucht und verschwindet, je nach den niedrig dahinziehenden Wolken. Er ging um die Statue herum, um zu erfahren, wer ihr Schöpfer war, wann sie geschaffen worden war, da stand das Datum, neunzehnhundertsiebenundzwanzig. Ricardo Reis besitzt einen Geist, der in dem Unebenmäßigen des Lebens ständig nach Symmetrien sucht, acht Jahre nach meiner Abreise ins Exil wurde Adamastor hier aufgestellt, nachdem er acht Jahre hier gestanden hatte, kehrte ich ins Vaterland zurück, o Vaterland, die Stimme deiner erlauchten Vorväter hat mich gerufen, nun tauchen die Alten in der Straße auf, rasiert, die Haut voller Falten und Alaunstellen, sie halten den Regenschirm unterm Arm, ihre Schaffelljacken sind offen, sie tragen keine Krawatte, doch der Kragenknopf ist sorgfältig geschlossen, nicht weil Sonntag ist, achtunggebietender Tag, es ist wegen der äußerlichen Würde, wie sie halt erreichbar ist, sogar bei abgerissenen Kleidern. Die Alten mustern Ricardo Reis, das Herumlaufen um die Statue kommt ihnen nicht geheuer vor, jetzt sind sie noch mehr davon überzeugt, dass irgendein Geheimnis den Mann umwittert, wer ist er, was macht er, wovon lebt er? Bevor sie sich setzen, legen sie ein gefaltetes Sackleinentuch auf die feuchte Holzbank, dann setzen sie sich ohne Eile und mit bedächtigen, von Pausen unterbrochenen Bewegungen, sie husten trocken, der Dicke zieht aus der Innentasche der Jacke eine Zeitung, es ist der Século, der die Armenspeisung veranlasst hatte, sie kaufen ihn jeden Sonntag, einmal der, einmal der andere, in der nächsten Woche wird der Magere an der Reihe sein. Ricardo drehte die zweite und die dritte Runde um Adamastor, man kann die Ungeduld der Alten verstehen, diese unruhige Anwesenheit hindert sie daran, sich auf die Nachrichten der Zeitung zu konzentrieren, die der Dicke mit hoher Stimme zu seinem eigenen Verständnis und für den Mageren, den Analphabeten, vorlesen wird, bei den schwierigen Worten stockend, wobei deren nicht sehr viele sind, zum einen, weil die Journalisten niemals vergessen, dass sie für das Volk schreiben, zum Zweiten, weil sie sehr gut wissen, für welches Volk sie schreiben. Ricardo Reis ging zum Gitter hinunter, dort entging er der Aufmerksamkeit der Alten, die schon mitten in die Zeitung vertieft waren, man hörte es murmeln, einer las, der andere hörte zu und machte Bemerkungen, in Luís Ucedas Portemonnaie befand sich ein Farbfoto von Salazar, ein befremdliches Indiz oder ein zufälliger Kauf, dieses Land ist voll von kriminalistischen Rätseln, es wird ein Toter auf der Straße nach Sintra aufgefunden, man sagt, erwürgt, man sagt, vorher mit Äther betäubt, man sagt, dass er während seiner Entführung großen Hunger gelitten habe, man sagt, das Verbrechen sei laienhaft ausgeführt worden, ein Wort, das jedes Delikt unvermeidlich in Misskredit bringt, und man wird sehen, dass der Ermordete die Fotografie des weisen Mannes im Portemonnaie hatte, dieses ganz und gar väterlichen Diktators, wie es ebenfalls laienhaft, die Parallele sei uns erlaubt, jener französische Autor ausgedrückt hatte, dessen Name für die Geschichte registriert sei, Charles Oulmont heißt er, etwas später wird er die Erkenntnis bestätigen, dass Luís Uceda ein großer Bewunderer des bedeutenden Staatsmannes war, und es wird ans Licht kommen, dass im Leder des Portemonnaies eine weitere eingestanzte Demonstration des Patriotismus Luís Ucedas zu sehen war, das Emblem der Republik, ein Kreis mit Burgen und Schilden, und dazu die folgenden Worte, bevorzugen Sie portugiesische Produkte. Diskret entfernt sich Ricardo Reis, lässt die Alten in ihrer Friedfertigkeit zurück, so versunken in das dramatische Geheimnis, dass sie sein Gehen nicht bemerkten.

Mehr geschah an diesem Morgen nicht, außer der trivialen

Widerspenstigkeit eines Warmwasserspeichers, der seit Wochen nicht benutzt worden war, ein enormer Verbrauch von Streichhölzern, bis die Flamme brannte, und auch das melancholische Schlürfen einer Tasse Tee und das Verspeisen dieser kleinen Kekse verdienten keine besondere Beschreibung, es waren die Reste des gestrigen Nachtmahls, auch nicht das Bad in der tiefen, etwas in Mitleidenschaft gezogenen Wanne, inmitten von Dampfschwaden, das Gesicht sorgfältig rasiert, einmal, zweimal, als hätte er irgendwo ein Rendezvous mit einer Frau oder diese würde ihn heimlich besuchen, verhüllt durch Kragen und Schleier, angezogen von diesem Seifengeruch, diesem Hauch von Eau de Cologne, damit andere, kräftigere und natürlichere Gerüche nicht alles zu einem Körpergeruch vermischen, jenem, den die Nasenlöcher bebend einsaugen, jenem, der die Brust nach heftigem Lauf zum Keuchen bringt. So irren nun auch die Geister der Poeten umher, zum Erdboden hin, die Haut der Frauen streifend, selbst wenn sie entfernt sind wie jetzt, was hier gesagt wird, ist vorläufig das Werk der Einbildung, einer Dame von großer Macht und Güte. Ricardo Reis ist fertig zum Ausgehen, niemand wartet auf ihn, er geht nicht zur Elfuhrmesse, um der unbekannten Ewigen das Weihwasser darzubringen, auch der gesunde Menschenverstand würde ihm gebieten, bis zur Mittagszeit zu Hause zu bleiben, er hat Papiere zu ordnen, da sind Bücher, die noch zu lesen sind, und eine Entscheidung, die zu fällen ist, welches Leben zu führen ist, welche Arbeit zu tun, welcher Grund ist ausreichend, zu leben und zu arbeiten, mit einem Wort, wozu. Er hatte nicht daran gedacht, morgens auszugehen, aber er wird es tun müssen, es wäre lächerlich, sich wieder auszuziehen, zugegeben, dass er sich für draußen angezogen hatte, ehe er sich dessen recht bewusst gewesen war, so geht es uns oft, wir tun die ersten zwei Schritte wie im Traum oder wie abwesend, und dann bleibt uns nichts weiter übrig, als den dritten zu gehen, selbst wenn wir wissen, dass er falsch ist oder lächerlich, der Mensch ist tatsächlich in letzter Konsequenz ein vernunftloses Tier. Er ging ins Schlafzimmer, dachte daran, dass er vor dem Gehen vielleicht das Bett machen müsste, er kann an sich selbst keine Nachlässigkeit dulden, aber es hätte keinen Sinn, er erwartete keinen Besuch, so setzte er sich auf den Stuhl, auf dem Fernando Pessoa die Nacht verbracht hatte, er schlug das Bein über wie dieser, kreuzte die Hände über den Knien, versuchte sich tot zu stellen, mit den Augen einer Statue aufs leere Bett zu starren, doch in seiner linken Schläfe hämmerte das Blut, das linke Augenlid zuckte, ich lebe, murmelte er, und dann mit lauter, tönender Stimme, ich lebe, und da es niemanden gab, der ihm widersprechen konnte, glaubte er es. Er setzte den Hut auf und verließ die Wohnung. Die Alten waren nicht mehr allein. Einige Kinder spielten Hopse, indem sie über eine mit Kreide auf den Boden gezeichnete Figur hüpften, von Haus zu Haus, jedes mit einer fortlaufenden Nummer versehen, viele Namen sind diesem Spiel gegeben worden, manche nennen es die Äffin oder das Flugzeug, oder Himmel und Hölle, es könnte auch Roulett oder Gloria heißen, sein treffendster Name wird Spiel des Menschen sein, die Figur gleicht ihm auch, mit dem geraden Körper, jenen ausgebreiteten Armen, der obere Halbkreis einen Kopf oder Gedanken bildend, er liegt auf dem Pflaster, blickt zu den Wolken auf, während die Kinder auf ihn treten, ohne an ein Attentat zu denken, später, wenn ihre Zeit gekommen ist, werden sie erfahren, wie es schmerzt. Einige Soldaten sind sehr früh hergekommen, sicher wollen sie nur das Terrain sondieren, denn nach dem Mittag, so am frühen Nachmittag, kommen die Hausmädchen zum Spazieren hierher, falls es nicht regnet, ansonsten wird die Patroa zu ihnen sagen, hör zu, Maria, es regnet in Strömen, es ist besser, wenn du nicht ausgehst, du kannst die Wäsche bügeln, du bekommst dann von mir eine Stunde mehr an deinem Ausgangstag, das wird in vierzehn Tagen sein, dies sei nur für den hinzugefügt, der nicht aus der Zeit dieser Privilegien stammt, oder für den, der sich nicht gerade danach gedrängt hat, diese Dinge zu erfahren. Ricardo Reis lehnte sich für eine Minute auf die oberste Gitterstrebe, die Alten achteten nicht auf ihn, der Himmel klarte weiter auf, auf der gegenüberliegenden Seite zeigte sich ein großer blauer Streif, wer heute aus Rio de Janeiro käme, der hätte einen guten Empfang, falls heute Ankunftstag des Dampfers ist. Vertrauend auf die Wetterbesserung, die der Himmel ankündigte, begann Ricardo Reis seinen Spaziergang zum Calhariz, ging zum Camões hinunter, dort kam ihm in einem Anflug von Sentimentalität der Gedanke, das Hotel Bragança aufzusuchen, wie bei den schüchternen Jüngelchen, die das Examen zweiter Stufe abgelegt haben und, da sie nun nicht mehr in der Schule lernen müssen, wo sie sich so oft geärgert haben, diese besuchen, dazu die Lehrer und die Kameraden der unteren Klassen, bis alle der Pilgerfahrten müde sind, wie alle diese unnütz sind, der Pilger ermüdet, der Kultplatz verliert seinen Reiz, was sollte er im Hotel, Salvador und Pimenta begrüßen, der Senhor Doktor hatte wohl Sehnsucht nach uns, dann ein Wort mit Lídia sprechen, die so nervös ist, da sie bei der Gelegenheit und aus Bosheit zur Rezeption gerufen wurde, komm her, Doktor Reis will mit dir reden. Mich hat kein besonderer Grund hergetrieben, ich wollte mich nur für die gute Behandlung und die Ratschläge bedanken, erster wie zweiter Stufe, wenn ich nicht mehr lernen konnte, dann lag es nicht an den Lehrmeistern, sondern an meinem schlechten Gedächtnis. Während sich Ricardo Reis den Gehweg gegenüber der Märtyrerkirche hinunterbegibt, atmet er eine balsamische Luft ein, es sind die edlen Ausdünstungen der Frömmler, die dort drinnen versammelt sind, eben hat die Messe begonnen für diese Art von Menschen aus einer höheren Welt, hier werden, wenn man eine gute Nase hat, die

Familien und die Essenzen deutbar. Man errät, dass der Himmel der Altäre, so gut, wie er riecht, mit gepuderten Spitzen und Quasten besetzt ist, und bestimmt hat der Kirchendiener der Wachsmasse für die Kerzen und Altarkerzen noch eine ansehnliche Portion Patschuli hinzugefügt, sodass alles, verschmolzen, gegossen und zum Brennen gebracht, einschließlich eines genügenden Quantums Weihrauch, eine unwiderstehliche Trunkenheit der Seele hervorruft, eine Benommenheit der Sinne, dann werden die Körper schlaff, die Augen verdrehen sich, und schließlich die Ekstase, Ricardo Reis weiß gar nicht, was ihm als Anhänger toter Religionen entgeht, er hat nicht klargestellt, ob der griechischen oder römischen, denn er beruft sich in Versen sowohl auf die eine als auf die andere, ihm genügt es, dass sie Götter enthalten, und nicht nur einen Gott. Er schlägt die Richtung zur Unterstadt ein, sonntägliche, provinzielle Stille herrscht, erst später, nach dem Mittag, werden die Einwohner der Stadtviertel erscheinen, um sich die Schaufenster anzusehen, die ganze Woche über warten sie auf diesen Tag, Familien mit Kindern auf dem Arm oder an der Hand, die am Ende des Tages müde sind, die Fersen sind vom schlechten Schuh aufgerieben, dann bitten sie um einen Reiskuchen, und falls der Vater bei guter Laune ist und aller Welt den Wohlstand zeigen will, dann landen sie in einem Milchausschank, Milchkaffee für alle, und so wird man beim Abendessen einsparen, wer nicht isst, weil er schon aß, sagt der Volksmund, hat keine Krankheit von üblem Maß, der Rest bleibt für morgen. Wenn seine Stunde herangekommen ist, wird Ricardo Reis zu Mittag essen, diesmal geht er in den Goldenen Schlüssel, ein Steak, um den süßen Geschmack loszuwerden, und dann, weil der Nachmittag lang zu werden scheint, wie viel Stunden müssen noch vergehen, bevor es Nacht wird, kauft er eine Kinokarte, er wird sich den Wolgaschiffer ansehen, ein französischer Film mit Pierre Blanchard, was für eine Wolga werden sie in Frankreich aufgetrieben haben, Filme sind wie Poesie, eine Kunst der Illusionen, mit Hilfe eines Spiegels wird aus einer Pfütze ein Ozean. Inzwischen war das Wetter umgeschlagen, am Ausgang des Kinos drohte der Regen, deshalb beschloss er, ein Taxi zu nehmen, ein Glück, denn kaum war er in der Wohnung, kaum hatte er den Hut aufgehängt und den Trenchcoat ausgezogen, da hörte er zwei Schläge des eisernen Türklopfers an der Haustür, zweiter Stock, das ist hier, er dachte an Fernando Pessoa, am helllichten Tag, gegen seine Gewohnheit, sich mit Lärm ankündigend, da wird noch ein Nachbar ans Fenster kommen und fragen, wer ist da, und zu schreien beginnen, herrje, eine Seele aus dem Jenseits, wenn er es so leicht feststellen könnte, müsste er diese Seelen sehr gut kennen. Er öffnete das Fenster und sah hinaus, es war Lídia, die bereits den Regenschirm aufspannte, die ersten Tropfen fielen, groß und schwer, was wird sie hergeführt haben, warum, eine Minute zuvor war ihm die Einsamkeit als die unglücklichste Art zu leben vorgekommen, jetzt ärgerte ihn der Eindringling, selbst wenn er sie dazu benutzte, so sie es wollte, seinem Körper ein Vergnügen zu verschaffen, in erotischem Gerangel, zur Beruhigung der Nerven und Gedanken. Er ging zur Treppe, um den Draht zu ziehen, er sah Lídia heraufkommen, erregt und vorsichtig, falls zwischen beiden Zuständen ein Widerspruch sein sollte, so löste sie ihn, er ging zur halbgeöffneten Tür zurück, ohne Kühle, lediglich mit Zurückhaltung, so viel, wie die Überraschung rechtfertigen kann, dich habe ich nicht erwartet, gibt es etwas Neues, empfing er sie, als sie eingetreten war, schon bei geschlossener Tür, es ist erstaunlich, solche Nachbarn gibt es nicht noch einmal, bis jetzt kennen wir weder ihre Namen noch ihre Gesichter. Lídia machte einen Schritt, eine Umarmung erwartend, und er tat ihr den Gefallen, wie er glaubte, nur deshalb, doch im nächsten Augenblick zog er sie fest an sich, er küsste ihren Hals, noch immer gelingt es ihm nicht, sie einfach auf den Mund zu küssen, nur wenn sie beieinanderliegen, wenn der große Augenblick naht und die Sinne schwinden, sie ist nicht einmal so kühn, sie lässt sich küssen, wenn er es will, und das andere, heute aber nicht, ich bin nur gekommen, um zu sehen, ob Sie gut untergebracht sind, sie hat dieses Wort im Hotelbetrieb gelernt, hoffentlich bemerken sie meine Abwesenheit nicht, und sehen wollte ich, wie die Wohnung eingerichtet ist, er wollte sie ins Schlafzimmer führen, aber sie machte sich los, es geht nicht, es geht nicht, ihre Stimme zitterte, obwohl ihr Wille fest war, wie man so sagt, denn ihr wirklicher Wunsch war es, sich in dieses Bett zu legen, jenen Mann zu empfangen, seinen Kopf auf ihrer Schulter zu spüren, nur das, und weiter nichts, nur seine Haare berühren, wie eine Liebkosung, die nicht alles wagt, wenn so viel zu erlauben wäre, das wollte sie, doch hinter der Rezeption des Hotels Bragança steht Salvador und fragt, wo zum Teufel ist diese Lídia hin, sie läuft schon durch die ganze Wohnung, als würde sie ihn hören, mit ihren erfahrenen Augen registriert sie, was alles fehlt, weder Besen sind da noch Eimer, weder Aufwisch- noch Staublappen, weder blaue noch weiße Seife, weder Mandelseife noch Lauge, weder Bimsstein noch Bürste und Schrubber, kein Toilettenpapier, die Männer sind unaufmerksam wie Kinder, sie fahren mit dem Schiff bis auf die andere Seite der Welt, um den Weg nach Indien zu entdecken, und dann, mein König, fehlt ihnen hier das Notwendigste, was es auch sei, oder einfach die Farbe des Lebens, welche sie auch sei. Was in dieser Wohnung im Überfluss vorhanden ist, das sind nur Staub, Flecken, Fusseln, zuweilen angegraute Haare, die die Generationen verlieren, der müde Blick nimmt sie kaum noch wahr, selbst bei den Spinnen ist es so, wenn ihre Netze altern, der Staub macht sie schwer, eines Tages stirbt das Insekt, es bleibt der trockene Körper mit gekrümmten Beinen in seinem Luftsarg, mit den fast pulverisierten Resten der Fliegen, keiner entgeht seinem Schicksal, niemand bleibt als Samenkorn zurück, das ist eine große Wahrheit. Dann verkündet Lídia, dass sie Freitag zum Saubermachen kommen wird, sie wird mitbringen, was fehlt, es ist ihr freier Tag. Aber deine Mutter, besuchst du sie nicht? Ich schicke ihr eine Nachricht, später sehe ich nach ihr, ich kann einen Krämerladen in ihrer Nähe anrufen, die können sie benachrichtigen. Du wirst Geld für die Einkäufe brauchen. Ich nehm's von meinem, wir rechnen danach ab. Was für ein Gedanke, nimm, hundert Escudos werden wohl reichen. Ach herrje, hundert Escudos sind ein Reichtum. Ich warte hier auf dich, Freitag also, aber es stört mich doch sehr, dass du zum Saubermachen kommst. Hören Sie, was ist denn dabei, so, wie die Wohnung aussieht, können Sie nicht darin leben. Ich mache dir dann ein Geschenk. Ich will keine Geschenke, tun Sie so, als wäre ich Ihre Haushaltshilfe. Jedermann muss seinen Lohn haben. Mein Lohn ist Ihre gute Behandlung, dieses Wort verdiente wirklich einen Kuss, und Ricardo Reis gab ihn ihr, nun endlich auf den Mund. Er hatte schon die Hand auf der Türklinke, anscheinend gab es nichts weiter zu sagen, der Vertrag war besiegelt, doch Lídia überraschte ihn plötzlich mit der Nachricht, sie sprudelte die Worte heraus, als würde sie ihnen nicht widerstehen oder als wollte sie sich so schnell wie möglich von ihnen befreien, das Fräulein Marcenda kommt morgen an, sie haben aus Coimbra angerufen, wollen Sie, dass ich ihr sage, wo Sie wohnen, fragte sie, Ricardo Reis gab ebenso schnell die Antwort, es schien beinahe so, als hätte er sich auf sie vorbereitet. Nein, nein, das will ich nicht, es soll so sein, als wüsstest du von nichts, Lídia fühlte sich glücklich als einzige Behüterin des Geheimnisses, sie geht in dieser Illusion, steigt beschwingt die Treppen hinunter, und als sich schließlich die Tür im ersten Stock leicht öffnet, irgendwann mussten ja die Bedürfnisse des Hauses befriedigt werden, da ruft sie nach oben, als würde sie einen Vertrag für Dienstleistungen wiederholen, also bis Freitag, Senhor Doktor, ich komme dann zum Saubermachen, es war so, als würde sie der Neugierigen mitteilen, schauen Sie her, Sie Klatschtante, ich bin die Reinemachefrau des neuen Mieters, hören Sie, denken Sie nicht etwa was anderes, ich kenne ihn weder vom Tisch noch vom Bett, und sie grüßt höflich, guten Tag, Senhora, die andere antwortet kaum merklich, sie äugt misstrauisch, so sehen keine Reinemachefrauen aus, so behänd und beschwingt, normalerweise gehen sie mit trüber Miene einher, ziehen das Bein nach, von Rheumatismus oder von Krampfadern geplagt, während Lídia weiter hinuntersteigt, wirft ihr die andere einen abweisenden, kalten Blick nach, was für ein Zierpüppchen mag das wohl sein, Ricardo Reis hat seine Tür bereits geschlossen, sich seiner Doppelzüngigkeit bewusst und diese prüfend, nein, gib Marcenda meine Adresse nicht, wenn er ein anständiger, ehrlicher Mann wäre, dann hätte er hinzugefügt, sie kennt sie schon, ich habe sie ihr in einem Brief mitgeteilt, vertraulich, postlagernd, damit der Vater nicht misstrauisch wird. Und wenn er noch weiter in seiner Beichte gehen, das Herz öffnen wollte, so würde er sagen, jetzt werde ich zu Hause bleiben, nur zum Essen werde ich ausgehen, und auch das nur in Eile, immer auf die Uhr schauend, immer werde ich hier sein, nachts, vormittags, nachmittags, abends, solange sie in Lissabon ist, morgen ist Montag, da wird sie bestimmt nicht kommen, der Zug trifft spät ein, doch vielleicht erscheint sie Dienstag, oder Mittwoch, oder Donnerstag, oder Freitag, Freitag nicht, da ist Lídia zum Saubermachen hier, na und, was würde das ausmachen, beide zusammen, das Zimmermädchen und das Fräulein aus guter Familie, sie würden sich schon nicht vermischen, Marcenda wird sich niemals so lange in Lissabon aufhalten, sie kommt nur zur Sprechstunde, sicher, da ist auch noch die Sache mit ihrem Vater. Sehr gut, und Sie, was erwarten Sie, falls Sie in

Ihre Wohnung kommt? Ich erwarte nichts, ich begnüge mich mit dem Wunsch, dass sie kommen möge. Glauben Sie, dass ein Fräulein wie Marcenda, mit der vorzüglichen Erziehung, die sie genoss, bei dem strengen Moralkodex ihres Notarvaters, einen ledigen Mann besuchen wird, in dessen eigener Wohnung, allein, glauben Sie, dass die Dinge so ablaufen im Leben? Einmal habe ich sie gefragt, warum sie mich zu sehen wünscht, und sie antwortete mir, sie wüsste es nicht, in so einem Fall ist das die Antwort, die am meisten hoffen lässt. Einer weiß es nicht, dem anderen ist es unbekannt. Es scheint so. Genau wie Adam und Eva im Paradies. Das ist Ihre Übertreibung, dies ist weder das Paradies, noch ist sie Eva und ich Adam, wie Sie wissen, war Adam nur etwas älter als Eva, ein Unterschied von Stunden oder Tagen, ich weiß es nicht genau, Adam, das ist jeder Mann, Eva, das ist jede Frau, gleich, verschieden und notwendig, und jeder von uns ist der erste Mann und die erste Frau, immer einzig in der Art. Wenn auch, urteile ich richtig, die Frau immer mehr Eva bleibt als der Mann Adam. Zum Glück. Sprechen Sie aus eigener Erfahrung? Nein, ich spreche so, weil es uns allen passt, dass es so sei. Was Sie wollten, Fernando, war, zum Anfang zurückzukehren. Ich heiße nicht Fernando. Ah.

Ricardo Reis ging nicht zum Abendessen aus. Er trank Tee und aß Kuchen am großen Tisch im Wohnzimmer, umgeben von sieben leeren Stühlen, unter einem fünfarmigen Leuchter, an dem zwei Glühlampen durchgebrannt waren, er aß drei Kuchenstücke, eines blieb auf dem Teller, er rekapitulierte und sah, dass ihm zwei Zahlen fehlten, die Vier und die Sechs, schnell wusste er die erste von beiden zu finden, sie war in den Ecken des rechteckigen Zimmers, aber um die Sechs zu entdecken, musste er sich erheben, hier und dort suchen, bei dieser Suche gewann er die Acht, die leeren Stühle, schließlich entschied er, selbst die Sechs zu sein, er konnte jede Zahl sein, unzählig, wie er bewiesenermaßen war. Mit einem halb ironischen, halb traurigen Lächeln schüttelte er den Kopf und murmelte, ich glaube, ich werde noch verrückt, dann ging er ins Schlafzimmer, man hörte das unaufhörliche Rauschen der Wasser, die vom Himmel fielen und die Rinnsteine hinunterströmten, zur Boavista und zum Conde Barão. Von dem noch ungeordneten Bücherstapel holte er sich The God of the Labyrinth, setzte sich auf den Stuhl, auf dem Fernando Pessoa gesessen hatte, mit einer der Bettdecken umhüllte er die Knie und begann zu lesen, wieder auf der ersten Seite beginnend, die Figur, die vom ersten Schachspieler entgegengesetzt wurde, besetzte mit ausgebreiteten Armen die Felder der Bauern, des Königs und der Königin und die nächsten beiden Felder in Richtung des gegnerischen Feldes. Er las weiter, aber noch bevor er dort angelangt war, wo er die Geschichte unterbrochen hatte, begann er sich schläfrig zu fühlen. Er legte sich hin, las mit Mühe noch zwei Seiten, beendete den einen Absatz und schlief dann ein, zwischen der siebenunddreißigsten und der achtunddreißigsten Zeile, als der zweite Spieler über das Schicksal des Läufers nachdachte. Er war nicht aufgestanden, um das Deckenlicht auszuschalten, aber es brannte nicht, als er mitten in der Nacht aufwachte, er dachte, dass er wohl doch aufgestanden wäre und den Schalter ausgeknipst hätte, solche Sachen macht man halb unbewusst, der Körper, wenn er kann, vermeidet Unbequemlichkeiten, deshalb schlafen wir am Vorabend der Schlacht oder der Hinrichtung, deshalb schließlich sterben wir, wenn wir schon nicht mehr das grelle Tageslicht vertragen.

Am Morgen blieben die Gestirne bedeckt. Da er vergessen hatte, die Fensterläden zu schließen, war das Schlafzimmer vom grauen Morgennebel erfüllt. Vor ihm lag ein langer Tag, eine lange Woche, es war ihm sehr danach, im Bett zu bleiben, in der Wärme der Decken, den Bart wachsen zu lassen, Moos anzusetzen, bis jemand an seine Tür klopfen würde, wer ist da, Marcenda ist hier, und er riefe auffahrend aus, einen Moment, in drei Sekunden wäre er rasiert und gekämmt, dem Bad entstiegen, in frische und piekfeine Wäsche gekleidet, um den erwarteten Besuch zu empfangen, treten Sie bitte ein, was für eine angenehme Überraschung. Nicht einmal, sondern zweimal wurde an seine Tür geklopft, erst war es die Milchfrau, um zu erfragen, ob der Senhor Doktor jeden Morgen Milch wolle, danach der Bäcker, um zu erfahren, ob der Senhor Doktor jeden Morgen Brot wolle, und er bejahte bei beiden, dann stellen Sie bitte abends die Kanne auf den Abtreter, dann hängen Sie bitte abends den Beutel an den Türknauf. Aber wer hat Ihnen denn gesagt, dass ich hier wohne? Es war die Senhora aus dem ersten Stock. Aha, und die Bezahlung, wie wird es gehandhabt? Wenn Sie wollen, bezahlen Sie wöchentlich oder monatlich. Also wöchentlich? Ja, Senhor Doktor. Ricardo Reis fragte nicht, woher sie das wussten, solch eine Frage zu stellen führt meistens zu nichts, und außerdem haben wir ja gehört, dass Lídia ihn so tituliert hatte, als sie die Treppe hinabgegangen war, die Nachbarin war dabei und hatte es auch gehört. Mit Milch, Tee und frischem Brot bereitete sich Ricardo Reis ein angenehmes Frühstück, Butter und Konfitüre fehlten ihm, aber diese feinen Vianinhas brauchen keinen Belag, wenn die Königin Marie-Antoinette zu ihrer Zeit so ein Brot gehabt hätte, dann hätte sie sich nicht von Brioches ernähren müssen. Jetzt fehlte nur die Zeitung, aber selbst die wird kommen. Ricardo Reis befindet sich im Schlafzimmer, er hört den Zeitungsverkäufer ausrufen, kaufen Sie den Século, kaufen Sie die Notícias, er öffnet schnell das Fenster, und da kommt die Zeitung durch die Luft geflogen, gefaltet wie ein geheimes Schreiben, die Druckerschwärze noch feucht, die bei diesem Wetter nicht trocknen will, an den Fingern bleibt eine leichte Schwärze, etwas fettig, wie von Graphit, von jetzt ab wird jeden Morgen diese Taubenpost gegen die Scheiben schlagen, bis man von innen öffnet, man hört das Ausrufen bis zum Ende der Straße, wenn das Fenster zu spät geöffnet wird, wie es fast immer geschieht, dann steigt die Zeitung in die Lüfte, kreist wie ein Diskus, sie schlägt zum ersten Mal gegen die Scheibe, sie kehrt ein zweites Mal zurück, Ricardo Reis ist schon aufgetaucht, er öffnet die Fensterflügel und empfängt mit beiden Händen den fliegenden Boten, der die Nachrichten aus aller Welt bringt, er beugt sich übers Fensterbrett, um zu sagen, Dank, Senhor Manuel, und der Verkäufer, bis morgen, Senhor Doktor, doch das wird erst später sein, vorerst ist er noch dabei, die Abmachung zu treffen, diese Bezahlung hier wird monatlich sein, bei festen Kunden ist das so, man spart Zeit, und man erspart sich die Arbeit, tagtäglich drei Tostões zu kassieren, eine klägliche Summe.

Jetzt heißt es warten. Zeitungen lesen, an diesem ersten Tag auch die des Nachmittags, dann die Oden von Anfang an noch einmal durchlesen, auswählen, abwägen und korrigieren, das Labyrinth und seinen Gott wieder zur Hand nehmen, aus dem Fenster sehen und prüfend den Himmel betrachten, hören, wie auf der Treppe die Nachbarin des ersten und die des dritten Stocks miteinander sprechen, feststellen, dass die schrillen Stimmen auf ihn gemünzt sind, schlafen, dahindämmern, ausgehen nur zum Mittagessen, in aller Eile, ganz in der Nähe, in einem Speisehaus im Calhariz, wieder zu den schon gelesenen Zeitungen zurückkehren, zu den abgestandenen Oden, zu den sechs Möglichkeiten der Entwicklung des neunundvierzigsten Zugs, am Spiegel vorbeigehen, zurückgehen, um zu sehen, ob der, der vorbeiging, noch da ist, zu dem Entschluss kommen, dass diese Stille ohne einen Takt Musik nicht auszuhalten ist, dass er dieser Tage ein Rundfunkgerät kaufen wird, und um sich darüber zu informieren, was ihm am ehesten zusagen könnte, geht er die

Annoncen durch: Belmont, Philips, RCA, Philco, Pilot, Stewart-Warner, er macht sich Notizen, er schreibt Superheterodyn, ohne mehr als Super zu verstehen, und selbst das mit Zweifeln, und, armer alleinstehender Mann, ist verblüfft über eine Annonce, die den Frauen einen untadeligen Busen innerhalb von drei bis fünf Wochen durch die Pariser Methoden Exuber verspricht, mit den drei Hauptwirkungen, Bust Raffermer, Bust Developer, Bust Reducer, ein anglofranzösisches Kauderwelsch, dessen Übersetzung, in den Ergebnissen, von Madame Hélène Duroy übernommen wird, in der Rue de Miromesnil, die sich natürlich in Paris befindet, wo all jene strahlenden Frauen diese Methode anwenden, um zu straffen, zu vergrößern oder zu verkleinern, nach und nach oder mit einem Schlag. Ricardo Reis untersucht andere erstaunliche Annoncen, für das Kräftigungsmittel Banacao, für Vinho Nutritivo de Carne, für das Automobil Jowett, das Mundelixier Pargil, die Toilettenseife Silbernacht, den Evel-Wein, die Werke von Mercedes Blasco, für Selva, Saltratos Rodel, für die beharrlichen Briefe einer portugiesischen Nonne, die Bücher von Blasco Ibáñez, die Zahnbürsten Tek, für Veramon gegen Schmerzen, für das Haartönungsmittel Noiva, Desodorol für die Achselhöhlen, und dann kehrt er resigniert wieder zu den schon gelesenen Nachrichten zurück. Alexander Glasunow ist gestorben, der Autor des Stenka Rasin, zu Ehren Salazars, des väterlichen Diktators, werden Speiseräume der Nationalstiftung für Freude in der Arbeit eingeweiht, Deutschland meldet, dass es seine Truppen aus der Rheinlandzone nicht abziehen wird, erneute Unwetter haben den Ribatejo heimgesucht, in Brasilien wurde der Kriegszustand ausgerufen, und Hunderte von Personen wurden verhaftet, Worte Hitlers, entweder wir zwingen unser Schicksal, oder wir gehen unter, militärische Kräfte wurden in die Provinz Badajoz entsandt, wo Tausende von Landarbeitern ländlichen Besitz besetzt halten, im Unterhaus erklärten einige Sprecher, dass dem Reich Gleichberechtigung zugestanden werden müsse, neue und erregende Ereignisse zum Fall Uceda, die Dreharbeiten zur Mairevolution haben begonnen, erzählt wird die Geschichte eines Emigranten, der nach Portugal kommt, um eine Revolution zu machen, nicht jene, sondern eine andere, und er wird von der Tochter einer Pensionsinhaberin, in deren Haus er heimlich untergebracht ist, zu den nationalistischen Idealen bekehrt, diese Nachricht las Ricardo Reis einmal, zweimal, dreimal, um zu erforschen, ob ein ungewisses Echo, das in den unergründlichen Tiefen seiner Erinnerung wohnte, nach außen dringen würde, das erinnert mich an irgendetwas, aber trotz des mehrmaligen Lesens kam er nicht darauf, doch dann, als er sich bereits mit einer anderen Nachricht beschäftigte, Generalstreik in La Coruña, verdichtete sich das zaghafte Raunen und wurde zur Klarheit, es war nicht einmal eine alte Erinnerung, es war Die Verschwörung, dieses Buch, diese Marília, die Geschichte dieser anderen Bekehrung zum Nationalismus und seinen Idealen, der, wenn man die ständig dargebrachten Beweise nimmt, in den Frauen wirksame Propagandisten besitzt, mit so herrlichen Resultaten, dass schon die Literatur und die siebente Kunst sich mit ihnen befassen, diesen Engeln der Reinheit und Selbstverleugnung, die mit feurigem Eifer die verirrten männlichen Seelen suchen, noch besser, wenn sie verloren sind, nicht eine widersteht ihnen, so können sie ihnen die Hand auf die Stirn legen, der kristallklare Blick durch die Träne der Rührung, sie brauchen keine Vorladungen zu schicken, sie verhören nicht, rätselhaft wie der Doktor, sie assistieren nicht, lauern nicht wie ein Victor. Vielzählig sind diese weiblichen Künste, sie übertreffen, wenn man sie multipliziert, die anderen bereits erwähnten, die des Straffens, Vergrößerns und Verkleinerns, genauer gesagt, sie beschränken sich zu Beginn alle darauf, sowohl im literarischen Sinn als auch in den Abläufen und Widersprüchen, einschließlich der Zuspitzungen und Übertreibungen der Metaphern, der Zügellosigkeit von Gedankenverbindungen. Heilige Frauen. Agentinnen der Rettung, portugiesische Nonnen, mariengleiche, barmherzige Schwestern, wo sie auch sein mögen, in den Klöstern oder Bordellen, in Palästen oder Hütten, Töchter von Pensionsinhaberinnen oder Senatoren, nach welchen astrologischen und telepathischen Botschaften der Existenzen und Bedingungen, unseren weltlichen Kriterien gemäß, eine so abgestimmte, gleichermaßen schlüssige Aktion entsteht, der verlorene Mann, der im Gegensatz zum Sprichwort stets auf einen Rat wartet, wird erlöst, und als höchsten Preis schenken sie ihm zuweilen ihre schwesterliche Freundschaft, andere ihre Liebe, den Körper und die Annehmlichkeiten einer liebevollen Gattin. Deshalb bewahrt sich der Mann stets die Hoffnung auf das Glück, das kommen wird, und kommt es, dann durch die Aura des guten Engels, der von den Höhen herniedersteigt und von den Altären, weil nämlich, jetzt wollen wir es endlich einmal zugeben, dies alles nichts weiter ist als die sekundäre Manifestation des Marienkultes, sekundär, falls das Wort autorisiert ist, Marília und die Tochter der Pensionsinhaberin sind menschliche Verkörperungen der Heiligen Jungfrau, die mitleidvoll blickt und die Hände behutsam auf die körperlichen und moralischen Wunden legt, das Wunder der Gesundung und der politischen Bekehrung vollbringend, wenn diese Art Frau zu herrschen beginnt, dann wird die Menschheit einen großen Schritt nach vorn tun. Ricardo Reis lächelte, während er in Gedanken diese Ketzereien abspulte, es ist nicht gerade angenehm, einen Mann für sich allein lächeln zu sehen, noch schlimmer, wenn er zum Spiegel hin lächelt, ein Glück, dass eine Tür zwischen ihm und dem Rest der Welt ist. Dann dachte er, und Marcenda, was wird Marcenda für eine Frau sein, die Frage ist inkonsequent, reine Zerstreuung dessen, der niemand hat, mit dem er reden kann, erst muss man sehen, ob sie es wagen wird, in diese Wohnung zu kommen, dann wird sie erklären müssen, selbst wenn sie es nicht in Worten will oder kann, weshalb sie gekommen ist, zu diesem verschlossenen und abgelegenen Ort, denn er ist wie ein riesiges Spinnennetz, in dessen Zentrum eine verletzte Tarantel wartet.

Heute ist der entscheidende Tag der Frist, die niemand festgelegt hat. Ricardo Reis schaut auf die Uhr, es ist kurz nach vier, das Fenster ist schon geschlossen, am Himmel zeigen sich nur wenige Wolken, sie ziehen weit oben dahin, wenn Marcenda nicht kommt, wird es nicht leicht sein, die letzte Zeit zu rechtfertigen, ich wollte es ja, aber es regnete so sehr, wie wollte ich da das Hotel verlassen, selbst wenn mein Vater nicht da gewesen wäre, sondern bei seiner Leidenschaft, Salvador würde nicht zu fragen versäumen, angesichts des Vertrauens, das wir ihm schenkten, Sie wollen ausgehen, Fräulein Marcenda, bei diesem Regen. Einmal, zehnmal sah Ricardo Reis auf die Uhr, es ist halb fünf, Marcenda ist nicht gekommen und wird nicht kommen, in der Wohnung wird es dunkel, die Möbel verstecken sich im zitternden Schatten, jetzt kann man das Leiden Adamastors verstehen. Und weil längeres Warten noch schrecklicher gewesen wäre, ertönen in letzter Minute zwei Schläge des Türklopfers. Es schien, als würde das Gebäude von oben bis unten erzittern, so als würden seine Grundmauern von einer seismischen Welle erfasst. Ricardo Reis war nicht zum Fenster gelaufen, folglich weiß er nicht, wer eintreten wird, wenn er zur Treppe geht, um den Draht zu ziehen, er hört, wie die Nachbarin des oberen Stockwerkes die Tür öffnet, hört sie sagen, ach, entschuldigen Sie, ich dachte, es hätte bei mir geklopft, ein bekannter Satz, vermacht und weitergetragen von Generationen von Nachbarinnen mit Interesse für das Leben der anderen, mit einer kleinen Veränderung der Begriffe, wenn der Türklopfer schon durch die elektrische Klingel ersetzt sein wird, dann sagen sie geklingelt statt geklopft, doch die Lüge ist dieselbe. Es ist Marcenda. Über das Geländer gebeugt, sieht Ricardo Reis sie auf der Mitte des ersten Absatzes heraufkommen, sie blickt nach oben, um sich zu vergewissern, ob dort wirklich die Person wohnt, die sie sucht, sie lächelt, er lächelt ebenfalls, jeweils ein Lächeln, das ein Ziel hat, nicht an den Spiegel gerichtet, das ist der Unterschied. Ricardo Reis zieht sich zur Tür zurück, Marcenda kommt den letzten Absatz herauf, erst jetzt bemerkt er, dass das Treppenlicht nicht eingeschaltet ist, er empfängt sie fast im Dunkeln, und während er zögert, was er tun soll, einschalten oder nicht einschalten, gibt es eine andere Gedankenebene, in der sich seine Überraschung ausdrückt, wie konnte ihr Lächeln so leuchten, von oben gesehen, jetzt vor mir, welche Worte werden gesagt werden, ich kann nicht fragen, wie geht es Ihnen, oder täppisch ausrufen, hallo, welch ein Glanz, oder romantisch bedauern, ich habe Sie schon nicht mehr erwartet, hoffnungslos war ich, weil Sie sich so verspäteten, sie tritt ein, ich schließe die Tür, keiner von uns hat bisher ein Wort gesagt. Ricardo Reis fasst ihre rechte Hand, nicht um sie zu begrüßen, er will sie nur durch dieses häusliche Labyrinth führen, auf keinen Fall ins Schlafzimmer, das schickt sich nicht, ins Speisezimmer, das wäre lächerlich, auf welche Stühle an dem langen Tisch würden sie sich setzen, nebeneinander, gegenüber, und wie viele wären sie dort, er unzählig, sie mit Sicherheit nicht einzig, also zum Arbeitszimmer, sie in einen Sessel, ich auf einen anderen, schon treten sie ein, endlich sind alle Lichter angezündet, Marcenda betrachtet die schweren Möbel ringsum, die zwei Regale mit den wenigen Büchern, die grüne Schreibunterlage, dann sagt Ricardo Reis, ich werde Sie küssen, sie antwortet nicht, mit einer langsamen Bewegung fasst sie mit der rechten Hand den linken Ellenbogen, was soll diese Bewegung bedeuten, einen Protest, eine Bitte um

Ruhe, um Kapitulation, der so vor dem Körper gekreuzte Arm ist eine Barriere, vielleicht eine Ablehnung, Ricardo Reis geht einen Schritt vor, sie bewegt sich nicht, noch einen Schritt, er berührt sie fast, da lässt Marcenda den Ellenbogen los, sie lässt die rechte Hand fallen, sie fühlt sie leblos wie die andere, das Leben in ihr ist gespalten zwischen dem heftig schlagenden Herzen und den zitternden Knien, sie sieht, wie sich das Gesicht des Mannes langsam nähert, spürt, wie ein Schluchzen in der Kehle würgt, in ihrer, in seiner, die Lippen berühren sich, das ist ein Kuss, denkt sie, doch es ist nur der Anfang eines Kusses, sein Mund presst sich auf ihren Mund, es sind seine Lippen, die ihre öffnen, das ist das Schicksal des Körpers, sich zu öffnen, jetzt umschließen Ricardo Reis' Arme ihre Hüfte und ihre Schultern, ziehen sie an sich, die Brüste drücken sich zum ersten Mal an die Brust eines Mannes, sie begreift, dass der Kuss noch nicht zu Ende ist, dass es in diesem Moment nicht denkbar ist, dass er aufhören könnte und die Welt zum Anfang zurückkehrt, zur ersten Unwissenheit, sie begreift auch, dass sie irgendetwas anderes tun muss, als mit hängenden Armen dazustehen, die rechte Hand erhebt sich bis zur Schulter Ricardo Reis', die linke Hand ist tot, oder eingeschlafen, deshalb träumt sie, und im Traum erinnert sie sich an die Bewegungen, die sie früher gemacht hatte, sie wählt, verbindet, verknüpft jene, die im Traum bis zur anderen Hand reicht, jetzt können sich schon die Finger ineinander verschränken, sie sind im Nacken des Mannes gekreuzt, sie bleibt Ricardo Reis nichts schuldig, sie beantwortet den Kuss mit einem Kuss, Hände mit Händen, sie hatte daran gedacht, als sie sich entschloss herzukommen, sie hatte daran gedacht, als sie das Hotel verließ, sie dachte daran, als sie die Treppen hinaufging und ihn übers Geländer gebeugt sah, er wird mich küssen. Die rechte Hand zieht sich von der Schulter zurück, sie rutscht erschöpft herab, die linke war niemals dort, es ist der Moment, in dem der Körper in eine bebende Wellenbewegung versetzt wird, der Kuss hat jene Grenze erreicht, von der ab er sich nicht mehr mit sich selbst begnügt, trennen wir uns, bevor die angestaute Spannung uns zur nächsten Stufe treibt, zur Entladung weiterer, anderer Küsse, hastiger, kurzer, atemloser, bei denen der Mund sich nicht mit dem Mund begnügt, doch immer wieder zu ihm zurückfindet, wer einige Erfahrung mit Küssen hat, der weiß, dass es so ist, Marcenda nicht, die zum ersten Mal von einem Mann umarmt und geküsst wird, doch sie begreift dennoch, ihr ganzer Körper begreift es innerlich und äußerlich, je länger der Kuss dauert, umso größer das Verlangen, ihn fortzusetzen, begierig, in einer Steigerung, die nicht durch sich selbst allein die Krönung finden kann, der Weg wird ein anderer sein, wie dieses unterdrückte Schluchzen, das nicht anwächst und nicht herausbricht, es ist die Stimme, die verlöschend bittet, lassen Sie mich, und hinzufügt, ohne zu wissen, aus welchem Skrupel heraus, als hätte sie Angst, ihn zu verletzen, lassen Sie mich hinsetzen. Ricardo Reis begleitet sie zum Sessel, hilft ihr, er weiß nicht, was er als Nächstes tun wird, welches Wort er aussprechen soll, ob er ein Liebesgeständnis abgeben, ob er einfach um Entschuldigung bitten wird, ob er dieser oder jener Sache wegen zu ihren Füßen knien soll, alles erscheint ihm unecht, unehrlich, die einzige und tiefe Wahrheit wäre, ihr zu sagen, ich werde Sie küssen, und es auch in die Tat umzusetzen. Marcenda sitzt, sie hat die linke Hand in den Schoß gelegt, gut sichtbar, als ob sie sie als Zeugin anführen wollte, Ricardo Reis setzt sich ebenfalls, sie blicken einander an, beide haben das Gefühl, ihr Körper sei eine große raunende Muschel, da erklärt Marcenda, vielleicht sollte ich es nicht sagen, aber ich habe gehofft, dass Sie mich küssen. Ricardo Reis beugt sich vor, ergreift ihre Hand, führt sie an die Lippen und spricht endlich, ich weiß nicht, ob ich aus Liebe oder Verzweiflung geküsst habe, und sie antwortet, es hat mich noch niemand zuvor geküsst, deshalb weiß ich nicht zwischen Verzweiflung und Liebe zu unterscheiden. Sie werden doch wenigstens wissen, was Sie gefühlt haben. Ich fühlte den Kuss, wie das Meer die Wellen spüren muss, falls diese Worte irgendeinen Sinn ergeben, besser wäre es, ich beschriebe, was ich jetzt fühle, nicht, was ich vorhin fühlte. Ich habe die letzten Tage auf Sie gewartet und mich gefragt, was geschehen wird, wenn Sie kommen, und niemals habe ich gedacht, dass es so werden würde, als wir hier eintraten, wurde mir klar, dass die einzige sinnvolle Handlung wäre, Sie zu küssen, und als ich Ihnen eben sagte, dass ich nicht wüsste, ob ich Sie aus Liebe oder Verzweiflung geküsst habe, wenn ich in jenem Moment wusste, was es bedeutete, so weiß ich es jetzt schon nicht mehr. Wollen Sie damit sagen, dass Sie letztlich nicht verzweifelt sind oder letztlich keine Liebe mir gegenüber empfinden. Ich glaube, dass jeder Mann immer die Frau liebt, die er gerade küsst, selbst wenn es aus Verzweiflung geschieht. Was haben Sie für Gründe, verzweifelt zu sein? Nur einen, diese Leere. Ein Mann, der sich beider Hände bedienen kann und sich beklagt? Aber ich beklage mich doch nicht, ich sage nur, dass man sehr verzweifelt sein muss, um so wie ich einer Frau zu sagen, ich werde Sie küssen. Sie hätten es aus Liebe sagen können. Aus Liebe würde ich Sie küssen und es nicht erst ankündigen. Also lieben Sie mich nicht. Ich mag Sie. Ich mag Sie auch. Und dennoch haben wir uns nicht deshalb geküsst. Sicher nicht. Was tun wir jetzt, nach dem, was geschehen ist? Ich sitze hier in Ihrer Wohnung, einem Mann gegenüber, mit dem ich dreimal im Leben gesprochen habe, ich bin gekommen, ihn zu sehen, mit ihm zu reden, von ihm geküsst zu werden, an das Weitere will ich nicht denken. Vielleicht müssen wir es eines Tages tun. Eines Tages vielleicht, heute nicht. Ich werde Ihnen eine Tasse Tee machen, ich habe noch Kuchen. Ich helfe Ihnen, doch dann muss ich gehen, mein Vater könnte zum Hotel zurückkommen und nach mir fragen. Fühlen Sie sich wie zu Hause, ziehen Sie den Mantel aus. Ich fühle mich ganz gut so.

Sie tranken den Tee in der Küche, danach zeigte Ricardo Reis ihr die Wohnung, am Schlafzimmer traten sie nicht über die Schwelle, nur ein Blick, sie gingen zum Arbeitszimmer zurück, und Marcenda fragte, halten Sie schon Sprechstunden ab? Noch nicht, vielleicht versuche ich es in einer Poliklinik, selbst wenn es nur für kurze Zeit ist, eine Frage des Eingewöhnens. Es wäre ein Anfang. Das ist es, was wir alle brauchen, einen Anfang. Hat die Polizei Sie wieder belästigt? Nein, jetzt wissen sie ja nicht einmal, wo ich wohne. Wenn sie es wollen, erfahren sie es sehr schnell. Und Ihr Arm? Ach, mein Arm, man braucht ihn nur anzuschauen, ich habe keine Hoffnung mehr, mein Vater aber. Ihr Vater. Mein Vater meint, ich sollte mich nach Fátima begeben, er sagt, wenn ich glauben würde, könnte ein Wunder geschehen, es hätte andere gegeben. Wenn man an Wunder glaubt, dann ist von der Hoffnung nichts zu erhoffen. Was ich glaube, ist, dass es mit seinen Liebschaften zu Ende geht, sie haben lange gedauert. Sagen Sie mir, Marcenda, woran Sie glauben. In diesem Moment? Ja. In diesem Moment glaube ich nur an den Kuss, den Sie mir gegeben haben. Wir können ihn wiederholen. Nein. Warum? Weil ich mir nicht sicher bin, ob ich dasselbe empfinden würde, und jetzt gehe ich, wir reisen morgen früh ab. Ricardo Reis begleitete sie, sie streckte ihm die Hand entgegen, schreiben Sie mir, ich werde auch schreiben. Bis in einem Monat. Falls mein Vater noch will. Wenn Sie nicht kommen, dann werde ich nach Coimbra fahren. Lassen Sie mich gehen, Ricardo, bevor ich Sie um den Kuss bitte. Marcenda, bleiben Sie. Nein. Sie eilte die Treppen hinunter, ohne nach oben zu sehen, die Haustür schlug zu. Als Ricardo Reis ins Schlafzimmer trat, hörte er über sich Schritte, dann öffnete sich ein Fenster, es ist die Nachbarin vom dritten

Stock, die ihre Zweifel ausräumen will, am Gang wird sie erkennen, welche Art von Frau den neuen Mieter besucht hat, wiegt sie die Hüften, weiß man es gleich, entweder ich täusche mich sehr, oder es lässt hier einiges sehr zu wünschen übrig, und das in einem Haus, das immer so ruhig war, so ehrbar.

Dialog und Urteil. Gestern kam eine, jetzt ist eine andre da, erklärt die Nachbarin aus dem dritten Stock, die von gestern ist mir entgangen, aber ich habe die von heute kommen sehen, sie ist gekommen, die Wohnung sauber zu machen, sagt die Nachbarin aus dem ersten Stock. Hören Sie, die sieht aber nicht nach einer Reinemachefrau aus. Da haben Sie recht, die sah eher aus wie eine Hausangestellte bei feinen Leuten, wenn sie nicht mit lauter Päckchen gekommen wäre und Mandelseife mitgebracht hätte, ich habe es am Geruch gemerkt, auch einige Besen hat sie mitgebracht, ich war hier auf der Treppe und habe den Abtreter ausgeschüttelt, als sie kam. Die von gestern, das war ein junges Mädchen, auffällig durch einen hübschen Hut, von der Art, die man jetzt trägt, übrigens blieb sie nicht lange, was ist Ihre Meinung, Nachbarin? Ehrlich gesagt, Nachbarin, ich weiß nicht, was ich sagen soll, es ist morgen gerade acht Tage her, dass er eingezogen ist, und schon waren zwei Frauen hier. Diese hier ist zum Saubermachen gekommen, das ist normal, ein alleinstehender Mann braucht jemanden, der ihm die Wohnung in Ordnung hält, die andere kann eine Verwandte sein, er wird doch Familie haben. Aber es erscheint mir sehr sonderbar, haben Sie bemerkt, dass er die ganze Woche über nur zur Mittagszeit ausging und Tag und Nacht in der Wohnung steckte. Und wussten Sie, dass er Doktor ist? Ich habe es gleich erfahren, die Hausgehilfin nannte ihn Senhor Doktor, als sie am Sonntag hier war. Ob es ein Arzt ist oder ein Advokat? Das weiß ich nicht, aber warten Sie ab, wenn ich die Miete bezahlen gehe, werde ich so ganz nebenbei fragen, der Verwalter wird es wissen. Dann sagen Sie es mir, und wenn es ein Arzt ist, dann ist es immerhin gut, so einen im Hause zu haben, wenn man ihn braucht. Wenn er zuverlässig ist. Ich werde sehen, dass ich die Hausgehilfin erwische, um ihr zu sagen, dass sie ihre Treppe jede Woche wischen muss, diese Treppe konnte sich immer sehen lassen. Sagen Sie es ihr, sagen Sie es ihr nur, sie soll nicht denken, dass wir ihre Dienstboten sind. Na, das fehlte noch, sie weiß wohl nicht, mit wem sie es zu tun hat, das war das Schlusswort der Nachbarin aus dem dritten Stock, und so wurden Urteil und Dialog abgeschlossen, es fehlt nur noch, die stumme Szene zu erwähnen, wie die Frau sehr langsam zu ihrer Wohnung hinaufstieg, indem sie behutsam die mit Borten abgesetzten Pantoffeln auf die Stufen setzte, dicht an Ricardo Reis' Tür blieb sie lauschend stehen, das Ohr genau am Schlüsselloch, sie hörte das Rauschen von Wasser und die Hausgehilfin, die leise sang.

Es war ein anstrengender Arbeitstag für Lídia. Sie hatte einen Kittel mitgebracht, den sie trug, die Haare waren zusammengesteckt und mit einem Tuch bedeckt, die Ärmel hochgekrempelt, stürzte sie sich mit Freude in die Schlacht, wobei sie den Handspielereien Ricardo Reis' auswich, wenn sie vorbeikam, er meinte, es so mit ihr halten zu müssen, sein Fehler, ein Mangel an Erfahrung und Psychologie, denn diese Frau will jetzt keine anderen Freuden als die, zu reinigen, zu waschen und zu fegen, nicht einmal die Anstrengung störte sie, so sehr war sie daran gewöhnt, und deshalb sang sie, mit leiser Stimme, damit die Nachbarschaft sich nicht über die Freiheiten einer Haushaltshilfe wunderte, gleich beim ersten Mal, wenn sie zum Arbeiten in die Wohnung des Senhor Doktor kam. Die Mittagsstunde kam heran, und als Ricardo Reis, der während des Vormittags unaufhörlich hin und her gescheucht wurde, vom Schlafzimmer zum Arbeitszimmer, vom Arbeitszimmer zum Speisezimmer, vom Speisezimmer zur Küche, von der Küche zur Abstellkammer, von der Abstellkammer zum Badezimmer und vom Badezimmer zurück, um den ganzen Weg in die entgegengesetzte Richtung zu machen, mit schnellen Einfällen in zwei leere Zimmer, feststellte, dass es Zeit zum Mittagessen war und Lídia nicht von der Arbeit ließ, da sagte er mit leicht stockender Stimme, die einen Hintergedanken verriet, weißt du, ich habe kein Essen im Hause, wenn diese Worte nicht die schlechte Übersetzung eines Gedankens wären, äußerten wir ihn auf andere Art, wenn sie nicht die maskierte Maske wären, würde sich der Satz so anhören, ich gehe essen, aber dich möchte ich nicht mit ins Restaurant nehmen, das würde mir nicht gut stehen, wie wirst du zurechtkommen, und sie würde mit den gleichen genauen Worten antworten, die sie jetzt ausspricht, wenigstens Lídia hat keine zwei Gesichter, gehen Sie nur essen, ich habe ein Töpfchen Suppe aus dem Hotel mitgebracht und etwas geschmortes Fleisch, ich wärme es auf, und das genügt, hören Sie, Sie müssen nicht gleich zurückkommen, dann treten wir einander nicht ständig auf die Füße, und sie lachte, als sie das sagte, sie wischte mit dem linken Handrücken das schweißnasse Gesicht ab, mit der anderen Hand rückte sie das Tuch zurecht, das rutschen wollte. Ricardo Reis berührte ihre Schulter und sagte, also bis später, und ging, er war auf halber Treppe, als er hörte, wie sich die Türen im ersten und dritten Stock öffneten, es waren die Nachbarinnen, die Lídia im Treppenhaus vermuteten und riefen, he, Fräulein, vergessen Sie nicht, die Treppe Ihres Patrão zu wischen, doch als sie den Doktor erkannten, zogen sie sich rasch zurück, wenn Ricardo Reis den oberen Teil der Straße erreicht haben wird, dann wird sich die Nachbarin des dritten Stocks in den ersten Stock hinunterbegeben, und die beiden werden flüstern, oh, was für ein Schreck. Haben Sie schon mal gesehen, dass einer die Haushaltshilfe allein in der Wohnung lässt, wo hat man solche Vertraulichkeiten schon erlebt. Vielleicht hat sie schon in der anderen Wohnung für ihn gearbeitet. Möglich, Nachbarin; möglich, ich sage nicht nein, aber es kann auch sein, dass das hier ein Techtelmechtel ist, die Männer sind Lüstlinge, sie nutzen jede Gelegenheit. Immerhin ist dieser ein Doktor. Hören Sie, Nachbarin, vielleicht liegt es an dem Weibsbild, und das mit den Männern, wer sie nicht kennt, der zahle zu. Der meinige gehört nicht zu den schlechtesten, immerhin. Ah, meiner auch. Bis später, Nachbarin, lassen Sie das Weibsbild nicht entwischen. Seien Sie ohne Sorge, ich werde es ihr schon noch sagen. Es war nicht nötig. Um die Nachmittagszeit erschien Lídia, mit Besen und Schaufel, Wasser, Seife, Scheuerlappen und Schrubber bewaffnet, auf dem Treppenabsatz, die vom dritten Stock öffnete vorsichtig die Tür und blieb oben beobachtend stehen, die Treppe dröhnte von den Schlägen des schweren Schrubbers auf den Stufen, der Scheuerlappen sammelte das schmutzige Wasser, dann wurde es im Eimer ausgepresst, dreimal wurde das Wasser erneuert, das Haus roch von unten bis oben nach dem angenehmen Duft der Mandelseife, da kann man nichts sagen, diese Haushaltshilfe weiß, was sie tut, die Nachbarin aus dem ersten Stock, die unter dem Vorwand, den Abtreter hereinzuholen, endlich auch aufgetaucht war, erkannte es ausdrücklich an, als Lídia an ihrem Treppenabsatz angekommen war, ei, mein Fräulein, diese Treppe kann sich sehen lassen, ein Glück, dass so ein gewissenhafter Mann in den zweiten Stock gezogen ist. Der Senhor Doktor will alles pieksauber, er ist sehr genau. So muss es sein. So ist es, diese Worte waren nicht an Lídia gerichtet, sondern an die Nachbarin aus dem dritten Stock, die sich über das Geländer beugte, es liegt eine gewisse Wollust, eine Sinnlichkeit in dieser Art, auf die feuchten Treppen zu schauen, den Geruch des gewaschenen Holzes einzuatmen, eine feminine Kameradschaft in häuslichen Arbeiten, eine Art gegenseitiger Absolution, selbst wenn sie nur von kurzer Dauer ist, geringer als das Blühen einer Rose. Lídia wünschte noch einen guten Tag, schleppte Eimer, Schrubber, Scheuertuch und Seife nach oben, schloss die Tür und knurrte, nun sieh dir diese neugierigen Weiber an, was denken die, wer sie sind, mir hier mit Ratschlägen zu kommen. Ihre Arbeit war getan, alles ist sauber, jetzt kann Ricardo Reis kommen, wenn er will, mag er, wie es penible Hausfrauen tun, mit dem Finger über die Möbel fahren, in allen Ecken der Wohnung herumstochern, in diesem Moment fühlt Lídia, wie eine große Traurigkeit sie überkommt, eine Trostlosigkeit, nicht weil sie erschöpft ist, sondern weil sie begreift, selbst wenn sie es nicht in Worten auszudrücken vermag, dass ihre Rolle beendet ist, jetzt muss sie nur noch darauf warten, dass der Hausherr kommt, er wird einen freundlichen Satz sagen, sich bedanken, wird die Mühe und Sorgfalt belohnen wollen, und sie wird mit einem abwesenden Lächeln zuhören, das Geld empfangen oder auch nicht, dann wird sie zum Hotel zurückkehren, heute hat sie nicht einmal die Mutter besucht, keine Nachrichten vom Bruder erhalten, nicht dass es ihr leidtäte, aber es ist, als hätte sie ihr Letztes hingegeben. Sie hat den Kittel abgelegt, zieht Bluse und Rock an, der Schweiß kühlt ihren Körper. Sie setzt sich auf einen Hocker in der Küche und wartet, die Hände gefaltet in den Schoß gelegt. Sie hört Schritte auf der Treppe, der Schlüssel dreht sich im Schloss, es ist Ricardo Reis, der im Korridor jovial ausruft, das ist ja, als käme man ins Paradies der Engel. Lídia steht auf, lächelt geschmeichelt, sie ist auf einmal glücklich und dann gerührt, weil er sich ihr mit ausgebreiteten Armen nähert. Nein, kommen Sie mir nicht zu nahe, ich bin ganz verschwitzt, ich werde gleich gehen. Auf keinen Fall, es ist noch früh, du trinkst eine Tasse Kaffee, ich habe hier ein paar Cremepasteten, aber vorher wirst du baden, um dich zu erfrischen. Hören Sie, wie schickt sich das, in Ihrer Wohnung zu baden, hat man so was schon gesehen. Man hat nicht, aber man wird, tu, was ich dir sage. Sie sträubte sich nicht länger, das hätte sie auch nicht vermocht, selbst wenn es gegen die Schicklichkeit verstoßen hätte, denn dieser Moment ist einer der schönsten ihres Lebens, das Wasser einlaufen zu lassen, sich zu entkleiden, langsam in die Wanne zu steigen, zu spüren, wie sich Arme und Beine in der wohligen Wärme des Bades entspannen, jene Seife und jenen Schwamm zu benutzen, den ganzen Körper abzurubbeln, die Beine, die Hüften, die Arme, den Bauch, die Brüste, und zu wissen, dass hinter dieser Tür der Mann wartet, was wird er tun, ich errate, woran er denkt, wenn er hier hereinkommen würde, käme, mich zu sehen, mich anzuschauen, und ich, nackt, wie ich bin, welche Schande, wird es vor Schande sein, dass das Herz so schnell schlägt, oder vor Spannung, jetzt steigt sie aus dem Wasser, schön ist dieser Körper, während das Wasser abperlt, das denkt Ricardo Reis, der die Tür geöffnet hat, Lídia ist nackt, sie hat mit den Händen Brust und Scham bedeckt und fleht, schauen Sie mich nicht an, es ist das erste Mal, dass sie so vor ihm steht, gehen Sie, lassen Sie mich anziehen, sie spricht mit leiser, zitternder Stimme, doch er lächelt, teils vor Zärtlichkeit, teils vor Verlangen, teils vor Verschmitztheit, und sagt zu ihr, zieh dich nicht an, trockne dich nur ab, er reicht ihr das Badetuch und hüllt ihren Körper ein, dann geht er hinaus, er betritt das Schlafzimmer und zieht sich aus, das Bett ist neu bezogen, die Laken duften frisch, dann kommt Lídia herein, sie hält noch das Tuch vor sich, versteckt sich dahinter, kein zarter Schleier dies, doch sie lässt das Tuch fallen, während sie auf das Bett zugeht, endlich gibt sie sich mutig in ihrer Nacktheit, heute ist es nicht kalt, innerlich und äußerlich brennt ihr ganzer Körper, Ricardo Reis zittert, er nähert sich ihr kindlich, zum ersten Mal sind sie beide nackt, nach so langer Zeit, endlich ist der Frühling gekommen, spät kam er, doch vielleicht nicht zu spät. Im unteren Stock, auf zwei übereinandergestellten hohen Küchenschemeln, versucht die Nachbarin, dabei das Risiko eingehend, zu stürzen und sich die Schulter auszurenken, die verworrenen Geräusche zu deuten, wie ein Knäuel von Tönen ist es, die über die Decke rollen, ihr Gesicht ist rot vor Neugier und Aufregung, die Augen blitzen vor unterdrückter Begierde, so leben und sterben diese Frauen, denken Sie nur, der Doktor und das Weibsbild, oder wer weiß, ob es nicht nur die anständige Arbeit des Drehens und Klopfens der Matratzen ist, obwohl es, bei berechtigtem Argwohn, nicht so scheint. Eine halbe Stunde später, als Lídia ging, wagte es die Nachbarin aus dem ersten Stock nicht, die Tür zu öffnen, selbst die Unverfrorenheit hat ihre Grenzen, sie begnügte sich damit, hinterlistig und mit Späherblick durch den Spion zu schauen, eine eilige, leichte Gestalt schwebte vorbei, eingehüllt vom Geruch eines Mannes, wie von einer Rüstung, denn das ist das Resultat in unserem Körper, der Geruch des anderen. Ricardo Reis, dort oben in seinem Bett, schließt die Augen, in dieser Minute kann er dem Genuss des befriedigten Körpers den zarten, vagen Genuss der kaum begonnenen Einsamkeit hinzufügen, er rollt seinen Körper auf den Platz, den Lídia eingenommen hatte, welch eigenartiger Geruch, gewöhnlich, der eines fremden Tieres, weder von dem einen noch von dem anderen, sondern von beiden, schweigen wir, denn wir sind kein Teil davon.

Des Morgens beginnt der Tag, montags die Woche. Am frühen Morgen schrieb Ricardo Reis einen langen, wohldurchdachten Brief an Marcenda, was für einen Brief würden wir an eine Frau schreiben, die wir geküsst, ohne zu ihr vorher von Liebe gesprochen zu haben, sie um Entschuldigung zu bitten, das würde sie verletzen, umso mehr, als sie, wie man so sagt, den Kuss feurig empfangen und erwidert hatte, und wenn wir ihr beim Küssen nicht geschworen haben, ich liebe dich, warum sollten wir es jetzt erdichten, mit dem Risiko, dass uns nicht geglaubt wird, schon die Lateiner haben in ihrer Sprache beteuert, Taten sind wertvoller und langlebiger denn Worte, halten wir jene für vollbracht und diese für überflüssig, höchstens in ihrem weitesten Sinne angewandt, als hätten wir jetzt mit dem Spinnen der ersten Kokonfäden begonnen, zerreißbar, zart, spröde, wir benutzen Wörter, die weder versprechen noch bitten oder gar suggerieren, sie geben nur lose etwas ein, alle Rückendeckung lassend für die Flucht zu unseren letzten Feigheiten, so wie diese Satzbrocken, ganz allgemein, unverbindlich, wir genießen den Augenblick, feierlich in der leisen Freude, es ergrünt die welke Farbe der wiederbelebten Blätter, ich fühle, dass, wer ich bin und wer ich war, unterschiedliche Träume sind, schnell gehen die Jahre vorbei, kurz ist das Leben, wenn wir nur das Gedächtnis haben, dann ist es besser, sich an mehr zu erinnern als an weniger, und an Sie zu denken liegt mir heute im Sinn, erfüllen wir das, was wir sind, mehr ist uns nicht gegeben, und so findet der Brief sein Ende, es schien uns so schwer, ihn zu schreiben, und doch ging es zügig voran, es genügt, nicht allzu sehr mitzufühlen, was man sagt, und nicht zu sehr daran zu denken, was man schreibt, alles Übrige hängt von der Antwort ab. Am Nachmittag ging Ricardo Reis, wie er es versprochen hatte, auf die Suche nach einer Anstellung als Arzt, zwei Stunden pro Tag, dreimal pro Woche, oder auch nur einmal, nur um nicht den Kontakt zur Praxis zu verlieren, selbst wenn das Fenster auf einen Lichtschacht gehen sollte oder wenn es ein Hinterzimmer wäre, ein winziges Sprechzimmer mit altem Mobiliar, hinter der spanischen Wand eine klapprige Liege für die allgemeine Untersuchung, eine verstellbare Tischlampe auf dem Schreibtisch, um die Blässe der Patienten besser betrachten zu können, ein hoher Spucknapf für Patienten, die an Bronchitis leiden, zwei Drucke an der Wand, ein Rahmen für das Diplom, der Kalender, der uns sagt, wie viel Tage wir noch zu leben haben. Er begann weit außerhalb, Alcântara, Pampulha, vielleicht weil er von dort gekommen war, als er Land betreten hatte, er fragte, ob es freie Stellen gäbe, sprach mit Ärzten, die er nicht kannte und die ihn nicht kannten, er kam sich lächerlich vor, als er sagte, werter Kollege, und schämte sich, wenn sie ihn ebenso ansprachen, hier ist eine freie Stelle, doch nur vorübergehend, eines Kollegen, der zur Zeit nicht da ist, wir rechnen damit, dass er nächste Woche wieder seine Sprechstunde abhält. Er war am Conde Barão, erkundigte sich am Rossio, alles besetzt, kein Mangel an Ärzten, zum Glück, denn in Portugal haben wir allein sechshunderttausend Syphilitiker, und bezüglich der Kindersterblichkeit ist es noch schlimmer, von tausend Neugeborenen sterben einhundertfünfzig, stellen wir uns vor, was geschehen würde, wenn uns die gute Medizin, über die wir verfügen, fehlte, es wäre eine Katastrophe. Es scheint ein Werk der Vorsehung zu sein, dass Ricardo Reis nach so hartnäckiger und weit entfernter Suche schon am Mittwoch ganz in der Nähe einen Schutzhafen fand, wenn wir es so ausdrücken wollen, am Camões, wobei er das große Glück hatte, sich in einem Sprechzimmer mit Fenster zum Platz wiederzufinden, sicher, man sieht den d'Artagnan von hinten, aber die Verbindungen sind gesichert, die Nachrichten garantiert, was sogleich eine Taube demonstriert, die vom Erker zum Kopf des Dichters flog, wahrscheinlich um ihm ins Ohr zu flüstern, mit colombinischer Boshaftigkeit, dass er dahinten einen Konkurrenten bekommen habe, eine verwandte Seele, den Musen zugetan, obwohl sein Arm nur an Spritzen gewöhnt, es schien Ricardo Reis, als ob Luís de Camões mit den Schultern zuckte, das war wohl angebracht. Es ist keine feste Stelle, es handelt sich einfach um die vorübergehende Vertretung eines Kollegen, eines Herz- und Lungenspezialisten, dem genau das Herz Schwierigkeiten machte, auch wenn sich die Prognose nicht so schlimm stellt, wird es doch drei Monate dauern. Ricardo Reis besaß nicht gerade leuchtende Kenntnisse von dieser so edlen Materie, erinnern wir uns daran, dass er Inkompetenz vorschob, sich über das Herzleiden Marcendas zu äußern, das Schicksal, abgesehen vom Schöpfer, geht auch ironische Wege, deshalb nun muss der unerfahrene Spezialist die Buchhandlungen abklappern, auf der Jagd nach Abhandlungen, die seinem Gedächtnis nachhelfen und ihn dabei unterstützen sollen, den Schritt auf den Fortschritt der modernen Therapie und Prophylaxe zu lenken. Er stattete dem einstweilen dispensierten Kollegen einen Besuch ab und versicherte ihm, dass er alles in seiner Macht Stehende tun werde, um das Werk und die Tradition dessen hochzuhalten, der sie verkörpere und noch viele Jahre verkörpern werde, der Chef der Spezialabteilung jener berühmten Poliklinik, ich werde Sie unbedingt bei den schwierigsten Fällen hier in Ihrer Wohnung konsultieren, um auf diese Weise Ihr großes Wissen und Ihre Erfahrung für mich selbst und die Patienten zu nutzen. Der Kollege hörte die Lobrede gern, ein wenig übertrieben fand er sie, und er versprach, freimütig und redlich zu helfen, dann gingen sie dazu über, die Bedingungen der äskulapschen Untervermietung auszuhandeln, ein Anteil für die Verwaltung der Poliklinik, ein fester Satz für das Gehalt der ständigen Krankenschwester, ein weiterer Anteil für Material und laufende Ausgaben, ein fester Satz für den jetzt herzkranken Kollegen, ob Patienten oder Gesunde, mit dem, was übrig bleibt, wird Ricardo Reis nicht reich werden, er hat es auch nicht nötig, denn vorläufig ist das Ende seiner Reserven an brasilianischen Pfunden noch nicht abzusehen. In der Stadt gibt es mehr als einen Arzt, da er nichts anderes zu tun hat, geht er dreimal pro Woche in die Praxis, montags, mittwochs und freitags, pünktlich, einmal, um auf Kranke zu warten, die nicht kommen, dann, um sich denen zuzuwenden, die nicht wegbleiben, letztlich wird sich nach der aufregenden Zeit der

Anpassung die angenehme Routine einstellen, die Untersuchung kavernöser Lungen, geschädigter Herzen, in den Büchern wird er nach Heilung suchen, wo es keine Heilung gibt, nur in größeren Abständen wird er den Kollegen anrufen, um ihm mitzuteilen, dass er ihn bei schwierigen Fällen aufsuchen und konsultieren werde, das war nur so dahingesagt, eine genehme Taktik, ein jeder von uns sieht zu, was er für sein Leben tun und für seinen Tod vorbereiten kann, was uns das für Arbeit macht, ohne zu vergessen, wie heikel es wäre zu fragen, lieber Kollege, wie ist Ihre Meinung, nach meiner Meinung hängt das Leben dieses herzkranken Patienten an einem seidenen Faden, sagen Sie mir, sehen Sie irgendeinen Ausweg, außer dem natürlichen, dem in die andere Welt, es wäre dasselbe, als würde man im Hause des Gehängten vom Strick sprechen, ein Sprichwort, das hier zum zweiten Mal erwähnt wird.

Marcenda hat noch nicht geantwortet. Ricardo Reis hat ihr bereits einen weiteren Brief geschrieben, um ihr von seinem neuen Leben zu berichten, ein endlich praktizierender Arzt, mit der geliehenen Zulassung als Spezialist, ich halte Sprechstunden in einer Poliklinik an der Praça de Luís de Camões ab, zwei Schritte von meiner Wohnung und Ihrem Hotel entfernt, Lissabon mit seinen verschiedenfarbigen Häusern ist eine winzige Stadt. Ricardo Reis hat das Gefühl, als würde er jemandem schreiben, den er nie gesehen hat, jemandem, der, falls er existiert, an einem unbekannten Ort lebt, und als er bedenkt, dass dieser Ort Namen und Realität besitzt, er heißt Coimbra, und dass er ihn zu anderer Zeit mit eigenen Augen gesehen hatte, da ist es das Denken, das dies sagt, wie könnte er zerstreut irgendetwas anderes sagen, dieses hier, ein absurdes Beispiel, die Sonne geht im Westen auf, solange wir auch in diese Richtung starren, niemals werden wir dort die Sonne aufgehen, sondern sie untergehen sehen, es ist wie mit Coimbra und derjenigen, die dort wohnt. Und wenn es wahr ist, dass er diese Person küsste, von der er heute glaubt, sie nie gesehen zu haben, so erlischt die Erinnerung, die noch den Kuss bewahrt, im Dickicht der Tage, in den Buchhandlungen gibt es keine Abhandlungen, die ihm diese Erinnerung auffrischen können, die Abhandlungen sind nur im Falle von Herz- und Lungenkrankheiten von Nutzen, und selbst hier ist es üblich zu sagen, dass es keine Krankheiten gebe, es gebe Kranke, das will sagen, wenn wir es umschreiben und konkretisieren, es gebe keine Küsse, es gebe Personen. Es ist wahr, dass Lídia an fast allen ihren freien Tagen kommt, und Lídia ist den inneren und äußeren Merkmalen nach eine Person, doch genug der Bedenken und Vorurteile Ricardo Reis', es wird eine Person sein, aber nicht diese.

Das Wetter hat sich gebessert, die Welt dagegen verschlimmert. Dem Kalender nach ist Frühling, es sprießen einige Blumen, die Bäume treiben Blätter, doch zuweilen kehrt der Winter wütend zurück, dann ergießen sich Regenströme, Blätter und Blumen fallen haufenweis, dann hält die Sonne wieder ihren Einzug, mit ihrer Hilfe werden wir uns bemühen, das Unglück zu vergessen, die verlorene Saat, den ertrunkenen Ochsen, der auf dem Wasser hinuntertreibt, aufgebläht und verwesend, das armselige Haus, dessen Mauern nicht standhielten, die plötzliche Überschwemmung, die zwei Menschen mit sich reißt, in die dunklen Abflusskanäle der Stadt, zwischen Exkrementen und Ratten, der Tod müsste eine einfache Geste des Rückzugs sein, wie ein von der Bühne abtretender zweitrangiger Schauspieler, der nicht dazu kam, das Schlusswort zu sprechen, es betraf ihn nicht mehr, er ging einfach ab, wurde nicht mehr gebraucht. Doch die Welt, da sie so groß ist, lebt von dramatischeren Gesten, für sie haben solche Beschwerden, wenn wir uns kleinmütig über den Mangel an Fleisch in Lissabon beklagen, keinerlei Bedeutung, das ist keine Nachricht, die nach außen gegeben wird, ins Ausland, den anderen ist diese lusitanische Bescheidenheit nicht eigen, man sieht es bei den Wahlen in Deutschland, in Braunschweig zog das Nationalsozialistische Kraftfahrkorps mit einem Ochsen durch die Straßen, der ein Plakat mit folgender Aufschrift trug, Dieser wählt nicht, weil er ein Ochse ist. Das müsste bei uns sein, wir würden ihn zum Wählen bewegen, und dann verspeisten wir seine Steaks, Lenden und Innereien, und aus dem Schwanz würden wir noch Suppe zubereiten. Natürlich ist das Volk in Deutschland anders. Da klatschen die Leute Beifall, eilen zu den Paraden, entbieten den römischen Gruß, träumen von Uniformen für die Zivilisten, doch wir sind weniger als drittrangige Figuren auf der großen Weltbühne, das Höchste, was wir erreichen, ist, als Statisten zu wirken, ein Füllsel zu sein, deshalb wissen wir nie, wohin wir die Füße setzen und die Hände stecken sollen, wenn wir auf die Avenida gehen, um vor der vorbeiziehenden Mocidade den Arm hochzureißen, dann meint sogleich ein auf den Armen der Mutter befindliches Kind in seiner Naivität, dass es mit unserem patriotischen Eifer spielen dürfe, und zieht uns am Mittelfinger, der ihm am nächsten war, bei einem solchen Volk versagen Überzeugung und Feierlichkeit, ist es nicht möglich, das Leben auf dem Altar des Vaterlands zu opfern, wir sollten von den besagten Deutschen lernen, sehen, wie sie auf dem Wilhelmplatz nach Hitler verlangen, wie sie leidenschaftlich rufen, wir wollen den Führer sehen, Führer, sei so gut, Führer, zeige dich, schreien sie bis zur Heiserkeit, mit schweißüberströmten Gesichtern, die alten Weiberchen mit weißen Haaren weinen Tränen der Rührung, die fruchtbaren Frauen mit strotzendem Uterus und quellenden Brüsten, die Männer, stahlhart die Muskeln und der Wille, sie alle rufen, bis der Führer ans Fenster tritt, da sprengt die Ekstase die letzten Dämme, die Menge ist ein einziger Schrei, Heil, so muss es sein, was gäbe ich dafür, ein Deutscher zu sein. Jedoch muss man so viel nicht wollen, man betrachte das Beispiel der Italiener, die, obwohl nicht vergleichbar, schon dabei sind, den Krieg zu gewinnen, vor wenigen Tagen erst haben sie die Stadt Harrar bombardiert, sie schickten sogar Flugzeuge hin und machten alles dem Erdboden gleich, wenn die so weit vorprellen, obwohl sie ein Volk der Tarantella und der Serenade sind, dann hindern uns vielleicht auch Fado und Vira nicht, unser Pech ist, dass es an Gelegenheiten fehlt, ein Imperium haben wir, und zwar eins von den guten, mit ihm könnten wir ganz Europa bedecken, und es bliebe uns immer noch etwas vom Imperium, wir können uns auch nicht an die Eroberung des nachbarlichen Territoriums machen, nicht einmal um Olivença zurückzugewinnen, wohin würden uns solche Wagnisse führen, wir beobachten lieber, wie die Dinge dort laufen, und inzwischen empfangen wir in unseren Heimen und Hotels die wohlhabenden Spanier, die vor den Unruhen fliehen, das ist die traditionelle Gastfreundschaft der Portugiesen, wenn eines Tages einige von den anderen flüchten, dann werden wir sie der Obrigkeit übergeben, damit diese nach ihrer Art Gerechtigkeit übe, das Gesetz ist gemacht, um eingehalten zu werden, doch in unserem Volk herrscht großer Durst nach Märtyrertum, starker Appetit auf Aufopferung, gewaltiger Hunger nach Selbstlosigkeit, erst kürzlich wurde von einem dieser Herren, die über uns herrschen, erklärt, eine Mutter, die ein Kind zur Welt bringe, könne es niemals einem höheren und edleren Ziel weihen, als für die Heimat zu sterben, bei der Verteidigung des Vaterlandes, Sohn einer Hure, wir sehen richtig, wie er die Entbindungsheime aufsucht, die Bäuche der Schwangeren befingert und fragt, wann sie gebären, denn in den Schützengräben fehlt es an Soldaten, in welchen, er wird es wissen, es können auch Zukunftspläne sein. Wie man aus diesen Beispielen schließen kann, verspricht die Welt keine prächtigen Glückseligkeiten, jetzt wurde Alcalá Zamora als Präsident der Republik abgesetzt, und sofort ging das Gerücht um, dass es in Spanien eine Erhebung des Militärs geben werde, wenn das geschieht, dann brechen für viele traurige Tage an. Natürlich emigrieren unsere Leute nicht deswegen. Uns ist es egal, ob Vaterland oder Welt, die Frage ist, einen Ort zu finden, wo man essen und etwas Geld sparen kann, Brasilien könnte es sein, im März sind sechshundertsechs dorthin, oder die Vereinigten Staaten von Amerika, wohin neunundfünfzig auswanderten, oder Argentinien, wo es fünfundsechzig sind, nach anderen Ländern waren es insgesamt nur zwei, nach Frankreich ist zum Beispiel niemand, das ist kein Land für portugiesisches Bauernvolk, dort herrscht eine andere Zivilisation.

Die Osterzeit ist nun gekommen, die Regierung befahl, im ganzen Lande Armenspeisungen zu veranstalten, um solcherart die reine Erinnerung an die Leiden und Triumphe unseres Herrn mit der zeitweiligen Befriedigung des protestierenden Magens zu vereinen. Die Bedürftigen bilden vor den Türen der Gemeinderäte und der barmherzigen Häuser nicht immer geduldige Schlangen, man spricht schon davon, dass Ende Mai ein prächtiges Fest auf dem Feld des Jockeyklubs gegeben wurde, zugunsten der von den Überschwemmungen im Ribatejo Betroffenen, jener Unglücklichen, die schon seit Monaten mit nassem Hosenboden herumlaufen, eine Kommission wurde gebildet, die die Schirmherrschaft übernahm, in ihr wirken die Besten unserer Gesellschaft, Damen und Herren, wahre Schmuckstücke unserer besten Gesellschaft, wir können es am Namen ablesen, wer von ihnen am meisten durch moralische Qualitäten und Besitz hervorsticht, Mayer Ulrich, Perestrello, Lavradio, Estarreja, Daun e Lorena, Infante da Câmara, Alto Mearim, Mousinho de Albuquerque, Roque de Pinho, Costa Macedo, Pina, Pombal, Seabra e Cunha, sehr glücklich werden die Ribatejaner sein, wenn sie sich den Hunger bis Mai erhalten. Nun ja, die Regierungen, da sie so weit oben stehen und so perfekt sind, wie diese, leiden an müdem Blick, vielleicht weil sie so fleißig studiert und so unermüdlich gewacht und überwacht haben. Und da sie so weit oben leben, nehmen sie nur das wahr, was weit entfernt ist, und bemerken nicht, dass die Rettung, um es so zu sagen, sich manchmal in Reichweite befindet, oder in der Annonce einer Tageszeitung, was hier der Fall ist, und wenn sie diese nicht gesehen haben, so ist es umso weniger entschuldbar, denn sie hat sogar eine Abbildung, eine liegende Frau im Dessous, sie lässt einen herrlichen Busen ahnen, der vielleicht zum Teil das Werk von Madame Hélène Duroy ist, obwohl dieses entzückende Geschöpf ein wenig blass, ja fast bleichsüchtig ist, jedoch nicht so sehr, dass ihr die Krankheit fatal sein könnte, wir sollten Vertrauen zu dem Arzt haben, der an ihrem Kopfende sitzt, glatzköpfig ist er, trägt Schnurrbart und Spitzbart, und achtungsvoll tadelnd sagt er zu ihr, man sieht, dass Sie es nicht kennen, wenn Sie es genommen hätten, ginge es Ihnen jetzt nicht so, und er reicht ihr die werbende Rettung, ein Fläschchen Bovril. Wenn die Regierung mit hinlänglicher Aufmerksamkeit die Zeitungen lesen würde, über die sie vormittags, nachmittags und im Morgendämmern eifersüchtige Blicke schweifen lässt, um andere Ratschläge und Meinungen auszusieben, dann könnte sie feststellen, wie leicht es wäre, das Problem des portugiesischen Hungers zu lösen, sowohl des akuten als auch des chronischen, die Lösung ist hier, in Bovril, ein Fläschchen Bovril für jeden Portugiesen, für die vielköpfigen Familien einen Ballon zu fünf Litern, einziges Gericht, universelle Ernährung, ein Allheilmittel, wenn wir es rechtzeitig und pünktlich eingenommen hätten, dann wären wir jetzt nicht bloß noch Haut und Knochen, Dona Clotilde.

Ricardo Reis informiert sich, er macht sich Notizen von diesen nützlichen Rezepten, er ist nicht wie die Regierung, die darauf beharrt, ihre Augen auf der Suche zwischen den Zeilen und nach

Widersprüchen zu ermüden, das Richtige vom Zweifelhaften zu trennen. Wenn an diesem Morgen angenehmes Wetter herrscht, wird er die Wohnung verlassen, die trotz der Sorgfalt und Mühe Lídias finster wirkt, er wird die Zeitungen im hellen Tageslicht lesen, in der Sonne sitzend, unter der schützenden Gestalt Adamastors, man hat ja bereits bemerkt, dass Luís de Camões gewaltig übertrieben hat, dieses bedrückte Gesicht, der wilde Bart, die hohlen Augen, eine weder angsteinflößende noch böse Miene, es ist das pure Liebesleid, das den außergewöhnlichen Giganten quält, was interessiert es ihn, ob die portugiesischen Schiffe das Kap umschiffen oder nicht. Während Ricardo Reis auf den schimmernden Fluss blickt, erinnert er sich an zwei Verse eines alten volkstümlichen Vierzeilers, vom Fenster meines Zimmers aus seh ich das Fischlein springen, alles Funkeln der Wellen sind springende Fische, unruhig und trunken vom Licht, es ist wohl wahr, dass alle Körper schön sind, die schnell oder langsam aus dem Wasser kommen, tropfend, so wie Lídia an jenem Tag, in Reichweite der Hände, oder die Fische, die das Auge nicht einmal erblicken kann. Auf einer anderen Bank sitzen die beiden Alten und unterhalten sich, sie warten darauf, dass Ricardo Reis die Zeitung zu Ende liest, wenn er geht, lässt er sie gewöhnlich auf der Bank liegen, sie verlassen jeden Tag ihre Wohnung in der Hoffnung, dass jener Senhor in den kleinen Park kommt, das Leben ist ein unerschöpflicher Brunnen von Überraschungen, wir sind in das Alter gekommen, in dem man vom Alto de Santa Catarina aus nur noch Schiffe sehen kann, und plötzlich werden wir mit der Zeitung belohnt, manchmal an mehreren Tagen hintereinander, je nach dem Wetter. Einmal wird Ricardo Reis auffallen, dass die Alten voller Ungeduld sind, er sieht sogar, wie sich einer mit zittrigem, schwerfälligem Gang zur Bank in Bewegung setzt, auf der er gesessen hatte, und er wird die Wohltat erweisen, ihnen die Zeitung mit eigener Hand zu reichen, und sie werden sie annehmen, natürlich, aber grollend, weil sie etwas schuldig bleiben. Bequem auf der Bank zurückgelehnt, die Beine übereinandergeschlagen, auf den Lidern die schwache Glut der Sonne spürend, so empfängt Ricardo Reis auf dem Alto de Santa Catarina die Nachrichten aus aller Welt, nimmt Kenntnisse und Wissen auf, dass Mussolini verkündet, die völlige Vernichtung der äthiopischen Streitkräfte sei nur noch eine Frage der Zeit, dass sowjetische Waffen an portugiesische Emigranten in Spanien gesandt werden, abgesehen von anderen Hilfsmitteln und Gütern, die dafür bestimmt seien, die Union der Unabhängigen Iberischen Sowjetrepubliken zu gründen, dass Portugal, wie von Lumbrales verkündet, das Werk Gottes ist, durch viele Generationen von Heiligen und Heroen hindurch, dass an einem Umzug der Berufsgenossenschaften des Nordens viertausendfünfhundert Arbeiter teilnehmen werden, im Einzelnen zweitausend Lagerarbeiter, eintausendsechshundertfünfzig Böttcher, zweihundert Flaschenabfüller, vierhundert Bergleute aus São Pedro da Cova, vierhundert Arbeiter der Konservenindustrie aus Matosinhos und fünfhundert Gewerkschafter aus Lissabon, und dass der stolze Aviso Afonso de Albuquerque nach dem Bestimmungshafen Leixões in See stechen wird, zu dem Zweck, am Arbeiterfest teilzunehmen, das dort stattfinden wird, außerdem erfährt er, dass die Uhren eine Stunde vorgestellt werden, dass in Madrid der Generalstreik ausgerufen wurde, dass heute die Zeitung O Crime erscheint, dass jenes berühmte Ungeheuer von Loch Ness wieder aufgetaucht ist, dass Regierungsmitglieder, die nach Porto gefahren waren, an einer Speisung von dreitausendzweihundert Armen teilgenommen hatten, dass Ottorino Respighi, der Schöpfer der Römischen Brunnen, gestorben ist, zum Glück kann die Welt jeden Geschmack befriedigen, denkt Ricardo Reis, es gefällt ihm nicht alles gleichermaßen, was er liest, er hat wie jedermann seine Vorlieben, aber er kann sich die Nachrichten nicht aussuchen, er findet sich mit denen ab, die man ihm bietet. Ganz anders als seine Situation ist die jenes amerikanischen Greises, der jeden Morgen ein Exemplar der New York Times erhält, seine Lieblingszeitung, die alle Bewunderung und Wertschätzung ihres alten Lesers genießt, der das schöne Alter von siebenundneunzig Lenzen hat, schwach ist seine Gesundheit, er hat das Recht auf einen ruhigen Lebensabend, den ihm jeden Morgen dieses einzige Exemplar bereitet, das von vorn bis hinten verfälscht ist und nur angenehme Nachrichten und optimistische Artikel enthält, damit der arme Alte nicht an den Schrecknissen der Welt und den Aussichten auf noch Schlimmeres leiden muss, deshalb erklärt und beweist die Zeitung, dass die Wirtschaftskrise im Abflauen sei, dass es keine Arbeitslosen mehr gebe und dass der Kommunismus in Russland sich zum Amerikanismus hin entwickle, die Bolschewiken hätten sich den amerikanischen Tugenden gebeugt. So sind die Nachrichten, die John D. Rockefeller zum Frühstück vernimmt und die er, nachdem der Sekretär entlassen ist, mit eigenen Augen genießt, müden Augen, die kurzsichtig sind, die heiteren Abschnitte erquicken ihn, endlich eine harmonische Erde, nützliche Kriege, solide Dividenden, garantierte Zinsen, ihm bleibt nicht mehr viel Zeit zum Leben, aber wenn die Stunde gekommen ist, wird er wie ein Gerechter sterben, so kann die New York Times fortfahren, ihm jeden Tag das Glück in einem einzigen Exemplar zu bringen, er ist der einzige Mensch auf der Welt, der über ein ganz persönliches und unübertragbares Glück verfügt, die anderen müssen sich mit dem begnügen, was übrig bleibt. Beeindruckt von dem, was er gerade erfahren hat, lässt Ricardo Reis diese portugiesische Tageszeitung auf die Knie sinken, er versucht, sich den alten John D. vorzustellen, wie er mit zitternden, knochigen Händen die magischen Blätter umschlägt, er hegt nicht den leisesten Zweifel an der Wahrheit dessen, was ihm berichtet wird, und dass es schon in aller Munde ist, dass er belogen wird, die Agenturen telegrafieren es von Kontinent zu Kontinent, die Nachricht wird auch zur Redaktion der New York Times gelangen, aber hier hat man die Anweisung, die schlechten Nachrichten zu unterdrücken, Achtung, das hier kommt nicht in die Zeitung für John D., Hahnrei des Hauses, denn er wird nicht einmal der Letzte sein, der es erfährt, ein so reicher Mann, so mächtig, sich so verhöhnen zu lassen, doppelt verhöhnt, nicht genug damit, dass wir wissen, dass falsch ist, was er zu wissen glaubt, wir wissen auch, er wird nie erfahren, dass wir es wissen. Die Alten tun so, als seien sie ins Gespräch vertieft, sie argumentieren mit Bedacht, doch äugen sie nach jener Seite, woher sie sich ihre New York Times erhoffen, ihr Frühstück war ein trockener Brotkanten mit Gerstenkaffee gewesen, aber unsere schlechten Nachrichten sind garantiert, wo wir jetzt einen so reichen Nachbarn haben, der sogar die Zeitungen auf den Parkbänken liegen lässt. Ricardo Reis erhebt sich, gibt den Alten ein Zeichen, die ausrufen, ah, vielen Dank, Senhor Doktor, und der Dicke kommt lächelnd heran, nimmt von jenem Silbertablett die gefaltete Zeitung, sie ist wie neu, das kommt aus den Händen eines Arztes, aus der Hand eines Arztes, Hand einer Dame, und wieder zurückgekehrt, setzt er sich auf seinem Platz zurecht, an der Seite des Mageren, mit der Lektüre beginnen wir nicht auf der ersten Seite, vorher werden wir uns über Unruhen und Aggressionen informieren, über Unglücksfälle, Todesfälle und verschiedene Verbrechen, sonderlich, o Zittern und Grausen, über den noch nicht aufgeklärten Mord an Luís Uceda, und auch das schreckliche Kindermartyrium in der Escadinhas das Olarias acht, Erdgeschoss.

Als Ricardo Reis in die Wohnung tritt, sieht er einen Umschlag auf der Schwelle liegen, leicht violett getönt, er trägt keinen Absender, was auch nicht nötig ist, der schwarze Abdruck des Stempels auf der Briefmarke lässt, wenn auch nur schwer, das Wort Coimbra erkennen, aber wenn auch dort aus anderen, unerklärlichen Gründen Viseu oder Castelo Branco stünde, wäre es egal, denn die Stadt, aus der dieser Brief wirklich kam, heißt Marcenda, alles Weitere ist nichts als ein geographisches Missverständnis oder einfach ein Fehler. Marcenda hat spät geschrieben, in wenigen Tagen ist es einen Monat her, dass sie in dieser Wohnung war, wo sie, wenn wir ihren Worten glauben können, zum ersten Mal geküsst worden war, so hat letztlich nicht einmal diese möglicherweise sehr tiefe, heftige Erregung jeder Faser ihres Herzens und ihrer Sinne, nicht einmal dies hat sie, kaum zu Hause angekommen, dazu gebracht, zwei Zeilen zu schreiben, selbst wenn sie sorgsam die Gefühle verbergen sollten, sie vielleicht nur in zwei Worten verratend, als die zitternde Hand die Abstände nicht einzuhalten vermochte. Sie schrieb spät, hat jetzt geschrieben, um was wohl zu sagen. Ricardo Reis hält den Brief in der Hand, er hat ihn nicht geöffnet, dann legt er ihn auf den Nachttisch, auf den Gott des Labyrinths, erleuchtet vom blassen Schein der Lampe, dort hätte er ihn gern belassen, wer weiß, ob zu müde, um das Keuchen des zerschlissenen Blasebalgs zu hören, die tuberkulösen portugiesischen Lungen, zu müde auch vom Ablaufen der Stadt, in einem begrenzten Raum, den er ständig begeht, wie ein Maulesel, der das Schöpfrad antreibt, mit verbundenen Augen und trotzdem oder gerade deshalb für Augenblicke das Taumeln der Zeit zu spüren, das drohende Schwanken der Bauten, die zähe Masse des Bodens, die weichen Steine. Jedoch, wenn er den Brief nicht jetzt öffnet, wird er ihn vielleicht niemals öffnen, er wird lügen, wenn man ihn danach fragt, er wird sagen, dass er ihn nicht erhalten hat, er ist bestimmt auf dem weiten Weg zwischen Coimbra und Lissabon verlorengegangen, ist aus dem Sack des Boten gefallen, als dieser im Galopp ein windiges Feld überquerte und dabei ins

Posthorn stieß, der Umschlag war violett, wird Marcenda sagen, es gibt nicht viele Briefe von dieser Farbe. Nun, wenn er nicht mitten in die Blumen gefallen und zwischen ihnen verschwunden ist, dann kann es sein, dass ihn jemand findet und weiterleitet, es gibt ehrliche Leute, unfähig, etwas zu behalten, was ihnen nicht gehört, aber bis jetzt ist er noch nicht eingetroffen, vielleicht hat ihn jemand geöffnet und gelesen, er war nicht an ihn gerichtet, aber zufällig sagten die dort geschriebenen Worte genau das, was er hören wollte, wahrscheinlich zieht er mit dem Brief in der Tasche umher und liest ihn hin und wieder, es ist seine Tröstung. Das würde mich sehr verwundern, wird uns Marcenda antworten, weil der Brief nicht von solchen Dingen spricht. Das habe ich mir gleich gedacht, deshalb hat es so lange gedauert, bis ich ihn öffnete, sagt Ricardo Reis. Er setzt sich auf die Bettkante, um zu lesen. Mein Freund, ich habe Ihre Nachrichten erhalten, die mich sehr erfreuten, besonders der zweite Brief, in dem Sie mir mitteilen, dass Sie mit den Sprechstunden begonnen haben, der erste hat mir auch gefallen, aber ich habe nicht alles verstanden, was Sie darin geschrieben haben, oder ich habe etwas Angst, ihn zu verstehen, nun, ich will nicht undankbar erscheinen, Sie haben mich immer mit Achtung und Wertschätzung behandelt, ich frage mich nur, was es ist, was es für eine Zukunft gibt, ich sage nicht, für uns, aber für mich, ich weiß weder, was Sie wollen, noch was ich will, wenn das ganze Leben wie gewisse Augenblicke wäre, die es hat, nicht dass ich viel Erfahrung hätte, aber ich habe jetzt diese gemacht, die Erfahrung eines Augenblicks, wenn es das Leben wäre, doch das Leben ist dieser mein linker Arm, der tot ist und tot bleibt, das Leben ist auch diese Zeit, die unser Alter trennt, einer kam zu spät, ein anderer zu früh, es hat Ihnen nichts genutzt, so viele Kilometer von Brasilien bis hierher zu reisen, die Entfernung blieb dieselbe, man kann die Zeit nicht annähern, doch würde ich mir gern Ihre Freundschaft erhalten, für mich wäre es ein großer Reichtum, dessen ich mich auch bedienen würde, um mir mehr zu wünschen. Ricardo Reis fährt mit der Hand über die Augen und liest weiter. Dieser Tage werde ich nach Lissabon fahren, zu dem Üblichen, ich werde Sie dann in Ihrer Praxis besuchen, wir werden uns ein wenig unterhalten, ich will Ihnen nicht viel Zeit stehlen, vielleicht komme ich nicht wieder dorthin, mein Vater zeigt wenig Interesse, er hat es aufgegeben, er glaubt, dass es wahrscheinlich keine Heilung gibt, und ich glaube, dass er es ehrlich meint, schließlich braucht er nicht diesen Vorwand, um nach Lissabon zu fahren, wann immer er will, seine Idee ist jetzt, dass wir eine Pilgerreise nach Fátima unternehmen, im Mai, er glaubt daran, ich nicht, vielleicht genügt das in den Augen Gottes. Der Brief endet mit einigen freundschaftlichen Worten, bis bald, mein Freund, ich werde mich melden, sobald ich eingetroffen bin. Wenn er doch verlorengegangen wäre, inmitten des blühenden Feldes, wenn ihn der Wind wie ein großes lila Blütenblatt fortgeweht hätte, dann könnte sich Ricardo Reis jetzt auf das Kopfkissen zurückfallen lassen und die Phantasie bemühen, was wird sie sagen, was wird sie nicht sagen, und er würde sich das Beste ausmalen, was derjenige stets macht, der es braucht. Er schließt die Augen und denkt, ich will schlafen, und fordert mit leiser Stimme, schlaf, als würde er sich selbst hypnotisieren, los, schlaf, schlaf, schlaf, er hält noch immer den Brief mit den klammen Fingern, und um dem Spott, mit dem er sich zu täuschen vorgab, mehr Wahrscheinlichkeit zu geben, lässt er sich fallen, jetzt schläft er ein, ganz sacht, auf der Stirn zeigt sich eine Unmutsfalte, ein Zeichen, dass er doch nicht schläft, die Lider zucken, es hat keinen Zweck, nichts davon ist wahr. Er hebt den Brief vom Boden auf, schiebt ihn in den Umschlag, versteckt ihn zwischen den Büchern, aber man sollte nicht vergessen, einen sichereren Platz zu finden, eines Tages wird Lídia zum Saubermachen kommen, den Brief entdecken, und dann, es ist sicher, dass sie, um es klar zu sagen, keinerlei Rechte hat, wenn sie hierher in die Wohnung kommt, nur weil der Wunsch sie treibt, nicht weil ich sie bitte, doch hoffentlich kommt sie weiterhin, was will denn Ricardo Reis mehr, undankbarer Mensch, eine Frau hat sich aus eigenem Antrieb in sein Bett begeben, da braucht er nicht zu befürchten, sich irgendwo eine Krankheit zu holen, es gibt Männer mit viel Glück, und dieser hier beschwert sich auch noch, weil er von Marcenda keinen Liebesbrief erhalten hat, man sollte nicht vergessen, dass alle Liebesbriefe lächerlich sind, so etwas schreibt man, wenn der Tod schon die Treppe heraufkommt, wenn plötzlich klar wird, dass es wahrhaft lächerlich ist, niemals einen Liebesbrief erhalten zu haben. Vor dem Kleiderschrankspiegel, in dem er sich in voller Größe sieht, sagt Ricardo Reis, du hast recht, ich habe niemals einen Liebesbrief erhalten, einen Brief, der nur ein Liebesbrief ist, und selbst habe ich auch nie einen Liebesbrief geschrieben, diese Unzähligen, die in mir leben, wenn ich schreibe, sie sehen zu, da fällt meine Hand herab, bewegungslos, und ich schreibe letztlich doch nicht. Er ergreift seine schwarze Tasche, die Instrumententasche, und geht ins Arbeitszimmer, er setzt sich an den Schreibtisch, eine halbe Stunde lang füllt er Formulare mit der Krankengeschichte einiger neuer Patienten, dann wäscht er sich die Hände, er trocknet sie bedächtig ab, so als hätte er gerade Untersuchungen vorgenommen, Auswürfe analysiert, dabei betrachtet er sich im Spiegel, ich sehe abgespannt aus, denkt er. Er kehrt ins Schlafzimmer zurück und öffnet halb die hölzernen Fensterläden, Lídia hatte versprochen, beim nächsten Mal Gardinen mitzubringen, sie sind wirklich notwendig, so ist das Schlafzimmer den Blicken preisgegeben. Es dunkelt schon. Wenige Minuten später verlässt Ricardo Reis die Wohnung, um zu Abend zu essen.

Eines Tages wird irgendein Neugieriger kommen und herausfinden wollen, wie sich Ricardo Reis bei Tisch benahm, ob er die Suppe geräuschvoll schlürfte, ob er die Hände beim Gebrauch von Messer und Gabel verwechselte, ob er den Mund vor dem Trinken abwischte oder das Glas beschmutzte, ob er übermäßig Zahnstocher benutzte, ob er die Weste nach dem Essen aufknöpfte, ob er die Rechnung Posten für Posten überprüfte, diese galicisch-portugiesischen Kellner werden wahrscheinlich sagen, dass sie darauf niemals besonders geachtet hätten, wissen Sie, es gibt alles Mögliche, mit der Zeit achten wir nicht mehr darauf, ein jeder isst, wie er es gelernt hat, aber was sich so in unseren Köpfen festgesetzt hat, ist, dass der Senhor Doktor eine gebildete Person war, er kam herein, sagte guten Tag oder guten Abend, bestellte sogleich das gewünschte Essen, und dann hatte man nichts mehr mit ihm zu tun, so als wäre er nicht mehr da. Aß er immer allein? Immer, er hatte allerdings eine Angewohnheit. Welche? Wenn wir das andere Gedeck ihm gegenüber vom Tisch nehmen wollten, bat er uns, es dazulassen, so würde der Tisch besser aussehen, und einmal passierte da so eine Sache. Was für eine Sache? Als ich ihm Wein servierte, füllte ich irrtümlicherweise beide Gläser, seines und das der anderen Person, die gar nicht anwesend war, ich weiß nicht, ob Sie mich verstehen. Verstehe, verstehe, und dann? Dann sagte er, dass es gut so sei, und von da an hatte er stets das andere Glas gefüllt, nach dem Essen trank er es immer in einem Zug aus, er schloss die Augen beim Trinken. Sehr seltsam. Wissen Sie, wir Kellner sehen viele seltsame Dinge. Und tat er dasselbe in allen Restaurants, die er aufsuchte? Na, das weiß ich nicht, da müsste man nachfragen. Erinnern Sie sich, ob er einmal einen Freund oder einen Bekannten getroffen hat, selbst wenn sie nicht am selben Tisch gesessen haben sollten. Niemals, es war, als sei er gerade aus einem fremden Land zurückgekommen, so wie ich, als ich aus Xunqueira de Ambia gekommen war, wenn Sie mich verstehen. Ich verstehe sehr gut, wir haben es alle durchgemacht. Möchten Sie noch irgendetwas, ich muss jetzt den Gast dort in der Ecke bedienen. Gehen Sie, gehen Sie, vielen Dank für die Informationen. Ricardo Reis trank den Kaffee aus, den er hatte kalt werden lassen, dann erbat er die Rechnung. Während er wartete, hielt er mit beiden Händen das zweite Glas, das noch fast voll war, er erhob es, als würde er jemandem, der ihm gegenübersaß, zuprosten, dann trank er langsam den Wein, wobei er die Augen halb schloss. Ohne die Rechnung zu prüfen, bezahlte er, ließ ein Trinkgeld zurück, nicht zu viel und nicht zu wenig, die Erkenntlichkeit eines ständigen Gastes, er wünschte einen guten Abend und ging. Haben Sie bemerkt, das ist seine Art. Am Rand des Gehwegs verharrend, schaut Ricardo Reis unentschlossen, der Himmel ist bedeckt, die Luft feucht, aber die Wolken scheinen keinen Regen anzudrohen, obwohl sie tief hängen. Es ist der unausbleibliche Augenblick, in dem ihm die Erinnerungen an das Hotel Bragança kommen, gerade eben hat er das Abendessen beendet und gesagt, bis morgen, Ramón, und er begibt sich in den Aufenthaltsraum, um sich in einen Sessel zu setzen, mit dem Rücken zum Spiegel, gleich wird Salvador, der Hotelchef, kommen und sich erkundigen, ob er ihm einen weiteren Kaffee schicken soll oder einen Weinbrand, einen zur Verdauung, Senhor Doktor, Spezialität des Hauses, und er wird ablehnen, er trinkt fast nie, die Klingel am Ende der Treppe ertönt, der Page hebt das Licht, um zu sehen, wer hereinkommt, es wird Marcenda sein, der Zug aus dem Norden ist heute sehr spät gekommen. Eine Elektrische nähert sich, auf dem erleuchteten Schild steht Estrela, die Haltestelle ist genau hier, zufällig, der Fahrer hat jenen Herrn am Straßenrand gesehen, sicher, er hatte kein Zeichen des Haltens gegeben, aber für einen Fahrer mit Erfahrung war es klar, dass es sich um einen Wartenden handelte. Ricardo

Reis steigt ein und setzt sich, zu dieser Zeit ist die Elektrische fast leer, bim, bim, macht der Schaffner, die Reise auf dieser Linie ist lang, man fährt die Avenida da Liberdade hinauf, dann die Rua de Alexandre Herculano entlang, überquert die Praça do Brasil, die Rua dos Amoreiras hinauf, dort oben ist die Rua de Silva Carvalho, das Stadtviertel von Campo de Ourique, die Rua de Ferreira Borges, dort an der Kreuzung, genau an der Einmündung der Rua de Domingos Sequeira, verlässt Ricardo Reis die Elektrische, es ist nun schon zehn vorbei, nur noch wenige Leute sind auf der Straße, an den hohen Fassaden der Gebäude sieht man kaum Lichter, es ist im Allgemeinen so, die Einwohner wohnen nach hinten hinaus, die Frauen in der Küche sind beim Geschirrspülen, die Kinder schon im Bett, die Männer gähnen hinter der Zeitung oder versuchen, zwischen Knattern und Rauschen Radio Sevilla zu empfangen, nicht aus einem besonderen Grund, sondern vielleicht nur, weil sie nie dorthin kommen. Ricardo Reis geht die Rua de Saraiva de Carvalho entlang, in Richtung des Friedhofs, je näher er kommt, desto weniger Passanten begegnen ihm, er ist noch weit von seinem Ziel entfernt, und schon geht er allein, er verschwindet in den Schattenzonen zwischen zwei Lampen und taucht wieder im gelblichen Licht auf, weiter vorn, im Dunkel, hört man Schlüsselgeklapper, es ist der Nachtwächter, der seine Runde beginnt. Ricardo Reis überquert den kleinen Platz und steuert direkt auf das verschlossene Tor zu. Der Nachtwächter beobachtet ihn von weitem, dann folgt er seinem Weg, seine Frau wird gestorben sein, oder ein Kind, der Ärmste. Oder die Mutter, es könnte sehr wohl die Mutter sein, es sind häufig die Mütter, die sterben, eine sehr betagte Alte, die beim Schließen der Augen ihren Sohn nicht sah, wo wird er sein, dachte sie, und dann starb sie, so trennen sich die Menschen, vielleicht weil er für die Ruhe dieser Straßen verantwortlich ist, neigt der Nachtwächter zu solch sentimentalen Überlegungen, an seine eigene Mutter erinnert er sich nicht, wie oft passiert das, wir haben Mitleid mit den anderen, aber nicht mit uns selbst. Ricardo Reis nähert sich dem Gitter, berührt es mit den Händen, von innen her, fast unhörbar, tönt ein Säuseln, es ist der Wind, der durch die Zweige der Zypressen streicht, arme Bäume, die nicht einmal Blätter haben, doch es ist eine Sinnestäuschung, das Geräusch, das wir vernehmen, rührt von den Schlafenden in jenen hohen Gebäuden und in diesen niedrigen Häusern außerhalb der Mauern her, ein Lüftchen voller Musik, der Hauch von Wörtern, die Frau, die flüstert. Ich bin so müde, ich gehe schlafen, das sagt Ricardo Reis zu sich, nicht alle Worte, nur, ich bin müde, er steckt eine Hand zwischen den Eisenstäben hindurch, macht eine Geste, doch keine andere Hand drückt die seine, wohin sind sie gekommen, nicht einmal einen Arm können sie heben.

Fernando Pessoa erschien zwei Nächte danach, Ricardo Reis war von seinem Abendessen heimgekehrt, Suppe, ein Fischgericht, Brot, Obst, Kaffee, auf dem Tisch zwei Gläser, der letzte Geschmack, den er im Mund hat, ist, wie wir erfahren konnten, der des Weines, doch von diesem Gast kann nicht ein einziger Kellner behaupten, er habe zu viel getrunken, er erhob sich fast fallend vom Tisch, man beachte den seltsamen Ausdruck, sich fallend vom Tisch erheben, deshalb ist die Sprache so faszinierend, sie scheint ein nicht duldbarer Widerspruch zu sein, niemand kann sich zur gleichen Zeit erheben und fallen, und dennoch haben wir es oft genug gesehen oder an uns selbst erlebt, doch von Ricardo Reis ist nicht bekannt, dass er je betrunken war. Er war stets klar im Kopf, wenn Fernando Pessoa erschien, er war nüchtern, als er ihn jetzt sitzen sah, ihm den Rücken zukehrend, auf einer Bank, die in unmittelbarer Nähe Adamastors stand, dieser lange und dünne Hals war unverwechselbar, das Haar ein wenig schütter, zudem gab es hier nicht viele, die ohne Hut und Trenchcoat gingen, in der Tat, das Wetter war milder geworden, aber nachts wird es noch kühl. Ricardo Reis setzte sich an die Seite Fernando Pessoas, im Dunkel der Nacht trat die Blässe des Gesichts und der Hände hervor, das Weiß des Hemdes, alles andere verschwamm, der schwarze Anzug war im Schatten, den die Statue warf, kaum zu erkennen, sonst verweilte niemand weiter in dem kleinen Park, auf der anderen Seite des Flusses flackerte dicht über dem Wasser eine Reihe von

Lichtern, wie Sterne, sie blinkten, zitterten, als ob sie verlöschen wollten, doch das täuschte nur. Ich habe angenommen, dass Sie niemals mehr zurückkommen, sagte Ricardo Reis. Vor einigen Tagen wollte ich Sie besuchen, aber als ich vor Ihrer Tür stand, bemerkte ich, dass Sie mit Lídia beschäftigt waren, deshalb zog ich mich zurück, ich war nie ein großer Liebhaber lebender Gemälde, erklärte Fernando Pessoa, auf seinem Gesicht zeichnete sich ein müdes Lächeln ab. Er hielt die Hände auf den Knien wie jemand, der geduldig darauf wartet, dass er gerufen oder weggeschickt wird, und inzwischen redet, weil die Stille weniger zu ertragen wäre als Worte, ich hatte nicht erwartet, dass Sie ein so beharrlicher Liebhaber sind, für einen so flatterhaften Mann, der drei Musen besang, Neera, Chloe und Lídia, ist es ein großes Unterfangen, sich körperlich an eine Einzige zu binden, sagen Sie, sind Ihnen niemals die beiden anderen erschienen? Nein, das ist auch nicht verwunderlich, denn es sind Namen, die heutzutage nicht mehr gebräuchlich sind. Und jenes sympathische, zarte Mädchen, das mit dem gelähmten Arm, Sie hatten mir gesagt, wie sie heißt. Marcenda. Ein hübsches Gerundium, haben Sie sie gesehen? Ich habe Sie das letzte Mal getroffen, als sie in Lissabon war, im vergangenen Monat. Mögen Sie sie? Ich weiß nicht. Und Lídia, mögen Sie sie? Das ist etwas anderes. Mögen Sie sie oder nicht? Bis jetzt hat sich mein Körper nicht verweigert. Und was soll das beweisen? Nichts, wenigstens in Sachen Liebe, doch nun hören Sie auf, mich über mein Privatleben auszufragen, sagen Sie mir lieber, weshalb Sie nicht wieder erschienen sind. Um es mit einem Wort zu sagen, aus Ärger. Über mich? Ja, auch über Sie, nicht weil Sie es sind, sondern weil Sie auf dieser Seite sind. Welcher Seite? Auf der der Lebenden, es ist schwer für einen Lebenden, die Toten zu verstehen. Ich nehme an, dass es auch nicht weniger schwer für einen Toten ist, die Lebenden zu verstehen. Der Tote hat den Vorteil, dass er schon gelebt hat, er kennt alle

Dinge dieser und jener Welt, aber die Lebenden sind unfähig, die wichtigste Sache zu lernen und aus ihr Nutzen zu ziehen. Welche Sache? Dass man stirbt. Wir Lebenden wissen, dass wir sterben werden. Ihr wisst es nicht, niemand weiß es, so wie ich es auch nicht wusste, als ich lebte, was wir wissen, ist, dass die anderen sterben. Als Philosophie scheint es mir belanglos zu sein. Natürlich ist es belanglos, Sie ahnen nicht einmal, bis zu welchem Punkt alles von der Seite des Todes aus belanglos ist. Aber ich bin auf der Seite des Lebens. Also müssen Sie wissen, welche Dinge auf dieser Seite wichtig sind, falls es sie gibt. Zu leben ist wichtig. Mein lieber Reis, Vorsicht mit den Worten, Ihre Lídia lebt, Ihre Marcenda lebt, und Sie wissen nichts von ihnen, Sie wüssten es selbst dann nicht, wenn diese versuchen würden, es Ihnen zu sagen, die Mauer, die die Lebenden voneinander trennt, ist nicht weniger undurchdringlich als diejenige, die die Lebenden und die Toten trennt. Für den, der so denkt, muss der Tod letztendlich eine Erleichterung sein. Das nicht, weil der Tod eine Art Gewissen ist, ein Richter, der ein Urteil über alles fällt, über sich selbst und das Leben. Mein lieber Fernando, Vorsicht mit den Worten, Sie riskieren viel. Wenn wir nicht alle Worte aussprächen, selbst die absurden, dann würden wir nie die notwendigen äußern. Und Sie, kennen Sie sie bereits. Ich habe jetzt erst begonnen, absurd zu werden. Einmal schrieben Sie, Neophyt, es gibt keinen Tod. Ich habe mich geirrt, es gibt den Tod. Sagen Sie das jetzt, weil Sie tot sind? Nein, ich sage es, weil ich gelebt habe, ich sage es vor allem, weil ich niemals mehr leben werde, falls Sie in der Lage sind, sich vorzustellen, was das bedeutet, nicht mehr zum Leben zurückzukehren. So würde es Pero Grulho lehren. Niemals hatten wir einen besseren Philosophen.

Ricardo Reis schaute auf die andere Seite. Einige Lichter waren erloschen, andere schlecht auszumachen, sie erstarben, ein leichter Nebel schwebte über dem Fluss, Sie haben gesagt, dass

Sie aus Ärger nicht mehr gekommen sind. Das ist wahr. Meinetwegen? Vielleicht nicht so sehr Ihretwegen, was mich verstimmt und ermüdet hat, ist dieses Kommen und Gehen, dieses Spiel zwischen einer Erinnerung, die zerrt, und einem Vergessen, das drängt, ein unnützes Spiel, das Vergessen siegt letztlich immer. Ich vergesse Sie nicht. Wissen Sie was, auf dieser Waage wiegen Sie nicht viel. Was ist es denn für eine Erinnerung, die Sie noch immer ruft? Die Erinnerung, die ich noch immer an die Welt habe. Ich habe angenommen, dass Sie von der Erinnerung gerufen werden, die die Welt von Ihnen hat. Was für ein törichter Gedanke, mein lieber Reis, die Welt vergisst, ich habe es Ihnen bereits gesagt, die Welt vergisst alles. Meinen Sie, dass man Sie vergessen hat? Die Welt vergisst so viel, dass sie nicht einmal bemerkt, was sie vergessen hat. Das klingt ziemlich eitel. Natürlich, eitler als ein Dichter ist nur ein kleinerer Dichter. In diesem Falle wäre ich eitler als Sie. Lassen Sie mich es Ihnen sagen, ohne Sie zu verletzen, Sie sind als Dichter gar nicht so schlecht. Aber weniger gut als Sie. Ich glaube schon. Wenn wir beide tot sind und man sich dann noch an uns erinnert, oder solange die Erinnerung an uns wach bleibt, wird es interessant sein zu beobachten, nach welcher Seite diese andere Waage ausschlägt. Dann werden uns die Gewichte und die Wiegemeister keine Beachtung schenken. Neophyt, gibt es den Tod? Es gibt ihn. Ricardo Reis hüllte sich fester in den Mantel. Es wird kühl, ich gehe nach Hause, wenn Sie mitkommen wollen, können wir uns noch ein bisschen unterhalten. Heute erwarten Sie keinen Besuch? Nein, Sie können dableiben, wie neulich. Fühlen Sie sich in dieser Nacht auch so einsam? Nicht so, dass ich um Gesellschaft betteln müsste, es ist nur, weil ich denke, dass ein Toter zuweilen gern auf einem Stuhl sitzt, in einem Sessel, ein Dach über dem Kopf hat und ein bisschen Gemütlichkeit genießt. Niemals waren Sie ironisch, Ricardo. Ich bin es auch jetzt nicht. Er erhob sich und fragte, also, kommen Sie? Fernando Pessoa folgte ihm. Er erreichte die erste Laterne, das Haus lag weiter unten, auf der anderen Seite der Straße. Gegenüber der Tür reckte ein Mann die Nase in die Luft, es sah aus, als würde er die Fenster zählen, den Körper etwas gebeugt, verhielt er nur kurz den Schritt, dann richtete er sich wieder auf, eine ruhige Straße, jeder von uns, der ihn sähe, würde sagen, dass es ein einfacher nächtlicher Spaziergänger ist, wie überall hier in Lissabon, nicht alle Leute gehen mit den Hühnern zu Bett, doch als sich Ricardo Reis näherte, schlug ihm ein heftiger Zwiebelgeruch entgegen, es war der Agent Victor, er erkannte ihn sofort wieder, es gibt solche aufschlussreichen Gerüche, jeder ist so viel wert wie hundert Reden, von den guten und den schlechten, Gerüche sind wie Abbildungen des ganzen Körpers, fähig, Gesichter zu zeichnen und zu erleuchten, was schleicht dieser Kerl hier herum, vielleicht wollte er in Anwesenheit Fernando Pessoas keine schlechte Figur abgeben, und so ergriff er die Initiative und sprach ihn an, in dieser Gegend, um diese Zeit, Senhor Victor, und dieser erwiderte, so gut es die Improvisation zuließ, er hatte keine vorbereitete Erklärung zur Hand, diese Überwachung steckt in den Kinderschuhen, reiner Zufall, Senhor Doktor, reiner Zufall, ich habe eine Verwandte besucht, die im Conde Barão wohnt, die Ärmste, sie hat Lungenentzündung, er zog sich nicht schlecht aus der Affäre, dieser Victor, und Sie, Senhor Doktor, wohnen Sie nicht mehr im Hotel, mit dieser plumpen Frage offenbarte er die Machenschaften, jemand kann wohl Gast im Hotel Bragança sein und nachts am Alto de Santa Catarina spazieren gehen, was wäre daran so seltsam, aber Ricardo Reis tat so, als hätte er nichts bemerkt, oder er hatte wirklich nichts bemerkt. Nein, ich wohne jetzt hier, da oben im zweiten Stock. Aha, dieser melancholische Ausruf stieß, obwohl kurz, den Gestank, der einem den Atem nahm, in die Lüfte, ein Glück für Ricardo Reis, dass er den Wind im Rücken hatte, das ist eine der Barmherzigkeiten des Himmels. Victor verabschiedete sich, erneut eine üble Dunstwolke ausstoßend, dann also alles Gute, Senhor Doktor, und wenn Sie etwas brauchen, Sie wissen ja, dann sprechen Sie mit Victor, erst neulich sagte unser Doktor zu mir, wenn alle so wären wie der Senhor Doktor Reis, so korrekt, so höflich, dann würde das Arbeiten sogar Spaß machen, er wird sehr zufrieden sein, wenn ich ihm sage, dass ich Sie getroffen habe. Gute Nacht, Senhor Victor, weniger als das wäre unhöflich gewesen, außerdem war er es seinem guten Namen schuldig. Ricardo Reis überquerte die Straße, hinter ihm schritt Fernando Pessoa, dem Agenten Victor schien es, als sähe er zwei Schatten auf dem Boden, das kommt von den Lichtreflexen, Anzeichen dafür, dass von einem bestimmten Alter an die Augen das Sichtbare nicht mehr vom Unsichtbaren trennen können. Victor blieb auf dem Gehweg stehen, jetzt war es egal, er wollte warten, bis das Licht im zweiten Stock anginge, reine Routine, einfache Bestätigung, er wusste nur zu genau, dass Ricardo Reis dort wohnte, er brauchte letztens nicht weit zu gehen und viel herumzufragen, mit Hilfe Salvadors, des Hotelchefs, konnte er die Gepäckburschen ausfindig machen, und mit deren Hilfe gelangte er zu dieser Straße und diesem Haus, es ist wohl wahr, wenn es heißt, wer einen Mund hat, kommt bis Rom, und von der Ewigen Stadt bis zum Alto de Santa Catarina ist es nicht weiter als ein Schritt.

Bequem in den Sessel des Arbeitszimmers zurückgelehnt, fragte Fernando Pessoa, indem er die Beine übereinanderschlug, wer war denn dieser Freund von Ihnen. Er ist nicht mein Freund. Ein Glück, allein dieser Geruch, den er verströmte, diesen Anzug trage ich seit fünf Monaten, auch dieses Hemd, die Unterwäsche ist nicht gewechselt, und doch rieche ich nicht so, aber wenn es nicht Ihr Freund ist, wer ist es dann, und dieser Doktor, der Sie so zu schätzen scheint? Sie sind beide von der Polizei, vor einiger

Zeit wurde ich dorthin bestellt, um befragt zu werden. Ich halte Sie für einen friedfertigen Menschen, unfähig, die Obrigkeit zu beunruhigen. Das bin ich wirklich, ein friedfertiger Mensch. Irgendetwas müssen Sie gemacht haben, dass Sie vorgeladen wurden. Ich kam aus Brasilien, mehr habe ich nicht getan. Die wollen feststellen, ob Ihre Lídia Jungfrau gewesen war und nun traurig und entehrt sich beklagen kam. Selbst wenn Lídia Jungfrau gewesen wäre und ich sie entjungfert hätte, hätte sie nicht bei der Überwachungs- und Staatsschutzpolizei Klage erhoben. Sind Sie von dieser vorgeladen worden? Ja. Und ich habe gedacht, es sei ein Fall für die Sittenpolizei gewesen. Meine Sitten sind gut, jedenfalls sind sie nicht schlechter als die Sitten im Allgemeinen. Sie haben mir nie von dieser Geschichte mit der Polizei erzählt. Ich hatte keine Gelegenheit, und Sie sind nicht mehr gekommen. Hat man Sie schlecht behandelt, wurden Sie festgehalten, wird Ihnen ein Prozess gemacht? Nein, ich musste nur auf ein paar Fragen antworten, welche Leute ich in Brasilien kennengelernt habe, warum ich zurückgekommen bin, welche Beziehungen ich in Portugal geknüpft habe, seitdem ich hier bin. Es wäre sehr witzig gewesen, wenn Sie von mir gesprochen hätten. Es hätte sehr viel Witz, wenn ich ihnen erklären würde, dass ich manchmal den Geist Fernando Pessoas treffe. Verzeihung, mein lieber Reis, ich bin kein Geist. Was sind Sie dann? Darauf kann ich Ihnen nicht antworten, aber ein Geist bin ich nicht, ein Geist kommt aus einer anderen Welt, ich begnüge mich damit, vom Prazeres-Friedhof zu kommen. Dann ist also der tote Fernando Pessoa derselbe wie der lebende Fernando Pessoa. Auf eine gewisse und intelligente Weise ist das richtig. Auf jeden Fall kann man der Polizei diese Treffen schwerlich plausibel machen. Sie wissen, dass ich einmal einige Verse gegen Salazar verfasst hatte. Und er, hat er die Satire bemerkt, ich nehme an, es war Satire. Nicht dass ich wüsste. Sagen Sie mir, Fernando, wer ist, was ist dieser Salazar, den uns das Glück beschert hat? Er ist der Diktator Portugals, der Protektor, der Pater, der sanfte Potentat, ein Viertel Sakristan, ein Viertel Sibylle, ein Viertel Sebastião, ein Viertel Sidónio, das Beste vom Möglichen für unsere Art und unser Wesen. Mehrmals P und viermal S. Das war Zufall, denken Sie nicht, dass ich nach Worten gesucht habe, die mit den gleichen Buchstaben beginnen. Es gibt Leute, die diese Manie haben, sie jauchzen beim Stabreim, bei arithmetischen Wiederholungen, sie meinen, dass dank ihrer das Chaos der Welt entwirrt werde. Wir dürfen sie nicht tadeln, es sind Ruhelose, wie die Fanatiker der Symmetrie. Die Freude an der Symmetrie, mein lieber Fernando, entspricht einer Lebensnotwendigkeit des Gleichgewichts, es ist ein Schutz gegen den Sturz. So, wie die Balancierstange von den Seiltänzern benutzt wird. Genau so, aber, um auf Salazar zurückzukommen, wer sehr gut von ihm spricht, ist die ausländische Presse. Nun, das sind von der Propaganda bestellte Artikel, bezahlt mit dem Geld des Abonnenten, wie ich hörte. Doch sehen Sie, die hiesige Presse zerfließt gleichfalls in Lobeshymnen, man greift nach einer Zeitung und weiß sofort, dass dieses portugiesische Volk das wohlhabendste und glücklichste der Erde ist, oder wenigstens nicht weit davon entfernt, und dass die anderen Nationen nur gewinnen können, wenn sie von uns lernen. Der Wind weht von dieser Seite. Nach dem, was ich von Ihnen höre, glauben Sie den Zeitungen nicht allzu sehr. Ich pflegte sie zu lesen. Sie sagen das in einem Ton, aus dem Resignation zu sprechen scheint. Nein, es ist lediglich das, was von einer langen Müdigkeit zurückgeblieben ist. Sie wissen, wie das ist, man macht eine große körperliche Anstrengung, die Muskeln ermüden, werden schlaff, man möchte die Augen schließen und schlafen. Sind Sie müde? Ich spüre noch die Schläfrigkeit, die ich im Leben hatte. Welch seltsam Ding ist der Tod. Viel seltsamer noch, wenn man ihn von der Seite sieht, auf der ich bin, dann stellt man fest, dass es nicht zwei gleiche Tode gibt, tot zu sein, ist nicht dasselbe für alle Toten, es gibt Fälle, in denen wir alle Lasten des Lebens hierhertragen. Fernando Pessoa schloss die Augen, er lehnte den Kopf an die Lehne des Sessels, es schien Ricardo Reis, als würden zwei Tränen unter den Lidern hervorquellen, sie werden, genau wie die zwei von Victor bemerkten Schatten, Effekte des reflektierenden Lichtes sein, es weiß doch jedermann, dass Tote nicht weinen. Jenes nackte Gesicht, ohne Brille, mit einem leicht nachgewachsenen Schnurrbart, Hauthaar und Kopfhaar leben länger, drückte eine große Traurigkeit aus, eine von diesen Traurigkeiten ohne Trost, wie die der Kindheit, weil sie der Kindheit entstammen, denken wir, dass sie leicht zu bannen sind, das ist unser Irrtum. Plötzlich öffnete Fernando Pessoa die Augen und lächelte, stellen Sie sich vor, ich habe geträumt, ich wäre lebendig. Das war sicher Ihre Illusion. Natürlich war es eine Illusion, wie jeder Traum, aber was interessant ist, das ist nicht der Traum eines Toten, lebendig zu sein, schließlich kannte er das Leben, er muss kennen, was er träumt, interessant ist es, wenn ein Lebender träumt, er sei tot, er, der nicht weiß, was der Tod ist. Es fehlt nicht mehr viel, und Sie sagen mir, dass Tod und Leben eins sind. Genau, mein lieber Reis, Leben und Tod sind eins. Sie haben mir heute schon drei verschiedene Dinge erklärt, dass es keinen Tod gebe, dass es den Tod gebe, und jetzt sagen Sie mir, dass Tod und Leben dasselbe seien. Es gab keine andere Möglichkeit, den Widerspruch zu lösen, den die ersten beiden Behauptungen darstellten, und indem er das sagte, lächelte Fernando Pessoa weise, das ist noch das Mindeste, was man von diesem Lächeln sagen könnte, wenn wir die Ernsthaftigkeit und die Bedeutung des Dialogs in Rechnung stellen.

Ricardo Reis erhob sich, ich werde Kaffee kochen, ich komme gleich wieder. Hören Sie, Ricardo, da wir gerade von den

Zeitungen sprachen, ich bin neugierig geworden, die letzten Nachrichten zu erfahren, es wäre eine Art, das Gespräch zu beenden. Seit fünf Monaten haben Sie nichts von der Welt erfahren, Sie werden vieles nicht verstehen. Sie werden auch nicht viel verstanden haben, als Sie nach sechzehn Jahren Abwesenheit hier festmachten, Sie mussten die Enden über die Zeit hinweg wieder zusammenknüpfen, bestimmt blieben Enden ohne Knoten und Knoten ohne Ende. Ich habe die Zeitungen im Schlafzimmer, ich hole sie gleich, sagte Ricardo Reis. Er ging in die Küche und kam kurz darauf mit einer kleinen weißen Emaillekanne, einer Tasse, einem Löffel und mit Zucker zurück und stellte alles auf den niedrigen Tisch, der zwischen den Sesseln stand, er ging wieder hinaus, kam mit den Zeitungen zurück, goss den Kaffee in die Tasse, süßte. Sie trinken sicher nicht. Wenn ich noch eine Stunde des Lebens hätte, würde ich sie jetzt vielleicht für einen schönen heißen Kaffee eintauschen. Da gäben Sie mehr als jener König Richard, der für ein Pferd nur ein Reich geben wollte. Um das Reich nicht zu verlieren, aber lassen Sie die Geschichte der Engländer, sagen Sie mir, wie es in der Welt der Lebenden zugeht. Ricardo Reis trank eine halbe Tasse, dann schlug er eine der Zeitungen auf und fragte, wussten Sie, dass Hitler Geburtstag hatte, siebenundvierzig wurde er. Ich glaube nicht, dass die Notiz wichtig ist. Weil Sie kein Deutscher sind, wenn Sie es wären, dann würden Sie nicht so geringschätzig urteilen. Und was weiter? Es heißt hier, dass er die Parade von dreiunddreißigtausend Soldaten abnahm, in einer Atmosphäre fast religiöser Verehrung, wörtlich zitiert, wenn Sie sich eine Vorstellung von der Sache machen wollen, dann hören Sie sich nur diesen Abschnitt der Rede an, die Goebbels bei der Gelegenheit hielt. Lesen Sie nur. Wenn Hitler spricht, dann ist es, als schlösse sich die Kuppel eines Tempels über dem Kopf des deutschen Volkes. Caramba, sehr poetisch. Aber das ist noch gar nichts im Vergleich zu den

Worten Baldur von Schirachs. Wer ist dieser von Schirach, ich erinnere mich nicht. Er ist der Reichsjugendführer. Was hat er gesagt? Hitler, ein Geschenk Gottes für Deutschland, er war der Mann der Vorsehung, sein Kult steht über den konfessionellen Trennungen. Daran hat der Teufel nicht gedacht, der Kult für einen Mann eint, was der Kult für Gott teilte. Und von Schirach geht noch weiter, er behauptet, dass, wenn die Jugend Hitler liebe, er dann ihr Gott sei, wenn man sich anstrenge, ihm treu zu dienen, dann werde das Gebot erfüllt, das sie vom Ewigen Vater erhalten habe. Eine herrliche Logik, für die Jugend ist Hitler ein Gott, wenn sie ihm treu dient, dann erfüllt sie ein Gebot des Ewigen Vaters, also haben wir hier einen Gott vor uns, der als Vermittler eines anderen Gottes für seine eigenen Zwecke agiert, der Sohn als Schiedsrichter und Richter der Autorität des Vaters, letztlich ist der Nationalsozialismus eine überaus religiöse Einrichtung. Hören Sie, wir hier sind auch nicht übel in Dingen der Verwirrung zwischen dem Göttlichen und dem Menschlichen, es scheint sogar fast, als wären wir zu den Göttern der Antike zurückgekehrt. Zu den Ihren. Ich nutze nur einen Rest von Ihnen, die Worte, die es sagten. Erklären Sie besser diese göttliche und menschliche Verwirrung. Es ist so, dass nach der feierlichen Verkündung eines Erzbischofs, dem von Mytilene, Portugal Christus sei und Christus Portugal. Das steht da? Wortwörtlich. Dass Portugal Christus sei und Christus Portugal? Genau. Fernando Pessoa dachte einen Moment nach, dann brach er in Lachen aus, ein trockenes Lachen, von Husten unterbrochen, gar nicht gut anzuhören, ach, dieses Land, ach, diese Leute, und er konnte nicht mehr fortfahren, jetzt standen wirklich Tränen in seinen Augen, ach, dieses Land, wiederholte er und hörte nicht auf zu lachen, und ich hatte gedacht, ein zu großes Wagnis einzugehen, als ich in der Mensagem Portugal heilig nannte, da steht es, Heiliges Portugal, und dann kommt ein Kirchenfürst mit seiner erzbischöflichen Autorität und verkündet, dass Portugal Christus sei. Und Christus Portugal, nicht zu vergessen. Wenn es so ist, dann müssen wir dringend erfahren, welche Jungfrau uns geboren hat, welcher Teufel uns versuchte, welcher Judas uns verriet, welche Nägel uns kreuzigten, welches Grab uns verbirgt, welche Auferstehung uns erwartet. Sie haben die Wunder vergessen. Wollen Sie ein größeres Wunder als den einfachen Fakt, dass es uns gibt, dass wir weiterhin existieren, ich spreche natürlich nicht von mir. Bei dem Schritt, den wir machen, weiß ich nicht, wie lange und wo wir existieren werden. Auf jeden Fall müssen Sie einsehen, dass wir weit über Deutschland stehen, hier begründet sich das unmittelbare Wort der Kirche, mehr als Verwandtschaften, Identifikationen, wir brauchen Salazar nicht einmal als Geschenk zu empfangen, wir selbst sind Christus. Sie hätten nicht so jung sterben dürfen, mein lieber Fernando, es ist schade, jetzt, wo sich Portugal vollenden wird. So wollen wir und die Welt dem Erzbischof glauben. Niemand kann sagen, dass wir nicht alles tun, um das Glück zu erreichen, wollen Sie jetzt hören, was Kardinal Cerejeira den Seminaristen sagte? Ich weiß nicht, ob ich den Schock ertragen kann. Sie sind kein Seminarist. Ein Grund mehr, doch sei es, in Gottes Namen, lesen Sie schon. Seid engelgleich rein, eucharistisch inbrünstig und feurig pflichteifrig. Diese Worte hat er gesagt, so gepaart. Hat er? Dann bleibt mir nur noch, zu sterben. Sie sind bereits tot. Ich Ärmster, nicht einmal das bleibt mir. Ricardo Reis goss noch eine Tasse Kaffee ein. Wenn Sie so viel Kaffee trinken, werden Sie nicht schlafen können, warnte Fernando Pessoa. Lassen Sie nur, eine schlaflose Nacht hat noch niemandem geschadet, manchmal hilft es. Lesen Sie mir mehr Nachrichten vor. Natürlich, aber vorher sagen Sie mir, ob Sie diese portugiesischen und deutschen Neuerungen, Gott als politischen Bürgen zu benutzen, für beunruhigend halten. Beunruhigend schon, aber Neuerungen sind es nicht, seitdem die Hebräer Gott zum General befördert haben, indem sie ihn Herr der Heerscharen nennen, alles andere sind lediglich Variationen ein und desselben Themas. Das ist wahr, die Araber sind in Europa mit dem Ruf eingefallen, dass Gott es so wolle, die Engländer haben Gott verpflichtet, den König zu schützen, die Franzosen schwören, dass Gott ein Franzose sei, doch unser Gil Vicente behauptete, dass Gott ein Portugiese sei, er wird recht haben, wenn Christus Portugal ist. Gut, lesen Sie noch ein wenig, bevor ich gehe. Wollen Sie nicht hierbleiben? Ich muss die Regeln einhalten, neulich habe ich drei Artikel im vollen Wortlaut verletzt. Tun Sie heute dasselbe. Nein. Dann hören Sie, jetzt geht es Schlag auf Schlag, wenn Sie etwas kommentieren wollen, dann heben Sie es sich bis zum Schluss auf, Pius XI. beklagt die mangelnde Moral in gewissen Streifen, Maximino Correia erklärte, dass Angola portugiesischer als Portugal sei, weil es seit Diogo Cão keine andere Souveränität kennengelernt habe als die portugiesische, in Olhão wurde auf dem Kasernenhof der Republikanischen Nationalgarde Brot an die Armen verteilt, man spricht von einem spanischen Geheimbund aus Militärs, in der Geographischen Gesellschaft haben anlässlich der Woche der Kolonien Damen aus den besten Kreisen neben einfachen Leuten Platz genommen, wie die Zeitung El Pueblo Gallego berichtet, seien fünfzigtausend Spanier nach Portugal geflüchtet. Im Tavares kostet das Kilo Lachs sechsunddreißig Escudos. Sehr teuer. Mögen Sie Lachs? Ich hasse ihn. Das wär's, es sei denn, ich lese Ihnen von den Unruhen und Aggressionen vor, die Zeitung ist ausgelesen. Wie spät ist es? Fast Mitternacht. Oje, wie die Zeit vergeht. Wollen Sie gehen? Ja. Soll ich Sie begleiten? Für Sie ist es noch früh. Eben deshalb. Sie haben mich nicht verstanden, was ich sagte, war, dass es für Sie noch zu früh ist, mich dorthin zu begleiten, wohin ich gehe. Ich bin nur ein Jahr älter als Sie, nach der natürlichen Ordnung der

Dinge. Was ist die natürliche Ordnung der Dinge? Man sagt es so, nach der natürlichen Ordnung der Dinge hätte ich zuerst sterben müssen. Sehen Sie, die Dinge haben keine natürliche Ordnung. Fernando Pessoa erhob sich vom Sessel, dann knöpfte er das Jackett zu, rückte den Knoten der Krawatte zurecht, nach der natürlichen Ordnung hätte er das Gegenteil getan. Ich gehe also, bis irgendwann, und vielen Dank für Ihre Geduld, die Welt ist jetzt noch schlechter, als ich sie verließ, und dieses Spanien, bestimmt kommt es zum Bürgerkrieg. Meinen Sie? Falls die guten Propheten die sind, die schon gestorben sind, wenigstens diese Bedingung ist auf meiner Seite. Machen Sie keinen Lärm, wenn Sie die Treppe hinuntergehen, wegen der Nachbarn. Ich werde wie eine Feder hinabsinken. Und schlagen Sie nicht mit der Tür. Keine Sorge, es wird nicht widerhallen wie bei einem Sargdeckel. Gute Nacht, Fernando. Schlafen Sie gut, Ricardo.

War es das schwierige Gespräch oder der übertriebene Genuss von Kaffee, Ricardo Reis schlief nicht gut. Er wachte einige Male auf, im Schlaf schien es ihm, als hörte er sein eigenes Herz im Innern des Kissens, auf dem sein Kopf ruhte, schlagen, als er aufwachte, drehte er sich auf den Rücken, um es nicht mehr zu hören, dann, nach und nach, begann er es wieder zu spüren, auf dieser Seite der Brust, eingeschlossen in dem Rippenkäfig, und da erinnerte er sich an die Autopsien, denen er beigewohnt hatte, und er sah sein lebendes Herz, ängstlich schlagend, als würde jede Bewegung die letzte sein, dann kehrte der Schlaf zurück, zögernd erst, schließlich tief, als der Morgen schon dämmerte. Als er noch schlief, kam der Zeitungsjunge, um ihm die Zeitungen durch das Fenster zu werfen, er erhob sich nicht, um das Fenster zu öffnen, in solchen Fällen steigt der Verkäufer die Treppe hinauf, er legt die Nachrichten auf den Abtreter, die neuen obenauf, denn die anderen, vom vorherigen Tag, dienten jetzt dazu, den Schmutz aufzufangen, der durch die Borsten von den

Sohlen gekratzt wurde, sic transit notitia mundi, gesegnet sei, wer das Latein erfand. An der Seite, in der Ecke am Türrahmen, steht das Milchkännchen mit dem täglichen halben Liter Milch, an der Klinke hängt der Brotbeutel, Lídia wird alles mit hineinnehmen, wenn sie kommt, nach elf erst, denn heute ist ihr freier Tag, doch es ist ihr nicht gelungen, früher zu kommen, noch in letzter Minute hat Salvador ihr befohlen, drei Zimmer zu säubern und aufzuräumen, ein übertriebener Chef. Sie wird nicht lange bleiben, sie muss ihre alleinstehende Mutter aufsuchen, Nachrichten vom Bruder hören, der mit der Afonso de Albuquerque in Porto war und wieder zurück ist, Ricardo Reis hörte sie kommen, er rief mit schläfriger Stimme, und sie tauchte in der Tür auf, noch mit Schlüssel, Brot, Milch und der Zeitung in den Händen, sagte guten Morgen, Senhor Doktor, und er antwortete, guten Morgen, Lídia, so sprachen sie sich am ersten Tag an, und so wird es bleiben, sie würde nie sagen können, guten Morgen, Ricardo, selbst wenn er sie bitten würde, was er bis heute nicht tat und auch nicht tun wird, es liegt genug Vertraulichkeit darin, sie auf diese Weise zu empfangen, ungekämmt, unrasiert, mit nächtlichem Geruch. Lídia ging in die Küche, um die Milch abzustellen und das Brot wegzulegen, kam mit der Zeitung zurück, dann ging sie hinaus, um das Frühstück vorzubereiten, während Ricardo Reis die Zeitung entfaltete und aufschlug, wobei er sie vorsichtig am weißen Rand hielt, um die Finger nicht zu beflecken, er hielt sie hoch, damit das Bett nicht schmutzig wurde, es sind kleine, bewusst kultivierte gestische Manien dessen, der sich mit Barrieren, Beziehungspunkten und Grenzen umgibt. Als er die Zeitung aufschlug, erinnerte er sich an die gleiche Bewegung, die er Stunden zuvor getan hatte, und wieder kam es ihm vor, als wäre Fernando Pessoa schon viel länger hier gewesen, als ob die frische Erinnerung letztlich eine ganz alte wäre, aus den Tagen, als Fernando Pessoa, da seine

Brille zerbrochen, ihn gebeten hatte, oh, Reis, lesen Sie mir die Nachrichten vor, die wichtigsten. Die vom Krieg? Nein, die lohnen nicht, ich lese sie morgen, die sind alle gleich, es war im Juni neunzehnhundertsechzehn, Ricardo Reis hatte vor wenigen Tagen die umfangreichste seiner vergangenen und zukünftigen Oden geschrieben, jene, die so beginnt, Ich hörte erzählen, dass einst, als Persien. Aus der Küche kam der angenehme Duft von getoastetem Brot, man hörte leises Klappern von Geschirr, dann die Schritte Lídias im Flur, sie trägt, jetzt mit ernstem Gesicht, das Tablett, es ist die gleiche professionelle Geste, nur dass sie nicht an die Tür zu klopfen braucht, da sie offen ist. Diesen Gast kann man nach so vielen Wochen fragen, ohne die Vertraulichkeit zu übertreiben, nun, haben Sie heute besser geschlafen? Ich habe diese Nacht nicht gut geschlafen, eine teuflische Schlaflosigkeit. Womöglich waren Sie aus und sind spät zu Bett gegangen? Es war noch nicht einmal Mitternacht, als ich mich hinlegte, ich hatte die Wohnung nicht verlassen, ob es Lídia glaubt oder nicht, wir wissen, dass Ricardo Reis die Wahrheit sagt. Das Tablett liegt über den Knien des Gastes von Zweihunderteins, das Zimmermädchen gießt Kaffee und Milch ein, rückt die Toastscheiben und die Konfitüre näher, richtet die Serviette, und dann sagt sie, heute kann ich nicht lange bleiben, ich räume ein bisschen auf, und dann gehe ich, ich will meine Mutter besuchen, sie beschwert sich schon, dass ich nie komme oder nur kurz vorbeischaue, sie hat mich sogar schon gefragt, ob ich einen Liebsten hätte und ob es zum Heiraten käme. Ricardo Reis lächelt krampfhaft, er weiß nichts zu antworten, natürlich erwarten wir nicht, dass er sagt, einen Liebsten hast du hier, und wegen der Hochzeit, gut, dass du davon redest, an einem der nächsten Tage müssen wir über unsere Zukunft sprechen, er begnügt sich damit, zu lächeln und mit einem plötzlich väterlichen Ausdruck auf sie zu schauen. Lídia zog sich in die Küche zurück, sie hat keinerlei Antwort mitgenommen, falls sie sie erwartet hatte, diese Worte waren ihr ungewollt entschlüpft, niemals hatte ihr die Mutter von Bräutigam und Brautzeit gesprochen. Ricardo Reis beendete das Essen, er schob das Tablett zum Fußende, lehnte sich zurück, um die Zeitung zu lesen, Die große Parade bewies, dass es nicht schwer sei, zwischen Chefs und Arbeitern ein ehrliches und wohlwollendes Verständnis zu schaffen, er las bedächtig weiter, ohne groß auf das Gewicht der Argumente zu achten, in seinem Innersten wusste er nicht, ob er einverstanden war oder zweifelte, Der Korporativismus, die Einbeziehung der Klassen in die Umwelt und den Raum, zu dem jede gehört, sind die entsprechenden Mittel, moderne Gesellschaften zu verändern, mit diesem Rezept eines neuen Paradieses beendete er die Lektüre des Leitartikels, dann überflog er mit schnellen Blicken die Auslandsnachrichten, Morgen kommt es in Frankreich zur ersten Stimmenauszählung der Wahlen zur Legislative, Die Truppen Badoglios bereiten einen neuen Angriff auf Addis Abeba vor, in diesem Augenblick erschien Lídia mit hochgekrempelten Ärmeln in der Tür des Schlafzimmers und fragte, haben Sie gestern den Ballon gesehen. Was für einen Ballon? Den Zeppelin, er flog genau über das Hotel. Ich habe ihn nicht gesehen, aber er sah ihn jetzt auf der Zeitungsseite, der Gigant, der lenkbare Adamastor, Graf Zeppelin, Titel und Name seines Konstrukteurs, Graf Zeppelin, General und deutscher Aeronaut, hier überfliegt er die Stadt Lissabon, den Fluss, die Häuser, die Leute bleiben auf den Gehwegen stehen, sie kommen aus den Geschäften, hängen sich aus den Fenstern der Elektrischen, drängen auf die Veranden, rufen einander zu, um das Wunder zu teilen, immer findet sich ein Geistreicher, der Unvermeidliches zu sagen hat, du Dummkopf, guck mal, der Ballon, die Zeitung hat ihn schwarz auf weiß abgebildet, hier ist ein Foto, erklärte Ricardo Reis, Lídia trat ans Bett, so nahe, dass er es sich nicht verkneifen konnte, mit dem freien Arm ihre Hüfte zu umfassen, die andere Hand hielt die Zeitung, sie lachte, lassen Sie, dann staunte sie, so groß, hier erscheint er noch größer als in Wirklichkeit, und das Kreuz, das er hinten trägt? Sie nennen es Hakenkreuz. Es ist hässlich. Hör mal, es gibt viele Leute, die es für das Schönste überhaupt halten. Es sieht wie eine Spinne aus. Es gab Religionen im Orient, für die dieses Kreuz Glück und Erlösung darstellte. So viel? Alles. Und warum haben sie es an dem Schwanz des Zeppelins angebracht? Es ist ein deutsches Luftschiff, und das Hakenkreuz ist heute das Hoheitszeichen Deutschlands. Der Nazis. Was weißt du denn darüber? Mein Bruder hat es mir erzählt. Dein Bruder, der Seemann ist? Ja, der Daniel, einen anderen habe ich nicht. Ist er schon aus Porto zurück? Ich habe ihn noch nicht gesehen, aber zurück ist er schon. Woher weißt du das? Sein Schiff liegt gegenüber dem Terreiro do Paço vor Anker, ich kenne es gut. Willst du dich nicht hinlegen? Ich habe meiner Mutter versprochen, dass ich zum Mittagessen komme, wenn ich mich hinlege, komme ich zu spät. Nur ein bisschen, komm, dann lass ich dich gehen, Ricardo Reis' Hand glitt bis zur Rundung des Beines hinunter, hob den Rock, tastete über das Strumpfband, berührte und streichelte die nackte Haut, Lídia wehrte ab, nicht, nicht, doch sie begann nachzugeben, die Knie zitterten ihr, da spürte Ricardo Reis, dass sein Glied nicht reagierte, es war das erste Mal, dass ihm so etwas passierte, er fühlte sich von Panik erfasst, langsam zog er die Hand zurück und murmelte, lass mir Wasser ein, ich will baden, sie verstand nicht, sie hatte begonnen, den Rockverschluss zu lösen, die Bluse aufzuknöpfen, und er wiederholte plötzlich mit scharfer Stimme, ich will baden, lass mir Wasser ein, er warf die Zeitung auf den Boden, hüllte sich brüsk in die Betttücher ein und drehte sich zur Wand, fast warf er das Frühstückstablett hinunter. Lídia blickte ihn verwirrt an, was habe ich getan, dachte sie, ich wollte mich sogar hinlegen, doch er drehte ihr weiterhin den Rücken zu, die Hände, die sie nicht sehen konnte, versuchten sein ohnmächtiges Glied zu erregen, weich und blutleer, willenlos, sie strengten sich unnötig an, jetzt mit Gewalt, oder aus Wut, oder aus Verzweiflung. Lídia zog sich traurig zurück, sie nahm das Tablett mit, sie wird das Geschirr abwaschen, blitzblank wird sie es waschen, aber vorher wird sie den Warmwasserspeicher anzünden, sie lässt Wasser in die Wanne, prüft die Temperatur des einlaufenden Wassers, dann fährt sie mit den nassen Händen über die nassen Augen, was habe ich ihm getan, wo ich mich doch hinlegen wollte, es gibt solche Missverständnisse, fatal sind sie, wenn er gesagt hätte, ich kann nicht, bin schlecht aufgelegt, dann hätte es ihr nichts ausgemacht, sie hätte sich vielleicht sogar auch so hingelegt, was sagen wir, sie hätte sich bestimmt hingelegt, ihn still in dieser großen Angst beruhigt, wahrscheinlich hätte sie aber bewegte Gedanken gehabt, wenn sie ihre Hand sacht auf sein Glied gelegt hätte, ohne anzüglich zu werden, lediglich als ob sie sagen würde, lassen Sie nur, das ist nicht des Mannes Tod, und ruhig wären beide eingeschlafen, sie hätte schon vergessen, dass die Mutter mit dem Mittagessen auf dem Tisch sie erwartete, die Mutter, die endlich zum Sohn, dem Seemann, sagen würde, lass uns essen, denn mit deiner Schwester kann man zurzeit nicht rechnen, sie ist wie ausgewechselt, so sind die Widersprüche und Ungerechtigkeiten des Lebens, hier ist Ricardo Reis, der keinerlei Recht hätte, diese letzten, anklagenden Worte auszusprechen.

Lídia erschien an der Schlafzimmertür, schon fertig zum Weggehen, sie sagte, bis zur nächsten Woche, sie geht unglücklich, und er bleibt unglücklich zurück, sie, ohne zu wissen, was sie Böses getan hat, er, wissend, dass ihm Böses widerfahren ist. Man hört das Wasser rauschen, es riecht nach heißem Dampf, der sich in der Wohnung ausbreitet. Ricardo Reis bleibt noch einige Minuten liegen, er weiß, dass die Wanne riesig ist, ein

Mittelmeer bei Flut, schließlich erhebt er sich, wirft die Kleidung über die Schulter, und mit den Pantoffeln schlurfend begibt er sich ins Badezimmer, schaut auf den beschlagenen Spiegel, worin er sich glücklicherweise nicht sehen kann, es muss sich dabei zu gewissen Zeiten um eine Art Nächstenliebe der Spiegel handeln, dann überlegte er, das ist nicht des Mannes Tod, das passiert allen, eines Tages musste es mir ja passieren, was ist Ihre Meinung, Senhor Doktor? Beunruhigen Sie sich nicht, ich werde Ihnen einige neuartige Pillen verschreiben, die dieses kleine Problem lösen, wichtig ist, dass man sich nicht an den Fall klammert, gehen Sie aus, lenken Sie sich ab, gehen Sie ins Kino, wenn es wirklich das erste Mal war, dann können Sie sich noch glücklich schätzen. Ricardo Reis drehte den Wasserhahn zu, zog sich aus, kühlte den großen heißen Teich mit etwas kaltem Wasser und tauchte langsam hinein, als würde er der Welt der Luft entsagen. Wie losgelöst strebten die Glieder der Wasseroberfläche zu, sie schwebten zwischen zwei Wassern, auch das welke Glied bewegte sich, gefangen wie eine Alge an ihrer Wurzel, schwankend, jetzt wagte Ricardo Reis nicht, es mit der Hand zu berühren, er schaute nur, und es war, als ob es ihm nicht gehörte, wer ist wessen, ist es meins, oder bin ich seins, er suchte die Antwort nicht, die Frage war schon beängstigend genug.

Es war drei Tage später, als Marcenda in der Praxis erschien. Sie hatte der Sprechstundenhilfe erklärt, dass sie als Letzte an der Reihe sein wolle, dass sie keine Patientin sei, sagen Sie bitte dem Senhor Doktor, dass Marcenda Sampaio hier ist, aber erst wenn keine Patienten mehr da sind, und damit steckte sie ihr einen Zwanzig-Escudo-Schein in die Tasche, als der Moment gekommen war, überbrachte die Sprechstundenhilfe die Nachricht, Ricardo Reis hatte schon den weißen Kittel ausgezogen, ein Ordenskleid, das einem Talar glich, der ihm kaum bis zu den Knien reichte, deshalb war er noch lange kein Hohepriester dieser sanitären Religion, lediglich ein Küster, der die Ölkännchen ausgoss und reinigte, die Kerzen anzündete und auslöschte, die Urkunden ausfüllte, die des Todes selbstredend, mitunter verspürte er einen vagen Kummer, einen Unwillen, dass er sich nicht auf Gynäkologie spezialisiert hatte, nicht weil es sich um die wertvollsten, um die intimsten Organe der Frau handelte, sondern weil durch sie die Kinder hervorgebracht wurden, die der anderen, sie dienen als Ausgleich dafür, dass die eigenen fehlen oder wir sie nicht kennen. Er würde die neuen Herzen der Welt klopfen hören, zuweilen könnte er mit den Händen die winzigen, schmutzigen, klebrigen Lebewesen empfangen, zwischen Blut und Schleim, zwischen Tränen und Schweiß, könnte ihren ersten Schrei hören, jenen, der keinen Sinn hat oder dessen Sinn wir nicht kennen. Er zog den Kittel wieder über, mühte sich mit den plötzlich verdrehten Ärmeln ab, er zögerte, ob er Marcenda an der Tür empfangen oder hinter dem Schreibtisch erwarten sollte, die Hand professionell auf dem Vademekum ruhend, Quelle aller Weisheit, Bibel der Schmerzen, schließlich trat er ans Fenster, das auf den Platz hinausging, den Blick auf die Ulmen gewährte, die blühenden Linden, das Denkmal des Musketiers, hier würde er Marcenda gern empfangen, wenn nicht das Verhalten absurd wäre, ihr zu sagen, es ist Frühling, sehen Sie, wie allerliebst, die Taube dort auf dem Kopf von Camões, die andern ruhen auf seinen Schultern, das ist die einzige Rechtfertigung und der einzige Nutzen der Denkmäler, den Tauben als Sitzplatz zu dienen, jedoch die Etikette der Welt ist stärker, Marcenda erschien an der Tür, bitte treten Sie ein, sagte höflich die Sprechstundenhilfe, ein scharfsinniges Geschöpf, sehr kompetent in der Kunst, die gesellschaftliche Stellung und die Größe des Reichtums abzuschätzen, Ricardo Reis vergaß die Ulmen, die Linden, die Tauben flatterten fort, irgendetwas hatte sie erschreckt, oder sie bekamen Lust, die Flügel zu bewegen, zu fliegen, auf der Praça de Luís de Camões ist das ganze Jahr über die Jagd verboten, wenn diese Frau eine Taube wäre und nicht fliegen könnte, ein Flügel ist verletzt. Wie geht es Ihnen, Marcenda, ich freue mich, Sie zu sehen, und wie geht es Ihrem Vater? Gut, vielen Dank, Senhor Doktor, er konnte nicht kommen, er schickt Ihnen Grüße, solcherart informiert, zog sich die Sprechstundenhilfe zurück, schloss die Tür. Ricardo Reis' Hände drückten noch immer die Hand Marcendas, sie schwiegen beide, er wies mit einer Geste auf einen Stuhl, sie setzte sich, sie hatte die linke Hand in der Tasche gelassen, selbst die Sprechstundenhilfe würde trotz ihres überscharfen Blicks schwören, dass in das Sprechzimmer des Doktor Ricardo Reis jetzt eine Person eingetreten sei, die keine Behinderung habe, und gar nicht hässlich, nur etwas mager, aber da sie so jung ist, steht es ihr gut. Also, sprechen Sie von Ihrer Gesundheit, und Marcenda erzählte, es ist alles beim Alten, es ist wahrscheinlich, dass ich keinen Arzt mehr aufsuche, wenigstens keinen in Lissabon. Gibt es keine Anzeichen von Belebung, von Regungen, keinerlei Veränderung des Empfindungsvermögens? Nichts, was die Arbeit lohnen würde, die Hoffnung zu verteidigen. Und das Herz? Das funktioniert, wollen Sie sehen? Ich bin nicht Ihr Arzt. Aber jetzt sind Sie doch Herzspezialist, haben mehr Kenntnisse, ich kann Sie konsultieren. Die Ironie steht Ihnen nicht gut, ich begnüge mich damit, mein Bestes zu tun, und das ist wenig, ich vertrete lediglich vorübergehend einen Kollegen, ich habe es Ihnen in meinem Brief erklärt. In einem Ihrer Briefe. Tun Sie so, als hätten Sie den anderen nicht erhalten, als wäre er unterwegs verlorengegangen. Bereuen Sie es, ihn geschrieben zu haben? Die unnützeste Sache dieser Erde ist die Reue, im Allgemeinen will der, der von Reue spricht, nur Verzeihung und Vergessen erheischen, im Grunde fährt jeder von uns fort, sich seiner Schuld zu rühmen. Ich bereue es auch nicht, in Ihre Wohnung gekommen zu sein, auch heute nicht, und wenn es eine Schuld ist, dass ich mich küssen ließ, wenn es Schuld ist, dass ich küsste, dann rühme ich mich gleichfalls dieser Schuld. Zwischen uns gab es mehr als einen Kuss, denn ein Kuss ist keine Todsünde. Es war mein erster Kuss, vielleicht bereue ich es deshalb nicht. Hat Sie jemand zuvor geküsst? Es war mein erster Kuss. Ich muss gleich die Praxis schließen, wollen Sie nicht zu mir nach Hause kommen, dort könnten wir uns besser unterhalten? Nein. Wir würden getrennt hingehen, in großem Abstand, so würde ich Sie nicht kompromittieren. Ich ziehe es vor, hierzubleiben, solange ich darf. Ich werde Ihnen nichts tun, ich bin ein ruhiger Mensch. Was soll dieses Lächeln bedeuten? Nichts Besonderes, es bestätigt nur die Ruhe eines Menschen, oder wenn Sie wollen, dass ich mich genauer ausdrücke, würde ich sagen, dass in mir zurzeit absolute Ruhe herrscht, die Wasser schlafen, das sollte mein Lächeln erklären. Ich ziehe es vor, nicht Ihre Wohnung aufzusuchen, ich bleibe lieber hier und unterhalte mich, tun Sie so, als wäre ich eine Patientin. Was sind also Ihre Beschwerden? Dieses Lächeln gefällt mir besser. Mir auch, das andere hat mir selbst nicht gefallen. Marcenda zog die linke Hand aus der Tasche, schob sie im Schoß zurecht, legte die andere Hand auf sie, es schien, als würde sie beginnen, ihre Beschwerden darzulegen, stellen Sie sich vor, Senhor Doktor, dieser Arm ist mein Glück, ich hatte im Leben schon ein verwirrtes Herz, doch von diesen Worten benutzte sie nur drei. Das Leben ist eine Verwirrung des Glücks, wir haben so weit entfernt voneinander gewohnt, der Altersunterschied ist so groß, die Schicksale sind so verschieden. Sie wiederholen, was Sie in Ihrem Brief geschrieben haben. Ich mag Sie, Ricardo, ich weiß nicht, wie sehr. Ein Mann, der in das bewusste Alter kommt, wirkt lächerlich, wenn er Liebeserklärungen macht. Mir hat es gutgetan, sie zu lesen, und es tut mir gut, sie zu hören. Ich mache doch gar keine Liebeserklärung. Doch. Wir sind dabei, Höflichkeiten auszutauschen, Blumensträuße, es ist wahr, dass sie hübsch sind, die Blumen, aber sie sind schon geschnitten, tot, sie wissen es nicht, und wir tun so, als ob wir es nicht wüssten. Ich stelle meine Blumen ins Wasser und schaue sie an, solange sie ihre Farbe behalten. Ihre Augen werden keine Zeit haben zu ermüden. Jetzt schaue ich auf Sie. Ich bin keine Blume. Sie sind ein Mann, ich bin in der Lage, den Unterschied zu begreifen. Ein ruhiger Mann, jemand, der sich ans Flussufer gesetzt hat, um zu sehen, was der Fluss trägt, vielleicht darauf wartend, sich selbst in der Strömung vorbeiziehen zu sehen. In diesem Moment, glaube ich, sehen Sie mich, der Ausdruck Ihrer Augen sagt es mir. Das ist wahr, ich sehe Sie sich entfernen wie ein blühender Strauß und ein daraufsitzender singender Vogel. Bringen Sie mich nicht zum Weinen. Ricardo Reis ging zum Fenster und schob halb die Gardine beiseite. Auf der Statue saßen keine Tauben, sie flogen in schnellen Kreisen über den Platz, taumelnd wie ein Wirbel. Marcenda trat ebenfalls heran, als ich herkam, saß eine Taube auf dem Arm, neben dem Herzen. Das tun sie oft, es ist ein geschützter Platz. Von hier sieht man es nicht. Er steht mit dem Rücken zu uns. Der Vorhang schloss sich wieder. Sie entfernten sich vom Fenster, Marcenda sagte, ich muss gehen. Ricardo Reis hielt ihre linke Hand, er führte sie an die Lippen, dann hauchte er sie ganz langsam an, als wollte er einen vom Frost erstarrten Vogel wiederbeleben, im nächsten Moment war es der Mund Marcendas, den er küsste, und sie küsste ihn, der zweite, freiwillige Kuss, und da strömt Ricardo Reis' Blut wie eine Kaskade brausend in die tiefen Kavernen, eine metaphysische Art zu sagen, dass sich sein Geschlecht erhebt, letztlich war es also nicht tot, wie gut, dass ich ihm empfohlen hatte, sich nicht zu sorgen. Marcenda spürte es, deshalb wich sie etwas zurück, um es wieder zu spüren, näherte sie sich erneut, und sie würde es abstreiten, würde man sie verhören, verrückte

Jungfrau, doch die Münder wichen nicht, schließlich stöhnte sie, ich muss gehen, sie entzog sich seinen Armen, kraftlos setzte sie sich auf einen Stuhl, Marcenda, heiraten Sie mich, bat Ricardo Reis, sie wurde plötzlich blass und sah ihn an, dann sagte sie, nein, sie sagte es sehr langsam, es schien unmöglich, dass ein so kurzes Wort so viel Zeit zum Aussprechen benötigte, viel mehr als die anderen, die sie dann sagte, wir wären nicht glücklich. Einige Minuten lang schwiegen sie, zum dritten Mal sagte Marcenda, ich muss gehen, aber dieses Mal erhob sie sich und ging zur Tür, er folgte ihr, wollte sie zurückhalten, aber sie war schon im Flur, an dessen Ende die Sprechstundenhilfe erschien, da sagte Ricardo Reis mit lauter Stimme, ich begleite Sie, und so tat er es, sie drückten sich zum Abschied die Hände, meine besten Grüße an Ihren Vater, sie sprach von etwas anderem, eines Tages, beendete aber den Satz nicht, jemand wird ihn fortsetzen, wer weiß, wann und wozu, ein anderer wird ihn später beenden, wer weiß, wo, vorläufig ist es nur dies, eines Tages. Die Tür ist geschlossen, die Sprechstundenhilfe fragt, braucht der Senhor Doktor mich noch. Nein. Dann, wenn Sie erlauben, es sind schon alle gegangen, die anderen Doktoren auch. Ich bleibe noch ein paar Minuten, ich muss einige Papiere ordnen. Guten Tag, Senhor Doktor. Guten Tag, Fräulein Carlota, denn das war ihr Name.

Ricardo Reis kehrte ins Sprechzimmer zurück, er schlug die Gardine zurück. Marcenda war noch nicht am unteren Treppenende angelangt. Der Schatten des späten Nachmittags bedeckte den Platz. Die Tauben hatten sich in die hohen Äste der Ulmen zurückgezogen, still wie Gespenster oder wie Schatten der anderen Tauben, die sich in früheren Zeiten auf denselben Zweigen niedergelassen hatten, oder in den Ruinen, die es an dieser Stelle gab, bevor das Terrain geräumt wurde, um diesen Platz anzulegen und die Statue zu errichten. Jetzt überquerte Marcenda den

Platz in Richtung der Rua do Alecrim, sie drehte sich um, um zu sehen, ob die Taube noch immer auf Camões Arm ruhte, und zwischen den blühenden Zweigen der Linden erkannte sie eine weiße Gestalt hinter den Scheiben, falls jemand diese Bewegungen bemerkt haben sollte, wird er nicht ihren Sinn verstanden haben, nicht einmal Carlota, die sich auf einen Treppenabsatz postiert hatte, aus Misstrauen, um festzustellen, ob die Besucherin zur Praxis zurückkehren würde, um ungestört mit dem Doktor sprechen zu können, das wäre nicht so schlecht gedacht, aber Marcenda dachte nicht an so etwas, und Ricardo Reis stellte sich selbst nicht die Frage, ob er aus diesem Grund geblieben war.

Einige Tage später traf ein Brief ein, das bekannte Blassviolett, derselbe schwarze Stempel auf der Marke, dieselbe Handschrift, die, wie wir wissen, unsicher ist, weil beim Schreiben die Unterstützung der anderen Hand fehlt, dasselbe lange Zögern, bevor Ricardo Reis den Umschlag öffnete, derselbe verlöschende Blick, dieselben Worte, groß war die Unvorsichtigkeit, Sie aufzusuchen, es wird nicht wieder vorkommen, wir werden uns niemals wiedersehen, aber glauben Sie mir, Sie werden immer in meiner Erinnerung bleiben, solange ich lebe, wenn die Dinge anders lägen, wenn ich älter wäre, wenn dieser Arm, hoffnungslos, ja, es ist wahr, ich bin bar jeder Illusion, der Arzt hat letztlich zugegeben, dass es für mich keine Heilung gibt, dass die Lichtbäder, die galvanischen Ströme, die Massagen verlorene Zeit sind, ich habe das schon erwartet, es brachte mich nicht einmal zum Weinen, und ich bin auch nicht meinetwegen bekümmert, es ist nur wegen meines Armes, ich sorge mich um ihn wie um ein Kind, das niemals die Wiege verlassen kann, ich verhätschele ihn, als würde er nicht zu mir gehören, ein auf der Straße gefundenes Tierchen, armer Arm, was täte er ohne mich, adieu, mein Freund, mein Vater meint noch immer, dass ich nach Fátima gehen soll, ich werde es tun, nur um ihm einen Gefallen zu tun, wenn er das braucht, um seinen Seelenfrieden zu haben, so wird er schließlich denken, dass es der Wille Gottes war, wissend, dass man gegen den Willen Gottes weder etwas tun noch es versuchen sollte, im Gegenteil, ich bitte Sie, sich an jeden Tag zu erinnern, doch schreiben Sie mir nicht, ich werde nicht mehr zum Postamt gehen, und jetzt schließe ich, mache Schluss mit alldem. Marcenda schreibt nicht auf diese Art, sie ist sehr genau in der Befolgung der syntaktischen Regeln, gewissenhaft in der Zeichensetzung, aber wie Ricardo Reis las, von Zeile zu Zeile springend, auf der Suche nach dem Wichtigsten, übersah er das gesamte Gewebe, ein oder zwei Ausrufezeichen, einige vielsagende Pünktchen, und selbst als er zum zweiten und dritten Mal las, las er nicht mehr, als er beim ersten Mal gelesen hatte, weil er alles gelesen hatte, wie Marcenda alles gesagt hatte. Ein Mann erhält einen versiegelten Brief beim Verlassen des Hafens, öffnet ihn auf hoher See, nur Wasser und Himmel und die Planke, auf die er den Fuß setzt, und was jemand in dem Brief schreibt, ist, dass er von jetzt an keinen Hafen mehr haben wird, den er anlaufen kann, kein unbekanntes Land mehr entdecken kann, kein anderes Schicksal als das des Fliegenden Holländers, nur noch auf See kreuzen, die Segel setzen und einholen, Wasser auspumpen, stopfen und flicken, Rost abkratzen, warten. Er geht zum Fenster, noch mit dem Brief in der Hand, er sieht den Giganten Adamastor, die zwei Alten, die in seinem Schatten sitzen, und er fragt sich, ob dieser Kummer nicht eine Vorstellung von ihm ist, eine theatralische Gebärde, ob er denn in Wahrheit einmal daran geglaubt hatte, Marcenda zu lieben, ob er in seinem dunklen Innern sie wirklich heiraten wollte und warum, ob nicht alles eine banale Folge der Einsamkeit war, des puren Bedürfnisses, daran zu glauben, dass im Leben einige gute Dinge möglich sind, die Liebe zum Beispiel, das Glück, von dem in jeder Stunde die Unglücklichen sprechen, mögliches Glück und mögliche Liebe für diesen Ricardo Reis oder jenen Fernando Pessoa, wenn er nicht schon tot wäre. Marcenda gibt es, ohne Zweifel, dieser Brief wurde von ihr geschrieben, aber Marcenda, wer ist sie, was gibt es Gemeinsames zwischen jenem Mädchen, zuerst gesehen im Speisesaal des Hotels Bragança, als sie noch keinen Namen hatte, und diesem, in deren Namen und Person sich Gedanken, Gefühle vereinten, und Worte, die ein Ricardo Reis dachte, fühlte und sagte, Marcenda als Fixpunkt, wer war sie also, wer ist sie heute, da sie vom Meer ist, das sich glättet, wenn das Schiff vorüber ist, noch etwas Schaum, der Wirbel durch das Ruder, wo bin ich vorbeigefahren, was ist an mir vorbeigefahren. Ricardo Reis liest noch einmal den Brief, den Schluss, wo geschrieben steht, schreiben Sie mir nicht, und er sagt sich, dass er die Bitte nicht befolgen werde, er wird antworten, ja, um zu sagen, er weiß nicht, was, es wird sich finden, und wenn sie hält, was sie verspricht, wenn sie nicht zum Postamt geht, dann wartet der Brief eben, was macht es schon, dass er geschrieben wurde, selbst wenn er nicht gelesen wird. Doch gleich darauf erinnerte er sich daran, dass bei der Bekanntheit Doktor Sampaios in Coimbra, ein Notar ist immer eine lebendige Kraft, und weil bei der Post, wie allerseits bekannt, viele aufmerksame und willige Beamte sitzen, die Möglichkeit nicht ausgeschlossen war, selbst wenn es unwahrscheinlich wäre, dass der geheime Brief in der Wohnung landen würde oder, noch schlimmer, im Notariat, und zwar dann mit Skandal. Er wird nicht schreiben. In diesem Brief hätte er geschrieben, was nicht ausgesprochen worden war, nicht so sehr mit der Hoffnung, die Richtung der Dinge selbst zu ändern, sondern damit es klar und verständlich wird, dass der Dinge so viele sind, dass die Richtung sich auch nicht ändern würde, wenn man alles über sie sagte. Aber er würde es wenigstens gern sehen, wenn Marcenda wüsste, dass der Doktor Ricardo Reis, genau der, der sie geküsst und um ihre Hand angehalten hatte, ein Dichter ist, nicht nur ein einfacher praktischer Arzt, eine Vertretung ausübend und für Herzkrankheiten und Schwindsucht zuständig, wenn auch kein abgewrackter Ersatz, obwohl ihm wissenschaftliche Kenntnisse fehlen, denn seit er zu praktizieren begonnen hat, ist die Sterblichkeitsrate bei Herzschwächen nicht dramatisch angestiegen. Er stellt sich die Reaktion Marcendas vor, die Überraschung, die Bewunderung, wenn er ihr rechtzeitig gesagt hätte, wissen Sie, Marcenda, dass ich ein Dichter bin, in einem lässigen Ton, so als würde er dieser Sache wenig Bedeutung beimessen, natürlich würde sie die Bescheidenheit bemerken, und sie würde gern mehr erfahren, wäre sie romantisch, würde sie mit süßer Sanftheit blicken, dieser Mann, fast fünfzig Jahre alt, der mich gernhat, ist ein Dichter, wie schön, was für ein Glück für mich, jetzt sehe ich, wie anders es ist, von einem Dichter geliebt zu werden, ich werde ihn darum bitten, aus seinen Dichtungen vorzulesen, bestimmt wird er mir einige zueignen, das ist so üblich bei den Dichtern, sie widmen viel. Dann würde Ricardo Reis erklären, um eventueller Eifersucht aus dem Wege zu gehen, dass jene Frauen, von denen Marcenda hören wird, keine wirklichen Frauen sind, sondern lyrische Abstraktionen, Vorwände, erfundene Sprecher, wenn den Namen Sprecher jemand verdient, dem keine Stimme gegeben wurde, man bittet die Musen nicht, zu sprechen, nur dass sie da sind, Neera, Lídia, Chloe, schauen Sie nur, wie Zufälle sind, vor so vielen Jahren habe ich Gedichte für eine unbekannte, körperlose Lídia geschrieben, und im Hotel habe ich eine Angestellte mit diesem Namen getroffen, nur der Name, denn ansonsten sind sie einander nicht ähnlich. Ricardo Reis erklärt und erklärt, nicht weil es der zweifelhafte Punkt der Materie wäre, sondern weil er den nächsten Schritt fürchtet, welches Gedicht wird er auswählen, was wird Marcenda sagen, wenn sie es gehört hat, welch einen Ausdruck wird ihr Gesicht annehmen, vielleicht wird sie darum bitten, mit eigenen Augen zu sehen, was sie gehört hat, mit leiser Stimme wird sie es selbst lesen, in blumengleich unklarem Sinn, so wie des Flusses Wellen jener selbst sind, sollst du deine Tage sehen, und wenn du dich selbst vorbeiziehn siehst wie jemand anders, schweige still. Sie las es und las es wieder, man erkennt an ihrem Blick, dass sie es verstanden hat, wahrscheinlich hat ihr eine Erinnerung geholfen, die an jene Worte, die er im Sprechzimmer gesagt hatte, als sie das letzte Mal zusammen waren, jemand, der sich ans Flussufer gesetzt hat, um zu sehen, was der Fluss trägt, vielleicht darauf wartend, sich selbst in der Strömung vorbeiziehen zu sehen, natürlich muss es zwischen Prosa und Poesie gewisse Unterschiede geben, deshalb habe ich es zum ersten Mal so gut verstanden, und jetzt verstehe ich es so schlecht. Ricardo Reis fragt, hat es Ihnen gefallen, und sie sagt, oh, es hat mir sehr gefallen, es kann keine bessere und treffendere Meinung geben, jedoch, die Dichter sind jene ewig Unzufriedenen, diesem wurde das Höchstmögliche gesagt, selbst Gott würde gern hören, dass man das von der Welt sagte, die er geschaffen hat, und schließlich wird sein Blick von Melancholie getrübt, hier steht Adamastor, der sich nicht vom Marmor lösen kann, worin ihn Irrtum und Enttäuschung gefesselt halten, Fleisch und Knochen in Fels verwandelt, die Zunge versteinert. Warum sind Sie so schweigsam, fragt Marcenda, und er antwortet nicht.

Wenn das die Schmerzen eines Einzelnen sind, Portugal als Ganzem fehlt es nicht an Freuden. Jetzt feierte man zwei Daten, das erste war das Erscheinen des Professors António Oliveira de Salazar im öffentlichen Leben, vor acht Jahren, es scheint, als ob es erst gestern gewesen wäre, wie die Zeit vergeht, um sein und unser Land vor dem Abgrund zu retten, um es zu erneuern, ihm eine neue Doktrin zu verleihen, Glaube, Enthusiasmus und Vertrauen in die Zukunft, das sind die Worte der Zeit, und das andere Datum, das sich ebenfalls auf denselben Senhor Professor bezieht, Erfolg einer mehr intimen Freude, seiner und unserer, das war, weil er gleich am nächsten Tag siebenundvierzig Jahre alt wurde, er wurde in dem Jahr geboren, als Hitler auf die Welt kam, nur mit wenigen Tagen Unterschied, seht mal an, was es für Zufälle gibt, zwei so bedeutende Männer der Öffentlichkeit. Und wir werden das Nationalfest der Arbeit haben, mit einem Vorbeimarsch von Tausenden von Werktätigen in Barcelos, alle mit ausgestrecktem Arm, auf römische Art, die Geste ist ihnen aus der Zeit geblieben, als Braga sich Bracara Augusta nannte, und hundert geschmückte Wagen zeigen Szenen aus der Landarbeit, dieser veranschaulicht die Weinlese, jener das Keltern, dieser das Jäten, jener das Mähen, dieser das Dreschen, und der die Töpferei, Hähne und Pfeifen werden dort hergestellt, die Klöpplerin mit den Klöppeln, den Fischer mit Netz und Ruder, den Müller mit Esel und Mehlsack, die Spinnerin mit Spindel und Rocken, damit sind es zehn Wagen, und es kommen noch neunzig, das portugiesische Volk strengt sich sehr an, um gut und arbeitsam zu sein, nun denn, es gelingt ihm, aber als Ausgleich fehlt es ihm nicht an Vergnügungen, die Konzerte der philharmonischen Orchester, die Lampionzüge, das gemeinschaftliche Essen, Feuerwerk, Blumenschlachten, Armenspeisungen, ein Fest ohne Ende. Hören Sie, angesichts dieser herrlichen Freude können wir wohl verkünden, es ist sogar unsere Pflicht, dass die Feierlichkeiten des Ersten Mai überall ihren klassischen Sinn verloren haben, es ist nicht unsere Schuld, dass sie in Madrid auf den Straßen feiern, dabei die Internationale singen und die Revolution hochleben lassen, das sind Exzesse, die in unserem Vaterland nicht erlaubt sind, a Dios gracias, bekunden im Chor die fünfzigtausend Spanier, die in dieser Oase des Friedens Zuflucht gesucht haben. Jetzt werden wir es ganz bestimmt erleben, dass soundso viele Franzosen herunterkommen, denn die Linke hat dort die Wahlen gewonnen, und der Sozialist Blum hat sich bereit erklärt, eine Volksfrontregierung zu bilden. Auf der erhabenen Stirn Europas ziehen sich Sturmwolken zusammen, es genügte ihnen nicht, schon den zornigen spanischen Stier auf die Seite geworfen zu haben, jetzt triumphiert Chantecler mit seinem flammenden Hahnengeschrei, doch letztlich ist der erste Mais für die Spatzen, das Bessere der Ernte ist für den, der es verdient, hören wir gut auf den Marschall Pétain, der trotz seines hohen Alters, achtzig ehrwürdige Sommer, nicht auf den Worten herumkaut, nach meiner Meinung, verkündete der Greis, ist alles unheilvoll, was international ist, alles, was national ist, ist nützlich und fruchtbar, ein Mann, der so spricht, wird nicht sterben, ohne den anderen die gegenständlichsten Zeichen seiner selbst zu geben.

Und der Krieg in Äthiopien ist zu Ende. Mussolini hat es vom Balkon des Palastes herab verkündet, ich teile dem italienischen Volk und der Welt mit, dass der Krieg beendet ist, und auf diese herrische Stimme hin schreien die Mengen Roms, Mailands, Neapels, ganz Italiens, Millionen von Mündern schreien den Namen des Duce, die Bauern verlassen die Felder, die Arbeiter die Fabriken, in patriotischem Delirium tanzen und singen sie in den Straßen, es ist wirklich wahr, was Benito verkündete, dass Italien eine imperiale Seele habe, deshalb haben sich aus den historischen Gräbern die majestätischen Schatten von Augustus, Tiberius, Caligula, Nero, Vespasianus, Nerva, Septimius Severus, Domitianus, Caracalla e tutti quanti erhoben, ihre antike Würde nach Jahrhunderten des Wartens und der Hoffnung zurückerhaltend, da sind sie und bilden Spalier, bilden die Ehrenwache für den neuen Thronfolger, die mehr als erhabene Figur, den stolzen Thron des Vittorio Emanuele III., der mit allen Buchstaben und in allen Sprachen zum Imperator des Italienischen Ostafrikas ausgerufen wurde, währenddessen Winston Churchill seinen Segen dazu gibt. Der gegenwärtige Zustand der Welt, die Weiterführung oder Ausweitung von Sanktionen gegen Italien kann einen schrecklichen Krieg zur Folge haben, ohne dass es den geringsten Nutzen für das äthiopische Volk brächte. Doch wir wollen uns beruhigen, ja. Krieg, wenn es ihn gibt, wird

Krieg sein, denn das ist der Name, aber schrecklich nicht, denn schrecklich war auch der Krieg gegen die Abessinier nicht.

Addis Abeba, o linguistischer Charme, o poetische Völker, bedeutet Neue Blume. Addis Abeba steht in Flammen, die Straßen sind mit Toten übersät, Straßenräuber brechen in die Wohnungen ein, vergewaltigen, plündern, schlachten Frauen und Kinder ab, während sich Badoglios Truppen nähern. Der Negus flüchtete ins französische Somaliland, von wo er an Bord eines britischen Kreuzers nach Palästina abreisen wird, und eines Tages, so gegen Ende des Monats, in Genf, vor dem feierlichen Forum des Völkerbundes, wird er fragen, welche Antwort soll ich meinem Volk mitnehmen, aber es wird keine Antwort darauf geben, davor werden ihn die anwesenden italienischen Journalisten auspfeifen, da wollen wir toleranter sein, es ist bekannt, dass die nationalistischen Übertreibungen leicht die Klugheit erblinden lassen. Addis Abeba steht in Flammen, die Straßen sind mit Toten übersät, Straßenräuber brechen in die Wohnungen ein, vergewaltigen, plündern, schlachten Frauen und Kinder ab, während sich Badoglios Truppen nähern. Mussolini verkündete, es kam zu einem großen Ereignis, das das Schicksal Äthiopiens prägt, und der weise Marconi sah voraus, jene, die beabsichtigen, Italien zu brüskieren, begehen die schlimmste der Tollheiten, und Eden drängt, die Umstände lassen die Aufhebung der Sanktionen ratsam erscheinen, und der Manchester Guardian, das englische Regierungsorgan, stellt fest, es gibt zahlreiche Gründe dafür, dass Deutschland Kolonien erhalten sollte, und Goebbels entscheidet, der Völkerbund ist gut, aber Flugzeugstaffeln sind besser. Addis Abeba steht in Flammen, die Straßen sind mit Toten übersät, Straßenräuber brechen in die Wohnungen ein, vergewaltigen, plündern, schlachten Frauen und Kinder ab, während sich Badoglios Truppen nähern, Addis Abeba steht in Flammen, Häuser brannten, Truhen und Wände sind geplündert, die vergewaltigten Frauen werden gegen zusammengestürzte Mauern geschleudert, das Blut der von Lanzen durchbohrten Kinder bildet Lachen in den Straßen. Ein Schatten umwölkt Ricardo Reis' Stirn, was ist das, wieso diese Einmischung, die Zeitung informiert mich lediglich darüber, dass Straßenräuber plündern, vergewaltigen, abschlachten, während sich Badoglios Truppen nähern, der Diário de Notícias spricht weder von Frauen, die gegen Mauern geschleudert werden, noch von lanzendurchbohrten Kindern, von Addis Abeba ist nicht bekannt, dass dort Schachspieler dem Schachspiel frönen. Ricardo Reis holte sich vom Nachttisch The God of the Labyrinth, hier steht es, auf der ersten Seite, die Figur, die vom ersten Schachspieler entgegengesetzt wurde, besetzte mit ausgebreiteten Armen die Felder der Bauern, des Königs und der Königin und die nächsten beiden Felder in Richtung des gegnerischen Feldes, die linke Hand auf einem weißen, die rechte Hand auf einem schwarzen Feld, auf allen übrigen Seiten des Buches gibt es weiter keinen Toten, logisch, denn hier sind die Truppen Badoglios nicht vorbeigekommen. Ricardo Reis lässt The God of the Labyrinth an seinem Platz, er weiß endlich, was er sucht, er öffnet eine Schublade des Schreibtisches, der dem Richter des Landgerichts gehört hatte und in dem zu dessen Zeiten die handschriftlichen Kommentare zum Zivilgesetzbuch aufbewahrt gewesen waren, er zieht die zusammengeschnürte Mappe hervor, die seine Oden enthält, die geheimen Verse, von denen er nie zu Marcenda gesprochen hatte, die handbeschriebenen Blätter, ebenfalls Kommentare, denn das ist mit allem so, Lídia wird sie eines Tages finden, schon zu einer anderen Zeit, die der unwiderruflichen Abwesenheit. Meister, wie heiter sind doch, heißt es auf dem ersten Blatt, und an diesem ersten Tag heißt es auf anderen Blättern, die Götter, die verbannten, bekränzt mich in Wahrheit mit Rosen, und wieder auf anderen, Gott Pan ist nicht gestorben, Apollos Wagen rollte, und noch einmal die bekannte Einladung, komm, setz dich zu mir, Lídia, an des Flusses Ufer, es ist Juni und brennend heiß, der Krieg ist nicht mehr weit, in der Ferne zeigen sich die Berge in Sonne und Schnee, nur die Blumen entziehen sich dem Blick, die Blässe des Tages ist leicht vergoldet, behalte frei deine Hände, denn weise ist, wer sich mit dem Welttheater begnügt. Blatt folgt auf Blatt, wie Tag auf Tag vergeht, es ruht das Meer, heimlich stöhnen die Winde, jedes Ding zu seiner Zeit hat seine Zeit, solcherart vergehen viele Tage, beharrlich folgt der benetzte Finger den Blättern, nicht wenige waren es, hier ist es, ich hörte erzählen, dass einst, als Persien, das ist das Blatt, kein anderes, das ist das Schachspiel, und wir sind die Spieler, ich, Ricardo Reis, du, mein Leser, es brennen die Häuser, geplündert sind Truhen und Wände, doch wenn der König aus Elfenbein in Gefahr ist, was kümmern einen da das Fleisch und die Knochen der Schwestern, der Mütter und Kinder, wenn Fleisch und Knochen in Fels verwandelt sind, in Schachspieler und Schach. Addis Abeba heißt Neue Blume, alles andere ist gesagt. Ricardo Reis legt die Verse zurück und schließt die Schublade. Städte fallen und Völker leiden, es enden Freiheit und Leben, machen wir es den Persern dieser Geschichte nach, wenn wir Italiener den Negus im Völkerbund auspfiffen, so zwitschern wir Portugiesen in die sanfte Brise, wenn wir unsere Haustür verlassen. Der Doktor ist guter Laune, wird die Nachbarin aus dem dritten Stock bemerken. Das kann er auch, wird die aus dem ersten Stock hinzufügen, jede gab ihr Urteil über das ab, was ihr schien, nicht darüber, was sie wirklich wusste, also nichts, denn der Doktor aus dem zweiten Stock sprach lediglich mit sich selbst.

Ricardo Reis liegt, Lídias Kopf ruht auf seinem rechten Arm, nur ein Tuch bedeckt ihre schwitzenden Körper, er ist nackt, ihr Hemd ist bis zur Hüfte hochgerollt, sie denken an nichts, vielleicht hatten sie nur zu Beginn des Morgens gedacht, an dem er begriff, dass er nicht konnte, und sie nicht wusste, was sie Schlechtes getan haben sollte, dass er sie zurückwies, Ruhe überkam sie bald. Auf den hinteren Veranden wechselten die Nachbarinnen doppeldeutige Worte, von Gesten unterstützt, von Augenzwinkern, da sind sie wieder, das hat die Welt noch nicht gesehen, nicht zu glauben, wie schamlos, wie viel müssten sie mir geben, nicht für Gold oder Silber, auf diesen unglücklichen Vers hätte es die Antwort geben müssen, nicht für Baumwollfäden, wenn diese Frauen nur nicht so bösartig und neidisch wären, wenn sie noch die Mädchen von damals wären, im kurzen Kleidchen tanzend, im Garten Reigenlieder singend, unschuldige Spiele, ach, wie hübsch sie waren. Lídia fühlt sich glücklich, eine Frau, die sich mit so viel Freude hinlegt, hat keine Ohren, was die Stimmen auch Schlechtes durch die Lichtschächte und über die Gärten schicken mögen, es kann sie nicht berühren, auch nicht die bösen Blicke, wenn sie auf der Treppe die ach so tugendhaften und scheinheiligen Nachbarinnen trifft. Gleich muss sie aufstehen, um die Wohnung aufzuräumen, das sich angesammelte schmutzige Geschirr abzuwaschen, die Tücher und Hemden dieses Mannes zu bügeln, der an ihrer Seite liegt, wer kann mir sagen, was ich bin, Freundin, Geliebte, weder das eine noch das andere, von dieser Lídia wird nicht gesagt werden, die Lídia ist mit Ricardo Reis befreundet, oder, kennst du die Lídia, die Geliebte von Ricardo Reis, falls man von ihr einmal sprechen wird, dann so, Ricardo Reis hatte eine Haushaltshilfe, die war nicht übel, für jederlei Dienste war sie zu Willen. Lídia streckt die Beine aus und schiebt sich näher an ihn heran, es ist die letzte Bewegung stillen Genießens, es ist heiß, sagt Ricardo Reis, und sie rückt etwas ab, löst sich aus seinem Arm, dann setzt sie sich im Bett auf, sucht den Rock, es ist Zeit, mit der Arbeit zu beginnen. In diesem Moment sagt er, morgen fahre ich nach Fátima. Sie glaubt, nicht richtig gehört zu haben, und fragt, wohin fahren Sie. Nach Fátima. Ich dachte, Sie hielten nichts von diesen kirchlichen Dingen. Ich fahre aus Neugier. Ich bin noch nie dort gewesen, in meiner Familie gibt man nicht viel auf den Glauben. Man will nur die Bewunderung. Damit wollte Ricardo Reis ausdrücken, dass den Leuten aus dem Volk solche Frömmigkeit eigen ist, und Lídia sagt weder ja noch nein dazu, sie hat das Bett verlassen und zieht sich schnell an, sie hört kaum, wie Ricardo Reis hinzufügt, es ist ein Ausflug für mich, ich bin immer nur hier, sie denkt bereits an anderes, werden Sie länger bleiben, fragt sie. Nein, nur hin und gleich wieder zurück. Und wo schlafen Sie, dort herrscht ein fürchterlicher Andrang, sagt man, da heißt es draußen übernachten. Ich werde es ja erleben, niemand stirbt, wenn er eine Nacht im Freien zubringt. Vielleicht treffen Sie Fräulein Marcenda. Wen? Fräulein Marcenda, sie hat mir gesagt, dass sie diesen Monat nach Fátima wollte. Aha. Und sie hat mir auch gesagt, dass sie den Arzt in Lissabon nicht mehr aufsuchen wird, da es keine Heilung gibt, die Ärmste. Du weißt sehr viel aus dem Leben Fräulein Marcendas. Ich weiß wenig, nur dass sie nach Fátima will und nicht mehr nach Lissabon kommt. Tut es dir leid? Sie hat mich immer gut behandelt. Es ist unwahrscheinlich, dass ich sie in diesem Gewühl treffen werde. Manchmal passiert so was, hier bin ich in Ihrer Wohnung, und was wäre mit mir gewesen, wenn Sie nach Ihrer Rückkehr aus Brasilien in ein anderes Hotel gezogen wären. Das sind die Zufälle des Lebens. Es ist das Schicksal. Es gibt nichts Sichereres als das Schicksal. Der Tod ist noch sicherer. Der Tod gehört auch zum Schicksal. So, jetzt werde ich Ihre Hemden bügeln, abwaschen, und wenn ich noch Zeit habe, meine Mutter besuchen, sie beklagt sich ständig, dass ich nicht komme.

Gegen die Kissen gelehnt, schlug Ricardo Reis ein Buch auf, nicht das von Herbert Quain, zweifelhaft, ob er es jemals auslesen wird, dieses hier hieß Der Verschwundene, von Carlos

Queirós, ein Dichter, der ein Neffe Fernando Pessoas hätte gewesen sein können, wenn es das Schicksal so gewollt hätte. Eine Minute später merkte er, dass er gar nicht las, seine Augen starrten auf eine Seite, auf einen einzigen Vers, dessen Sinn sich plötzlich verschloss, ein besonderes Mädchen, diese Lídia, sie sagt die Dinge so einfach und scheinbar so, als würde sie nur die Haut anderer, tiefer verborgener Worte zeigen, die sie nicht aussprechen kann oder will, wenn ich ihr nicht anvertraut hätte, dass ich beschlossen habe, nach Fátima zu fahren, wer weiß, ob sie mir von Marcenda gesprochen oder geschwiegen hätte, aus Ärger und Eifersucht das Geheimnis für sich behaltend, vielleicht, wie sie es ihm im Hotel bedeutet hatte, und diese beiden Frauen, der Gast und das Zimmermädchen, die Reiche und die Arme, was für eine Unterhaltung würde es zwischen ihnen geben, wenn sie über mich sprächen, ohne gegenseitigen Argwohn, oder im Gegenteil, sich von Eva zu Eva misstrauend, das Spiel spielten, mit Abtasten und Kniffen, Finten, sanften Schmeicheleien, vielsagenden Pausen, wenn es umgekehrt nicht dem Mann zukommt, dieses Damespiel unter der Hülle strotzender Muskeln, es kann sehr wohl geschehen, dass Marcenda eines Tages einfach sagen würde, Doktor Reis hat mich geküsst, aber weiter war nichts, und Lídia würde einfach antworten, ich gehe mit ihm ins Bett, ich tat es, bevor er mich küsste, dann würden sie sich über die Wichtigkeit und Bedeutung dieser Unterschiede auslassen, er küsst mich nur, wenn wir zusammenliegen, davor und dabei, Sie wissen schon, danach niemals. Zu mir hat er gesagt, ich werde Sie küssen, aber das, von dem du sagst, dass ich es weiß, davon weiß ich nur, dass man es tut, aber nicht, wie es ist, weil es mir noch nie geschah. Hören Sie, Fräulein Marcenda, eines Tages werden Sie heiraten, werden Ihren Mann haben und bald sehen, wie es ist. Da du es weißt, sag mir, ob es schön ist. Wenn man denjenigen mag. Und du, magst du ihn? Ja. Ich auch, aber ich werde ihn niemals wiedersehen. Sie könnten heiraten. Wenn wir heirateten, würde ich ihn vielleicht nicht mehr mögen. Ich meinerseits meine, dass ich ihn immer mögen werde, die Unterhaltung war hier nicht vorbei, doch die Stimmen wurden leiser, heimlich, sicherlich sprechen sie von intimen Gefühlen, fraulichen Schwächen, jetzt ist es wirklich ein Gespräch zwischen Eva und Eva, Adam zieht sich zurück, denn er ist überflüssig. Ricardo Reis gab es auf, weiterzulesen, seine eigene Unaufmerksamkeit genügte schon nicht mehr, er entdeckte ein Fischweib auf der Seite, groß geschrieben, oh, Fischweib, geh du, nur du, zuerst vorbei, die Blume deiner Rasse bist du, die stolzeste Grazie des ganzen Landes, Herr, vergib ihnen nicht, denn sie wissen, was sie tun, scharfe poetische Diskussionen gäbe es zwischen Onkel und Neffen, Sie, Pessoa, Sie, Queirós, für mich, was die Götter in ihrer Entscheidung mir überließen, ein waches und ernsthaftes Bewusstsein der Dinge und Lebewesen. Er erhob sich, schlüpfte in die Pantoffeln und zog den Morgenmantel über, robe de chambre in der kulturvolleren französischen Sprache, an den Schienbeinen das Liebkosen des Saumes spürend, ging er auf die Suche nach Lídia. Sie war in der Küche beim Bügeln, sie hatte die Bluse ausgezogen, da sie sich so frischer fühlte, und wie er sie so sah, weiß die Haut und rosig von der Anstrengung, meinte Ricardo Reis, dass er ihr einen Kuss schuldig wäre, er fasste sie zärtlich bei den bloßen Schultern, zog sie an sich, ohne weitere Gedanken, küsste sie mit Bedacht, der Zeit Zeit gebend, den Lippen, der Zunge und den Zähnen Raum gebend, Lídia verging der Atem, der erste Kuss dieser Art, seit sie sich kannten, jetzt könnte sie zu Marcenda sagen, falls sie sie wiedersieht, er hat nicht zu mir gesagt, ich werde dich küssen, er hat mich einfach geküsst.

Am nächsten Tag fuhr Ricardo Reis so früh nach Fátima ab, dass er es für ratsam hielt, sich von seinem Wecker wecken zu lassen. Der Zug verließ um fünf Uhr fünfundfünfzig den Rossio, bereits eine halbe Stunde vor Einfahrt des Zuges war der Bahnsteig überfüllt, Leute jeden Alters, beladen mit Körben, Säcken, Decken, Korbflaschen, sie redeten laut, riefen einander zu. Ricardo Reis besorgte sich eine Fahrkarte erster Klasse, Platzkarte, der Kontrolleur grüßte mit der Mütze in der Hand, wenig Gepäck, ein einfaches Köfferchen, er hatte der Warnung Lídias nicht geglaubt, dort muss man im Freien schlafen, wenn Sie ankommen, werden Sie es sofort sehen, sicherlich wird sich etwas für Reisende und Pilger finden, wenn sie was vorstellen. Auf einem bequemen Fensterplatz sitzend, betrachtete Ricardo Reis die Landschaft, den breiten Tejo, die diesseits und jenseits sich weitenden Niederungen, in denen Kampfstiere weideten, über das glitzernde Band des Flusses aufwärtsziehende Schiffe, in sechzehn Jahren der Abwesenheit hatte er vergessen, dass es so ist, und jetzt klebten sich die neuen Bilder auf jene, die das Gedächtnis hervorrief, so als wäre er erst gestern hier vorbeigekommen. Auf den Bahnhöfen und an den Haltepunkten steigen weitere Leute zu, dieser Zug ist ein Bummelzug, freie Plätze in der dritten Klasse dürfte es schon seit dem Rossio-Bahnhof nicht mehr geben, die Fahrgäste drängen sich in den Gängen, wahrscheinlich hat die Invasion in die zweite Klasse auch schon begonnen, in Kürze werden sie hier hereinplatzen, protestieren hilft nichts, wer Ruhe und Platz haben will, der fährt mit dem Auto. Hinter Santarém, an der langen Steigung, die nach Vale de Figueira führt, schnauft der Zug, er stößt Dampfwolken aus, keucht, die Last ist zu groß, er fährt so langsam, dass man aussteigen könnte, um am Bahndamm Blumen zu pflücken und sich dann mit drei Schritten wieder aufs Trittbrett zu schwingen. Ricardo Reis weiß, dass von den Fahrgästen dieses Abteils nur zwei nicht in Fátima aussteigen werden. Die Pilger sprechen von Gelübden, disputieren darüber, wer die meisten Pilgerfahrten hinter sich hat, es gibt jemanden, der behauptet, vielleicht ist es die Wahrheit, in den letzten fünf Jahren keine einzige versäumt zu haben, ein anderer überbietet ihn noch, wahrscheinlich eine Lüge, mit dieser seien es acht, vorläufig hat sich noch niemand damit gebrüstet, die Schwester Lúcia zu kennen, diese Dialoge erinnern Ricardo Reis an die Wartezimmergespräche, diese plumpen Vertraulichkeiten über die Körperöffnungen, wo alles Gute probiert wird und alles Schlechte passiert. Auf dem Bahnhof von Mato de Miranda gab es eine Verspätung, obwohl hier niemand zustieg, man hörte von weitem, in einer Kurve, das Schnaufen der Maschine, über den Olivenhainen lag tiefer Friede. Ricardo Reis zog das Fenster herunter, schaute nach draußen. Eine alte Frau, dunkel gekleidet und barfüßig, umarmte einen mageren Jungen, er mochte dreizehn sein, mein Söhnchen, begrüßte sie ihn, beide warteten darauf, dass der Zug weiterfahren würde, damit sie die Gleise überqueren könnten, sie fuhren nicht nach Fátima, die Alte hatte den Enkel erwartet, der in Lissabon zu Hause war, dass sie ihn Söhnchen nannte, war nur ein Zeichen der Liebe, denn, so sagen die Kenner in Dingen der Zuneigung, es gibt nichts, was darübersteht. Man hörte das Signalhorn des Stationsvorstehers, die Lokomotive pfiff, sie machte pf, pf, pf, in Abständen, nach und nach beschleunigte sie das Tempo, jetzt ging es direkten Weges dem Ziel entgegen, es war, als säßen wir in einem Schnellzug. Der Appetit entwickelte sich mit der Morgenluft, die ersten Proviantbeutel wurden geöffnet, obwohl es noch lange hin war bis zur Mittagszeit. Ricardo Reis hat die Augen geschlossen, er schlummert beim Schaukeln des Wagens wie in einer Wiege, er hat einen lebhaften Traum, doch als er aufwacht, kann er sich nicht erinnern, was er geträumt hatte, ihm fällt ein, dass er nicht mehr dazu gekommen war, Fernando Pessoa über seinen Ausflug nach Fátima zu informieren, was wird er denken, wenn er in der Wohnung erscheint und mich nicht antrifft, er wird annehmen, dass ich nach Brasilien zurückgekehrt bin, ohne ein

Wort des Abschieds, des letzten. Dann entwirft seine Phantasie eine Szene, eine Episode, in der Marcenda die Hauptperson ist, er sieht, wie sie kniet, die Hände aneinanderlegt, die Finger der rechten Hand mit denen der linken verschränkt, und sie so in der Luft haltend, indem die leblose Last des Armes emporgehoben wird, das Bildnis Unserer Heiligen Jungfrau zog vorbei, und es geschah kein Wunder, nicht verwunderlich bei einer Frau so schwachen Glaubens, da nähert sich Ricardo Reis, er berührt mit Mittel- und Zeigefinger ihre Brust auf der Herzseite, mehr war nicht nötig, Wunder, Wunder, schreien die Pilger und vergessen ihre eigenen Gebrechen, ihnen genügt das fremde Wunder, jetzt strömen sie herbei, auf Krücken oder hinkenden Fußes, die Behinderten, die Gelähmten, die Schwindsüchtigen, die mit offenen Wunden, die Tobenden, die Blinden, die Menge umringt Ricardo Reis, um ihn zu einer neuen Mildtätigkeit zu bewegen, und Marcenda, hinter dem Wald von heulenden Köpfen, winkt mit beiden erhobenen Armen und entschwindet, undankbare Kreatur, sie fand sich gerettet und verschwand. Ricardo Reis öffnete die Augen, zweifelnd, ob er geschlafen hatte, er fragte den neben ihm Sitzenden, wie weit ist es noch. Wir sind fast da. So hatte er doch geschlafen, sogar lange.

Auf dem Bahnhof von Fátima leerte sich der Zug. Rempeleien unter den Pilgern, deren Gesichter schon heilige Verklärtheit angenommen hatten, Wehklagen plötzlich getrennter Familien, der gegenüberliegende Vorplatz glich einem Militärlager kurz vor der Schlacht. Der größte Teil dieser Leute wird den zwanzig Kilometer langen Weg bis Cova da Iria zu Fuß zurücklegen, andere eilen zu den wartenden Schlangen vor den Überlandbussen, es sind die, die schlecht zu Fuß sind und einen kurzen Atem haben, bei dieser Anstrengung übernehmen sie sich. Der Himmel war klar, die Sonne stark und heiß. Ricardo Reis ging auf die Suche nach einem Plätzchen, wo er zu Mittag essen konnte. Es fehlte nicht an ambulanten Händlern, die Brotzöpfe, Käsegebäck, Zuckerplätzchen aus Caldas, trockene Feigen, mit Wasser gefüllte Flaschen, Obst nach der Jahreszeit und Pinienkernketten verkauften, auch Erdnüsse, Kürbis- und Lupinenkerne, doch kein einziges Restaurant, das diesen Namen verdient hätte, einige wenige Speisehäuser, die nichts taugten, Tavernen, in die man nicht den Fuß setzen konnte, er musste viel Geduld aufbringen, bis er zu Gabel, Messer und gefülltem Teller kam. Jedoch, er war gekommen, um Nutzen aus dem übergroßen geistigen Zustrom zu ziehen, der solche Aufenthalte auszeichnete, es geschah, dass er von den Gästen, die ihn so gut gekleidet nach Städterart sahen, auf ländliche Art vorgelassen wurde, und so konnte Ricardo Reis seines städtischen Wesens wegen schneller, als er gedacht hatte, einige gebratene Karapaufische mit gekochten Kartoffeln, Olivenöl und Essig zu sich nehmen, danach einige Rühreier, in Gottes Namen, denn für die Allgemeinheit gab es so feine Sachen nicht. Er trank Wein, der Messwein hätte sein können, aß ein gutes Landbrot, feucht und schwer, und nachdem er sich bei den Leuten bedankt hatte, hielt er Ausschau nach einem Verkehrsmittel. Der Vorplatz war etwas leerer geworden, er wartete auf einen anderen Zug, aus dem Süden oder Norden, aber die Kette der von weit her zu Fuß kommenden Pilger riss nicht ab. Ein Überlandbus hupte heiser, um die letzten Plätze zu verkünden, Ricardo Reis lief los, er erreichte das Trittbrett, er hob das Bein über die Körbe und die Bündel von Matten und Mänteln, eine Riesenanstrengung für jemanden, der gerade verdaut und von der Hitze geschwächt ist. Stark rüttelnd fuhr der Bus an, wobei er Staubwolken von der geplagten Schotterstraße aufwirbelte. Durch die schmutzigen Fenster sah man kaum die wellige, öde Landschaft, die jedoch an einigen Stellen einer Wildnis glich, einem Urwald. Der Fahrer hupte ohne Unterlass, um die Pilgergruppen an den Straßenrand zu treiben, er vollführte Schlenker mit dem Lenkrad, um den Schlaglöchern auf der Straße auszuweichen, und alle drei Minuten spuckte er geräuschvoll aus dem Fenster. Der Weg war ein einziges Menschengewimmel, eine lange Reihe von Fußgängern, aber auch von Leiterwagen und Ochsenkarren, jeder mit seiner Geschwindigkeit, hin und wieder fuhr röhrend ein Luxusautomobil mit Chauffeur in Livree vorbei, ältere Damen in Schwarz, Dunkelgrau oder Nachtblau, wohlbeleibte Herren im schwarzen Anzug, mit dem bedächtigen Ausdruck dessen, der gerade sein Geld gezählt und festgestellt hat, dass es sich vermehrt hat. Diese Einzelheiten konnte man wahrnehmen, als das schnelle Gefährt anhalten musste, weil die Straße von einer großen Gruppe von Pilgern versperrt wurde, an ihrer Spitze der geistige und materielle Führer, ihr Gemeindepfarrer, den man loben muss, weil er auf gerechte Art die Opfer mit seinen Schäfchen teilt, zu Fuß wie diese, mit den Sohlen im Staub und losen Schotter. Der größte Teil von ihnen geht barfuß, einige tragen aufgespannte Regenschirme, um sich vor der Sonne zu schützen, es sind Leute mit empfindlichem Kopf, die es auch im Volk gibt, Hitzschläge und Ohnmachten erleidend. Man hört unstimmiges Gesinge, die schrillen Stimmen der Frauen tönen wie endloses Gejammer, ein vorläufig tränenloses Geschluchze, und die Männer, die kaum die Worte kennen, betonen nur die tönenden Silben als Begleitung, eine Art Basso continuo, man erwartet nicht mehr von ihnen, als dass sie so tun als ob. Hier und da Menschen, die auf niedrigen Straßenwällen sitzen, im Schatten der Bäume, sie ruhen sich ein bisschen aus, um Kräfte für das letzte Stück des Weges zu sammeln, sie nutzen die Gelegenheit, um einen Kanten Brot mit Räucherwurst zu verzehren, einen Stockfischkuchen, eine vor drei Tagen im fernen Dorf gebratene Sardine. Dann kehren sie gestärkt auf die Straße zurück, die Frauen tragen die Körbe mit dem Essen auf dem Kopf, die eine oder andere stillt im Laufen ihr Kind, und alle diese Dahinwandernden werden in Staubwolken gehüllt, wenn der Bus vorbeifährt, aber niemand spürt es, niemand misst dem Bedeutung bei, das macht die Gewohnheit, beim Mönch wie beim Pilger, der Schweiß rinnt über die Stirn und zieht Furchen in den Staub, die Handrücken fahren zum Gesicht hinauf, um es zu reinigen, schlimmer noch, das ist schon kein Schmutz mehr, das ist eine Dreckkruste. Bei der Hitze werden die Gesichter dunkel, doch die Frauen nehmen die Kopftücher nicht ab, und die Männer ziehen die Jacken nicht aus, die Joppen aus grobem Stoff, die Blusen werden nicht aufgemacht, die Kragen nicht geöffnet, dieses Volk bewahrt noch immer unbewusst in seinem Gedächtnis die Bräuche der Wüste, es glaubt weiter daran, dass, was gegen Kälte, auch gegen Hitze hilft, deshalb bedeckt man alles, als ob man es verstecken wollte. An einer Straßenbiegung eine Ansammlung von Menschen unter einem Baum, man hört Geschrei, Frauen raufen sich die Haare, ein Mann liegt am Boden. Der Bus fährt langsamer, damit die Fahrgäste das Schauspiel besser genießen können, doch Ricardo Reis ruft dem Fahrer zu, halten Sie, lassen Sie sehen, was los ist, ich bin Arzt. Hier und da werden Proteste laut, die Fahrgäste haben es eilig, zum Ort der Wunder zu gelangen, aber aus Scham, sich vielleicht als unmenschlich zu erweisen, schweigen sie bald. Ricardo Reis stieg aus, bahnte sich einen Weg, kniete in den Staub, an die Seite des Mannes, er suchte den Puls, der Mann war tot, er ist tot, sagte er, nur um das zu sagen, hatte die Fahrtunterbrechung nicht gelohnt. Es diente nur dazu, dass sich das Weinen verdoppelte, denn die Familie war groß, nur die Witwe, eine Alte, noch älter als der Tote, der jetzt ohne Alter war, schaute mit trockenen Augen, lediglich ihre Mundwinkel zitterten, die Finger zwirbelten die Fransen des Schultertuches. Zwei der Männer fuhren mit dem Bus mit, um den Fall der Behörde zu melden, in Fátima, sie würde dafür sorgen, dass man den Toten wegschaffte und auf dem nächsten Friedhof bestattete. Ricardo Reis sitzt wieder auf seinem Platz, jetzt steht er im Mittelpunkt der Blicke und Aufmerksamkeiten, ein Senhor Doktor in diesem Bus, das ist äußerst praktisch, so eine Begleitung zu haben, wenn er auch dieses Mal nicht von großem Nutzen war, nur zum Feststellen des Todes. Die Männer teilen den Umstehenden mit, er war schon sehr krank, er hätte zu Hause bleiben müssen, aber er war halsstarrig, er sagte, dass er sich am Küchenbalken aufhängen würde, wenn wir ihn zurückließen, so ist er in der Ferne gestorben, niemand entgeht seinem Schicksal. Ricardo Reis pflichtete dem bei, jawohl, das Schicksal, vertrauen wir darauf, dass jemand unter diesem Baum ein Kreuz zur Erbauung der künftigen Reisenden errichten wird, ein Vaterunser für die Seele dessen, der ohne Beichte und Letzte Ölung gestorben ist, aber schon auf halbem Weg in den Himmel war, seitdem er das Haus verlassen hatte, und wenn dieser Alte Lazarus hieße und wenn Jesus Christus an der Straßenbiegung auftauchte, unterwegs nach Cova da Iria, um die Wunder zu sehen, würde er sofort alles verstehen, das macht die große Erfahrung, er bahnte sich einen Weg mitten durch die Gaffer, einen, der sich ihm in den Weg stellte, fragte er, wissen Sie, mit wem Sie sprechen, und sich der Alten nähernd, die nicht weinen kann, sagte er zu ihr, lassen Sie, ich kümmere mich darum, er trat zwei Schritte vor, schlug ein Kreuz, ein eigenartiges Vorzeichen, denn wie wir wissen, da er ja hier ist, ist er noch nicht gekreuzigt worden, und er rief, Lazarus, steh auf und geh, und Lazarus erhob sich vom Boden, einer mehr, er umarmte die Frau, die zu guter Letzt doch weinen kann, und alles kehrt zu dem zurück, wie es vorher war, in Kürze wird der Karren mit den Trägern und der Obrigkeit eintreffen, sie werden den Körper aufheben, und jemand wird bestimmt fragen, warum suchet Ihr den Lebenden unter den Toten, und sie werden weiter sagen, er ist nicht hier, er ist auferstanden. Obwohl sie sich in Cova da Iria redlich Mühe gaben, hatte man dort nichts Ähnliches vollbracht.

Dies ist der Ort. Der Bus hält, der Auspuff knattert nur noch kurz, der Kühler kocht wie ein Kessel in der Hölle, während die Fahrgäste aussteigen, macht sich der Fahrer daran, den Verschluss aufzuschrauben, wobei er die Hände mit Putzlappen schützt, Dampfwolken steigen in den Himmel, Weihrauch der Mechanik, Rauchschwaden, bei dieser heftigen Sonne ist es nicht verwunderlich, dass es sich uns im Kopf dreht. Ricardo schließt sich dem Strom der Pilger an, er stellt sich vor, wie so ein Spektakel vom Himmel her aussehen mag, ein Gewimmel von Menschen aus allen vier Himmelsrichtungen und aus allen Nebenrichtungen herbeiströmend, einem Riesenstern gleichend, diese Gedanken lassen ihn den Kopf heben, oder war es der Motorenlärm, der ihn dazu veranlasst hatte, an kühne Visionen und Höhen zu denken. Dort oben zieht ein Flugzeug einen weiten Kreis und wirft Prospekte ab, ob es wohl Gebetssprüche sind, für das gemeinsame Gebet, oder Botschaften von unserem Herrgott, vielleicht will er sich entschuldigen, weil er heute nicht kommen kann, er hat seinen göttlichen Sohn geschickt, ihn zu vertreten, der hat schon ein Wunder an der Straßenbiegung vollbracht, und zwar von den guten, die Blätter sinken langsam in der stehenden Luft nieder, kein Lüftchen weht, die Pilger recken die Nase nach oben, sie greifen mit aufgeregten Händen nach den weißen, gelben, grünen, blauen Zetteln, vielleicht wird hier der Weg zu den Toren des Paradieses gewiesen, viele dieser Männer und Frauen bekommen die Prospekte zu fassen und wissen nicht, was sie damit anfangen sollen, es sind Analphabeten, die große Mehrheit dieser mystischen Ansammlung, ein ärmlich Gekleideter wendet sich an Ricardo Reis, er hält ihn für einen Lesekundigen, was steht hier, Senhor, und Ricardo Reis antwortet, es ist eine Reklame für Bovril, und der Frager blickt misstrauisch, er zögert, ob er fragen soll, was das sei, Bovril, dann faltet er das Blatt zweimal, steckt es in die Jackentasche, heb auf, was nichts taugt, und du wirst finden, was du brauchst, für ein Blättchen aus Seidenpapier findet sich immer Verwendung.

Es ist ein Meer von Leuten. Im Umkreis einer großen, flachen Senke sieht man aufgespannte Sonnendächer aus Segeltuch, Tausende, die darunter kampieren, Töpfe, die über dem Feuer hängen, Hunde, die die Habe bewachen, Kinder, die weinen, Fliegen, die jede Gelegenheit nutzen. Ricardo Reis bewegt sich kreuz und quer zwischen den Zeltdächern hindurch, er ist fasziniert von diesem Hof der Wunder, der in seiner Größe einer Stadt gleicht, das hier ist ein Zigeunerlager, nicht einmal die Karren und die Maulesel fehlen, und die zur Freude der Fliegen mit Schwären bedeckten Esel. Sein Köfferchen in der Hand, weiß er nicht, wohin er sich wenden soll, er hat kein Dach, das auf ihn wartet, nicht einmal eins von diesen zweifelhaften, er hat schon bemerkt, dass es keine Pensionen in der Umgebung gibt, noch viel weniger Hotels, und wenn es, von hier nicht erkennbar, doch irgendeine Pilgerherberge geben sollte, so wird sie zu dieser Stunde keine einzige Pritsche mehr frei haben, alle reserviert, weiß der Himmel, wie lange schon. Sei es, wie eben dieser Gott will. Die Sonne ist wie ein Brennofen, die Nacht ist weit und keine sonderliche Abkühlung in Aussicht, doch wenn Ricardo Reis sich nach Fátima begeben hat, dann nicht, um der Bequemlichkeit zu frönen, sondern um Marcenda zu treffen. Das Köfferchen ist leicht, es sind einige Toilettenartikel darin, Rasiermesser, Seife, Pinsel, einmal Unterwäsche zum Wechseln, ein Paar Socken, ein Paar feste Schuhe mit dicker Sohle, jetzt ist es an der Zeit, sie anzuziehen, um nicht wiedergutzumachende Schäden an seinen Lacklederschuhen zu vermeiden. Falls Marcenda gekommen ist, so wird sie nicht unter den Zeltplanen zu finden sein, auf die Tochter eines Notars aus Coimbra werden andere

Unterkünfte warten, aber welche und wo? Ricardo Reis macht sich auf die Suche nach einem Hospital, das war ein Anfang, indem er sich auf seinen Arztstand beruft, kann er hinein, sich einen Weg durch das Durcheinander bahnen, überall sieht man Kranke liegen, auf dem Boden, auf Strohsäcken, auf Tragen, aufs Geratewohl verteilt in Sälen und Fluren, und es sind immerhin die ruhigsten, die sie begleitenden Verwandten sorgen für ein unaufhörliches Stimmengesumm, hin und wieder von einem durchdringenden Ach unterbrochen, verzweifeltes Stöhnen, Anflehen der Jungfrau, binnen einer Minute schwillt der Chor an, steigt auf, hoch, betäubend, um wieder ins Gemurmel zurückzufallen, das nicht lange anhalten wird. Im Krankensaal gibt es wenig mehr als dreißig Betten, und es sind gut und gern dreihundert Kranke, jeder nach seinem Zustand gelagert, zehn waren einfach dort abgesetzt worden, wo es gerade passte, um vorbeizukommen, mussten die Leute die Beine heben, ein Glück, dass heute niemand an böse Omen denkt, ich bin verwünscht, jetzt muss ich den Bann wieder brechen, und da macht man gewöhnlich die gleiche Bewegung rückwärts, so wird das Böse ausgelöscht, schön wär's, wenn man alle Schlechtigkeiten auf so leichte Art auslöschen könnte. Marcenda ist nicht hier, das war vorauszusehen, sie ist keine bettlägerige Kranke, sie geht auf ihren eigenen Füßen, ihr Leiden ist im Arm, wenn sie die Hand nicht aus der Tasche nimmt, merkt man es nicht einmal. Draußen ist es nicht heißer geworden, und glücklicherweise riecht die Sonne nicht schlecht.

Die Menge ist angewachsen, falls das überhaupt noch möglich ist, es scheint, als ob sie sich selbst reproduziert. Es ist ein gigantischer schwarzer Bienenschwarm, der zum göttlichen Honig herbeigeeilt ist, er summt, murmelt, knistert, bewegt sich schwerfällig, verformt durch seine eigene Masse. Es ist unmöglich, jemanden in diesem Kessel zu finden, der nicht zur

Hölle gehört, aber doch brennt, denkt Ricardo Reis und spürt, wie Resignation aufkommt, Marcenda zu finden oder nicht zu finden scheint ihm jetzt weniger wichtig, solche Dinge überlässt man am besten dem Schicksal, wenn es will, dass wir uns treffen, dann wird es so geschehen, selbst wenn wir uns voreinander verstecken sollten, doch es erscheint ihm dumm, so etwas gedacht zu haben, Marcenda, falls sie gekommen ist, weiß nicht, dass ich hier bin, folglich wird sie sich nicht verstecken, sogleich sind die Wahrscheinlichkeiten, sie zu treffen, größer. Das Flugzeug dreht weiter seine Runden, die bunten Zettel sinken kreisend herab, jetzt achtet niemand mehr darauf, außer denen, die eintreffen und diese Neuigkeit sehen, schade, dass sie auf den Prospekt nicht die Zeichnung jener Zeitungsannonce gesetzt haben, das wäre viel überzeugender gewesen, die mit dem bärtigen Doktor und der kränkelnden Dame in Dessous, wenn Sie Bovril genommen hätten, ginge es Ihnen jetzt besser, sehen Sie, hier in Fátima fehlt es nicht an Leuten im schlimmsten Zustand, für diese wäre die wundersame Flasche eine Glückseligkeit. Ricardo Reis zieht das Jackett aus und krempelt die Hemdsärmel hoch, fächert mit dem Hut dem hochroten Gesicht Luft zu, auf einmal fühlt er seine Beine vor Müdigkeit schwer werden, er sucht ein schattiges Plätzchen, dort verweilt er, einige der Nachbarn, ermattet von dem Pilgergang und den Gebeten unterwegs, halten Siesta, um Kräfte zu sammeln für die Erscheinung des Bildnisses der Jungfrau, für die Kerzenprozession, für die lange Wacht in der Nacht beim Licht der Lagerfeuer und Lampions. Er döst auch ein wenig vor sich hin, an den Stamm eines Olivenbaumes gelehnt, den Nacken ans weiche Moos gestützt. Er öffnet die Augen, sieht den blauen Himmel durch das Geäst und erinnert sich an das magere Jüngelchen auf jener Station, zu dem die Großmutter, dem Alter nach muss es seine Großmutter gewesen sein, gesagt hatte, mein Söhnchen, was wird er jetzt tun, bestimmt hat er die Schuhe ausgezogen, das ist das Erste, was er macht, wenn er ins Dorf kommt, als Zweites wird er zum Fluss hinuntergehen, wenn auch die Großmutter sagen mag, geh noch nicht, es ist sehr heiß, doch weder hört er auf sie, noch erwartet sie, gehört zu werden, Jungen in diesem Alter wollen frei sein, weg von den Frauenröcken, sie werfen mit Steinen nach Fröschen und denken sich nichts Schlimmes dabei, eines Tages werden sie es bereuen, zu spät, denn für diese und andere Tierchen gibt es keine Auferstehung. Alles erscheint Ricardo Reis absurd, von Lissabon hierher nach Fátima gekommen zu sein, wie jemand, der einer Täuschung nachjagt und schon vorher weiß, dass es nichts als eine Täuschung ist, dieses Sitzen hier im Schatten eines Ölbaumes zwischen Leuten, die er nicht kennt, und auf nichts wartend, dieses Erinnern an einen kurz erblickten Jungen auf einer stillen Eisenbahnstation, dieser plötzliche Wunsch, wie er zu sein, die Nase mit dem rechten Arm abzuwischen, in Pfützen zu platschen, Blumen zu pflücken, sich an ihnen zu erfreuen und sie zu vergessen, Obst aus den Gärten zu stehlen, weinend und schreiend vor den Hunden zu fliehen, hinter den Mädchen einherzurennen und ihre Röcke hochzuheben, weil sie es nicht leiden können oder weil es ihnen gefällt und sie das Gegenteil vortäuschen, und er entdeckt, dass er es aus einer nicht zugegebenen Freude heraus tut, wann habe ich gelebt, murmelt Ricardo Reis, und der Pilger an seiner Seite glaubt, es handele sich um ein neues Gebet, ein Bittgebet, das noch in der Erprobung ist.

Die Sonne sinkt, doch die Hitze lässt nicht nach. Auf dem riesigen Terrain hat scheinbar keine Stecknadel mehr Platz, und trotzdem bewegen sich an der Peripherie unaufhörlich Menschenmassen, ein steter Strom, ein Abfließen, schwerfällig aus der Ferne, aber auf dieser Seite gibt es noch immer welche, die bessere Plätze finden wollen, dasselbe geschieht auf der anderen Seite. Ricardo Reis erhebt sich, um eine Runde in der Nachbarschaft zu drehen, und da kommt ihm nicht zum ersten Mal, aber jetzt viel unmittelbarer, die Erinnerung an eine andere Wallfahrt, die des Handels und des Bettelstandes. Dort sind es die Armen, die betteln, sowie das Bettelvolk, eine nicht nur rein formale Unterscheidung, die wir sorgsam zu treffen haben, denn der Arme, der bettelt, ist einfach ein Armer, der bittet, während der Bettler aus dem Betteln eine Lebensweise macht, und nicht selten sind die Fälle, wo einer auf diesem Wege reich wurde. Sie unterscheiden sich nicht durch die Technik, sie lernen von der gleichen Wissenschaft, der eine jammert so viel, wie der andere fleht, mit ausgestreckter Hand, manchmal mit allen beiden, ein theatralisches Getue, dem man schwerlich widerstehen kann, eine milde Gabe für das Seelenheil, Gott unser Herr wird es vergelten, haben Sie Mitleid mit einem armen Blinden, andere zeigen die mit Schwären bedeckten Beine, den knochendürren Arm, aber nicht, was wir suchen, und plötzlich, wir wissen nicht, woher der Schreck kam, diese klagende Litanei, die Tore der Hölle sind aufgesprungen, nur der Hölle konnte ein solches Phänomen entstammen, und jetzt sind es die Losverkäufer, die die Glücksnummern ausrufen, mit so viel Geschrei, dass es uns nicht wundert, die Gebete mitten auf dem Weg zum Himmel hängen bleiben zu sehen, der eine unterbricht das Vaterunser, um die Dreitausendsechshundertvierundneunzig zu erstehen, und den Rosenkranz zerstreut in der Hand, befühlt er das Los, als würde er sein Gewicht und seine Verheißung abschätzen, er holt aus dem Tuch die geforderten Escudos und nimmt das Gebet wieder an der Stelle auf, an der er es unterbrochen hatte, unser täglich Brot gib uns heute, mit mehr Hoffnung. Die Verkäufer von Decken, Krawatten, Tüchern und Körben rücken vor, ebenso die Arbeitslosen mit Armbinden, sie verkaufen bunte Ansichtskarten, eigentlich ist es kein Verkauf, sie erhalten erst das Almosen, dann übergeben sie die Ansichtskarte, es ist eine

Art, die Würde zu wahren, dieser Arme ist kein Bettler, und er bettelt auch nicht, wenn er bittet, dann nur, weil er arbeitslos ist, Achtung, hier kommt uns eine hervorragende Idee, wenn alle Arbeitslosen mit einer Armbinde herumliefen, einen Streifen schwarzen Stoffes, auf dem man lesen könnte, und zwar alles in weißen Buchstaben, damit es mehr auffällt, arbeitslos, würde es das Zählen erleichtern und verhindern, dass wir sie vergessen. Aber das Allerschlimmste, weil es den Seelenfrieden stört und die Stille der Stätte unterbricht, sind die Straßenhändler, denn es sind zahlreiche beiderlei Geschlechts, Ricardo Reis vermeidet es, ihnen zu begegnen, denn sie würden sich im Nu mit ihrem unleidlichen Geschrei auf ihn stürzen, kaufen Sie, es ist billig, kaufen Sie, es wurde gesegnet, das Bild Unserer Lieben Frau auf Fähnchen, als Skulptur, Rosenkränze in Bündeln und Kruzifixe en gros, Medaillons zu Tausenden, Jesusherzen, schmerzensreiche Marias, das Heilige Abendmahl, die Geburt, Veronikas und, immer wenn es die Chronologie erlaubt, die drei Hirtenkinder mit gefalteten Händen und auf der Erde kniend, eines von ihnen ist ein Junge, doch in keiner Hagiographie wird er erwähnt, und keine Seligsprechung betraf ihn, ob er es einmal gewagt hat, die Röcke der Mädchen hochzuheben? Die gesamte Händlersippschaft schreit nach Besitz, wehe dem Judasverkäufer, der durch blenderische Künste dem Nachbarhändler den Kunden stiehlt, da reißt der Vorhang im Tempel von oben bis unten entzwei, vom Himmel donnern Flüche und Beschimpfungen auf das Haupt des pflichtvergessenen und Ungetreuen. Ricardo Reis erinnert sich nicht, jemals eine so ergötzliche Litanei gehört zu haben, weder vorher noch in Brasilien, es ist ein Zweig der Redekunst, der sich sehr entwickelt hat. Dieser kostbare Stein des Katholizismus leuchtet durch viele Feuer, die des Leidens, für die, denen weiter keine Hoffnung bleibt, als jedes Jahr hierherzukommen, um sich dann an den fünf Fingern abzuzählen, dass sie jetzt an der Reihe sein müssten, die des Glaubens an diese Stätte als eine erhabene und vermehrende, die der Wohltätigkeit im Allgemeinen, die der Reklame für Bovril, die der Devotionalienindustrie und der ähnlichen Industriezweige, die der Trödelwaren, die des Gestanzten und Gewebten, die der Speisen und Getränke, die der Verlorenen und Gefundenen, im wirklichen und übertragenen Sinn, denn darin findet sich alles zusammen, im Suchen und Finden, deshalb hält Ricardo Reis nicht inne, er ist ein Suchender, der sucht, fragt sich nur, ob er finden wird. Er war schon im Hospital, alle Lagerplätze ist er abgelaufen, er hat das Gelände nach allen Himmelsrichtungen hin durchforscht, jetzt hat er sich zu dem lärmenden Platz hinuntergegeben, er taucht in die Menge ein, wohnt den Andachtsübungen bei, dem Praktizieren des Glaubens, den pathetischen Gebeten, den Gelübden, die ihre Erfüllung finden, indem auf den Knien gerutscht wird, mit blutenden Kniescheiben, der Büßer wird unter den Achseln gestützt, ehe er vor Schmerz und höchster Verzückung in Ohnmacht fällt, und er sieht, dass die Kranken aus dem Hospital gebracht worden sind, ein Spalier bildend, zwischen ihnen wird das Bildnis der Heiligen Jungfrau paradieren, auf einem mit weißen Blumen geschmückten Traggestell, Ricardo Reis' Blicke wandern von Gesicht zu Gesicht, sie suchen und finden nicht, es ist wie in einem Traum, dessen einziger Sinn genau genommen darin besteht, keiner zu sein, wie das Träumen von einer Straße ohne Anfang, von einem Schatten auf dem Boden, ohne dass ein Körper vorhanden, der ihn geworfen hätte, von einem Wort, das die Luft gesprochen und dieselbe Luft verweht hat. Die Gesänge sind einfach, primitiv, in g und c, es ist ein Chor zitternder, schriller Stimmen, ständig unterbrochen und wiederaufgenommen, am dreizehnten Mai, in Cova da Iria, plötzlich tritt völlige Stille ein, die Kapelle der Erscheinungen gibt das Bildnis frei, ein Schauer überläuft die Menge, Haare sträuben sich, das Übernatürliche ist da, und sein Odem streicht über zweihunderttausend Köpfe hinweg, irgendetwas wird geschehen. Von einem mystischen Feuer erfasst, strecken die Kranken Tücher, Rosenkränze, Medaillons aus, mit denen die Träger das Bildnis berühren, dann reichen sie es den Flehenden zurück, und die Unglückseligen bitten, Unsere Liebe Frau von Fátima, gib mir Leben, Unsere Liebe Frau von Fátima, gib, dass ich wieder gehen kann, Unsere Liebe Frau von Fátima, gib, dass ich wieder sehen kann, Unsere Liebe Frau von Fátima, gib, dass ich wieder hören kann, Unsere Liebe Frau von Fátima, heile mich, Unsere Liebe Frau von Fátima, Unsere Liebe Frau von Fátima, Unsere Liebe Frau von Fátima, die Stummen bitten nicht, sie schauen nur, falls sie noch Augen haben, so aufmerksam Ricardo auch lauscht, er kann doch nicht hören, Unsere Liebe Frau von Fátima, nimm meinen linken Arm in deine Wundermacht und heile mich, wenn du kannst, versuche nicht den Herrn, deinen Gott, und auch nicht die Jungfrau Maria, seine Mutter, und wenn du wohl überlegst, so dürftest du nicht bitten, sondern nur akzeptieren, das geböte die Demut, Gott allein weiß, was gut für uns ist.

Es geschahen keine Wunder. Das Bildnis nahte, machte die Runde und verschwand, die Blinden blieben blind, die Stummen ohne Stimme, die Gelähmten bewegungslos, den Amputierten wuchsen keine Glieder, die Traurigen wurden nicht fröhlicher, und alle brachen in Tränen aus, hielten sich für schuldig und klagten sich an, mein Glaube reichte nicht aus, mea culpa, mea maxima culpa. Die Jungfrau war so willig aus ihrer Kapelle gekommen, um Wunder zu tun, und fand nur im Glauben Wankelmütige vor, statt brennender Fackeln wurde sie zitternder Lämpchen ansichtig, so geht das nicht, kommt nächstes Jahr wieder. Die Schatten des Nachmittags werden wieder länger, die Dämmerung naht langsam, ebenfalls im Prozessionsschritt, nach und nach verliert der Himmel das lebendige Blau des Tages, jetzt ist er perlfarben, dort auf den Hügeln in der Ferne, verborgen hinter den Baumkronen, zerbirst die Sonne in Rot, Orange und Violett, kein Wirbel, sondern ein Vulkan, es scheint unwahrscheinlich, dass dies alles unhörbar am Himmel geschieht, an dem die Sonne steht. In kurzer Zeit wird es Nacht sein, die Feuer werden angezündet, die Händler haben sich in Schweigen gehüllt, die Bettler zählen ihre Münzen, unter diesen Bäumen ernähren sich die Körper, öffnen sich die dünner gewordenen Essbeutel, man beißt in das harte Brot, an die durstigen Münder werden die Fässchen oder Schläuche geführt, das ist bei allen gleich, die Unterschiede dessen, was fließt, werden vom jeweiligen Besitz bestimmt. Ricardo Reis lagerte mit einer Gruppe unter einem Zeltdach, ohne Vertraulichkeiten, es war nur eine Gelegenheitsgesellschaft, man sah ihm an, dass er sich verloren fühlte, mit dem Köfferchen in der Hand, eine gekaufte Decke eingerollt unterm Arm, Ricardo Reis hatte erkannt, dass wenigstens solch ein Schutz nützlich wäre, wenn es nicht zu frisch werden sollte, oh, Senhor, greifen Sie zu, anfangs lehnte er ab, nein danke, aber sie bestanden darauf, hören Sie, es ist gut gemeint, und so war es auch, wie man sofort sah, es war eine große Gesellschaft aus der Gegend von Abrantes. Dieses Gemurmel, das man in ganz Cova da Iria hört, rührt ebenso vom Kauen wie auch vom Beten her, während einige den Appetit des Magens befriedigen, beruhigen andere die Ängste der Seele, dann werden sie sich abwechseln. In der Dunkelheit, im schwachen Licht der Feuer wird Ricardo Reis Marcenda nicht treffen, auch später wird er sie nicht sehen, wenn die Kerzenprozession vorbeizieht, auch im Traum wird er sie nicht finden, sein ganzer Körper ist nur noch Müdigkeit und Enttäuschung, ist durchdrungen von dem Wunsch, zu verlöschen. Er sieht sich selbst als doppeltes Wesen, der saubere Ricardo Reis, rasiert, würdevoll, der alltägliche, und dieser andere, auch Ricardo Reis, aber nur dem Namen nach, denn das kann nicht dieselbe Person sein, dieser Vagabund mit Bartstoppeln, abgerissener Kleidung, das Hemd einem Stück Lumpen gleichend, der Hut verschwitzt, die Schuhe staubig, einer verlangt vom anderen Rechenschaft über diese Verrücktheit, ohne Glauben nach Fátima gegangen zu sein, nur einer Hoffnung wegen, die jeder Vernunft spottet, und wenn Sie sie sähen, was würden Sie ihr sagen, könnten Sie sich ihr dümmliches Gesicht vorstellen, wenn sie plötzlich vor Ihnen stehen würde, an der Seite ihres Vaters oder, noch schlimmer, allein, schauen Sie sich an, glauben Sie, dass ein Mädchen, selbst mit einem Leiden, sich in einen so skurrilen Arzt verliebt, verstehen Sie nicht, dass dies vorübergehende Gefühle gewesen waren, seien Sie vernünftig, danken Sie lieber Unserer Lieben Frau von Fátima, dass Sie sie hier nicht angetroffen haben, falls sie wirklich gekommen sein sollte, nie hätte ich mir träumen lassen, dass Sie solch lächerlicher Auftritte fähig sind. Ricardo Reis beugt sich demütig der Kritik, nimmt die Vorwürfe auf sich, zieht sich tief beschämt, weil er sich so voller Schmutz sieht, so schmutzstarrend, die Decke über den Kopf und schläft weiter. In der Nähe schnarcht jemand hemmungslos, und hinter jenem dicken Ölbaum dringt Gemurmel hervor, das nicht vom Beten kommt, Girren, das nicht wie ein Engelschor klingt, Seufzer, die nicht von religiöser Verzückung zeugen. Der Morgen klart auf, es gibt Frühaufsteher, die sich rekeln und vom Lager erheben, um das Feuer zu schüren, ein neuer Tag beginnt, neue Arbeiten zum Gewinn des Himmels.

Mitten am Vormittag beschloss Ricardo Reis abzureisen. Er blieb nicht bis zum Abschied für die Heilige Jungfrau, seine Verabschiedung war vollzogen. Das Flugzeug war zweimal vorübergeflogen und hatte weitere Prospekte für Bovril abgeworfen. Der Bus war schwach besetzt, kein Wunder, erst später wird der große Aufbruch beginnen. An der Straßenbiegung steckte ein Holzkreuz im Boden. So hatte es doch kein Wunder gegeben.

Auf Gott vertrauend und Unsere Liebe Frau, von Afonso Henriques bis zum Großen Krieg, dies ist ein Satz, der Ricardo Reis verfolgt, seit er aus Fátima zurückgekehrt ist, er erinnert sich nicht, ob er ihn in einer Zeitung oder in einem Buch gelesen, ob er ihn in einer Huldigung oder in einer Rede gehört hat, oder ob er aus der Reklame für Bovril stammt, die Form fasziniert ihn ebenso wie der Inhalt, es ist ein beredter Spruch, ausgedacht, um die Gefühle zu erregen und die Herzen zu erwärmen, Rezept für eine Predigt, außer dass er ob seines sentenziösen Ausdrucks ein unwiderlegbarer Beweis dafür ist, dass wir ein erwähltes Volk sind, es gab andere in der Vergangenheit, es wird andere in der Zukunft geben, doch keines für so lange Zeit, achthundert Jahre ununterbrochener Bindung, intimster Beziehung zu den himmlischen Mächten, es ist wahr, dass wir verspätet mit der Schaffung des fünften Imperiums begonnen haben, Mussolini ist uns zuvorgekommen, doch das sechste wird uns nicht entgehen, oder das siebente, alles ist eine Frage der Geduld, und die haben wir, sie gehört zu unserer ureigensten Natur. Dass wir schon auf dem besten Wege sind, kann man der Erklärung entnehmen, die von Seiner Exzellenz, dem Senhor Präsidenten der Republik, General António Óscar de Fragoso Carmona abgegeben wurde, in einem Stil, der es verdiente, als Vorlage für die Ausbildung der zukünftigen hohen Beamten der Nation zu dienen, er sagte Folgendes, Portugal ist heute überall bekannt, und deshalb lohnt es sich, Portugiese zu sein, eine Sentenz, die nicht hinter der ersten zurücksteht, beide sehr schmalzig, damit uns nie der Appetit auf Universalität vergehe, diese Wollust, in aller Munde zu sein, nachdem wir über die Meere gefahren, selbst wenn es nur gewesen wäre, um uns als treuesten Verbündeten zu brüsten, egal wessen, ansonsten sind wir so genügsam, was zählt, das ist die Treue, wie lebten wir ohne sie. Ricardo Reis, der müde und sonnenverbrannt aus Fátima zurückgekehrt war, ohne Neuigkeiten über Wunder oder Marcenda, und drei Tage die Wohnung nicht verlassen hatte, fand in der Außenwelt, zu der das große Tor des Patriotismus führt, die Bestätigung für den Senhor Präsidenten. Er nahm die Zeitung und setzte sich in den Schatten Adamastors, da saßen die beiden Alten und sahen die Schiffe ankommen, die das gelobte Land besuchen wollten, von dem man unter den Nationen so viel sprach, und sie verstanden nicht, weshalb es so viele waren, über die Toppen geflaggt, festliche Sirenen ertönen lassend, die Seeleute in strammer Haltung auf Deck, schließlich kam Licht in den Sinn dieses Wachaufzugs, als Ricardo Reis ihnen die schon ausgelesene Zeitung gab, es hatte sich gelohnt, achthundert Jahre zu warten, um den Stolz zu spüren, Portugiese zu sein. Vom Alto de Santa Catarina betrachtet man acht Jahrhunderte, o Meer, die beiden Alten, der dünne und der dicke, wischen verstohlen die Träne ab und bedauern, dass sie nicht für alle Ewigkeit auf diesem Aussichtspunkt verweilen können, um die Schiffe ein- und ausfahren zu sehen, das belastet sie, nicht die Kürze des Lebens. Von der Bank aus, auf der er sitzt, wird Ricardo Reis Augenzeuge eines Techtelmechtels zwischen einem Soldaten und einem Dienstmädchen, viele Hände sind im Spiel, er bedrängt sie heftig, sie gibt ihm aufgeregte Klapse. Der Tag ist so, dass man ihm Hallelujas singen könnte, das sind die Ausrufe dessen, der kein Grieche ist, die Rabatten sind mit Blumen bedeckt, mehr als genug, dass sich ein Mensch glücklich fühlen kann, so seine Seele kein unstillbares Verlangen hegt. Ricardo

Reis überprüft die seine und kommt zu dem Schluss, dass er nach nichts verlangt, dass es genügt, den Fluss zu betrachten und die Schiffe auf ihm, die Berge und den Frieden, der ihnen innewohnt, und dennoch verspürt er in seinem Innern keinerlei Befriedigung, sondern nur das dumpfe Rumoren eines Insekts, das unaufhörlich kaut, das ist die Zeit, murmelt er, und dann fragt er sich, wie er sich jetzt fühlen würde, wenn er Marcenda in Fátima getroffen hätte, ob, wie man zu sagen pflegt, beide mit hängenden Armen dagestanden hätten, von heute an trennen wir uns nie wieder, als ich glaubte, dich für mich verloren zu haben, begriff ich, wie sehr ich dich liebte, sie würde Ähnliches sagen, doch wären sie keiner Worte mehr fähig, selbst wenn sie hinter einen Ölbaum liefen, um dort das Gemurmel, Girren und Seufzen aller für sich zu wiederholen, Ricardo Reis ist sich wieder einmal nicht sicher, was dann folgen würde, er spürt wieder das Mahnen des Insektes in den Knochen. Es gibt keine Antwort für die Zeit, wir sind in ihr und wohnen ihr bei, weiter nichts. Die Alten haben die Zeitung bereits ausgelesen, sie knobeln darum, wer sie mit nach Hause nehmen darf, selbst der, der nicht lesen kann, hätte sie gern genommen, mit diesem Papier kann man am besten die Mülleimer auslegen.

Als er an diesem Nachmittag in die Praxis kam, erklärte ihm das Fräulein Carlota, es ist ein Brief für den Senhor Doktor eingetroffen, der liegt auf Ihrem Schreibtisch, es gab ihm einen Stich ins Herz, oder in den Magen, denn bei solchen Gelegenheiten verlässt uns die Kaltblütigkeit, wie könnten wir das schon lokalisieren, bei dieser kurzen Entfernung zwischen Magen und Herz, wenn zu allem Überfluss auch noch das Zwerchfell dazwischenliegt, das unter den Zuckungen des einen genauso leidet wie unter den Konvulsionen des anderen, Gott würde heutzutage mit dem Dazugelernten den menschlichen Körper weit weniger kompliziert gestalten. Der Brief ist von Marcenda, er muss von ihr sein, sie hat ihn geschrieben, um ihm mitzuteilen, dass sie letztlich doch nicht nach Fátima habe fahren können, oder dass sie gefahren sei und ihn von weitem gesehen habe, sie habe ihm noch mit dem gesunden Arm zugewinkt, zwiefach verzweifelt, weil er sie nicht entdeckt und weil die Heilige Jungfrau ihren kranken Arm nicht geheilt habe, jetzt, mein Liebster, erwarte ich dich in Quinta das Lágrimas, wenn du mich noch willst. Der Brief ist von Marcenda, dort liegt er, mitten auf der rechteckigen grünen Schreibunterlage, der Umschlag ist blassviolett, von der Tür aus erscheint er weiß, es ist ein optisches Phänomen, eine Illusion, man lernt es in der Schule, Blau und Gelb ergibt Grün, Grün und Violett ergibt Weiß, Weiß und Erregung ergibt Blässe. Der Umschlag ist weder violett, noch kommt er aus Coimbra. Ricardo Reis öffnete ihn vorsichtig, ein kleines Blatt Papier steckte darin, eine miserable Handschrift, Arztschrift, Geschätzter Kollege, dieses Schreiben hat den Zweck, Sie darüber zu informieren, dass ich, weil ich glücklicherweise wieder so weit hergestellt bin, die Klinik am Ersten des kommenden Monats wieder übernehmen werde, wobei ich die Gelegenheit wahrnehme, meine tiefe Hochachtung auszudrücken für die Bereitwilligkeit Ihrerseits, mich während meiner zeitweiligen Unpässlichkeit zu vertreten, gleichzeitig möchte ich meinem Wunsch Ausdruck verleihen, dass Sie in kürzester Zeit eine Stelle finden mögen, die es Ihnen erlaubt, Ihr großes Wissen und Ihre Sachkenntnis anzuwenden, dann folgten noch ein paar Zeilen, es waren abschließende Grüße, wie sie in allen Briefen zu finden sind. Ricardo Reis las die wohlgeformten Sätze noch einmal, genoss die Eleganz des Kollegen, der die an ihn gerichtete Bitte in eine Bitte verwandelte, die ihm gewährt worden war, so konnte er diese Poliklinik erhobenen Hauptes verlassen, er könnte diese Referenz sogar vorweisen, wenn er Arbeit suchen würde, wollen Sie bitte sehen, großes Wissen und Sachkenntnis heißt es hier, es ist kein Empfehlungsbrief, es ist ein Beglaubigungsschreiben, ein Zeugnis für gute und treue Dienste, wie es eines Tages das Hotel Bragança seiner Ex-Angestellten Lídia ausstellen wird, wenn sie es wegen einer anderen Stelle oder wegen Heirat verlässt. Er zog den weißen Kittel an, ließ den ersten Patienten hereinrufen, fünf weitere warten noch, er wird nicht mehr dazu kommen, sie bis zum Schluss zu behandeln, auch ist ihr Gesundheitszustand nicht so besorgniserregend, dass sie ihm, um es einmal so zu sagen, in diesen zwölf Tagen bis zum Ende des Monats unter den Händen wegsterben werden, wenigstens etwas.

Lídia ist nicht erschienen. Sicher hat sie noch nicht ihren freien Tag, doch sie wusste ja, dass die Reise nach Fátima nur kurz sein sollte, und da ihr bekannt war, dass Ricardo Reis an diesem heiligen Ort auch Marcenda hätte treffen können, da hätte sie sich doch wenigstens nach der Freundin und Vertrauten erkundigen können, ob es ihr gutgehe, ob ihr Arm geheilt sei, in einer halben Stunde wäre sie zum Alto de Santa Catarina gelaufen und wieder zurück, noch näher und noch schneller wäre es, sie würde Ricardo Reis in der Praxis am Camões aufsuchen, entschuldigen Sie, dass ich Sie bei Ihrer Arbeit unterbreche, ich komme nur, um etwas über Fräulein Marcenda zu erfahren, ob es ihr gutgeht, ob ihr Arm geheilt ist. Sie kam nicht, fragte nichts, es hatte Ricardo Reis gar nichts genutzt, dass er sie geküsst hatte, ohne sich um das Feuer der Gefühle zu kümmern, vielleicht dachte sie, er wollte sie vielleicht mit diesem Kuss kaufen, falls solche Überlegungen dem einfachen Volk kommen können, zu dem sie ja gehört. Ricardo Reis ist allein in seiner Wohnung, er geht zum Mittag- und Abendessen aus, schaut vom Fenster aus auf den Fluss und auf das entfernt liegende Montijo, auf den Steinklotz Adamastor, die pünktlichen Alten, die Palmen, hin und wieder begibt er sich zur Parkanlage hinunter, liest zwei Seiten in einem Buch, legt sich früh nieder, denkt an Fernando Pessoa, der schon gestorben ist, auch an Alberto Caeiro, im blühendsten Alter verblichen, von ihm war noch so viel zu erhoffen gewesen, an Álvaro de Campos, der nach Glasgow gegangen war, jedenfalls hatte er es so im Telegramm mitgeteilt, und wahrscheinlich wird er dort bleiben, um Schiffe zu bauen bis an sein Lebensende oder bis zur Rente, hin und wieder sucht er ein Kino auf, sieht sich Unser täglich Brot an, von King Vidor, oder Die neununddreißig Stufen, mit Robert Donat und Madeleine Carrol, und er konnte auch nicht widerstehen, sich im São Luís einen 3-D-Film anzusehen, er nahm als Erinnerung die Zelluloidbrille, die man aufsetzen musste, mit nach Hause, grün auf der einen Seite, rot auf der anderen, diese Brille ist ein poetisches Mittel, um bestimmte Dinge zu sehen, genügen die bloßen Augen nicht.

Man sagt, dass die Zeit nicht stillsteht, dass man ihre endlose Wanderung nicht aufhalten kann, das wird immer wieder mit denselben Worten wiederholt, und doch fehlt es nicht an Leuten, die über das langsame Verstreichen der Zeit ungeduldig werden, vierundzwanzig Stunden, um einen Tag vollzumachen, man stelle sich das vor, und wenn er zu Ende geht, stellt man fest, dass es nicht gelohnt hat, am nächsten Tag wird es genauso, besser wäre es, wir würden die unnützen Wochen überspringen, um nur eine volle Stunde zu durchleben, eine strahlende Minute, wenn das Strahlen so lange währen sollte. Ricardo Reis trägt sich mit dem Gedanken, nach Brasilien zurückzukehren. Der Tod Fernando Pessoas war ihm als ausreichender Grund erschienen, den Atlantik nach sechzehn Jahren der Abwesenheit zu überqueren, hierzubleiben, von der Medizin zu leben, einige Verse zu schreiben, zu altern, auf eine gewisse Art den Platz dessen einzunehmen, der gestorben war, selbst wenn es niemand bemerken sollte. Jetzt ist er im Zweifel. Dieses Land ist nicht seins, falls es überhaupt jemandem angehört, es hat eine Geschichte, die nur auf Gott und Unsere Liebe Frau vertraut, es ist ein Bildnis, wie flüchtig hingeworfen, mit abgeflachtem Gesicht, dessen Erhabenheiten nicht sichtbar sind, nicht einmal mit der 3-D-Brille. Fernando Pessoa oder das, was mit diesem Namen bezeichnet wird, Schatten, Geist, Phantasma, das aber spricht, hört, versteht, nur nicht mehr lesen kann, Fernando Pessoa erscheint hin und wieder, um etwas Ironisches von sich zu geben, wohlwollend zu lächeln, dann geht er wieder, seinetwegen hat es sich nicht gelohnt herzukommen, er befindet sich in einem anderen Leben, jedoch gleichzeitig in diesem, was dieser Ausdruck auch bedeuten möge, keinesfalls im engsten Sinn zu verstehen, sondern im bildlichen. Marcenda existiert nicht mehr, sie lebt in Coimba, in einer unbekannten Straße, zehrt einen Tag nach dem anderen ohne Heilung auf. Vielleicht hat sie, wenn ihr Mut dazu reichte, Ricardo Reis' Briefe in einem Winkel des Dachbodens versteckt, oder hinter der Verkleidung eines Möbelstücks, oder in einer geheimen Schublade, derer sich schon ihre Mutter heimlich bedient hatte, oder in der Truhe einer bestochenen Hausangestellten, die nicht lesen kann und vertrauenswürdig scheint, vielleicht liest sie sie öfter, wie jemand, der sich einen Traum ins Gedächtnis zurückruft, den er nicht vergessen möchte, ohne zu bemerken, dass es letzten Endes nichts Gemeinsames zwischen dem Traum und der Erinnerung an ihn gibt. Lídia wird morgen kommen, da sie stets ihren freien Tag dafür verwendet, doch Lídia ist Anna Kareninas Kinderfrau, sie ist dazu da, das Haus aufzuräumen und einiges Fehlende zu ersetzen, obwohl sie, höhere Ironie, mit dem wenigen den ganzen füllbaren Raum der Leere ausfüllt, letztlich würde das ganze Universum nicht ausreichen, wenn wir das glaubten, was Ricardo Reis von sich selbst glaubt. Vom ersten Juni an wird er arbeitslos sein, er wird aufs Neue die Polikliniken ablaufen müssen, auf der Suche nach einer freien Stelle, einer Vertretung, nur damit die Tage schneller vergehen, es ist weniger wegen des Geldes, das er verdienen wird, daran hat es zum Glück noch nicht gefehlt, da gibt es noch ein unberührtes Bündel englischer Pfundnoten, das nicht mitgerechnet, was noch unangetastet auf der brasilianischen Bank liegt. Alles zusammengenommen, wäre es mehr als ausreichend, um eine eigene Praxis aufmachen zu können und sich einen Stamm von Patienten zu schaffen, dieses Mal ohne Seitensprünge in das Gebiet der Herzkrankheiten und der Tuberkulose, sich nur auf die gute Allgemeinmedizin beschränkend, derer wir gewöhnlich alle bedürfen. Da könnte er sogar Lídia als Sprechstundenhilfe anstellen, damit sie die Patienten empfängt, Lídia ist intelligent und flink, in kurzer Zeit hätte sie sich eingearbeitet, durch etwas Übung würde sie zukünftig Rechtschreibfehler vermeiden, sie würde dieses Leben als Zimmermädchen in einem Hotel aufgeben. Das alles ist jedoch nicht einmal ein Traum, sondern pure Phantasie dessen, der sich müßigem Denken hingibt, Ricardo Reis wird sich nach keiner Arbeit umsehen, das Beste, was er tun kann, ist, nach Brasilien zurückzukehren, sich bei nächster Gelegenheit auf der Wighland Brigade einzuschiffen, diskret könnte er The God of the Labyrinth dem rechtmäßigen Eigentümer zurückgeben, niemals wird O'Brien erfahren, wie dieses verschwundene Buch wieder auftauchen konnte.

Lídia kam, sie wünschte einen guten Tag, ein wenig förmlich, zurückhaltend, sie stellte keine Fragen, so musste er anfangen, ich war also in Fátima, nun ließ sie sich dazu herab, Interesse zu zeigen, aha, und wie war's, hat es Ihnen gefallen? Was sollte Ricardo Reis darauf antworten, er ist kein gläubiger Mensch, der die Ekstase erfahren hat und sich nun anstrengt, diesen Zustand zu erklären, außerdem ist er nicht aus purer Neugier hingefahren, deshalb zieht er es vor, zu resümieren, zu verallgemeinern, viele Leute, viel Staub, ich musste im Freien nächtigen, du hattest mich ja gewarnt, ein Glück, dass es eine warme Nacht war. Der Senhor Doktor ist kein Mensch für solche Anstrengungen. Es war nur das eine Mal, um zu erfahren, wie es ist. Lídia ist schon in der Küche und lässt heißes Wasser einlaufen, um das Geschirr abzuwaschen, sie deutete an, dass die Fleischeslust heute nicht zu ihrem Recht kommen könne, ein Wort, das natürlich nicht zu ihrem gängigen Vokabular gehört, es ist sogar sehr zweifelhaft, ob sie es zu Zeiten ihrer größten Beredsamkeit gebraucht. Ricardo Reis begibt sich nicht in das Abenteuer, die Gründe für die Verhinderung herauszufinden, werden es die bekannten körperlichen Unpässlichkeiten sein, oder die Vorbehalte einer verletzten Empfindsamkeit, oder die zwingende Verbindung von Blut und Tränen, zwei unüberwindbare Flüsse, ein finsteres Meer. Er setzte sich auf einen Küchenschemel, um den häuslichen Arbeiten beizuwohnen, nicht dass es seine Gewohnheit wäre, doch ein Zeichen guten Willens, eine weiße Fahne, auf die Stadtmauer gesetzt, um die Stimmung des belagernden Generals zu erkunden. Doktor Sampaio und seine Tochter habe ich letztlich doch nicht angetroffen, kein Wunder bei diesen Menschenmassen, der Satz wurde einfach so in den Raum geworfen, er blieb in der Schwebe, darauf wartend, dass man ihm, der Wahrheit, aber auch Lüge sein konnte, Aufmerksamkeit schenken würde, das ist die Unvollkommenheit der Worte oder im Gegenteil ihre Verdammung zu systematischer Doppeldeutigkeit, ein Wort lügt, mit demselben Wort wird die Wahrheit gesagt, wir sind nicht, was wir sagen, wir sind der Kredit, den man uns gibt, welchen Lídia Ricardo Reis geben wird, weiß man nicht, weil sie sich damit begnügte zu fragen, geschah irgendein Wunder? Keines, das ich bemerkt hätte, und in den Zeitungen stand auch nichts darüber drin. Armes Fräulein Marcenda, falls sie mit der Hoffnung auf Heilung gefahren war, wird sie eine schlimme Enttäuschung erlebt haben. Sie hatte nicht viel Hoffnung. Wie können Sie das wissen, Lídia warf Ricardo Reis den schnellen Blick eines Vogels zu. Du glaubst wohl, mich zu ertappen, dachte er und antwortete, als ich noch im Hotel war, hatten ihr Vater und sie schon mit dem Gedanken gespielt, nach Fátima zu gehen. Aha, es sind dies die kleinen Duelle, in denen die Menschen sich ermüden und die sie altern lassen, es wird besser sein, von etwas anderem zu reden, dafür sind die Zeitungen da, einige Nachrichten bleiben als Nahrung für Gespräche im Gedächtnis, so machen es die Alten auf dem Alto de Santa Catarina, so machen es Ricardo Reis und Lídia, statt der Stille den Vorzug zu geben, die besser wäre als Worte. Was macht dein Bruder, das ist lediglich ein Anfang. Meinem Bruder geht es gut, weshalb fragen Sie? Ich dachte da gerade an eine Notiz, die ich in der Zeitung fand, es handelt sich um die Rede eines gewissen Ingenieurs Nobre Guedes, ich habe sie noch hier. Ich weiß nicht, wer dieser Senhor ist. So, wie er von den Seeleuten spricht, würde ihn dein Bruder nicht Senhor nennen wollen. Was sagt er denn? Warte, ich werde die Zeitung holen. Ricardo Reis verließ die Küche, ging ins Arbeitszimmer, kam mit dem Século zurück, die Rede nahm fast eine ganze Seite ein. Das ist ein Vortrag, den dieser Nobre Guedes in der Emissora Nacional gehalten hat, gegen den Kommunismus, an einer Stelle spricht er von den Matrosen. Sagt er etwas über meinen Bruder? Nein, über deinen Bruder sagt er nichts, aber zum Beispiel gibt er das hier von sich, man publiziert und verbreitet insgeheim das repugnante Blättchen Roter Matrose. Was soll repugnante heißen? Repugnant ist ein hässliches Wort, das heißt so viel wie abstoßend, abscheulich, ekelhaft, schmutzig. Wie ekelhaft. Genau, repugnant bedeutet ekelhaft. Ich habe den Roten Matrosen schon gesehen, Ekel hat er mir aber nicht eingeflößt. Hat dein Bruder ihn dir mal gezeigt? Ja, es war Daniel. Dann ist dein Bruder Kommunist? Na, das weiß ich nicht, aber er ist für sie. Wo ist da der Unterschied? Wenn ich ihn so anschaue, ist er doch ein Mensch wie jeder andere. Glaubst du, dass er anders aussehen würde, wenn er Kommunist wäre? Ich weiß nicht, ich kann es nicht erklären. Gut, dieser Ingenieur

Guedes sagt auch, dass die Seeleute von Portugal weder rot noch weiß oder blau sind, es sind Portugiesen. Das scheint ja fast, als ob Portugiesisch eine Farbe ist. Das hat Witz, wenn man dich so sieht, meinte man, du könntest kein Tellerchen zerbrechen, und manchmal schmeißt du doch einen ganzen Geschirrschrank um. Ich habe eine sichere Hand, noch nie habe ich einen Teller zerbrochen, sehen Sie, ich wasche Ihr Geschirr ab, und nichts rutscht mir aus der Hand, so war es immer. Du bist eben ein besonderer Mensch. Dieser besondere Mensch ist ein Zimmermädchen im Hotel, und dieser Guedes, hat er noch was über die Matrosen gesagt? Über die Matrosen nicht. Jetzt fällt mir ein, dass mir Daniel von einem früheren Seemann erzählt hat, der auch Guedes hieß, Manuel, Manuel Guedes, der vor Gericht steht, es sind vierzig Angeklagte. Es gibt viele Guedes. Ja, das ist nur Manuel. Das Geschirr ist abgewaschen, zum Abtropfen hingestellt, auf Lídia wartete noch andere Arbeit, Betttücher wechseln, das Bett machen, das Schlafzimmer lüften, dann das Badezimmer säubern, neue Handtücher aufhängen, schließlich kam sie in die Küche zurück, um das abgetropfte Geschirr abzutrocknen, in diesem Moment näherte sich ihr von hinten Ricardo Reis und umfasste ihre Taille, sie machte eine Bewegung, als wollte sie sich ihm entwinden, er küsste ihren Nacken, da rutschte ihr der Teller aus den Händen und zerschellte auf dem Boden, nun hast du doch etwas zerbrochen, einmal musste es ja sein, niemand entgeht seinem Schicksal, er lachte, drehte sie zu sich um und küsste sie auf den Mund, ohne dass sie Widerstand leistete, sie sagte nur, hören Sie, heute geht es nicht, so erfahren wir, dass die Verhinderung körperlicher Natur ist, falls es einen anderen Grund gäbe, so ist er verflogen, und er erwiderte, das macht nichts, dann eben beim nächsten Mal, und damit küsste er sie wieder und wieder, später wird man die Scherben, die über den Küchenfußboden verstreut sind, aufsammeln.

Einige Tage später war die Reihe an Fernando Pessoa, Ricardo Reis zu besuchen. Er erschien fast um Mitternacht, als die Nachbarschaft schon schlief, behutsam stieg er die Treppe hinauf, er war immer so vorsichtig, denn er war sich seiner Unsichtbarkeit nie sicher, es geschah, dass er auf Leute stieß, die durch seinen Körper hindurchsahen und nichts von ihm wahrnahmen, er merkte es an ihren ausdruckslosen Gesichtern, doch andere, wenige nur, sahen ihn, starrten ihn aufdringlich an, weil sie irgendetwas Befremdliches an ihm fanden, sich jedoch nicht erklären konnten, was es war, wenn man ihnen sagte, dieser schwarzgekleidete Mann sei ein Toter, würden sie es mit größter Wahrscheinlichkeit nicht glauben, wir sind an immaterielle weiße Tücher gewöhnt, an Ektoplasmen, hören Sie, ein Toter ist, wenn er nicht auf sich aufpasst, die konkreteste Sache dieser Welt, deshalb stieg Fernando Pessoa langsam die Treppe hinauf, er klopfte in einem bestimmten Rhythmus an die Tür, das verabredete Zeichen, wundern wir uns nicht über die Vorsicht, stellen wir uns nur vor, welchen Skandal es hier gäbe, wenn jähes Stolpern eine aus dem Schlaf geschreckte Nachbarin ins Treppenhaus riefe, Schreie, zu Hilfe, ein Dieb, der arme Fernando Pessoa, ein Dieb, er, dem nichts mehr bleibt, nicht einmal das Leben. Ricardo Reis war im Arbeitszimmer und versuchte, einige Verse zu dichten, er hatte geschrieben, wir sehn die Parzen nicht, die uns vernichten, so lass uns sie vergessen, als ob es sie nicht gäbe, in der großen Stille der Wohnung hörte er das diskrete Klopfen, er wusste sogleich, wer es war, und ging öffnen, wie schön, Sie zu sehen, wo haben Sie gesteckt, die Worte sind wahrhaftig des Teufels, Ricardo Reis' Worte eigneten sich in der Tat nur für eine Unterhaltung zwischen Lebenden, in diesem Fall scheinen sie Ausdruck eines makabren Humors zu sein, abstoßend und von schlechtem Geschmack zeugend, wo haben Sie gesteckt, wo er doch weiß, und wo wir wissen, woher Fernando Pessoa kommt, von diesem unbehaglichen Häuschen auf dem Prazeres-Friedhof, wo er nicht einmal allein wohnt, dort wohnt auch die grimmige Großmutter Dionísia, die von ihm ausführlich Rechenschaft über sein Kommen und Gehen verlangt, ich bin so herumgelaufen, pflegte ihr der Enkel zu antworten, trocken, so wie jetzt Fernando Pessoa Ricardo Reis antwortet, doch nicht in diesem trockenen Ton, es sind dies die gefälligeren Worte, die nichts sagen. Fernando Pessoa setzte sich mit einer müden Geste in den Sessel, er führte die Hand zur Stirn, als wollte er einen Schmerz betäuben oder eine Wolke verjagen, dann strichen die Finger senkrecht über das Gesicht, irrten unsicher über die Augen, zogen an den Mundwinkeln, zupften am Schnurrbart, betasteten das schmale Kinn, Gesten, die, wie es schien, den Zweck verfolgten, einige Gesichtszüge wiederherzustellen, sie an den Ort ihres Entstehens zurückzuführen, die Zeichnung zu erneuern, doch der Künstler hatte anstelle des Stiftes einen Radiergummi genommen, wo er hinübergefahren ist, hat er ausgelöscht, eine Seite des Gesichts hat die Konturen verloren, das ist natürlich, es werden sechs Monate, dass Fernando Pessoa gestorben ist. Ich sehe Sie immer seltener, beklagte sich Ricardo Reis. Ich habe Sie gleich am ersten Tag gewarnt, mit der Zeit vergesse ich, gerade eben, dort am Calhariz, musste ich mein Gedächtnis anstrengen, um den Weg zu Ihrer Wohnung zu finden. Das dürfte Ihnen nicht schwerfallen, es genügt, sich an Adamastor zu erinnern. Wenn ich an Adamastor denken würde, käme ich noch mehr durcheinander, dann würde ich denken, ich wäre wieder in Durban, wie damals als Achtjähriger, in jener Zeit fühlte ich mich doppelt verloren, in Raum und Stunde, in Zeit und Ort. Kommen Sie öfter, das wäre die beste Art, das Gedächtnis in Form zu halten. Was mir heute behilflich war, das war eine Zwiebelspur. Eine Zwiebelspur? So ist es, eine Zwiebelspur, wie mir scheint, hat es Ihr Freund nicht aufgegeben, Sie zu überwachen. Aber das ist doch absurd. Sie müssen es wissen. Die Polizei muss wenig zu tun haben, wenn sie auf diese Weise ihre Zeit mit jemandem vergeudet, der weder eine Schuld auf sich geladen hat noch im Begriff ist, so etwas zu tun. Es ist schwer, sich vorzustellen, was in so einer Polizistenseele vor sich geht, vielleicht haben Sie einen guten Eindruck auf ihn gemacht, würde er gern Ihr Freund sein, doch er versteht, dass sie in verschiedenen Welten leben, Sie in der Welt der Erwählten, er in der Welt der Verworfenen, deshalb begnügt er sich damit, endlose Stunden damit zu verbringen, auf Ihr Fenster zu starren, um zu sehen, ob Licht brennt, wie ein Verliebter. Machen Sie sich nur lustig. Sie können sich ja nicht vorstellen, wie traurig etwas sein muss, damit es mich derart belustigen kann. Was mich aufregt, ist diese durch nichts gerechtfertigte Überwachung. Durch nichts gerechtfertigt, das ist etwas vorschnell gesagt, ich glaube nicht, dass Sie es für normal halten, häufig von einer Person besucht zu werden, die aus dem Jenseits kommt. Die kann man aber nicht sehen. Das kommt darauf an, mein lieber Reis, das kommt darauf an, es gibt Gelegenheiten, bei denen ein Toter nicht die Geduld aufbringt, sich unsichtbar zu machen, manchmal fehlt ihm auch die Energie, ganz davon abgesehen, dass es Lebende gibt, die selbst das sehen können, was man nicht sieht. Das dürfte bei Victor nicht der Fall sein. Möglich, obwohl Sie zugeben müssen, dass man einem Polizisten kein größeres Talent und keine größere Tugend zugestehen könnte, ihm gegenüber ist selbst der tausendäugige Argus ein unglücklicher Kurzsichtiger. Ricardo Reis griff nach dem Blatt Papier, das er kurz zuvor beschrieben hatte, ich habe hier einige Verse, ich weiß nicht, was dabei herauskommen wird. Lesen Sie nur. Es ist erst der Anfang, aber vielleicht wird er auch noch anders. Lesen Sie. Wir sehn die Parzen nicht, die uns vernichten, so lass uns sie vergessen, als ob es sie nicht gäbe. Hübsch, aber das haben Sie schon tausendmal auf tausenderlei Art gesagt, soweit ich mich erinnern kann, bevor Sie nach Brasilien gegangen sind, die Tropen haben Ihre poetische Ader nicht verändert. Ich habe nichts weiter zu sagen, ich bin nicht wie Sie. Sie werden es sein, keine Sorge. Ich habe das, was man eine geschlossene Inspiration nennt. Inspiration ist ein Wort. Ich bin ein Argus mit neunhundertneunundneunzig blinden Augen. Diese Metapher ist gut, das bedeutet, dass Sie einen schlechten Polizisten abgäben. Apropos, Fernando, kannten Sie zu Ihrer Zeit einen gewissen António Ferro, Sekretär für nationale Propaganda. Ja, wir waren Freunde, ihm verdanke ich den Fünftausend-Réis-Preis für die Mensagem, weshalb fragen Sie? Sie werden es gleich sehen, ich habe hier eine Nachricht, ich weiß nicht, ob Ihnen bekannt ist, dass vor wenigen Tagen die Literaturpreise dieses Sekretariats verliehen wurden. Erklären Sie mir, woher ich das wissen sollte. Entschuldigen Sie, ich vergesse jedes Mal, dass Sie nicht lesen können. Wer hat dieses Jahr den Preis erhalten? Carlos Queirós. Der Carlos. Kannten Sie ihn? Carlos Queirós war der Neffe eines Mädchens, der Ophelinha, mit ph, der ich einstmals den Hof machte, sie arbeitete dort im Büro. Ich kann Sie mir gar nicht vorstellen, wie Sie ihr den Hof machten. Na, einfach den Hof machen, das tun wir doch alle, wenigstens einmal im Leben, das passierte mir eben. Ich würde gar zu gern wissen, was Sie für Liebesbriefe geschrieben haben. Ich erinnere mich daran, dass Sie etwas verrückter als gewöhnlich waren. Wann war das? Es begann kurz nach Ihrer Abreise nach Brasilien. Und hat es lange angedauert? Lange genug, um wie Kardinal Gonzaga sagen zu können, dass auch ich geliebt habe. Es fällt mir schwer, das zu glauben. Meinen Sie, ich lüge? Nein, was für eine Idee, und überhaupt, wir lügen nicht, wenn es notwendig ist, begnügen wir uns damit, Worte zu benutzen, die lügen. Was also fällt Ihnen schwer zu glauben? Dass Sie geliebt haben, es ist, weil Sie, so wie ich Sie sehe und kenne, genau der

Typ Mensch sind, der unfähig ist zu lieben. Wie Don Juan. Unfähig zu lieben wie Don Juan, ja, aber nicht aus denselben Gründen. Erklären Sie. In Don Juan herrschte ein Überschuss an Liebeskraft, die unvermeidlich ihre Ziele suchen und sich dort entladen musste, und das war, soweit ich mich erinnere, bei Ihnen niemals so. Und Sie? Ich liege so in der Mitte, gehöre zum Alltäglichen, zum Üblichen, zur mittleren Sorte, weder zu viel noch zu wenig. Also der ausgeglichene Liebende. Es ist nicht unbedingt eine Frage des Geometrischen oder Mechanischen. Sie sagen mir, dass Ihr Leben auch nicht so glücklich verlaufen ist. Mit der Liebe ist es schwierig, mein lieber Fernando. Sie können sich nicht beschweren, Sie haben da noch die Lídia. Lídia ist ein Zimmermädchen. Und Ofélia war eine Schreibkraft. Anstatt uns über Frauen zu unterhalten, sprechen wir von ihren Berufen. Und dann gibt es noch die, mit der ich Sie im Park getroffen habe, wie hieß sie doch gleich. Marcenda. Richtig. Marcenda, das ist nichts. Ein so entschiedenes Urteil klingt mir nach Verärgerung. Meine geringe Erfahrung sagt mir, dass Verärgerung das allgemeine Gefühl der Männer gegenüber den Frauen ist. Mein lieber Ricardo, wir hätten häufiger zusammenkommen müssen. Das Schicksal wollte es nicht.

Fernando Pessoa erhob sich und ging im Arbeitszimmer auf und ab, er griff nach dem Blatt Papier, auf das Ricardo Reis die vorgelesenen Verse geschrieben hatte, wie hatten Sie gesagt, wir sehn die Parzen nicht, die uns vernichten, so lass uns sie vergessen, als ob es sie nicht gäbe, man muss blind sein, wenn man nicht sieht, wie uns die Parzen tagtäglich vernichten, wie sagt doch das Volk, es gibt keinen schlimmeren Blinden als den, der nicht sehen will. Fernando Pessoa ließ das Blatt sinken. Sie haben von Ferro gesprochen. Das Gespräch hatte eine andere Wendung genommen. Gehen wir den Weg noch einmal zurück, António Ferro sagte bei der Preisverleihung, dass jene Intellektuellen, die sich von einem Machtsystem eingekerkert fühlen, selbst wenn diese Macht geistiger Art ist, wie die von Salazar ausgeübte, vergessen, dass sich die geistige Produktion stets in Regimen der Ordnung verstärkt hat. Das von der geistigen Macht ist sehr gut, die Portugiesen hypnotisiert und die Intellektuellen bei der Verstärkung der Produktion unter dem wachsamen Auge eines Victor. Also sind Sie nicht einverstanden. Es wäre schwierig, dem zuzustimmen, ich würde sogar sagen, dass die Geschichte Ferro widerlegt hat, es genügt, wenn wir uns an unsere Jugendzeit erinnern, an die Zeitschrift Orfeu, an all das Übrige, sagen Sie mir, ob das ein Regime der Ordnung war, wenn auch bei Lichte betrachtet, mein lieber Reis, Ihre Oden, um es so zu sagen, eine Poetisierung der Ordnung sein mögen. So habe ich das nie gesehen. Ja, so ist es aber, die Unruhe unter den Menschen ist immer vergebens, die Götter sind weise und gleichgültig, sie leben und löschen sich aus in derselben Ordnung, die sie geschaffen haben, und der Rest ist aus demselben Stoff geschnitten. Über den Göttern steht das Schicksal. Das Schicksal ist die höchste Ordnung, nach der selbst die Götter streben. Und die Menschen, welche Rolle kommt den Menschen zu? Die Ordnung zu stören, das Schicksal zu korrigieren. Zum Besseren. Zum Besseren oder zum Schlechteren, das ist egal, was zählt, ist, zu verhindern, dass das Schicksal Schicksal wird. Sie erinnern mich an Lídia, sie spricht auch oft vom Schicksal, aber sie sagt andere Dinge. Vom Schicksal kann man zum Glück alles sagen. Wir sprachen von Ferro. Ferro ist ein Narr, er glaubte, Salazar wäre das portugiesische Schicksal. Der Messias. Nicht einmal das, der Pfarrer, der uns tauft, firmt, verheiratet, in Gottes Hand befiehlt. Im Namen der Ordnung. Genau, im Namen der Ordnung. Im Leben waren Sie weniger rebellisch, soweit ich mich erinnern kann. Wenn wir tot sind, sehen wir das Leben anders, und mit diesem entscheidenden, keinen Widerspruch duldenden Satz verabschiede ich mich, keinen Widerspruch duldenden, sage ich, weil Sie leben und nicht antworten können. Warum bleiben Sie nicht über Nacht hier, ich habe es Ihnen schon beim letzten Mal angeboten. Es ist nicht gut für die Toten, wenn sie sich daran gewöhnen, mit den Lebenden zu leben, und es wäre auch nicht gut für die Lebenden, sich von den Toten behindern zu lassen. Die Menschheit besteht aus den einen und den anderen. Das ist wahr, doch wenn es ganz und gar so wäre, dann hätten Sie nicht nur mich, dann wäre auch der Richter des Landgerichts hier und der Rest der Familie. Woher wissen Sie, dass in dieser Wohnung ein Richter des Landgerichts gewohnt hat, ich erinnere mich nicht, es Ihnen gesagt zu haben. Es war Victor. Welcher Victor, meiner? Nein, einer, der schon gestorben ist, der aber auch die Angewohnheit besitzt, sich ins Leben anderer einzumischen, nicht einmal der Tod hat ihn von dieser Manie heilen können. Riecht er nach Zwiebel? Er riecht, aber schwach, er verliert den Geruch mit der vergehenden Zeit. Adieu, Fernando. Adieu, Ricardo.

Es gibt böse Anzeichen dafür, dass es der geistigen Kraft Salazars nicht gelingt, mit der ursprünglichen Kraft des Absenders an alle Orte zu gelangen. Diese Schwäche fand ihren Ausdruck im jüngsten Ereignis, das als beispielhaft angesehen werden kann, dort am Tejo-Ufer, es handelte sich um den Stapellauf des Avisos zweiter Klasse João de Lisboa, eine feierliche Zeremonie in Anwesenheit des ehrwürdigen Staatsoberhauptes. Der Aviso, geschmückt oder, seemännisch ausgedrückt, über die Toppen geflaggt, liegt auf den Schlitten, die Ablaufbahnen sind gefettet, die Bremsschilde angebracht, die Besatzung ist an Deck angetreten, da nähert sich Seine Exzellenz, der Präsident der Republik, General António Óscar de Fragoso Carmona, genau der, der gesagt hatte, dass Portugal heute überall bekannt sei und dass es sich deshalb lohne, Portugiese zu sein, er kommt mit seinem Gefolge, in Zivil und Uniform, die einen in Galauniform, die anderen in Frack, Zylinder und gemusterten Hosen, er krault sich den schönen weißen Schnurrbart und streicht ihn glatt, vielleicht hält er sich zurück, um nicht an diesem Ort und bei dieser Gelegenheit die üblichen Floskeln von sich zu geben, die er stets zur Hand hat, wenn er eingeladen ist, Kunstausstellungen zu eröffnen, sehr schick, sehr schick, es hat mir sehr gefallen, sie gehen schon die Stufen hinauf, die zur Tribüne führen, es sind die hohen Würdenträger der Nation, ohne deren Kommen und Beisein nicht ein einziges Schiff zu Wasser gelassen würde, es erscheint ein Vertreter der Kirche, der katholischen natürlich, von dem man eine nützliche Segnung erwartet, sei gottgefällig, Schiff, töte viel, stirb wenig, ein weiterer Blick auf die Teilnehmer des glänzenden Gefolges, da sind die Persönlichkeiten, das neugierige Volk, die Arbeiter der Werft, die Zeitungsfotografen, die Reporter, eine Flasche Bairrada-Schaumwein ist da und wartet auf ihren triumphalen Moment, der, warum soll man es nicht sagen, explosiv sein wird, da beginnt plötzlich die João de Lisboa, ohne dass jemand sie berührt hätte, die Ablaufbahnen hinunterzugleiten, allgemeine Verblüffung, der weiße Schnurrbart des Präsidenten zittert, verwirrt wackeln die Zylinder, und das Schiff fährt dahin, taucht in die ruhmreichen Wasser, die Seeleute bringen die üblichen Vivats aus, die Möwen fliegen wild auf, aufgeschreckt durch das Sirenengeheul der anderen Schiffe und auch durch das schallende Gelächter, das am ganzen Flussufer von Lissabon widerhallt, das muss man erlebt haben, das war das Werk der Werftarbeiter, überaus boshafte Leute, aber Victor hat mit seinen Nachforschungen bereits begonnen, die Flut weicht plötzlich zurück, die Mäuler der Abwasserrohre stoßen einen pestilenzialischen Zwiebelgeruch aus, der Präsident zieht sich wie vom Schlag getroffen zurück, das Gefolge löst sich auf, eilt wütend davon, auf der Stelle will man wissen, wer die Verantwortlichen für diesen infamen Anschlag auf die Ehre des

Vaterlandes, der Seeleute, in der Person ihres allerhöchsten Richters sind, ja, Senhor Präsident, sagt Hauptmann Agostinho Lourenço, Victors Chef, aber den Spott werden Sie nicht abschütteln können, lachen wir lauthals, in der ganzen Stadt spricht man von nichts anderem, selbst die Spanier aus dem Hotel Bragança, wenn auch etwas verängstigt, cuídense ustedes, eso son artes del diabolo rojo. Doch weil diese Fälle Sache der lusitanischen Polizei sind, gehen sie mit ihren Kommentaren nicht weiter, diskret verabreden sich die Herzöge von Alba und Medinaceli zu einem Besuch im Coliseu unter Männern, um sich das Catch-as-catch-can anzusehen, auch Greif, wie du greifen kannst genannt, die schrecklich-prächtigen Kämpfe ihres Landsmannes José Pons, des Grafen Karol Nowina, eines polnischen Adligen, des Juden Ab-Kaplan, des Weißrussen Zikoff, des Tschechen Stresnack, des Italieners Nerone, des Belgiers de Ferm, des Flamen Rik de Groot, des Engländers Rex Gable, eines Strouck, dessen Vaterland unerwähnt bleibt, die Weisen dieses anderen Welttheaters, glänzen durch die Anmut von Fausthieb und Fußtritt, von Kopfstoß und Beinschere, von Würgegriff und Niederdrücken der Brücke, nähme Goebbels an diesem Wettkampf teil, dann würde er auf Nummer sicher gehen und seine Flugzeugstaffeln vorschicken.

Ganz genau um Flugzeuge und ihre Künste wird es jetzt in dieser Hauptstadt gehen, nachdem sich die Marine so schlecht benommen hat, nebenbei sei angemerkt, da wir nicht mehr auf diesen Fall zurückkommen, dass trotz Victors Eifer noch herauszufinden ist, wer die Urheber der Meuterei waren, denn der Fall der João de Lisboa kann nicht einfach das Werk eines einfachen Kalfaterers oder Nieters gewesen sein. Jedenfalls ist zu sehen, dass sich Kriegswolken über Europas Himmel zusammenbrauen, und deshalb beschloss die Regierung der Nation anhand eines Beispiels, was von allen Lektionen immer die beste ist, die

Einwohner aufzuklären, wie sie sich zu verhalten haben und sich retten müssen, wenn ein Luftangriff erfolgt, ohne mit der Wirklichkeitsnähe so weit zu gehen, dass der mögliche Gegner identifiziert wird, aber doch den Verdacht in der Luft hängen zu lassen, dass es der Erbfeind sein könnte, das heißt der jetzt rote Kastilier, weil nämlich aufgrund der noch so geringen Reichweite der modernen Flugzeuge nicht anzunehmen ist, dass uns französische Maschinen angreifen, englische viel weniger, wo sie darüber hinaus auch noch unsere Verbündeten sind, und hinsichtlich der Italiener und Deutschen hat es so viele Beweise der Freundschaft für dieses in derselben Idee verbundene Volk gegeben, dass wir von ihnen eher eines Tages Unterstützung erwarten, doch niemals Vernichtung. So hatte dann die Regierung über die Zeitungen und das Radio mitteilen lassen, dass am nächsten Siebenundzwanzigsten, am Vorabend des zehnten Jahrestages der Nationalen Revolution, Lissabon ein noch nie dagewesenes Spektakel erleben werde, die Simulierung eines Luftangriffs auf einen Teil der Baixa, oder technisch genauer ausgedrückt, die Demonstration eines chemischen Luftangriffs mit dem Ziel, den Bahnhof Rossio zu zerstören und den Zugang durch Gasbomben unpassierbar zu machen. Zuerst wird ein Aufklärungsflugzeug kommen, die Stadt überfliegen und ein Rauchsignal über den Rossio setzen, was den Zweck haben soll, das Angriffsziel zu markieren. Gewisse kritische Stimmen behaupten, die Resultate wären ungleich wirksamer, wenn sofort die Bomber kämen und ihre Bomben abwürfen, ohne Vorwarnung, doch diese Leute sind erklärte Perverse, sie missachten die Gesetze des ritterlichen Kriegs, die nämlich genau besagen, dass man den Gegner nicht ohne zuvor übermittelte Note überfallen darf. Nun, noch ehe der Rauch gänzlich verflogen ist, gibt die Flak einen Schuss ab, Signal dafür, dass die entsprechenden Sirenen zu heulen anfangen, und mit diesem unverkennbaren

Alarm werden die Vorkehrungen motiviert, sowohl die der aktiven als auch der passiven Verteidigung. Polizei, Republikanische Nationalgarde, Rotes Kreuz und Feuerwehrleute treten unmittelbar in Aktion, das Publikum ist gezwungen, sich aus den bedrohten Straßen, hier im Umkreis sind es alle, zurückzuziehen, währenddessen die Rettungsmannschaften zu den gefährdeten Orten eilen, die Feuerwehren werden sich zu den voraussichtlichen Brandherden aufmachen, um es mal so zu sagen, mit den Schläuchen schon im Anschlag. Inzwischen hat sich das Aufklärungsflugzeug entfernt, nachdem es sich versichert hat, dass das Rauchsignal dort ist, wo es sein muss, und dass die Retter schon versammelt sind, unter denen sich, wie wir zur rechten Zeit sehen werden, der Theater- und Filmschauspieler António Silva befindet, an der Spitze seiner freiwilligen Feuerwehr aus Ajuda. Endlich kann das feindliche Bombergeschwader angreifen, gebildet aus einer Doppeldeckerstaffel, sie müssen tief fliegen, da der Pilotensitz dem Regen und den aus allen vier Himmelsrichtungen wehenden Winden ausgesetzt ist, die verteidigenden Maschinengewehre und die Luftabwehr treten in Aktion, weil es jedoch eine Übung ist, wird kein Flugzeug abgeschossen, ungestört vollziehen sie in Wolkennähe ihre Täuschungen und Tricks, sie brauchen nicht einmal das Abwerfen der Spreng- und Gasbomben zu simulieren, sie explodieren selbst dort unten, auf der Praça dos Restauradores, der patriotische Name würde den Platz nicht retten, wenn es ernst wäre. Auch eine Infanterieabteilung, die sich zum Rossio hin bewegte, wäre rettungslos verloren, vernichtet bis zum letzten Mann, noch heute weiß man nicht, was zum Teufel eine Infanterieabteilung an einem Ort zu suchen hat, der laut humaner Vorwarnung des Gegners schwer bombardiert werden sollte, wie man bald darauf sah, hoffen wir, dass das bedauerliche Ereignis, Schande unseres Heeres, nicht vergessen werde und der gesamte Generalstab vor ein Kriegsgericht kommt und erschossen wird. Die Rettungs- und Hilfsmannschaften, Krankenträger, Sanitäter und Ärzte reiben sich auf, indem sie selbstlos unter dem Feuer kämpfen, um die Toten einzusammeln und die Verletzten zu bergen, mit Quecksilbersalbe und Jodtinktur werden Letztere bestrichen und dann verbunden, die Verbände werden anschließend gewaschen, damit sie erneut benutzt werden können, wenn es sich um echte Verletzungen handeln sollte, wenn wir auch dreißig Jahre warten müssen. Trotz der heldenhaften Anstrengungen der Verteidiger kommen die feindlichen Flugzeuge in einer zweiten Welle zurück, ihre Brandbomben treffen den Rossio-Bahnhof, er ist jetzt der Gefräßigkeit der Flammen preisgegeben, ein Haufen Trümmer, aber die Hoffnung auf den Endsieg ist nicht verloren, weil die Statue des Königs Dom Sebastião, den Kopf verhüllt, auf wunderbare Weise unversehrt geblieben ist. Die Zerstörung ereilt andere Stätten, die alten Ruinen des Convento do Carmo verwandeln sich in neue Ruinen, aus dem Teatro Nacional steigen dicke Rauchwolken, die Zahl der Opfer wächst, überall brennen Häuser, Mütter schreien nach ihren Kindern, Kinder schreien nach ihren Müttern, niemand denkt an Ehemänner und Väter, das ist der Krieg, dieses Ungeheuer. Dort am Himmel feiern die Flieger diabolisch den Erfolg ihrer Mission, indem sie sich an Cognac Fundador gütlich tun und so nebenbei auch die kalten Glieder aufwärmen, jetzt, wo das Kampffieber nachlässt. Sie machen sich Notizen, fertigen Skizzen an, schießen Fotos für ihre Berichte, dann entfernen sie sich mit spöttischem Flügelschwenken in Richtung Badajoz, es war uns doch gleich so gewesen, als seien sie von Caia aus gekommen. Die Stadt ist ein einziges Flammenmeer, die Zahl der Toten geht in die Tausende, das war das neue Erdbeben. Dann gibt die Luftabwehr einen letzten Schuss ab, die Sirenen heulen wieder, die Übung ist vorbei. Die Bevölkerung verlässt die Bunker und Unterstände und begibt sich nach Hause, es gibt weder Tote noch Verletzte, die Gebäude stehen noch, es war alles nur ein Spiel.

Das ist das komplette Programm des Spektakels. Ricardo Reis hatte von weitem die Bombardierung von Urca und Praia Vermelha beobachtet, so weit entfernt, dass man sie für Übungen wie diese halten konnte, zur Schulung der Piloten und zum Fluchttraining der Bevölkerung, das Schlimmste war, dass die Zeitungen am nächsten Tag von wirklichen Toten und Verletzten berichteten, Ricardo Reis beschloss daher, sich mit eigenen Augen die Szenerie und die Akteure anzusehen, sich vom Zentrum der Operationen aber fernzuhalten, um nicht die Wirklichkeitsnähe zu beeinträchtigen, zum Beispiel auf der oberen Passage des Aufzugs von Santa Justa. Anderen war die Idee früher gekommen, als Ricardo Reis eintraf, war kein Durchkommen, so begab er sich nach unten, die Calçada do Carmo hinab, und begriff, dass er eine Pilgerreise angetreten hatte, auch wenn es andere Wege waren, Staub und Pflaster, und er vermeinte, dass ihn seine Schritte wieder nach Fátima führen würden, es sind alles Dinge des Himmels, Flugzeuge, Flugapparate oder Erscheinungen. Er weiß nicht, weshalb ihm der Flugapparat des Paters Bartolomeu de Gusmão in den Sinn kam, zuerst wusste er es nicht, aber nachdem er nachgedacht und nachgeforscht hatte, vermutete er, dass er von dieser heutigen Übung durch eine unbewusste Gedankenverbindung zu den Bombardierungen von Praia Vermelha und Urca gekommen war und von diesen, da alles brasilianisch, zum fliegenden Pater, der schließlich einen Flugapparat zustande gebracht hatte, einen Flugapparat, der ihn unsterblich machte, der aber niemals flog, selbst wenn jemand das Gegenteil behauptet hatte oder behaupten sollte. Von der oberen Treppe aus, die in zwei Absätzen zur Rua do Primeiro de Dezembro führt, sieht er eine Menschenmenge am Rossio, er hatte nicht angenommen, dass es den Zuschauern erlaubt sein würde, so nahe an die Bomben und Sprengkörper heranzuziehen, doch er lässt sich vom Strom der Neugierigen treiben, die festlich gestimmt dem Kriegsschauplatz zustreben. Als er die Praça erreicht, sieht er, dass die Ansammlung noch größer ist, als es vorher den Anschein hatte, es ist kein Durchkommen, doch Ricardo Reis hatte Zeit gehabt, die hierzulande üblichen Tricks zu erlernen, er sagt, gestatten Sie, gestatten Sie, lassen Sie mich durch, ich bin Arzt, nicht dass es gelogen wäre, aber die falscheste der Lügen ist genau jene, die sich der Wahrheit zur Befriedigung und Rechtfertigung der Laster bedient. Dank dieser Taktik gelingt es ihm, bis in die vorderen Reihen vorzustoßen, von hier aus wird er alles sehen können. Noch zeichnen sich keine Flugzeuge am Himmel ab, trotzdem sind die Polizeikräfte nervös, die Vorgesetzten auf dem freien Platz vor dem Theater und dem Bahnhof geben Befehle und Instruktionen, jetzt fährt ein Regierungswagen vorbei, darin sitzen der Innenminister und Angehörige seiner Familie, auch die Damen fehlen nicht, andere folgen ihnen in den übrigen Wagen, sie werden der Übung von den Fenstern des Hotels Avenida Palace aus beiwohnen. Plötzlich hört man einen Warnschuss, die Sirenen heulen, die Tauben auf dem Rossio fliegen in Schwärmen auf und knallen mit den Flügeln wie Feuerwerksraketen, irgendetwas ist nicht nach Plan verlaufen, es ist das Voreilige dessen, der beginnt, zuerst hätte das feindliche Flugzeug sein Rauchsignal setzen müssen, danach erst sollte der klagende Ton der Sirenen einsetzen und die Luftabwehr den Schuss abgeben, was soll's, mit dem Fortschreiten der Wissenschaft wird einmal der Tag kommen, an dem uns die Bomben aus zehn Kilometer Entfernung erreichen, wir werden schon noch erfahren, was die Zukunft für uns bereithält. Endlich taucht das Flugzeug auf, die Menge wogt, Arme heben sich, da ist es, da ist es, man vernimmt einen tiefen Widerhall, eine

Explosion, und eine dicke schwarze Rauchwolke steigt empor, allgemeine Erregung, die Spannung dämpft die Stimmen, die Ärzte hängen sich die Stethoskope um, die Sanitäter machen die Spritzen fertig, die Krankenträger treten ungeduldig von einem Bein aufs andere. Von weitem hört man das gleichmäßige Brummen der fliegenden Festungen, der Augenblick rückt näher, die ängstlichsten Zuschauer fragen sich, ob dies zu guter Letzt nicht doch noch ernst werden könnte, einige entfernen sich, bringen sich in Sicherheit, ziehen sich aus Angst vor Splittern unter die Torbögen zurück, doch die Mehrheit rührt sich nicht vom Fleck, und als man die Harmlosigkeit der Bomben bemerkt, verdoppelt sich die Menge in kurzer Zeit. Die Sprengsätze explodieren, die Militärs setzen Gasmasken auf, es gibt nicht genug für alle, aber worauf es hier ankommt, ist, eine Vorstellung von der Wirklichkeit zu geben, wir wissen bald, wer stirbt und wer sich vor dem chemischen Angriff rettet. Noch ist es nicht so weit, dass das Ende allen beschieden ist. Überall ist Rauch, die Zuschauer husten, niesen, hinter dem Teatro Nacional scheint ein wilder schwarzer Vulkan auszubrechen, es sieht sogar aus, als ob es dort brennt. Doch es fällt schwer, diese Ereignisse ernst zu nehmen. Die Polizisten drängen die Zuschauer zurück, die vorrücken und die Retter bei ihrer Arbeit behindern, man sieht sogar Verletzte, die auf Tragen weggebracht werden, Verletzte, die, ihre gelernte dramatische Rolle vergessend, wie verrückt lachen, wahrscheinlich haben sie Lachgas eingeatmet, selbst die Träger müssen anhalten, um sich die Tränen abzuwischen, die pure Freudentränen sind, es ist nicht vom Lachgas. Und nun der Höhepunkt aller Höhepunkte, während ein jeder recht und schlecht die Wahrheit der imaginären Gefahr erlebt, ein städtischer Straßenkehrer mit seinem Metallkarren und seinem Besen, er fegt das Papier am Rinnstein zusammen, nimmt es mit dem übrigen Abfall auf die Schaufel und schüttet alles in den Kübel, er fährt in seiner Arbeit fort, unbeirrt vom Lärm, vom Tumult, von dem Umhergerenne, er taucht in die Rauchschwaden ein und kommt unversehrt wieder hervor, er hebt nicht einmal den Kopf nach den spanischen Flugzeugen. Im Allgemeinen genügt eine Episode, zwei sind meist zu viel, aber die Geschichte sorgt sich wenig um die Prinzipien einer literarischen Komposition, deshalb schickt sie jetzt einen Briefträger mit seinem Postsack vor, der Mann überquert friedlich den Platz, er hat Briefe auszuhändigen, wie viel Leute werden ihn wohl gespannt erwarten, vielleicht kommt heute der Brief aus Coimbra, die Nachricht, morgen werde ich in deinen Armen liegen, dieser Briefträger ist sich seiner Verantwortung bewusst, er ist kein Mann, der Zeit mit Spektakel und Straßenszenen verliert. Ricardo Reis ist in dieser Menge der einzige Wissende, der in der Lage ist, den Straßenkehrer und den Briefträger aus Lissabon mit jenem berühmten Jungen von Paris zu vergleichen, der sein Gebäck anpries, während die wütende Menge die Bastille stürmte, in Wahrheit unterscheidet uns, uns Portugiesen, nichts von der zivilisierten Welt, weder fehlt es uns an entfremdeten Helden noch an gedankenverlorenen Dichtern, an Straßenkehrern, die unermüdlich fegen, an zerstreuten Briefträgern, die den Platz überqueren, ohne zu bemerken, dass der Brief aus Coimbra diesem Herrn dort übergeben werden muss, aber ich habe keinen Brief aus Coimbra, sagt er, während der Straßenkehrer kehrt und der portugiesische Konditor Käsegebäck aus Sintra anpreist.

Einige Tage später erzählte Ricardo Reis, was er gesehen hatte, die Flugzeuge, den Rauch, er sprach vom Donnern der Flak, vom Tacken der Maschinengewehre, und Lídia hörte aufmerksam zu, bedauerte, dass sie nicht auch dort gewesen war, dann lachte sie herzhaft über die komischen Vorfälle, ach, wie lustig, der Straßenkehrer, und da erinnerte sie sich, dass sie auch etwas zu erzählen hatte, wissen Sie, wer geflohen ist, sie wartete nicht darauf, dass Ricardo Reis antworten würde, Manuel Guedes, jener Seemann, von dem ich Ihnen neulich erzählt habe, erinnern Sie sich? Ich erinnere mich, aber von wo ist er geflohen? Als er zum Gericht gebracht wurde, flüchtete er, Lídia lachte schadenfroh, Ricardo Reis begnügte sich damit, zu lächeln, in diesem Land herrscht nur Schlamperei, die Schiffe gehen vor der Zeit zu Wasser, die Gefangenen entfliehen, die Briefträger händigen die Briefe nicht aus, und schließlich die Straßenkehrer, über sie kann man nichts sagen. Lídia fand es jedenfalls sehr gut, dass Manuel Guedes geflohen war.

Den Blicken entzogen, singen die Grillen in den Palmen auf dem Alto de Santa Catarina. Der grelle Ton, der in den Ohren Adamastors sticht, verdient nicht, dass wir ihm den süßen Namen Musik geben, aber das mit den Tönen hängt auch sehr von der Stimmung dessen ab, der sie hört, wie sie der verliebte Gigant gehört haben wird, als er am Strand wandelte und auf die kupplerische Dóris wartete, um mit ihr den Zeitpunkt für das ersehnte Treffen festzulegen, da sang das Meer, es war die geliebte Stimme der Thetis, die über dem Wasser schwebte, wie es, so sagt man gewöhnlich, der Geist Gottes zu tun pflegt. Wer hier singt, das sind die Männchen, sie reiben die rauen Flügel aneinander und erzeugen unermüdlich diesen aufdringlichen Ton, einer Marmorsäge gleich, die urplötzlich ein scharfes Kreischen in die glühende Luft schleudert, als ginge man daran, einen noch festeren Kern im Inneren des Gesteins zu zersägen. Es ist heiß. In Fátima hatte es die ersten Anzeichen der Hundstage gegeben, doch dann kamen bedeckte Tage, es begann sogar zu nieseln, die Überschwemmungen in der Tiefebene waren aber endgültig zurückgegangen, vom riesigen Binnenmeer sind nur noch einige Pfützen fauligen Wassers übrig geblieben, die nach und nach von der Sonne aufgesogen werden. Die Alten kommen des Morgens hierher, in der ersten Frische, sie haben Regenschirme bei sich, aber als sie diese öffnen, brennt bereits die Sonne herab, und so benutzen sie sie als Sonnenschirme, woraus wir schließen, dass die Gebrauchseigenschaft, die die Dinge haben, wichtiger ist als der Name, den wir ihnen geben, obwohl dieser letztlich von jener Eigenschaft abhängt, wie wir gerade jetzt beobachten können, ob wir wollen oder nicht, wir kehren immer zu den Worten zurück. Die Schiffe laufen ein und aus, mit ihren Flaggen, den rauchenden Schornsteinen, den winzig erscheinenden Seeleuten, der kräftigen Stimme der Sirenen, so durchdringend, wie man sie in den Stürmen des Ozeans hörte, geblasen auf wilden Hörnern, die Männer haben schließlich gelernt, mit dem Gott des Meeres als Ebenbürtige zu sprechen. Die beiden Alten fuhren niemals zur See, doch ihr Blut erstarrt nicht vor Schreck in den Adern, wenn sie das durch die Entfernung gebrochene machtvolle Tosen hören, mehr im Innern erzittern sie, als glitten durch ihre Venen Schiffe, verloren in der absoluten Dunkelheit des Körpers, zwischen den gigantischen Knochen der Welt. In beklemmender Stille gehen sie die Straße hinunter, sie haben zu Mittag gegessen, die gewohnte Zeit der Siesta verbringen sie im Schatten des Hauses, dann, beim ersten Anzeichen, dass der Nachmittag auffrischt, begeben sie sich zum Alto zurück, setzen sich auf dieselbe Bank, mit aufgespanntem Sonnenschirm, denn wie wir wissen, ist der Schatten dieser Bäume unstet, die Sonne braucht nur etwas zu sinken, und schon ist er verschwunden, und eben erst hat er uns noch bedeckt, das liegt an der Höhe der Palmen. Die Alten werden sterben, ohne erfahren zu haben, dass Palmen keine Bäume sind, es ist unglaublich, wie weit die Unwissenheit des Menschen reichen kann, mit anderen Worten, unglaublich ist, wenn wir sagen, dass eine Palme kein Baum ist und dass es keine Bedeutung hat, so wie beim Regenschirm und Sonnenschirm, was zählt, ist der Schutz, den sie gewähren. Außerdem, wenn wir diesen Senhor, der jeden Tag hierherkommt, fragten, ob die Palme ein Baum sei, bin ich sicher, dass auch er keine Antwort wüsste, er müsste nach Hause gehen, um sein Botanikbuch zu konsultieren, wenn er es nicht in Brasilien vergessen hat, am wahrscheinlichsten ist, dass seine Kenntnisse des Pflanzenreichs nur so weit gehen, dass er damit seine Poesien schmücken kann. Blumen in der Regel, und nicht viel mehr, etwas Lorbeer, weil er schon aus der Zeit der Götter stammt, einige Bäume, namenlos, Weinranken und Sonnenblumen, die in der Flussströmung zitternden Binsen, der Efeu des Vergessens, die Lilien und die Rosen, die Rosen, die Rosen. Zwischen den Alten und Ricardo Reis herrschen Vertraulichkeit und ein freundschaftlicher Ton, doch niemals war er mit dem Vorsatz hinausgegangen, sie zu fragen, wissen Sie, dass eine Palme kein Baum ist, und sie ziehen so wenig in Zweifel, was sie zu wissen glauben, dass sie ihn nie fragen werden, Senhor Doktor, ist eine Palme ein Baum, eines Tages werden sie sich alle trennen, und dieser grundsätzliche Punkt der Existenz wird nicht geklärt sein, wenn der Anschein den Baum ausmacht, dann ist die Palme ein Baum, wenn der Anschein das Leben ausmacht, dann ist dieser baumartig wachsende Schatten, den wir auf den Boden werfen, Leben.

Ricardo Reis steht jetzt spät auf. Er frühstückt nicht mehr, er hat sich daran gewöhnt, den morgendlichen Appetit zu unterdrücken, das geht so weit, dass ihm die reichhaltigen Frühstückstabletts, die ihm Lídia in den üppigen Zeiten des Hotels Bragança auf sein Zimmer brachte, an ein Leben zu erinnern scheinen, das nicht seins war. Er schläft bis in den Vormittag hinein, wacht auf und schläft wieder ein, er beobachtet sein eigenes Schlafen, und nach vielen Versuchen ist es ihm gelungen, sich auf einen einzigen Traum festzulegen, immer denselben, den Traum dessen, der träumt, dass er nicht träumen will, den Traum mit dem Traum bedeckend, wie jemand, der die Spuren verwischt, die er hinterließ, die Zeichen der Füße, die ausgeprägten Abdrücke, es ist einfach, es genügt, den Zweig eines Baumes oder den Wedel einer Palme hinter sich herzuziehen, zurück bleiben nur einige lose Blätter, spitze Pfeile, die binnen kurzem vertrocknen und sich mit dem Staub vermischen. Wenn er aufsteht, ist Mittagszeit. Waschen, Rasieren, Ankleiden sind mechanische Vorgänge, an denen das Bewusstsein kaum teilhat. Dieses von Schaum bedeckte Gesicht ist nicht mehr als die Maske eines Mannes, anpassbar an jedwedes Mannesgesicht, und wenn das Rasiermesser nach und nach freilegt, was darunter ist, schaut sich Ricardo Reis ratlos an, ein wenig verwirrt, unruhig, als ob er fürchten müsste, dass ihm von dort her etwas Schlechtes widerfahren könnte. Er beobachtet minuziös, was der Spiegel ihm zeigt, er versucht, die Ähnlichkeiten herauszufinden, die dieses Gesicht mit einem anderen zeigt, das er schon lange nicht mehr gesehen hat, dass es nicht so sein kann, sagt ihm das Bewusstsein, es genügt, die Gewissheit zu haben, dass er sich jeden Tag rasiert, jeden Tag diese Augen sieht, diesen Mund, diese Nase, dieses Kinn, diese blassen Wangen, diese zusammengedrückten lächerlichen Anhängsel, Ohren genannt, und doch ist es, als hätte er sich viele Jahre hindurch nicht betrachtet, an einem Ort ohne Spiegel, nicht einmal die Augen irgendjemandes, und heute sieht er sich und erkennt sich nicht wieder. Er geht zum Mittagessen, zuweilen trifft er die Alten, wenn sie die Straße herunterkommen, sie begrüßen ihn, guten Tag, Senhor Doktor, er gibt zurück, guten Tag, bis heute weiß er nicht, wie sie heißen, welchen Namen sie tragen, sie können ebenso gut Bäume sein wie Palmen. Wenn er Lust verspürt, sieht er sich einen Film an, doch fast immer geht er nach dem Mittagessen gleich wieder nach Hause, der Park ist wegen der drückenden Hitze leer, der Fluss reflektiert gleißendes Licht, das die Augen blendet, der an den Stein gefesselte Adamastor stößt einen lauten Schrei aus, voll Zorn, dem Ausdruck nach, den ihm der Bildhauer verliehen hat, voll Schmerz, aus den Gründen, die wir seit Camões kennen, wie die Alten, so zieht sich auch Ricardo Reis in den Schatten seiner Wohnung zurück, in die nach und nach der alte, muffige Geruch zurückgekehrt ist, es genügt nicht, dass Lídia, wenn sie kommt, alle Fenster öffnet, es ist ein Geruch, der den Möbeln und den Wänden zu entströmen scheint, es ist ein ungleicher Kampf, wie man richtig sagt, und Lídia kommt jetzt nicht mehr so oft. Mit dem ersten Nachmittagslüftchen verlässt Ricardo Reis wieder die Wohnung, er setzt sich auf eine Bank im Park, den Alten nicht zu nahe, aber auch nicht zu weit von ihnen, er hat den beiden die Morgenzeitung gegeben, die er schon gelesen hat, das ist sein einziges Werk der Wohltätigkeit, er lässt ihnen keine Brotgabe zukommen, weil sie ihn nicht darum gebeten haben, er überreicht dieses mit Nachrichten bedruckte Papier, obwohl er nicht darum gebeten wurde, man entscheide, welche dieser beiden Großzügigkeiten die größere ist, wäre die erste nicht ausgelassen, Ricardo Reis könnten wir fragen, was er allein in der Wohnung gemacht hat die ganzen Stunden über, und er könnte nicht darauf antworten, würde mit den Schultern zucken. Vielleicht erinnert er sich daran, dass er gelesen, einige Verse geschrieben hatte und durch die Flure geschlendert war, er war in dem nach hinten gelegenen Teil der Wohnung gewesen, um den Blick über die Gärten schweifen zu lassen, über die aufgehängte Wäsche, die weißen Laken und die Handtücher, die Hühnerställe, die Haustiere, die auf den Mauern im Schatten schlafenden Katzen, kein einziger Hund, weil dies tatsächlich keine Güter sind, die bewahrt werden müssten. Dann las er wieder, schrieb Verse oder verbesserte sie, zerriss einige, die es nicht wert waren, aufbewahrt zu werden, nur das Wort ist dasselbe, nicht sein Sinn. Dann wartete er darauf, dass die Hitze nachließe, dass sich das erste Nachmittagslüftchen regte, als er die Treppe hinunterging, erschien die Nachbarin von unten auf dem Treppenabsatz, die Zeit hat das üble Nachreden vergehen lassen, weil sie ihre Motive banalisiert hat, das ganze Gebäude ist jetzt die Ruhe der Nächsten und die Harmonie der

Nachbarn, nun, geht es Ihrem Mann schon besser, fragte er, und die Nachbarin antwortete, dank des Senhor Doktor, es war eine glückliche Fügung, ein Wunder, das ist es, was wir alle erbitten, glückliche Fügungen und Wunder, es kann nicht nur Zufall sein, dass ein Arzt gleich neben unserer Wohnungstür wohnt und zu Hause ist, wenn uns eine Verdauungsstörung überkommt. Hat er sich erleichtert? Nach unten und nach oben hat er sich entleert, gottlob, Senhor Doktor, so ist das Leben, ein und dieselbe Hand schreibt das Rezept für das Abführmittel und die edelsten Verse, oder einfach diskret, Sonne hast du, wenn es sie gibt, Zweige, wenn du Zweige suchst, Glück, wenn das Glück gegeben ist.

Die Alten lesen die Zeitung, wir wissen bereits, dass einer von ihnen Analphabet ist und deshalb ausschweifender in den Kommentaren, er bringt seine Meinung zum Ausdruck, denn er hat keine andere Möglichkeit, das Gleichgewicht herzustellen, wenn einer weiß, so erklärt der andere, hörst du, das von dem Verrückten Sechshunderter hat seinen Witz. Ich kenne ihn seit Jahren, als er noch Fahrer der Elektrischen war, wie er mit dem Triebwagen gegen die Karren fuhr. Es heißt hier, dass er wegen dieser Verrücktheit achtunddreißigmal im Gefängnis saß, schließlich hat ihn die Straßenbahngesellschaft entlassen, er war unverbesserlich. Es war ein glatter Krieg, auch die Karrenführer, das muss man sagen, trugen ihr Teil Schuld, sie gingen an der Seite der Tiere, ohne sich auch nur im Geringsten zu beeilen, und der Verrückte Sechshunderter trat mit dem Stiefelabsatz auf den Klingelknopf, wütend, mit Schaum vor dem Mund, schließlich verlor er die Geduld, da fuhr der Wagen vor, bums, und sogleich ein Auflauf, Polizei erschien, alle zur Wache. Jetzt ist der Verrückte Sechshunderter Karrenführer und streitet sich ständig mit seinen ehemaligen Kollegen, die mit ihm dasselbe tun, was er mit den anderen gemacht hatte. Sagt da nicht ein altes Sprichwort, niemand tue dem Schlechtes, der ihm Gutes will, das warf der Alte ein, der nicht lesen konnte, deshalb hat er ein größeres Bedürfnis nach knappen Formeln der Weisheit, zum sofortigen Gebrauch und wegen der schnellen Wirkung, wie die Abführmittel. Ricardo Reis saß auf derselben Bank, das passierte selten, aber diesmal waren alle anderen besetzt, er verstand, dass der ausführliche Dialog der Alten für ihn bestimmt war, er fragte, und dieser Spitzname, Verrückter Sechshunderter, wie ist es dazu gekommen, darauf antwortete der Alte, der Analphabet, seine Nummer bei der Straßenbahngesellschaft war sechshundert, den Namen Verrückter hat er wegen dieser Manie erhalten, so kam es zum Verrückten Sechshunderter, und das war sehr treffend. Ohne Zweifel. Die Alten kehrten zur Lektüre zurück, Ricardo Reis ließ seine Gedanken schweifen, welcher Spitzname würde zu mir passen, vielleicht Dichterarzt, oder der Gehende und Kommende, oder der Vergeistigte, oder der Zé der Oden, Schachspieler, Zimmermädchen-Casanova, Mondserenade, plötzlich ließ sich der lesekundige Alte vernehmen, der Pechvogel, es war der Spitzname eines unbedeutenden Spitzbuben, ein auf frischer Tat ertappter Taschendieb, warum nicht Ricardo Reis, der Pechvogel, ein Missetäter kann auch Ricardo Reis heißen, die Namen wählen keine Schicksale. Was die Alten am meisten interessierte, waren haargenau diese dramatischen und pikanten Nachrichten des Alltags, Betrügereien, Tumulte und Aggressionen, düstere Stunden, Verzweiflungstaten, Verbrechen aus Leidenschaft, Schatten der Zypressen, tödliche Unfälle, der abgetriebene Fötus, der Verkehrsunfall, das Kalb mit zwei Köpfen, die Hündin, die Katzen säugt, sie ist wenigstens nicht wie Ugolina, die es über sich brachte, die eigenen Jungen zu fressen. Jetzt ist Micas Saloia an der Reihe, ihr wirklicher Name ist Maria da Conceição, sie war einhundertsechzigmal wegen Diebstahls eingesperrt, einige Male war sie schon in Afrika, und auch Judite Meleças ist an der Reihe, falsche Gräfin von Castelo Melhor, die einen Leutnant der Republikanischen Nationalgarde um zweitausendfünfhundert Escudos erleichtert hat, in fünfzig Jahren wird diese Geldmenge unbedeutend erscheinen, aber in diesen kargen Zeiten ist es fast ein Reichtum, das sagen die Frauen von Benavente, die an einem Arbeitstag von Sonnenaufgang bis Sonnenuntergang zehntausend Réis verdienen, wenn wir eine Rechnung aufmachen, so hat sich Judite Meleças, selbst wenn sie keine echte Gräfin von Castelo Melhor ist, im Tausch für etwas, was der Leutnant der Garde schon wissen wird, zweihundertfünfzig Lebens- und Arbeitstage der Micas da Borda d'Água in die Tasche gesteckt, nicht gerechnet die Zeiten ohne Arbeit und ohne Brot, derer viele sind. Das Weitere interessiert weniger. Wie angekündigt, fand das Fest des Jockeyklubs mit mehreren Tausend Teilnehmern statt, es ist nicht verwunderlich, dass so viele da waren, wir wissen sehr wohl, wie groß die portugiesische Vorliebe für Feste, Prozessionen und Wallfahrten ist, selbst Ricardo Reis ist nach Fátima gefahren, obwohl er ein erklärter Heide ist, umso mehr, wenn es sich um ein Wohlfahrtswerk handelt wie dieses, ganz auf das Wohl des Nächsten bedacht, den vom Hochwasser im Ribatejo Betroffenen, unter denen sich auch Micas de Benavente befindet, da wir gerade von ihr gesprochen haben, sie wird ihren Anteil an den fünfundvierzigtausendsiebenhundertdreiundfünfzig Escudos und fünf Centavos, einen halben Tostão, haben, so viel wurde festgestellt, aber die Rechnung ist noch nicht ganz klar, denn man muss noch erfahren, wie viel Abgaben und Gebühren bezahlt werden müssen, das wird nicht wenig sein. Aber es lohnte sich wegen der Güte und Erlesenheit der Festnummern, die Kapelle der Republikanischen Nationalgarde gab ein Konzert, zwei Schwadronen der Kavallerie derselben Garde führten Kavalkade und Angriff vor, Patrouillen der Praktischen Kavallerieschule von Torres Novas exerzierten, ribatejanisches Schlachtvieh wurde gehetzt und niedergeworfen, wir sprechen vom Vieh, nicht von Menschen, obwohl diese so oft gehetzt und niedergeworfen werden, nuestros hermanos waren gegen ein Entgelt durch Picadores aus Sevilla und Badajoz vertreten, die zu der Gelegenheit in unser Land gekommen waren, um mit ihnen zu sprechen und Neuigkeiten zu erfahren, waren die Herzöge von Alba und Medinaceli, die Gäste des Hotels Bragança, zum Rasenplatz hinuntergegangen, ein vorzügliches Beispiel iberischer Solidarität ist dort demonstriert worden, es gibt nichts Erhabeneres als einen spanischen Granden in Portugal.

Aus der übrigen Welt gibt es kaum neue Meldungen, die Streiks in Frankreich gehen weiter, die Zahl der Streikenden beläuft sich schon auf fünfhunderttausend, da wird es nicht lange dauern, bis die Regierung unter Albert Sarraut zurücktritt, um einem neuen Kabinett Platz zu machen, das Léon Blum bilden wird. Dann werden die erwähnten Streiks nachlassen, sodass es scheint, als ob mit der neuen Regierung vorerst die Forderungen befriedigt wären. Doch in Spanien, von dem wir nicht wissen, ob die Picadores aus Sevilla und Badajoz dorthin zurückgekehrt waren, nachdem sie mit den Herzögen gesprochen hatten, aqui nos respectan como si fuéramos grandes de Portugal, sino más, resten ustedes con nosotros, iremos a garrochar juntos, in Spanien, sagen wir es mal so, schießen die Streikenden wie Pilze aus dem Boden, und schon droht Largo Caballero, solange die Arbeiterklassen nicht durch die Macht unterstützt werden, wird es gewaltige Bewegungen geben, er, der zu den Sympathisanten gehört, sagt es, weil es die Wahrheit ist, daher müssen wir damit beginnen, uns auf das Schlimmste vorzubereiten. Selbst wenn wir nicht zur rechten Zeit kommen, so hat es sich doch gelohnt, sei die Seele groß oder klein, wie der andere mehr oder weniger sagte, und das war beim Negus der Fall, dem in England ein überwältigender volkstümlicher Empfang zuteilwurde, das Sprichwort stimmt schon, das da besagt, nach des Esels Tod wird er am Schwanz gemästet, erst überließen diese Briten die Äthiopier ihrem traurigen Schicksal, und jetzt applaudieren sie ihrem Kaiser, wenn Sie mich fragen, werter Senhor, dann ist das alles eine große Komödie. So müssen wir uns nicht wundern, dass sich die Alten vom Alto de Santa Catarina angeregt unterhalten, nachdem der Doktor bereits nach Hause gegangen ist, über Tiere, jenen weißen Wolf, der in Riodades aufgetaucht ist, das ist in der Gegend von São João da Pesqueira, und den die Bevölkerung Pombo, die Taube, nennt, und die Löwin Nádia, die den Fakir Blacaman am Bein verletzt hat, dort im Coliseu war's, unter den Blicken aller Zuschauer, damit man weiß, wie sehr die Zirkuskünstler tatsächlich ihr Leben riskieren. Wenn sich Ricardo Reis nicht so früh zurückgezogen hätte, dann hätte er die Gelegenheit nutzen können, den Fall der Hündin Ugolina zu erzählen, sodass auf diese Weise die Kollektion der Raubtiere vollständig gewesen wäre, der vorläufig noch freie Wolf, die Löwin, bei der die Dosis des Betäubungsmittels erhöht werden muss, schließlich die ihre Jungen fressende Hündin, ein jedes mit seinem Beinamen, Pombo, Nádia und Ugolina, nicht hierin unterscheiden sich die Tiere von den Menschen.

An einem dieser Tage, im Morgengrauen, sehr früh entgegen seinen neuen Gewohnheiten der Trägheit, vernahm der noch dösende Ricardo Reis Salven von Kriegsschiffen auf dem Tejo, einundzwanzig langhallende feierliche Schüsse ließen die Scheiben erzittern, er meinte, ein neuer Krieg habe begonnen, aber dann erinnerte er sich an die gestrigen Nachrichten, es ist der zehnte Juni, der Volksfeiertag, zur Erinnerung an unsere Größten und zur Weihe derer, die wir jetzt hier sind, an Größe und Zahl, für die Aufgaben der Zukunft. Halb schlaftrunken prüfte er seine Energien, ob sie ausreichen würden, dass er sich plötzlich von den schlaffen Betttüchern erheben und die Fensterflügel öffnen könnte, damit die letzten Echos der Salven ungehindert hereindrangen, um die Schatten der Wohnung aufzuschrecken, den verborgenen Schimmel, den heimtückischen Modergeruch, doch während er darüber noch nachdachte, verebbte das letzte Beben, auf den Alto de Santa Catarina senkte sich wieder eine große Stille, Ricardo Reis bemerkte nicht einmal, wie sich seine Augen wieder schlossen und er einschlief, so verkehrt ist das Leben, wir schlafen, wenn wir wachen müssten, wir gehen, wenn wir kommen müssten, wir haben das Fenster geschlossen, wenn es geöffnet sein sollte. Nachmittags, als er vom Essen zurückkam, bemerkte er, dass auf den Stufen des Camões-Denkmals Blumen lagen, Ehrungen von patriotischen Vereinigungen für den Epiker, dem edlen Besinger der Volkstugenden, damit man es recht verstehe, dass wir nichts mit der dumpfen und niedrigen Traurigkeit zu tun haben, die wir im sechzehnten Jahrhundert durchlebten, heute sind wir ein sehr glückliches Volk, glauben Sie es nur, wenn es Nacht wird, werden wir hier auf dem Platz einige Scheinwerfer einschalten, der Senhor Camões wird in voller Größe illuminiert sein, was sage ich, verklärt durch den blendenden Glanz, wir wissen sehr gut, dass er auf dem rechten Auge blind ist, lassen Sie nur, das linke ist ihm noch geblieben, sodass er uns sehen kann, wenn Sie meinen, das Licht sei zu stark für Sie, dann sagen Sie es nur, es kostet uns nichts, es bis zum Dämmerlicht zu dämpfen, bis zur totalen Finsternis, bis zur Urdunkelheit, wir sind schon daran gewöhnt. Wäre Ricardo in dieser Nacht ausgegangen, so hätte er Fernando Pessoa auf der Praça de Camões getroffen, auf einer jener Bänke sitzend, wie jemand, der frische Luft schnappen will, dieselbe Entspannung suchen ganze Familien, auch Einzelgänger, es ist so viel Licht, als wäre es Tag, auf den Gesichtern liegt so etwas wie Verzückung, man versteht, dass es sich um das Fest des Volkes handelt. Bei dieser Gelegenheit wollte Fernando Pessoa im Stillen jenes Gedicht aus der Mensagem rezitieren, das Camões gewidmet ist, und es dauerte einige Zeit, bis er begriff, dass es in der Mensagem kein Camões gewidmetes Gedicht gibt, das scheint undenkbar, nur wenn man nachsieht, glaubt man es, von Odysseus bis Sebastião ist ihm keiner entgangen, nicht einmal die Propheten hat er vergessen, Bandarra und Vieira, und kein Wörtchen, nicht ein einziges für Zarolho, und dieser Mangel, diese Unterlassung, diese Abwesenheit lassen die Hände Fernando Pessoas zittern, das Bewusstsein fragt ihn, warum, und das Unbewusste weiß nicht, welche Antwort es geben soll, da lächelt Luís de Camões, sein Bronzemund hat das kluge Lächeln dessen, der früh gestorben ist, und er sagt, es war Neid, mein lieber Pessoa, doch lassen Sie nur, quälen Sie sich nicht so, hier, wo wir beide sind, hat nichts mehr Bedeutung, es kommt der Tag, an dem man Sie hundertmal verleugnen wird, ein anderer Tag wird kommen, an dem Sie wünschen, dass man Sie verleugnet. Zur selben Stunde versucht in jenem zweiten Stock der Rua de Santa Catarina Ricardo Reis ein Gedicht auf Marcenda zu schreiben, damit man morgen nicht sage, dass Marcenda vergebens da gewesen wäre, voll Sehnsucht heute schon nach diesem Sommer, vergieß ich Tränen über seine Blumen, voraus erinnernd, wie bald sie mir verloren, das wird so bleiben, und zwar als erster Teil der Ode, bis hierher würde niemand erraten, dass von Marcenda die Rede ist, obwohl man weiß, dass wir oft beginnen vom Horizont zu sprechen, weil es der kürzeste Weg zum Herzen ist. Eine halbe Stunde danach oder eine, oder wie viel auch, denn die Zeit hält inne oder eilt beim Verseschmieden dahin, gewann der mittlere Teil an Form und Sinn, es ist überhaupt nicht das Klagen, das anhebt, lediglich das weise Wissen davon, was keine Heilung findet, da ich der Jahre Pforten ohne Umkehr durchschritten, eile ich voran dem Schatten, als der ich ohne Blumen im Abgrund irren muss. Die ganze Stadt schläft in der Morgendämmerung, weil sie unnütz sind, keiner sieht sie mehr, sind die Scheinwerfer am Camões-Denkmal ausgeschaltet, Fernando Pessoa ist nach Hause gegangen und sagt, ich bin wieder da, Großmutter, und in diesem Moment vollendet sich das Gedicht, schwierig, mit einem Semikolon, was ärgerlich ist, wir haben wohl gesehen, wie Ricardo Reis mit ihm gekämpft hat, er wollte es nicht hier, aber es blieb, wir wollen raten, wo, um auch am Werk teilzuhaben, die Rose pflück ich, weil das Los gebietet. Welkend bewahr ich sie; sie welke eher bei mir als bei der weiten Erde beständigem Kreislauf. Ricardo Reis legt sich angekleidet aufs Bett, die linke Hand ruht auf dem Bogen Papier, wenn er vom Schlaf in den Tod hinübergehen würde, dann nähme man an, es wäre sein Testament, der letzte Wille, der Abschiedsbrief, und man erführe nicht, was es ist, selbst wenn man es gelesen hätte, weil dieser Name Marcenda von Frauen nicht angenommen wird, es sind Worte einer anderen Welt, eines anderen Ortes, weiblich, doch von der Art des Gerundiums, wie Blimunda zum Beispiel, was ein Name ist, der auf eine Frau wartet, die ihn annimmt, für Marcenda ist er wenigstens schon gefunden, aber sie lebt weit weg.

Hier ganz in der Nähe, im selben Bett, lag Lídia, als man das Erdbeben spürte. Es trat kurz und unvermittelt auf, es erschütterte heftig das Gebäude von oben bis unten, und wie es gekommen war, so war es gegangen, hinterließ die Nachbarschaft schreiend auf den Treppen und die Deckenleuchten schwankend, wie ein Pendel, das ausschwingt. Angesichts des großen Schrecks schienen die Worte obszön, das Geschrei verlegte sich jetzt auf die Straße, von Fenster zu Fenster, überall in der Stadt, vielleicht erinnerte man sich der Schrecknisse früherer Erdbeben, man war unfähig, die Stille zu ertragen, die nach der Erschütterung folgt, der Moment, in dem das Bewusstsein aussetzt, wartend und sich fragend, wird es zurückkommen, werde ich sterben. Ricardo Reis und Lídia erhoben sich nicht. Sie waren nackt, sie lagen auf dem Rücken, reglos wie Statuen, nicht einmal von einem Betttuch bedeckt, wenn der Tod käme, fände er sie vollständig hingegeben, denn erst vor wenigen Minuten hatten sich ihre Körper getrennt, atemlos, feucht vom frischen Schweiß und von intimen Ergüssen, klopfenden Herzens und pulsierenden Leibes, man kann nicht lebendiger sein als so, und plötzlich erzittert das Bett, die Möbel schwanken, Fußboden und Decke knarren, es ist nicht der Taumel beim orgiastischen Höhepunkt, es ist die in den Tiefen tobende Erde. Wir werden sterben, sagte Lídia, aber sie klammerte sich nicht an den Mann, der an ihrer Seite lag, wie es natürlich gewesen wäre, die schwachen Frauen, im Allgemeinen sind sie so, und die Männer sagen erschrocken, es ist nichts, beruhige dich, es ist schon vorbei, sie sagen es vor allem zu sich selbst, auch Ricardo Reis sagte es, zitternd vor Schreck, und er hatte recht, denn das Beben war gekommen und gegangen, wie schon vorher mit denselben Worten gesagt. Die Nachbarinnen schreien noch immer im Treppenhaus, nach und nach beruhigen sie sich, doch der Wortwechsel geht weiter, eine von ihnen geht auf die Straße hinaus, die andere postiert sich am Fenster, beide stimmen in den allgemeinen Chor ein. Dann kehrt nach und nach die Stille zurück, Lídia dreht sich zu Ricardo Reis und er zu ihr, der Arm des einen um den Körper des anderen, er wiederholt, es war nichts, und sie lächelt, nur der Ausdruck der Augen verrät etwas anderes, man sieht genau, dass sie nicht an das Erdbeben denkt, so schauen sie einander an, so weit voneinander entfernt, so getrennt in ihren Gedanken, wie man gleich sehen wird, wenn sie plötzlich sagt, ich glaube, ich bin schwanger, es ist schon zehn Tage darüber. Ein Arzt lernt auf der Fakultät die Geheimnisse des menschlichen Körpers, die Mysterien des Organismus, er weiß also, wie die Spermien im Innern der Frau agieren, stromaufwärts schwimmen, bis sie im eigentlichen und bildhaften Sinn an die Quellen des Lebens gelangen. Er weiß es durch die Bücher, und die Praxis hat es wie üblich bestätigt, noch ist er verwundert, in Adams Haut steckend, vermag er nicht zu verstehen, wie das passiert sein kann, sosehr es ihm Eva auch zu erklären sucht, die ja auch nichts von der Materie versteht. Und er versucht, Zeit zu gewinnen, was hast du gesagt? Bei mir ist die Zeit schon drüber, ich glaube, ich bin schwanger, von den beiden ist sie wieder die Ruhigere, schon seit einer Woche denkt sie daran, jeden Tag, jede Stunde, vielleicht erst vor kurzem, als sie gesagt hatte, wir werden sterben, jetzt können wir daran zweifeln, ob Ricardo Reis in diesen Plural eingeschlossen war. Er wartet darauf, dass sie eine Frage stellt, zum Beispiel, was soll ich tun, doch sie schweigt, ruhig, den Leib mit der leichten Biegung der Knie besänftigend, kein Zeichen von Schwangerschaft ist sichtbar, außer wir wären nicht in der Lage zu deuten, was diese Augen ausdrücken, ruhig und tief sind sie, in der Distanz eine Art Horizont bewahrend, wenn es das in Augen gibt. Ricardo Reis sucht nach passenden Worten, aber was er in sich findet, ist eine Befremdung, eine Gleichgültigkeit, so als ob er, wenn auch wissend, dass er verpflichtet ist, zur Lösung des Problems beizutragen, sich nicht damit in Zusammenhang bringt, weder was das Unmittelbare noch was das Zurückliegende betrifft. Man erkennt es an der Haltung des Arztes, zu dem die Patientin, um sich Luft zu machen, sagt, ach, Senhor Doktor, was soll aus mir werden, ich bin schwanger, und zu diesem Zeitpunkt kommt es überhaupt nicht recht, ein Arzt kann nicht antworten, treiben Sie ab, seien Sie nicht dumm, ganz im Gegenteil, er zeigt einen ernsten Ausdruck, bleibt bestenfalls abwartend, wenn Sie und Ihr Gatte keine Vorkehrungen getroffen haben, so könnten Sie möglicherweise schwanger sein, doch lassen Sie uns noch ein paar Tage warten, vielleicht ist es nur eine Verzögerung, das kommt manchmal vor. Man soll nicht glauben, dass er es aus falscher Neutralität heraus sagt, Ricardo Reis, der wenigstens mutmaßlicher Vater ist, denn es ist nicht anzunehmen, dass sich Lídia in den letzten Monaten mit einem anderen Mann außer ihm eingelassen hat, er selbst weiß einfach nicht, was er sagen soll. Endlich, nachdem er versucht hat, mit tausend Vorkehrungen jedes Wort abzuwägen, verteilt er die Verantwortlichkeiten, wir haben nicht aufgepasst, es musste ja früher oder später passieren, doch Lídia nimmt den Satz nicht auf, fragt nicht, welche Vorkehrungen hätte ich treffen sollen, er hatte sich niemals im kritischen Augenblick zurückgezogen, niemals benutzte er diesen Gummischutz, aber das hält sie auch nicht für so wichtig, sie hatte nur lakonisch verkündet, ich bin schwanger, schließlich ist das eine Sache, die fast allen Frauen passiert, es ist kein Erdbeben, selbst wenn es den Menschen den Tod bringt. Endlich fasst Ricardo Reis einen Entschluss, er will ihre Absichten erfahren, es ist keine Zeit mehr für dialektische Feinheiten, es sei denn, wenn es die negative Möglichkeit wäre, die schlecht durch die Frage verborgen wird, denkst du daran, das Kind auszutragen, zum Glück gibt es hier keine fremden Ohren, sonst würde sich Ricardo Reis noch angeklagt sehen, die Abtreibung zu suggerieren, und als die Anhörung der Zeugen beendet ist und der Richter den Urteilsspruch verkünden will, gibt sich Lídia einen Ruck und antwortet, ich werde das Kind austragen. Da spürt Ricardo Reis zum ersten Mal, wie etwas an seinem Herzen rührt. Es ist weder ein Schmerz noch ein Ziehen, noch ein Krampf, es ist ein seltsames, unvergleichliches Gefühl, als wäre es der erste körperliche Kontakt zwischen zwei Wesen aus unterschiedlichen Universen, beide menschlich, aber unwissend ob ihrer Ähnlichkeit oder, was noch beunruhigender ist, sich in ihren Unterschieden kennend. Was ist ein Embryo von zehn Tagen, fragt sich Ricardo Reis in Gedanken, und er weiß keine Antwort zu geben, in seinem ganzen Arztleben ist es ihm nicht vorgekommen, diesen winzigen Prozess der Zellvermehrung vor Augen zu haben, was ihm die Bücher darüber boten, hat er nicht im Gedächtnis behalten, und hier kann er nichts weiter sehen als eine schweigende, ernste Frau, Zimmermädchen von Beruf, ledig, Lídia, Brust und Leib entblößt, die Scham nur verbergend, als bewahrte sie ein Geheimnis. Er zieht sie an sich, und sie naht sich ihm wie jemand, der sich letztlich vor der Welt schützt, plötzlich errötend, plötzlich glücklich, wie eine schüchterne Braut fragend, es ist noch für sie an der Zeit, sind Sie mir nicht böse? Was du denkst, aus welchem Grund sollte ich böse sein, diese Worte sind nicht ehrlich, genau in diesem Moment keimt in Ricardo Reis Zorn auf, da habe ich mich ja in schöne Schwierigkeiten gebracht, denkt er, wenn sie nicht abtreibt, habe ich hier ein Kind am Hals, ich werde es adoptieren müssen, das ist meine moralische Pflicht, wie ärgerlich, niemals habe ich damit gerechnet, dass mir so etwas passieren könnte. Lídia kuschelt sich zurecht, sie will, dass er sie fest umarmt, einfach so, nur weil es guttut, und sie spricht die unglaublichen Worte, einfach, ohne eine besondere Bedeutung hineinzulegen, wenn Sie das Kleine nicht adoptieren wollen, so macht das nichts, dann bleibt es halt Kind eines unbekannten Vaters, so wie ich. Ricardo Reis' Augen füllten sich mit Tränen, einige der Scham, andere des Mitleids, unterscheide sie, wer kann, in einem endlich ehrlichen Antrieb umarmt er sie und küsst sie, man stelle sich vor, küsst sie innig auf den Mund, erleichtert von diesem gewaltigen Druck, im Leben gibt es solche Momente, wir glauben, dass sich eine Leidenschaft entäußert, und dann ist es nur der Ausdruck von Dankbarkeit. Doch der animalische Körper schert sich wenig um solche Feinheiten, von einem Moment zum anderen vereinen sich Lídia und Ricardo Reis, stöhnend und seufzend, es ist nicht von Bedeutung, jetzt muss man es ausnutzen, das Kind ist schon gemacht.

Es sind schöne Tage. Lídia hat Urlaub vom Hotel, fast die ganze Zeit verbringt sie mit Ricardo Reis, nur des Nachts schläft sie aus Anstand zu Hause bei ihrer Mutter, so wird vermieden, dass die Nachbarschaft etwas bemerkt, die trotz des guten Einvernehmens seit der erwähnten medizinischen Hilfeleistung nicht aufgehört hat, gegen diese Vereinigungen von Herr und Dienstmagd zu zischeln, die übrigens in unserer Stadt Lissabon allgemein üblich sind, nur gut verheimlicht, und sollte jemand mit einer lüsterneren Moral argumentieren, dass man auch während des Tages machen kann, was meistens des Nachts getan wird, dann könnte man jederzeit antworten, dass nicht genug Zeit gewesen war für den großen Frühjahrsputz, mit dem die Wohnungen zu Ostern vom langen Winter auferstehen, deshalb kommt die Haushaltshilfe des Senhor Doktor früh am Morgen und geht, wenn es fast Nacht ist, und sie arbeitet, wie man sehen und hören kann, mit Staubwedel und Staublappen, mit Scheuerlappen und Binsenbesen, wie sie schon der Öffentlichkeit vorgeführt hatte und es jetzt beweist. Manchmal werden die Fenster geschlossen, es herrscht eine Stille, die wegen der Wiederholung gespannt erscheint, und das ist natürlich, man muss zwischen zwei Anstrengungen ausruhen, das Kopftuch abbinden, die Kleider lösen, von der neuen und sanften Ermüdung aufseufzen. Die Wohnung erlebt ihren Samstag des Hallelujas, ihren Ostersonntag, dank des Charmes und der Arbeit dieser Frau, einer bescheidenen Dienerin, die mit den Händen über die Dinge streicht und sie leuchtend rein hinterlässt, nicht einmal zu Zeiten der Dona Luísa und des Richters vom Landgericht mit ihrem Regiment von Hausgehilfinnen für außen, innen und die Küche erglänzten diese Wände und diese Möbel in solch einem Glorienschein, gesegnet sei Lídia unter den Frauen, Marcenda, wenn sie hier als legitime Herrin leben würde, täte nichts Vergleichbares, zumal sie behindert ist. Noch vor wenigen Tagen roch es modrig, muffig, nach Staub, widerlich nach Ausguss, und heute gelangt das Licht in die entlegensten Ecken, es bringt die Scheiben und das

Kristall zum Blitzen, oder aber es lässt alle Scheiben zu Kristall werden, breitet große Tücher über die Wachstuchdecken, selbst die Decke leuchtet im Widerschein, wenn die Sonne durch die Fenster tritt, diese Heimstatt ist himmlisch, ein Diamant im Innern eines Diamanten, es liegt einfach an der gewöhnlichen Reinigungsarbeit, dass solche höchste Erhabenheit erreicht wird. Vielleicht geben sich Lídia und Ricardo Reis auch deshalb so oft einander hin, mit großem körperlichem Genuss geben und nehmen sie, ich weiß nicht, was in die beiden gefahren ist, dass sie sich plötzlich fleischlich so fordernd und freigebig zeigen, ist es der Sommer, der sie erhitzt, ist es, weil sich im Bauch dieses winzige Ferment befindet, Ergebnis einer zufälligen Vereinigung, ein neuer Grund für entbrennende Begierden, wir sind noch nichts in dieser Welt, und schon haben wir Anteil an ihrer Regierung.

Jedoch, nichts Gutes gibt es, das ewig währt. Lídias Urlaub ist vorüber, alles wurde, wie es vorher war, sie kommt wieder an ihrem freien Tag, einmal in der Woche, jetzt ist das Licht anders, selbst wenn die Sonne durchs offene Fenster scheint, schwach, blass, und das Sieb der Zeit beginnt wieder den ungreifbaren Staub zu sieben, der die Konturen und Gesichtszüge verwischt. Wenn Ricardo Reis zur Nacht das Bett aufschlägt, um sich hinzulegen, kann er kaum das Kissen sehen, auf das er den Kopf betten will, und des Morgens würde es ihm nicht gelingen, sich zu erheben, wenn er nicht mit seinen eigenen Händen nachprüfen würde, was von ihm noch zu finden ist, wie ein Fingerabdruck, der durch eine lange und tiefe Narbe deformiert ist. In einer dieser Nächte klopfte Fernando Pessoa an seine Tür, er erscheint nicht immer, wenn er gebraucht wird, doch er wurde von jemandem gebraucht, als er auftauchte, Sie sind lange weggeblieben, ich dachte schon, ich würde Sie niemals wiedersehen, sagte Ricardo Reis zu ihm. Ich bin wenig ausgegangen, ich verirre mich häufig, wie ein gedankenloses Mütterchen, was mich noch rettet, ist, dass ich den Standort des Camões-Denkmals noch im Gedächtnis habe, von da ab gelingt es mir, mich zu orientieren. Hoffentlich wird es nicht weggenommen, bei dem Eifer, mit dem gegenwärtig solche Sachen beschlossen werden, man braucht sich nur anzusehen, was in der Avenida da Liberdade passiert, der reinste Kahlschlag. Ich bin niemals mehr dort gewesen, ich weiß von nichts, sie haben die Pinheiro-Chagas-Statue weggenommen, oder sie sind dabei, es zu tun, und was mit der von José Luís Monteiro geschehen ist, weiß ich nicht. Ich auch nicht, aber das mit Pinheiro Chagas ist richtig. Schweigen Sie, auch Sie wissen nicht, was auf Sie wartet. Mir werden sie niemals ein Denkmal errichten, nur wenn sie keine Scham im Leibe hätten, ich bin kein Mensch für Denkmäler. Ich bin ganz Ihrer Meinung, es dürfte nichts Traurigeres geben, als ein Denkmal zum Schicksal zu haben. Sollen sie so was für Militärs und Politiker errichten, die mögen das, wir sind nur Männer des Wortes, und Worte kann man nicht in Bronze oder Stein darstellen, es sind nur Worte, und basta. Sehen Sie sich Camões an, wo sind dessen Worte. Deshalb haben sie einen höfischen Gecken aus ihm gemacht. Einen d'Artagnan. Mit dem Degen an der Seite kann man jedwede Puppe zieren, ich weiß nicht einmal, welches Gesicht zu mir gehört. Ärgern Sie sich nicht, vielleicht entgehen Sie dem bösen Geschick, und wenn es Ihnen nicht gelingt, wie Rigoletto, dann bleibt Ihnen immer noch die Hoffnung, dass man eines Tages Ihr Denkmal niederreißt wie das von Pinheiro Chagas, sie haben es an einen stillen Ort gebracht oder in einem Lager deponiert, das geschieht ständig, sehen Sie, es gibt sogar welche, die die Entfernung des Chiado fordern. Chiado auch, was hat er ihnen denn getan? Dass er ein derber Possenreißer war, nicht geeignet für den eleganten Ort, an dem sie ihn aufgestellt haben. Ganz im Gegenteil, Chiado könnte an keinem besseren Platz stehen, man kann sich keinen Camões ohne einen Chiado vorstellen, sie stehen so sehr gut beieinander, wo sie zu allem Überfluss auch noch im selben Jahrhundert gelebt haben, wenn es irgendetwas zu korrigieren gäbe, dann ist es die Stellung, in der man den Mönch postiert hat, er müsste sich zum Epiker hinwenden, mit der ausgestreckten Hand, nicht wie jemand, der bittet, sondern der anbietet und gibt. Camões braucht nichts von Chiado. Sagen Sie lieber, dass wir Camões nicht fragen können, weil er nicht lebt, Sie können sich nicht einmal vorstellen, welche Dinge Camões benötigt hätte. Ricardo Reis ging in die Küche, um einen Kaffee zu kochen, er kehrte ins Arbeitszimmer zurück, setzte sich Fernando Pessoa gegenüber und sagte, es stört mich immer, dass ich Ihnen keinen Kaffee anbieten kann. Füllen Sie eine Tasse und stellen Sie sie vor mich hin, ich leiste Ihnen Gesellschaft, während Sie trinken. Ich kann mich nicht an den Gedanken gewöhnen, dass Sie nicht existieren. Hören Sie, es sind sieben Monate vergangen, wie viele sind erforderlich, um ein Leben zu beginnen, aber das wissen Sie besser als ich, Sie sind Arzt. Gibt es irgendeine versteckte Absicht in dem, was Sie eben gesagt haben? Was für eine versteckte Absicht könnte ich haben. Ich weiß nicht, Sie sind heute sehr empfindlich. Vielleicht wegen dieses Entfernens und Aufstellens von Statuen, dieses offensichtlichen Schwankens der Zuneigung, Sie wissen, was zum Beispiel mit dem Diskuswerfer passiert ist. Was für ein Diskuswerfer? Der in der Avenida. Ich erinnere mich, dieses nackte Bürschchen, das ein Grieche sein soll. Genau, den haben sie auch entfernt. Warum? Sie haben ihn pubertär unreif und weibisch genannt, es wäre eine Maßnahme geistiger Hygiene, den Augen der Stadt die Zurschaustellung einer so völligen Nacktheit zu ersparen. Wenn der Bursche nicht mit übertriebenen körperlichen Attributen protzte, wenn er den Anstand und die Proportionen respektierte, wo lag da das Schlechte? Ja, das weiß ich nicht, es ist wahr, dass diese Attribute, um sie mal so zu nennen, wenn auch nicht zu demonstrativ, so doch ausreichend für eine eingehende Anatomielektion waren. Aber das Jüngelchen war unreif, war weibisch, haben Sie das nicht gesagt? Ja. Dann sündigte er aus Unvollkommenheit, seine Schlechtigkeit bestand nicht darin, aus Übertreibung zu sündigen. Ich begnüge mich damit, so gut ich kann die Skandale der Stadt wiederzugeben. Mein lieber Reis, sind Sie sicher, dass die Portugiesen nicht langsam verrückt zu werden beginnen? Wenn Sie so etwas fragen, der Sie hier gelebt haben, wie kann Ihnen jemand antworten, der so lange in der Fremde zugebracht hat.

Ricardo Reis trank den Kaffee aus, und nun debattierte er mit sich selbst, ob er das Gedicht, das er Marcenda gewidmet hatte, vortragen sollte oder nicht, jenes voll Sehnsucht heute schon nach diesem Sommer, und als er sich endlich entschlossen hatte und eine erste Bewegung machte, um sich vom Sessel zu erheben, bat Fernando Pessoa mit einem freudlosen Lächeln, unterhalten Sie mich, erzählen Sie mir von anderen Skandalen, da brauchte Ricardo Reis sich nicht mehr zu entscheiden, nicht lange nachzudenken, mit drei Worten verkündete er den größten, ich werde Vater. Fernando Pessoa sah ihn verblüfft an, dann brach er in Lachen aus, .er glaubte es nicht, Sie wollen mich veralbern, und Ricardo Reis sagte etwas steif, ich veralbere Sie nicht, übrigens verstehe ich diese Verwunderung nicht, wenn ein Mann unentwegt mit einer Frau ins Bett geht, dann ist die Wahrscheinlichkeit sehr groß, dass sie ein Kind machen können, das ist eben in diesem Fall passiert. Welche von beiden ist die Mutter, Ihre Lídia oder Ihre Marcenda, falls es nicht noch eine dritte Frau gibt, bei Ihnen ist alles möglich. Es gibt keine dritte Frau, ich habe Marcenda nicht geheiratet. Aha, das soll heißen, dass Sie von Ihrer Marcenda nur ein Kind bekommen könnten, wenn Sie sie heiraten würden. Es ist leicht, das zu schlussfolgern, Sie wissen ja, wie die Erziehung und die Familien sind.

Bei einem Zimmermädchen gibt es keine Komplikationen? Manchmal. Das haben Sie gut gesagt, es genügt, wenn wir uns daran erinnern, was Álvaro de Campos gesagt hat, der sich sehr oft komisch zu den Zimmermädchen des Hotels verhielt. Nicht in diesem Sinn. In welchem dann? Eine Hotelangestellte ist auch eine Frau. Große Neuigkeit, sterben und lernen. Sie kennen Lídia nicht. Ich werde stets mit großem Respekt von der Mutter Ihres Kindes sprechen, mein lieber Reis, ich bewahre in mir wahre Schätze der Verehrung, und da ich niemals Vater war, musste ich diese außerordentlichen Gefühle niemals dem ärgerlichen Alltag unterwerfen. Lassen Sie die Ironie. Wenn Ihre Vaterschaft Ihnen nicht den Gehörsinn hätte verkümmern lassen, würden Sie begreifen, dass in meinen Worten keinerlei Ironie liegt. Es gibt immer Ironie, selbst wenn sie Maske einer anderen Sache ist. Die Ironie ist immer eine Maske. Wovon in diesem Fall? Vielleicht einer Art Schmerz. Sagen Sie mir bloß, dass es Sie schmerzt, nie ein Kind gehabt zu haben. Wer weiß. Haben Sie Zweifel? Ich bin, wie man nicht vergessen darf, die zweifelhafteste unter den Personen, ein Humorist würde sagen, der zweifelhafteste der Pessoas, und heute wage ich es nicht einmal mehr, vorzutäuschen, was ich fühle. Und was täuschen Sie vor, wenn Sie etwas fühlen? Ich musste von dieser Übung ablassen, als ich starb, es gibt Dinge auf dieser Seite, die nicht erlaubt sind. Fernando Pessoa strich mit dem Finger über den Schnurrbart und stellte die Frage, werden Sie sich entschließen, nach Brasilien zurückzukehren? Es gibt Tage, an denen ist es so, als wäre ich schon dort, und dann gibt es wieder Tage, an denen ist es so, als wäre ich niemals dort gewesen. Summa summarum, Sie schaukeln mitten auf dem Atlantik, weder dort noch hier. Wie alle Portugiesen. Auf jeden Fall wäre es für Sie eine ausgezeichnete Möglichkeit, ein neues Leben anzufangen, mit Frau und Kind. Ich denke nicht daran, Lídia zu heiraten, und ich weiß auch noch nicht, ob ich das Kind adoptieren werde. Mein lieber Reis, wenn Sie mir eine Meinung gestatten, das ist eine Rohheit. Das wäre es, Álvaro de Campos hat auch geborgt und nicht bezahlt. Álvaro de Campos war streng genommen und um beim Wort zu bleiben, ein Ausgekochter. Sie haben sich nicht gut mit ihm verstanden. Mit Ihnen habe ich mich auch nicht gut verstanden. Wir vertragen uns niemals untereinander. Es wäre unvermeidlich, wenn wir verschieden existieren würden. Was ich nicht verstehe, ist diese moralisierende, konservative Haltung. Ein Toter ist seiner Definition gemäß ultrakonservativ, er duldet keine Veränderung der Ordnung. Ich hörte Sie schon gegen die Ordnung eifern. Jetzt eifere ich für sie. Folglich hätten Sie, wenn Sie lebendig wären und es um Sie ginge, ein unerwünschtes Kind, eine ungleiche Frau, genau die gleichen Zweifel. Ganz genau. Ein Ausgekochter. Gut gekontert, lieber Reis, ein Ausgekochter. Wie dem auch sei, ich werde nicht fliehen. Vielleicht weil Lídia Ihnen die Dinge erleichtert. Das ist wahr, sie hat mir gesagt, dass ich das Kind nicht zu adoptieren brauchte. Weshalb mögen die Frauen so sein. Nicht alle. Einverstanden, aber nur Frauen können so sein. Wer Sie hörte, würde sagen, dass Sie viel Erfahrung mit ihnen gemacht haben. Ich hatte lediglich die Erfahrung dessen, der beobachtet und sieht, was passiert. Es ist ein großer Irrtum Ihrerseits, wenn Sie fortfahren zu glauben, dass dies genügt, man muss mit ihnen schlafen, ihnen Kinder machen, selbst wenn sie abgetrieben werden, man muss sie traurig und fröhlich sehen, lachend und weinend, schweigsam und gesprächig, man muss sie anschauen, wenn sie sich unbeobachtet fühlen. Und was sehen also die geschickten Männer? Ein Rätsel, ein Kopfzerbrechen, ein Labyrinth, eine Denkaufgabe. Ich war immer gut in Denkaufgaben. Aber bei Frauen eine Katastrophe. Mein lieber Reis, Sie sind nicht gerade liebenswürdig. Entschuldigen Sie, meine Nerven summen wie ein Telegrafendraht im Wind, Entschuldigung akzeptiert. Ich habe keine Arbeit und nicht einmal Lust, welche zu suchen, mein Leben läuft zwischen Wohnung, Restaurant und einer Parkbank ab, es ist, als hätte ich nichts weiter zu tun, als auf den Tod zu warten. Lassen Sie das Kind auf die Welt kommen. Das hängt nicht von mir ab, und es würde gar nichts für mich lösen, ich fühle, dass dieses Kind nicht mir gehört. Glauben Sie, dass ein anderer der Vater ist? Ich weiß, dass ich der Vater bin, das ist nicht die Frage, die Frage ist, dass nur die Mutter in Wahrheit existiert, der Vater ist ein Zufall. Ein notwendiger Zufall. Ohne Zweifel, aber entbehrlich nach der Befriedigung dieser Notwendigkeit, so entbehrlich, dass er sofort danach sterben könnte, mit einem Fluch oder einem Gottlob. Sie haben genauso viel Angst vor den Frauen, wie ich sie hatte. Vielleicht sogar noch mehr. Haben Sie keine Nachricht mehr von Marcenda erhalten? Nicht ein Wort, ich habe vor einigen Tagen ein paar Verse auf sie geschrieben. Daran zweifle ich. Sie haben recht, es sind nur einige Verse, in denen ihr Name vorkommt, wollen Sie, dass ich sie vorlese? Nein. Warum? Ich kenne Ihre Verse in- und auswendig, die schon fertigen und die noch zu schreibenden, nur der Name Marcenda wäre eine Neuigkeit gewesen und ist es nun nicht mehr. Jetzt sind Sie nicht sehr liebenswürdig. Ich kann mich nicht einmal mit dem Zustand meiner Nerven entschuldigen, sagen Sie mir den ersten Vers, voll Sehnsucht heute schon nach diesem Sommer. Vergieß ich Tränen über seine Blumen, kann der zweite sein. Getroffen. Wie Sie sehen, wir wissen alles voneinander, oder ich von Ihnen. Gibt es denn irgendetwas, was nur mir gehört? Wahrscheinlich nichts. Nachdem Fernando Pessoa gegangen war, trank Ricardo Reis den Kaffee, den er in dessen Tasse gegossen hatte. Er war kalt, aber er tat ihm gut.

Einige Tage später berichteten die Zeitungen, dass fünfundzwanzig Hitlerjungen aus Hamburg, die zum Zwecke des Studiums und der Propaganda nationalsozialistischer Ideale in unserem Land weilen, im Liceu Normal geehrt worden seien und dass sie mit großem Interesse die Ausstellung des Jahres X der Nationalen Revolution besucht und in das Ehrenbuch diesen Satz geschrieben hätten, wir sind nichts, was bedeuten solle, wie der Schreiberling vom Dienst beflissen erklärte, dass das Volk nichts wert sei, wenn es nicht von einer Elite, Creme, Blüte oder Auswahl geführt werde. Wie dem auch sei, das letzte Wort müssen wir nicht zurückweisen, Auswahl, das von Wahl kommt, wenn wir es vor das Volk setzten, wäre es von Erwählten geführt, falls es sie wählte. Aber eine Blüte oder Creme, Gott bewahre, letztlich ist die portugiesische Sprache unterm Strich eine perfekte Lächerlichkeit, da lebe doch das französische élite, solange wir es nicht besser auf Deutsch können. Zufällig wurde mit Blick auf solche Studien die Gründung der Mocidade Portuguesa verfügt, die im Oktober, wenn sie ernstlich mit ihrer Arbeit anfangen soll, gleich zu Beginn ungefähr zweihunderttausend Burschen umfassen wird, die Blüte oder Creme unserer Jugend, aus der durch ständige Auslese, durch angemessenes Veredeln die Elite hervorgehen wird, die danach regieren wird, wenn es mit der jetzigen zu Ende geht. Falls Lídias Kind geboren wird und es gut gedeiht, kann es in ein paar Jahren schon an den Paraden teilnehmen, den Rang eines Lusito bekleiden, sich in Grün und in Khaki kleiden, auf dem Gürtel ein S tragen, S wie servil und Salazar, oder vor Salazar servil, folglich ein doppeltes S, SS, den rechten Arm zum römischen Gruß erheben, und selbst Marcenda, überdies zu den guten Familien zählend, kommt noch zur Zeit, um sich in die Frauensektion einzutragen, in die OMEN, das Mütterwerk für die Nationale Erziehung, auch sie kann ihren rechten Arm erheben, der gebrechliche ist der linke. Um zu sehen, wie unsere patriotische Jugend einmal sein wird, werden sie, die Vertreter der Mocidade Portuguesa, bereits in Uniform, nach Berlin fahren, hoffen wir, dass sie Gelegenheit haben werden, den berühmten Satz zu wiederholen, wir sind nichts, sie werden bei den Olympischen Spielen dabei sein, wo sie, überflüssig, es zu sagen, einen vorzüglichen Eindruck machen werden, diese wohlgestalten, aufrechten Burschen, Stolz der lusitanischen Rasse, Spiegel unserer Zukunft, blühender Stamm, der seine Äste der vorbeiziehenden Jugend entgegenstreckt, mein Kind, sagt Lídia zu Ricardo Reis, wird an solchen Komödien nicht teilnehmen, und mit diesen Worten hätten wir eine Diskussion entfacht, die in zehn Jahren sein wird, wenn wir so weit kommen.

Victor ist nervös. Diese Mission verlangt eine große Verantwortung, überhaupt nicht vergleichbar mit der Routine, Verdächtigen zu folgen, Hotelchefs zu ködern, Gepäckburschen zu befragen, die gleich alles bei der ersten Frage ausplaudern. Er legt die Hand an die Hüfte, um die beruhigende Form der Pistole zu spüren, dann fährt er langsam mit den Fingerspitzen in die Außentasche des Jacketts und holt einen Pfefferminzbonbon heraus. Er wickelt ihn mit unendlichem Bedacht aus, in der Stille der Nacht hört man gewiss in zehn Schritt Entfernung das Knistern des Papiers, das ist sicher eine Unvorsichtigkeit, ein Verstoß gegen die Regeln der Sicherheit, doch der Zwiebelgeruch war so stark geworden, vielleicht aus Nervosität, dass ein Verscheuchen des Wildes vor der Zeit sehr gut möglich wäre, umso mehr, da der Wind von hinten kommt, in die Richtung des Wildes weht. Hinter den Baumstämmen versteckt, unter den Torbögen verborgen, stehen Victors Helfer und warten auf das Zeichen zum stillen Vorrücken, das den vernichtenden Überfall einleitet. Sie starren auf das Fenster, aus dem, fast unsichtbar, Licht schimmert, dass die inneren Läden geschlossen sind, ist schon für sich ein Indiz der Verschwörung, bei dieser Hitze. Einer von Victors Helfern wiegt in der Hand ein Brecheisen, mit dem er die Tür aufbrechen wird, ein anderer streift einen Schlagring über, es sind in den jeweiligen Künsten sehr geschickte Männer, wo sie vorbeikommen, hinterlassen sie ihre Spuren, zerstörte Türangeln, gebrochene Kiefer. Auf dem gegenüberliegenden Gehweg naht jetzt ein Polizist, dieser braucht sich nicht zu verstecken, er benimmt sich wie ein einfacher Passant, der seinem Leben nachgeht, oder nein, er ist ein friedlicher Bürger, der nach Hause zurückkehrt, er wohnt in diesem Haus, jedoch betätigte er nicht den Türklopfer, damit ihm die Frau öffnen käme, du kommst ziemlich spät, in fünfzehn Sekunden war die Tür auf, es war das nicht wenig geschickte Werk eines Dietrichs. Die erste Barriere war überwunden. Der Polizist steht auf der Treppe, doch er hat keinen Befehl hinaufzugehen. Seine Mission ist es, zu lauschen, Signal zu geben, wenn es Geräusche oder verdächtige Bewegungen gibt, in diesem Fall wird er wieder hinausgehen, um Victor zu berichten, der entscheiden wird. Denn Victor ist der Kopf. Die Gestalt des Polizisten taucht im Türeingang auf, er zündet eine Zigarette an, das Zeichen bedeutet, dass alles in Ordnung ist, im Haus herrscht Stille, keinerlei Misstrauen im belagerten Stockwerk. Victor wirft den Bonbon weg, er hat Angst, sich mitten in der Aktion zu verschlucken, falls es zum Handgemenge kommen sollte. Er zieht die Luft durch den Mund ein, spürt die Frische der Pfefferminze, es scheint nicht mehr derselbe Victor zu sein. Aber kaum hat er drei Schritte getan, da steigen bereits aus seinem Magen die unsichtbaren Dünste hoch, das hat wenigstens den großen Vorteil, dass ihn die Helfer, die dem Chef folgen, nicht verfehlen können, sie gehen seiner Spur nach, nur zwei von ihnen beobachten weiterhin das Fenster, falls es von dort einen Fluchtversuch geben sollte, der Befehl lautet, ohne Warnung zu schießen. Die sechs Männer steigen hintereinander die Treppe hinauf, in Ameisenreihe, denn das ist eine viel ältere Bezeichnung als Gänsemarsch, es herrscht völlige Stille, die Atmosphäre ist unerträglich geworden, wie elektrisiert, voller geballter Spannung, jetzt sind alle so aufgeregt, dass sie nicht einmal den Geruch des Chefs wahrnehmen, man könnte fast sagen, alles riecht gleich. Auf dem Treppenabsatz angekommen, zweifeln sie, ob jemand im Haus ist, so tief ist die Stille, es scheint so, als schliefe die Welt, wenn nicht die vielen Informationen Sicherheit eingeflößt hätten, wäre es besser gewesen, Befehl zum Zerstören zu geben, nicht der Türangeln, sondern der Formation, und zur Geheimarbeit zurückzukehren, zu verfolgen, zu fragen, zu ködern. In der Wohnung hustet jemand. Das ist die Bestätigung. Victor schaltet die Lampe an, richtet den Lichtstrahl auf die Tür, wie eine gelehrige Schlange geht das doppelzüngige Brecheisen vor, schiebt die Zähne, die Klauen zwischen Schnapper und Türrahmen und wartet. Das ist Victors Augenblick. Mit geballter Faust versetzt er der Tür vier Schicksalsschläge, Polizei, das Brecheisen erhält den ersten Impuls, der Rahmen birst splitternd, das Schloss knirscht, von drinnen hört man das Schurren von Stühlen, hastige Schritte, Stimmen, niemand rührt sich von der Stelle, brüllt Victor durchdringend, seine Aufregung ist verflogen, plötzlich geht das Treppenlicht in allen Stockwerken an, es sind die Nachbarn, die zum Fest beitragen, sie wagen es nicht, die Bühne zu betreten, aber sie beleuchten die Szene, jemand muss versucht haben, ein Fenster zu öffnen, man hört drei Schüsse auf der Straße, das Brecheisen hat die Position gewechselt, es fährt in einen verbreiterten Spalt in Höhe der ersten Türangel, und jetzt kracht die Tür von oben bis unten, eine breite Öffnung klafft, zwei Fußtritte werfen sie nieder, zuerst stürzt sie gegen die gegenüberliegende Wand des Korridors, dann donnert sie zur Seite, wobei sie eine große Wunde in den Stuck reißt, plötzlich ist es in der Wohnung ganz still geworden, es gibt keine Rettung. Victor geht mit der Pistole in der Faust vor und wiederholt, niemand rührt sich von der Stelle, zwei Helfer stehen an seiner Seite, die anderen haben keinen Platz zum Handeln, sie können sich nicht in Schützenlinie aufstellen, aber sie gehen sofort vor, als die Ersten in das Zimmer treten, das zur Straße hinausgeht, das Fenster ist geöffnet, scharf bewacht stehen hier vier Männer mit erhobenen Händen und gesenkten Köpfen, besiegt. Victor lacht vor Genugtuung, alle verhaftet, alle verhaftet, er rafft einige auf dem Tisch verstreute Papiere zusammen, gibt Befehl, mit der Durchsuchung zu beginnen, sagt zu dem Polizisten mit dem Schlagring, der eine traurige Miene macht, denn es gab keinen Widerstand, er konnte keinen einzigen Schlag austeilen, nicht einen einzigen, wie traurig, geh nach hinten und sieh nach, ob jemand entkommen ist, und er geht, man hört ihn vom Küchenfenster aus rufen, dann von der Feuerleiter zu den anderen hinunter, die alles umzingelt haben, habt ihr jemanden flüchten sehen, und sie bejahen, einer ist geflohen, morgen werden sie in ihrem Bericht vermerken, dass er entkommen ist, durch die Gärten oder über die Dächer, die Versionen werden variieren. Der mit dem Schlagring kommt missgelaunt wieder zurück, Victor brauchte nicht darauf zu warten, dass man es ihm sagte, er begann zu toben, jeglicher Hauch von Pfefferminze war verflogen, Bande von Nichtskönnern, eine so gut geplante Umzingelung, und wie die Verhafteten ein Lächeln, wenn auch ein schwaches, nicht unterdrücken können, begreift er, dass genau die wichtigste Person entkommen ist, da schäumt er, droht, will wissen, wer der Kerl war, wohin er geflüchtet ist, entweder ihr sprecht, oder ihr krepiert hier alle, die Helfer haben die Pistolen, der mit dem Schlagring rückt diesen zurecht, da ruft der Regisseur, Klappe. Victor ist immer noch dabei, sich Luft zu machen, er kann sich nicht beruhigen, für ihn ist der Fall ernst, zehn Männer, um fünf zu verhaften, und da lassen sie den wichtigsten entwischen, den Kopf der Verschwörung, aber der Regisseur greift gut gelaunt ein, die Aufnahme war so gut, dass die Szene nicht wiederholt werden muss, lassen Sie doch gut sein, seien Sie nicht verdrießlich, wenn wir ihn jetzt gefasst hätten, wäre der Film zu Ende. Aber Senhor Lopes Ribeiro, die Polizei kommt schlecht dabei weg, das schädigt das Ansehen der Korporation, sieben Schneider wollen eine Spinne töten, und zu guter Letzt entkommt die Spinne, die Spinne, will sagen die Fliege, die Spinne sind wir. Lassen Sie ihn gehen, es fehlt nicht an Spinnennetzen in der Welt, man entkommt den einen und stirbt in den anderen, dieser da wird in einer Pension untertauchen, unter falschem Namen, er glaubt sich gerettet und denkt nicht im Entferntesten daran, dass seine Spinne die Tochter der besagten Pensionsinhaberin sein wird, wie es im Drehbuch erzählt wird, ein sehr ernsthaftes Mädchen, sehr nationalistisch eingestellt, das Herz und Hirn verändern wird, die Frauen sind noch immer die große Waffe, Heilige sind sie, man kann wohl sagen, dass dieser Regisseur weise ist. Sie sind mitten im Gespräch, als sich der Kameramann nähert, ein Deutscher, aus Deutschland gekommen, er spricht, und der Regisseur versteht ihn, das ist natürlich, er sprach fast portugiesisch, ein groß plano do Polizei, auch Victor verstand alles, er nahm sofort Haltung an, der Assistent nahm die Klappe, klack, Die Mairevolution, die zweite, oder einen ähnlichen Ausdruck aus der Filmbranche, und der mit der Pistole fuchtelnde Victor taucht wieder an der Tür auf, mit drohendem, sarkastischem Lachen, alle verhaftet, alle verhaftet, wenn er es jetzt weniger ungestüm sagt, dann weil er den neuen Pfefferminzbonbon nicht verschlucken will, den er sich inzwischen in den Mund gesteckt hatte, um die Luft zu reinigen. Der Kameramann zeigt sich zufrieden, auf Wiedersehen, ich habe keine Zeit zu verlieren, es ist schon ziemlich spät, und zum Regisseur, es ist Punkt Mitternacht, darauf erwidert Lopes Ribeiro, machen Sie bitte das Licht aus. Victor ist mit seinem Trupp schon hinuntergegangen, sie führen die Verhafteten in Handschellen ab, sie sind sich ihrer Pflicht als Polizisten so bewusst, dass sie sogar diese Komödie ernst nehmen, alles, was sich ums Verhaften dreht, muss man ausnutzen, selbst wenn es nur vorgetäuscht ist.

Andere Überfälle werden vorausgeplant. Während Portugal betet und singt, denn es ist die Zeit der Feste und Kirchweihen, viel mystischer Gesang, viel Feuerwerk und Wein, viel Viratanz aus Minhoto, viele Musikgruppen, viele Engel mit weißen Flügeln hinter den Traggestellen, bei einem Hundstagewetter, das letztlich die Antwort des Himmels auf das nicht enden wollende Winterwetter ist, dennoch nicht darauf verzichtend, weil es auch die Frucht dieser Zeit ist, uns vereinzelt Regenschauer und Gewitter zu bescheren, währenddessen singt Tomás Alcaide im Teatro São Luís im Rigoletto, in der Manon und in der Tosca, währenddessen beschließt der Völkerbund endgültig, die Sanktionen gegen Italien aufzuheben, währenddessen protestieren die Engländer gegen den Flug der lenkbaren Hindenburg über britische Fabriken und strategische Punkte, man sagt, alles weise darauf hin, dass die Eingliederung der Freien Stadt Danzig ins Reich nicht mehr fern sei. Das ist deren Sache. Nur ein Späherauge und ein in kartographischen Forschungen geübter Finger würden auf der Karte das schwarze Fleckchen und das barbarische Wort finden, ihretwegen wird die Welt nicht untergehen. Weil es letztlich nicht gut für die Ruhe des heimischen Herdes ist, wenn wir uns in das Leben der Nachbarn einmischen, sie rüsten auf und rüsten ab, sie rufen uns auch nicht zu fröhlichen Zeiten. Jetzt gerade zum Beispiel geht das Gerücht um, dass General Sanjurjo heimlich nach Spanien wollte, um sich an die Spitze einer monarchistischen Bewegung zu setzen, und er selbst beeilte sich zu erklären, dass er nicht daran denke, Portugal so bald zu verlassen. Da ist er also, mit seiner ganzen Familie wohnt er in Monte Estoril, in der Villa Santa Leocádia, mit Blick aufs Meer und großem Seelenfrieden. Wenn wir in so einem Fall Partei ergreifen würden, dann sagten die einen, gehen Sie, retten Sie Ihr Vaterland, und die anderen, bleiben Sie, begeben Sie sich nicht in Schwierigkeiten, wissen Sie, uns allen steht nur zu, die Pflicht der

Gastfreundschaft zu erfüllen, wie wir es mit Vergnügen im Falle der Herzöge von Alba und Medinaceli getan haben, die zur rechten Zeit im Hotel Bragança eine Bleibe fanden, die sie, wie sie selbst sagen, nicht so bald aufgeben wollen. Falls das nicht alles nur ein weiterer vorsätzlich geplanter Überfall ist, mit schon fertigem Drehbuch, Kameramann hinter der Kamera, es fehlt nur noch, dass der Regisseur das Zeichen gibt, Action.

Ricardo Reis liest die Zeitungen. Er ist nicht über die Nachrichten beunruhigt, die aus aller Welt zu ihm dringen, vielleicht liegt es an seinem Temperament, vielleicht auch daran, dass er dem Gemeinplatz nachhängt, der auf der Behauptung besteht, dass, je größer die Angst vor dem Unglück ist, umso weniger geschieht, wenn dem so ist, dann ist der Mensch durch sein eigenes Dazutun zu einem ewigen Pessimismus als Weg zur Glückseligkeit verdammt, und wenn er beharrlich ist, dann erlangt er vielleicht aus Angst vor dem Sterben die Unsterblichkeit. Ricardo Reis ist nicht wie John D. Rockefeller, man muss die Nachrichten für ihn nicht sieben, die Zeitung, die er gekauft hat, gleicht all den anderen, die der Zeitungsjunge im Beutel transportiert oder auf dem Gehweg ausbreitet, weil letztlich die Bedrohungen, wenn sie entstehen, wie die Sonne weltumfassend sind, er aber zieht sich in einen nur ihm eigenen Schatten zurück, was so viel bedeutet wie, was ich nicht wissen will, existiert nicht, das einzige wirkliche Problem ist, wohin wird der Damenspringer ziehen, und wenn ich das ein wirkliches Problem nenne, dann nicht, weil es tatsächlich so ist, sondern weil ich kein anderes habe. Ricardo Reis liest die Zeitungen und kommt zu dem Schluss, dass er doch etwas in Sorge sein müsste. Europa brodelt, wird vielleicht überkochen, es gibt keinen Ort, an dem der Poet sein Haupt in Ruhe aufs Kissen betten könnte. Die Alten sind erregt, und zwar so sehr, dass sie das Opfer bringen, jeden Tag die Zeitung zu kaufen, einmal der eine, einmal der andere, damit sie nicht bis zum Nachmittag warten müssen. Als Ricardo Reis im Park auftauchte, um ihnen die gewohnte Mildtätigkeit zu erweisen, konnten sie ihm mit der Würde des nun doch undankbaren Armen antworten, wir haben schon eine, und geräuschvoll schlugen sie die große Zeitung auf, prahlerisch, auf diese Weise wieder einmal beweisend, dass man der menschlichen Natur nicht vertrauen kann.

Nachdem Lídias Urlaub zu Ende gegangen und Ricardo Reis zu seiner Gewohnheit zurückgekehrt war, fast bis zur Mittagszeit zu schlafen, dürfte er der letzte Einwohner von Lissabon gewesen sein, der vom Militärputsch in Spanien erfuhr. Noch schlaftrunken begab er sich ins Treppenhaus, um die Zeitung zu holen, er hob sie vom Fußabtreter auf und klemmte sie sich unter den Arm, ging gähnend ins Schlafzimmer zurück, wieder beginnt ein Tag, ach, dieser unermessliche Überdruss am Leben, diese Heuchelei, es mit Gelassenheit zu nehmen, Aufstand der Armee in spanischen Landen, als diese Überschrift Ricardo Reis in die Augen sprang, spürte er einen Schwindel, vielleicht, genauer gesagt, hatte er das Gefühl einer inneren Loslösung, als würde er plötzlich im freien Fall stürzen, ohne die Gewissheit des nahen Bodens zu haben. Es war geschehen, was man hätte voraussehen müssen. Die spanische Armee, Wächter der Tugenden der Rasse und der Tradition, ging dazu über, mit der Stimme ihrer Waffen zu sprechen, sie würde die Händler aus dem Tempel treiben, den Altar des Vaterlandes erneuern, Spanien die unvergängliche Größe zurückgeben, die einige seiner degenerierten Söhne untergraben hatten. Ricardo Reis las die kurze Notiz, auf der Innenseite fand er ein verspätetes Telegramm, in Madrid befürchtet man eine faschistische revolutionäre Bewegung, diese Bemerkung bereitete ihm ein leises Unbehagen, es stimmte, dass die Nachricht aus der spanischen Hauptstadt kam, dem Sitz der linken Regierung, man versteht, dass sie sich so einer Sprache befleißigen, aber es wäre viel verständlicher, wenn es zum Beispiel hieße, die Monarchisten haben sich gegen die Republikaner erhoben, da wüsste Ricardo Reis, wo die Seinen standen, denn er selbst ist Monarchist, wie wir uns erinnern, oder wie jetzt erinnert werden muss, falls es vergessen wurde. Doch wenn General Sanjurjo, der jenem Gerücht zufolge, das in Lissabon umlief, in Spanien eine monarchistische Bewegung anführen sollte, ein uns bekanntes Dementi abgab, ich denke nicht daran, Portugal so bald zu verlassen, dann wird die Frage weniger kompliziert, Ricardo Reis muss nicht Stellung beziehen, diese Schlacht, wenn es eine Schlacht werden sollte, ist nicht die seine, es ist eine Sache unter Republikanern. Für heute hat die Zeitung alles, was sie an Nachrichten wusste, weitergegeben. Morgen wird sie vielleicht melden, dass die Bewegung gescheitert ist, dass die Revoltierenden überwältigt wurden, dass in ganz Spanien Frieden herrscht. Ricardo Reis weiß nicht, ob ihm das Erleichterung oder Bedrückung verursachen würde. Als er zum Mittagessen ausging, achtete er auf die Gesichter und Worte, eine Nervosität lag in der Luft, aber es war eine Nervosität, die über sich selbst wachte, nicht zu viel und nicht zu wenig, vielleicht weil noch so wenig Nachrichten vorlagen, vielleicht weil es besser war, die bewegten Gefühle bei einer so hautnahen Sache zu unterdrücken, Stille ist Gold, und Schweigsamkeit ist das Beste. Doch zwischen Haustür und Restaurant begegnete er zuweilen triumphierenden Blicken, ja sogar einigen, aus denen Melancholie und Verlassenheit sprachen, selbst Ricardo Reis begriff, dass es sich nicht einfach um Meinungsverschiedenheiten zwischen Republikanern und Monarchisten handelte.

Man weiß jetzt schon genauer, was passiert ist. Der Aufstand hat in Spanisch-Marokko begonnen, und allem Anschein nach ist General Franco der Hauptanführer. Hier in Lissabon erklärte General Sanjurjo, dass er an der Seite seiner Waffenkameraden stehe, doch er versicherte, dass er nicht aktiv werden wolle, glaube es, wer will, diese vier Worte sind nicht von ihm, natürlich nicht, bei jeder Gelegenheit findet sich jemand, der seine Meinung kundtut, selbst wenn man ihn nicht darum gebeten hat. Dass die Lage in Spanien ernst ist, weiß sogar jedes Kind. Es genügt, wenn man sagt, dass in weniger als achtundvierzig Stunden die Regierung Casares Quiroge gestürzt war, Martínez Barrio wurde mit der Regierungsbildung beauftragt, Martínez Barrio trat zurück, jetzt haben wir ein von Giral gebildetes Kabinett, wollen sehen, wie lange das andauert. Die Militärs verkünden, dass die Bewegung siegreich ist, wenn alles wie bisher weiterläuft, sind die Stunden der roten Herrschaft in Spanien gezählt. Das schon erwähnte Kind, obwohl es kaum lesen kann, würde es bestätigen, es brauchte sich nur die Größe der Überschriften anzusehen und die verschiedenen Schrifttypen, ein grafischer Enthusiasmus, der sich in Schlagzeilen ausdrückt und in einigen Tagen in den kleinen Buchstaben der Leitartikel seine Triumphe feiern wird.

Plötzlich die Tragödie. General Sanjurjo starb auf schreckliche Weise, er verbrannte, er war auf dem Weg, die militärische Führung der Bewegung zu übernehmen, das Flugzeug konnte nicht an Höhe gewinnen, entweder weil es zu schwer geladen hatte oder weil der Motor zu schwach war, wenn nicht gar beides zusammen die Ursache war, es jagte in eine Baumgruppe und prallte dann gegen eine Mauer, vor den Augen der Spanier, die zur Verabschiedung herbeigeeilt waren, brannte dort die Maschine mitsamt dem General lichterloh unter einer erbarmungslosen Sonne, der Pilot hatte noch Glück dabei, Ansaldo hieß er, er kam mit Verbrennungen und einigen anderen Verletzungen davon, die nicht weiter schlimm waren. Hatte doch der General gesagt, dass er auf keinen Fall daran dächte, Portugal so bald zu verlassen, es war eine Lüge gewesen, doch wir sollten mit solchen Falschheiten Erbarmen haben und sie verstehen, es ist das Brot der Politik, allerdings wissen wir nicht, ob Gott ebenso denkt, wer will uns sagen, dass es nicht göttliche Bestrafung war, jedermann weiß, dass Gott ohne Stock und Stein straft, mit dem Feuer hat er schon große Erfahrungen. Jetzt, zur gleichen Zeit, in der General Queipo de Llano die Militärdiktatur in ganz Spanien proklamiert, ist der Körper des Generals Sanjurjo, auch Marquis von Rif, in der Kirche von Santo António do Estoril aufgebahrt, und wenn wir Körper sagen, dann das, was von ihm übrig geblieben ist, ein winziger schwarzer Rumpf, gebettet in einen Kindersarg, ein Mann, der im Leben so korpulent war, reduziert auf ein trauriges verkohltes Häufchen, es ist wirklich wahr, dass wir nichts sind auf dieser Welt, sosehr es sich auch wiederholt und sich tagtäglich zeigt, fällt es uns doch schwer, daran zu glauben. Als Ehrenwache für den großen Kriegshelden stehen Mitglieder der Falange Española, uniformiert von Kopf bis Fuß, das heißt blaues Hemd, schwarze Hose, den Dolch am Ledergürtel, ich frage mich nur, wo diese Leute hergekommen sind, ganz sicher sind sie nicht mit Volldampf aus Marokko zu den Begräbnisfeierlichkeiten hergeschickt worden, ebendasselbe Kind könnte es uns sagen, obwohl es naiv und ein Analphabet ist, wenn sich in Portugal, wie Pueblo Gallego berichtete, fünfzigtausend Spanier befinden, versteht es sich von selbst, dass sie sich nicht darauf beschränkt hatten, weiße Wäsche zum Wechseln mitzunehmen, sie hatten in das Gepäck für alle Fälle die schwarze Hose, das blaue Hemd und dazu den Dolch gepackt, sie hatten nur nicht erwartet, dass sie das alles zu einem so schmerzlichen Anlass bei Tageslicht zur Schau stellen mussten. Dennoch, auf diesen von tiefem Schmerz gezeichneten Gesichtern liegt ein Glorienschein, ein Schimmer von Triumph, der Tod ist letztlich die ewige Braut, in deren Arm es den tapferen Mann stets ziehen wird, die unberührte Jungfrau, die die Spanier allen anderen vorzieht, besonders wenn es Militärs sind. Morgen, wenn man die sterblichen Reste des Generals Sanjurjo auf einer von Maultieren gezogenen Protze transportiert, werden über ihnen die Engel der guten Neuigkeit flattern, die Nachrichten, dass die motorisierten Einheiten auf Madrid vorrücken, die Umzingelung ist perfekt, der letzte Sturmangriff ist nur noch eine Frage von Stunden. Es heißt, dass es schon keine Regierung mehr in Madrid gibt, es heißt aber gleichzeitig, ohne den Widerspruch zu bemerken, dass dieselbe Regierung, die nicht existiert, beschlossen hat, die Mitglieder der Volksfront zu ermächtigen, Waffen und Munition zu empfangen, die sie brauchen. Doch das ist nur das Röcheln des Dämons. Es währt nicht mehr lange, bis die Jungfrau vom Pilar mit ihren reinen Füßen die Schlange der Boshaftigkeit zertreten wird, der Halbmond wird über den Friedhöfen des Frevels stehen, im Süden Spaniens sind schon Tausende von marokkanischen Soldaten an Land gegangen, mit ihnen werden wir die Herrschaft von Kreuz und Rosenkranz wiederherstellen, anstelle des verhassten Symbols von Hammer und Sichel. Die Erneuerung Europas geht mit Riesenschritten voran, erst kam Italien, danach Portugal, es folgte Deutschland, jetzt ist es Spanien, das ist gute Erde, der beste Samen, morgen werden wir die Mahd einbringen. Wie schrieben doch die deutschen Schüler, wir sind nichts, genau das raunten die Sklaven einander zu, die die Pyramiden errichteten, wir sind nichts, die Maurer und Ochsenführer von Mafra, wir sind nichts, die von der tollwütigen Katze gebissenen Alentejaner, wir sind nichts, die Beglückten der nationalen und barmherzigen Armenspeisungen, wir sind nichts, die vom Ribatejo, zu deren Gunsten das Fest des Jockeyklubs veranstaltet wurde, wir sind nichts, die nationalen Syndikate, die im Mai ausgestreckten Armes defilierten, wir sind nichts, vielleicht wird der Tag für uns kommen, an dem wir etwas sind, wer dies jetzt sagte, weiß man nicht, es ist ein Vorgefühl.

Zu Lídia, die ebenfalls so gering ist, spricht Ricardo Reis von den Erfolgen des Nachbarlandes, sie erzählt ihm, dass die Spanier im Hotel das Ereignis mit einem großen Fest begangen haben, nicht einmal der tragische Tod des Generals konnte ihrer Stimmung Abbruch tun, jetzt vergeht keine Nacht, in der nicht Flaschen französischen Champagners geöffnet werden, der Hotelchef Salvador könnte nicht glücklicher sein, Pimenta spricht kastilisch, wie von Geburt an, Ramón und Felipe sind außer sich, seit sie erfahren haben, dass General Franco Galicier ist, aus El Ferrol, einer hatte vor Tagen tatsächlich die Idee, eine spanische Fahne auf der Veranda des Hotels zu hissen, als Zeichen des spanisch-portugiesischen Bündnisses, so warten wir noch ein bisschen, dass die Waagschale noch etwas sinken möge. Und du, fragte Ricardo Reis, was denkst du über Spanien, über das, was dort passiert? Ich bin nichts, ich habe keine Bildung, der Senhor Doktor wird es schon wissen, wo er doch so viel studiert hat, um die Position zu erreichen, die er jetzt innehat, ich glaube, je höher man steigt, desto weiter kann man sehen. So glänzt in jedem See der ganze Mond, denn er steht hoch genug. Der Senhor Doktor sagt die Dinge auf eine so schöne Weise. Das da in Spanien war ein Wirrwarr, eine Unordnung, es war nötig, dass jemand kam, dem Wahnsinn den Garaus zu bereiten, das konnte nur die Armee sein, wie es hier geschehen ist, so ist es überall. Das sind Dinge, über die ich nicht mitreden kann, mein Bruder sagt ... Ach, dein Bruder, ich brauche deinen Bruder nicht sprechen zu hören, um zu wissen, was er sagt. Wirklich, das sind zwei sehr verschiedene Menschen, der Senhor Doktor und mein Bruder. Was sagt er denn nun? Er sagt, dass die Militärs nicht siegen werden, weil sie das ganze Volk gegen sich haben werden. Merke dir, Lídia, dass das Volk niemals nur auf einer einzigen Seite steht, und außerdem sag mir doch bitte, was das Volk ist. Das Volk ist das, was ich bin, ein Dienstmädchen, das einen revolutionären

Bruder hat und sich mit einem Senhor Doktor niederlegt, der gegen Revolutionen ist. Wer hat dich gelehrt, so etwas zu sagen. Wenn ich den Mund öffne, um zu sprechen, sind die Worte schon gebildet, ich muss sie nur hinauslassen. Im Allgemeinen denken wir, ehe wir sprechen, oder wir denken, während wir sprechen, alle Leute sind so. Vielleicht denke ich nicht, es wird sein, wie wenn ein Kind entsteht, es wächst, ohne dass wir es bemerken, wenn seine Stunde gekommen ist, wird es geboren. Fühlst du dich gut? Wenn nicht das Fehlen der Regel wäre, würde ich nicht glauben, dass ich schwanger bin. Denkst du nach wie vor daran, das Kind zur Welt zu bringen? Den Jungen? Ja, den Jungen. Ich will und werde meine Meinung nicht ändern. Denk darüber gut nach. Vielleicht denke ich nicht, indem Lídia das sagte, lachte sie froh, Ricardo Reis wusste keine Antwort mehr, da zog er sie an sich, küsste sie auf die Stirn, dann auf den Mundwinkel, dann auf den Hals, das Bett war nicht weit, sie legten sich hin, das Dienstmädchen und der Senhor Doktor, vom Seemann-Bruder wurde nicht weiter gesprochen, Spanien liegt am Ende der Welt.

Les beaux esprits se rencontrent, sagen die Franzosen, von allen die Geistvollsten. Ricardo Reis hatte von der Notwendigkeit gesprochen, die Ordnung zu verteidigen, und jetzt verkündete General Francisco Franco in einem Interview für die portugiesische Zeitung O Século, wir wollen die Ordnung für die Nation, und das war das Motto, damit das genannte Blatt in großer Aufmachung schreibe, das Rettungswerk der spanischen Armee, auf diese Art beweisend, um wie viel größer von Mal zu Mal die Zahl der beaux esprits wird, wenn nicht gar unzählig, in wenigen Tagen wird die Zeitung die bohrende Frage stellen, wann wird sich die Erste Internationale der Ordnung gegen die Dritte Internationale der Unordnung organisieren, die beaux esprits sind schon versammelt, um die Antwort zu geben. Man kann nicht behaupten, dass es nicht schon am Anfang stünde, die marokkanischen Soldaten werden weiter ausgeschifft, in Burgos hat sich eine Regierungsjunta gebildet, allgemein herrscht die Meinung, dass in wenigen Stunden die Armee und die bewaffneten Kräfte Madrids unvermeidlich aufeinandertreffen werden. Wir dürfen dem Fakt, dass die Bevölkerung von Badajoz sich bewaffnet hat, um dem drohenden Angriff zu widerstehen, keine besondere Bedeutung beimessen, oder wir messen ihm nur so viel Bedeutung bei, dass wir sie in die Diskussion darüber einbringen können, was das Volk ist oder nicht ist. Ungeachtet der Unwissenheit Lídias und der Ausflüchte Ricardo Reis' haben sich hier Männer, Frauen und Kinder mit Gewehren, Degen, Stöcken, Sicheln, Revolvern, Messern, Knüppeln bewaffnet, sie haben gegriffen, was sie fanden, vielleicht weil das die Art des Volkes ist, sich zu bewaffnen, und wenn das so wäre, dann wissen wir bald, was das Volk ist und wo das Volk steht, alles andere, wenn Sie gestatten, ist nichts weiter als philosophische Streiterei.

Die Woge wächst und rollt. In Portugal mehren sich die Einschreibungen von Freiwilligen für die Mocidade Portuguesa, es sind junge Patrioten, die nicht so lange warten wollten, bis eines Tages ganz sicher die Aufforderung dazu an sie ergehen wird, mit hoffnungsfroher Hand haben sie in ihrer Schülerhandschrift unter dem gütigen väterlichen Blick den Brief geschrieben und ihn festen Schrittes zur Post gebracht oder bebend vor ziviler Regung dem Portier des Ministeriums für Nationale Erziehung übergeben, nur aus religiöser Ehrfurcht verkünden sie nicht, dies ist mein Körper, dies ist mein Blut, doch jedermann kann sehen, wie groß ihr Durst nach Märtyrertum ist. Ricardo Reis geht die Listen durch, versucht, sich Gesichter vorzustellen, Figuren, Gesten, Arten zu gehen, was der Verschwommenheit dieser kuriosen Worte, die die Namen bilden, Form und Sinn verleihen soll, denn es sind leere Worte, so leer, so inhaltslos wie keine anderen, so wir ihnen nicht ein menschliches Sein hinzufügen. Wie werden in einigen Jahren, in zwanzig, dreißig, fünfzig, die reifen Männer, die alten Männer, wenn es so weit kommt, über ihre Begeisterung in der Jugendzeit urteilen, als sie lasen oder hörten, wie die jungen Deutschen, als wäre es ein mystisches Horn, sagten, wir sind nichts, und wie sie edelmütig zustimmten, auch wir, auch wir sind nichts. Sie werden sagen, Jugendsünden, Irrtümer, aufgrund meiner großen Naivität, es hat mich keiner beraten, ich habe es später sehr bereut, mein Vater hat es mir befohlen, ich habe es ehrlich geglaubt, die Uniform war so schön, heute würde ich dasselbe wieder tun, es war eine Art, im Leben nach oben zu kommen, die Ersten waren sehr gut angesehen, ein Jugendlicher täuscht sich so leicht, es ist so leicht, ihn zu täuschen, dieses und Ähnliches bringen sie heute zu ihrer Rechtfertigung vor, aber einer von ihnen steht auf, hebt die Hand, um das Wort zu erbitten, und Ricardo Reis erteilt es ihm, sehr neugierig darauf, einen Mann zu hören, der von einem der anderen Männer spricht, zu denen er gehörte, eine Generation die andere anklagend, und dies war die Rede, die Gründe, die jeden von uns zu diesem Schritt bewogen, werden aufmerksam untersucht werden, war es Naivität oder Böswilligkeit, geschah es aus eigenem Willen, oder war es Nötigung Dritter, das Urteil wird, wie es üblich ist, je nach Zeit und Richter ausfallen, doch verurteilt oder freigesprochen, das ganze Leben, das wir gelebt haben, muss auf die Waage, das Gute und das Schlechte, das wir getan, das Richtige und das Falsche, die Vergebung und die Schuld, und wenn alles abgewogen, falls so etwas möglich ist, soll unser Gewissen der erste Richter sein, im außergewöhnlichen Fall, dass wir reinen Herzens sind, doch wir müssten vielleicht einmal mehr erklären, wenn auch mit anderer Betonung, wir sind nichts, gab es doch in jener Zeit einen gewissen Mann, den einige von uns geliebt und respektiert hatten, ich nenne gleich seinen Namen, um Ihnen die Mühsal des Ratens zu ersparen, einen Mann, der sich Miguel de Unamuno nannte und Rektor der Universität von Salamanca war, nicht ein Jüngelchen unseres Alters, von vielleicht vierzehn, fünfzehn Jahren, sondern ein ehrwürdiger Greis in den Siebzigern, mit einem langen Leben und einem umfangreichen Werk, Autor so berühmter Bücher wie Das tragische Lebensgefühl, Die Agonie des Christentums, Über spanische Wesensart, Die Menschenwürde und vieler anderer, die ich nicht nennen will, dieser Mann, ein Leuchtturm der Klugheit, der sich schon in den ersten Tagen des Krieges mit der Regierungsjunta von Burgos verbündete, indem er verkündete, retten wir die abendländische Zivilisation, hier habt ihr mich, Männer Spaniens, diese Männer Spaniens waren die putschenden Militärs und die Moros aus Marokko, und er spendete fünftausend Pesetas aus seinem Beutel zugunsten dessen, was bereits als spanische nationalistische Armee bezeichnet wurde, da ich mich nicht an die Preise dieser Zeit erinnere, weiß ich nicht, wie viele Patronen man für diese fünftausend Pesetas kaufen konnte, und er beging die moralische Grausamkeit, dem Präsidenten Azaña zu empfehlen, Selbstmord zu begehen, wenige Wochen später gab er weitere nicht weniger tönende Erklärungen ab, meine größte Bewunderung und mein größter Respekt gelten der spanischen Frau, die verhindern konnte, dass die kommunistischen und sozialistischen Horden schon früher von Spanien Besitz ergriffen, und in jähem Begeisterungsrausch schrie er, heilige Frauen, na, uns Portugiesen fehlte es auch nicht an heiligen Frauen, zwei Beispiele mögen genügen, die Marília aus der Verschwörung und die Unbefangene aus der Mairevolution, wenn das Heiligkeit ist, danken die spanischen Frauen Unamuno und unsere portugiesischen dem Senhor Tomé Vieira sowie dem Senhor Lopes Ribeiro, eines Tages würde ich gern zur Hölle hinabsteigen, um mittels meiner Arithmetik zu zählen, wie viel heilige Frauen dort sind, aber von Miguel de Unamuno, den wir so bewundert haben, wagt niemand zu sprechen, es ist wie eine schändliche Wunde, die man bedeckt, der Nachwelt blieben nur jene beinah letzten Worte bewahrt, mit denen er dem General Millán Astray geantwortet hatte, jenem, der in ebenderselben Stadt, in Salamanca, ausgerufen hatte, viva la muerte, der Senhor Doktor Ricardo Reis erfuhr nicht, welche Worte das gewesen waren, was soll's, das Leben reicht nicht für alles, und seines reichte dafür nicht mehr aus, aber da sie nun einmal ausgesprochen waren, konnten einige von uns noch die getroffene Entscheidung überprüfen, genau genommen will ich sagen, es hat sich gelohnt, dass Miguel de Unamuno lange genug gelebt hat, seinen Fehler zu erahnen, nur zu erahnen, denn er berichtigte ihn nicht vollständig, sei es, dass er danach nur noch ganz kurze Zeit lebte, sei es, dass er vor Feigheit die Ruhe seiner letzten Tage verteidigen wollte, alles ist möglich, nun denn, was ich am Ende dieser langen Rede für uns alle erbitte, ist, dass ihr auf unser letztes Wort wartet, oder das vorletzte, wenn wir an diesem Tag Erleuchtung finden und wenn ihr bis dahin eure nicht verloren habt, das war's, was ich sagen wollte. Einige der Anwesenden drückten durch lebhaften Applaus ihre Hoffnung auf Rettung aus, andere protestierten entrüstet gegen die böswillige Verdrehung, der das nationalistische Denken Miguel de Unamunos zum Opfer gefallen war, und nur wegen der senilen Halsstarrigkeit dessen, der mit einem Bein schon im Grabe stand, wegen einer Laune des klapprigen Alten stellte dieser den herrlichen Ausruf des großen Patrioten und Militärs, des Generals Millán Astray, in Abrede, der wegen seiner Vergangenheit und seiner Gegenwart nur Belehrungen zu geben, nicht aber zu empfangen hatte. Ricardo Reis weiß nicht, was Miguel de Unamuno dem General antworten wird, er ist zu schüchtern, um zu fragen, oder er fürchtet sich, in den Truhen der Zukunft herumzukramen, im Schicksal, es ist besser, still und ohne große Beunruhigung darüber hinwegzusehen, dies hatte er einmal geschrieben, das hält er in allem ein. Die älteren Männer sind gegangen, sie werden noch weiter über die ersten, zweiten und dritten Worte Unamunos diskutieren, so wie sie ihr Urteil über sie fällen, wollen sie das Urteil über sich, man weiß ja, dass der Angeklagte, so er das Gesetz auswählt, immer freigesprochen wird.

Ricardo Reis liest noch einmal die Nachrichten, die er bereits kennt, die Verkündigung des Rektors aus Salamanca, retten wir die abendländische Zivilisation, hier habt ihr mich, Männer Spaniens, die fünftausend Pesetas aus seinem Säckel für Francos Armee, die schändliche Aufforderung an Azaña, Selbstmord zu begehen, bis zu diesem Zeitpunkt sprach er noch nicht von den heiligen Frauen, aber es ist nicht einmal nötig, darauf zu warten, wie er es sagen wird, wir haben ja neulich gesehen, dass ein einfacher portugiesischer Filmregisseur derselben Meinung war, von hier bis zu den Pyrenäen sind alle Frauen heilig, das Übel liegt bei den Männern, die so gut von ihnen denken. Ricardo Reis geht gemächlich die Seiten durch, er findet Zerstreuung bei jenen Neuigkeiten, die ebenso gut von hier wie von dort kommen könnten, aus dieser Zeit wie aus einer anderen, aus der Gegenwart wie aus der Zukunft und der Vergangenheit, zum Beispiel Hochzeiten und Taufen, Abreisen und Ankünfte, das Schlimmste ist, dass es trotz der Existenz eines Weltlebens nicht nur eine Welt gibt, wenn wir die Nachrichten auswählen könnten, die wir lesen wollten, wäre jeder von uns ein John D. Rockefeller. Er überfliegt die kleinen Annoncen, Wohnungen zu vermieten, Wohnungen gesucht, in dieser Hinsicht ist er bedient, er braucht keine Wohnung, schau mal an, hier informiert man uns über das Datum, an dem die Highland Brigade aus dem Hafen von Lissabon auslaufen wird, sie fährt nach Pernambuco, Rio de Janeiro, Santos, ein beharrlicher Bote, welche Nachrichten wird er uns aus Vigo bringen, es scheint, als ob sich ganz Galicien um General Franco geschart hätte, kein Wunder, er ist ja immerhin ein Sohn dieser Region, das Gefühl vermag viel. Auf diese Weise fügte sich eine Welt in die andere, auf diese Weise verlor der Leser seine Ruhe, und wie er jetzt ungeduldig die Seite umblättert, stößt er wieder auf Achilles' Schild, den er wer weiß wie lange nicht vor Augen gehabt hatte. Es ist derselbe schon bekannte Heiligenschein aus Bildern und Worten, das wunderbare Mandala, unvergleichlicher Anblick eines präzis dargestellten Universums, ein Kaleidoskop, das in der Bewegung innegehalten hat und zur Betrachtung einlädt, es ist zu guter Letzt sogar möglich, die Runzeln im Antlitz Gottes zu zählen, der sich mit gewöhnlicherem Namen Freire Gravador nennt, das ist das Bildnis, dies das unerbittliche Monokel, dies die Krawatte, mit der er uns erdrosselt, wenn auch der Arzt uns sagt, dass wir an einer Krankheit sterben oder an einer Kugel, wie in Spanien, weiter unten präsentieren sich seine Werke, von denen wir gewohnt sind zu sagen, dass sie von der unendlichen Weisheit des Schöpfers erzählen oder singen, dessen achtbares Leben ohne Fehl und Tadel war und der mit drei Goldmedaillen ausgezeichnet worden war, der höchsten Ehrung durch einen noch höheren Gott, der nicht über die Annoncen des Diário de Notícias gebietet und der vielleicht gerade deshalb der wahre Gott ist. Früher hatte sich Ricardo Reis diese Annonce als Labyrinth dargestellt, doch jetzt sieht er sie als einen Kreis, aus dem man nicht heraustreten kann, begrenzt und leer, de facto ein Labyrinth, aber von derselben Form wie eine Wüste ohne Wege. Er malt Freire Gravador einen Bart an, macht aus dem Monokel einen Kneifer, doch selbst durch solche Kunst der Maskerade gelingt es ihm nicht, ihn jenem Don Miguel de Unamuno ähnlich werden zu lassen, der sich ebenfalls in einem Labyrinth verloren hat, aus dem er, wenn wir dem portugiesischen Ehrenmann Glauben schenken können, der sich in der

Versammlung erhoben und die Rede gehalten hatte, noch kurz vor seinem Tod herausfinden wird, wobei in jedem Fall Zweifel angebracht sind, ob er in sein fast extremes Wort sein ganzes Sein hineingelegt hat, ganz er, oder ob er zwischen dem Tag, an dem er es aussprach, und dem Tag, an dem er, der würdevolle Rektor, aus der Welt ging, in die anfängliche Willfährigkeit und Kumpanei zurückgefallen ist, das Aufbegehren unterdrückend, das plötzliche Rebellentum beruhigend. Das Ja und das Nein Miguel de Unamunos beunruhigen Ricardo Reis, der betroffen ist, hin- und hergerissen zwischen dem, was er von diesen Tagen weiß, die sein und dessen Alltag sind, miteinander verknüpft durch die Zeitungsnachrichten, und der vagen Voraussage dessen, der die Zukunft kennt und sie nicht völlig enthüllt, er bereut es, nicht gewagt zu haben, den portugiesischen Redner zu fragen, welche entscheidenden Worte Don Miguel gegenüber dem General geäußert hatte, und wie er dann verstand, dass er geschwiegen hatte, weil ihm deutlich angekündigt worden war, dass er am Tag der Reue schon nicht mehr auf dieser Welt weilen würde. Der Senhor Doktor Reis erfuhr nicht, welche Worte das gewesen wären, was soll's, das Leben reicht nicht für alles, und seines reichte dafür nicht mehr aus. Was aber Ricardo Reis sehen kann, ist, dass sich das Schicksalsrad bereits in Bewegung gesetzt hat, Millán Astray, der in Buenos Aires gewesen war, schiffte sich nach Spanien ein, er reiste über Rio de Janeiro, wie man feststellen kann, variieren die Reiserouten der Menschen nicht sehr, über den Atlantik kommt er, er ist in Kriegsfieber entbrannt, in einigen Tagen wird er in Lissabon an Land gehen, das Schiff ist die Almanzora, und dann wird er nach Sevilla weiterfahren, von dort nach Tetuan, wo er Franco ablösen wird. Millán Astray nähert sich Salamanca und Miguel de Unamuno, er wird rufen, viva la muerte, und danach: Dunkelheit. Der portugiesische Redner bat wiederum ums Wort, die Lippen bewegen sich, sie werden von der schwarzen Zukunftssonne erleuchtet, doch man hört die Worte nicht, jetzt können wir nicht einmal erraten, was sie sagen werden.

Über diese Fragen will sich Ricardo Reis unbedingt mit Fernando Pessoa unterhalten, doch Fernando Pessoa erscheint nicht. Die Zeit schleppt sich wie eine langsame, zähe Welle dahin, eine flüssige Glasmasse, auf deren Oberfläche sich Myriaden von Glitzerpunkten befinden, die die Augen beschäftigen und die Sinne ablenken, während in der Tiefe der unruhige rubinrote Kern schimmert, Motor der Bewegung. Tage und Nächte vergehen unter der großen Hitze, die abwechselnd vom Himmel sinkt und von der Erde aufsteigt. Die Alten erscheinen erst am späten Nachmittag auf dem Alto de Santa Catarina, sie vertragen die röstende Hitze nicht, die die spärlichen Schatten der Palmen umgibt, für ihre müden Augen ist das Glitzern des Flusses zu viel, erstickend ist das Flimmern der Luft für ihren kurzen Atem. Lissabon öffnet die Wasserhähne, kein einziges Wasserfädchen läuft, die Bevölkerung gleicht einer Hühnerschar mit geöffnetem Schnabel und hängenden Flügeln. Man sagt, in die schläfrige Stille hinein, dass sich der spanische Bürgerkrieg seinem Ende nähere, eine Prognose, die zuzutreffen scheint, wenn wir uns daran erinnern, dass die Truppen von Queipo de Llano schon vor den Toren Badajoz' stehen, mit den Söldnern des Tércio, der Fremdenlegion, sie sind begierig, in den Kampf zu ziehen, wehe dem, der sich diesen Soldaten entgegenstellt, so wild lodert in ihnen die Lust, zu töten. Don Miguel de Unamuno verlässt seine Wohnung in Richtung Universität, er nutzt den schmalen Schatten an den Gebäuden, diese leonische Sonne brennt auf die Steine Salamancas, doch der würdevolle Alte spürt in seinem ernsten Gesicht den Atem der kriegerischen Heldentat, zufriedenen Herzens erwidert er die Grüße seiner Landsleute, Ehrenbezeigungen, die ihm von den Militärs des Hauptquartiers oder jenen auf der

Durchreise durch stramme Haltung und ausgestreckten Arm entboten werden, jeder von ihnen ist die Verkörperung des Cid Campeador, der schon zu seiner Zeit verkündet hatte, retten wir die abendländische Zivilisation. An einem dieser Tage verließ Ricardo Reis die Wohnung, es war noch früh am Morgen, bevor die Sonne ihre Glut entfachte, er nutzte die schmalen Schatten, solange kein Taxi kam, das ihn mitnahm, er keuchte die Calçada da Estrela hinauf, bis zum Prazeres-Friedhof, ein vielversprechender Name, der uns alles nimmt, er hinterlässt uns die Stille, das Ausruhen ist weniger sicher, der Besucher braucht keine Informationen mehr einzuholen, er hat weder die Stelle noch die Nummer vergessen, viertausenddreihunderteinundsiebzig, es ist keine Hausnummer, deshalb ist es sinnlos, zu klopfen und zu fragen, ist da jemand, wenn die Anwesenheit der Lebenden nicht genügt, am Geheimnis der Toten zu rühren, dann nutzen solche Worte gar nichts. Ricardo Reis ist am Gitter angekommen, er hat die Hand auf den heißen Stein gelegt, das sind Zufälle der Topographie, die Sonne steht noch nicht hoch, doch brennt sie bereits auf diesen Ort, seit sie aufgegangen ist. Von einer nahen Grabstätte dringt das Geräusch eines fegenden Besens herüber, eine Witwe kreuzt weiter hinten den Weg, unter dem Trauerschleier ist ihr Gesicht nicht auszumachen. Weiter rührt sich nichts. Ricardo Reis geht bis zur Biegung hinunter, dort bleibt er stehen und blickt auf den Fluss, auf den Meeresmund, kein passenderer Name als dieser, denn genau an dieser Stelle stillt der Ozean seinen unlöschbaren Durst, saugende Lippen, die sich an die Wasserquellen der Erde heften, das sind Bilder, Metaphern, Vergleiche, die in einer strengen Ode keinen Platz haben, doch sie erstehen zu morgendlicher Stunde, wenn das, was in uns denkt, lediglich fühlt.

Ricardo Reis drehte sich nicht um. Er weiß, dass Fernando Pessoa an seiner Seite ist, diesmal unsichtbar, wahrscheinlich ist es nicht erlaubt, an einer Stätte der Toten sich körperlich sichtbar zu zeigen, es würde ein Stau entstehen, die Wege wären von Verstorbenen verstopft, das wäre wirklich ein Anlass zum Lachen. Es ist die Stimme Fernando Pessoas, die fragt, was machen Sie hier so früh, mein lieber Ricardo Reis, genügen Ihnen nicht die Horizonte des Alto de Santa Catarina, der Blickpunkt Adamastors, und Ricardo Reis antwortet, ohne zu antworten, über dieses Meer, das wir von hier sehen, kommt ein spanischer General mit einem Schiff gefahren, sein Ziel ist der Bürgerkrieg, ich weiß nicht, ob Sie wissen, dass in Spanien der Bürgerkrieg begonnen hat. Und was weiter? Man hat mir gesagt, dass sich dieser General, Millán Astray heißt er, eines Tages mit Miguel de Unamuno treffen wird, jener wird viva la muerte brüllen und Antwort erhalten. Und was weiter? Ich würde gern die Antwort Don Miguels erfahren. Wie sollte ich sie Ihnen geben können, wenn es noch nicht geschehen ist. Vielleicht hilft es Ihnen weiter, wenn Sie wissen, dass sich der Rektor von Salamanca auf die Seite der Armee gestellt hat, die vorhat, Regierung und Herrschaftsform zu zerschlagen. Das hilft mir gar nicht, Sie vergessen die Bedeutung der Widersprüche, früher ging ich so weit, anzunehmen, dass die Sklaverei ein Naturgesetz in einer gesunden Gesellschaft sei, heute bin ich nicht in der Lage, darüber nachzudenken, was ich darüber denke, was ich einst dachte und was mich zu schreiben bewog. Ich hatte mit Ihnen gerechnet, und nun enttäuschen Sie mich. Ich vermag höchstens eine Hypothese aufzustellen. Welche? Dass Ihr Rektor von Salamanca so antworten wird, es gibt Umstände, unter denen Schweigen Lügen bedeutet, ich habe einen Ruf gehört, morbid und bar jeden Sinns, es lebe der Tod, dieses barbarische Paradoxon ist mir zuwider, der General Millán Astray ist ein Krüppel, darin liegt keine Unhöflichkeit. Cervantes war es unglücklicherweise auch, es gibt heute in Spanien zu viele Krüppel, ich leide, wenn ich daran denke, dass der General Millán Astray die Grundlage zu einer Massenpsychologie legen könnte, ein Krüppel, der nicht die geistige Größe eines Cervantes hat, versucht gewöhnlich Trost in den Verstümmelungen der anderen zu finden. Meinen Sie, dass er so eine Antwort geben wird? Unter einer unendlichen Zahl von Hypothesen wird das eine sein. Das ergibt einen Sinn im Zusammenhang mit den Worten, die ich aus dem Munde des portugiesischen Redners vernahm. Das ist schon nicht übel, dass die Dinge miteinander einen Sinn ergeben. Die linke Hand Marcendas, welchen Sinn wird sie haben. Denken Sie noch an sie? Hin und wieder. Sie brauchen nicht so weit zu gehen, wir sind alle Krüppel.

Ricardo Reis ist allein. In den niedrigen Zweigen der Ulmen haben die Grillen schon zu singen begonnen, sie sind stumm und haben eine Stimme erfunden. Ein großes schwarzes Schiff fährt in die Mündung ein, dann entschwindet es im glitzernden Spiegel des Wassers. Diese Landschaft scheint unwirklich zu sein.

In Ricardo Reis' Wohnung gibt es jetzt eine andere Stimme. Es ist ein kleines Radio, das billigste, das auf dem Markt zu finden war, von der volkstümlichen Marke Pilot, mit Bakelitgehäuse in Elfenbeinfarbe, vor allem ausgewählt, weil es wenig Platz einnimmt und leicht zu transportieren ist, vom Schlafzimmer zum Arbeitszimmer, weil das die Orte sind, an denen der schlafwandlerische Bewohner dieser Wohnung den größten Teil seiner Zeit verbringt. Wäre die Entscheidung in den ersten Tagen nach dem Umzug getroffen worden, als die Freude an der neuen Wohnung noch lebendig war, dann gäbe es jetzt hier einen Super mit zwölf Birnen oder Röhren, mit mächtiger Klangfülle, geeignet, das Wohnviertel zu beschallen und, um den Wunsch nach Wort und Musik zu befriedigen, die gesamte Nachbarschaft unter den Fenstern sich versammeln zu lassen, einschließlich der Alten, die sich dann wegen dieses Lockvogels wieder schmeichlerisch und höflich gäben. Doch Ricardo Reis will sich lediglich auf diskrete und reservierte Weise auf dem Laufenden halten, will die Nachrichten nur als ein intimes Murmeln vernehmen, so würde er sich nicht verpflichtet fühlen, sich selbst gegenüber zu erklären oder zu versuchen herauszufinden, welches unruhige Gefühl ihn zu dem Apparat hinzieht, er wird sich nicht über die geheimnisvolle Bedeutung des fahlen Auges befragen müssen, des sterbenden Zyklopen, den das Licht der winzigen Skala darstellt, ob es Ausdruck des Jubels ist, oder das Gegenteil, wenn es ans Sterben geht, oder der Angst, oder des Mitleids. Es wäre viel deutlicher, wenn wir sagten, dass Ricardo Reis nicht in der Lage sei zu entscheiden, ob ihn die verkündeten Siege der revoltierenden Armee in Spanien erfreuen oder die nicht weniger gefeierten Niederlagen der Kräfte, die die Regierung unterstützen. Es wird nicht an Leuten fehlen, die argumentieren, dass es ein und dieselbe Sache sei, doch dem ist nicht so, nein, Senhor, wehe uns, wenn wir nicht gebührend die Komplexität der menschlichem Seele berücksichtigen, wenn ich gern vernehme, dass mein Feind in Schwierigkeiten ist, bedeutet das nicht zugleich, dass ich dem applaudiere, der ihn in diese Schwierigkeiten gebracht hat, das ist der Unterschied. Ricardo Reis wird diesen inneren Konflikt nicht vertiefen, er gibt sich damit zufrieden, er entschuldigt sich mit der Unzulänglichkeit des Wortes, mit dem unwohlen Gefühl wie jemand, der nicht den Mut hatte, einem Kaninchen das Fell über die Ohren zu ziehen und darum gebeten hat, dass ihm ein anderer die Arbeit abnehme, wobei er der Prozedur beiwohnt, wütend über seine eigene Feigheit, und er ist so nahe, dass er den lauen Dunst sehen und einatmen kann, der vom enthäuteten Fleisch aufsteigt, ein leichter Dampf, der angenehm riecht, und da keimt in seinem Herzen oder wer weiß wo so etwas wie Zorn gegen denjenigen auf, der so eine große Untat begeht, wie können er und ich demselben Menschengeschlecht angehören, vielleicht ist es aus Gründen dieses Stillschweigens, dass wir weder die Henker lieben noch das Fleisch des Opferlamms essen.

Lídia war begeistert, als sie das Radio sah, wie schön, wie gut, zu jeder Tages- und Nachtzeit Musik hören zu können, Übertreibung ihrerseits, denn bis dahin ist es noch weit. Sie ist eine einfache Seele, die sich an wenigem erfreut, oder aber, und dazu bedient sie sich irgendeines Vorwands, sie verbirgt ihre Besorgnis angesichts der Verlassenheit, der sich Ricardo Reis hingab, nachlässig schon seine Art, sich zu kleiden, wenig auf sich achtend. Und sie berichtete, dass die Herzöge von Alba und Medinaceli das Hotel verlassen hätten, was den Geschäftsführer Salvador sehr betrübte, bei der großen Anhänglichkeit, die er für alte Hotelgäste hegte, vor allem wenn sie Titel trügen, oder nicht einmal das, denn dies hier waren lediglich Don Lorenzo und Don Alonso, sie Herzöge zu nennen, das war nichts weiter als ein Spaß von Ricardo Reis, ein Spaß, mit dem es längst Schluss zu machen galt. Es verwundert nicht, dass sie umgezogen sind. Jetzt, da der Tag des Sieges sich nähert, erlebt man mit genüsslicher Freude die letzten Augenblicke des Exils, deshalb beherbergt Estoril das, was man in der Sprache der Weltchronik eine auserlesene spanische Kolonie nennt, zu guter Letzt kann es sehr wohl passieren, dass dort dieser oder jener Graf oder Herzog als Sommergast weilt, Don Lorenzo und Don Alonso folgten dem aristokratischen Geruch, wenn sie alt und grau geworden sind, werden sie den Enkeln erzählen, damals, als ich zusammen mit dem Herzog von Alba im Exil war. Es gereicht ihnen zum Vorteil, dass Rádio Clube Português seit Tagen eine spanische Sprecherin hat, mit der Stimme eines Zarzuela-Soprans, die in der geistreichen Sprache eines Cervantes die Nachrichten vom Vormarsch der Nationalisten verbreitet, Gott und er mögen uns diese geistlosen Ironien vergeben, sie sind eher die Frucht des Wunsches zu weinen als die der Lust zu lachen. So haben wir Lídia vor uns nach ihrer leichten, anmutigen Rolle, wie sie die Sorgen um Ricardo Reis mit den schlechten Nachrichten aus Spanien verbindet, schlecht nach ihrem Verständnis, worin sie mit ihrem Bruder Daniel übereinstimmt, wie wir gesehen haben. Und wie sie im Radio von der Bombardierung Badajoz' hört, fängt sie bitterlich an zu weinen, seltsames Verhalten, wo sie noch nie in Badajoz war, weder Familie dort hat noch Besitz, die durch die Bomben zu Schaden kommen könnten, warum weinst du denn, Lídia, fragte Ricardo Reis, sie wusste nicht, wie sie antworten sollte, das müssen Dinge sein, die der Daniel ihr erzählt hat, und wer wird sie ihm erzählt haben, über welche Informationsquellen verfügt er, jedenfalls muss man nicht lange raten, dass man auf der Afonso de Albuquerque viel vom Krieg in Spanien spricht, während das Oberdeck geschrubbt wird und die Metallteile wieder auf Hochglanz gebracht werden, tauschen die Matrosen Neuigkeiten aus, nicht alle sind so niederschmetternd, wie sie von Presse und Radio beurteilt werden, nämlich im Allgemeinen abgrundtief pessimistisch. Wahrscheinlich glaubt man nur auf der Afonso de Albuquerque nicht völlig dem Versprechen des Generals Mola, der zur Cuadrilla des Matadors Franco gehört, er hat gesagt, dass wir ihn noch in diesem Monat über Radio Madrid sprechen hören werden, und der andere General, Queipo de Llano, verkündet bereits, dass die Regierung in Madrid am Anfang vom Ende stehe, seit dem Putsch sind noch keine drei Wochen vergangen, und schon sehen sie sich so gut wie am Ziel, das ist deren Gerede, meint der Matrose Daniel. Doch Ricardo Reis, der mit einer zärtlichen, zugleich unbeholfenen Gebärde Lídia beim Abwischen der Tränen hilft, argumentiert und versucht, sie auf die Plattform seiner eigenen Überzeugung zu führen, und er wiederholt die Nachrichten, die er gelesen und gehört hat, du weinst hier um Badajoz und weißt nicht, dass die Kommunisten hundertzehn Grundbesitzern ein Ohr abgeschnitten haben, und dann haben sie deren Frauen Gewalt angetan, das soll heißen, sie haben die armen Senhoras missbraucht. Wo haben Sie das her? Ich habe es in der Zeitung gelesen, und ich habe auch gelesen, was ein Journalist namens Tomé Vieira geschrieben hat, ein Verfasser von Büchern, dass nämlich die Bolschewiken einem älteren Pater die Augen herausgerissen, ihn dann mit Benzin übergossen und angezündet haben. Das glaube ich nicht. Es stand in der Zeitung, ich habe es gelesen. Ich zweifle nicht daran, Senhor Doktor, mein Bruder sagt, dass man nicht immer das glauben darf, was die Zeitungen schreiben. Ich kann nicht nach Spanien fahren, um zu sehen, was los ist, ich muss glauben, dass es die Wahrheit ist, was man mir sagt, eine Zeitung kann nicht lügen, das wäre die größte Sünde der Welt. Der Senhor Doktor ist ein gebildeter Mensch, ich bin fast eine Analphabetin, aber etwas habe ich gelernt, dass es viele Wahrheiten gibt, und eine steht gegen die andere, solange sie nicht kämpfen, weiß man nicht, wo die Lüge ist. Und wenn es wahr ist, dass sie dem Pater die Augen herausgerissen, ihn mit Benzin übergossen und verbrannt haben? Es wäre eine schreckliche Wahrheit, doch mein Bruder sagt, wenn die Kirche auf der Seite der Armen stünde, um ihnen hier auf Erden zu helfen, dann würden dieselben Armen das Leben für sie hingeben, damit sie nicht in die Hölle stürze, in der sie sich jetzt befindet. Und wenn sie den Grundbesitzern die Ohren abgeschnitten haben, wenn sie ihre Frauen vergewaltigt haben? Das wäre eine weitere schreckliche Wahrheit, doch mein Bruder sagt, während die Armen auf der Erde sind und auf ihr leiden, erleben die Reichen bereits den Himmel auf Erden. Du antwortest mir immer mit den Worten deines Bruders. Und der Senhor Doktor spricht immer mit den Worten der Zeitung zu mir. So ist es. Jetzt gab es in Funchal und einigen anderen Orten der Insel Volksaufstände, öffentliche Ämter und Butterfabriken wurden gestürmt, ein Geschehnis, das Tote und Verletzte forderte, und es muss ernst gewesen sein, denn man entsandte zwei Kriegsschiffe dorthin, mit Flugzeugen und Jägerkompanien mit Maschinengewehren, eine Kriegsmaschinerie, die für einen Bürgerkrieg auf Portugiesisch genügen würde. Ricardo Reis vermochte nicht, die wahren Gründe für den Aufruhr zu erkennen, das soll uns nicht verwundern, uns nicht und ihn nicht, denn er hatte nur die Zeitungen als Informationsquelle. Er schaltet den elfenbeinfarbenen Pilot ein, vielleicht ist das Gehörte glaubwürdiger, nur schade, dass man nicht das Gesicht dessen sehen kann, der spricht, ein Zögern im Blick, ein Zucken im Gesicht, und man wüsste sofort, ob es Wahrheit oder Lüge ist, hoffentlich gelingt es dem menschlichen Erfindergeist bald, das Gesicht dessen, der zu uns spricht, in die eigene Wohnung zu holen, wir werden dann endlich die Lüge von der Wahrheit unterscheiden, dann wird tatsächlich die Zeit des Nichtrechtfertigens beginnen, unser Reich komme über uns. Ricardo Reis hatte also den Pilot eingeschaltet, der Skalenzeiger steht auf der Station Rádio Clube Português, während die Röhren warm werden, presst er die Stirn gegen das Radiogehäuse, aus dessen Innern dringt ein strenger Geruch, der etwas benommen macht, er verliert sich dabei in Gedanken, bis er feststellt, dass der Lautstärkeregler nicht aufgedreht ist, heftig dreht er an dem Knopf, zuerst hört er nichts weiter als ein tiefes Brummen, es war gerade eine Pause, Zufälle, gleich darauf setzen Musik und Gesang ein, Cara al sol con la camisa nueva, die Hymne der Falange, zur Freude und zum Trost der auserlesenen spanischen Kolonie in Estoril und im Hotel Bragança, zu dieser Stunde findet im Kasino die Generalprobe für die Silbernacht statt, die unter Enrico Bragas Regie verlaufen wird, im Aufenthaltsraum des Hotels schauen die Hotelgäste zweifelnd auf den grünlichen Spiegel, in diesem Moment verliest die Sprecherin von Rádio Clube ein von ehemaligen portugiesischen Legionären der fünften Kompanie des Tércio gesandtes Telegramm, worin ihre ehemaligen Kameraden gegrüßt werden, die an der Belagerung von Badajoz teilnehmen, bei dieser martialischen Sprache läuft es uns kalt den Rücken herunter, das abendländische, christliche Feuer, die Waffenbruderschaft, die Erinnerung an vergangene Taten, die Hoffnung auf eine strahlende Zukunft für die beiden iberischen Vaterländer, vereint im gleichen nationalistischen Ideal, Ricardo Reis schaltet den Pilot aus, nachdem er den letzten Bericht gehört hat, dreitausend Soldaten aus

Marokko sind in Algeciras an Land gegangen, er streckt sich auf dem Bett aus, verzweifelt, weil er sich so vereinsamt sieht, er denkt nicht an Marcenda, an Lídia erinnert er sich, weil sie wahrscheinlich greifbarer ist, wie man so sagt, in dieser Wohnung gibt es kein Telefon, und wenn es eins gäbe, wäre es skandalös, das Hotel anzurufen und zu sagen, guten Abend, Senhor Salvador, hier spricht Doktor Ricardo Reis, erinnern Sie sich, wie lange habe ich Ihre Stimme nicht mehr gehört, es waren glückliche Wochen, die ich in Ihrem Hotel verbracht habe, nein, nein, ich will kein Zimmer, ich wollte nur mit Lídia sprechen, wenn sie hierher in meine Wohnung kommen könnte, ausgezeichnet, das ist sehr freundlich, ihr für ein oder zwei Stunden freizugeben, ich fühle mich sehr einsam, nein, Senhor, nicht dafür, es ist nur, weil ich mich sehr einsam fühle. Er erhebt sich vom Bett, sammelt die umherliegenden Zeitungsblätter ein, ein Blatt hier, eins dort, über den Boden verteilt, über die Decke, und überfliegt den Veranstaltungsplan, doch die Phantasie wird nicht angeregt, es gibt einen Augenblick, in dem er wünscht, blind zu sein, und taub, und stumm, dreifach ein Krüppel zu sein, von dem Fernando Pessoa sagt, dass wir es alle sind, als er inmitten der Nachrichten über Spanien ein Foto bemerkt, das er vorher übersehen hatte, es zeigt Kampfwagen der Rebellenarmee, auf denen das Heilige Herz Jesu abgebildet ist, wenn das die benutzten Embleme sind, dann gibt es für uns keinen Zweifel, dieser Krieg wird ohne Pardon sein. Es sei daran erinnert, dass Lídia schwanger ist, mit einem Jungen, wie sie jedes Mal behauptet, und dieser Junge wird groß werden und in die Kriege ziehen, die vorbereitet werden, es ist noch früh für die heutigen, doch andere sind in Vorbereitung, ich wiederhole, es gibt immer ein Danach für den nächsten Krieg, rechnen wir nach, der Junge wird so im März nächsten Jahres geboren werden, wenn wir das ungefähre Alter hinzuzählen, in dem man in den Krieg zieht, mit dreiundzwanzig, vierundzwanzig, welchen Krieg werden wir dann neunzehnhunderteinundsechzig haben, und wo, und weshalb, in welch verlassenen Gegenden, in Gedanken sieht Ricardo Reis ihn bereits von Kugeln durchbohrt, dunkelhaarig und blass wie sein Vater, nur seiner Mutter Sohn, weil ihn der eigene Vater nicht annehmen wird.

Badajoz hat sich ergeben. Angespornt durch das flammende Telegramm der ehemaligen portugiesischen Legionäre, hat der Tércio wahre Wunder vollbracht, sowohl im Distanzkampf wie im Kampf Mann gegen Mann, wobei insbesondere die Tapferkeit der portugiesischen Legionäre der jungen Generation gerühmt wurde, sie wollten sich ihren Vorgesetzten gegenüber würdig erweisen, wozu man noch den günstigen Effekt hinzurechnen muss, dass die Nähe der heimatlichen Gefilde stets den Mut beeinflusst. Badajoz hat sich ergeben. In Ruinen gelegt durch unaufhörliche Bombardierungen, zerbrochen die Schwerter, stumpf geworden die Sicheln, zerstückelt die Knüppel und Stöcke, hat es sich ergeben. General Mola verkündete, die Zeit der Abrechnung ist gekommen, und die Stierkampfarena öffnete die Tore, um die gefangenen Milicianos aufzunehmen, dann schlossen sie sich, das ist die Fiesta, die Maschinengewehre tönen olé, olé, olé, niemals zuvor wurde so laut in der Arena von Badajoz geschrien, die Minotauren im Drillichzeug fallen übereinander, ihr Blut vermischt sich, die Adern bluten aus, als niemand mehr aufrecht steht, erledigen die Matadore diejenigen, die nur verletzt worden waren, durch Pistolenschüsse, und wenn jemand dieser Barmherzigkeit entging, dann nur, um lebendig begraben zu werden. Von solchen Ereignissen wusste Ricardo Reis nur das, was ihm seine portugiesischen Zeitungen berichteten, eine davon schmückte die Nachricht immerhin mit einem Foto der Arena, man sah Tote liegen und einen Karren, der nicht dazuzugehören schien, man erfuhr nicht, ob es ein Karren zum Bringen oder Holen war, ob auf ihm die Stiere oder die Minotauren transportiert wurden. Den Rest erfuhr Ricardo Reis von Lídia, die es wiederum von ihrem Bruder erfahren hatte, der es von wer weiß wem erfahren hatte, vielleicht eine Nachricht, die aus der Zukunft gekommen war, wenn man endlich alle Dinge erfahren kann. Lídia weint nicht mehr, sie sagt, zweitausend haben sie getötet, ihre Augen sind trocken, doch ihre Lippen beben, und die Wangen glühen. Ricardo Reis will sie trösten, ihren Arm nehmen, das war seine erste Geste, man erinnere sich, doch sie entzieht sich ihm, nicht aus Groll, sondern nur, weil sie es heute nicht ertragen könnte. Später, in der Küche, während sie das angesammelte schmutzige Geschirr abwäscht, strömen die Tränen, zum ersten Mal fragt sie sich, was sie überhaupt in dieser Wohnung zu schaffen hat, als Dienstmädchen des Senhor Doktor, als Haushaltshilfe, nicht einmal als Geliebte, und dann weiß sie nicht mehr, ob sie wegen der Toten von Badajoz weint oder wegen ihres totgleichen Zustands, sich nichtig zu fühlen. Dort im Arbeitszimmer ahnt Ricardo Reis nicht, was hier vor sich geht. Um nicht an die zweitausend Toten zu denken, was wirklich viel ist, wenn Lídia die Wahrheit gesagt hat, schlägt er wieder einmal The God of the Labyrinth auf, er beginnt dort zu lesen, wo er sich ein Zeichen gemacht hatte, doch es ergibt keinen Sinn, da begreift er, dass er sich nicht mehr daran erinnern kann, was das Buch bis dorthin erzählt hat, er kehrt zum Anfang zurück, beginnt erneut, die Figur, die vom ersten Schachspieler entgegengesetzt wurde, besetzte mit ausgebreiteten Armen die Felder der Bauern des Königs und der Königin und die nächsten beiden Felder in Richtung des gegnerischen Feldes, und als er bis zu dieser Stelle gelangt, löst er sich wieder von der Lektüre, er sieht das Schachbrett, eine verlassene Ebene, den Jungen, der jung gewesen war, mit ausgebreiteten Armen, und gleich darauf auf dem riesigen Quadrat einen gezogenen Kreis, eine Arena, von Toten bedeckt, die auf der Erde Gekreuzigten gleichen, von einem zum anderen geht das Heilige Herz Jesu und vergewissert sich, dass es keine Verletzten mehr gibt. Als Lídia nach Beendigung ihrer häuslichen Arbeiten ins Arbeitszimmer tritt, hat Ricardo Reis das geschlossene Buch auf den Knien. Er scheint zu schlafen. So bietet er den Anblick eines fast alten Mannes. Sie schaut ihn an, als wäre er ein Fremder, dann geht sie geräuschlos hinaus. Im Gehen denkt sie, ich komme nicht mehr zurück, aber sicher ist sie sich nicht.

Aus Tetuan, wo General Millán Astray schon eingetroffen ist, kam eine neue Proklamation, Krieg ohne Pardon, Krieg ohne Waffenstillstand, Krieg zur Auslöschung der marxistischen Mikrobe, wobei die humanistischen Pflichten selbstredend unangetastet bleiben, wie man den Worten General Francos entnehmen kann, ich habe Madrid noch nicht eingenommen, weil ich den unschuldigen Teil der Bevölkerung nicht opfern will, gütiger Mensch der, hier ist jemand, der niemals wie Herodes anordnen würde, die kleinen Kinder umzubringen, er würde warten, bis sie groß geworden sind, damit ihm diese Last nicht auf der Seele liege und die Engel im Himmel nicht überfordert würden. Unmöglich, dass diese guten Winde Spaniens in Portugal nicht ähnliche Bewegungen hervorriefen. Die Würfel sind gefallen, die Karten liegen auf dem Tisch, das Spiel ist eindeutig; die Stunde ist gekommen, in der es zu wissen gilt, wer für uns und wer gegen uns ist, die Stunde ist gekommen, die Feinde zu zwingen, sich zu zeigen, oder aber, so sie abwesend oder untergetaucht sein sollten, sie dazu zu bringen, sich zu verraten, jene, die sich unserem Schritt angepasst haben, als Tarnung oder aus Feigheit, aus Ehrgeiz oder aus Angst, das wenige zu verlieren, jene, die sich in die Schatten unserer Fahnen geflüchtet haben. So haben denn die nationalen Syndikate eine Kundgebung gegen den Kommunismus angekündigt, und kaum war die Nachricht bekannt, da durchlief ein Beben den gesamten öffentlichen Körper, ein großer historischer Augenblick, Prospekte patriotischer Vereinigungen wurden veröffentlicht, die Senhoras, einzeln oder in Kommissionen vereint, verlangten nach Eintrittskarten, und um den Mut zu stärken, die Gemüter einzustimmen, organisierten einige Syndikate Versammlungen für ihre Mitglieder, das taten die Verkäufer und die Bäcker, das machte das Hotelgewerbe, auf den Fotos sieht man die Teilnehmer, mit ausgestrecktem Arm grüßend, ein jeder übe seinen Auftritt, solange die große Nacht der Premiere noch nicht angebrochen ist. In all diesen Versammlungen wird das Manifest der nationalen Syndikate verlesen und beklatscht, ein vehementes Bekenntnis zum doktrinären Glauben und des Vertrauens in das Schicksal der Nation, wie es diese wenigen, willkürlich herausgegriffenen Auszüge beweisen, ohne jeden Zweifel weisen die nationalen Syndikate energisch den Kommunismus von sich, ohne jeden Zweifel sind die national-korporativen Werktätigen unwiderruflich Portugiesen und Latino-Christen, die nationalen Syndikate bitten Salazar um kräftige Heilmittel gegen kräftige Übel, die nationalen Syndikate anerkennen als ewige Grundlage des ganzen sozialen, ökonomischen und politischen Gefüges die Privatinitiative und das Privateigentum, innerhalb der Grenzen einer sozialen Gerechtigkeit. Und weil der Kampf ein gemeinsamer ist und der Feind derselbe, wandten sich die spanischen Falangisten an Rádio Clube Português, sie hielten eine Ansprache ans ganze Land, lobten die totale Einbeziehung Portugals in den Befreiungskreuzzug, eine Behauptung, die genau genommen eine historische Ungenauigkeit darstellt, wo doch jedermann weiß, dass wir, die Portugiesen, uns schon seit Jahren auf einem Kreuzzug befinden, doch die Spanier sind so, sie wollen immer gleich alles beanspruchen, man muss stets ein Auge auf sie haben.

Ricardo Reis hatte in seinem ganzen Leben noch an keiner

politischen Kundgebung teilgenommen. Die Ursache für diese Ignoranz wird in seinem besonderen Temperament liegen, in der Erziehung, die er erhalten hat, in den gewohnten Genüssen, denen er zugeneigt ist, auch in einer gewissen Scham, wer seine Verse hinreichend kennt, wird leicht den Weg zur Erklärung finden. Aber dieser nationale Wirbel, der Bürgerkrieg gleich nebenan, wer weiß, ob die unpassende Wahl des Ortes, an dem sich die Kundgebungsteilnehmer versammeln werden, die Stierkampfarena am Campo Pequeno, in seinem Innern ein kleines Flämmchen von Neugier entfacht hat, wie wird es sein, wenn sich Tausende versammeln, um sich Reden anzuhören, welchen Sätzen und Worten werden sie applaudieren, wann, warum, und die Überzeugung der einen und der anderen, derjenigen, die sprechen, und derjenigen, die zuhören, die Mimik und die Gesten, für einen Menschen, der von Natur aus wenig von einem Forschenden hat, zeichnen sich in Ricardo Reis interessante Veränderungen ab. Er machte sich zeitig auf den Weg, um einen Platz zu bekommen, er nahm ein Taxi, damit es schneller ging. Der Abend ist warm an diesem späten Augusttag. Sonderbahnen fahren voll besetzt, ja zum Bersten voll vorbei, die Fahrgäste wenden sich wohlwollend den zu Fuß Gehenden zu, einige, die besonders vom nationalistischen Geist entflammt sind, bringen Vivats auf den Estado Novo, den Neuen Staat, aus. Gewerkschaftsfahnen sind zu sehen, und weil der Wind nur schwach bläst, werden sie von den Fahnenträgern geschwenkt, damit die Farben und Embleme zur Geltung kommen, eine korporative Heraldik, die noch von republikanischen Traditionen verseucht ist, darauf folgt, in der guten alten Zunftsprache, die Innung Handwerk und Kunst. Als Ricardo Reis, von einem Menschenstrom mitgerissen, in die Arena gelangt, findet er sich unter Bankangestellten wieder, alle mit einer blauen Armbinde, darauf das Kreuz Christi und die Initialen SNB, es ist wohl wahr, dass die Tugend des Patriotismus alle Exzesse mit Nachsicht bedenkt und jeden Widerspruch entschuldigt, wie diesen, dass die Bankangestellten als ihr Erkennungszeichen das Kreuz dessen wählten, der in früheren Zeiten die Krämer und Wechsler aus dem Tempel getrieben hatte, erste Triebe dieses Baumes, erste Blüten dieser Frucht. Ihr Glück ist, dass Christus nicht wie der Wolf in der Fabel ist, denn dieser, das Risiko des Irrtums einkalkulierend, riss die zarten Lämmer auf Kosten der zähen Hammel, zu denen sie geworden wären, oder derer, die ihnen das Leben geschenkt hatten. Früher war alles viel einfacher, ein jeder konnte Gott sein, jetzt vergeuden wir die Zeit damit, uns zu fragen, ob die Wasser bereits schlammig von der Quelle kommen oder durch andere Zuflüsse getrübt wurden.

In kurzer Zeit wird die Arena voll sein. Ricardo Reis hat noch einen guten Platz bekommen, auf der Sonnenseite, heute ist es egal, überall herrschen Schatten und Dunkelheit, der Vorteil des Platzes besteht darin, nicht zu weit von der Rednertribüne entfernt zu sein, so kann man die Gesichter sehen, aber auch nicht zu nahe, damit er den richtigen Blick über das Ganze nicht verliert. Immer mehr Fahnen und Syndikate strömen herein, die Letzteren alle national, die Ersteren weniger, und es ist sehr wohl verständlich, dass wir das hehre Symbol des Vaterlands nicht über Gebühr beanspruchen sollten, nur um zu zeigen, dass wir unter Portugiesen sind, und zwar den besten, das sei ohne Dünkel gesagt. Die Bänke sind alle besetzt, Platz ist jetzt nur im Arenarund, wo die Standarten am besten zur Geltung kommen, deshalb sind dort ihrer so viele. Bekannte und Verbündete grüßen einander, jene, die Vivats auf den Neuen Staat ausgebracht hatten, und es sind viele, strecken frenetisch den Arm aus, sie erheben sich und setzen sich wieder, ohne Unterlass, jedes Mal, wenn eine Standarte hereingetragen wird, sehen wir sie aufrecht stehen und den römischen Gruß entbieten, man verzeihe ihnen die Beharrlichkeit, die ihre und die unsere, o tempora, o mores, wie sehr hatten sich Viriathus und Sertorius bemüht, die imperialen Okkupanten aus dem Vaterland zu werfen, denn wenn es ein Imperium war, dann kein gerechtes, um es de facto anzuerkennen, müsste der Beweis der Okkupanten genügen, so sehr hatten sich jene bemüht, und jetzt kehrte Rom in Gestalt ihrer Nachkommen zurück, das bessere System ist zweifellos, die Menschen zu kaufen, mitunter ist noch nicht einmal das nötig, weil sie sich billig anbieten im Tausch gegen eine Armbinde, im Tausch gegen das Recht, das »kreuz christi« zu benutzen, nunmehr kleingeschrieben, damit der Skandal nicht zu offensichtlich ist. Eine Musikkapelle spielt einige Stücke aus dem Repertoire, um die Wartezeit zu überbrücken. Endlich erscheinen die öffentlichen Persönlichkeiten, die Tribüne füllt sich, es gleicht einem Delirium. Patriotisches Geschrei bricht los, Portugal, Portugal, Portugal, Salazar, Salazar, Salazar, dieser ist nicht dabei, er kommt nur, wenn es ihm passt, Ort und Zeit pflegt er selbst zu wählen, dass jenes andere hier ist, verwundert nicht, denn es ist überall. Auf der rechten Seite der Tribüne, auf Plätzen, die, sehr zum Neid des heimischen Publikums, leer geblieben waren, ließen sich Vertreter des italienischen Fascio mit ihren Schwarzhemden und den Orden daran nieder, und auf der linken Seite Vertreter der Nazis, mit Braunhemd und Armbinde, darauf das Hakenkreuz, und sie alle streckten den Arm zu der Menge aus, die, mit weniger Geschick, aber großem Lerneifer, den Gruß erwiderte, in diesem Augenblick erscheinen die spanischen Falangisten in ihren schon bekannten blauen Hemden, drei verschiedene Farben und nur ein einziges Ideal. Die Menge steht wie ein Mann, der Lärm steigt zum Himmel, es ist die Universalsprache des Gebrülls, das endlich durch die Geste geeinigte Babel, die Deutschen können weder Portugiesisch noch Spanisch, noch Italienisch, die Spanier können weder Deutsch noch Italienisch, noch Portugiesisch, die Italiener können weder Spanisch noch Portugiesisch, noch Deutsch, die Portugiesen können dafür sehr gut Spanisch, usted para el trato, so viel man zum Einkaufen braucht, gracias anstelle von obrigado, doch da die Herzen eins sind, genügt ein Ruf, in allen Sprachen, Tod dem Bolschewismus. Nur allmählich wird es still, die Kapelle intoniert mit drei Paukenschlägen den Militärmarsch, jetzt wird der erste Redner des Abends angekündet, der Arbeiter Gilberto Arroteia vom Marinearsenal, wie sie ihn dazu überreden konnten, bleibt ein Geheimnis zwischen ihm und seiner Versuchung, dann kam der nächste, Luís Pinto Coelho, ein Vertreter der Mocidade Portuguesa, durch ihn offenbart sich der eigentliche Zweck dieser Kundgebung, denn mit sehr deutlichen Worten forderte er die Bildung nationalistischer Milizen, der dritte war Fernando Homem Cristo, der vierte Abel Mesquita, von den nationalen Syndikaten Setúbals, der fünfte António Castro Fernandes, der später Minister werden wird, der sechste Ricardo Durão, ein Major dem Dienstgrad nach und der Größte aus Überzeugung, einige Wochen später wird er die heutige Rede in Évora wiederholen, ebenfalls in einer Stierkampfarena, wir sind hier versammelt, verbrüdert im selben patriotischen Ideal, um der Regierung der Nation zu sagen und zu beweisen, dass wir Unterpfand und treue Fortsetzer der großen portugiesischen Heldentaten und jener unserer Großen sind, die der Welt neue Welten erschlossen und den Glauben verbreiteten und das Reich ausdehnten, und wir fügen hinzu, dass wir uns auf ein Horn- oder Tubasignal hin wie ein Mann um Salazar versammeln werden, den Genius, der sein Leben dem Dienst am Vaterland geweiht hat, und schließlich der Hauptmann Jorge Botelho Moniz, der siebente in der Reihenfolge, doch der erste der politischen Bedeutung nach, er ist vom Rádio Clube Português, und dieser verliest einen Antrag, in dem die Regierung ersucht wird, eine zivile Legion zu gründen, die völlig im Dienst der Nation zu stehen habe, wie Salazar, es ist nicht zu viel verlangt, ihm zu folgen, gemäß unseren schwachen Kräften, dies wäre eine hervorragende Gelegenheit, die Parabel von den sieben Ruten zu zitieren, die einzeln leicht zerbrochen werden können, vereint aber Bündel oder Fasces bilden, zwei Worte, die nur im Wörterbuch dasselbe bedeuten, man weiß nicht, wer diese Bemerkung gemacht hat, wobei es keinen Zweifel darüber gibt, wer sie wiederholt. Als von der zivilen Legion die Rede ist, erhebt sich die Menge wieder, wie ein Mann, wer Legion sagt, sagt Uniform, wer Uniform sagt, sagt Hemd, jetzt muss nur noch entschieden werden, welche Farbe es haben soll, eine Frage, die nicht hier geklärt werden muss, auf jeden Fall, damit man uns nicht der Nachäfferei bezichtigt, werden wir weder Schwarz noch Braun, noch Blau wählen. Weiß wird sehr schnell schmutzig, Gelb ist die Hoffnungslosigkeit, vor Rot bewahre uns Gott, Violett gehört dem Senhor dos Passos, folglich bleibt nur Grün übrig, und Grün ist sehr gut, das sagen die stattlichen Burschen der Mocidade, die, darauf wartend, dass sie eine Uniform erhalten, von nichts anderem mehr träumen. Die Kundgebung ist zu Ende, die Verpflichtung wurde erfüllt. Geordnet, wie es den Portugiesen eigen ist, verlässt die Menge das Rund, einige rufen noch Vivats, doch schon leiser, die Fahnenträger rollen behutsam die Fahnen ein, sie stecken sie in die Schutzhüllen, die Hauptscheinwerfer der Arena sind bereits abgeschaltet, jetzt scheint nur so viel Licht, dass die Kundgebungsteilnehmer nicht den Weg verfehlen. Draußen füllen sich die extra angemieteten Elektrischen, dazu einige Busse nach außerhalb, an den Haltestellen gibt es vereinzelt Warteschlangen. Ricardo Reis, der die ganze Zeit an der frischen Luft war, nur den Himmel über seinem Kopf, spürt, dass er Atem schöpfen, Luft schnappen muss. Er verschmäht die Taxen, die auftauchen und sogleich besetzt sind, und da er zu dieser Veranstaltung zwar gekommen war, aber keinen Anteil daran gehabt hatte, überquert er die Avenida, um zu dem anderen Gehweg zu gelangen, als käme er aus einer anderen Richtung, zufällig war dies sein gewohnter Spazierweg, überdies wissen wir, wie unvermeidlich Zufälligkeiten in der Welt sind. Zu Fuß wandert er durch die ganze Stadt, die Spuren dieser patriotischen Veranstaltung haben sich verloren, die Elektrischen hier gehören zu anderen Linien, die Taxen dämmern auf den Plätzen vor sich hin. Vom Campo Pequeno bis zum Alto de Santa Catarina ist es fast eine Légua, was ist in ihn gefahren, in diesen Doktor der Medizin, der gewöhnlich so sehr an seinen Gewohnheiten festhält. Er kommt mit schmerzenden Füßen zu Hause an, eine Schinderei, er öffnet das Fenster, um das Zimmer, in dem eine stickige Luft ist, zu lüften, und dabei wird ihm bewusst, dass er auf dem Heimweg keinen Gedanken mehr darauf verwandte, was er gesehen und gehört hatte, er vermeinte, dass er nachdenklich zurückgekehrt sei, aber als er sich zu erinnern versucht, kann er keinen einzigen Gedanken aufgreifen, keine Überlegung, keine Bemerkung, ihm ist, als wäre er von einer Wolke befördert worden, er selbst die Wolke, einfach schwebend. Jetzt will er nachdenken, grübeln, eine Meinung äußern und diese mit sich selbst diskutieren, es gelingt ihm nicht, er hat nur noch die Erinnerung an blaue, braune und schwarze Hemden, dort, fast in Reichweite seiner Hände, es waren jene Männer, die die abendländische Zivilisation verteidigten, meine Griechen und Römer, welche Antwort hätte Don Miguel de Unamuno gegeben, wenn sie ihn eingeladen hätten, vielleicht hätte er zugesagt, er wäre zwischen Durão und Moniz aufgetreten, hätte sich den Massen gezeigt, hier habt ihr mich, Männer von Portugal, Volk von Selbstmördern, Leute, die nicht viva la muerte, es lebe der Tod, rufen, aber mit ihm leben, mehr als das kann ich euch nicht sagen, denn ich selbst brauche jemanden, der mir in diesen Tagen meiner Schwäche Halt geben könnte. Ricardo Reis schaut in die tiefe Nacht, wer die Kunst beherrscht, in Vorahnungen und Seelenzuständen Zeichen zu finden, der würde sagen, dass sich irgendetwas anbahnt. Es ist sehr spät, als Ricardo Reis das Fenster schließt, nun war er doch nicht in der Lage gewesen, mehr als dies zu denken, zu Kundgebungen gehe ich nicht mehr, er bürstet Jackett und Hose aus, dabei spürt er, wie von der Kleidung ein Zwiebelgeruch ausgeht, seltsam, er hätte schwören können, dass er nicht an der Seite Victors gewesen war.

Die folgenden Tage sind verschwenderisch an Nachrichten, als hätte die Kundgebung am Campo Pequeno das Leben und Treiben in der Welt verstärkt, im Allgemeinen geben wir solchen Geschehnissen den Namen historische Ereignisse. Eine Gruppe nordamerikanischer Finanziers teilte dem General Franco mit, dass man bereit sei, die notwendigen Mittel für die spanische nationalistische Revolution zur Verfügung zu stellen, das wird auf eine Idee und auf den Einfluss John D. Rockefellers zurückzuführen sein, es wäre nicht empfehlenswert gewesen, ihm alles vorzuenthalten, die New York Times brachte die Nachricht vom Militärputsch in Spanien mit äußerster Vorsicht, um nicht das schwache Herz des Greises zu attackieren, aber es gibt Dinge, die unvermeidbar sind, wenn der Schaden nicht größer werden soll. Vom Schwarzwald aus kündigten die deutschen Bischöfe an, dass die katholische Kirche und das Reich Schulter an Schulter gegen den gemeinsamen Feind kämpfen würden, und Mussolini, um hinter solch kriegerischen Demonstrationen nicht zurückzustehen, teilte der Welt mit, dass er in kurzer Zeit acht Millionen Männer mobilisieren könnte, in vielen dieser Herzen lodert noch das Feuer ob des Sieges über den anderen Feind der abendländischen Zivilisation, Äthiopien. Doch kehren wir zu unserem heimischen Nest zurück, es gibt schon nicht mehr nur Freiwilligenlisten für die Mocidade, auch die Einschreibungen für die Legião Portuguesa, die Portugiesische Legion, denn so wird ihr Name lauten, gehen bereits in die Tausende, der stellvertretende Sekretär der Verbände verfasste ein Rundschreiben, in dem er in den höchsten Tönen die Leitungen der Nationalen Syndikate für ihre patriotische Initiative zur Kundgebung lobt, einem Schmelztiegel, in dem die national gesinnten Herzen in eins verschmolzen wurden, jetzt kann nichts mehr den Schritt des Neuen Staates hemmen. Es wird auch verkündet, dass der Senhor Ministerpräsident unterwegs ist, militärische Objekte zu besichtigen, er war in dem Rüstungsbetrieb von Braço de Prata gewesen, war im Waffendepot von Beirolas gewesen, und wenn er anderswo gewesen ist, wird man es bekanntgeben, deshalb nennen ihn manche schon Gewesen anstatt Salazar.

Durch die Zeitungen erfährt Ricardo Reis, dass die Afonso de Albuquerque in Richtung Alicante unterwegs ist, um Flüchtlinge aufzunehmen, Traurigkeit überkommt ihn, weil er sich letztlich so fest mit den Fahrten dieses Schiffes verbunden fühlt, diese Art, das auszudrücken, ist so zu verstehen, dass er dabei gefühlsmäßig an seine Beziehungen denkt, Lídia hatte ihm nicht gesagt, dass ihr Bruder, der Matrose, mit dem Schiff ausgelaufen war, in humanitärer Mission. Das bedeutet, Lídia ist nicht erschienen, die schmutzige Wäsche sammelt sich an, leichter Staub liegt auf den Möbeln und Gegenständen, nach und nach verlieren die Dinge ihre Konturen, als wären sie es müde zu existieren, das mag auch an den Augen liegen, die des Sehens müde geworden sind. Noch nie hatte sich Ricardo Reis so einsam gefühlt. Er schläft fast den ganzen Tag auf dem ungemachten Bett, auf dem Sofa im Arbeitszimmer, er ist sogar schon auf der Toilette eingeschlafen, das ist ihm nur einmal passiert, weil er plötzlich aus einem Traum aufgeschreckt war, dass er vielleicht hier sterben könnte, die Kleidung unordentlich, ein Toter, der nicht auf sich achtet, verdient nicht, gelebt zu haben. Er schrieb einen Brief an Marcenda, zerriss ihn aber wieder. Es war ein seitenlanges Schreiben, die Chronologie einer Erinnerung, von der ersten Nacht im Hotel an, es war flüssig geschrieben, mit fliegender Feder, Memorial eines sprühenden Gedächtnisses, doch an dem Tag angekommen, an dem er schrieb, wusste Ricardo Reis nicht mehr weiter, bitten darf ich nicht, zu geben habe ich nichts, da raffte er alle Blätter zusammen, ordnete sie, glättete die Ecken, die bei einigen Blättern umgeknickt waren, und zerriss alles methodisch, bis es sich in winzige Fetzen verwandelt hatte, sodass es schwer sein würde, ein Wort in seiner Vollständigkeit zu lesen. Er warf sie nicht in den Müll, diese Erniedrigung wollte er doch vermeiden, deshalb verließ er noch spät in der Nacht die Wohnung, die Straße schlief, und warf seinen Papierregen über die Gitter des Parks, ein trauriger Karneval, eine Brise trug die Papierfetzen über die Dächer, ein anderer, stärkerer Wind wird sie weiter forttragen, aber nach Coimbra werden sie nicht gelangen. Zwei Tage später übertrug er sein Gedicht auf ein Blatt Papier, voll Sehnsucht heute schon nach diesem Sommer, und dabei wusste er, dass diese erste Wahrheit inzwischen Lüge geworden war, weil er keinerlei Sehnsucht mehr verspürte, lediglich eine unendliche Müdigkeit, heute würde er andere Verse schreiben, wenn er zu schreiben in der Lage wäre, voll Sehnsucht war er, voll Sehnsucht wird er bleiben nach der Zeit, in der er Sehnsucht fühlte. Er adressierte den Umschlag an Marcenda Sampaio, postlagernd, Coimbra, wenn die Monate vergehen und die Empfängerin nicht erscheint, wird der Brief in die Ablage kommen, wenn der bereits erwähnte gewissenhafte, taktlose Briefträger den Brief zum Anwaltsbüro des Doktor Sampaio bringen sollte, wie schon befürchtet, dann wird das vielleicht nichts Schlimmes verursachen, zu Hause angekommen, wird der Vater zur Tochter sagen, wie es aussieht, hast du einen unbekannten Verehrer, Marcenda wird die Verse lesen und dabei lächeln, sie wird nicht auf den Gedanken kommen, dass sie von Ricardo Reis sind, da er ihr nie gesagt hatte, dass er ein Dichter sei, es gibt Ähnlichkeiten in der Handschrift, doch das ist purer Zufall, nichts weiter.

Ich komme nicht mehr hierher zurück, hatte Lídia gesagt, sie ist es aber, die in diesem Augenblick an die Tür klopft. Sie hat den Wohnungsschlüssel in der Tasche, doch sie bedient sich seiner nicht, sie hat ihren Stolz, sie hatte gesagt, dass sie nicht wiederkommen werde, schlecht würde es aussehen, wenn sie jetzt den Schlüssel ins Schloss steckte, als wäre es ihre eigene Wohnung, was sie nie gewesen war und heute noch weniger ist, falls dieses Wort nie nicht einer Einschränkung bedarf, nehmen wir es an, denn wir kennen nicht die letzte Bestimmung der Wörter. Ricardo Reis öffnet, er überspielt die Überraschung, und da Lídia zögert, ob sie ins Zimmer oder in die Küche treten soll, entschließt er sich, ins Arbeitszimmer zu gehen, soll sie ihm doch folgen, wenn sie will. Lídia hat gerötete, verquollene Augen, vielleicht hat sie sich nach großem innerem Kampf mit der wachsenden Mutterliebe zur Abtreibung durchgerungen, ihrem Gesichtsausdruck nach zu urteilen, scheinen der Fall von Irún und die Belagerung von San Sebastián nicht die Ursache des Schmerzes zu sein. Sie sagt, entschuldigen Sie, Senhor Doktor, ich konnte nicht kommen, aber fast in einem Atemzug verbessert sie sich, es war nicht deshalb, ich glaubte, dass Sie mich nicht mehr brauchten, wieder verbessert sie sich, ich war dieses Lebens müde, und als das heraus ist, wartet sie, erst jetzt schaut sie Ricardo Reis direkt ins Gesicht, sie findet, dass er gealtert ist, sollte er krank sein? Du hast mir gefehlt, bekennt er und schweigt, er hat alles gesagt, was zu sagen ist. Lídia macht zwei Schritte zur

Tür, sie wird ins Zimmer gehen, um das Bett zu machen, wird in die Küche gehen, um das Geschirr abzuwaschen, sie wird zum Waschtrog gehen, um die Wäsche in die Seifenlauge zu werfen, aber sie ist nicht deshalb gekommen, auch wenn sie diese Arbeiten erledigen wird, später. Ricardo Reis begreift, dass es andere Gründe gibt, er fragt, warum setzt du dich nicht, und nach einer Pause, erzähl mir, was los ist, da beginnt Lídia leise zu weinen, ist es wegen des Jungen, fragt er, sie schüttelt den Kopf, sie wirft ihm sogar durch den Tränenschleier einen tadelnden Blick zu, dann bricht es endlich aus ihr heraus, es ist wegen meines Bruders. Ricardo Reis erinnert sich, dass die Afonso de Albuquerque aus Alicante zurückgekehrt war, einer Hafenstadt, die sich noch in der Gewalt der spanischen Regierung befindet, er addiert zwei und zwei und findet, dass es vier macht, dein Bruder ist desertiert, ist in Spanien geblieben. Mein Bruder ist mit dem Schiff zurückgekommen. Aber? Es wird ein Unglück geben, eine Katastrophe. Mädchen, ich weiß nicht, wovon du sprichst, drück dich klar aus. Es ist, dass, sie unterbricht sich, um die Augen zu trocknen und sich zu schnäuzen, es ist, dass die Schiffe wieder umkehren, wieder in See stechen werden. Wer hat dir das erzählt? Daniel, ganz im Vertrauen, doch ich kann diese Last nicht ertragen, ich musste mich bei jemandem erleichtern, einem Vertrauten, da habe ich an den Senhor Doktor gedacht, an wen sollte ich mich sonst wenden, ich habe niemanden, meine Mutter, nicht daran zu denken. Ricardo Reis ist verwundert, dass sich in ihm kein Gefühl regt, vielleicht will es das Schicksal, dass wir wissen, etwas wird geschehen, und dass wir wissen, nichts kann das verhindern, wir bleiben gelassen, schauen zu, wie reine Beobachter des Welttheaters, bis zu Zeiten, in denen wir vermuten, dass dies auch unser letzter Blick sein wird, weil wir mit derselben Welt enden werden. Bist du sicher, fragt er, aber das sagt er nur, weil es üblich ist, unserer Feigheit vor dem Schicksal diese letzte Möglichkeit zu geben, zurückzugehen, zu bereuen. Sie nickt schluchzend und wartet auf die passenden Fragen, jene, auf die man nur direkte Antworten geben kann, wenn möglich ein Ja oder Nein, doch das wäre eine Heldentat, die über die menschlichen Fähigkeiten hinausgeht. Wenn es nicht geht, dann dient uns das hier als Beispiel, was ist ihre Absicht, sicher wollen sie nicht in See stechen in dem Glauben, dass dies genüge, die Regierung zu stürzen. Sie haben die Absicht, nach Angra do Heroísmo zu fahren und die politischen Gefangenen zu befreien, die Insel zu besetzen und darauf zu warten, dass es hier zu Aufständen kommt. Und wenn es nicht dazu kommt? Wenn nicht, dann fahren sie nach Spanien weiter, werden sich der dortigen Regierung anschließen. Ein verrücktes Vorhaben, sie werden nicht einmal aus dem Hafen kommen. Das habe ich ja meinem Bruder auch gesagt, doch sie hören auf niemanden. Wann soll das sein? Ich weiß nicht, er hat es mir nicht gesagt, dieser Tage müsste es sein. Und die Schiffe, welche sind es? Es ist die Afonso de Albuquerque, dazu die Dão und die Bartolomeu Dias. Das ist eine Verrücktheit, wiederholt Ricardo Reis, aber er denkt schon nicht mehr an die Verschwörung, die mit so viel Leichtigkeit enthüllt worden war. Dagegen erinnert er sich an den Tag seiner Ankunft in Lissabon, an die Torpedobootzerstörer im Dock, die nassen Flaggen, wie Lumpen hängend, die todesgrau gestrichenen Aufbauten, das da, uns am nächsten, ist die Dão, hatte der Gepäckträger gesagt, und jetzt wird die aufrührerische Dão in See stechen, Ricardo Reis atmet tief durch, als stünde er selbst auf dem Vorschiff und bekäme den salzigen Wind und den bitteren Gischt voll ins Gesicht. Er wiederholt, das ist eine Verrücktheit, doch die Stimme selbst dementiert die Worte, in ihr liegt etwas, was nach Hoffnung klingt, das war unsere Einbildung, es wäre absurd, wäre es nicht seine Hoffnung, nun, vielleicht geht alles gut, wer weiß, ob sie ihren Plan nicht aufgeben, und sollten sie weiterhin darauf beharren, kommen sie vielleicht bis Angra, wir werden sehen, was geschieht, und du, weine nicht mehr, Tränen helfen nicht weiter, vielleicht ändern sie ihre Meinung. Das werden sie nicht, nein, der Senhor Doktor kennt sie nicht, das ist so sicher, wie ich Lídia heiße. Die Nennung ihres eigenen Namens mahnte sie an ihre Pflichten, heute kann ich Ihre Wohnung nicht aufräumen, ich muss schnell ins Hotel zurück, ich wollte nur meinem Herzen Luft machen, vielleicht hat man meine Abwesenheit nicht mal bemerkt. Ich kann dir gar nicht helfen. Hilfe werden die brauchen, da sie noch eine ganz schöne Flussstrecke zu bewältigen haben, ehe sie durch den Hafen durch sind, worum ich Sie aber sehr bitte, bei der Seele der Ihrigen, ist, dass Sie niemandem gegenüber etwas verlauten lassen, bewahren Sie das Geheimnis für sich, da ich es schon nicht für mich behalten konnte. Sei beruhigt, mein Mund wird sich nicht öffnen. Er öffnet den Mund nicht, aber die Lippen öffnen sich leicht, genug für einen tröstenden Kuss, und Lídia seufzt, jedoch wegen ihres Kummers, obwohl es nicht unmöglich ist, in diesem Seufzer einen anderen, unergründlichen Ton zu entdecken, wir Menschenkinder sind so, wir fühlen alles auf einmal. Lídia geht die Treppe hinunter, gegen seine Gewohnheit ist Ricardo Reis bis zum Absatz gefolgt, sie blickt nach oben, er winkt ihr leicht, beide lächeln, es gibt vollkommene Momente im Leben, dies war einer von ihnen, wie eine Seite, die beschrieben war und wieder weiß erscheint.

Am nächsten Tag, als Ricardo Reis zum Mittagessen das Haus verließ, verweilte er für einen Augenblick im Park, um einen Blick auf die Kriegsschiffe zu werfen, dort hinten, gegenüber dem Terreiro do Paço. Er verstand wenig von Schiffen, er wusste nur, dass Avisos größer sind als Torpedobootzerstörer, aber aus der Entfernung schienen ihm alle gleich, und das brachte ihn auf, er musste einsehen, dass er nicht in der Lage war, die Afonso de

Albuquerque auszumachen, ebenso die Bartolomeu Dias, die er nie beachtet hatte, doch die Dão kannte er, seitdem er in Portugal angekommen war, der Gepäckträger hatte es ihm gesagt, das da ist sie, vergebliche Worte, in den Wind gesprochen. Lídia muss geträumt haben, oder der Bruder hatte sich auf ihre Kosten lustig gemacht, mit irgendeiner unglaublichen Geschichte von Verschwörung und Revolte, die Schiffe sollten in See stechen, drei von denen, die hier ankerten, eins wie das andere lagen sie ruhig in der leichten Brise, und dort die stromaufwärts ziehenden Fregatten, die Fährschiffe in ihrem unaufhörlichen Hin und Zurück, die Möwen, der blaue Himmel, wolkenlos, und die Sonne, die ebenso dort glänzte, wo sie stand, wie auf dem erwartungsvollen Fluss, so ist es doch wahr, was der Matrose Daniel seiner Schwester erzählt hat, ein Dichter ist in der Lage, die Unruhe zu spüren, die diesen Gewässern innewohnt. Wann werden sie in See stechen? Dieser Tage müsste es sein, hatte Lídia geantwortet, ein beklemmendes Angstgefühl würgte Ricardo Reis, seine Augen füllten sich mit Tränen, so hatte auch das große Weinen Adamastors begonnen. Er zog sich zurück, als er erregte Stimmen vernahm, da, da, es waren die Alten, und andere fragten, wo, was, einige Kinder unterbrachen ihr Hopsespiel und riefen, seht mal den Ballon, seht mal den Ballon, Ricardo Reis rieb sich mit dem Handrücken die Augen und sah, dass am gegenüberliegenden Ufer ein riesiges Luftschiff auftauchte, das müsste das Luftschiff Graf Zeppelin oder Hindenburg sein, mit Post für Südamerika. Am Ruder das Hakenkreuz mit seinen Farben Weiß, Rot und Schwarz, es könnte einer dieser Drachen sein, die von den Kindern steigen gelassen werden, das Emblem, das seinen ursprünglichen Sinn verloren hat, droht zu schweben, statt aufzusteigen wie ein Stern, seltsame Beziehungen bestehen zwischen den Menschen und den Zeichen, denken wir an den heiligen Franz von Assisi, der durch das Blut an das Kreuz Christi gebunden ist, erinnern wir uns an das Kreuz desselben Christus an den Armen der Bankangestellten, die sich zur Kundgebung begaben, erstaunlich ist, dass man sich nicht in diesem Durcheinander der Sinnbildnisse verliert, oder man ist in Wahrheit verloren, und in ebendieser Verlorenheit erkennt man sich jeden Tag wieder. Das Luftschiff Hindenburg überflog mit dröhnenden Motoren den Fluss in Richtung des Kastells, dann verschwand es hinter den Häusern, nach und nach verebbte das Geräusch, das Luftschiff wird die Post nach Portela de Sacavém bringen, wer weiß, ob dann nicht die Highland Brigade die Briefe übernimmt, das kann gut möglich sein, denn die Schicksalsläufe der Welt erscheinen uns nur so vielfältig, weil wir nicht die Wiederholung der Wege bemerken. Die Alten haben sich wieder hingesetzt, die Kinder sind zu ihrem Spiel zurückgekehrt, die Lüfte sind ruhig und schweigen, Ricardo Reis weiß nun nicht mehr, als er schon wusste, die Schiffe verharren dort in der Hitze des beginnenden Nachmittags, mit dem Bug gegen den Strom, um diese Zeit werden die Seeleute ihr Essen einnehmen, heute wie jeden Tag, außer wenn dieser der letzte ist. Im Restaurant füllte Ricardo Reis sein Weinglas, anschließend das des unsichtbaren Gastes, und als er es zum ersten Mal an die Lippen setzte, machte er eine Geste, als wollte er anstoßen, wir befinden uns nicht im Innern seines Kopfes, um zu erfahren, wem oder was er zuprostete, halten wir es wie die Kellner, sie bemerken kaum noch, dass dieser Gast trotzdem keiner von denen ist, die besonders auffallen.

Der Nachmittag ist sehr schön. Ricardo Reis ist zum Chiado hinuntergegangen, durch die Rua Nova do Almada, er wollte die Schiffe von nahem sehen, vom Kai aus, als er den Terreiro do Paço überquert, kommt ihm zum Bewusstsein, dass er in all diesen Monaten niemals das Martinho da Arcada aufgesucht hatte, damals war es Fernando Pessoa unklug erschienen, die Erinnerung an die bekannten Wände herauszufordern, und später bot sich keine Gelegenheit mehr, keiner von ihnen dachte mehr daran, Ricardo Reis hat noch eine Entschuldigung, er war nämlich so viele Jahre abwesend, die Gewohnheit, falls er sie angenommen haben sollte, dieses Café zu besuchen, hatte mit der Abwesenheit ihr Ende gefunden. Auch heute wird er nicht dorthin gehen. Die auf dem glitzernden Wasser ruhenden Schiffe, von der Mitte des Platzes aus gesehen, ähneln jenen Miniaturnachbildungen, die die Spielzeughändler in die Schaufenster stellen, auf einen Spiegel, um Geschwader und Seehafen vorzutäuschen. Und mehr aus der Nähe, vom Rand des Kais aus, sieht man wenig, keinen der Namen, lediglich die Matrosen, die auf dem Oberdeck von einer Seite zur anderen laufen, unwirklich aus dieser Entfernung, falls sie sprechen, hören wir sie aber nicht, und es bleibt ein Geheimnis, was sie denken. Ricardo Reis war in Gedanken versunken, losgelöst von dem Motiv, das ihn hergeführt hatte, er schaute nur, da ertönte plötzlich eine Stimme neben ihm, hallo, Senhor Doktor, schauen Sie sich die Schiffe an, er erkannte sie wieder, es war Victors Stimme, im ersten Moment war er überrascht, nicht weil jener hier war, sondern weil sein Geruch ihn nicht angekündigt hatte, dann verstand er, weshalb, Victor hatte sich in den Gegenwind gestellt. Ricardo Reis' Herz schlug schneller, war Victor irgendwie misstrauisch geworden, sollte der Matrosenaufstand schon bekannt sein, die Schiffe und den Fluss, antwortete er, er hätte auch die Fregatten und die Möwen erwähnen können, er hätte auch sagen können, dass er das Fährschiff erreichen, die Freude an der Überfahrt genießen, die Delphine springen sehen wollte, doch er wiederholte nur, die Schiffe und den Fluss, damit entfernte er sich unvermittelt, wobei er sich eingestand, dass es ein Fehler war, so zu handeln, er hätte ein ganz ungezwungenes Gespräch führen sollen, wenn er irgendwie Kenntnis davon hat, was da vor sich geht, dann wird er es sicher verdächtig finden, mich hier zu sehen. Da dünkte es Ricardo Reis, er müsse Lídia warnen, das wäre seine Pflicht, doch sogleich kamen ihm Bedenken, was sollte ich ihr letztlich sagen, dass ich Victor am Terreiro do Paço gesehen habe, das könnte ein Zufall gewesen sein, auch Polizisten schauen gern auf den Fluss, vielleicht hatte er sogar frei und ging spazieren, vielleicht hatte er den Ruf der seemännischen Seele vernommen, die in jedem Portugiesen wohnt, und als er dort den Senhor Doktor sah, schien es ihm schicklich, ihn anzusprechen, da er ihn noch so gut in Erinnerung hatte. Ricardo Reis' Weg führte am Hotel Bragança vorbei, er ging die Rua do Alecrim hinauf, dort war die in Stein gemeißelte Inschrift, clinica de enfermedades de los ojos y quirurgicas, A Mascaró, 1870, es wird nicht erwähnt, ob der genannte Mascaró eine ärztliche Lizenz besaß oder ob er ein einfacher Praktiker war, in jener Zeit werden die Forderungen nach Dokumenten nicht so streng gewesen sein, und heutzutage sind sie es auch nicht, man braucht sich nur daran zu erinnern, dass Ricardo Reis, ohne dazu besondere Fertigkeiten aufzuweisen, Herzpatienten behandelte. Er folgte dem Weg der Statuen, Eça de Queiroz, Chiado, d'Artagnan, der arme Adamastor, von hinten gesehen, er tat so, als bewunderte er diese Denkmäler, dreimal umkreiste er sie, er kam sich vor, als spielte er Räuber und Gendarm, doch er war beruhigt, Victor war ihm nicht gefolgt.

Der Nachmittag verging langsam, der Abend senkte sich herab. Lissabon ist eine stille Stadt, wie ein breiter, alter Fluss. Ricardo Reis ging nicht zum Abendessen aus, er verrührte zwei Eier und tat sie in eine Vianinha, das karge Mahl krönte er mit einem Glas Wein, selbst das bisschen wurde ihm im Mund immer mehr. Er war nervös, unruhig. Es war schon elf Uhr vorbei, er ging zum Park hinunter, um noch einmal auf die Schiffe zu blicken, doch sah er nur ihre Positionslichter, jetzt konnte er nicht einmal zwischen Avisos und Torpedobootzerstörer unterscheiden. Er war der Einzige auf dem Alto de Santa Catarina, mit

Adamastor konnte man nicht mehr rechnen, seine Versteinerung war vollendet, die Kehle, die schreien wollte, wird nicht schreien, das Gesicht flößt Angst ein, wenn man es anschaut. Ricardo Reis kehrte in die Wohnung zurück, bestimmt wird er diese Nacht nicht ausgehen, so einfach aufs Geratewohl, mit dem Risiko, irgendwo zu stranden. Er legte sich nieder, halb ausgezogen, schlief spät ein, wachte auf, schlief wieder ein, beruhigt durch die tiefe Stille in der Wohnung, das erste Morgenlicht drang durch die Fensterspalten, als er erwachte, nichts war während der Nacht geschehen, jetzt, wo ein neuer Tag begann, schien es unmöglich, dass irgendetwas passieren könnte. Er tadelte seine Nachlässigkeit, in Kleidern geschlafen zu haben, er hatte nur die Schuhe ausgezogen sowie Jackett und Krawatte abgelegt, ich werde ein Bad nehmen, beschloss er, er bückte sich, um die Pantoffeln unter dem Bett zu suchen, da hörte er den ersten Kanonenschuss. Er vermeinte sich getäuscht zu haben, vielleicht war irgendein sehr schwerer Gegenstand im unteren Stockwerk zu Boden gefallen, ein Möbelstück, die ohnmächtig gewordene Hausfrau, als ein weiterer Schuss dröhnte, die Scheiben klirrten, es werden die Schiffe sein, die die Stadt bombardieren. Er öffnete das Fenster, auf der Straße liefen die Leute erschrocken umher, eine Frau schrie, o mein Gott, eine Revolution, und begann loszulaufen, die Straße hinauf in Richtung der Parkanlage. Ricardo Reis zog sich hastig die Schuhe an und warf sich das Jackett über, ein Glück, dass er sich nicht ausgezogen hatte, es war fast so, als hätte er es geahnt, die Nachbarinnen, im Morgenrock, standen schon auf der Treppe, als sie den Arzt kommen sahen, ein Arzt weiß alles, sie fragten ihn aufgeregt. Gab es Verletzte, Senhor Doktor, wenn er so in Eile war, dann, weil man ihn dringend gerufen hatte. Sie liefen ihm nach, den Ausschnitt verdeckend, blieben sie am Hauseingang schamhaft zurück. Als Ricardo Reis die Parkanlage erreichte, wimmelte es dort bereits von Leuten, hier in der Nähe zu wohnen war ein Privileg, es gibt keine bessere Stelle in Lissabon, von der aus die ein- und ausfahrenden Schiffe zu beobachten sind. Es waren nicht die Kriegsschiffe, die die Stadt bombardierten, es war das Fort von Almada, das jene beschoss, eins von ihnen. Ricardo Reis fragte, welches Schiff ist das, er hatte Glück, er traf auf einen Informierten, das ist die Afonso de Albuquerque. Dort also war Lídias Bruder, der Matrose Daniel, den er nie gesehen hatte, einen Augenblick lang versuchte er, sich ein Gesicht vorzustellen, er sah Lídias vor sich, zu dieser Zeit trat auch sie an ein Fenster des Hotels Bragança oder lief in ihrer Dienstkleidung auf die Straße, rannte über den Cais do Sodré, jetzt ist sie am Rand des Kais, sie presst die Hände an die Brust, vielleicht weint sie, vielleicht sind ihre Augen trocken, die Wangen glühen, plötzlich stößt sie einen Schrei aus, weil die Afonso de Albuquerque von einem Geschoss getroffen wurde, dann von noch einem, jemand auf dem Alto de Santa Catarina klatscht Beifall, in diesem Moment sind die Alten aufgetaucht, ihre Lungen platzen fast, wie sind sie nur so schnell hierhergekommen, in so kurzer Zeit, wo sie doch da unten im Viertel wohnen, doch eher wären sie gestorben, als dass sie das Schauspiel hier verpassten. All das scheint ein Traum zu sein. Die Afonso de Albuquerque gleitet schwerfällig dahin, wahrscheinlich ist sie an einem lebenswichtigen Organ getroffen worden, dem Maschinenraum, dem Ruder. Das Fort von Almada schießt unentwegt weiter, es scheint, als hätte die Afonso de Albuquerque das Feuer erwidert, doch sicher ist das nicht. Auf dieser Seite des Flusses ertönen Schüsse, kräftiger und länger, das ist das Fort von Alto do Duque, sagt jemand, die sind verloren, die kommen nicht mehr raus. In diesem Augenblick setzt sich ein anderes Schiff in Bewegung, ein Torpedobootzerstörer, die Dão, es kann nur sie sein, sie sucht sich im Rauch der eigenen Schornsteine zu verbergen und hält sich an der Südseite, um dem Feuer des Forts von Almada zu entgehen, doch wenn sie diesem entgeht, entflieht sie nicht dem von Alto do Duque, die Granaten explodieren im Wasser, an der Böschung, man schießt sich erst ein, die nächsten Schüsse treffen das Schiff, ein Volltreffer, schon steigt auf der Dão eine weiße Flagge hoch, die Besatzung ergibt sich, doch das Bombardement geht weiter, das Schiff bekommt Schlagseite, da werden weitere Zeichen gesetzt, Laken, Decken, Leichentücher, das ist das Ende, der Bartolomeu Dias gelingt es nicht einmal, den Anker zu hieven. Es ist neun Uhr, hundert Minuten sind seither vergangen, der erste Morgennebel hat sich bereits aufgelöst, die Sonne strahlt ungehindert, zu dieser Stunde werden sie die Matrosen jagen, die sich ins Wasser gestürzt haben. Von diesem Aussichtspunkt aus gibt es nichts weiter zu sehen. Noch immer treffen Verspätete ein, sie konnten nicht früher kommen, die Veteranen berichten, wie es war. Ricardo Reis setzt sich auf eine Bank, dann gesellen sich die Alten dazu, sie, man braucht es nicht erst zu erwähnen, wollen ein Gespräch anfangen, doch der Senhor Doktor bleibt schweigsam, er hält den Kopf gesenkt, als wäre er es gewesen, der in See stechen wollte und im Netz gefangen wurde. Während sich die Erwachsenen, jetzt weniger erregt, unterhalten, wenden sich die Jungen wieder ihrem Hopsespiel zu, die Mädchen singen, ich ging zum Garten von Celeste, was hast du da gewollt, ich suchte eine Rose, das Lied konnte auch anders lauten, wie eins aus Nazaré, geh nicht aufs Meer, Tonho, kannst sterben dort, Tonho, ach, Tonho, Tonho, wie unglücklich du bist, der Bruder Lídias trägt nicht diesen Namen, doch im Unglück wird der Unterschied nicht groß sein. Ricardo Reis erhebt sich von der Bank, die Alten, verstimmt, beachten ihn nicht mehr, gut war es, dass eine Frau mitleidsvoll ausgerufen hatte, die Ärmsten, sie meinte die Matrosen, Ricardo Reis hatte diese mitleidige Äußerung wie eine Liebkosung empfunden, wie eine Hand auf der Stirn oder eine Hand, die leicht über das Haar streicht, er betritt die Wohnung, wirft sich auf das zerwühlte Bett, verdeckt die Augen mit dem Unterarm, um hemmungslos weinen zu können, absurde Tränen, denn dieser Aufstand war nicht der seine, weise ist, wer sich mit dem Welttheater begnügt, er wird es tausendmal sagen, was bedeutet dem, dem schon nichts mehr bedeutet, dass einer verliert und ein anderer gewinnt. Ricardo Reis steht auf, bindet die Krawatte um, er wird ausgehen, aber wie er mit der Hand übers Gesicht fährt, spürt er die Bartstoppeln, er braucht nicht in den Spiegel zu sehen, um zu wissen, dass er sich in diesem Zustand nicht mag, die weißschimmernden Haare, ein Gesicht wie Pfeffer und Salz, Zeichen des Alters. Die Würfel auf den Tisch geworfen, die ausgespielte Karte vom Trumpf bedeckt, so schnell du auch läufst, du rettest den Vater vorm Galgen nicht, das sind so allgemeine Sprüche, die dem gewöhnlichen Mann helfen, die Ratschlüsse des Schicksals erträglicher werden zu lassen, da es so ist, wird sich Ricardo Reis rasieren und waschen, er ist ein gewöhnlicher Mann, während er sich rasiert, denkt er nicht, er passt lediglich auf, dass das Rasiermesser nicht abrutscht, er wird es dieser Tage abziehen müssen, da es stumpf zu sein scheint. Es ist halb zwölf, als er die Wohnung verlässt, er begibt sich zum Hotel Bragança, das ist natürlich, niemanden kann es befremden, dass ein alter Gast, der nicht nur auf der Durchreise, sondern ununterbrochen drei Monate geblieben war, niemanden wird es befremden, dass dieser Gast, der so vorzüglich von einem Zimmermädchen des Hotels bedient worden war, deren Bruder in diesen Aufstand verwickelt war, sie hatte es ihm gesagt, ach ja, Senhor Doktor, ich habe einen Bruder, der Matrose auf der Afonso de Albuquerque ist, niemanden wird es befremden, dass er Näheres in Erfahrung bringen möchte, das arme Mädchen, musste ihr so was zustoßen, es gibt eben Leute, denen das Glück nicht an der Wiege stand.

Die Klingel hat einen raueren Ton, oder trog ihn die Erinnerung. Der Höfling hebt seinen ausgelöschten Globus, gab es wohl in Frankreich auch solche Höflinge, man wird es nicht erfahren, nicht mit völliger Sicherheit, woher dieser gekommen ist, die Zeit reichte nicht für alles. Oben an der Treppe taucht Pimenta auf, er wird herunterkommen, weil er einen Gast mit Gepäck vermutet, er wartet, er hat noch nicht erkannt, wer da heraufkommt, vielleicht hat er ihn vergessen, es sind so viele Gesichter, die in das Leben und aus dem Leben eines Hoteldieners treten, und dazu herrscht Gegenlicht, bei solchen Gelegenheiten müssen wir immer mit Gegenlicht rechnen, doch jetzt ist er so nah, selbst wenn er sich gesenkten Kopfes nähert, dass alle Zweifel verfliegen, oh, Senhor Doktor Reis, wie geht es Ihnen? Guten Tag, Pimenta, dieses Zimmermädchen, wie heißt sie doch gleich, die Lídia, ist sie da? Ah, nein, Senhor Doktor, sie ist nicht da, sie ist ausgegangen und noch nicht zurück, ich glaube, ihr Bruder hat was mit diesem Aufstand zu tun, noch hatte Pimenta sein letztes Wort nicht beendet, da erschien Salvador auf dem Absatz, er zeigte sich überrascht, oh, Senhor Doktor, welch große Freude, Sie hier zu sehen, und Pimenta erklärte, was er schon wusste, der Senhor Doktor wollte Lídia sprechen. Ah, Lídia ist nicht da, doch wenn ich Ihnen helfen kann. Ich wollte nur wissen, was mit ihrem Bruder passiert ist, das arme Mädchen, sie hatte mir von einem Bruder erzählt, der bei der Kriegsmarine ist, ich bin nur gekommen, um irgendwie zu helfen, als Arzt. Ich verstehe, Senhor Doktor, aber Lídia ist nicht da, sie ist gegangen, als es zu schießen begann, und noch nicht zurückgekehrt, Salvador lächelte, er lächelt immer, wenn er Informationen gibt, er ist ein guter Hotelchef, wir wollen es zum letzten Mal sagen, selbst wenn er Gründe hat, sich über den ehemaligen Gast zu beklagen, der mit dem Zimmermädchen ins Bett gegangen ist und es vielleicht weiterhin so treibt, jetzt erscheint er hier vor mir und stellt sich unschuldig, wenn er denkt, dass er mich täuschen kann, dann irrt er sich. Wissen Sie, wohin sie gegangen sein könnte, fragte Ricardo Reis. Sie wird hier irgendwo herumlaufen, vielleicht ist sie im Marineministerium, oder bei ihrer Mutter, oder bei der Polizei, denn dieser Fall wird wohl die Polizei interessieren, das ist mehr als sicher, doch seien Sie beruhigt, ich werde ihr sagen, dass der Senhor Doktor hier war, sie wird Sie dann aufsuchen, und Salvador lächelte wieder, wie jemand, der eine Schlinge ausgelegt hat und schon das Wild in der Falle sieht, Ricardo Reis erwiderte, ja, sie soll mich aufsuchen, hier haben Sie meine Anschrift, und er schrieb sie auf einen Zettel, eigentlich völlig unnötig. Salvadors Lächeln erstarb, er war unzufrieden über diese schlagfertige Antwort, man wird nicht mehr erfahren, was er sagen wollte, vom zweiten Stock kamen zwei Spanier, ein heftiges Gespräch führend, herunter, einer von ihnen fragte, Señor Salvador, se ha llevado el diablo ya a los marineros? Sí, don Camilo, se los ha llevado el diablo. Bueno, entonces es hora de decir viva España, viva Portugal. Arriba, don Camilo, und Pimenta fügte auf Rechnung des Vaterlandes hinzu, viva. Ricardo Reis ging die Treppe hinunter, die Klingel surrte, früher gab es hier ein Glöckchen, aber die Gäste protestierten damals, sie meinten, das erinnere sie an eine Friedhofspforte.

Lídia erschien den ganzen Nachmittag über nicht. Zur Stunde der Nachmittagsausgabe verließ Ricardo Reis die Wohnung, um eine Zeitung zu kaufen. Er überflog die Überschriften auf der ersten Seite, er suchte die Fortsetzung der Meldung auf der Innenseite, andere Überschriften, etwas weiter hinten, in fetten Lettern, Zwölf Seeleute tot, und dann folgten die Namen, das Alter, Daniel Martins, dreiundzwanzig Jahre alt, Ricardo Reis blieb mitten auf der Straße stehen, mit aufgeschlagener Zeitung, inmitten einer absoluten Stille, die Stadt stand still, oder sie ging auf Zehenspitzen, den Zeigefinger auf den geschlossenen

Lippen, plötzlich kehrte der Lärm betäubend zurück, das Hupen eines Automobils, die Ausrufe zweier Losverkäufer, das Weinen eines Kindes, das von der Mutter an den Ohren gezogen wurde, wenn du das noch einmal machst, kannst du was erleben. Lídia wartete nicht, es gab auch keine Anzeichen, dass sie vorbeigekommen war. Es ist fast Abend. Die Zeitung meldet, dass die Gefangenen zuerst zur Präfektur gebracht worden sind, dann nach Mitra, einige von den Toten befinden sich zur Identifizierung im Leichenschauhaus. Lídia wird auf der Suche nach ihrem Bruder sein oder bei ihrer Mutter, beide weinend über das große, nicht wiedergutzumachende Unglück.

Da klopfte es an die Tür, Ricardo Reis lief, um zu öffnen, er hatte die Arme schon ausgebreitet, um die verweinte Frau zu empfangen, doch es war Fernando Pessoa, ach, Sie sind es. Erwarten Sie jemand anders? Wenn Sie wissen, was passiert ist, müssten Sie es sich ja denken können, ich glaube, ich habe Ihnen einmal erzählt, dass Lídia einen Bruder bei der Marine hat. Ist er tot? Er ist tot. Sie waren im Zimmer, Fernando Pessoa saß am Fußende des Bettes, Ricardo Reis auf einem Stuhl. Die Nacht war hereingebrochen. So verging eine halbe Stunde, man hörte aus dem oberen Stockwerk die Schläge einer Uhr, seltsam, dachte Ricardo Reis, ich erinnere mich nicht an diese Uhr, oder ich habe sie vergessen, nachdem ich sie zum ersten Mal gehört hatte. Fernando Pessoa hielt die Hände auf den Knien, die Finger ineinander verschlungen, den Kopf gesenkt. Ohne sich zu bewegen, sagte er, ich bin gekommen, um Ihnen zu sagen, dass wir uns nicht mehr sehen werden. Warum? Meine Zeit ist abgelaufen, erinnern Sie sich daran, dass ich Ihnen gesagt habe, ich hätte nur einige Monate. Ich erinnere mich. Nun, die sind jetzt um. Ricardo Reis schob den Knoten der Krawatte hoch, stand auf und zog das Jackett an. Er ging zum Nachttisch, griff The God of the Labyrinth und klemmte sich das Buch unter den Arm, also gehen wir, sagte er. Wohin gehen Sie? Ich gehe mit Ihnen. Sie sollten hierbleiben, auf Lídia warten. Ich weiß, dass ich es sollte. Um sie in ihrem Unglück zu trösten, da sie nun ohne den Bruder ist. Ich kann ihr nicht helfen. Und dieses Buch, wozu das? Trotz der Zeit, die ich hatte, habe ich es nicht zu Ende gelesen. Sie werden keine Zeit haben. Ich werde alle Zeit der Welt haben. Sie irren sich, das Lesen ist die erste Fähigkeit, die man verliert, erinnern Sie sich. Ricardo Reis schlug das Buch auf, sein Blick fiel auf einige unverständliche Zeichen, einige schwarze Striche, eine schmutzige Seite, es fällt mir schon schwer zu lesen, bekannte er, aber ich nehme es trotzdem mit. Wozu? Ich erleichtere die Welt um ein Rätsel. Sie verließen das Haus. Fernando Pessoa bemerkte noch, Sie haben den Hut nicht mitgenommen. Sie wissen besser als ich, dass man dort keinen trägt. Sie waren auf dem Parkweg, betrachteten die blassen Lichter auf dem Fluss, den bedrohlichen Schatten der Berge. Gehen wir, sagte Fernando Pessoa. Gehen wir, sagte Ricardo Reis. Adamastor wandte sich nicht zu ihnen um, ihm schien, dass er diesmal in der Lage wäre, den großen Schrei auszustoßen. Hier, wo das Meer endete und das Land wartet.